周明华 著

苏州评话 伍子胥
周明华演出本

SUZHOU PINGHUA WU ZIXU

苏州大学出版社
Soochow University Press

图书在版编目(CIP)数据

苏州评话:伍子胥:周明华演出本/周明华著
.—苏州:苏州大学出版社,2019.6
　ISBN 978-7-5672-2764-4

Ⅰ.①苏… Ⅱ.①周… Ⅲ.①苏州评话-中国-当代
Ⅳ.①I239.8

中国版本图书馆 CIP 数据核字(2019)第 095427 号

书　　名	苏州评话:伍子胥(周明华演出本)
著　　者	周明华
责任编辑	刘　海
装帧设计	吴　钰
出版发行	苏州大学出版社(Soochow University Press)
出 品 人	盛惠良
社　　址	苏州市十梓街1号　邮编:215006
印　　刷	苏州工业园区美柯乐制版印务有限责任公司
E-mail	Liuwang@suda.edu.cn　QQ:64826224
邮购热线	0512-67480030
销售热线	0512-67481020
开　　本	787 mm×1 092 mm　1/16　印张:13.5　字数:329千
版　　次	2019年6月第1版
印　　次	2019年6月第1次印刷
书　　号	ISBN 978-7-5672-2764-4
定　　价	88.00元

凡购本社图书发现印装错误,请与本社联系调换。服务热线:0512-67481020

吴韵妙语著新篇

——写在《苏州评话：伍子胥（周明华演出本）》出版时（代序）

张澄国

经过多年书台演出和修改整理，周明华先生创作的《苏州评话：伍子胥（周明华演出本）》即将出版问世，评话艺术多了一部长篇书目，弘扬吴文化又有了新成果。记得去年春天在苏州一家弄堂书场里，我每天下午去听周明华说《伍子胥》，半个多月几乎没落下一回，很是过瘾。当时我和一些老听客建议明华做好录像，以便温故知新，常说常新。也有部分听客建议他将评话《伍子胥》整理出版，为评弹艺术宝库留下一点资料。明华为这部书准备了十三年，没想到从去年开始两年不到，话本就要出版了，厚积薄发，水到渠成，我很是为他高兴。

周明华先生从艺已经有半个多世纪了，是苏州资深评话演员，曾任苏州评弹团副团长、苏州市曲艺家协会副主席。1965 年周明华毕业于苏州评弹学校，后进苏州评弹团成为评话演员。他早先师从著名评话艺术家曹汉昌学说长篇评话《岳传》，后拜评话名家吴君玉为师说《水浒》，在演出实践中曾经编演过《红花喋血》《大宋兵马图》等多部长篇评话。周明华先生热爱评话艺术，热爱苏州文化，常年活跃在书台，他的评话表演，说表清晰，叙述细腻，精神饱满，手面生动，深受听众和观众的欢迎。在担任苏州评弹团领导职务之后，尽管团部和协会组织管理工作繁忙，但他还是不忘初心、不忘本行，尽量抽出时间进书场、登书台为听众演出，2015 年退休后演出六百多场。

在长期艺术实践和与观众交流的过程中，周明华先生深感博大精深的吴文化是中华传统文化的重要组成部分，是苏州繁荣发展的根脉和灵魂，他很早就萌生了将传统的评话艺术与苏州历史文化结合起来的愿望，决心用苏州话讲好苏州故事。进入 21 世纪，在苏州市文化局、苏州市文联和评弹团、曲协的支持下，特别是在苏州文艺界老领导钱璎、周良等同志的热情关怀下，他积极投身到弘扬吴文化的行列之中，搜集苏州历史文化资料，考察吴文化历史遗迹，走进社区、乡村、学校、机关，用评话的方式向老师、学生、工人、农民、机关干部讲述吴地历史故事。2006 年，他在苏州电视台开播了百家讲坛《吴史春秋》专栏，连播二十四集，后又录制了六集《吴国英雄传》，扩大了吴文化的宣传影响。在此基础上他的长篇评话《伍子胥》也就应运而生了。

我觉得周明华创作评话《伍子胥》，在题材开掘上是恰当合适的，有利于人们认识苏州历史，传承吴地文化，从而更好地弘扬中华民族优秀传统文化。苏州是吴文化的核心地，自泰伯南奔构建勾吴三千年以来，吴地民众创造了灿烂辉煌的吴文化，吴文化的源头在春秋吴国，六百年吴国史留下了许多生动的典故，给后世文化注入了许多优良的基因。当年谦让开拓、至仁至德的泰伯仲雍，南游播儒的言偃，德艺并臻的季札，精通兵法的孙武，冶技出众的干将莫邪，侠胆义肠的专诸要离，精明强干的寿梦，固本强基、威震八方的吴王阖闾，乃至不可一世的末代吴王夫差等诸多历史人物和历史事件都曾经生动地演绎了吴国早期的艰辛与开创、辉煌与曲折，这些都是值得我们去认识、研究、扬弃和传承的。尤其是一代忠臣良相伍子胥，早已成为吴地民众家喻户晓、尊崇敬仰的人文先贤。伍子胥出生在楚国，好文习武，勇而多谋，为报杀父之仇避难奔吴，后被吴国委以重任。他出将入相，深谋远虑，编练军队，铸造兵器，转战南北；他相土尝水，象天法地，建都筑城，建造阖闾大城名留青史；他以文韬武略辅佐吴王阖闾兴邦建业，西破强楚，北敌齐晋，南服越人，遂使吴国国力强盛、威名远播。后因奸佞诬陷，伍子胥为吴王夫差所逼而悲壮自刎，其头颅悬挂在吴都城门楼之上。伍子胥死后十年，越灭吴，夫差悔恨自尽，临终叹曰："吾悔不用子胥之言，自令陷此。"伍子胥对吴国忠心耿耿，英名千古流传，吴地百姓缅怀他、赞颂他，许多历史典籍、文学著作、戏剧曲艺都留下了关于伍子胥的生动传说，每年端午节苏州民众纪念伍子胥的传统活动已被列入世界非物质文化遗产名录。周明华先生以吴国名相伍子胥为题材创作的长篇评话，较好地展现了波澜壮阔、风云激荡的吴国历史，揭示了时代前进的雄壮和英雄落寞的悲怆，反映了创业的艰辛坎坷和世态的炎凉变幻，给听众解读了一部吴地早期起步的发迹史和创业史。特别是经过周明华的精心刻画，伍子胥跌宕起伏的人生，忠良报国的情怀，足智多谋的韬略，刚烈侠义的性格，都给听众以强烈的艺术感染力。听客们在体味伍子胥的人生抱负、恩怨情仇时不仅能够得到荡气回肠、酣畅淋漓的艺术享受，而且对吴文化的深厚底蕴和早期成就也有了大彻大悟、激励自强的历史感悟。

除了弘扬吴文化之外，我觉得周明华先生创作长篇评话《伍子胥》也为探索评话艺术创作规律提供了许多思考和启迪。

一是重视书目创作。苏州评弹界有个传统，评弹艺人除了说好前辈流传下来的经典书目外，还要善于创作新书目，过去许多名家常常是自己写脚本自己上台说，自编、自导、自演促进了评弹艺术的繁荣和发展。周明华先生继承了前辈书家的好传统，他除了说《岳传》《水浒》等传统书外，还积极投入新书目的创作，平时注意积累，潜心开展研究，为了创作《伍子胥》，他阅读了大量古书典籍，虚心向专家学者讨教，多方听取意见，特别是得到了评弹老艺人的悉心指点，评话大师金声伯以及杨玉麟、强逸麟、沈守梅等名家给予了有力的支持。经过在书台上的多年琢磨锤炼，书稿不断修改完善，今天终成正果。周明华先生的创作实践给年轻一代评弹艺人树立了正面的榜样。

二是坚持以长篇为主。长篇评话和长篇弹词是章回性的连续演出，这是苏州评弹在历史上的节目形态，长篇是评弹艺术的活水源泉，也是评弹艺人的立身之本。过去评弹艺人都有一部或几部看家书，而且全是长篇。现在社会上有些人将中篇、短篇甚至弹词开篇当成是评弹艺术的基本形态，这实在是个误解。长篇是评弹叙述容量的归宿，是评弹"理、味、奇、趣、细""说、噱、弹、唱、演"综合艺术的载体，有了各种不同题材的长篇，评弹艺术的精华和众多表演手法才能充分地呈现出来，也才可能形成不同的流派，名家靠长篇而产生，书场靠长篇而生存。周明华先生作为一名评话演员，对长篇书目的重要性有着深刻而独特的见解，在他的心目中长篇是评弹艺术的生命线，他多次写文章、谈体会，利用各种场合呼吁重视长篇，而且自己带头创作长篇。尽管长篇创作工程浩大，难度较高，但周明华先生不辞辛劳，百折不回，尽可能将对长篇评话的全部理解和所有技巧融入自己的创作。《伍子胥》的问世是多年来苏州评弹界呼吁重视长篇的成果之一。

三是正确处理史料与艺术的关系。周明华先生尊重历史文化，在评话《伍子胥》的创作中，他秉持历史人物的真实性理念，给自己定了"七分史料，三分艺术"的原则，于是他以《史记》为主，大量参阅《左传》《吕氏春秋》《吴越春秋》《越绝书》《资治通鉴》等典籍，踏勘众多吴文化历史遗迹，记录和拍摄了不少珍贵人文资料，从而为创作提供了坚实的史料基础。然而评话艺术毕竟不同于学术讲座，《吴史春秋》讲座可以多讲史料，评话《伍子胥》却不能停留在讲史料这个层面，而是要在史料的基础上去塑造人物，要把人物的人生经历、性格特征说得活灵活现、栩栩如生。因为"说书"不是一般意义上的"讲故事"，"说书"不仅要叙事，更要通过叙事把人物说活，这就需要充实细节和刻画，穿插议论和抒情，设置噱头和关子，增添知识和掌故，运用评话的各种技巧，通过对史料的大量艺术加工，增强作品的感染力，推出人物形象鲜明、情理交融、精彩纷呈的艺术大餐，以赢得听客的审美共鸣。周明华在艺术加工方面下了苦功，他钻研《东周列国志》等古籍，收集有关伍子胥的民间传说，向传统戏剧曲艺学习，特别是向老艺人虚心求教，获得了丰富的艺术养料，从而使"伍子胥"这一人物形象更加丰满耀眼。例如，伍子胥过昭关一夜急白头的故事来源于冯梦龙《东周列国志》和民间传说，周明华将这一典故运用到书中，进行了生动形象的陈述和描绘，突出了当初伍子胥避难奔吴路途艰险危急的境遇和既悲愤又恐慌的心情。

又如，吴国败楚后，伍子胥竟掘楚平王之墓鞭尸三百疯狂复仇，有的听客不能接受，认为不够厚道，明华在书中插了一段说明，介绍了后人对这种行为的不同反应，着重叙述了为报楚王杀害父兄之仇，伍子胥多年忍辱负重，压抑在内心的深仇大恨突然迸发出来的烈火般的感情，同时从古代"忠孝观"的层面解释了伍子胥的刚烈行为，让听众在增长历史知识的同时去认识、去消化。从周明华先生评话创作的实践来看，对历史人物进行艺术再创造是十分必要的，史料占有和艺术加工到底要有多少比例，很难一概而论，关键是既要尊重历史的本来面貌又要遵循评话艺术的规律特点，塑造出有血有肉、鲜活生动的人物典型，达到历史真实与艺术真实的有机统一，给听众以知识的增益和欣赏的满足，这才是最重要的。在这方面，周明华下了十三年苦功，他努力做到了。

因此，我觉得周明华先生创作长篇评话《伍子胥》，对于弘扬吴文化，对于振兴评弹艺术，都是有益的尝试和突出的贡献。我在这里向他表示由衷的祝贺！

2019 年 4 月 30 日

目　录

序		1
第 一 回	五月端午	1
第 二 回	临潼斗宝	2
第 三 回	伍员举鼎	7
第 四 回	楚秦联姻	11
第 五 回	父纳子妻	15
第 六 回	司马奋扬	18
第 七 回	伍家遇难	20
第 八 回	禅宇寺院	26
第 九 回	浪迹天涯	30
第 十 回	机关算尽	32
第十一回	红颜祸水	35
第十二回	智过昭关（上）	40
第十三回	智过昭关（下）	43
第十四回	舍命相救	48
第十五回	一饭千金	51
第十六回	吴市吹箫	53
第十七回	伍员献艺	58
第十八回	结识姬光	64
第十九回	老虎为媒	70
第二十回	营救专诸	74
第二十一回	调虎离山	78
第二十二回	灵宵王府	82
第二十三回	刺杀王僚	87
第二十四回	姬光继位	92
第二十五回	阖闾大城	96
第二十六回	伯嚭投吴	101
第二十七回	苦肉之计（上）	103
第二十八回	苦肉之计（中）	107
第二十九回	苦肉之计（下）	112
第三十回	七荐孙武	117

第三十一回	孙子兵法	122
第三十二回	三令五申	126
第三十三回	牛刀小试	131
第三十四回	滕玉公主	136
第三十五回	起兵伐楚	142
第三十六回	初战告捷	146
第三十七回	兵临城下	151
第三十八回	鞭尸三百	157
第三十九回	仓皇出逃	162
第 四 十 回	知恩图报	164
第四十一回	跪泣秦庭	167
第四十二回	班师凯旋	170
第四十三回	立嫡之争	175
第四十四回	举哀兴兵	179
第四十五回	范蠡出山	182
第四十六回	迎击强吴	187
第四十七回	阖闾归天	192
第四十八回	夫椒之战	196
第四十九回	兵困会稽	199
第 五 十 回	属镂之剑	203

后记 ······ 208

第一回　五月端午

评话赋赞：

中华民族继往开来，五千年历史光辉灿烂。
盘古氏开天辟地，轩辕帝子孙万代。
大禹夏朝四百年，商朝历经六百载。
文王姬昌开周朝，春秋战国星光灿。
秦皇嬴政统六国，陈胜吴广举旗反。
刘邦开汉三百年，一分为三吴蜀魏。
司马懿一统归晋，南北朝杨坚开隋。
唐太宗李世民登基，贞观之治盛唐时代。
赵匡胤陈桥起兵变，二帝蒙尘半壁江山。
忽必烈开建元朝九十八，朱元璋明朝传承十七代。
吴三桂引狼入室，崇祯吊死在煤山。
顺治康熙到宣统，清朝灭亡在辛亥。
中华民国开共和，首任大总统是孙中山。
共产党建立新中国，一九四九年划时代。
中华文明源远长，温故知新开未来。
江南水乡古吴地，泰伯让王传千载。
长篇评话《伍子胥》，英雄豪杰令人赞！

　　在中国的传统文化里有很多纪念性的节日，其中最主要的有四大传统节日：第一春节，第二清明节，第三端午节，第四中秋节。你们知道吗？端午节怎么会有的呢？端午节为什么要赛龙舟、吃粽子呢？从2008年起国家将端午节纳入法定假日，这是为什么？为了纪念三位历史名人。哪三人呢？第一，一千八百年前东汉时代的曹娥；第二，两千三百年前战国时期的屈原；第三，两千五百年前春秋时期的伍子胥。

　　我先说说曹娥吧，她是浙江上虞人。为什么要纪念她呢？其实与伍子胥有关联。曹娥的父亲叫曹盱，他是个庙祝。庙祝又叫巫师，就是古代搞祭祀典礼的工作人员。钱塘江的上游有一条支流叫舜江，在上虞境内，那里每年到五月初五的时候要迎接潮神伍子胥。五月端午的时候，搞祭祀活动，曹盱站在船头指挥划龙船，突然大潮掀起，龙船颠簸，不小心他掉下了舜江。他的女儿知道以后就来找父亲，她沿着那条江走了七天七夜没找到，最后女儿跳到了江里面。过了几天，女儿紧紧地抱住父亲浮起来了，这个女儿的名字就叫曹娥。当地人就把此事撰写成文立碑纪念，并且追认她是一位孝女，"百善孝为先"嘛！这块碑取名为"曹娥碑"。碑上文字是谁写的？哎哟不得了！

是晋代大书法家王羲之啊！原来的舜江，现在用孝女的名字命名为"曹娥江"。其居住地改为"曹娥镇"。

第二位呢？大家都知道端午节是纪念谁吧？屈原嘛！屈原是战国时代楚国人。他是一位诗人、文学家、政治家。他对楚国无限忠诚，最后他就感觉到楚怀王不听他的建议，楚国不行了，他感觉到国家的前途无望，就在两千三百年前的五月初五那天投汨罗江自尽了。

第三位是伍子胥。春秋时候，我们吴国有一位大忠臣，他的名字叫伍子胥。吴王夫差不听他正确的治国方略，伍子胥感觉到吴国有亡国的危险，多次直言，由此得罪了吴王。在公元前484年五月端午的那一天，伍子胥劝说吴王夫差不要将越王勾践放了而去攻打齐国，夫差恼怒地扔下一把属镂剑，命令他："你给我去死吧！"伍子胥在临终之前说了一句话："大王，按照您的政策方针这样下去，我们的吴国是要给越国灭掉的。"夫差回答道："快死吧！"最后，他举剑自刎了。吴王恼羞成怒，命人把他的尸体投进了江里面。苏州的老百姓舍不得他，知道他是个忠臣，大家把糯米用粽叶包裹起来做成粽子丢到水里，让鱼腥虾蟹吃粽子而不要伤害伍子胥。这样做的意思跟楚国百姓对屈原差不多：他是好人嘛，鱼虾你们不要吃他呐，吃这个东西吧！老百姓并且把他被投入的江改名为"胥江"。所以，端午节在我们江浙一带就是纪念伍子胥的这么一个节日。2009年，联合国教科文组织将中国传统佳节端午节列入世界非物质文化遗产名录。

诸位，2500年前，伍子胥在我们苏州主持设计建造了阖闾大城，即苏州城，现在在苏州的大街小巷，我们能找到很多有关伍子胥的历史遗迹：在我们苏州城的西边，有一个小的镇叫"胥口镇"，这里就是当时伍子胥曾经居住过的地方。现在这里有一座园子叫"胥王园"，是伍子胥的陵园。苏州市区还有一条街叫"相王弄"，因为伍子胥是吴国的宰相，后来唐德宗又追封伍子胥为王，所以那条街就叫"相王弄"。古城西南的盘门有伍子胥庙，城西还有一条路叫"胥江路"……点点滴滴展示了苏州百姓对伍子胥的怀念之情。现在苏州每年端午的时候都要举行隆重的仪式，纪念伍子胥这位吴国的重臣。我觉得很有必要让诸位了解伍子胥、熟悉伍子胥，因为从他的身上我们可以汲取一些有益的东西！那么伍子胥是哪里人？他怎么会到吴国来的呢？各位听众听我慢慢道来。

第二回　临潼斗宝

公元前523年的时候是东周列国春秋晚期，这是一个五霸闹春秋的动荡时代。当时楚国的国君名字叫熊居，他是楚国第三十一代君主，史称楚平王。他拿到了一张请柬，谁送来的？周景王姬贵，东周第十二代天子。周朝历史很长，上下八百年。前四百年史称"西周"，后四百年叫"东周"。所谓"东""西"，主要是以首都所在地而定的。周文王姬昌、周武王姬发推翻商纣王朝，开辟周朝，最早定都镐（hào）京，在中国西北的陕西，所以称"西周"。公元前770年周平王东迁，定都河南洛阳，谓之"东周"。当时周朝的最高统治者叫周景王。他以天子身份下诏：为避免天下以武力纷争，不要杀戮太多，各诸侯国（有十八个国家）到位于西北地区的秦国的首都临潼聚会。大家拿出自己最珍贵的国宝进行比试，用和平的方式来决定国家地位的高低。所以后来有一个成语叫"临潼斗宝"。

　　楚平王拿到周天子发来的圣旨后，就询问边上的大臣："各位大臣，周天子下诏，命各国诸侯于八月中秋带上自己的国宝，到秦国国都临潼参加斗宝大会，以决定各国政治地位的高低。你们看，寡人是去还是不去？请大家发表高见！"话音刚落，旁边闪出一人，四十多岁年龄，皮肤蛮白，开口就笑，不过他的笑是皮笑肉不笑："嘿！嘿！大王，我说应该去。第一不去不妥，此乃是周天子下诏，圣旨不可违啊。第二，这也是一个机会，可以展示一下我们楚国的实力和地位。这第三嘛，西北出美女呀。大王您说呢？"此人姓费名无忌，官拜太子少傅，用现代语言来说也就是楚国太子建的辅导老师。他是楚平王的宠臣，玲珑乖巧、善拍马屁。"嗯，说具体一点。""大王您要去，为什么呢？因为这个诏书是周天子下的，如果您不去的话你就得罪了天子，那不得了。尤其是秦国，他们正虎视眈眈，对我大楚不怀好意，如果不去的话，说不定秦国会以逆旨为借口，纠集各国起来讨伐我们楚国，那可就摊上大事啰。""嗯，说下去。""第二，您可以到秦国去看一下，现在的天下五霸纷争嘛！谁是老大？论地盘我楚国最大，讲人口我楚国最多，难道甘拜下风吗？难道见秦国害怕吗？"诸位听众，大家知道，春秋的时候主要是五个霸权国家，史称"春秋五霸"。哪五霸呢？根据记载，是楚国、秦国、齐国、晋国、宋国。但是到春秋后期呢？有变化了，淘汰了两霸：宋国与齐国；新增了两霸：一个就是吴国，再后来就是越国。所以春秋五霸，它是分前阶段跟后阶段的。

　　楚国地大物博，它的疆域面积很大，涉及今天的南方十一个省区，是当时人口和面积第一的诸侯大国。楚平王熊居感觉到：我必须得去，不去不行。他最听得进去的是费无忌说的第三点：西北出美女。平王内宫就缺少来自西北的标致姑娘，费无忌的话点到他心里。"嗯，说得有理。"因此楚平王他决定要去。可是就在这个时候，从旁边闪出一人，只见他头戴一品官帽，身穿四爪蟒袍，身材高大，饱经风霜，满头白发，根根银须，年过花甲，原来是一位老臣。老臣高声说道："大王，您不能去啊！""唔？"楚平王一愣。"大王，您去不行啊！为什么？要知道这是秦国搞的阴谋啊！秦哀公他为了称霸天下，就用临潼斗宝聚会这个方法挟天子而令诸侯啊！他通过周天子发一个请柬给大家，咱们到他的一亩三分地去的话，那是要上当的！您还是不去为妙啊！"

　　"嗯，老太师？"楚平王一看，原来这一位是自己比较信任的大臣，他姓伍名奢。担任什么官职呢？太子太傅。何为太子太傅呢？也就是说楚平王将自己的儿子太子芈（mǐ）建交给伍奢，让伍奢负责教育楚国的接班人。伍奢学问好而且文武双全，更重要的是忠心耿耿。那刚才我介绍的那位费无忌呢？他也是太子建的老师，他的官职是太子少傅。一个是太子太傅，一个是太子少傅，两个人的官职就差一个字，"太傅"和"少傅"有何区别呢？区别就好比现在大学里面的职称。他是教授职称，另外一个呢差一点,最多大学讲师职称。楚平王听了两个人的话,心里明白:俩人角度不同。一个是顺从我的心思,他的发言从来只说好听的,今朝的闲话也有点道理,违背周天子旨意是大逆不道,容易授人以柄,殃及楚国。伍奢的话是担心我个人安危,我是一国之尊,有恐遭人所害,他对我的忠心耿耿溢于言表。平王权衡得失后决定:"二位爱卿不用争论了,寡人决定明天动身前往秦邦。"费无忌暗中一笑,伍奢高呼:"大王!万万不可去啊!"楚平王曰:"来呀,退朝。"

一宵已过,日抵来朝。楚平王点五百御林军护卫,浩浩荡荡地出发了。从楚国的郢都到秦国的国都临潼,千里之地,路途遥远。队伍从楚宫出发,往城东门而来。"哗!""哗!""哗!"楚平王坐在车上心潮不平:此去是凶是吉?难以料定。谁知道他的队伍在出城门之时突然停了下来,楚平王感觉到奇怪:"怎么回事呀?"太仆(就是现在的专职驾驶员)答:"大王,前面有个老头,他跪在城门口挡住了去路!""谁啊?狗胆包天!竟敢拦阻本王的队伍?""嗯,大王,他是……""是谁呀?抓过来看看!"不一会老头过来了。"见大王跪下!"楚王一看满头白发,唉呀!原来就是那个老太师伍奢。楚王想:如果是别人,肯定推下斩了,可眼前是伍奢,伍家世代忠良,更其伍奢功劳显赫,杀他没有这把刀,斩他没有这口剑,绑他没有这根绳。平王耐着性子道:"老太师,你为何挡住寡人的去路?""大王呐,昨天我想了一晚上,我思来想去,大王啊,您不能去呀!去有危险呐。您是我们楚国的一国之君呐,国不可一日无君啊!""老太师啊,周天子下诏,我不得不去啊!""大王,您可以假称身体不适,请人代劳。您还是换个人去吧,让我的学生、您的儿子太子建代表您去吧。""那怎么行啊?周天子下诏命各国诸侯前往临潼,这是明文规定的呀!别多说了,我知道你的一番好意,老太师,请闪一边去吧,来!出发!"御林护卫将伍奢架到一旁,队伍出发。"驾!"谁知道赶车的车夫太仆扬鞭催马,要想走的时候却走不动了。哎,怎么搞的?"怎么回事啊?""报告大王,车走不动了。""来人,检查!""是!"一会儿手下禀报:"大王!车后面有个年轻人,他把我们那辆车拉住不放。""哦!有这个事情啊?我的车用九匹马拉,居然被一个小伙子拉住走不动了?"楚平王想:怎么回事啊?我的车谁敢阻拦?"来啊!把那个人给我带上来看看!"一会儿的工夫,只见几个卫兵把一个小伙子带过来了,"见我们大王!跪下!""你是谁呀?头抬起来让我看看?""大王!"小伙子头一抬。楚平王一看:好面熟,像一个人,谁?伍奢,只是此人年纪轻一点而已。"你叫什么名字?""大王,我的父亲叫伍奢,我是他的小儿子。我姓伍名员,双称子胥。"

各位,他就是本书主角伍员(读音:云)伍子胥。伍奢生有二子:长子伍尚,次子伍员。伍子胥今年三十挂零,身高九尺,腰大十围,眉阔一尺,气宇轩昂。眼似铜铃,两耳贴肉。鼻正口方,三缕清须。头上束发紫金冠,足登薄底紧绷快靴。英俊气概,相貌堂堂。那有人要问了:"怎么?有身高九尺这么高的人吗?"有。但是各位,你们要注意啊,我说的那个九尺,什么时代呢?春秋时代。我研究过,两千多年前的春秋时代的计量标准跟现在不一样。那时的一尺等于多少呢?二十二公分。现在我们一尺是三十三公分,比现在好像少了三分之一嘛。所以那时的身高九尺,说来也就相当于现在的身高六尺,大概是一米八、一米九的样子。总之,伍员人比较高大,用"身材魁梧"四字形容差不多。"嗯,原来是伍奢的儿子。"楚平王不解地问:"伍员呐,你知道你拦阻的是何人的车?""大王千岁,我这是奉家父之命,将大王宝辇拦阻。"伍子胥答道。"嗯。"刚开始看到伍子胥时，楚平王心中有些不悦。但是，看到伍员一表人才，力大无穷，便有了几分好感。他转身对伍奢道："是你叫儿子阻拦寡人的宝辇？""是！""为什么？""大王呐！秦王非善良之辈，临潼斗宝是个阴谋，您去是凶多吉少啊！""嗯，老太师！寡人知道你的一片好意，可我不得不去呀，那是周天子的旨意，能违拗吗？""大王千千岁，您有难处，老臣明白。今天我唤小儿子来此，是想护送大王前往秦邦呀，请大王恩准！""哦，原来如此。"楚平王一想：也好，这个小伙子年纪虽然很轻，但是他的气力很大，我那个车九匹马都弄不过，可见他臂力过人。"行啊，那就这样吧。伍奢，看在你对我一片忠心的份上，今天免你挡驾之罪！""谢大王千岁！""你的儿子伍员我封他为保驾将军，跟着我一起去秦邦。""儿啊，快！谢主隆恩！""是，谢吾王千岁千千岁！"就这样，伍子胥作为保驾将军跟随楚平王来到了秦国的国都。

周天子的圣旨上规定：八月十五中秋佳节，十八国诸侯携带国宝至临潼斗宝。天下十八诸侯不敢违旨，除了秦国之外，其他诸侯从四面八方跋山涉水，携带国宝赶赴秦邦，终于抵达临潼。各位，那个临潼就是现在的陕西省西安市临潼区。现在那个地方大家知道名胜古迹比比皆是，世界第八大奇迹"秦始皇兵马俑"就在此。自周秦到汉唐，临潼一直为京畿之地，处于中国政治、经济、文化活动的中心地带。周幽王烽火戏诸侯就在此地，唐朝唐明皇爱姬杨贵妃洗澡的华清池也在此地。那里的骊山脚下还有和西安事变有关的捉蒋亭。现在那边一座山峰上面有一座庙宇叫朝元寺，据说当初的斗宝台就在那个地方。

临潼斗宝其实是秦国想出来的一个阴谋诡计。为什么？因为秦国感觉到自己的国家在西北一角，地广人稀，物产丰富，兵强马壮，但是要称霸中原还不行。因此，秦国国君秦哀公就想出一个办法——用斗宝来聚集各路诸侯，邀请他们到秦邦首都开会，这是"请君入瓮"之计。他担心其他诸侯不买账，便派宰相去东都洛阳，请周天子出面下达圣旨分发到十八国，不怕各路诸侯不服从。

春秋晚期有这么一句话："灭国五十二，弑君三十六。"说明当时各国之间打得不可开交。因此，秦国提了那个建议以后，周景王当然觉得好。天下纷争，在所难免，可是杀戮太多，连年征战，总归不是好事，用和平的方法来解决争端再好没有。秦国提出的建议既可避免刀兵之灾，又可以重塑他周天子的形象。所谓：普天之下，莫非王土；四海之内，皆是王臣。作为天子的他也可以借此树立一下权威，何乐而不为呢？这叫各取所需，互相利用。

中秋已到，秦邦首都热闹非凡。各国诸侯接到周天子圣旨后不敢懈怠，携带自己的国宝赴临潼参加斗宝大会。斗宝台设在骊山第三峰，这里是秦国的宫殿。高大巍峨的建筑，透露出秦国的勃勃野心。各路诸侯过函谷关、进潼关，一路上强盗出没，很不太平，大家心有余悸。秦国宫殿灯火辉煌，御林军三步一岗、五步一哨，四周围戒备森严，如临大敌。秦庭中央三尺台阶上一把龙椅，居中端坐一人，头戴龙冠，身穿九龙黄袍，他就是东周第十二代天子周景王姬贵。

八百年周朝分为西周、东周，一共三十九代天子。从第一代周文王姬昌算起，历经四百年，到第十二代周幽王宫涅（读音：声）开始败落。起因有一句话：烽火戏诸侯，一笑失天下。有一位艳若桃花、冷若冰霜的妃子叫褒姒，幽王十分喜欢。为了博她一笑，幽王将美女褒姒带到骊山长城之巅，命守边关的士兵点燃烽火。到晚上，成千上万的军队点燃火把赶路，蔚为壮观。站在长城之巅的周幽王见心爱的美女脸露笑容，龙心大悦。烽火台是报警装置，那是国防设施呀！如果匈奴入侵、天子有难，各路诸侯看到烽火台有火要马上起兵勤王的呀。各路诸侯见了烽火台起狼烟：不好了，外族入侵，那马上起兵救驾。顿时各路诸侯纷纷赶来，远一点的诸侯带兵赶十几天路程到达骊山脚下："万岁，周天子！匈奴何在？我等保卫天子安危！""哈哈！没有事，和大家开个玩笑而已。"原来诸侯们上当受骗给幽王戏弄了。事隔不久，匈奴真的打来了，周幽王下令点燃烽火，向各路诸侯求救。各国诸侯看到烽火后以为幽王又在戏弄他们，便不去了。最后周幽王被杀死在骊山脚下。至此，周朝被迫迁都到了洛阳，史称"东周"。

各路诸侯互相争斗，称王称霸。传到周景王手里，周室式微，形同傀儡。今朝秦国提出临潼斗宝，让各国用和平手段比出高低，决定各国排名，但是秦国又怕其他诸侯不买账不响应，所以才假借周天子之名颁诏天下。

周景王："各位诸侯，今天我等假借秦邦之地，以和为贵召开临潼斗宝之会，首先对主办方秦国表示敬意！"秦哀公得意扬扬。为啥呢？秦国早有称霸天下的野心，它地处西北，独霸一方，但是不甘心于西北一角，便想用斗宝大会挟天子以令诸侯，让傀儡周天子出风头，十七国吃苦头，他大秦国得甜头，以达到在五霸中称雄的目的。

周景王："各位卿家，为了天下的安宁，朕请诸侯各国携带国宝到此一聚，互相献宝，公开评判。谁的宝贝上等谁就是上等之国，谁的宝贝稍次一等，即为二等之国，如此评出一、二、三等。如果实在不行，取消国号。"

那么天下十八国是哪几国呢？东道主秦国，春秋五霸之一，还有楚国、晋国、齐国、宋国，还有吴国、越国、蔡国、唐国、许国、徐国、钟吾国、郑国、顿国、鲁国、虞国、燕国、卫国。各路诸侯忐忑不安，大家都在想：这个聚会名义上蛮好听，以和为贵，临潼献宝，避免杀戮，和平竞争。周天子出面，大家不敢不从，但今朝不知秦国葫芦里卖啥个药？令人生疑。

蔡昭侯："吾王万岁！我蔡国抛砖引玉，先行献宝。"头难头难，开头最难。蔡国国君为啥要首当其冲呢？因为他明白，自己是一个小国，不起眼，夹在中间被别国挤兑掉，老早被遗忘了，今天抢在第一，叫先发制人、先入为主。但愿评定时，自己一等国轮不着能争取二等国。他把手一招："来呀！把宝贝呈上来。""是！"一位随从出来，手捧锦盒居中站立。蔡昭侯打开锦盒取出一件东西："周天子，各位诸侯，这就是咱们蔡国国宝！"大家一看，原来是一件很普通的衣裳。这也算国宝？大伙儿嘴上没说，心想：蔡昭侯心虚，抢在前面，好出出风头，拿件普通衣裳出来，自不量力哉。"诸位，这不是一件普通衣服，它不怕水，不怕火，其名为'水火衣'，是我们蔡国国宝。"被他一讲，大家不相信，从众人眼光里可以看到不信任——你在吹牛。"好，灵不灵？当场一试！拿水过来。"蔡昭侯命令手下取一铜盆放满水，将衣服放到盆里浸没，隔一会将衣服取出，一洒一透，向四周一扬，来到周景王面前："万岁在上，请万岁龙目御览！"周天子伸手一摸，果然，衣裳一点也不湿。"哼！哼！"周天子点一点头。"蔡爱卿，那么其火呢？可一试否？""是！来人点火！"蔡昭侯命令手下取一盆子放油点燃，将衣服扔入火盆之中烧。几分钟过后，蔡昭侯命手下把衣服取出来呈给周景王："吾王万岁，此衣服完好无损。""嗯。好一件水火衣呀！""好！好！好！"大殿之上一片叫好之声，蔡昭侯春风得意。

"且慢！我邦献宝。"话音刚落，从旁边闪出一位诸侯。"你是何邦？""万岁，俺乃是唐国，特来献宝！"唐国也是一个小国，和蔡国差不多，他们都是楚国的属国。周文王、周武王开周朝分封天下，分为五个爵位等级：公、侯、伯、子、男。唐国国君属最后一等——男爵。唐国国土面积小，人口少，经济一般，在春秋乱世最容易被强国并吞，要争取一席之地才要拼命格。唐国国君叫唐成公，今天他有备而来，也想抢在前头拔个鲜头，以免临潼斗宝将国籍也输掉。"唐成公，有何宝贝呈上来一见呀？""是！来人，将宝贝带上大殿。"只见一位马夫"驾！"一声带上了一匹巧克力宝马。啊！有巧克力宝马？有的。从来没有听说过啊！我讲的是颜色像巧克力，深棕色。但只见带上来一匹马，浑身上下毛发锃锃亮，没有一根杂毛。头至尾一丈二尺，地至背身高八尺。马头似侧砖，马脸似干枣，双眼似铜铃，四蹄如铁炮，日行千里，夜行八百。最快起步一秒钟八公尺，比奔驰车还要快。此马其名二字——"汗血"，是世界上最珍贵的纯种宝马。世界有三大宝马：一为英国马，二为阿拉伯马，三为汗血宝马。汗血宝马，产于中亚土库曼斯坦。所谓"汗血"，顾名思义，此马跑了以后要出汗，其汗的颜色为深红色，像血一样，故其名为"汗血宝马"。但见此马在大殿上引颈长嘶，"唔——！"一时震撼四座。"啊呀！果然宝马！"周景王情不自禁脱口而出。之后其他诸侯国不论大小皆竭尽所能，拿出自己最好的宝贝来献宝，斗宝台上奇珍异宝精彩纷呈。

第三回 伍员举鼎

周景王今天非常兴奋。为什么呢？作为周朝最高领导，他已经好久没有这种感觉了。今天居然还能端坐中央，众星拱月，指手画脚，发号施令。哎！自从老祖宗周文王、周武王开周朝以来三百多年还算太平，到第十二代周幽王宫涅，为了博得褒姒一笑，烽火戏诸侯，自食其果，自己被匈奴所杀，首都被迫东迁到河南洛阳，从此周室一蹶不振。现在的天下是群雄纷争，互不买账，弱肉强食，终年战乱，作为一朝最高领导却无能为力。一个国家就像一个家庭，家和万事兴。现在眼睁睁看着周室江山分崩离析，他为之担忧。现在他穷得精打光，各诸侯国大部分不来进贡哉，每年祭祀大典都必须向各国借了银子才能举行。所以秦国主动到洛阳提出免刀兵之灾，为振兴周室，让大家用和平方式解决各国之间的争端，这一做法正中他的下怀。

斗宝台热闹纷纷：许国的白玉温凉盏，徐国的阿拉伯神灯，宋国的翡翠醒酒杯，郑国的神雕大鹏……各国尽显其能，看得大家眼花缭乱、叹为观止。到现在为止，十六国已经献上自己的国宝，还有两个国家未露宝，那就是楚国与东道主秦国。为啥这两国不争先献宝呢？有一句俗话："好戏还在后头呢！"这叫压轴戏。压得住镇得牢，方显英雄本色嘛！因为春秋五霸之中最为强大的两国一是楚国、一是秦国，二强相争都有野心。楚庄王曾经带军队到东都洛阳询问周天子："镇国之宝大克鼎有多少分量？"鼎是国家权力的象征，所以历史上用"问鼎周室"形容楚国有野心。同样，秦国也不买账，秦国相信法家，最有名的是商鞅变法，战国七雄，燕、赵、魏、齐、韩、楚、秦，最后秦吞六国嘛。今朝秦哀公志在必得，要拔得头筹，所以他不抢在前面。他也知道，真正的对手是强大的楚国。楚国献什么国宝？吃不准。让楚国先亮相，他后发制人。

秦哀公："吾王万岁！是否请楚邦献上国宝，让大伙儿开开眼界？"

周景王："嗯！平王哪，该是你出手啦！让大家一饱眼福呀！"景王想：吃你的住你的，一切费用你承包，作为东道主，这点面子要给你的。其实楚平王也在轧苗头，他希望放到最后一个献宝。为啥呢？这就叫"压轴戏"，是最具分量的。现在被周天子点名嘛，只能答应。楚平王："遵旨。"一回头："把国宝抬上来。""是！"只见四个手下抬着一只精美大箱子放到大殿中间，"啪！"楚平王亲手打开箱子："来呀！献给周天子龙目御览。"

"哇——！"大殿上一阵骚动，大家觉得眼前一亮，啥玩意？八宝莲花灯。翡翠珍珠玛瑙镶的金丝荷叶，一朵白玉莲花，居中一颗夜明珠，莲花中央透出一道白光，似银光似寒光，八样宝贝组成一只莲花灯。"吾王万万岁！此乃我楚国镇国之宝，名曰'八宝莲花灯'，是先帝周武王所赐，保存至今已有五百多年了。"大殿上一片称赞之声。冷不丁秦哀公开了口："且慢！周天子，八宝莲花灯怎么能算楚邦之国宝呢？既然是先帝周武王所赐之物，理所应当不属楚国之国宝啊！难道说楚国要取而代之吗？"楚平王一惊：秦哀公存心贬低和攻击我楚邦，莫非他是想要利用此次机会拔得头筹称王称霸？

秦哀公："吾王万岁万万岁！我秦邦献宝。"秦哀公想：我精心策划斗宝大会，花费人力物力，为啥？买了爆竹给别人放？"来呀！把咱秦国宝贝献上来。"一声令下，一阵香风，裙佩叮当，飘出来十四个风姿绰约的美女，每人手持一座烛台，上面插好九根蜡烛，前面九人，后面五人，面对周天子齐声道："大伙儿看看，前九后五，是为九五之尊。周天子是我们最高领导，就像此蜡烛。这蜡烛我们秦邦称为'万年烛'，你们知道何为万年烛吗？也就是说它点亮以后永远不会烧掉，可以亮一万年呐！愿周室江山万万年！"

周天子蛮高兴，听见讲"周室江山万万年"更加高兴：看来还是秦国有良心。诸侯各国晓得秦哀公在拍马屁，也拿他没有办法。大家心想：你拍周天子马屁与我们无关，但为啥刚才要触楚平王霉头呢？两个大国在斗，不关我们什么事。好哉，各人归各人吧，不知今天结局怎么样了？"来啊！点蜡烛。"顿时，宫殿为之一亮，十四支蜡烛熊熊燃起。秦哀公介绍："秦国万年烛，它不怕风不怕水，怎么样？不信吗？大伙儿可以试一试！来人！""是！"出来十四条西北汉子，手执芭蕉扇一字形排开。"准备，用力扇！""呼——！""呼——！""呼——！"只见蜡烛头晃了几晃，仍然在燃烧。"准备，用水浇！"十四个人每人手拿水盆排队上前"哗——！"的一声浇到蜡烛上，只见蜡烛头仅仅动了一下，又恢复了燃烧。"耳听为虚，眼见为实。大家都看到了。"

秦哀公："周天子，今天斗宝大会，多为雕虫小技。什么莲花灯、水火衣还有四蹄畜生也能算国宝？唯有我秦邦以天子为九五之尊，今天可得上邦第一名否？"此言一出，整个大殿静悄悄，众人敢怒而不敢言。

"慢！吾王万岁万万岁，我等不服，恳请天子赐一良机，让我一试。""哗——！"大殿上一阵喧哗。秦哀公冷不防会有人出来搅局："谁啊？吃了熊心豹胆，在我的一亩三分地上竟然有人说话。"只见从楚平王身后闪出一位小伙子，声若洪钟，气宇轩昂。他是谁呀？各位，非是旁人，就是我们楚国保驾将军伍子胥。伍子胥出身官宦之家，父亲伍奢太子太傅、中丞御史（副总理一级）。他的爷爷叫伍举，是楚国上大夫（正部级干部），楚庄王的心腹重臣。伍家是世代忠臣，在楚国声名显赫。伍子胥从蒙童时代开始就要学六个方面知识。第一，书，即识字、书法、作文，语文知识。第二，数，算术，加、减、乘、除四则运算能力。第三，礼，礼仪规矩（祭祀、待人接物等），好比现在的礼仪教育。第四，乐，六乐，歌颂炎黄先祖功德的音乐、歌舞，琴棋书画。第五，射，武功及五种射箭的技术。第六，御，五种驾驭兵车的本领（一张驾照是必需的），是军队作战中必须掌握的军事技能。他从小受到良好教育，而且忠君爱国思想从小扎根，所以这次保驾入秦，他觉得责任重大。今朝的场面他第一次看到，对秦哀公的说辞非常不满。秦哀公说其他国家的宝贝都是雕虫小技，不足为道，只有秦国的万年烛是宝贝，他的目的是借周天子的名义抬高自己、贬低别人，欺人太甚。俗话说："初生之犊不畏虎。"年纪轻嘛无所谓的。他就感觉到好像秦国有个天大的阴谋，他们的目的就是要称霸于天下。那可不行！我们楚国可不买你的账。一根蜡烛，这什么东西啊？"嘿！江湖诀。"他知道这是江湖上面的一种东西。其实那根蜡烛不稀奇的，怎么用水泼都不灭，风吹都不熄，他试过的，有技巧。秦哀公早有盘算：今天的场面，谁敢出来？即使有人懂行，也没有这个胆量。

伍子胥："吾王万岁！万年烛风吹不熄、水浇不灭臣不相信，末将欲将一试，可否？"

"嗯，这个？"周景王对秦哀公看看，意思是：你的牛吹豁边了，有人不服！"嗯！这——！"秦哀公冷不防有人会出来搅局，刚刚话说得太满了，一时下不了台，只得应道："嗯，好呀，既然这位小将想试上一试，那就请吧！"秦王脸色尴尬。伍子胥站出来了。他平时练过功，他也知道关键是那口气要吹到那个蜡烛的头上。这个头叫什么？叫"蜡烛芯"啊。关键是一阵风要吹到蜡烛芯上。伍员凝神屏息，走近一支蜡烛，约一尺距离，运用丹田之气，用力喷出，"吭——！"他一口气吹出来的时候就像一把尖刀对准灯芯，"唰——！"就像一把刀切下去，只见蜡烛一晃，"呼——！"一下子那个蜡烛就灭掉了。虽然秦国拿出来九五之尊十四支蜡烛，但伍子胥只要吹灭一支，"哗——！"大殿上就发生了一阵骚动。这个时候天下十七个国家都高兴，大家都感觉到今天秦国太过分了，想一枝独秀，结果弄巧成拙，这位楚国的小将厉害。最高兴要数楚平王，他心想：好！伍子胥居然大庭广众之下挑战秦邦，为楚国增光！

根据规定，各国献宝以后，由周天子确定一位评判员，这位评判员被称为"明辅将军"。"明"就是公正廉明；"辅"就是辅助天子。明辅将军的权力很大，一句话可以定夺哪一国是一等上邦、哪一国是二等国家。周景王："各位卿家，大家宝贝已献，琳琅满目、眼花缭乱。现要挑选一位公正廉明、能辅助寡人的将军，尔等看哪一位是合适人选？"秦哀公："万岁，依臣之见，此人一要勇冠三军，力大无穷，武艺超群；

二要腹有良谋、六韬三略无一不精，方能担当明辅将军之职。""嗯，讲的有理。卿家，尔看怎样挑选？""万岁，这大殿之外有一只冲天宝鼎，能将此鼎举起者便可任明辅将军。""嗯，好啊！众卿家，尔等哪一个能举此鼎？"

只见此鼎为青铜所铸之宝鼎，三足形似虎爪，上面两只铜耳，分量极重。大殿之上一片寂静。"吾王万岁！臣姬辇愿举此鼎。"从秦哀公背后闪出一员大将，声若洪钟、气壮如牛，来者是秦国上将军姬辇。秦哀公早有预谋，先下手为强。周天子："嗯，好啊。姬辇将军试上一试。""遵命！"秦哀公早就跟姬辇说了：有什么特殊的情况你可以站出来夺头功的。姬辇他人高马大，大步走到那个露台的中央，心想：一只青铜鼎不在话下，今朝的场合是出风头的好当口。只见他头戴乌油盔，身穿乌油甲，足蹬乌油战靴，威风凛凛。姬辇将军呀，举鼎要有准备的哟，你的打扮是上战场打仗，一身戎装着束是不适合举鼎的呀！他急于求成，身体一蹲，一手抓住鼎底下青铜虎爪，一手抓住上面青铜耳朵，"来！起——！"他比较匆忙，又憋着一股气，"哗——！"他要把它举起来，可惜用力不当，"啪！"裤带绷断了。"唉呀！不好了！"突然之间他感觉到不行了，腰间一闪受不了了，胸口一闷："哇呀！"其实他已经不行了，喉咙口有东西往上蹿出来，他嘴巴一张，一口鲜血"哇——！"的一声冲了出来。众人一声惊呼："不好，当心！""咣——！"青铜宝鼎被丢弃在地，他狼狈不堪地退过一旁。秦哀公难过啊：这个匹夫呀！不争气啊！

"慢着！我来一试。"周天子问："你是何人？"卞庄："郑国大将军卞庄。"周天子："卞庄将军，听说你打死过两只猛虎，对吧？"卞庄："嗯，是！"周天子："那举鼎可要当心。"郑国是一个中等国家，卞庄觉得现在夺那个明辅将军的职位是个机会，机不可失时不再来，他到宝鼎的边上一看，顿时充满信心。他将衣冠一整，身子一蹲，右手把虎爪腿抓住了，左手把铜耳朵拿住了，"准备，起——！"只见他把青铜宝鼎慢慢地往上提，不慌不忙，"哇啊！"一下子就举了起来。好啊，十八国诸侯看得佩服。卞庄把宝鼎高高举起，移步到周景王的面前："大王，末将献丑了。"周天子："卞将军神力！"卞庄："谢万岁！"他将宝鼎放到原位的时候，脚下不慎，"砰！"青铜鼎放下来时晃了一晃，"啪！"宝鼎倒在了露台上。大殿上一片嘘声。

伍子胥看得很清楚："大王，我愿意试试。"周景王："好啊，当心是了。"伍子胥心里很明白：刚才那两位将军都能把宝鼎举起来的，只是姬辇准备工作没做好，仓促上阵，不当心裤带断、一口血。卞庄呢？虽然他把宝鼎举起来了，可惜不潇洒，特别在落地的时候，宝鼎倒在地上了，俗称"烂尾巴"。关键时刻为国争光当仁不让。伍子胥从小喜欢与江湖艺人三教九流轧道，他经常去看庙会节场，那里卖拳头、举石担、举铜鼎、丢石锁、弄缸弄甏、吞剑吃铁蛋样样都有。他懂举鼎的技巧，心想：我要吸取他们两个人的教训，沉着冷静，从容应对。走到宝鼎的边上，他把功夫运好，往下一蹲，左右手将虎爪耳朵拽住，深呼吸一口气，稳稳当当，"哗！"一下子就举起来了。这叫一举成功。大殿上一片寂静，众人凝神屏息，只见伍子胥用自己那条右手往上一顶，左手一松，单手举鼎。"好哇——！"伍子胥单手举鼎，技惊四座！那各位要问了：你在说什么大话，千斤宝鼎能举起来吗？我对这个问题做了专门研究，到底有没有1000斤？到底能不能举起来？我的回答是：能够。为什么？因为时代不同，度量衡标准不同。春秋时代1斤是多少呢？按现在的标准折合是258克。现在1斤是500克，千斤宝鼎才500来斤嘛，折250公斤，而举重世界纪录是268公斤，所以伍子胥力举千斤宝鼎的记载应该说是可信的。在一片喝彩声中，伍子胥稳稳当当地将宝鼎放了下来。周天子："众位卿家，楚国小将伍子胥力举千斤宝鼎，明辅将军非他莫属。"

有一人着急了，谁啊？秦哀公。秦哀公心想：我处心积虑，精心策划，结果买了炮仗给别人放，让楚国人出风头。秦哀公："吾王万岁，明辅将军要文武双全、智勇兼备，匹夫之力岂能担此重任？"周天子："你看怎样？"秦哀公："在此当堂一试其文才。"周天子只得答应："伍员小卿家力举宝鼎实属不易，取得明辅将军之职，还要当堂一试你的文韬武略。"伍员："吾王万岁，理所当然，只管试就罢了。"秦哀公："伍员，何谓六韬三略？"伍子胥："六韬为太公兵法。六韬是文韬、武韬、龙韬、虎韬、豹韬、犬韬。三略为黄石公三略——上略、中略、下略。"秦王："行兵布阵何为十阵？"伍员："一字长蛇阵、二龙抢珠阵、三才阵、四方阵、五朵梅花阵、六行阵、七星阵、八卜阵、九宫阵、十面埋伏阵。"伍员对答如流，听得十七路诸侯齐声称赞："好啊——！好！明辅将军非他莫属！"秦哀公像泄气的皮球一样长叹一声："果然不凡！"周景王顺从民意："既然如此，寡人命伍子胥为明辅将军。"

各位，伍子胥他最早出名在哪里呢？在秦国的临潼斗宝会上。现在我讲这个故事，其实早在六百年前元代文人就把这个故事编写为元杂剧《临潼斗宝》，他的故事在那时就已经传诵开来了。

第四回　楚秦联姻

山外青山楼外楼，还有强人在后头。秦哀公偷鸡不着蚀把米，想不到楚国来了个伍子胥大出风头，居然被他夺得明辅将军之头衔，称霸受挫的秦哀公十分沮丧。最高兴的要算楚平王了，他面子扎足，大获全胜。回到郢都，楚平王召开庆功大会论功封赏：赏伍子胥黄金五十镒（1镒等于20两），绢帛五十匹；封伍奢为上大夫（部级干部），授伍子胥为楚国边境重镇樊城总兵之职（襄樊军区的司令员），让伍子胥与其哥哥樊城刺史（樊城市市长）伍尚一文一武镇守边关。

任何事物都有两面性。楚平王感觉到这一次的临潼斗宝，一方面伍子胥为楚国挣了面子，立了功勋；另一方面，也伤害了楚国与秦国的关系。秦楚两国都是强国，强强相争只有双输，没有双赢。那么用啥个办法来弥补两国关系呢？

在这件事上，有一个人心里很难受。谁？就是太子少傅费无忌。怎么难受呢？唉呀！他这个人呐，小肚鸡肠，心胸狭窄。平时他和伍子胥的父亲伍奢两个人共同教导一个学生，也就是楚平王的儿子太子建。但是在师生关系上面，那个太子建平时跟老先生关系挺好，对老先生是言听计从。太子建就感觉到费无忌人品不怎么的，专门喜欢背后说别人坏话，触壁脚，因此师生的关系不太好。这一次费无忌就在想：这个伍奢厉害呀！把自己的小儿子拿出来以后不得了哇，看伍家势大滔天。可是我呢？没名堂。他心里酸啊，因此他就想办法要在楚平王面前扳回一局。想什么办法呢？他挖空心思想出来一个点子，这个点子既让楚王开心，又让太子满意。他就跟楚平王说了："大王呐，我想到你的儿子、我的学生太子芈建年纪差不多了，男大当婚嘛！是不是要找个媳妇？我来做个媒人呐。"楚平王一听很好啊："那费无忌你当媒人？那娶什么地方人呢？""大王，您不是刚到秦邦去了吗？您听说过吗？秦邦出美女。唉呀！我听说了秦国的公主，就是秦哀公有个妹妹叫孟嬴，又叫无祥公主，她天生丽质，怎么样？""喔！那秦邦公主几岁了？""听说十七。""那不小了！有没有婚配了呢？""大王，我去跑一趟。""好，既然如此，那就辛苦你了。"楚平王觉得这个点子好。楚秦联姻，一举两得，此乃双赢啊！儿子是我的接班人嘛，总是要娶媳妇的。于是，费无忌奉命做媒人来到了秦邦。他在秦庭上面见秦哀公："秦王千岁，我奉吾王之命前来相求一事。""何事请讲？""我楚国太子芈建年方二十，尚未定亲，今日我奉楚平王之命特来求婚。""喔！求婚？可有意中之人哪？莫非在我秦邦？""是啊，听说大王您有一胞妹，其名孟嬴，貌若天仙，可曾婚配否？""嗯——"秦哀公一听是自己妹妹，心里一喜。为什么？原来秦哀公的妹妹孟嬴公主对自己的婚姻大事非常挑剔，为了此事，兄妹有点矛盾。因为封建社会是父母之命、媒妁之言，父母不在，长兄为父，所以作为哥哥秦哀公对妹妹的婚事也很关心，无奈到今天还没有着落。现在听见楚国太子前来求婚，那是好事啊！楚国太子娶秦国公主，那是门当户对呀！再说自从临潼斗宝大会以后，秦楚关系紧张，毕竟楚国是个大国，得罪了楚国有所不妥啊。这桩婚事一举两得。秦哀公心里这样想，面子上他却没有马上答应，为什么？女方也要搭点架子吧。"费大人，婚姻乃大事，我岂能擅自作主，你驿站休息，等我询问胞妹，再作商议。""嗯，是！"秦哀公回到内宫，一问妹妹么，孟嬴公主一口答应："哥哥做主。"到第三天，秦庭大殿之上见面。"费大臣，胞妹已经答应。此乃我妹生辰八字，还有一张画形美女图，乃是我妹肖像，请你带回楚邦，选定黄道吉日，操办婚礼。"一张画形图容，等于现在相亲先送一张照片嘛。过去没有照片的，就是请画师帮她画一张肖像，一张美女的图。另外带上生辰八字。过去相亲还有一条标准，就是看生肖啊有冲碰，即所谓"六冲"。比如属羊的不能与属虎的结婚，否则羊落虎口；鸡不能与狗相配，否则鸡犬不宁。还要挑选一个黄道吉日才能办成婚礼。费无忌很高兴："哎哟！我成了！"哈哈，想不到这么顺当。

　　回到了楚邦首都郢都，费无忌上殿见驾，他得意地一笑："大王千岁，臣千里迢迢带回一个喜讯——这桩婚事，秦邦公主答应了！""嗯？答应了？""大王，这是孟嬴公主的生辰八字，还有一张画形图容。""喔？呈上来看看。""是。""哇！好美啊！"楚平王看到美女画形图容，双眼直勾勾的，口水也出来了。楚平王自己觉得有点忘形，马上补充一句："来呀，退班。""是。"众文武退班。"费无忌留下。""大王？"原来楚平王熊居他本是个迷恋美女的好色之徒。"我的儿媳妇图形上不错，其人你见过吗？"这时候楚平王熊居眼睛发光，急切地问道。"大王，我哪能见过？不过听说比此图胜上十倍！""哇，这个——！嘿！可恼呀！寡人没此艳福啊。"费无忌一惊，他是聪明人，一看嘛心中有数了：楚平王与儿子在争风吃醋哉。怎么办？他呆呆地望着平王："大——王——？"只听得平王长叹一声："唉——！臭小子艳福不浅，你看着办吧！"这时候费无忌在琢磨着：我的马屁拍在了马脚上，讨好了太子，得罪了老子。怎么办呢？没办法啊。带泥萝卜吃一段洗一段吧。好啦，选好一个黄道吉日，彩礼准备好去秦国迎接新娘子。

秦国怎么样呢？秦哀公跟他妹妹说了嘛："我把你许给一个好人家了。""谁呀？""楚国的太子。将来他是接班人嘛！妹妹，你有希望做楚国的皇后娘娘。六宫之首，母仪天下。"他的妹妹叫孟嬴，史称无祥公主。孟嬴公主很高兴：我的哥哥给我选了个好人家。这几天她在后宫忙着准备嫁妆。时间很快，娶亲的队伍已经到啦，秦邦准备了陪嫁的东西，不得了，皇家的礼仪，陪嫁的嫁妆几十车，还有丫鬟侍女三十位，另外还准备了两顶轿车：金顶轿与银顶轿。那两顶轿车干嘛呢？金顶轿上就是无祥公主孟嬴。还有银顶轿呢？银顶轿上是她最好的闺蜜、贴身的侍女，姓马叫马秀英，任女官，职务为昭仪。两个人从小在一起长大的，她们是闺蜜。当然马昭仪姑娘嘛，她就感觉到公主出嫁她作为陪嫁也是她的荣光。秦哀公还派了子蒲、子虎两位将军和五百护卫，护送妹妹的婚车队伍直到边境。到了边境，两个将军就说了："公主呐，我们只能送到此地了，我们的军队不能过界的，祝公主一路顺利！"婚车队伍就过了秦国的边界，到了楚国的地界上。

那天晚上大家都很累，颠簸了一天，到驿站住下了。晚饭吃过以后，孟嬴公主心想：唉呀，白天赶路真累，晚上早点睡吧。因此她就跟马昭仪说了："昭仪呐，咱们早点睡吧。""好。"主仆俩正准备入睡，突然有人叩门："笃！笃！笃！""谁啊？""是我，费无忌。"谁呀？媒人，男方楚国太子芈建的老师费无忌。"费大人，有什么事吗？""当然有事，请开门呐！"费无忌来干嘛呢？其实他在考虑一个问题。考虑什么问题？他就在想：这一次我把新娘娘娶回楚国，本来我要怎么样？要显摆自己嘛，要拍马屁嘛。可是现在呢？这个马屁不受用哎，楚平王他不高兴，我也可能得罪主子。怎么办？因此他动了个歪脑筋。动什么歪脑筋？他就在想：这个陪嫁的侍妾丫鬟漂漂亮亮，那我来想个办法。怎么样？偷梁换柱。为了取得平王的信任嘛，所以他想了个歪脑筋。今天晚上他来敲门了。看见门打开了，他狡黠地一笑："公主啊，路途辛苦了。"秦公主连忙答道："费大人，您辛苦了。"费无忌细细观察，心中不觉赞叹："华贵艳丽，美若天仙呐！怪不得平王一眼看中呢。"他心里觉得痒痒的。"公主，您现在已经到了楚国境内，也就是说到了夫家了。""嗯。"孟嬴不觉脸色微微一红——才十七岁的姑娘，第一次出国，而且马上要成为这个国家未来的国母了。她轻轻地问道："费大人，有事吗？"唉呀！声音好听，好像在讲吴侬软语。"公主啊，您马上要进楚王宫了，国有国法，宫有宫规。我想跟您讲讲楚宫的规矩，这可是一件大事啊。"孟嬴一听要讲宫中规矩，不觉有点烦躁，路途颠簸人困马乏，这种事现在怎么听得进去？听进去也不一定记得牢，但是媒人又不好得罪，有了："费大人，我累了，我要休息了。马昭仪，费大人有什么话你听了记住，知道了吗？"公主的脾气拿出来了。"哎，知道了。"马昭仪赶紧上前："费大人，我跟您去吧，我家公主累了，她要休息了。""哎，好，公主您休息吧，不打扰了。"费无忌喜出望外：哈哈！正中我的下怀。"好啊，那公主不打扰了。昭仪姑娘，来、来、来。"费无忌就把马昭仪叫到自己的房间里面。进了房以后，他把房门"砰"一声关上，门闩一下子就闩上。为什么呢？因为事关重大，别被外人撞见了泄露天机。

费无忌满脸堆笑："来呀！请坐。""不！"马昭仪想：公主叫我来听听宫内规矩、注意事项，怎么一进门就把门关上，而且将门闩也闩上？她心里有点紧张。"你叫什么名字呢？""我叫马昭仪。""哎哟，长得不错，长得真不错，唉呀，来、来、来，昭仪姑娘请坐。""我不敢当。""哎！坐下说话嘛。""嗯，费大人，您有什么宫中规矩跟我讲吧！""别着急嘛，来、来、来！坐、坐、坐！慢慢地说嘛。"

马昭仪不敢违拗，战战兢兢，眼睛盯着费无忌，没有办法只能坐了下来："费大人您说吧，奴婢听着呢。""楚国的风俗和秦邦的风俗大不同啊！""嗯，奴婢知道。""哎！姑娘不要奴婢、奴婢，看你容貌不错，你是哪里人氏？""我乃齐国人氏。""齐国人为何在秦国宫内当侍女？""父亲入秦做官，奴婢自小跟随，后被选入内宫。""唉呀！怪不得如此端庄有气质。失敬、失敬！你本是官宦千金。""奴婢侍候公主，是个下人。"费无忌一听，心中一喜——来得正好："你哪是下人，你乃大富大贵之相。我看你不是伺候公主之人，是有人伺候你呢。"马昭仪只觉得这人说话不着边际，夜深人静与她瞎扯。"大人哪，奴婢何处得罪于您？为何如此戏弄奴婢？"费无忌心想：戏弄？今朝我要假戏真做，不怕你不答应。"昭仪姑娘，何谈'戏弄'二字，你是官家之女，又天生丽质，品貌端正，举止大方。今儿老夫有意看中于你。"看中？昭仪不由一怔：怎么，这个老头子看中我？她疑惑的目光盯住他："费大人您想？""哎，别误会。听我说，我想把你许配给我们楚国的太子，立为正妃。""啊？！""别着急，要是你答应，嗨，享不尽荣华，受不尽富贵啊！"昭仪想："我有没有听错啊？""费大人，楚国太子娶的是我们公主，秦楚联姻，天下共知，何人不知，哪个不晓？我若做了太子正妃，那么我们公主呢？费大人，您在说酒话吧？"郁！好厉害的姑娘！哼，我堂堂太子少傅不怕你不就范。"唉呀，昭仪姑娘好不聪明呀！我跟你直说了吧！我家大王千岁闻得你家公主生得美貌，只想接她去西宫呀！无奈东宫嘛那就是你的福分了，到时你就是太子妃啰！""啊？"马昭仪大吃一惊。"这——！这怎么可以呢？"

"昭仪姑娘，从明天起，你和公主把乘轿互换一下。你上金顶轿，她上银顶轿。你跟公主说，路途有强盗出没，为了公主的安全，所以互换轿子，其他你什么也别说。到了郢都，我把你送入东宫与太子成婚，你家公主嘛入住西宫，咱们的楚王在等着这位貌美的孟嬴公主呢！"马昭仪简直不敢相信自己的耳朵：楚国一国之君竟然与太子少傅不顾礼义廉耻做这乱伦的勾当。姑娘俏眼圆睁，柳眉倒竖："费大人，奴婢虽是下人，但也懂得'羞耻'二字。我家公主嫁与太子天下共知，我怎能偷梁换柱、瞒天过海做这昧良心之事？奴婢是断断不从的！"费无忌没有想到这个丫头竟然敢当面回绝自己："嗯？还当了得！阿是我一个堂堂三品之职弄勿过你一个奴才？"顿时面孔一板："贱人，本大臣让你享荣华富贵，你竟然不识抬举！"

"这……""你不识抬举可以，今天这个房间你是出不了了。我告诉你，今天我就没办法啦？陪伴的丫鬟多的是，我当你人用你不想当人！"费无忌恶狠狠地说："怎么样？你不做也得做，做也得做！要不然的话今天你甭想出这个房门！"昭仪胆怯地说："费大人，这不可以的。""你再考虑考虑。"突然费无忌一脸苦相："唉呀，我也没办法，我求你啦！昭仪呐，我也是吃人家一碗饭呐，我没有办法呐。我们两个人都是下人呐。我再提醒你，你做了这件事，天知地知你知我知，旁人都不知呐。将来，你还有将来呢，你知道吗？"费无忌威逼加利诱："嫁给了东宫太子以后，太子他将来当楚王，他当了楚王以后，你就是娘娘，不得了哇！前途无量的，唉呀，你怎么拎不清呢？

你再考虑考虑吧?"

这个时候马昭仪脑袋里面乱了:怎么办呢?万万没有想到出这个事情。从良心上讲怎么办呢?可是现在的情况我是谁呀?我是什么一个东西?我是个弱女子,我是个丫鬟,我是个听人使唤的奴隶呀。让我死吧!可是我、我死在这个地方也是白死。不死吧,做这个事情良心上过不去。万万没有想到,楚国国君跟大臣他们这么卑鄙无耻!

"怎么样?识时务者为俊杰,我说姑娘,好自为之吧。"费无忌软硬兼施。没有办法,在强权底下,马昭仪只能屈服了。费无忌冷冷地说:"我告诉你,明天早上上车的时候你就跟你们的公主说,强人出没要换个轿车,这样做是为她的安全着想,知道吗?""我知道了。""走吧,把眼泪擦干了。""嗯,好。"马昭仪含着泪水出了费无忌的房门。

第五回　父纳子妻

清早,驿站里的客人们整顿行装。队伍上路之前,马昭仪来到孟嬴公主的金顶轿前:"公主,进楚国的地界了,这里山高林密、道路坎坷,路上不太平,费大人说了,为了您的安全,让我银顶轿换您的金顶轿。"公主:"哎,好。"孟嬴只当是真的,她立马上了银顶轿车,马昭仪忐忑不安地上了金顶轿车。"出发。"费无忌一声令下。路上有没有强盗呢?即使有也不敢上来抢呀!这么庞大的队伍,而且还有武装护卫。路上很顺利,直达楚国首都郢都。秦国公主一行被安排在驿站宾馆里面严加保护,费无忌进宫来到御书房叩见楚平王:"大王千岁,臣费无忌叩见大王!"平王:"回来啦?"费无忌:"是,您的儿媳妇孟嬴公主已在驿站下榻。""嗯。知道了。"楚平王冷冷地说。费无忌:"大王,还有一件事向您禀报,我为大王您找了一位西北美女!"哼!楚平王想:我看中的是秦邦公主孟嬴,可惜没有这个福分,被儿子捷足先登了。只能想又不能讲,传到外头难听——公公看中儿媳妇。费无忌把我当何人?去秦邦接新娘顺便带回一个西北姑娘?我是谁啊?楚国一国之君呀!楚平王不耐烦地说:"去、去、去!寡人没兴趣。"费无忌:"大王,这位姑娘不是旁人,是您看中的大美女呀!"楚平王:"胡说!寡人的心思难道你不知道吗?"费无忌:"知道。"楚平王:"知道你还来哄我?"费无忌:"不是哄您,怎么敢呢?奴才我知道大王心意。"楚平王:"什么心意?"费无忌:"给您献上的这位大美人就是那个孟嬴公主啊!"平王:"可她是我儿子娶的媳妇啊!"费无忌:"不,我把她作为您纳的妾,送到您西宫来了!"平王:"什么?"楚平王不敢相信自己的耳朵:她啥人?我的儿媳妇啊,我只好欢喜在心里呀。平王:"费无忌荒唐,怎么可以呢!传出去我这个老脸搁哪去啊?"费无忌:"您放心吧,大王没事的。她还没有过门呢,还没有成亲呢!奴才自有妙计。"楚平王一听,顿时精神起来:"什么妙计?"费无忌:"我已经找好了替代品,这叫移星换斗之计呀。"平王:"移星换斗?"费无忌:"有一名丫鬟叫马昭仪,是一个陪嫁侍妾,模样长得可以。我已经跟她讲好了，让她冒充秦公主嫁到东宫，您喜欢的女人、真正的秦邦公主我给您送进西宫，这不就是大王您的心意吗？"楚平王疑惑地问："妥当吗？此事张扬出去，我这老脸往哪儿搁呀？"费无忌："大王只管放心。第一，公主她还没有进东宫成亲。第二嘛，此事天知地知您知我知啊！"平王："那你千万要注意保密。"费无忌："您放心吧，没事的。"楚平王："好！此事成功后，我重重有赏。"平王是一个贪恋女色的昏君，他把伦理道德丢在了一边。

第三天是结婚的大喜之日。东宫太子芈建开心啊，人生最大的一件事就是洞房花烛、结婚娶亲。不过太子芈建有一点疑惑：在新婚大典上，新娘子倒不会开口说话的。新婚燕尔，进入洞房总归要讲几句话的呀！"公主青春几何？"她不回答。"娘子一路辛苦！"仍旧不答。"夫人，腹中饥饿否？"还是没有回音。假冒公主的新娘马昭仪忐忑不安，心想：叫我怎么讲呢？讲也讲不清楚。太子连问三声，她均不答复。这叫："三个不开口，仙人难下手。"昭仪心想：太子啊，您娶的是秦国公主孟嬴，我是冒牌假货，我是一个陪嫁丫鬟，我是出于无奈，被逼冒名顶替的呀！叫我怎么回答您呢？我非为名利，只能忍辱负重。

西宫里面呢？鼓乐喧天，热闹非凡，大家都知道楚平王纳妃。谁呢？是费无忌这个马屁精从秦国带来的一个绝代佳人，西北大美女，叫马昭仪。因此，西宫里面灯火辉煌，大家纷纷举杯庆祝平王纳妃。西宫新房里面端坐着十七岁豆蔻年华的秦邦少女孟嬴公主，她又不知道自己已经被调包了。过去有个规矩，新娘子入洞房时头上要戴一个盖头，有一块布要遮一遮羞。她听外面在喝酒，觥筹交错，热闹非凡，接着听见脚步声了："来啦，我的新郎官楚国太子芈建来了！"她的心里一阵喜悦，面孔微微发烫，心里却甜滋滋的：哥哥为我办了一件大好事，我的终身大事办妥了。公主想：我嫁给谁呀？楚国的太子。太子是接班人，我将来就是正宫娘娘。如果养了儿子，将来儿子立为太子，我就是皇太后，六宫之首，母仪天下。我的哥哥真好。但是楚国我很陌生，第一次到陌生的国家，第一次见我的新郎官太子建，不知他的长相可好？……不碍事，有马昭仪在，她是我的闺蜜，她会与我张罗一切的。公主浮想联翩，坐等新郎官太子来掀盖头。马上要夫妻见面了，公主的心跳个不停，有点紧张。

外面的脚步声越来越近，公主听到进来的人嗓门很粗，"哈！哈！哈！"一股酒气扑面而来。呀！小伙子的嗓音好像不是这个样子嘛？声音越来越近，盖头还没有被掀开的时候孟嬴公主就发现了：底下怎么有两根胡须飘上来，不对呢？我格小官人才二十岁，怎么胡须变白色的呢？容不得她多想，楚平王喝得半醉半醒，走过来一伸手，"啪！"一下子把她的盖头掀开来："哇！我的大美人哪！哈！哈！哈！"灯烛锃亮，你瞧呢？眉似青山，目如秋水，两颊红云，一点朱唇，亭亭玉立，雍容华贵。平王龇牙咧嘴地："哈哈！我的爱妃呀！"孟嬴惊呆了："你！你！你！你是哪一个呀？"孟嬴公主没有想到眼前是一个年过半百的老头子。"呀！马昭仪快来呀！"公主花容失色、惊恐万分："你！你！弄错人了！"公主惊呆了。这时的楚平王动手很快："我就是你的新郎官啊！"平王不容分说，双手一抱，一下子就把她往床上一扔。孟嬴："来人哪！救命啊！"深宫内院有什么办法呢！救命？谁来救你？从这天开始楚平王他就霸占了孟嬴公主。

说来真巧，虽然孟嬴公主她是受了委屈，但是两个月后动静就来了嘛，呕吐了嘛，慢慢地肚子大出来了，坐床喜怀孕了。十月怀胎一朝分娩，生下一个儿子。唉呀！那个楚平王高兴死啦，给儿子取名为熊珍。老来得子嘛！平王："我的美人哪，你又给我生个儿子，真高兴！你给我笑一笑呢！"唉！我怎么笑得出来呢？孟嬴想：生出来的是你的儿子吗？还是你的孙子？我也搞不清楚。叫我笑？我笑不出来。平王："爱妃，你笑一笑呢！"大家知道过去宫里面有句话叫"母以子贵"，大伙都看过那个电视剧《甄嬛传》《芈月传》，都是讲嫔妃只要生个儿子就不得了了，就有一席之地了，母以子贵嘛。可是今天她高兴不起来。平王："唉呀！爱妃你就笑笑吧！""我笑不出来。"怎么能让她笑呢？楚平王一心想要让她笑，最后想出来一个办法："行，爱妃呐，朕立你的儿子熊珍为太子。""立太子？"孟嬴想：太子？太子是谁呀？早就有了，就是我正宗男人太子芈建。你是强占媳妇，恬不知耻。太子应该是我的夫君，我是嫁给太子的，可是你这个老头子，你是我的公公呀！怎么说呢？因此她冷冷地回道："太子殿下不是早就定了嘛！""这……你放心，寡人自有办法。"楚平王动脑筋想立小儿子为太子，必然要废掉原来的太子，他让孟嬴等机会。俗话说："没有不透风的墙。"楚平王做了这种不要廉耻的事情，慢慢地传了出来。楚平王就感觉到宫里面在纷纷议论这件事，他自己做贼心虚，又不好去解释。为什么呢？这叫青竹头掏屎坑——越掏越臭。

各位，你们要知道，那位马昭仪嫁到了东宫肚皮争气，也是坐床喜。眼睛一眨，十月怀胎一朝分娩，也生了个儿子，取名熊胜，又叫白胜。生儿子以后怎么样呢？一句话：东窗事发。有一天，太子芈建怒气冲冲，手拿一把宝剑冲进房间里面："贱人！你这个贱人骗我！"正好马昭仪抱了儿子在房间里。太子怒发冲冠，手执三尺青锋，一巴掌将昭仪打翻在地，剑锋直指她的三寸咽喉，吓得襁褓中的儿子"哇！"大声啼泣。马昭仪晓得不好了，她所担心的事终于暴露了。"太子殿下，您、您、您、您要怎样呀？""还要装腔作势？"太子火气更大了。"你瞒我瞒得紧，新婚燕尔不开口，装聋作哑。这些天来，我蒙在鼓中，讨着你这冒牌货。今朝被我弄穿帮哉。我刚刚从一个陪嫁丫头嘴里得讯，你根本不是公主孟嬴，而是假冒公主，这还当了得！"太子脸色发青，直冲卧房："贱人，今日与我从实招来！你究竟是何许样人？"太子建恼火啊。马昭仪一看已经明白了："太子殿下，我……""说！你为什么要骗我？""我……"怎么说呢？"殿下，您看在儿子的份上，且慢动手，奴婢有话要讲！""从实招来！"太子说话像审犯人一样。"殿下，听我讲来。"马昭仪泪水涌出。"呜呜！奴婢实在无奈也！我是没有办法呐，我是在费无忌的威逼利诱之下，出于无奈被迫做的。"马昭仪只得把当时怎样移星换斗、怎样金顶轿换银顶轿的事情讲出来了。听得太子如雷击顶，不相信自己耳朵：竟然用移星换斗之计将一个陪嫁丫头送到东宫，而我的新娘孟嬴公主被父王所夺，这一出戏全是费无忌与父王导演的。"哼，我要、我要杀了费无忌！我要报仇雪恨！""嘘！太子殿下，小不忍则乱大谋呐。您是太子，您千万不能莽撞啊！""这……我咽不下这口恶气！""殿下，隔墙有耳，小声些些。"但是，正如孟昭仪所料，太子周围有费无忌暗藏的心腹，东宫的一举一动其实费无忌都知道的。前脚太子拔剑冲进房间，一声"贱人！你这个贱人骗我！"后脚就有人去汇报费无忌了。事情闹大了，究竟怎样？下回分解。

第六回　司马奋扬

其实费无忌呢他也很懊悔。懊悔什么呢？做事情只考虑一个方面——拍楚平王的马屁，可是费无忌得罪了太子，太子是接班人，将来他要上台的，一旦他当了楚王之后和费无忌算这笔账，费无忌要吃不了兜着走呢！那咋办呢？一不做二不休，扳倒葫芦泼了油。费无忌清楚地知道楚平王已经生了个小儿子，老来得子十分宠爱，同时为了讨好孟嬴公主，平王就有了想立熊珍为太子的念头。揣摩到楚平王的心思之后，费无忌来到了宫中："大王，外面好像有些议论不太好！""你说什么？"楚平王心里一紧。费无忌："大王，我的意思是东宫太子在宫里已经听到一些闲言碎语。"平王："听到了什么啦？"费无忌："没有不透风的墙呀。"平王："难道说他已经知道了？"费无忌："这——！怎么说呢？大王，我的意思是让太子走得远远的，省得在此惹是生非啊。"楚平王心知肚明——住在一个宫门中，难免听见闲言碎语。"费无忌，你的意思是？"费无忌："东宫西宫近在咫尺，让他搬个家吧，把他挪到边关去，天高皇帝远，眼不见为净啊。"平王一听，这主意好："嗯，这个主意好嘛。可是挪到哪里呢？什么地方合适啊？"费无忌："大王，地方我已经想好了，到城父，离郢都五百余里。"平王："城父？是不是太远了点？而且路不好走啊！"费无忌："对啊，就是要远而且路途崎岖嘛！"平王："喔！喔！"费无忌："嘿！嘿！"平王："哈！哈！哈！"费无忌："嘿！嘿！嘿！大王，太子历练名正言顺！这叫苦其心志，劳其筋骨，饿其体肤嘛。"费无忌奸诈一笑："大王，您马上下一道诏书，我去送。"楚平王想：这个点子好，反正大儿子我已经得罪了，小儿子我欢喜格，而且有机会废旧立新了。他马上就下了一道诏书交给费无忌去东宫宣诏。

费无忌来到东宫："着！大王有旨，太子跪接。"东宫太子建见费无忌到，心里明白：是你一手炮制的移星换斗之计，将我的新娘秦公主孟嬴送到西宫，用一侍妾马昭仪冒名顶替来到东宫，你与我父上演了一出父纳子妻的乱伦勾当，你这个卑鄙无耻之徒，真想把你碎尸万段！但费无忌是平王身边的宠臣，权在平王手里，太子只能忍气吞声："孩儿接旨。"费无忌："吾儿芈建，年少无知，为接任楚国大统，特命吾儿前往边关城父历练三载。钦此！父熊居。"太子明白：借口历练，实质是爹拿我逐出皇宫啊。太子芈建没有办法只能屈从："是，孩儿接旨。费大人，何时启程？"费无忌："今日起程。"太子芈建只得整理细软带了太子妃马昭仪及儿子白胜动身前往边关城父。楚平王再命令一位将军护送太子并且镇守城父，这位将军名叫司马奋扬。楚平王："司马奋扬，你对我忠心耿耿，此次派你护送太子去城父，你就陪伴太子镇守边关，你知道这是本王对你的信任。"司马奋扬："大王，遵命。"平王："你对我的儿子要忠心耿耿，不得有二心。有什么事及时上奏。"司马奋扬："嗯，请大王放心。"司马奋扬受命护送太子到了边关城父。平王又命太子太傅伍奢前往城父协助太子。

一切安排妥当，楚平王急切地来到西宫见孟嬴公主："美人啊，你与朕生了儿子，这么大的喜事，你怎么没有笑容呢？"孟嬴想：不要脸的老家伙色迷心窍、乱伦无道，偷梁换柱、强行霸占，但是现在生米煮成熟饭了，叫我怎么讲呢？跟你儿子也生出来了。但是你要我笑，我怎么笑得出呢？我是嫁给东宫太子的呀！现在进入到西宫内院，我哑巴吃黄连——说不出的苦呀。所以她这只面孔一直没有笑容。平王："怎么？不笑啊？美人啊，你放心吧，这个小儿子我喜欢。爱妃，你放心！有机会寡人立他为太子！"秦邦公主转念头：哼！太子早就有了，一国没有两个太子的。孟嬴："大王，不是东宫早有太子了吗？"平王："这——！"楚平王一听心想：她话中有话。

　　光阴如梭，眼睛一眨小囡三岁哉。费无忌突然之间来禀报："大王，我听说有个不好的消息。"平王："什么话来着？"费无忌："听说您的儿子太子芈建在边关城父不安分，暗中招兵买马积草囤粮，还跟外邦勾勾搭搭，换妻之事他已经知道了，传言很难听啊！"平王："哦？他说什么了？"费无忌："他要报夺妻之仇，想要提前接班啊！"平王："什么，此话当真？"费无忌："这……我也是听说的。""好。"楚平王转念头：机会来了，我本身就在想废太子，但废太子要有理由的，现在来得正好。我不管此类消息是真是假，我当它是真的："来啊！""是！""关照一个内侍，给我马上起草一道手令……"很快，一名差官，一骑快马，直奔边关城父而来。差官到将军府扣住马匹，门口"哇啦哇啦"在喊："大王千岁旨意下！请司马将军接旨。"司马奋扬要紧开正门迎接，大堂上案桌摆开，跪接圣旨。差官："大王手令，请你接令。"司马奋扬："是！"打开手令一看，那么愣住了，上面写着："太子芈建，图谋不轨，里通外邦，谋逆犯上，见诏杀之，切切此令。"一方玉玺宝印红通通五个字：楚平王熊居。司马奋扬愣住了：哪有此事啊？那怎么办呢？平王的手令一定要执行的，如果不执行，那自己的性命就丢了。执行吗？不行。因为明摆着太子冤枉，没有这桩事情的。我随太子到城父这些日子里看得很清楚，罪名都是子虚乌有，是有人在诬陷太子。我心里明白，太子建到城父名曰"历练"，实为发配啊！外面的闲言碎语难听，我们下面人不知道真相，今天这个罪名是"莫须有"的。执行吧，枉杀好人；不执行吧，自己担当不起。横想竖想，司马奋扬一声长叹："亦罢！"罢点什么？司马奋扬这个人，他肚子里有一杆秤，也就是做人的道德底线：人啊要凭良心，如果真有这桩事情，你太子确实跟外国勾勾搭搭，我马上执行。可是今天这个手令上所讲的事纯属谎言，平王是听了别人的谗言，上了他人的当，有人煽风点火触壁脚。毕竟杀人杀的是你的亲生儿子啊，叫我执行啊！有句话叫"钢刀虽快，不斩无罪之人"。"来啊，备马！"不能耽搁，司马奋扬一骑快马从将军府出发，随从都不带一个直奔太子府。司马奋扬："我有急事禀报太子。""是！"下人不敢怠慢，一会儿就出来了："将军，书房请。"人到书房里面。司马奋扬："殿下，请看——"太子芈建不晓得有什么事情。自从到了城父，他规规矩矩，只想着满三年就可以回转郢都了，突然之间司马将军来了。"将军，怎样？"司马奋扬："太子殿下，此乃是大王手令。"太子："手令？"太子接过手令打开一看愣住了："图谋不轨，里通外邦"，这是说我要阴谋篡位啊！太子似五雷击顶大惊失色："将军，难道今日你是来诛杀我的吗？"司马奋扬："太子殿下，我要杀您的话，何必再给您看此手令呢？我知道您是无辜的。古话云：'钢刀虽快，不斩无罪之人。'您是一个无罪之人，可是您的父王听信谗言，有小人在背后捣鬼啊！所以我今天来，我就想您快逃走吧！"太子："这——"司马奋扬："时不宜迟，今晚二更我将关厢大门打开，您带全家离开楚邦，跑得越远越好。"

太子清楚，事出有因——为了三年前的父纳我妻之事啊。但有什么办法呢？我一忍再忍，忍辱负重，还是难逃一劫啊！今朝司马奋扬为了我的安危，居然冒死相救，太子眼泪也下来了："多谢将军！可是你放我走，那么将军你呢？"司马奋扬："我？您就别管了，这里没有您的事情了，您快走吧！"太子："是！司马将军，我芈建记住你的救命之恩。"太子要紧到里面跟马昭仪商量。事关重大，事不宜迟。一家三口，带点细软，二更左右，一辆小车，到达城关。司马奋扬指挥手下打开城门："殿下，一路安康！"太子建一家连夜出关，消失在黑暗之中。

司马奋扬将军关照关掉城门，然后自己回到将军府在花厅里边喝酒边想：怎么办？他沉思片刻后命令道："来啊！""是！"手下人答应道。将军："把绳索拿来。"手下不明白，但还是一根绳索马上拿上来了："将军，来了。"将军："来，把我绑起来。"手下："怎么？把您绑起来？"将军："对，绑起来，别啰唆。"手下人不敢违拗将军命令，绑就绑吧，只好把司马将军绳串索绑。将军："来啊，准备一辆囚车，把我塞进去。"所谓囚车，就是装囚犯的车子。什么样子的呢？的角四方，就像以前倒马桶的粪车差不多，上面有一只洞，里面一个犯人，脑袋露在外面。手下人只好把司马奋扬将军塞到囚车里，司马奋扬将军下命令："来啊，把我押送进京城。"一路过来直到郢都，到宫殿门口落朝房，司马奋扬关照禀报上去。这时楚平王正好在料理国事。内侍："大王，边关城父司马奋扬将军到。"平王："喔，命他上来。""是。"司马奋扬上来了，楚平王对他一望，愣住了："什么？司马奋扬，你怎么一回事啊？为什么绑着？"那么到底怎么一回事情呢？下回继续。

第七回　伍家遇难

司马奋扬把太子芈建放走，关照手下人将自己绑好，塞进囚车押解进京。现在人上金殿，楚平王愣住了："司马奋扬，怎么回事啊？"司马奋扬："末将有罪。"平王："来啊，松绑。"侍从把司马奋扬的绑松掉。平王："我问你，我的手令你见到没有啊？"司马奋扬："见到了。"平王："那个叛逆，我命你诛杀于他，人头何在？"司马奋扬："这……大王。""说呀，逆畜首级呢？"司马奋扬："大王，我、我今天是来负荆请罪的！"平王："怎么回事啊？"司马奋扬："大王您要知道，太子殿下他的罪名子虚乌有啊！"平王："什么？"司马奋扬："末将在想，他是您的亲生儿子，您一时糊涂听了人家的传言啊！"平王："传言？"司马奋扬："他是您的儿子，您不是要我对您大王忠心耿耿吗？同样，我对您的儿子也不能有二心呀！"平王："难道说你……"司马奋扬："我想到一句话。"平王："什么话？"司马奋扬："'钢刀虽快，不斩无罪之人。'太子建他是无辜的，我在边关城父，我最清楚，所以恳请大王您弄清楚以后再惩处也可以啊,他是您的血脉,所以我把他给放了。"平王:"大胆!竟敢把他放了?"司马奋扬:"但是我又知道我违抗了您的手令,抗令违旨是要杀头的,这我明白。但是我想,我倘若再逃走的话岂非罪上加罪?今天我来,是来向大王负荆请罪的,大王,要杀要剐任您处置!"司马奋扬慷慨陈词,毫无惧色。

孰是孰非其实大家心里很清楚,平王心里面暗暗称赞:"好!大丈夫敢作敢为。老实讲一声,今天我是硬装斧头柄,因为我事情已经弄僵,骑虎难下了,我非但夺走儿子的媳妇,我还想剥夺儿子太子之位,我在孟嬴面前给她许了愿,要立小儿子熊珍为接班人。但是废太子一定要有个罪名,所以就道听途说给他安上一个里通外国的罪名。太子的罪名是从费无忌的嘴里面出来的,他的目的我晓得三个字——'拍马屁'。"司马奋扬这个人真不简单,楚平王虽为昏君,好坏到底他也懂的:你有这个胆把我儿子放脱,竟然还有这个胆量自绑自缚来见我,今天你逃走,我也理解,可你非但不逃走,居然还到这里来负荆请罪,佩服!刚才司马奋扬一番话讲得确实有道理,这种人难能可贵,所以楚平王心里忽然起了一点点良知:"司马奋扬,你好大胆,竟敢违令!今天看在你对寡人一片忠心的份上,寡人不杀你,好吧,下不为例!"司马奋扬:"谢大王不斩之恩。"各位,司马奋扬运气好,运气好什么?恰巧今天的楚平王有一线良知,网开一面,却不晓得有一个人触了霉头,什么人?太子太傅伍奢。

伍奢在边关城父辅助太子,他同样也接到一封诏书,平王叫老太师马上进京,说要了解一下儿子的真实情况,因为楚平王最最相信的就是伍奢。楚平王对费无忌的话半信半疑,也晓得费无忌不是好脚色,这个家伙是掉枪花翻门槛触壁脚的专家,专门拍马屁的。那么真实的情况哪里来呢?伍家世代忠良,平王要听听看儿子在边关到底怎样。伍奢接到这封诏书路上不敢耽搁,连夜赶奔,直到郢都。但是一到这里时间晚了,诏书命伍奢进宫见驾,可是这个时候上朝见驾已经来不及了,早就退班了。事关重大,直接进宫去吧。所以老太师跟侍卫讲一声:"我要进宫见驾。"说完直往内宫御书房而来。冤家路窄。只看见劈面从宫里面出来一个人,正好两个人在走廊里碰头了。什么人?太子少傅费无忌。

两个人劈面碰头,真叫冤家路窄。伍奢老太师已经都晓得了,李代桃僵,偷龙换凤,栽赃陷害,诛杀太子,所有一切的一切,始作俑者两个人:楚平王与费无忌。当然楚平王伍奢不能怪罪,只能怪到费无忌的头上。费无忌不是个东西,乱朝纲、坏周礼,是一个佞臣。尤其太子被迫逃亡,太子是没有罪名的呀!伍奢的脾气上来了。各位,伍家的脾气世代传下来——耿直!眼睛里容不得半粒沙子!看见这坏人出来,伍奢怒目圆睁大喝一声:"费无忌,你这个佞臣!你做的好事!你害人不浅!"费无忌这家伙阿要怕的,他到底是做了坏事情,面对一股正气,一团邪气被压倒了。"唉呀!不好!"跑吧,来不及了,老太师上来把他一把抓住:"费无忌!你好啊!你诬陷太子,良心何在?"伍奢动手就打,"啪!啪!"费无忌虽然年纪轻一点,但伍奢武将出身,他怎么打得过伍奢呢?费无忌:"唉呀!打人啦!"有一个大太监叫张华,是内宫太监都总管,也就是领班太监,他一看打得好,心想:"这个费无忌是个坏坯子,一直钻到御书房,弄得大王一家人家不太平,把蛮好的太子弄到了边关,搞七捻三。你看呢,现在的大王不理朝政,一直登勒西宫。外头传言难听,什么父纳子妻,什么李代桃僵,乌烟瘴气。"边上的太监都在看笑话。老先生的拳头打上来,费无忌阿要急的。"好!

好！我走！"费无忌硬是挣脱，他外面逃不去，两个太监存心拦阻，他只能往里面去，逃到哪里？楚平王御书房。楚平王一愣："费无忌，怎么回事？"费无忌："大王啊，您瞧啊。"只看见太子太傅伍奢从外面怒气冲冲跨进御书房："大王。"平王："老太师，怎么啦？"伍奢："大王，您休要轻信谗言啊！"楚平王看见伍奢本来想问问太子建的真实情况，谁知道还未问，就听到伍奢怒气冲冲地说他轻信谗言，平王愠怒道："伍奢，你说什么？"耿头好人，一激动讲话不知轻重了："大王，您休要近小人疏骨肉也。"第一句话三个字——"近小人"，平王已经不窝心了，心里一阵反感。费无忌赶紧说："大王，您看，把我打成这个样子，打狗也要看主人面呢！"楚平王想：你伍奢简直无法无天了，把人家打成这样，还说什么"近小人"，啥意思啊？等于我是昏君啦，忠奸不分啦！下面的话更加难听哉——"疏骨肉"，是说我连亲情都没有了。平王："老太师你？"伍奢："大王啊，您休要一错再错。"何谓"一错"？大王啊！您父纳子妻错了。太子娶亲，天下共知，秦楚联姻，和谁结婚？秦邦公主。您为了满足自己私欲，不顾人伦，夺子之妻，您用个冒牌货马昭仪塞到东宫，真正的秦国公主孟嬴被弄到西宫去了。第二错错在哪里？您枉杀无辜。您废太子立太子要有正当理由。太子没有罪，您为了要讨好孟嬴公主，弥补自己的过错，许诺要立小儿子熊珍为太子。最后下达手令追杀太子，逼得无辜的太子奔走他乡。"近小人""疏骨肉""一错再错"这三句话一共十个字分量蛮重，楚平王恼羞成怒动了杀心。

有句话叫"伴君如伴虎"。听众们啊，古代的大臣待在皇帝边上，什么样的话好讲，什么样的话不能讲，不能相差一丁儿的，稍有不慎，要遭灭门之灾的。我举个例子啊，苏州状元博物馆，地址在临顿路钮家巷3号。博物馆的前身是什么？潘家状元府第。里面还曾经办过书场——纱帽厅书场，我去演出过。苏州历史上有名气的"二潘"：一家为富潘，有钱人家；一家为贵潘，官至极品大学士。钮家巷3号就是贵潘府第。贵潘的老祖宗叫潘世恩，乾隆五十八年金榜题名状元及第，官至工部尚书、户部尚书、武英殿大学士、太子太傅，乾隆、嘉庆、道光、咸丰四朝元老。道光皇帝还在北京圆明园赐了一座府第给他。乾隆皇帝六次下江南，他喜欢苏州。乾隆："潘爱卿啊，你是苏州人氏，你家住在哪里？"那么潘世恩顺口回答一声："万岁爷，我的家住在苏州观东。"观东就是苏州观前街的东面。他说这句话时没在意，夜里到书房间里，做官的人要面壁思过，就是面对墙壁反省自己：今天我一天讲些什么话？接触些什么人？有没有讲错些什么？潘世恩一想：不好了，乾隆爷问我一声"你住在哪里？"我回答"观东"。潘家住在哪里？马医科。马医科在观前街西面，地属观西。潘世恩马上想道：官场上不要有种小人触壁脚啊！要是他对着乾隆万岁爷说："您相信苏州人姓潘的，他家住在哪里的？马医科在观前街西面，可是他却回答'观东'，连这种小事情都要骗您……"想到这里，潘世恩紧张得不得了，马上连夜叫底下人一骑快马从北京赶回到苏州，为啥？给他去观东觅一处房子。结果就把观东钮家巷3号凤池园房子买下来，突击装修，马上搬家，从观西马医科搬到了观东钮家巷，这个地方就是现在状元博物馆的所在地潘宅。所以朝廷上讲话要当心。

今朝伍奢生性耿直，忧国忧民。楚平王与费无忌所做的乱伦祸国的勾当使他怒气冲冲，他先是怒打逆奸，现在又冲着楚平王讲这样两句话，句句钉在楚平王的心上、戳在他的肺上，再加上费无忌挑拨说："大王您看啊，伍奢这是逆旨犯上啊！"伍奢更加怒目圆睁："你、你这个佞臣，坏乱朝纲。"费无忌："唉呀，大王您听听，他可是在说您呀！"楚平王还当了得，本身就做了亏心事情，大家晓得，大凡人做了亏心事，最怕被人家拆穿棚。费无忌在观察楚平王的神态，见他面色难看，趁机火上浇油："大王，纵容太子，勾结外邦，企图谋反篡权，伍奢就是幕后主使！"伍奢："你、你血口喷人！"费无忌："大王，太子逃走，做贼心虚，伍奢罪责难逃！"楚平王一怒之下面孔一板："大胆伍奢！你竟敢纵容包庇太子建，今在此撒野动手责打同僚，口出狂言污蔑冒犯本王，你以下犯上！来啊，推下斩了！"伍奢："大王，我何罪之有？"平王："纵容我的儿子阴谋造反！"伍奢："大王，那证据何在？"平王："证据？他自知理亏，你放他逃走，你是太子太傅，难道说你无罪吗？"楚平王歪理十八条："纵容我的儿子阴谋造反，推下斩！"费无忌惊呼："大王且慢！刀下留人！"奇怪哉，楚平王想不到冷锅里爆出个热栗子：我要杀伍奢嘛，你费无忌最高兴啊，我晓得你们俩是冤家，你一直在我面前说伍奢的坏话，恨不得他马上就死，那现在我要杀掉他，你只有开心啊，怎么现在……你什么意思？平王："费无忌，你什么意思？"费无忌："大王啊，听我说……"凑到楚平王耳边嘀咕着。只见熊居不停点头："嗯，对！对！对！"讲点什么话？费无忌就跟楚平王讲："大王，您现在面孔一板，关照把他杀掉是容易得很，但是您晓得吗？有后果的。什么后果？这个老太师有两个儿子，大儿子叫伍尚，是个文官无所谓，小儿子伍子胥文通武达，临潼会上力举千斤宝鼎，被周天子封为'明辅将军'，现在镇守在边关樊城，手上握兵权的。大王啊，这两个儿子一文一武，如果晓得爹被杀，他们起兵造反，那就大事不好了。大王啊，您吃不了兜着走啊！"被费无忌提醒，平王："嗯，说得有理。那你看怎么办呢？"那么费无忌这个话锋一转："大王依我之见，要么不起手，起手不容情。如果留下伍奢两个儿子，这叫'后患无穷'，要杀就杀得干净，这名堂叫'斩草除根'。斩草不除根，逢春必爆青。将来这两个儿子起来报仇的话，大王呀，您有得吃苦头了。"平王："那怎么办？"怎么办？老头子身上做文章。费无忌："大王，您现在先定他的罪，'近小人'，'疏骨肉'，'一错再错'，这三句话是侮辱您大王了，已经有罪了。跟伍奢讲：为了减免你的罪名，马上写信到边关樊城，叫两个儿子见信立刻回京，如果返京的话，看在儿子的份上，可以赦免你的罪，而且还能官升一级。他的两个儿子是孝子，肯定回京。等两个儿子一到，一网打尽，对不对？"楚平王心想：办法蛮好，不过姓费的手条子辣格。他转身对伍奢道："伍奢，今天你得罪了寡人，本当斩首，看在你两个儿子的份上免你一死。"伍奢跪倒在地："谢大王。"平王："你马上修书一封，用你做爹的口气，就讲本大王的意思，你是有罪之人，为了开脱你的罪行，叫你两个儿子看见这封信立刻进京，如果他们见信进京的话，说明忠心于我大王，你当父亲的免去死罪，非但免去死罪，你的儿子还可以官升一级。倘若不然，满门抄斩。"伍奢一听，心里一惊：原来费无忌想的坏点子报复我，竟然殃及我的两个儿子。伍奢："大王，您要知晓我两个儿子，长子伍尚性温而孝，见信会来。二儿伍员，我的小儿子绝对不会上这个当的，写信没有用的。"平王："嘿，我就不信，你必须得写。"平王硬逼着他写信。伍奢无奈，只得提起笔来写了一封书信。信写好，楚平王过一过目，关照差官鄢将师连夜送到边关樊城。路上没有耽搁，差官到樊城府衙门口："大王有旨。"钦差开口："请跪接圣旨。"大儿子伍尚是樊城市市长——知府大人。伍尚："臣接旨。"伍尚接旨，马上把钦差安排在花厅里准备小菜好好招待，然后他把信打开——啊？爹的亲笔信！伍尚一看愣住了，信上写得很简单："尚、员吾儿：父因进谏忤旨，待罪。吾王念先人功绩，免我一死。群臣议功而赎罪，改封尔等官职。你兄弟二人可星夜前来，若违命迁延，必致获罪，书到速速。父字。"不好了！爹得罪了楚平王，现在这封信来的目的是叫我们两个儿子看见这封信立刻进京，进京请罪可以赦免一切，而且我们弟兄两个还可以官升一级，倘然不听父亲话拒绝进京，那是不得了——满门抄斩、九族全诛。大儿子一看，头里一晕：爹爹您闯穷祸了，得罪楚王了，信上要求我们两个一起去。兄弟伍员呢？就在里面书房间。伍尚关照钦差："您在这里喝茶吃菜，您等一歇啊，我到里面告诉兄弟。"

拿着一封信赶到里面，伍尚："贤弟。"伍员："大哥。"伍尚："贤弟，父亲来信你看一看。"伍员："嗯，好。"伍子胥兄关系很好，一文一武驻防边关樊城，两人常来常往。父亲有信来那总要看看，伍员接信观看。"啊！"伍子胥仔细一看也愣住了："哥，你说怎么办？"伍尚："贤弟，信上写得很清楚，我父得罪了平王，他叫我俩看见了这封信马上进京。马上进京呢，爹还好免罪，而且我们还好官升一级。如果不听爹的话，不肯进京的话，那是要满门抄斩呀！"伍员："哥，你看怎么办？"伍尚："怎么办？贤弟啊，有啥办法呢？马上动身，立刻进京，营救我父。"伍员："不，哥不能去。"伍尚："为什么？"伍员："为啥？哥哥看信呀！看信不能只看表面的文字，你要透过现象看到本质。这封信实际上爹讲的是反话，爹的意思很清楚，我们弟兄两个人不能进京。为啥？你想想看，哪有这种事情？我们的爹得罪了楚平王，居然我们儿子只要进京就可以帮爹免罪名，还好官升一级，天下没有这种事情，这是什么？诱捕。他们因为我们弟兄两个人一文一武而且手握重兵，所以害怕我们要起兵造反，这个名堂叫'投鼠忌器'。所以，我们不去，爹这条命还保得牢。我们一去，哥哥啊！我们一家父子三人被一网打尽。"

伍尚："贤弟，那么你的意思怎样？"伍员："千万不能去，不去爹这条命还保得牢；去，全家遭殃。"伍尚："贤弟，休得如此，我父其命难保也！你分析是分析，你要晓得上面白纸黑字写得很清楚，不去爹这条命要不保的。我们的命哪里来的？爹娘给我们的。贤弟啊，还是去为好，一个人'孝'字当先。"伍员："哥，'孝'也要看情况，你现在去是送死，这个死是白死。"伍尚："不！我一定要去，哪怕死也无所谓。"伍员："值得吗？"伍尚："即使我死掉也愿意，我死在爹旁边，尽我一份孝心。"伍员："哥哥啊，你去就是害爹，也是害你自己啊！"伍尚："那你什么意思？"伍员："我坚决不去，哥哥，我看得很清楚，今天我去就是上他们的当，我们弟兄联手，说不定我们还能干出一番事业，保全伍家一家之平安也！"伍尚："不！你的话我不相信。外面钦差就在等，你不去我去！"谁知哥哥是个耿头，弟兄两个人的意见发生分歧了。伍尚："你去不去？"伍员："坚决不去！"伍尚："好，你不去，我去！兄弟，但愿你讲的话不是当真，但愿我去了可以免父亲一死。不过兄弟啊！真正有什么不测，真正有什么事情，请兄弟你要为爹为我报仇雪恨啊！"这真是生离死别啊。

伍员："哥哥一路珍重！"俩人抱头痛哭，随即弟兄两个人分道扬镳。伍尚出来，到外面对钦差说道："我跟您走。"钦差："还有一个呢？"伍尚："我家贤弟不去。"那么钦差阿敢追？怎么敢呢？伍子胥，大家晓得的，什么本事了呀？明辅将军文武双全。你去追嘛，你自己这条命也搭上。鄢将师想：弄牢一个也蛮好，可以交差了。钦差：

"走吧。"就这样，大儿子伍尚他算孝子贤孙的，他老实头，那么真的老实头吃亏了，他跟着钦差直到郢都。伍尚："钦差大人，我家爹爹何在？"伍尚想先与父亲见个面。那么碰头了吗？碰头的。在什么地方碰头？天牢里面。钦差下令："来人，将伍尚戴枷上镣押入天牢！"父子一体同罪，两人在监牢里相见了。伍尚："爹爹！"伍奢："儿啊。"伍奢想：被我料定的，老大只知孝道，愚孝；老二智勇兼备，没有上当。

鄢将师禀报楚平王："大王，两个儿子当中来了一个伍尚，现在打入天牢了。""还有一个小儿子伍员呢？"钦差："还有一个逃之夭夭了。"边上费无忌踏出来了："大王，他走不了。"平王："怎么？"费无忌："咱们马上下通缉令，天下缉拿。"平王："只能这样了。"平王："来啊，拟一张通缉令。"这张通缉令上面怎样？还带上一张彩照。那时哪有彩照哇？这个是我打的比方。古代又没有数码照相机，两千多年前用什么东西来拍呢？就是关照王宫里面专业的画人像的画师画形图容，把伍子胥的相貌特征、年龄、衣着等画上，并且标上："朝廷钦犯，违抗旨意，天下通缉。"

通缉令四面发出去，你逃都逃不走，不止是一张啊，通缉令是多了，除楚国国内各地城池关卡以外邻国也有。这是费无忌出的主意："大王，他有可能离开楚邦，不要紧，我们楚国是个大国，边上那些国家跟我们都有邦交关系，如果说逃到属国，那属国会引渡回楚，他就是自投罗网。如果逃到其他国家，也可以引渡回楚，最多花点儿代价罢了。"那是不得了了，一片白色恐怖，四周围画形图容贴出去，要捉拿朝廷钦犯伍子胥。

另外一方面楚平王下令："来啊，把伍家满门抄斩。"可怜老太师伍奢、大儿子伍尚首先受刑。天牢狱卒："来啊，带人犯伍奢、伍尚。"带到什么地方？郢都市中心。古代杀人在什么地方杀呢？那时刑场一般都设在闹市区，都在市中心。举个例子，像我们苏州，现在市中心，干将路和人民路交会的地方有个地名叫"乐桥"，"乐"是快乐的"乐"。过去地名里不是这个"乐"，而是杀戮的"戮"。"乐"与"戮"苏州方言读音是相同的。戮桥就是过去的刑场。那后来为啥要改？难听。听众们啊，你想呢，现在我们公交站台、地铁车站都有"乐桥"站，如果你不改的话，站头名报出来："下面一站'戮桥头'到了。"脑袋戮下来阿难听？所以这个"戮"字现在改成"快乐"的"乐"。同样，楚国首都郢都的刑场也在市中心。父子两人绑赴刑场，郢都的百姓都出来看热闹："杀的什么人呀？"一看是伍家老太师，哇！还有他的大儿子伍尚哇！什么事？大家议论纷纷。甲："老兄啊，什么事？"乙："听说好像是与太子有关？我们也弄不清楚。"行刑官宣布罪名："伍奢父子纵容太子谋反叛逆。"五个刽子手先把伍奢带到当中强按在地，这五个刽子手每人手里一根绳索，这五根绳索就在老先生头颈里打一只捉狗结，两只手两条绳，两只脚两根绳，等到五根绳抓牢舒齐，五个刽子手往马背骑上去，每人手里一根马鞭。只听行刑官下达命令道："午时三刻到，行刑。"这五个刽子手往马屁股上一鞭上去，五匹马就往五个方向奔去。听众们啊，惨不忍睹啊！这就是我们中国人说的"五马分尸"。所谓"五马分尸"，简单两个字——"车裂"。大儿子伍尚呢？同样如此，罪名为"莫须有"。事情还没有结束。费无忌最起劲，他奉命抄斩伍家，带了五百宫里面的御林军，赶到太师府，把伍家的前门、后门、边门团团包围，满门抄斩、九族全诛。各位，什么叫满门抄斩、九族全诛呢？诛九族也就是说要杀灭九族。所谓"九族"就是以主犯为中心，往上推四代——父亲、爷爷、曾祖、高祖，下面呢，儿子、孙子、曾孙、玄孙。费无忌带着执法队到伍太师府，看见门口有个男孩子，这个男孩子在干什么？在白相一只球。费无忌问："你是什么地方人啊？"这男孩子是伍子胥的儿子，他如实回答道："我父亲是伍子胥。"费无忌："兔崽子，来啊，斩了。"就把男孩子两只脚拎起来，头朝下脚朝上，往街沿石板上拉起来，"叭"脑浆迸裂。消息传进去是不得了了，伍子胥的妻子叫贾氏，她得到消息，自己的公公已经出事了，她晓得家里不妙了，便直奔自己房间里，身边六尺白绫拿出来往梁上抛上去，打一个结，人往箱子上一立，踏到上面，头颈一套，箱子一蹬，六尺白绫悬梁高挂了。费无忌最起劲，心想："蛮好！伍奢你神气，你打我啊，今天你打我，我灭你的门！"整个伍家杀掉多少人呢？杀掉三百余口。鸡都杀掉，狗都杀光。一句话叫"鸡犬不留"。有什么罪名啊？痛打了奸佞费无忌，讲了两句真话，得罪了昏君楚平王呀，一个正直忠良之家惨遭灭门之祸。

这两天伍子胥怎样？他在樊城心神不宁。自从哥哥被带走了之后，他只觉得自己眼皮一直在跳，眼皮跳非好兆。他接连派探子去打听消息。心腹来了："回将军，不好了，您父您兄被捉，打入天牢。""果然不出我所料！再探！"探子又回："将军，大事不好了！您的父兄被车裂而亡，伍家满门抄斩、九族全诛了。"伍员："啊哟！爹爹呀！"一口气回不转，人昏了过去。手下："将军醒醒，将军醒醒！"大家抢救，热水灌下去，人中掐一掐，那么这人慢慢苏醒过来。伍员急忙下令："与我再探。"为啥要再探？凭伍子胥的直觉，他们不会放过他的。一个心腹奔到书房间里，那么到底怎样呢？请听下回继续。

第八回　禅宇寺院

楚平王父纳子妻，枉杀无辜，制造了一桩惊天动地的血案，伍家三百余口血流成河。伍子胥得到这个消息，人已经晕厥过去了，等到人醒过来，再派探子一探。手下："将军，朝廷来官兵捉拿您了！"费无忌扇着小扇子跟楚平王讲："要搞就要斩草除根。"平王便派大队官兵杀奔樊城而来。

伍子胥得到消息，他在思考：怎么办？要不要守？要不要打？打是好打打，守也许能够守几天。但是我今天打，下面的士兵为谁死？他们犯得着吗？难道为一个伍家就要牺牲这些百姓吗？要死我手下这些弟兄吗？算了，不能连累百姓、连累樊城官兵，我独木难成林。考虑到这个情况，伍子胥决定撤退。往哪里去？逃了再说。伍子胥想到一处地方，什么地方？离开樊城大概十几里路，这个地方有一座寺院叫"禅宇寺"。为啥要到禅宇寺去？一是因为寺院在深山之中，比较隐蔽，躲藏起来比较好。其二，寺院里的当家大和尚跟伍子胥有交情。因为逢时过节伍子胥与哥哥总归要去化缘，要去烧香，资助寺院，有交情的，随便什么事情不能临时抱佛脚的。伍子胥于是决定放弃樊城。当晚他把合府众人召到大厅，伍员："伍家遭难，现将所剩金银财宝分发给大家，你们各奔东西吧！"甲："将军，您是好人，我要跟您。"乙："将军，要死死在一起，有福同享，有难同当。"伍员："各位好意我伍员心领了，伍家决不能连累大家，与各位告辞了。"他一个人单枪匹马，带着必要的东西进山避难了。伍子胥出樊城，老百姓也晓得了，大家有点依依不舍，伍家一门忠良家遭大难还不肯连累伲老百姓，值得同情啊！但有什么办法呢？

　　伍子胥单人独骑进山而来。廿多里路程，只见前面绿荫丛中一抹黄色围墙，一座寺院显得格外静谧。遥见一座高大石牌楼，里面一座山门。山门就是寺院的外面最最远门，也是寺院前的第一道门。有句话叫"骂山门"，其实里面的人根本听不见。一进山门，遇见一小和尚，他是认得伍子胥的——樊城将军是我们寺院的常客。小和尚面带笑容双手合十："将军，阿弥陀佛。"伍员："烦请通禀当家，伍员求见。"小和尚："晓得哉！"不一会儿回道："将军，当家有请禅房相见，马我来带去饮水喂料。"伍子胥："辛苦和尚。"禅房里大和尚双手合十面带笑容迎道："大贵人，请坐，来呀，看茶。"伍员："当家的，实不相瞒，伍家遭大难，伍员前来打扰寺院了。"方丈："将军放心，一切有我。此处出家人所在，佛门禁地，无人骚扰。"大和尚很同情伍家遭遇，为啥？伍家世代为国效劳，再说伍子胥是国家栋梁之材，临潼会上为国增光，是楚国的天之骄子、有功之臣。现在楚平王听信谗言，忠良遭害，佛门慈悲为本，普度众生，伍子胥留在这里没有事情的，他们官兵绝对不敢进来。什么道理？因为这里是寺院。中国有种传统文化叫"跳出山界外，不在五行中"，凡有什么事情，只要入佛门，就四大皆空了。另外还有一句："放下屠刀，立地成佛。"古时候，一个人犯了罪，哪怕有血案，只要逃进寺院，可以赦免罪名的。举个例子，比如水泊梁山里的鲁智深。鲁智深拳打镇关西也是一条人命，最后怎样呢？五台山出家剃度就没有事了。所以一般讲起来要是真正弄出了是非，只要去出家就没有事情了，就六根清净了。

　　大和尚："我不要您落发剃度，您是来避难的，您只管留在这里，料想他们不敢犯我寺院。佛门是禁地啊！"伍员："当家的，叨扰你了。"伍子胥刚刚住下来，小和尚就已经禀报进来了："将军，外面有个女眷，年纪看上去二十岁出点头，她一定要见您，叫您明辅将军。"伍子胥一愣：我一个人逃出来，怎么有女眷追得来？"女客？"小和尚："是格。"现在是非常时期，看来肯定有事情。伍员："快快有请！"小和尚把这个人领进禅房。伍子胥一看不认得，便问道："请问姑娘，你是何许样人？"马昭仪："将军，妾身马昭仪呀。"来的什么人？就是我前面一回书里提到的，金顶轿换银顶轿，冒名顶替无祥公主孟嬴的马昭仪。不对哇，前面你不是讲马昭仪和太子带着儿子逃出去了吗？是的，逃出去了，现在是母子两个人。那么太子芈建呢？失散了。什么叫逃难啊？当时混乱心惊胆怕，混乱当中逃出来，结果失散了。今天的昭仪姑娘为啥到此地来呢？因为她本身生活在秦邦，对楚国情况并不熟，自从冒名顶替嫁到了东宫，风波不断，她心目当中呢也不曾想到一个人的命运会如此坎坷。现在太子落难，一家分离，只剩母子两人。那怎么办呢？想来想去她想到一个人，谁？伍子胥！明辅将军。当初临潼斗宝伍子胥本领极好，马昭仪在秦宫内就听说了。到楚国三年，在东宫和城父生活的日子里，她听太子经常讲起伍员是他的陪读同窗，他的爹伍奢就是教自己小官人的老师，伍子胥既是小官人的同窗而且又是老太师的儿子，所以她现在只身逃出来，唯一熟悉之人就是樊城守将伍子胥。结果一到樊城扑了一个空，横打听竖问讯，被她问到伍子胥好像逃到了樊城市郊深山寺院,所以她寻到此地。马昭仪:"将军,我乃是马昭仪啊,请将军看在太子份上救救我母子。"说罢跪倒在地。伍子胥听她一介绍,才知道原来是太子妃马昭仪母子。"娘娘快快请起啊!娘娘您只管放心。"马昭仪:"连累将军了。"伍员:"娘娘哪里话来?伍员肝脑涂地,在所不辞。"伍子胥患难之际想到的是一个"义"字。这个妇人是谁?这个是正正宗宗太子的妻子,虽然前面有点缠弯里曲,但她跟他儿子都生了,至少这孩子是正宗太子的骨血。伍员:"娘娘只管放心,有我在啊。""多谢将军。""请问娘娘,太子殿下今在何方?""奴奴逃将出来,只顾我儿,太子他不知在何处呀!"

　　伍子胥啊你不要拍胸脯,你泥菩萨过江自身难保了。小和尚急匆匆奔到里面:"阿弥陀佛,将军,大事不好了!"伍员:"怎样?"小和尚:"大队官兵人马来到禅宇寺外头,口口声声要捉拿朝廷钦犯,要捉您了。"想不到来得这样快,伍子胥刚刚避难到此地,怎么他的行踪就已经泄露了呢?平时山谷里多么安静,这时候禅宇寺外面官兵已到。兵甲:"哎!捉拿朝廷钦犯!"兵乙:"蛮准捉拿伍子胥!"山谷中一片"捉拿"之声。寺院方丈:"将军不用惊慌,佛门禁地,料想他们不敢造次。"伍员:"当家的,今日伍员决不连累寺院,我即刻就走。"方丈:"阿弥陀佛,伍将军您放心,王法条条,他们不敢进门。"伍员:"王法?"他想:现在要捉我的人就是楚王,楚王乱伦,还讲什么王法?他的官兵等于强盗,他们今天来捉我就是皂白不分,无法无天。伍员:"方丈,您的好意伍员心领了,但我伍员决不连累寺院。"转身对马昭仪道:"娘娘,本将军有战马一匹,你们母子俩上得此马,待我冲出重围。"马昭仪阿要急的,想不到追兵已经到此,那怎么办呢?"将军!……"伍员:"昭仪娘娘只管放心,凭俺一条长枪,拼死也要杀出重围。"马昭仪:"这个嘛!将军!"她想:你伍员嘴上是讲得蛮硬气,要杀出重围,是的,你本事好,一马一条枪,突出重围也许还有可能,可是现在什么情况?我们母子两个人再加上你,也就一匹马呀!大将虽好全仗马力,一马双驮还听见过,一马三驮没有的。什么后果呢?一个也逃不出去。这时候的昭仪姑娘当机立断道:"将军,情势危急,奴奴只有一个期望,还望将军将我儿白胜带回楚邦,那是太子骨肉。"说一千道一万,都是为了儿子白胜。没有儿子马昭仪老早死了,活着有什么意思呢?可是现在这样一个幼儿,她已经没有办法保护了。昭仪对自己儿子看看:你懂点啥呢?儿子啊,你将成为一个没爷娘的孤儿哉。昭仪:"儿啊!你好命苦啊!"泪如雨下。昭仪:"将军,我儿交给你了。"伍员:"昭仪娘娘万万不可,我伍员舍命也要将你们母子二人救出去!"昭仪:"将军,大军压境,奴奴不能累及于你,我儿乃是太子一脉香烟,托付于你了!"说完,将三岁的儿子送到伍子胥手里。伍员:"昭仪娘娘,万万不可啊!"伍员双手乱摇,就是不接小孩。这时候外面杀声震天,呼叫连连:"捉拿朝廷钦犯伍子胥啊!"马昭仪动作很快,将儿子往地上轻轻一放,"哇——!"小孩哭了,昭仪忍住泪水,转身向外奔去。伍子胥见此状手足无措了,怎么办呢?地上孩子"哇哇"大哭,这边马昭仪已经冲出禅堂。马昭仪冷眼里都看好了,禅堂外面是天井,天井里面有一口水井,井上面有辘轳,一根绳子一只吊桶,水井很深,马昭仪进禅房时已经看见水井了。"哒!哒!"她奔出禅房往井口而来,伍子胥一看晓得不对:"昭仪娘娘!昭仪娘娘不可啊!"他怎么来得及呢?马昭仪奔到井边上,回转身来说一声:"将军,我儿拜托将军啦。"说完一个转身,人往井里面纵身一跃投井自尽了。伍员惊呼:"昭仪娘娘!""哇——!"小孩在哭,伍子胥冲到井边,对井下一看深不可测。边上当家的过来:"阿弥陀佛!罪过啊!"伍员:"当家的快救啊!"方丈:

"哎，将军，昭仪娘娘已经超生，老衲封井便了，阿弥陀佛。"此情此景，伍子胥也无其他办法了。伍员："当家，请您将井填埋，日后再隆重安葬，拜托了！"方丈："将军放心便了。"这时候外边传来阵阵叫喊声："捉拿朝廷钦犯啊——！"伍员："大和尚，我要走了，我不能连累您。"他把地上的小孩抱起来。三岁的男宝宝呀，伍子胥身上衣裳解开，肋夹套里一放，点踏镫上马背手捧长枪："大和尚，后会有期！"他这副样子好有一比，比作什么？听众们，就像我们听过的《三国演义》里面长坂坡赵子龙，子龙将军胸口也放个男宝宝，男宝宝什么人啊？刘阿斗。今天的伍子胥呢？胸口放的什么人呢？白胜，楚平王的孙子，太子建的儿子。伍子胥带着小孩预备杀出重围。马到山门口，伍子胥对外面一看，寺院外边有一片庙场，场上官兵水泄不通、声音嘈杂，连连喧叫："捉拿钦犯啊！"

　　楚平王和费无忌晓得的，伍家虽然被满门抄斩，但是斩草必除根，伍子胥不能留，所以派兵包围樊城，要活捉伍子胥。官兵一到樊城扑着个空，四面打听问讯，有人就讲可能他到西边山里，所以跟踪而至。伍子胥呢？他看得很清楚，知道今天唯拼一命。为首为头谁来捉我？抬头一看心里面一喜。什么？此时还有喜事啊？山重水复疑无路，柳暗花明又一村。开心点什么？绝处逢生。怎么会绝处逢生的呢？原来伍子胥一看，为首为头带兵之将是一个老将军，他年纪七十开外，头白堆山，胡须雪白，威风凛凛，头上白银盔，身上白银甲，一条白银枪。"朝廷钦犯伍员哪里走！"老将军嘴面上喊，脚下却不动。伍子胥为啥开心？这位老将军名字叫什么？养由基，春秋战国时期楚国名将。各位听众，中国古代十八般武艺中有一个就是射击弓箭，弓箭射得好称"百步穿杨"。从字面上解释就是：一百步外面，在杨柳树柳条上面结一只铜钿，铜钿称为"孔方兄"，里面方的，外面圆的，你在一百步外面挽弓搭箭，一箭射过去，这支箭要正中这只眼子，就叫"百步穿杨"。这句话哪里来的？始作俑者就是养由基。他这支箭非但射得准而且射得有力，叫"箭透七甲"。古代打仗，士兵身上都要戴盔穿甲的。甲一般讲起来好挡住箭的。养由基射一箭，七层甲都被他射穿，所以叫"箭透七甲"。那么养由基和伍子胥什么关系呢？养由基和伍奢同龄，同朝为官，同朝为将，是好朋友。那时候伍奢就讲了："养由基啊，我有两个儿子，大儿子喜欢读书不喜欢武艺的，小儿子非但读书好而且练武也好，这样吧，你本领好……"伍奢便叫小儿子跪下来磕头喊一声"恩师大人"——今天伍子胥碰到自己的恩师大人来了。

　　先生怎么来捉学生？没有办法。你吃谁家的饭？这里什么国家？楚国。最高领导谁啊？熊居。楚平王关照你敢不执行？他是东家，你是西家。俗话说：吃他一碗凭他使唤。所以现在养由基奉命捉拿朝廷钦犯，他心里也明白老朋友触霉头，一家人家被满门抄斩，现在他还要捉自己的学生，也是王命难违。养由基带着部队来到樊城，表面上是捉伍子胥，实际上怎样？实际上养由基想让他逃脱。现在整个的官兵包围寺院，养由基关照："来啊，给我喊'捉拿朝廷钦犯啊'！"这个声音响得不得了，什么意思呢？徒儿啊，你倘然在里面，你就赶紧从后门逃啊，我们不来捉你啊！现在一看伍子胥出来了，当然表面上文章还是要做的，养由基面孔一板："叛逆之贼，朝廷钦犯，快快下马就缚。"他一面拍马挺枪冲上来，一面使眼色，意思是"快快逃走"。伍子胥有数了，心照不宣。师徒两个人都是用枪的，双方交锋，三个会合，枪尖相碰，火星直冒一边在打，一边养由基怎样？面孔上还有表情呢——嘴巴歪歪、眼睛斜斜。什么意思？跟你边打边退，往旁边去，旁边是山套，进了山套没有人看见，你跑脱拉倒了。

伍子胥心领神会,两个人打着打着,一歇歇工夫人不见了,到边上山套里去了。等到一进山林,养由基便道:"徒儿啊,快快逃生去吧。"伍子胥滚鞍下马,两行热泪,跪倒在地:"恩师大人,多谢了!"养由基:"徒儿啊,你这里不能多待的,你跑吧,跑得越远越好。""多谢恩师!"伍子胥脱身消失在崇山峻岭之中。

第九回　浪迹天涯

伍子胥从禅宇寺院逃出来,养由基呢明捉暗放,让无罪之人逃之夭夭。老将军做工蛮好,只见他气喘吁吁,头盔歪戴,甲胄不正:"老了,不中用了,让这钦犯逃脱了,老朽无地自容,无能为力也。"手下官兵只看见老将军头盔戴歪一副狼狈之相,嘴里喋喋不休地自言自语:"我年纪大了,不堪大用了,给他逃遁了。"手底下这些军兵没有数吗?大家肚皮里吃萤火虫——锃锃亮:你们师徒俩在唱戏,关我们什么事?当兵为吃饷,抓什么人?关我们什么事呢?再说一声,这桩事情本身楚平王就不得人心,大家作为当差,只不过例行公事,捉不牢嘛算了,所以草草收兵让养由基复令销差。

伍子胥单人独骑出来,觉得胸口热溜溜,一看小家伙一泡尿撒得淌淌滴,那么尴尬了。伍员带着白胜首先来到了宋国,宋国曾经是春秋五霸之一,关于宋国有一句成语叫"宋襄之仁"。最有名的宋国君主叫宋襄公,春秋后期宋国已经衰落了。伍子胥一看此地非久留之地,他决定再到其他国家去看看。为了行动方便,他将小孩子托给一个大户人家,送上钱财,暂且寄养。

他只身来到了郑国,就是现在的河南省省会郑州一带。郑国在春秋战国时期是一个中等国家,君主郑定公,宰相子产。子产是春秋战国时的一位贤相,铸刑鼎普及法律就是子产发明的。伍子胥来到郑国首都找楚平王的儿子,他爹的学生、他的同窗好友太子芈建。

伍子胥来到了驿站,即现在的政府招待所。伍员:"这里有没有一个从楚国逃过来的名字叫芈建的人?"小二:"有的。"伍员:"人呢?"小二:"人就住在这里三号房间。"伍子胥大喜过望。小二招呼道:"太子殿下,有客人看奈哉!"伍员:"太子殿下!"太子芈建也没料到异国他乡碰到老同学:"子胥啊!"伍员:"殿下!"太子:"你怎到此呀?"他乡遇故知,同是天涯沦落人,两个人紧紧相拥。太子:"子胥啊,你阿晓得我吃尽千辛万苦,现在我是家破人亡,老婆不知哪里去了,儿子也不知流落在哪里。""太子啊,您不要问了,我的爹伍奢、哥哥伍尚车裂而亡,伍家三百余口血流成河。我从樊城逃出来到禅宇寺院,您妻子马昭仪在那里投井自尽,您的儿子我现在寄养在一户人家,将来有朝一日把您儿子领来,让你们父子团圆。"太子:"多谢子胥,连累你了。"伍员:"殿下,此事应该的。"太子:"子胥啊,那你有什么打算呢?"有啥打算?我和您两个人都是受冤于您爹,现在平王要斩尽杀绝,那么我和您一起抱团取暖。伍员道:"自从您逃到郑国,郑国的国君对您什么态度呢?""态度还好,他很同情我,也晓得我们国家现在发生的事情外面沸沸扬扬。大家都晓得这句话:'好事不出门,恶事传千里。'我当然不好讲自己的爹,总归做这种事情蛮难听的,所以郑定公同情我,把我留在这里,免费吃住。"伍员:"太子殿下,您这样住下去总归不是一回事啊!"太子:"对的,我问他借兵复仇嘛,这一点被他拒绝了。"伍员:"什么意思?""什么意思?郑定公回答我说他的国家小,最多算一个中等国家,论军队,一共五万人。楚国是大国,军队要二十万。郑国的家当全部借给我还不够,所以借兵事情不能谈。郑定公让我另想别法。"伍员:"那么您阿动点什么脑筋呢?"太子说:"我脑筋是动的,郑定公指给我一条路,说真正要借兵必须有两个条件:第一,这个国家必须和楚国不和,愿意出兵;第二,这个国家要有这点实力。什么国家?山西太原的晋国。他劝我真正要借兵就得到山西太原晋王处跑一趟,只要晋国答应借兵,事情就成功了。所以我准备马上动身去山西太原。"伍员:"好,耳听好消息。"

　　伍子胥也蛮高兴,太子建落脚在郑国这里,因为郑国不肯借兵,便匆匆去了山西太原晋国。听众们,晋国是春秋五霸之一,尤其是晋文公时期最为强盛,晋国和楚国长期不和,晋国跟吴国结盟。现在苏州中张家巷还有一只全晋会馆,山西人做生意很厉害的,当时的晋国和吴国经常有往来,关系相当密切。楚国是冤家,大家要争霸。太子建他就来到了山西太原,碰着了晋国国君晋顷公。晋顷公问他来什么意思,太子建讲:"我爹现在昏头了,非但抢我妻还要栽赃陷害废我太子之位,将我置于死地而后快,所以我想问您借兵复仇。"晋顷公:"你要借兵啊?你现在住哪里呢?"太子:"现在我避难郑国。"晋公:"那么郑国什么态度呢?"太子:"对我蛮好,很同情我的遭遇,就是不肯借兵,郑定公说他国家太小,军队也少,今天也是郑国国君他推荐我到这里碰头您,说您国家大而且有可能愿意出兵的。"晋顷公暗自高兴:"蛮好,既然你要借兵,那么告诉你太子建,我同意。"太子欣喜若狂:"好啊!"晋王:"那么你要借多少兵呢?"太子:"十万。"晋王:"好,一句话!十万给你。"晋国国君居然一口答应借给太子建十万大军,太子建感激涕零。太子:"晋王,我芈建感恩戴德、没齿难忘。"晋王:"殿下且慢,话讲在前面,我的军队借给你,有一个现实困难。"太子:"什么难处?"晋王:"我们的晋国军队要开到楚邦去,可是当中隔开了一个郑国,这……怎么办呢?"太子:"这……"晋王:"军队不好随随便便到人家国土上去的,要是上去叫'入侵',侵略人家呀!"太子:"这个事情怎么办?"太子想:这个问题倒没有想到啊,是很麻烦。晋顷公道:"这样,我给你想个办法吧。"太子:"嗯,好呀。"晋王:"我先问你,现在郑定公对你态度怎样?"太子:"对我蛮好。"晋王:"蛮好就好,既然他对你信任,你现在先回去做一件事。"太子:"什么事?""我晋军十万借给你,你只管放心。你现在回去以后,准备三个月时间,到九月初九重阳节,我们郑国见面。"太子:"郑国见面?"晋王:"你回去马上做工作。你带金银财宝了吗?"太子:"带了一点。"晋王:"从现在开始,你把郑国国君边上那些心腹手下的人都买通。"太子:"买通?"晋王:"买通过后,他们拿了你的好处,总归听你的话,得人钱财,与人消灾嘛。重阳登高要喝重阳酒,你作为尊贵的客人,主人重阳节时要请客喝酒。"太子:"嗯。"晋王:"郑定公请客的当口,你趁此机会马上动手,在酒宴上拔出宝剑把郑定公一刀杀掉,接下来你马上宣布登基,你是郑国国君。我们晋国立刻宣布承认你是合法的君主,郑国五万军队归你指挥,我们晋国十万大军,两国加起来十五万军队,浩浩荡荡杀奔楚国,打回家邦,保证你一举成功,你可以夺回楚国的王位,你看好不好?"听得太子热血沸腾、激动不已,太子:"此计甚好。"

好?好你个死尸。其实太子建啊,你上当了。晋国不是个好东西,争霸嘛,大家都要扩张地盘,他本身就看中郑国了,只是没有机会,你来得正好,他借脚上街沿。春秋各国,尔虞我诈,你太子被晋国利用了。太子建开心得不得了,他想不到事情这样顺利,于是离开山西太原,回到郑州驿站里面碰头。伍子胥:"殿下怎样?"太子:"好事情,晋国之行,借我十万军队,因为军队不能过郑国,晋王想个妙法,他叫我用三个月时间买通郑定公身边的心腹。到重阳节宴会时,我将郑国国君刺杀,接着你伍员就宣布我芈建为郑国国君,然后晋国人就宣布承认我是合法的君主,他们部队开进来,里应外合一举成功。郑国五万军队,晋国十万大军,总共十五万军队,立刻兵进家邦,为你我报仇,为我夺得楚国君主大位,你伍员就是开国功臣。你看怎样?"

伍子胥听完愣住了:什么啊?伍员:"殿下您应允否?"太子:"我答应了。"伍员:"岂能如此!"太子:"怎么?不可以的?"伍员:"殿下,您现在是客居他乡,郑国国君待您这么好,同情您,冒着得罪楚国的危险留您在这里,您居然要谋害人家国君,颠覆人家政权,您为了报自己的私仇,引狼入室,弑君篡位,您是恩将仇报,太卑鄙无耻了!"伍子胥气愤之极:万万没有想到太子建自私之极,为了自己复仇,竟然愿意做出这种伤天害理的勾当,我眼睛瞎掉了,我吃尽苦头寻来,寻着个白眼狼烂小人。即使你事情成功,那么叫你一声"太子",你呀为天下人所不齿。伍员脸色铁青:"殿下……"太子:"伍员?"伍员:"你所讲此事断断不能做啊。弑君篡位,伤天害理。"太子:"难道我们不要复仇吗?"伍员:"殿下,您复仇没错,但岂能颠覆他国?您中了晋人之计了。"太子:"这是天赐良机,机不可失。"伍员:"太子恩将仇报为人不齿,我拒绝参加。"太子:"怎么?你不干?"伍员怒气满腔:"告诉你太子建,做人要有道德底线,什么是底线?是非分明,爱憎分明,知恩图报。现在人家把你留在这里是出于一种恻隐之心,同情之心。你做这种不要脸的事情,你叫我做,我坚决不做。"太子:"难道你真的不干?我说伍员啊,我已经答应人家了,我岂能食言啊?"伍员:"此事不义,尚未实施。你是中了晋国圈套,给晋国当枪使。这事俺伍员不能做也不愿做。"太子:"好,你不做我定要干。"太子对他望望,意思是:我要你帮忙呀,你伍员不肯帮,蛮好,我一个人也要坚持干,我现在拿你没有办法,将来我事情成功了,我要你的好看。这时候的伍子胥心里难过啊,万万没想到碰到这种宝货,到人家这里来要谋反人家,那么伍子胥究属怎样呢?各位下回继续。

第十回 机关算尽

太子芈建为了报仇复国居然想颠覆郑国政权、谋害郑国君主,伍子胥心里窝火得不得了:想不到我爹教出了这种学生,我为和你是同窗而感到羞耻,你怎么做出这种极端自私、损人不利己的事情呢？有句老话——"受人滴水之恩，理当涌泉相报"，你是恩将仇报，我伍子胥绝不做这伤天害理的缺德之事。所以从现在开始伍员与太子分道扬镳，两个人虽然仍旧住在一起，但形同陌路，互不理睬。伍子胥对这桩事情无可奈何，去揭发吧不妥当，一起逃来的楚国难民，本身泥菩萨过江自身难保；离开吧，也没有地方去呀。但他不愿意和这种人在一起，他觉得与太子为伍玷污自己的人格。伍子胥进退两难，因此太子之事只能吞进肚子里去。太子什么打算？太子是这样想的：本来想借你伍子胥之手助我一臂之力，想不到你伍员坚决反对，我只能单打独斗，等事情成功后，我要你的好看！太子芈建这个人极端自私。

一眨眼九月到了。九月九重阳节将至，我们传统规矩是重阳节要喝杯重阳酒欢度重阳佳节。离重阳还有三天，太子建心里痒痒的，晚上他做了一个梦：重阳节宴会上主人郑定公被杀掉，太子建成了郑国国君，山西人晋顷公立刻承认他是合法的郑国君主。太子建觉得自己已经登上国君的宝座，百官听训，马上就能指挥千军万马与晋军一起杀奔楚邦直捣黄龙，活捉父亲楚平王与奸贼费无忌，马上就能将费无忌五马分尸，倒是自己的父亲弄僵哉……一枕黄粱美梦。

九月初六黄昏时分，准备吃晚饭了，驿站里招待蛮好，对落难的太子芈建敬如上宾，四菜一汤已经送来，太子拿起筷子来正要吃，小二飞奔进来了："殿下，有人要见您。"太子："谁啊？""一位值殿将军。"太子一看不认识。值殿将军："太子殿下。"太子："将军啊，好像咱们还没见过面？"值殿将军："嗯，第一次见面。"太子急忙取出一锭银子一把塞给值殿将军："嘿嘿，您买杯水酒喝喝。""对不起了，太子殿下您不用吃这个饭了。"太子："怎样？"值殿将军："我们大王宴请。"太子："大王宴请？"太子心想：还有三天才重阳节，怎么提前了呢？太子疑惑道："那边有吃的？"值殿将军："嗯，是的，大王宴请殿下。"太子想：既然是宴请，宫里的菜肴肯定比这里的好。他爽快地答应道："好，这就走。"放下筷子便跟着出去了。

驿站外面有十几个武士，前面、后面、左面、右面将太子夹在中间，值殿将军一挥手："带着走。"太子心里暗想：我勿像客人，倒像个犯人被押送进宫。值殿将军到王宫门口打了个招呼便往里面径直进去。王宫门后面是御花园，花园很大，亭台楼阁，一片大草坪，草坪当中有一幢建筑，名字叫"四面厅"。园林里的"四面厅"特别多，为什么？园林里看风景四面都有门，开出来都能赏景；夏天只要有风，任何方向都吹得到的。一般讲起来，正规的用餐客人能够被请到这里来地位就高了。今天四面厅里面一扇屏风，前面一只台子，台桌上丰盛佳肴摆好了，设了三个座位——朝南一座、东西各一。值殿将军："殿下请吧。"太子满腹疑团地走进去，环顾四周，这时声音从屏风背后传出来了："太子殿下，请坐。"原来是郑国国君郑定公，太子芈建急忙满脸堆笑道："大王，您好！"郑定公手指座位道："来、来、来！请坐。"太子："嗯，好。"太子战战兢兢地在下首坐下，对桌面上菜肴一看：灵格，这些菜是很久没看见哉，色香味俱全。他的食欲顿时大增。

郑定公对里面招呼道："子产，来吧。"子产是郑国的宰相。春秋时期郑国属中等国家，北边晋国、南边楚国，晋国夹在两个大国当中。郑定公在子产的辅助之下，采取中立政策，脚踏两只船，两边不得罪，日子蛮好过。郑定公："来，上酒。"三杯酒斟满，郑定公举杯问道："太子殿下，您到这儿来多久了？"太子："回大王，三个多月了。"郑定公:"我公务繁忙啊,没有时间来看您,对您很怠慢啊,对不起啦。"太子:"不、不、不!哪里话。大王啊,在这儿免费吃住,我芈建没齿难忘啊。"郑定公:"好一个没齿难忘!"太子:"我感恩于心呀!"郑定公:"不对呀,好像您有什么不满意的地方?"太子:"没有,绝对没有。"郑定公:"好,没有的话那这样,我今天要叫两个人出来,不知你认识不认识?"太子心里一惊:"谁啊?"郑定公突然脸色一变:"来啊,把人犯给我带上来!"远处传来"叮当"的铁镣之声,上来了九个人,看得出受过刑罚,衣衫褴褛,血迹斑斑,头颈里是枷,脚上戴镣。武士赶着:"走、走、走!"太子一吓:怎么带犯人给我看?什么意思?太子对他们细细一瞧,心想:坏了!为啥?这些人他都认得的。他们原来都是郑定公的心腹,前一阵子翡翠、珍珠、金子、银子太子都塞给他们的。这下太子晓得苗头不对了,面孔蛮尴尬,他盯着郑定公看:您葫芦里卖的什么药?郑定公:"太子殿下,这些人您认识不认识?"太子回答得干脆:"大王,我一个都不认识。"郑定公反问道:"不认识?那好。"转身道:"我问你们,你们知道他是谁吗?"押上来的这九个人原来都是郑定公身边的心腹,怎么会被抓的?分赃不均内讧。太子行贿的时候,今天张三拿到一块金子,明天李四拿块银子,后天王五拿到一粒珠子,这些人会互相交流。张三:"老兄,好像楚国来的太子出手很大方?"李四:"你拿到些什么?"张三:"我啊,我拿到银子。"李四:"我拿到金子。"张三:"你这个贼坯啊,银子没有金子值铜钿。"现在受贿一事东窗事发,败露出来了。同时,宰相子产发现驿站里晋国客商非常多,来的人总是到流亡太子建的房间里商量什么事情,但是又弄不清楚,于是派人暗中监视。现在日子差不多了,知道太子等九月九重阳动手,于是郑定公便提前三天设了这个宴会——最后一顿晚餐。

子产:"太子殿下,您不认识他们?"太子:"不认识。"子产转身道:"你们认识他吗?"子产问的这两个原来是侍卫和值殿将。张三:"大王、宰相,我们冤枉!"李四:"大王,我们是上当了呀!"张三:"大王,都是这贼坯害我们啊!"李四:"大王饶命啊!"郑定公指着一个高个子道:"你先讲!"张三:"大王,前两天我也不好,贪小利,就是这个贼坯害我呀!我又不要什么铜钿银子,他硬塞给我的呀,他说重阳节您要请客,关照我们到时候在边上不要动手,他想……"郑定公:"想怎样?"张三:"我不敢讲。"子产:"讲。"张三:"他想要谋王篡位,重阳节动手把您谋害,他自立为王。"郑定公指着第二个人道:"来,你再说说。"李四:"张三讲得对的,我也是上当了。我又不要他的铜钿银子,是他硬塞给我的呀。"郑定公看着太子道:"太子殿下,您有什么话说吗?"太子明白今朝在劫难逃,只有抵赖了:"大王,我不认识他们,他们是咬我。"郑定公:"咬您?好,他们是咬您一口,来啊子产!把那个晋国的奸细押上来!"只见他手一挥,晋国探子被带了上来。子产:"哪里来的?"晋国探子:"是奉晋王之命来到此地。"子产:"到此地何事?""到这儿来见楚国太子,约定太子建到重阳节谋王篡位,刺杀郑定公,然后我们大王晋顷公起兵十万与太子里应外合。"郑定公:"嗯!殿下,您还有什么话说吗?"太子:"冤枉啊,冤枉啊!全是胡说。"郑定公:"您是个清白之人?"太子:"我是个落难之人,我感激不尽大王您的恩德。"郑定公:"好,我知道您很会狡辩,子产,把东西拿给他看。"子产关照手下人把东西拿上来,什么东西?一只盘子,盘里面堆满了黄的金子、白的银子、绿的翡翠、圆的珠子。郑定公:"这些东西都是您带出来的吗?"太子:"这……"子产从盘子里面拿出来一只银元宝,这只元宝有十两重,他把元宝的底座一翻,只见上面刻着四个字:"楚国库银"。银元宝啊,听众们啊,你们要晓得,过去银元宝自己不能铸造的,都是官府做的,现在也一样,私自制作人民币叫"造假币",要吃官司的。现在铁证如山,子产把这只元宝翻过来问道:"太子殿下,这是什么地方来的?难道是楚国的库银长着翅膀飞过来的吗?说!"太子:"我,我——!"这家伙还要犟呢。值殿将军上前交出一锭银子:"大王、宰相,这是刚才太子塞给我,叫我买酒喝的。"郑定公:"宰相你看,此案按照我郑国法律该当如何?"子产想:晋国是个大国,不能得罪,便答道:"先将晋国奸细施劓刑。"劓刑就是割鼻子。子产:"正告你们晋王,我们郑国固若金汤,严阵以待,誓死卫国。滚!"四面厅气氛紧张。"大王,按照我们郑国的法律,谋反弑君者罪该当诛!"郑定公:"好,来啊,将太子建拿下!"武士:"是!"子产关照一声:"执法。"两旁边武士把太子建一架,太子建又哭又喊:"我、我是太子,我冤枉!"行刑手将太子建双手绑缚,推倒在大草坪上,宰相子产宣布罪名:"凡弑君者、谋反者,根据郑国的法律,斩立决。""嚓!"刽子手手起刀落,太子建脑袋落地了,这叫可怜之人必有可恨之处,这是他咎由自取。正是:机关算尽太聪明,反误了卿卿性命。子产:"大王,他还有个同党。"郑定公:"同党?谁?"子产:"一起从楚国逃难来的伍子胥。"郑定公:"来啊,捉拿伍子胥!"伍子胥怎么样呢?请听下回分解。

第十一回　红颜祸水

东窗事发,太子芈建自食其果,被郑定公以弑君谋反之罪诛杀。为了一网打尽其同党,宰相子产派值殿将军去捉拿太子同党伍子胥。一队御林军很快来到驿站,将驿站四面包围。为首的值殿将军急问:"小二,那个姓伍的住在哪里?"小二:"这边五号房间。"值殿将军跑过来敲门,"嘭!嘭!"门敲不开,值殿将军一脚踹上去,"刮!"门闩踢断,值殿将军带头冲了进去:"伍子胥出来!伍子胥出来!"十几个人冲到里面,房间又不大,可是人影全无。"小二,他人呢?"小二回道:"刚刚看见在吃晚饭,现在怎么人不见了?""搜!"上上下下四面一搜不见人影,值殿将军发现枕头下边有一封信,信封上面写得清楚:"宰相子产亲拆。"这封信是写给谁的?宰相子产。值殿将军一挥手:"收队!"便带着手下人回到内宫御花园四面厅。"大王、宰相,伍子胥逃跑了。"郑定公暗自一惊:"跑了?"值殿将军:"人没有抓到,他留下一封信,是给宰相的。"子产把信接过来:"大王,请您过目。"郑定公:"你看吧。"郑定公对子产是绝对相信的。"是。"子产将信笺抽出来一看,上面的话简明扼要:"宰相子产钧鉴:蒙郑国国君恩德,寄居贵地,感激涕零。太子勾当与我无涉且咎由自取。望念其幼稚,复仇心切,网开一面,从轻发落。伍员在此告别,另奔他乡,顿首拜上。亡命人伍子胥,某年某月某日。"这封信的大致意思是:其一,到郑国来这些日子里,我伍员白吃白住,在此表示感谢;其二,太子之事与我无涉,请大王从轻发落太子芈建;第三,请你们不要追赶，我晓得早有此日，见此信时，你们已经追不上我了。子产："大王，您看怎么样？"郑定公："伍子胥果然与太子事件无关吗？"子产："据我了解，众多人口供里没有人讲伍子胥涉及此事。"郑定公："一人做事一人担当，既然伍子胥不染此事，那就让他走吧。"郑国停止了追杀。

伍子胥多少敏感，刚才见值殿将军来请太子，已经晓得苗头不对，隐隐约约觉得太子的事情已经败露，纸是包不住火的，所以前脚值殿将军把太子带着跑，后脚对不起了：你跑我也要跑了，跑到哪里不知道，总之此地是是非之地，不是久留之处，趁着天尚未断黑，城门未关闭，马上出城——在古代，晚上要封门戒严的。伍子胥赶在城门关闭前悄悄溜出了郑国都城。不一会儿，日落西山，夜幕降临，伍子胥孤身一人逃到了郊外。在黑夜中四顾茫茫，这时的伍子胥真是有国难奔、有家难投啊！周边有很多小的国家，但都是楚国的属国。比方说蔡国，它是楚国的属国，所谓属国也就是从属之国，每年要把最好的东西"孝敬"给宗主国，听从楚国的使唤，当然，也能得到楚国的庇护。这些属国都有楚平王的通缉令，伍子胥一去这叫自投罗网，肯定要被引渡回楚的。那么他逃到哪里去呢？"天无绝人之路"，这句话不对，这时的伍子胥已经到了山穷水尽无路可走的地步了，本来他的希望寄托在太子身上，俩人联手共图复仇大业。可惜太子复仇心切又极端自私，结果画虎不成反类犬。"爹爹、娘亲，孩儿伍员往何处去啊？"人到绝路上了。这里是一片森林，伍子胥想：我已没有地方去了，看来只有到一个地方，到什么地方？到爹娘那里去了。一瞬间，他产生了自寻短见的想法：唉！我还是解脱自己、一死了之吧。他把身上腰带取下来，黑暗中寻到一棵树，将带子甩上去，打一个结，搬一块大的石头，踩在上面，他抬头仰望星空，将头伸进圈套："爹爹，孩儿无能，娘亲，孩儿随你们来也！"双脚将石头踢开，眼睛一闭，双腿腾空。突然"啪"的一声树枝断了，伍子胥跌倒在地：啊！不让我死？其实伍子胥啊，黑暗中你没有看清楚，树枝丫受不起你的体重，树枝断了。怎么啦？是爷娘在天之灵不让我自寻短见？冥冥之中我伍子胥不能一死了之？这时的伍子胥脑子里有这样一闪念：如果我一死了之，将来伍家一门就永世不得洗雪冤案了啊！我们何罪之有？我现在夜里死叫黑死，白天死叫白死，伍家剩我一脉香烟，大概苍天有眼，不让我去死吧？我这样自寻短见还是我伍子胥吗？非也。大丈夫能屈能伸，君子报仇十年不晚。楚平王！费无忌！我绝不能放过你们，不报此仇，誓不罢休！这样一想，一个人的观念变了，一念之间他把死的事情丢开了：三百余口活生生的无辜生命，我要为他们鸣冤叫屈，我肩负重任，绝对不能死！

不死到哪里去？旁边是唐国，可是唐国又是楚国的属国，去不得。伍子胥一动脑筋，有了！有一个国家可以投奔，此国地处长江以南、太湖之滨、东南一角，这个国家叫吴国。对！伍子胥只有这一条路，投奔到吴国去。那么伍子胥为啥想到要投奔到吴国呢？伍子胥上知天文下知地理，对社会的动态，对当前的时局，对历史的状况了解得很透彻，他博古通今，尤其了解春秋时期各国之间的关系。用现在的时髦话讲起来就是：关心政治，洞悉时局。他现在是所谓的逃犯，一个没有罪的楚国通缉逃犯，要逃只有逃到敌国去。犯了罪逃到敌国去，这个道理古今是相通的，因为敌对国家能把你收留下来，为其政治服务，还有利用价值。对！我要逃往吴国去！

那么楚国与吴国的关系怎么样呢？长期敌对，经常发生冲突，《左传》曰：无岁不吴师。在八十年间共发生过三十多次战争，互有胜负。矛盾的开始是吴国曾经收留过一个楚国逃犯，该逃犯逃到吴国后，当时楚庄王要求引渡回楚，结果给吴国拒绝了。拒绝的理由是什么呢？吴国表示：这个人对你们楚国讲起来是个逃犯，但对我们吴国讲起来是有功之臣，我们绝对不会放的。这个逃犯是咱们吴国的启蒙老师，吴国就是在他的指导下，操练人马，制造兵械，训练军队，摆脱了愚昧落后，开始强大起来，他是吴国的恩公。知恩图报嘛，所以你楚国要引渡回楚，没门！吴国人非但没有将这个逃犯引渡回楚，对他还相当敬重，甚至在建造苏州古城的时候，还把一座城门用他的名字命名。这个楚国逃犯叫何名呢？申公巫臣。

申公巫臣怎么会逃到吴国来的呢？他原来是楚国名将啊，为了一个女人，他不惜身家性命，亡命吴国。这个女人是春秋时期四大淫妇之一——夏姬。那么夏姬是什么样人呢？古代有一句污蔑女性的话——红颜祸水，意思是漂亮女人是祸，要害人的，此语就源出于她。夏姬生在郑国，她爹是郑穆公。郑穆公生了个女儿过后，就觉得这女儿苗头不对，发育早，性早熟，是一个尤物。这个女儿还没出嫁就已经出毛病了，她与郑穆公的儿子、她的哥哥子蛮两个人发生了不正常的关系，非但兄妹乱伦，子蛮没有多少日子竟死于非命。郑穆公心想：坍台啊，家丑啊，女大不中留，女儿留着总归不是事情，嫁掉拉倒吧。于是把这个女儿嫁给陈国将军夏御叔（相当于陈国的国防部副部长）。封建社会女性地位很低，在家从父，出嫁从夫，夫死从子。那时很多女人是没有名字的，她的第一个丈夫是夏将军，所以历史上称她为夏姬，姬即是漂亮女人。夏姬嫁给夏将军七个月后生了个儿子，取名夏征舒。夏将军心里也觉得这个儿子来得好像太快了点，一般是"十月怀胎，一朝分娩"，怎么七个月就生了？要不要追根究底呢？算了。为啥算了？看在她漂亮面孔份上啊，喜欢啊，管她吧，总归替他生了个儿子。夏将军得着儿子，加上喜欢美女，所以勿追究哉。可是啊，这个美女是个大尤物，夏御叔娶她两年不到竟然也一命呜呼，死于石榴裙下。男人死掉过后夏姬成为孤孀，她住的夏将军府在陈州郊区，这个地方叫"株林"。寡妇门前是非多。陈国的国君叫陈灵公，他手下两个大臣一个姓孔、一个姓仪，两个衣冠禽兽。姓孔的是个情场老手。夏将军女人标致，可惜将军没有艳福早早死掉了，这样漂亮的寡妇，孔大夫早就看上了。趁休息的日子借口到株林狩猎，他故意到夏将军的别墅称口渴了，实际上是借脚上街沿，去讨杯茶喝。夏府开门丫头名字叫荷香："找谁啊？"孔大夫："我跟你们夏将军同朝为官，我姓孔，今天打猎路过这里，口渴讨杯茶喝。"荷香："晓得了，我去报告主母。"寡妇夏姬寂寞难熬，一听蛮好："请他进来吧。"夏姬一看来人倒也蛮神气，没有请他喝茶而是招待喝酒。孔大夫不是个东西，一喝酒便借酒三分醉。孔大夫："我饮酒过量，走路不行，我想借宿一夜。"夏姬半推半就："好啊，你今天就耽搁在这里吧。"烂木头余在一浜兜，两个人一夜情。一宵已过直抵来朝，临别的时候夏姬还拿件内衣送给他："你想嘛你就来啊！"孔大夫欣喜之极。一早孔大夫上朝见驾议论国政，退班后回到朝房里边休息，旁边仪大夫问："你休息天哪里去的？"孔大夫："不瞒你讲，我到株林跑了一趟。"仪大夫："株林啊？夏将军府？"仪大夫也不是个好东西，心想：夏将军老婆在那里，唉呀，怎么不叫我一起去呢？仪大夫如法炮制，休息天也去株林打猎，装模作样到夏将军府看看，叩门讨杯茶喝。荷香开门一看是个大夫，便进去禀告主母。夏姬问："来者何人？"荷香："仪大夫与将军同朝为官，身材匀称，鼻梁笔挺，脸皮白净。"夏姬高兴："请他进来，把酒款待。"酒过三巡，一个干柴一个烈火，一对宝货，勾搭成奸。临别之际，夏姬送了一只绣花肚兜给仪大夫，邀请他有空常来。所以孔、仪两人经常到株林来厮混。

　　这个消息被陈灵公晓得了。陈灵公一国之君，治国无方，也是色中饿鬼。他退朝后到朝房里跟大家吹牛皮，询问孔、仪俩人有点什么新闻，俩人表示不好讲。陈灵公心里明白：不好讲嘛都是好听的事情。便逼着他们讲，俩人只好讲出来："我们到夏将军别墅株林那里去白相的。"陈灵公责怪他们道："怎么不带我一起去呢？"一国之君也不动好脑筋，三宫六院七十二妃他不感兴趣，偏偏喜欢采野花。孔、仪两个宝货便带着陈灵公来到株林。夏姬一看君王来了，那还当了得，隆重接待，摆酒款待，最后陈灵公就讲今天自己不回宫了，叫夏姬伴驾。夏姬把全副功夫拿出来，陈灵公非常满意。陈灵公问："你有没有子女？"夏姬道："有一个儿子叫夏征舒，今年十八岁。"陈灵公曰："美女啊，你侍驾有功，让你的儿子顶替夏将军这只位子吧。"因此，夏征舒接替其父之职当上了将军。儿子也晓得自己的官职是娘面上来的，说不嘴响，每一次回到株林探望其母，都看到孔大夫、仪大夫、陈灵公还有自己的娘，三男一女，男盗女娼，名副其实"四人帮"。讨厌，看也不要看。这几个人讲出来的话，不三不四、乌烟瘴气。他想离开但又不敢，陈灵公和自己的母亲都在，他也不能离开太远，只得站在屏风边上。那几个人的话越来越不像腔了。仪大夫："夏姬呀，你的儿子跟谁生的？"夏姬笑笑不答话。孔大夫笑着说："跟谁生的嘛，这只鼻子笔挺，倒像是仪大夫的吧？"仪大夫："你胡说，我刚刚才认得她，也来不及呀。"那么陈灵公岔出来了："看来这个儿子是个杂种吧？"孔、仪两人同声和调："对，是个杂种。"那夏姬仍旧笑而不答。杂种！儿子听见跳起来，怒火中烧，面孔笔板地把荷香喊出来。夏征舒："荷香，你把我娘喊出来，陪我娘到后面，不许出中门。外面天大的事情也不关你们的事。"荷香："嗯。"丫头一吓把夏姬喊到里面，将中门一关。夏征舒因为做将军了，手下有一批人的。他到外面下令："来啊！将三个淫贼斩杀于此。"夏征舒拿着弓箭刀枪冲了进来，孔大夫、仪大夫一看：唉呀，大事不妙！闯祸了，赶紧逃吧。这两个人晓得往南边逃，南面围墙矮，翻出去是树林，逃进树林就没有事情了。孔、仪二人翻围墙出去，逃之夭夭。陈灵公也知道不妙了，他是一国之君，饭来张口、衣来伸手，他慌不择路往西面逃，西面是马厩，拴马的地方，陈灵公挤进马厩，两只大畜生心想：这里不是你待的地方，你挤在这里干什么？两匹马用蹄子猛踢陈灵公。陈灵公没有办法只能转身出来，刚回转身来，只看见夏征舒怒容满面地挽弓搭箭，距离自己只有十来步路。夏征舒怒斥："昏君！无耻之徒！"对准陈灵公就是一箭，"啪！""呀！"正中陈灵公咽喉，一箭毙命。那不得了了，夏征舒晓得闯祸了，死掉的是一国之君，怎么办呢？夏征舒马上把这桩事情隐瞒起来，赶到宫里面与陈灵公的儿子碰头，跟他说："你爹不幸夭亡了，现在我拥戴你为陈国国君。"灵公的儿子很害怕，表面上答应，私下里连夜出走，逼得夏征舒自己称陈国之君。这个消息传到了楚国，陈国是楚国的属国。孔大夫和仪大夫两个人逃出来后，得到陈灵公已亡的消息，陈灵公被谁所害？夏征舒，他非但弑君，还谋王篡位。两个人到了楚国向楚庄王哭诉说："大王啊，不得了了，我们那里出了个逆臣，请您发兵平定叛乱。"楚庄王本来就想吞并陈国，他立刻派出一位文武双全的将军——申公巫臣，此人文韬武略，善于用兵，率兵两万平定叛乱，并且灭了陈国。

在平叛的过程中，孔大夫、仪大夫死于战场，夏征舒被活捉，以弑君篡位之罪车裂而亡，寡妇夏姬也被俘虏了。

楚庄王早就听说夏姬是一位绝代妖妇，不少男人拜倒在她石榴裙下，他听说夏姬被俘，便命申公巫臣带进宫来看看。申将军："大王您不能看的，您是明君啊，红颜祸水，这个女人是个祸水啊。您想呢，凡看上她的男人不是死就是亡，包括她的儿子。祸水进宫，将有损大王您的英名啊。"楚庄王蛮尴尬，心是痒痒的，却无可奈何。申将军："这一次征讨陈国的有功之臣中有一位将军叫连尹襄老，他的妻子刚死，就把夏姬赏给老将军做填房吧。"楚庄王没有办法，只能忍痛割爱。唉！虽然不舍得，也只能将标致女人夏姬赏给了襄老将军。谁知道老将军没有福气，娶了夏姬一年多一点点，竟然一命呜呼。老将军一死，家里又出了一桩事情，襄老将军有个儿子叫武黑，不是好东西，见夏姬漂亮便与后母发生了母子乱伦的事情。夏姬虽然不是武黑的亲生母亲，但毕竟还是后母，消息传出来了，也是丑闻一桩。楚庄王听说夏姬竟有如此魅力，便命申公巫臣带进宫来，其实楚庄王也心仪夏姬。申公巫臣就奏明楚庄王："此女人是个祸水，凡男人遇见她均无好下场，武黑居然跟后母通奸乱伦，属十恶之一，武黑必诛。大王，让她回娘家郑国去吧，不要让她再加害其他男人哉。"楚庄王："谁押她回去呢？"申将军："大王，我亲自来把她押送回郑国吧。"楚庄王无奈，只能同意。各位，你们要晓得，有句话叫"徐娘半老风韵犹存"，这个申公巫臣将军实际上早就看中了夏姬。申公巫臣一路押送夏姬，途中在驿站过夜，半夜里他把夏姬的房门敲开说："我对你心仪已久了，今天咱们就在这里做夫妻吧。"夏姬嘛来者不拒，申公巫臣与夏姬两个人就在驿站里结为夫妻。这桩事情被楚庄王晓得了，楚庄王心里想：申公巫臣你倒厉害的，我看中夏姬嘛，你讲红颜祸水，你倒是不怕红颜祸水啊？他火冒三丈："来啊，传寡人旨意，将申公巫臣全家满门抄斩。"为了一个夏姬，申公巫臣丢掉了全家性命，只逃出来一个儿子狐庸。申公巫臣在半路上得着消息，心里想：庄王啊，你为了一个女人，竟然要把我满门抄斩啊，我要和你byebye！投到哪里去？敌国。

楚国的敌国就是晋国。申公巫臣投到山西太原，见了晋王痛哭流涕道："晋大王，我愿意为晋国效力，我的仇国是楚国，我将竭尽全力对付楚国，以报灭门之仇。"晋王大喜，他知道申公巫臣是个人才。晋国的盟友吴国比较落后，急需人才，那里原来是蛮夷之地，开化得比较晚，申公巫臣文韬武略，便被派去指导他们演兵布阵，操练兵马。申公巫臣就奉了晋王之命，来到了吴国。中原文化来得比较发达，申公巫臣一到吴国就指导吴人怎样练兵，怎样驾驭战车，怎样操练阵图，怎样锻造兵械刀枪，所以吴国人对他感恩戴德，觉得申公巫臣是吴国的导师，是有功之臣。他的儿子狐庸也到吴国担任吴国行人之职，为吴国效力。申公逃到吴国以后，楚庄王火得不得了，于是下通缉令捉拿逃犯申公巫臣并且要求吴国将其引渡回楚，但是被吴国拒绝了，吴国非但拒绝，还在建造阖闾大城时从他的名字当中抠一个字出来，他叫申公巫臣，城门的名字就叫"巫门"。巫门在哪里呢？就是现在我们苏州火车站所在地平门，它又称"巫门"。巫门就是纪念申公巫臣的。

第十二回　智过韶关（上）

　　这桩事情伍子胥了然于胸。他也知道因为此事楚国和吴国结怨，经常打仗，敌对情绪严重，现在楚平王昏庸把他一家人枉杀了，他只有逃到敌国去才能求生，也唯有吴国有可能把他庇护起来。

　　他决定向吴国出发。到吴国去必然要途经楚国地界，因为楚国是个大国，横跨南方十一个省，从郑国逃出来到吴国必须跨过楚国国境。他是个通缉犯，路上有人要注意的，那怎么办呢？伍子胥大路不走走小路，白天不走走夜路。现在夜里赶路，一夜天下来早上人累了，来到路口疲惫之极，他见路口有一棵大树，边上有一块石头，便往石头上一坐，两只手打一个穷结，眼睛一闭休息一会。

　　就在此时，远处来了一支十个人左右的队伍，一匹高头大马，马背上人一看就是当官的，此人叫申包胥，他是楚国大夫，这一次奉楚平王之命出差公务，现在公务了结回楚复令销差。申包胥一看，咦，怎么路口有个人戤在树上睡着了，有点面熟，什么人呀？他示意部下唤醒伍子胥："喂！朋友醒醒！"伍子胥惊醒了，一看一吓：这么多兵丁？不好，我要被活捉了。惊恐之余，伍子胥仔细一看嘛："是你？"申包胥："是你？"两个人对目相视。申包胥："哥哥——！"伍员："贤弟——！"申包胥滚鞍下马，两人紧紧拥抱。这两个人是莫逆之交，伍子胥是樊城总兵，申包胥是朝廷大夫，两人同朝为官，伍子胥要大申包胥两岁，两个人是结拜弟兄。这个当口，两个人万万没想到会在楚国边境荒郊所在碰到。哥俩意外相逢，悲喜交加。申包胥虽出差在外，但已经看见通缉令，得知哥哥伍子胥一家被满门抄斩，变成朝廷钦犯。伍子胥本来是有功之臣，楚国的天之骄子，临潼斗宝声名显赫，现在居然沦落为一个被通缉的人。申包胥："大哥，到底怎么一回事啊？"伍员："贤弟啊，一言难尽啊。费无忌偷天换日，楚平王父纳子妻，我爹讲了两句真话，得罪了楚平王，被满门抄斩，诛灭九族，现在我没有办法，只能浪迹天涯，我逃到了郑国，哪知太子建出了问题，我现在只能想办法避祸避难保命啊。"申包胥："哥，你作何打算？"伍员："我现在是通缉犯，郑国又不好待，其他地方都不好去，长江以南、太湖之滨的吴国这个地方或可以保我一命。"申包胥："哥，我非常同情你，这样，你先逃命吧，我也尽力帮助你，我要为你们伍家伸张正义，与楚平王评一评道理。"伍员："多谢贤弟相助。杀父之仇不共戴天，我若保住命，我要借兵复仇，两贼必诛。"申包胥："'两贼'是什么人啊？"伍员："楚平王！费无忌！"申包胥："说得对，有仇必报，天经地义。报杀父之仇是你一片孝心。不过哥哥，我提醒你一声：冤有头债有主。谁是你的仇人，必须弄清，有朝一日你如果带领军队杀奔到楚国来，有一条——不能危害楚国百姓。倘然你要危害楚国百姓，你要乱楚的话，弟兄归弟兄，我要板面孔。因为我是楚国的子民，保护楚国老百姓的安宁我有责任。你得寻到冤家对头，不能殃及无辜。我丑一句话给你，今天你虽是通缉犯，但我绝对不会捉你，我把你放走，非但把你放走，我还要把你的事情面见楚王论理，尽量要为伍家翻案。"伍员："贤弟，愚兄感激不尽！"申包胥："有仇必报，此为大丈夫也，但是哥哥，我有言在先：你能乱楚，我能兴楚，不能危害楚国百姓。"这句话倒被他言中的，弟兄两个人在这里分别。伍员："贤弟后会有期！"申包胥："大哥一路珍重。"

申包胥怎样？他到郢都马上复令销差，销差结束马上上殿见驾。申包胥："大王，伍家何罪之有？"楚平王："什么罪名啊？纵容太子谋反叛逆。"申包胥："那证据何在呢？""这个还要什么证据？申包胥，你什么意思？"申包胥："大王，您道听途说没有证据，枉杀好人滥杀无辜，这个事情要不得啊！"平王："什么？轮得着你来教训我啊？来啊，推下斩了！"楚平王想：你造反了，居然敢为伍家翻案呀？我的事情要你管啊？封建社会时一国之君多么的专制！这个消息震动了朝野。消息传到内宫，有一个人急得不得了，什么人呢？就是秦邦公主孟嬴。现在她的身份是西宫娘娘。现在孟嬴已经是生米煮成熟饭了，跟平王儿子都生了，有什么办法呢？但是她也晓得自己身上引起了冤案：伍家一门忠良全部被害，伍子胥逃亡沦落天涯，现在有人站出来讲几句真话，居然楚平王要杀，大王啊，你的杀心好像太重了点，杀罚太重要有报应的。所以孟嬴得到消息，马上和楚王讲："大王，您能不杀就不杀，刀下留人吧，这种人都是忠良呀，能否看在妾身份上免申包胥一死？"楚平王天不怕地不怕，就是见老婆有点怕。为啥？自己做亏心事，软一路的。看在孟嬴的面上，楚平王下了一道命令：免去申包胥死罪，打入天牢，永世不得翻身。申包胥命是保住了，但这个官司吃得没头颠倒。这是你管闲事得罪了一国之君的后果，羊肉勿吃着，一身羊臊腥。

伍子胥来到边关，什么地方呢？楚国边境城镇叫昭关。各位听众，京剧《文昭关》名气很响，那么昭关在什么地方呢？它现在属于安徽省含山县。楚国边境昭关因为两边都是山，绵延几十里只有一条通道，一夫当关万夫莫开。有了关卡，就有集市，出关不远就到吴国地界了。那么昭关一个市镇有多大呢？几千户人家很热闹。这两天昭关突然之间来了一支军队，这支军队是楚平王派来的。楚平王和费无忌两个人商量：逃犯伍子胥必须捉拿归案，这个人如果留在外面，将来是祸根，他最有可能逃往吴国，这是最可怕的事情。因此派一支部队驻守昭关，带兵将军名字叫蒍越。蒍越一到昭关就关照守边关的官兵：你们暂且下岗，把城关堞楼办公室让出来，这座关厢我们来看守，等到捉住逃犯伍子胥，将他押解回京任务结束你们再上岗。因此最近昭关戒备森严，城墙上张贴着伍子胥的画影图容。当地老百姓都晓得，要发财最便当就是捉牢伍子胥。画影图容上讲得很清楚的，第一条：捉牢伍子胥爵上大夫。什么叫"爵上大夫"？就是平头百姓马上好做官，局处长一级。另外还有赏赐，赏谷五万石。画影图容的第二条是：谁纵容、包庇、窝藏、放走逃犯，将要满门抄斩、诛灭九族。这个罪名大得不得了。大部分百姓认为不关他们事，还是照旧生活。五百御林军一日三班，大家轮岗，天天查有没有嫌疑犯，整个昭关戒备森严。

伍子胥到了昭关怎么敢露面呢？他躲在山上树杈背后看情况，只看见山底下关厢上守军刀枪密布戒备森严。"唉！"怎么过关呢？正好看得愣住的当口，突然之间伍子胥只觉得自己一只袖子管被人家在拉，他心头一惊，回过头来一看，一个老先生看上去五十左右，身上背着一只藤箱。东皋公："将军。"伍子胥一看不认得，便问道："老人家，您认错人了。"东皋公："将军，此处不便，赶紧跟我走。"一把拖了伍子胥就走。伍子胥不由自主地跟着走，他自己也不晓得往哪里去。东皋公："快走啊！"伍员："往哪里去？"东皋公将伍子胥拉进一条僻静的小巷，转一个弯，这个地方就是昭关镇的镇梢头，从弄堂口进去走到底停下，有幢石库门房子，老先生把门推开，把伍子胥拖到里面，赶紧把两扇门关上，继续往里面走，里面有只天井，穿过天井到客堂，从客堂再兜到后面，后面一只小的花园，花园里西面是厨房间，东面是柴房间，东皋公将伍子胥拖进柴房间，把柴房间的门关上，又把门闩闩上。东皋公："来、来、来，将军快快请坐啊。"伍子胥愣住了：怎么喊我将军？我又不认得您。伍员："老先生，您是何许样人啊？"东皋公："我是啥人不重要，我认得您的，您就是明辅将军，阿对？"伍员点点头。东皋公："将军啊，您怎么好抛头露面？这里是昭关镇呢！我告诉您啊，这里是危险之地啊，外面在通缉您，您不能出门，只能待在这里。"伍员："您是？请教恩公尊姓大名？"东皋公："敝姓东皋，单名一个公。"伍员："东皋公先生做何生涯？"东皋公："您看我只箱子。"伍员："什么箱子？"东皋公："药箱。"这是个什么人呢？昭关镇郎中先生东皋公，他的师傅是春秋时期神医扁鹊。他来干什么呢？他因为是郎中，郎中是自由职业，云游四海，走江湖比较领行情，他很关心政治，最近发现昭关上一张通缉令要通缉大名鼎鼎的伍子胥。楚平王、费无忌两个人狼狈为奸残害好人，伍家一家忠良，三百余口遭灭门之灾，老百姓口口相传，敢怒而不敢言，东皋公对此早有耳闻。俗话说："路不平有人踩，事不平有人管。"他作为一个郎中先生有病治病，对有困难的人他也要出手相救。他今天山上来采药，看见面孔熟悉的啊，通缉令上把伍子胥画形图容，特征清清楚楚，侠义肝胆的东皋公想救伍子胥一把，所以将其带到家里，安置在柴房间里。东皋公："将军，您一家门已经满门抄斩，就剩您一个人，您现在是个通缉要犯，在这里抛头露面是极其危险的。从今天起您就住在这里，我会想方设法让您出得昭关。"伍员："多谢东皋公先生！"碰到好人了，伍子胥很感激。

伍子胥耽搁在东皋公家里，每天有吃的东西送进来，但是他不定心啊：陌生的环境，我又不认得您，就凭您一句话？所以伍子胥住在这里心惊胆战，夜里稍有动静，马上就惊醒。他心想：人心隔肚皮，这个老头子会不会去报告官府？会不会半夜来捉我？他是自己吓自己，常常失眠。今朝第七天，伍子胥有点神思恍惚，听见敲门便道："来了。"伍子胥过来将门闩拔掉将门一开："东皋公先生。"东皋公："将军早，点心来了。"他对伍子胥一看便一愣："您？您？将军啊，您可以出昭关了。"东皋公把点心往台上一放，奔到外面拿过来一面青铜镜："将军，您自己照上一照。"伍子胥没有弄懂：照青铜镜？女人嘛才要照镜子，老先生啥意思？自己糊里糊涂，将青铜镜接过来对镜子里一照一看，啊！那么愣住了，为啥？七天一过，竟然自己的容貌已变，青铜镜上照出来的人满头白发，连眉毛胡须都白出来了。伍子胥看着自己的须眉面容不由得悲从中来，失声痛哭道："父亲母亲，孩儿大仇未报却已两鬓斑白了。"阿是头发会白？会白。各位听众，历史上传有一句名言："伍子胥过昭关一夜急白头。"京剧中，伍子胥过昭关之前演员出场时眉毛头发是黑的，等到七天一过再出场眉毛胡须便变白了。到底会不会发生这种现象？会。第一，伍子胥身负逃犯罪名思想负担重。第二，他身处陌生的环境，疑虑重重。第三，他夜里睡得又不好，歇歇做噩梦。这个就引起了神经衰弱，神经衰弱引起肝阳上亢，肝阳上亢导致内分泌失调，内分泌失调又引起体内色素变化，白色素上升、黑色素下降，由此导致须眉皆白。精神因素导致的嘛！伍子胥拿镜子一看不认得自己了。东皋公："将军今日须眉皆白，容貌已改，我有法儿明天让您过昭关。"

一宵已过直抵黎明，还是墨腾黢黑当口，已经有人来敲门了。伍员："哪一个？"东皋公："将军，是我啊。"伍子胥把门闩拔掉，把门打开，发现东皋公先生后面多了一个人，东皋公介绍一声："将军，这个小伙子是我的好朋友，他双姓皇甫，单名一个讷，叫皇甫讷，年纪和您差不多。"伍子胥对小伙子一望，这个人的身材长相跟自己差不多。伍员："皇甫讷先生。"皇甫讷："将军。"伍员："今日有劳于你。"皇甫讷："何足道哉！"东皋公："将军啊，今天我们三个人要唱一出戏：金蝉脱壳。您把衣裳脱下来，把帽子摘下来，让他穿戴上去，有数吗？"伍员："明白了。"那么究竟如何呢？请听下回继续。

第十三回　智过昭关（下）

"伍子胥过昭关一夜急白头"。今天东皋公先生已经做好准备了，所以天还没亮的时候便带了一个人进来，此人叫皇甫讷。他住在离昭关七十里路的地方，这个地方叫龙兴洞。皇甫讷年纪比较轻，他跟东皋公是忘年之交，两个人有一点相同——路见不平拔刀相助，都有一颗侠义之心。你楚平王事情过头了嘛，他俩看不过便抱打不平，今天一定要让伍子胥安然过昭关。东皋公："来，您把衣裳换掉。"伍子胥将头上帽子、身上衣裳换下来，让皇甫讷穿戴上去。皇甫讷跟他的身材差不多，穿戴上刚好。东皋公拿出来一套衣裳："将军，这套衣裳请您穿上去。"伍子胥一看嘛，这套衣裳七穿八洞，而且还有很浓的异味，怎么穿得上呢？故而眉头一皱。东皋公对他看看："将军啊，不瞒您讲，这套衣裳是我昨天出了大价钱从叫花子身上剥下来的，这个味道我故意留着，有了此异味人家就会对您避而远之。"伍子胥也懂的，只能穿起来，一股味道刺鼻，他也顾不上了。东皋公："来，还有一根草绳腰里缚一缚。"接着又拿过来一碗药汤，颜色浓得不得了。"将军啊，这碗药汤……"伍子胥不懂：怎么？阿是过关还要吃药汤？是不是吃了人会变掉的？东皋公："这碗药不是给您吃的，你拿块布浸一浸，面孔上揩一揩。"伍员："喔，明白了。"便拿块布在药汤里一浸往面孔上一揩。东皋公："慢着，还有耳朵边上头颈里，整个面孔和头颈、耳朵背后要浑为一色。"什么意思啊？颜色涂满后，伍子胥头发、眉毛、胡须皆雪白，面孔上看上去是巧克力颜色，乍一看以为他大概肝脏有毛病，跟第三期肝癌患者差不多。郎中又拿出一根竹竿交给伍子胥，做啥？叫花子打狗用的。东皋公："将军，您的腰不能挺直，叫花子是要乞讨求人的，腰要弯一点，装腔作势似可怜之人。"伍员："嗯，明白。"东皋公："皇甫讷，你走在前面，将军跟在后面，我暗中相助，见机行事。"

苏州评话 伍子胥（周明华演出本）

天刚刚蒙蒙亮，昭关关厢前面的人黑压压的一片。非但关厢里面人多，城外人也不少。穷乡僻壤怎么这么多人？这里是关厢，之所以叫"关"，是因为出了这个关就到国外去了。关上人多，主要是做生意的人。昭关外边是乡下农民，田地头上挖起来的农产品青菜、白菜大清早要赶到市场上卖掉。昭关里面呢？人更多了。有两个打工的约好要造房子，大清早要赶过去开早工。另外，还有做小生意的、长途贩子等，整个关厢里里外外挤满了人。什么时候开关？日出卯时，城关开放。关厢里外热闹得不得了，站岗的士兵都眼乌珠结出在看，看什么？看有没有逃犯伍子胥，他们都想立功。只看见人来人往，两个当兵的一看，此人长得有点像伍子胥，兵甲："过来、过来。"百姓："军爷。"兵甲："东西放下来，关防？"什么叫"关防"？现在讲起来就是通行证。就在此时，站岗士兵尖叫一声："我的哥。"兵乙："怎么啦？"兵甲："你看见吗？这个人头上一顶帽子，身上的衣裳像……"兵乙："像什么？"兵甲："像画形图容上面朝廷钦犯伍子胥的服饰。"因为伍子胥画形图容上戴的帽子、穿的衣裳都是画出来的，士兵们要捉嫌疑犯首先看衣着，再看他的身材。伍子胥有个特点，身高九尺，现在讲起来就是一米八以上。一米八以上的个子是比较高的，这两个当兵的门槛也蛮精的——矮子不用查的，一米七以上的必查，所以高个子触霉头。兵甲："我的哥，上！"兵乙："抓嫌疑犯，上！"捉拿嫌疑犯——"哗！"

前面什么人？皇甫讷。他看见这批人如狼似虎地冲过来，想起东皋公先生事先关照的，便用逃来制造混乱。逃到哪里？人多的地方。为啥是人多的地方？人多的地方嘛浑水里好摸鱼啊。皇甫讷转身往边上的农贸市场逃了进去。小菜场早上刚刚上市，豆腐摊刚摆设好，豆腐还在冒热气；卖葱姜的，地上两根葱水滴还在呢；肉摊老板正在举刀割肉，热闹得不得了。皇甫讷突然之间往小菜场里冲进来，还当了得啊，最最触霉头嘛是两个做小生意的。甲："慢着，这边我的菜！当心点我的菜！""啪！"菜已经都被踩掉了。那边的摊头："我的豆腐！""啪！"豆腐摊被打翻。"哗——！"皇甫讷逃进菜市场，在里面兜圈子。兵甲："来啊，抓住他！"一声包围，整个弄堂口一片混乱。不多一会儿皇甫讷就被捉牢了。兵乙："你逃，你逃到天涯海角，老子追你到龙王宫里，走、走、走！"往哪里走呢？城楼上。

昭关关厢上面有城楼办公室，办公室里这位将军叫蘧越。蘧将军不睡懒觉的，因为武将天天要早起练功的。拳不离手曲不离口，跟我们说书一样，你要经常说，嘴巴才比较活络。蘧将军早上起来一路拳已经打完了。他喜欢喝茶的，茶刚泡好外面就报过来捉牢一个嫌疑犯，可是他根本不起劲。为啥不起劲？嫌疑犯捉得太多了，下面这两个家伙都是抢功劳，个子长高一点的一律抓起来，一审问都是弄错的。兵甲："见我们将军跪下。"髈弯弯里一脚，肩胛上一记，皇甫讷人跪下来了。蘧将军一看这个人身材蛮高大，他晓得自己手下这些家伙专门捉又高又大的人，因为这是伍子胥的特征。蘧将军："头抬起来。"皇甫讷不抬头，蘧将军："你姓什么？叫什么？"皇甫讷不开口。蘧将军："你从什么地方来呢？到什么地方去？"皇甫讷仍旧不发声。为啥？东皋公教他的：三个不开口，仙人难下手。你不能开口，如果开口，这叫开口见喉咙，马上穿帮。蘧将军连问三声，可是皇甫讷就是不开口，蘧将军光火了："我说他是个哑巴聋子吗？"兵甲："将军，他不是哑巴聋子，刚才我们追他，他逃得比兔子还快，他听得见的。"蘧将军："好，问你不开口，敬酒不吃吃罚酒，来啊，掌嘴！"士兵上来起手:"好,不开口就让你尝尝,这个名堂叫巴掌。""啪!"可怜皇甫讷三只牙齿被拍掉了,嘴角上鲜血直流。他心里面有点怨,怨什么?东皋公啊,你讲好的呀,你说你要暗中相助,怎么人面也不见呢?再这样下去我吃不消了,不要一条小命送掉了。嘴巴里三只牙齿掉了,怎么办?吐掉吧,他想到牙齿是爹娘给的,自己生出来不容易,现在一只牙齿补补什么价钱了?吐了不舍得,不要浪费,吞下去再说了,真叫:敲掉牙齿往肚子里咽。蘧将军光火了:"来啊,准备用刑。"这时候外面传来一个声音:"恭喜将军,贺喜将军。"城楼上奔上来一个人,谁?东皋公。两个当兵的拦住问道:"你干什么?"东皋公:"我和蘧将军是朋友。"听见是蘧将军的朋友,两人知道不好得罪,兵甲:"将军,有人求见。"东皋公:"贺喜将军啊。"蘧将军正在窝火时候,一看是东皋公便问道:"东皋公先生,喜从何来啊?"东皋公:"将军啊,大清早喜鹊叫,你好升官了,听说嫌疑犯被你捉牢啦?"蘧将军:"哎,什么话?东皋公先生,你做郎中,郎中先生云游四海跑码头,你外面人头熟的啊。"东皋公:"将军想怎么样?"蘧将军:"东皋公先生,那个朝廷钦犯伍子胥你认识吗?"东皋公:"伍子胥啊?怎么不认得呢?画形图容上清清楚楚。"蘧将军:"不是画形图容,是真人,你见过吧?"东皋公:"倒蛮巧,做郎中的四海为家,郢都常去行医,太师府我经常要跑跑的,他们是一家大人家呀,伍子胥他是二少爷。"蘧将军:"那你认识他?""我认识他,楚国之栋梁。他是不会认识我小郎中的。""好,来,你给我来认认。""将军这是什么意思?""哎,捉住的这个嫌疑犯不开口。""喔,我来认认。"东皋公的做功好得不得了,只见他跑过来装模作样对下面一看:"头抬起来。"皇甫讷抬头,心想:你终于来了。东皋公:"你?唉呀,是你呀。"皇甫讷是可怜,面孔已经肿起来了,这边的血在挂出来。的确这一声是同情,暗示皇甫讷:对不住啊,你吃苦头啦。皇甫讷心想:你稍微早点来呢,我也不会三只牙齿被打掉。东皋公:"对不住,将军啊,搞错啦,这个是我的朋友,他的名字叫皇甫讷。将军您记得吗?前两天一张关防请您将军盖图章的,就是为了他。"东皋公边说边拿出关防:"他住在这边关外七十里路的龙兴洞,我们有点事情,这个朋友和朝廷钦犯不搭界的。"蘧将军:"那他?"东皋公:"有点像啊,不过有区别,喂,你站起来。"皇甫讷站了起来。"将军,我的朋友皇甫讷,您看他跟伍子胥区别在哪里?这张通缉令上伍子胥身高九尺,我的朋友只有八尺半。通缉令上标明'伍子胥腰大十围',他呢?他这条腰顶多八围。另外,通缉令上写'伍子胥目如铜铃',您看呢,我的朋友皇甫讷先生是老鼠眼睛单眼皮。还有呢,您看他的眉毛,伍子胥眉阔一尺,这个朋友两条眉毛锁在当中,一天到晚皱眉头,好像心事很重。弄错哉。"被东皋公一解释,蘧将军也觉得真的搞错了。蘧将军:"原来是你的朋友。"东皋公做工蛮好:"对不住,皇甫先生,我来得晚了、来得晚了。"蘧将军很难为情:"啊呀,不好意思,小弟公务在身,委屈你了。"实际上东皋公像唱戏法门一样唱得很圆。那么大家要问了:东皋公为什么不早点上来呢?有原因,什么原因?东皋公冷眼里在看、在等,等什么?他要等伍子胥出了昭关再跑出去一段路,安全了,再上来救皇甫讷。

那么伍子胥怎样呢?一根青竹头,一只破钵头,一套破衣裳,一根烂草绳。他身上这套衣裳臭烘烘从来不洗的,铿铿亮像鐾刀布,而且还七穿八洞。东皋公关照他:"将军啊,您扮个叫花子呢,您要注意啊,扮叫花子不能腰板挺直的,那样您讨不到饭。叫花子要呼腰屈背,哪有讨饭人趾高气昂的?没有的,那样不像叫花子。"伍子胥跟在人群后面，挤了过来。等到前面一片混乱抓皇甫讷的时候，伍子胥摇摇晃晃走过来，他身上一股味道大家吃不消。两个当兵的对他望望，兵丙："你干什么呢？臭叫花子，大清早到这里来讨什么饭？滚！"一声"滚"，踹一脚，这个一脚巧了，把伍子胥从城门的里面踹到了城门的外面。进关的人闻到一股刺鼻味道，看见一个邋遢叫花子，赶紧避避开，一条人弄堂让出来了，伍子胥出了昭关。

周明华啊，你讲伍子胥过昭关是重头戏，难度高，说什么还有京戏《文昭关》等，现在我们听听很容易嘛，不是已经过昭关了吗？听众们，其实不容易，他过关必须具备四个条件，如果没有这四个条件根本出不了昭关。第一，有人帮忙。一个篱笆三根桩，一个好汉三个帮。没有东皋公和皇甫讷，伍子胥是出不了昭关的。第二，容貌已改。改什么？头发眉毛胡须皆白。通缉令上伍子胥三十岁年纪，画形图容上头发墨腾黢黑、胡须墨黑，现在的伍子胥须发皆白，活脱脱一个讨饭的老叫花子。第三，制造混乱。浑水摸鱼，蒙混过关嘛。第四，这些士兵以为今天嫌疑犯已经抓到了，放松了警惕，再加上他身上这股叫花子味道也让士兵们吃不消。

伍子胥回过头来看看昭关关厢：别了，血泪伤心之地。真所谓：飞鸟出牢笼，蛟龙归大海。伍子胥心一定，慢慢走，再一想：不行（为啥不行？），照我这个速度下去，万一败露呢？万一穿帮呢？难说啊，到时候我逃也逃不走了。既然现在已经出关厢了，我就走快一点吧。想到这里，伍子胥将手里这根青竹头一丢，破钵头一掼，立起身来拔开两腿疾步飞奔。走出来大概现在讲起来一里多路，伍子胥头抬起来仔细向前面一看："啊呀，不好！"突然之间，他发现前面过来一批人，七八个人，前头一匹马，此人骑马来上班，到哪里？昭关。他是什么人呢？守昭关城的门官。城门官怎么人住在城门外面呢？最近下岗。为啥下岗？来了薳将军带领的御林军，捉拿朝廷钦犯伍子胥，城门官的办公室也让出来了。薳将军讲的："现在没有你们的事情，我们主要捉逃犯，逃犯捉牢我们撤退，你们再上岗。"最近一阵城门官舒服，没有事情做，开关闭关都跟他不搭界。但是他毕竟还是昭关城门官，多少还要露露面报个到，晚点到不要紧，早点跑也没关系，心情好时就带着这批手底下人到自己庄园里玩。乡下他买了一块地皮，造了一幢房子，娶了个老婆，生了个儿子，小日子蛮好过。这些弟兄昨天夜里在家里喝酒赌铜钿，今天早上应个卯报个到。

春风得意马蹄疾。昭关城门官快马加鞭奔驰而来，对眼前一看一呆："不好，有人！"他发现迎面过来一个人，仔细一看后大吃一惊："哇啊！朝廷钦犯伍子胥也！"怎么着？他认识伍子胥！不光认识而且熟悉，他心想：伍子胥啊，你烧成灰我也认识你呀。什么啊？小小的城门官居然会认识伍子胥？的确认识伍子胥。城门官姓左单名一个诚。那么左诚怎么会认得伍子胥的呢？听众们啊，左诚原来做什么活？他在做昭关城门官之前是伍相府里的家丁，是伍子胥身旁边倒夜壶的二爷，以前围着伍子胥转，嘴是不停地叫"二少爷""二公子"，拍马屁都来不及。左诚九岁被卖到太师府里，人活络，有点小聪明，会拍马屁，伍子胥也蛮喜欢他。平常时候他除了倒夜壶就是做跟班，跟在东家后面屁颠屁颠："二少爷今天哪里去？""打猎。"他最喜欢跟在伍子胥后面，等到伍子胥挽弓搭箭射到一只野兔子，他看到了便要紧奔过去拾起来："二少爷，您的箭法呱呱叫，今朝好吃兔子肉哉！"他怎么又做了昭关城门官呢？伍子胥良心好，他常想：这个小伙子不错，年纪一年一年在上去，一直在我身边倒夜壶算什么名堂呢？

现在讲起来就是要有个像样的职业，过体面的生活，还要让他成个家吧。因此伍子胥就跟爹讲了："爹爹，我身边的左诚人倒蛮活络，将来总归要让他出去谋生，您阿有什么地方想办法给他谋只饭碗吧？"老太师一想儿子托的，再说这小鬼也不错，他就到吏部打问："我要推荐一个人，官不在大小，有没有什么空缺？"吏部一看老太师推荐，不敢懈怠，将人事部门的花名册一翻："老太师，稍微远点，昭关上正好缺额。原来的昭关城门官急病身亡了还没有补上，怎样？地方是远点，但蛮实惠的。""蛮好、蛮好。"由于老太师介绍，伍子胥推荐，左诚僮儿不做，到昭关来做了城门官。那么城门官算什么级别呢？现在讲起来九品十八级，城门官十八级也轮不到的，最多算个科员。但是你别小看啊，昭关这个城门官看看官级不大，油水倒蛮足。不过最近他有点心惊肉跳，为啥？老东家出事情，差一点点，他幸亏溜得快，溜得慢点怎样？满门抄斩九族全诛，他这种底下人属于九族里面的。左诚心想：东家你不要来啊，你来嘛我要弄僵了。谁知道一滴水滴在油瓶里，现在你看呢？迎面就是二少爷伍子胥。凭你头发白没有用的，你烧成灰也认得的。左诚骑在马背上一边看伍子胥走近，一边脑子里的念头转个不停。怎么办？按照常理，伍子胥是他的恩公，他的旧主人，没有伍子胥就没有他的今天，知恩图报嘛，看见了恩公左诚应该滚鞍下马涕泪横流，这是正常的。但是今天的左诚怎样呢？他的脑子急速飞转：怎么办？很简单，第一捉，第二放。捉吧，好像良心上过不去。为啥？你是我东家，我是西家，我的饭碗是你给的，怎么可以昧良心捉呢？那么放走吧？放倒不敢啊，画形图容我背也背得出："谁包庇、纵容、窝藏、放走逃犯，满门抄斩、九族全诛。"这个祸太大了，那怎么办呢？风险太大了。如果说真要抓也难，二少爷本事好得不得了的，跟他硬手硬脚倒未必捉得牢他，所以左诚权衡得失。"罢！我只能自顾自哉！良心不能放在当中，只能放到胳肢窝底下去了。如果弄得不好，小家婆小儿子通通完结。"所以一个人是好人还是坏人，平时看不出，要到关键时刻，左诚是个自私自利的坏家伙暴露无遗了。左诚心想：二少爷，你们一家人家已经都死光了，就剩你一个，那你总归逃不掉，总归要捉牢，那么总归捉牢嘛，与其被人家捉，还不如我捉，捉了你，我还好升官、还好发财。当然，你死了以后也可以放心，我到你坟墓上给你多烧点锡箔香烛。

现在他主意已决，预备捉伍子胥了。怎么捉法？左诚转念头：今天我有九个人，能捉得牢伍子胥吗？难说。今天要捉你伍子胥只有用缓兵之计，用一个"拖"字。何谓"拖"？我话跟你盘，跟你软调皮，我豁个翎子，叫一个底下人去昭关打个招呼，大队人马赶到，团团包围将你瓮中捉鳖。现在左诚在表面上还是不露声色，满面堆笑。左诚："我当是谁啊，原来是二公子二少爷！"伍子胥也看见他了，伍子胥万万没想到，出了昭关还碰到这个冤家，这个时候最怕碰到自己人。伍子胥晓得左诚这人相当活络，但好与坏他还吃不准。现在伍子胥仔细在观察。两个人越来越近，伍子胥心里已经冷了一大半了：坏人！坏在哪里？我们一家人家落难，我们待你也不错，现在受到这么大的灾难，你怎么看见了我，居然还骑着马？按照常规，左诚看见伍子胥应该滚鞍下马，涕泪横流。可是你看他呢？眼睛东张西望、左顾右盼。有句话：眼乃心中之根苗。一个人面孔五官最最要紧是什么？一双眼睛嘛。听众们啊，眼睛是心灵的窗户啊！现在一看，这扇窗不对了，这个小赤佬眼睛骨碌碌骨碌碌动什么脑筋啊？伍子胥晓得不对，已经吃准了左诚是坏人。坏人怎样？既然你坏，那么我今天就以其人之道还治其人之身,我也不怕你。老实讲一声,今天虽然你有这些人,我也未必会被你提牢,但是怕一点:万一惊动昭关里面大队人马来,那时我也要麻烦。所以伍子胥想速战速决。眼睛一眨,两个人距离越来越近了。伍员:"左诚。"左诚:"二公子,你、你怎么出得昭关的?"开口见喉咙,你怎么出来的?伍员:"左诚,我问你,你知道我们伍家受难吗?"左诚:"知道啊,我很伤心啊。"伍员:"左诚,我伍员与你无关,你快让开。"左诚:"不,老太师归天了,我心中难受呀,到底这是为什么呀?"左诚想拖辰光,伍子胥想速战速决。伍员:"怎么回事?我告诉你,楚平王知道我们伍家是大户人家,我们祖上传下来一颗夜明珠,它是伍家的传家之宝。楚平王最喜欢搜罗天下宝贝,他问我的父亲要那颗夜明珠,可是我父亲没有给他,所以他起了杀心,然后他怀疑夜明珠在我哥身上,又把我哥也杀了,现在怀疑那颗传家之宝夜明珠在我的身上。"左诚:"在你的身上?"伍员:"你要知道,楚平王追杀于我就是为了夺取这颗夜明珠,他喜欢收藏宝贝。"左诚:"明白了。"伍员:"可是你要知道,我那颗夜明珠已经被人抢去了。"左诚:"谁啊?"伍子胥露出一丝笑意:"谁啊?就是你!"左诚:"什么?是我?"伍员:"对,我告诉你左诚,咱们伍家全家遭灭门,就剩我一个人,我无所谓了。但是你今天如果不让开的话,我告诉你,我一口咬定了你,伍家的传家之宝夜明珠是你偷走的!"左诚:"这……"伍员:"如果你要抓我,我就揭发你是咱家家丁伍诚,也在九族之中,咱们要死一起死!"那么事情到底怎样呢?下回继续。

第十四回 舍命相救

遇见左诚,伍子胥感觉不妙,灵机一动,计上心来:"左诚,今儿个你让我走那就算了,不让我走的话我无所谓,反正我伍子胥就是一个死,可是你,你还有那么一家子,我到楚王面前就说,你偷了我家宝贝以后害怕东窗事发,你已经将此宝贝吞进了肚里,咽到了胃里。楚平王定会把你开膛剖腹,所以你的下场比我更惨。"左诚:"啊!二少爷你?"伍员:"你叫我二少爷,好呀,我伍家满门抄斩,被诛灭九族。你叫我二少爷,当初你的名字叫伍诚,那也在九族之中,你也逃不了干系!"左诚:"什么啊?"伍子胥一记金钟罩,罩得左诚没头颠倒。左诚想:厉害,伍子胥反将我一军,空口说白话冤枉我盗夜明珠。他晓得伍子胥这两句话有道理,楚平王连老太师也要满门抄斩,更何况他这小小的城门官。被你伍子胥一口咬住,那我死定了,楚平王要我这条命就好像掐死一只蚂蚁那么容易。怎么办呢?算了,多一事不如少一事,不要烦了,好汉不吃眼前亏,所以他脸带尴尬笑容道:"二公子,您别误会,请吧。"他对旁边的手下看看,狠狠地说:"看什么看?让开!让开!知道吗?"又赔着笑脸对伍子胥道:"二少爷,您走好了。"伍员:"左诚,闪开。"伍子胥乘机脱身,扬长而去。左诚对手底下这些人道:"我警告你们啊,今天你们眼睛没睁开,耳朵没带来,嘴巴给我闭拢,谁要是把今天的事情讲出去,我可不客气,谁讲谁先死!"手下人答应:"是!"这个就是伍子胥的聪明过人之处，碰到突发情况当机立断，急中生智，化险为夷。

一路过来，伍子胥大概走了十几里路，但见面前一条大江横亘而路断，这里是什么地方呢？这条江叫鄂渚江，地处长江的中游，江面开阔。伍子胥看到江面波涛汹涌，浊浪翻起，一江阻隔，拦住去路，心想：左诚回去了或许他去告诉官兵呢？如果大队人马立刻过来，一共没有多少路就能追上我了。可是，大江过不了啊，伍子胥心里正暗暗着急，江边上都是芦苇，芦苇滩里有一块礁石，他突然发现江心当中有一只小船，只见摇船的人体格健壮，年纪四十挂零（他是这里的渔民兼摆渡，有生意摆渡，没有生意捉鱼）。伍子胥立即站到礁石上面打招呼："船家摆渡！船家摆渡！"摇船人听见声音，眼梢一窥一看，看到一个人在招手，声音传过来："摆——渡——！"摇船人不是直接回答的，而是间接回答。何谓间接？就是转了个弯回答。他嘴里唱歌，唱什么歌？因为是捉鱼人，渔民唱的是渔歌；农民呢？农民唱的是农歌；那么山民呢？山民唱的是山歌。他现在高唱渔歌，唱的什么意思呢？"嗨！光天化日，朗朗乾坤，此乃边境，岂能渡哉？"意思是：现在是朗朗乾坤光天化日，这里是边境，边境线上你要渡江？No! 接下来第二段渔歌："欲要过江，夕阳西下，明月东升，再以渡为。"意思是：等夜里月亮出来了，黑暗中再摆渡，光天化日不行的，这里是边境所在。他的渔歌慢慢地传过去，伍子胥听见了，也明白了。聪明人，他自己也曾是边关守将嘛。老实讲，你过关出境的话，这个事情要有手续的，摆渡人要担责任的，但是他没有拒绝，那就等等吧。现在我躲起来吧，不要被人家看见了。想到这里，伍子胥往芦苇丛中一缩，眼睛一闭，打了个盹。一会儿声音传来了，还是刚刚那只喉咙："嗨！夕阳西下，东方月明，此时不渡，意欲何为？"伍子胥睁开眼睛一看，明月东升，夜幕降临——船家蛮讲信用的，他要紧从芦苇滩里出来："船家！"一会儿船慢慢地靠过来，大概离岸将近一丈距离，伍子胥已经迫不及待了，他两足一蹬，从礁石上跳到船头上。"嘣！"小船稍微动了一动。"好功夫！"船上人称赞一声。为啥？按照伍子胥的身坯，跳上来的话这只小船起码要摇三摇，弄得不好翻船也可能呀，但是你看呢，小船居然稳笃笃。不过细细一看，嘿，伍子胥还是外行不懂水性。何以见得？摆渡人怎么能站立在船头上呢？这里江水汹涌，波涛翻滚，船只颠簸有危险的。渔夫："客官，船头危险啊，进舱吧。"伍子胥脸一红："是。"人到船舱里。小船往前面行去，伍子胥坐下一看不对："船家，我要到对江岸呀！"船不往对面去的，往哪里？往上游，逆水而上。渔夫："客官休得多言。"这里是什么地方？鄂渚江。要晓得摆江与江南的河里摆渡是两回事。鄂渚江上游接汉江，那里江水汹涌，特别江心当中有一股中流，中流水急。你水面上看不见，水底下可是水流湍急。摆渡船是怎么走的？不能直插中流，必须慢慢地先往上游行，再慢慢地转过来转到江的当中，再"U"字形转到对面，然后顺流而下到达对岸。不能直接让船冲向对岸，因为碰到中流一冲这只船要翻掉的，这样下来摆渡时间就比较长了。等船到对岸，已是深夜了。一到对岸，将船缆绳带一带，跳板搁一搁，渔夫："客官，请上岸吧。"伍子胥离船上岸。渔夫："客官，看你脸色疲惫，好像你还没有用餐吧？"用餐？今天天蒙蒙亮的时候在东皋公家吃了两只包子、一碗薄粥，到现在肚子饿得蛔虫在戳板油了。伍员："是啊，船家，我午饭都没有吃呀。"渔夫："客官，你在这儿稍微等一下，我就是这个村的，我到家里去拿点饭给你，让你充充饥吧。"伍员："多谢船家了。"看渔夫手里拎着一盏灯走了，伍子胥坐在江边上等候。周

苏州评话 伍子胥（周明华演出本）

围无人，夜深人静，出于本能，伍子胥的警惕性特别高，突然他想：会不会我上当了？这个摇船的人嘴上是蛮好听的，会不会到村里面去报信了？为了要发财升官去报告官府，然后领一队人到这里捉死蟹，我待在这里那就是等死啊，这里地陌人疏，为防万一，我还是到芦苇里躲一躲吧。伍子胥就往芦苇丛中躲了进去。

不多时，"嚓！""嚓！"远远传来脚步声音，伍子胥把芦苇扒开一看，还好只有一个人，就是这摇船人，只见他左手拿好提盘篮，右手拿一盏灯，到船的边上打招呼："客官何在？客官何在？"伍子胥一看定心了，把芦苇撩一撩开。伍员："船家，多谢你了。"渔夫："来、来、来，饿坏了吧？"提盘篮被掀开了：一碗白米饭，一碗蔬菜，一块咸鱼，另外还有一杯米酒。渔夫："你吃吧。"伍子胥高兴得不得了，狼吞虎咽，风卷残云，全部光盘行动。吃好舒齐，将筷子一放。伍员："船家，多谢你了。"他突然想到刚刚摆渡，现在吃饭，总归要付铜钿的，身上一摸，唉呀僵了，袋袋碰到布，没有铜钿。那怎么办呢？哎，有了，手搭到腰里时摸到一样东西，什么东西？抽出来了一口宝剑。宝剑原是防身之物，现在只能作抵押了。伍员将剑递上去："船家，坐了你的船，吃了你的饭，我身无分文，此乃我家的传家之宝七星宝剑，价值百两黄金，作为酬劳，请你收下吧。"谁知渔夫的面孔一板："什么？我要你的钱？你没有钱将此剑送给我作为酬金？"伍员："正是。""你说什么话？拿着吧，年轻人，常言道：'君子无剑不游。'"古代有句话："君子无剑不游。"什么意思呢？古代年纪轻的人到外面出差，一般身边都带一口剑，第一是为防身，第二是为显示自己身价。这把剑的好与坏代表主人的身价，就好像我们现在到外面去一定要带手机，"人无手机不游"，手机好似人的魂灵一样，掉了手机好像魂也掉了，道理差不多。伍员："船家不用客气，坐船、吃饭付钱乃天经地义，请将剑收下吧。"渔夫："客官拿着吧，你要派用场的。"渔夫坚决拒绝了。伍子胥相当感动："船家，我没齿难忘，请教恩公尊姓大名？我好日后图报。"渔夫："不要问了，你走吧，我们萍水相逢，今天我和你有缘分，你走吧。"伍员："不，恩公你一定要报上名来，受人滴水之恩，理当涌泉相报。请教恩公尊姓大名？"他逼着一定要问名字。渔夫："好吧，你一定要问我的名字嘛，我是摇船捕鱼的，我长你几岁，这样吧，你就叫我一声'渔丈人'。你呢？我在芦苇丛中第一次看见，刚才你又在芦苇丛中躲藏起来，我知道你是谁，你的尊姓大名我也不敢动问，问了也不好。今天我就叫你一声'芦中人'，怎么样？"伍员："渔丈人。"渔夫："芦中人。"这两个人怎么都用代名字的？迫于当时形势啊。

伍子胥感动得不得了："多谢渔丈人。"渔夫："走吧，远走高飞吧，芦中人。"伍员眼含泪水："渔丈人，告辞了。"他转身走出去大概五步路，突然之间想到一桩事情，脚收住了，回转身来："渔丈人。"渔夫："芦中人？""渔丈人，我想拜托一事。"渔丈人："说。"伍员："倘若有追兵前来，拜托你千万千万不要将我的行踪泄露给他们，拜托你了。"渔丈人听见此话一震：啊？他对我不相信，怕我泄露他的行踪。嗨，叫我怎么说呢？"芦中人，你走吧。"船上人的面孔不活络了。伍员脸一红，有点惭愧："拜托你了。"伍子胥也晓得这句话讲出去有点口软，意思好像他不信任渔夫。他转身离去，刚刚走出去没有几步路，接下来只听见耳朵边上一个声音传过来了："扑通！"什么声音啊？伍子胥将脚步收住，回过身来对江边一看，愣住了。只看见渔丈人将这只船撑到外面，自己站在船头上把小船左右两蹬，顿时小船翻身，渔丈人纵身一跃，往鄂渚江里投江自尽了。伍子胥看到这里惊呼："船家！渔丈人！"唉呀，是我不好，我多一句话害了他一条命啊。他起个拳头往自己太阳穴上打：我在害人，这个人摆渡不收铜钿，我肚子饿还拿东西给我吃，现在我还不相信他，是我逼他渔丈人投江自尽的啊。有人要问：周明华啊，阿是有这种事情啊？各位听众啊，现在在湖北省鄂州市汉江边有只亭子，亭子的名字叫"解剑亭"。何谓"解剑亭"？"解剑"就是讲的伍子胥从身上解下来一口七星剑送给渔父。我讲的这段历史，也就是这块碑上所题的碑文。中国古代的人淳朴得很，眼睛里容不得半点沙子。其实这个渔夫了解伍子胥的情况，不讲伍子胥的名字罢了。你是逃犯嘛对不对？我现在让你吃饭，放你跑，已经冒险了，你还不相信。我晓得你要报仇，你有深仇大恨，那么今天我死给你看，这个名堂叫"以死明志"。可能吗？但是历史上有这段记载，现在有这个遗迹。如果我们用现代人的观念去思考，这是不可能的事。伍子胥对这桩事情是永生难忘，将来要报恩的。

有诗曰：

数载逃名隐钓纶，扁舟渡得楚亡臣。

绝君后虑甘君死，千古传名渔丈人。

第十五回　一饭千金

　　伍子胥离开鄂渚江进入到吴国地界了。这里眼看生人，脚踏生地。那是什么地方呢？金坛溧阳。到了这里更要当心，大路不敢走专门走小路，小路上比较安全，可惜小路上没有人的，要想讨饭，饭也讨不到。今天已经是第三天了，伍子胥没有讨到饭，一个人快要不行了，饿得有点眼白颠倒。溧阳境内有条溧水河，伍子胥已经走不动路了，坐一歇吧，可是肚子饿怎么办呢？他想到只有一样东西能吃饱，什么东西？不要钱的河水。河水不干净？No！两千五百年前的河水没有污染的，水质极好。他转过身来想到河滩头去喝点河水，只见面前一个河滩，几近石级伸到水里，有个人背对岸面对水，身材窈窕，发如乌云，一看就晓得是一位女性同胞。她的左边一大堆纱，右边也有点纱，只见这位姑娘一只手里拿根棒槌，把这左面纱拿出来往水里浸一浸，然后在石板上揉两揉，揉了过后，再拿棒槌捶。把纱的浆头洗掉后，再放水里漂一漂，漂干净了的纱往这边右手里一放，左手再拿纱过来，这个动作循环往复。伍子胥一看清楚了，这位姑娘我们称为"浣纱女"。

　　古代纺纱织布，这个纱纺出来有浆头，浆头要洗掉才好织布。她现在就是把纱洗干净。伍子胥望到她旁边时眼睛移不开了，他看见了什么？纱堆的边上有一只饭筲箕，饭筲箕的盖子正好开着，里面露出一碗白米饭。伍子胥看见米饭，口水直流，两只脚走不动了，三天没吃的他，只能做伸手大将军了。伍子胥："姑娘，我是个落难之人，我已经三天没有用餐了，你能否将此饭赏我一口吃啊？"谁知此话好像拳头打在棉花胎上，什么意思？一点反应也没有。伍子胥心想：大概这位姑娘耳朵有毛病，让我喉咙再提高点吧？他提高了嗓门道："姑娘，我是个落难之人，已经三天没有吃东西了，赏我一口米饭吧，我饿得实在不行了，救人一命胜造七级浮屠，姑娘，行行好吧。"什么"救人一命胜造七级浮屠"也讲出来了。大家要问了：这位姑娘是聋子吗？不，都听见了。这里又没有其他人，荒郊所在，四周寂静，你第一声都听见，现在再讲第二声，为啥不搭理你？有道理。姑娘在干活，听见"哇啦"一声，知道是讨饭的人，而且这声音一听是男声。封建社会有句话的，叫"男女攸关授受不亲"。男和女，尤其是女子和陌生男人是不好随便讲话的。女子看见陌生男人去搭话，人家要讲这个女人不规矩。什么叫"搭讪"？"搭讪"这个话难听得不得了，封建社会重男轻女，女的地位低的，没有话语权的。这里荒郊所在，你来讨饭，姑娘想：我怎么好答应你呢？所以只当没听见。但是现在呢？姑娘听见第二遍讨饭声，伍子胥急话讲出来，三日没吃了，人饿得要昏过去了，而且他还讲"救人一命胜造七级浮屠"，姑娘良心蛮好：算了，那么你就吃吧。倒是我是个女的，你是个男的，跟你怎么讲话呢？她只能仍旧不开口。不过，她虽然不开口，头还是回过来望了望。两道目光对伍子胥一扫：一个叫花子，人蛮高大，满头白发，衣衫褴褛。但看上去这个人不像坏人，有一股正气——伍子胥人虽然现在落难，但是相貌气质还是在的。姑娘话没讲，做只动作。什么动作？头一点，眼稍一眇，嘴巴一努。意思是：你吃吧。阿懂？怎么不懂呢？伍子胥拎得清：她头点点、嘴巴一努意思是让我吃。伍子胥实在忍不住了，似饿虎扑羊，姑娘将一碗米饭、一碗蔬菜、一块咸鱼拿了出来。伍子胥吃下去只觉得味道赞，待吃到百分之七十时，伍子胥突然想：不好，我这人只顾自己不顾人家呢！这是她的盒饭，这位姑娘出来干活，大概家离开这里比较远，来不及回家吃饭了，现在她的饭被我吃掉，不是"救了田鸡饿死蛇"吗？这样吧，还有三分之一，要剩点给她吧。其实伍子胥肚子还没吃饱："姑娘，还有这么一点儿，我知道你也要用餐的，你自个儿吃吧。"姑娘对他望望，对碗里看看，心想：别看他讨饭叫花子，良心蛮好格，算了，你多此一举了，我饿一顿没有关系的，你吃掉拉倒了。但她仍旧不开口，只是回眸一瞥，嘴巴一努，头点一点，意思是：你吃掉吧。呀？伍子胥当然明白意思：叫我通通吃光？既然如此，那你客气我福气哉！伍员："你不吃让我吃？""嗯。"姑娘轻声答道。伍员蛮高兴：那我吃吧。还有三分之一狼吞虎咽，这块咸鱼连骨头一起嚼下去，这只碗蔬菜都吃光，舔得干干净净，洗洁精洗出来都没有这样干净，饿呀。伍员："姑娘，谢谢你了，今天你救了我一条命啊，我伍某没齿难忘，告辞了。"转过身来便要跑路。那你走了呀？伍子胥走出去大概几步路，突然想到一桩事情，忙把脚收住，回转身来叮嘱："姑娘，我是个落难之人，我有一事拜托了。"姑娘回眸一望。伍员："倘若后面有人追赶，有人询问，姑娘千万千万不要把我的行踪泄露给他们啊，拜托你了！"什么话啊？拜托我啊，怕我泄密啊？姑娘已经忍耐半天了，看他这个话出口么，她终于耐不住开口了："先生，您说哪里话来？奴奴年方三十，我家父亲早就亡故，我在家伺候娘亲，我们母女两人相依为命。您一位陌生的男子在此，奴与你通话又将饭菜送于你吃，你可知道，'男女攸关授受不亲'。今日奴奴已经失义败节了，你快快走吧！"姑娘的意思是：今天我已经有罪名了。什么罪名？四个字："失义败节"。古代的女人最讲究什么？贞节。女人最荣耀的是立贞节牌坊。今朝我失义败节了，因为你是陌生人，我跟你讲话啊，家眼不见野眼见，传到外面去阿要难听啊？人家看见背后要讲的，会说：这个姑娘表面上一本三正经，背后跟那种陌生男人讲话，还要给他饭吃呢！哼！那我怎么讲得清楚啊？

根据记载，溧阳有个村庄叫沙滩村，这个村里大多数人姓史。这位姑娘是史家千金。爹老早死了，为了伺候娘她至今不嫁，她是个孝女呀。伍子胥觉得脸发红难为情："姑娘，冒犯你了，对不起啊！"史姑娘："先生，您走吧！"姑娘的意思是：我不会讲出去的。"是。"伍子胥晓得再讲要闯祸了："好、好、好，姑娘，冒犯你了，我走了。"转过身来伍子胥走出去多少路呢？大约六七步路，接下来就听见一个声音——"扑通！"有人落水呀？听见这个声音，伍子胥这只脚收住了，回过身来对下面一望一看："姑娘——你！"只看见这位浣纱女抱起一块石头，连人带石头往这条溧水河里一跳——投河自尽了。伍员："啊呀，不好了！姑娘，我该死啊！我今天多一句话害死一条命啊！"伍子胥起拳头往自己太阳穴"啪！""啪！"地打自己：嗨！我这人怎么专门害人的？伍子胥奔回到河滩边，惊呼着："姑娘！休要如此呀！"但为时已晚。伍子胥悔恨不已，把自己手指头咬出血来了，在河边石板上写下几个字："我行乞，尔浣纱。我腹饱，尔身溺。十年过后，千金报德。"什么意思？伍子胥是在发一个咒：姑娘，将来有朝一日我伍子胥瓦爿翻身，我要报你的大恩大德，怎么报？一饭千金。中国有句成语"一饭千金"，就始出于此。

各位要问了：将来报了吗？报的。什么时候？等到伍子胥吴国做宰相，带领军队把楚国打败，班师回朝路过此地，这个时候伍子胥想到这里溧水河的边上，当初时候自己落难，三天没吃饭，一位姑娘舍命相救，救命之恩岂能忘怀？因此他就命令底下人："来！把我的俸禄奖金拿出来，碎金一千两，给我到河滩头撒下去，报答史家姑娘救命之恩。"因此也就有了"一饭千金"之说。那么有人讲了：周明华，你讲的事情到底有没有的呢？告诉你们，有这样一桩事情。这段情节在2009年苏州电视台播放的《吴史春秋》讲座上我也介绍过，当时社会上影响很大。有一位老先生叫张英霖，今年要九十四岁了，他曾经打只电话给我（他是苏州博物馆的老馆长），他就跟我讲："明华，我呢听了你讲这个故事，1972年的时候，我接到过一只电话的，是溧阳文化馆打来的，他们在搞农田水利基本建设。这条河叫溧水河，年数长了从来没清理过，他们清淤泥把水抽干过后，挖的淤泥深得不得了，结果挖出来有碎金有金豆子，他们奇怪了，就问我：这里不出金子的，怎么有碎金的呢？这里的碎金哪里来的？有什么查考吗？"张英霖馆长就跟我讲了这件事。据说现在镇江博物馆里面还保存着当时挖出的金豆子。根据这个线索，我就认为，中国古代传下来的一些东西可能是有依据的，同时也说明伍子胥这人知恩报德嘛，这是我们中华民族的传统美德啊。

第十六回　吴市吹箫

伍子胥来到吴国什么地方落脚呢？吴趋镇。当时苏州还没有建城，从镇到城有一个慢慢形成的历史过程。苏州有个地方叫"吴趋坊"，吴趋坊是南北向的，南边就是景德路，北边呢？西中市皋桥头。到了吴趋镇，怎么办？吃饱肚皮最要紧。伍子胥就到农贸市场最热闹的地方讨饭。伍子胥他讨饭是有乐器帮助的，什么乐器呢？箫。伍子胥到吴趋镇农贸集市上来吹箫讨饭，所以中国有句成语叫"吴市吹箫"，讲的就是伍子胥吹箫讨饭的故事。乞丐帮的老祖宗什么人？丐帮公认的老祖宗是响当当的伍子胥。为啥要吹箫讨饭呢？因为伸手讨饭很难为情的，用乐器乞讨稍好一些。当今有些叫花子也还是用乐器辅助要饭的。他们在地铁口、闹市街区一把胡琴"雌狗雄狗""雌狗雄狗"（音：叽勾），行人见了，丢几个铜钿给他们。国外也有，我到俄罗斯就看见地铁里有人拉小提琴讨饭。

吴市吹箫，吴地百姓难得听见。甲："哟，这人年纪轻还是年纪大呢？搞不懂哉，头发雪白，皮肤蛮嫩。"乙："蛮对，未老先白头，吹箫讨饭第一次看见。"百姓纷纷涌上来看热闹。伍员又不好抬起头来看的，他低头吹箫，看地上的脚，那边两双，这边两双，脚越多人越多，他打算等到一曲吹好，请大家施舍点铜钿银子。就在吹得起劲的当口，耳朵边上传过来一个声音，甲："不好了，打起来了，要出人性命了！"乙："大家来看啊，打起来了。"打起来要出人命的啊，丙："老兄啊，去看看呢？"甲："蛮准，去看看呢。"人都有好奇心，特别是打架，大家喜欢轧闹猛。一会儿工夫，伍子胥对地上一看，啊呀，不对，脚越来越少，哟，全部跑光哉！他索性也不讨什么饭了，白费什么劲呢？一起去看热闹吧。伍子胥把箫拿起来往身边一放，挤到人堆边上，他人长得高大，用不着挤进去，站在外面就看得见了。只见人圈子当中围着两个朋友，一个人面南背北，一个人面北背南。面南背北的人身材非常魁梧，夹夹壮壮，肌肉五黑楞登，胸口有一排护心毛，一件马甲敞开的，眼乌珠结出，一看就觉得这个家伙凶神恶煞。这个人有个特点——满面虬髯。什么叫虬髯呢？就是他的胡子跟别人两样的。一般讲起来，我们的胡子都是竖生的荡下来，稍微少点的叫"三绺清须"，多点的叫"五绺长髯"。他是虬髯，所谓"虬髯"，就是胡子结葛罗多，都长在腮边上，从鬓颊这里开始都是胡子，墨腾黔黑一团。拉牢一根呢？像弹簧一样卷起来。这个人眼乌珠结出，前额突出，额骨头像棒槌一样冲出的，两只拳头像钵头，厉害得不得了，这种腔调人也吃得下。对面的人矮墩墩五短身材，头上光秃，手执一把尖刀，煞白铮亮，面孔上横肉连牵，对着上面的那个人："嘿！你敢来？你来请你吃刀。"双方剑拔弩张。伍子胥一看不妙了，这两个人要出人性命。朝南的人一拳头打下去，这只光榔头完结。光榔头一刀上去，你哪怕再高大也吃不消，非死即伤。伍子胥再对周边望望：哎！吴国还没开化，文化落后，怪不得这里被称为"蛮夷之地"，人情冷漠啊。你看呢？人家要出人性命了，大家都在看好看，没有一个人上去劝架，打架不劝愚蛮落后，没有文化！一点不文明！君子动口不动手嘛！我要不要上前劝架呢？我外地人刚刚到此间来，我也弄不清楚谁是谁非。眼看这场生死搏斗即将爆发，正好在这个当口，突然之间从人堆的外面传过来一个声音，专诸妻："专诸哎，你姆妈喊你回去啊！"声音煞俏，从人圈子外面传到里面。但见那个又高又大的人一听叫唤，便发出了瓮声瓮气的声音："嗯，阿是老娘喊我回去啊？"专诸妻："是的，快点回去吧，娘在等你。"听到一声"快点回去"，这个人怎样呢？拳头放下来了。专诸："你这个王八蛋，我今天饶你不死，老娘说话不得不听，算你高运。"他转身对周围的人喊道："让开，让开。"一条人弄堂顿时分开，壮汉大踏步走出了人圈子。

后面两个在议论:"没劲没劲,又没打起来。"还有人接嘴:"蛮好一次教训的机会,都被这个女人破坏哉。"伍员心想:这种人没素质,要有事怕太平的人。光秃头怎样呢?看见你跑嘛,他嘴里骂一句粗话,吐一滴馋唾。牛二:"他奶奶的,哼!老子见你怕,谈都不要谈!"自说自话,一边说一边走了出去。一场争斗顿时冰化雪消,大家都散开了。伍子胥一看倒奇怪了:怎么吴国的风俗,刚刚那个声音是个女人的,看来女人的威力大的,你看这个家伙气壮如牛,但是一听女人声音怎样呢?接下来就像一只小绵羊,乖得不得了,已经跑出去了。伍子胥真正搞不懂。

第一次到吴国来,不懂就问吧。伍子胥一看是一位年纪大的:"请问老先生,方才二人争斗,为了何事啊?"老者:"喔,你是外地人?我看得出的,你这种腔调有点看不起我们吴国人啊。告诉你,刚刚这两个人中又高又大的这个人名字叫专诸。"伍员:"叫什么?"长者:"怎么,苏州话有点听不大懂?'专'就是'专业'的'专';'诸'就是'诸位'的'诸'。你别看他吃相难看,可是个好人,出名的孝子义士。今天他是出来抱打不平。那边的光秃头,那个家伙是坏蛋。这个家伙姓牛,叫牛二,肉摊上的老板。这么大的菜市场,肉摊头只有一只。其实好多人都要做卖肉生意,不行,他是欺行霸市,他认得衙门里两个弟兄,靠官托势,谁开只肉摊,他就跟谁来搅,包括专诸。原来专诸他爹是杀猪的,开了个肉摊卖猪肉,牛二不舒服哉,后来没有办法斗不过,为了避免矛盾,专诸他爹肉也不卖了,现在捉鱼卖鱼,摆只鱼桶摊,空下来烧两条鱼卖卖。所以现在小菜场上就剩牛二的一只肉摊头,独霸卖肉生意。这也就算了,别人不与你争,让你一个人发财。这个家伙的肉价钿贵,要是货真价实也就算了,可他还要缺斤短两,买一斤肉,最多十五两,少点十四两也说不定的,我们也受足受足。今天巧了,牛二不要脸,又克扣斤两,人家去倒扳账,一个年纪和我差不多——五十多岁的老人,去买他一斤肉,少了二两,老先生来倒扳账,牙齿被他拍掉两只,还被他一拳头打倒在地。那么大家看不过了,专诸正好在旁边,大家讲:'专诸,你出来讲一句公正话。'所以专诸踏出来抱打不平。"伍员:"喔,原来如此。"长者:"你问刚刚的女眷什么人?专诸的妻子。他是个孝子,妻子看见男人跟人家打相打,告诉了婆婆,你晓得的,专诸最听娘的话,所以她把婆婆搬出来,没有办法,孝子只能跑了。客人啊,你不要看不起我们吴国人,这点我们都晓得:'百善孝为先。'抱打不平的,吃相难看的倒是好人。光秃子这个家伙是坏人。"伍员:"喔,原来如此,多谢老先生。"

听众们啊,讲到专诸此人,在座各位你们都很熟悉的,现在苏州阊门城门边上这条巷叫"专诸巷",就是以他的名字命名的。里面还有个专诸村,就是他的居住地呀。多少年啊?已经有两千五百年历史了。

伍子胥得到这个信息,心想:我到了吴国,脚踏生地眼看生人。常言道:"在家靠父母,出门靠朋友。"要有立足之地做事情就必须要交朋友。交朋友什么标准?富贵不是标准,而是道德第一嘛。这时的伍子胥已经心里有底了:我要交的朋友首先要有孝心,第二要有爱心。专诸见义勇为,这种人是大丈夫,跟他交朋友不吃亏,哪怕再穷也不搭界。伍员:"老先生,请问专诸家怎么走呀?"长者:"近格,这里出去,西北面这条刘家浜,刘家浜笃底石塔头,石塔头右转弯,那个里面一条弄堂第三家就是。"根据老先生指的方向,伍子胥找到专诸家门口一看,原来专诸是小户人家。伍员:"开门来啊。"专诸："外面哪一个？"伍员："是我。"专诸："你是谁啊？"伍员："我乃是楚邦来的，欲要拜访英雄专诸。"专诸把门打开一看："我不认得你啊，你是外地来的？"伍员："正是。"专诸："你怎么认得我的？"伍员："专诸先生，我要与你结交做朋友。"专诸："我也不认得你，怎么跟你交朋友呢？"伍员："我姓伍名员，双称子胥，楚国人氏。你是一个孝子，方才我看得清楚，你见义勇为抱打不平，乃是一位英雄。"专诸笑曰："你在拍我马屁。"伍员："是我亲眼所见嘛。"专诸："交朋友？我不认得你。这样，我到里面去问问我家老娘，像你这种人阿可以交朋友的，老娘答应我就答应，老娘不答应，对不住啊。"专诸最相信自己的娘。一会儿，专诸笑嘻嘻地出来了："你就是伍员伍子胥，对不对？你是从楚国逃出来的难民？"伍员："正是。"专诸："我老娘讲的，你们一家人家都死光了，对不对？"伍子胥愣住了：怎么我家里事情他都晓得的？听众们啊，这个事情怎么会晓得的？有句话叫"好事不出门，恶事传千里"。再说一声楚平王怎样？为了要捉拿伍子胥，他通缉令都发到吴国来的，他关照吴国：我们的逃犯逃到你们那里，抓到后将他引渡回楚是有回报的。什么回报？送两座城池并加三个美女。吴国拿到通缉令，高兴得不得了，因为是敌对国家嘛。听众们啊，敌对国家出点丑事情吴国肯定是要宣传的，丑化丑化也好的。所以吴国的老百姓都晓得：楚平王父纳子妻、残害忠良，把伍奢一家满门抄斩。这个老太太呢，虽然人待在家里，但能知天下事，她对政治特别关心，所以现在儿子来一讲，晓得伍家是忠臣，是好人家。专诸出来了，说得相当爽快："来、来、来，我老娘说你是好人，可惜一家人家都死光了，剩你一个人。"伍子胥想：这个人像查户口一样清清楚楚嘛。便答道："正是。"专诸："来，里面请坐。"两个人说得投机。

　　伍子胥提出一个要求："我想跟你结拜弟兄。"专诸："蛮好。"那么为啥专诸答应呢？专诸的娘有考虑的，她就认为专诸其他都不错，可惜文化差点。伍家世代忠良，读书人家，现在遭迫害流落到这里来，近朱者赤近墨者黑，专诸和伍子胥交朋友不会错的。因此她就同意儿子与伍子胥结拜弟兄。互相一问年纪，伍子胥大两岁，专诸："哥哥啊。"伍员："贤弟。"伍员到里面："伯母大人。"一躬到底。专诸母："贤侄罢了。"专诸关照老婆："来，杀鸡。"家里一共三只生蛋鸡，一只鸡杀掉，一鸡三吃——白斩鸡、红烧鸡、葱油鸡。两个人开心得不得了，话越讲越多。专诸："哥哥，你不要走了，我跟你是自己人了。"伍员："贤弟，从今日开始我们是自己人了。"专诸："对，这个家就是你的家，我是你的兄弟，我的老娘就是你的老娘，我的老婆就是你的老婆（噱头），不对，讲得不对。"这句话当然不对，但专诸舍不得哥哥："哥哥啊，你也没有地方去处，你就住在这里吧。"专诸热心，想把哥哥留下来。伍子胥想：小户人家一门两阔，小得一点点豆腐干这样一块，我住到哪里去呀？而且你上有老下有小。伍子胥非常识趣："贤弟，哥和你结拜弟兄，义结金兰，同甘共苦，哥自有住处，告辞了。"他一定要走了，实在留不住。专诸："哥哥你一定要走，我也留不住。在家靠父母，出门靠朋友。我和你现在是自己弟兄了，留又留不住你，我还有两个朋友，一个被离，一个要离。这两个朋友跟我要好，你要是碰到点什么情况可以找他们。被离原来是相面先生，现在做城管队长，要离与我一样是捉鱼的，他的剑术蛮好，行侠仗义，江湖上名气蛮响的，他俩都是我的好朋友。"伍员："嗯，好，专诸贤弟，愚兄告辞了。"离开专诸家到哪里去？伍公馆。阿是伍子胥这里有公馆的？有！公馆在哪里呢？桥门洞底下。吴地水多桥多，有种大桥有三个桥洞，当中有水，旁边桥洞干枯，下面水也没有的，却好遮风挡雨。伍子胥可怜，流落他乡，在桥门洞底下寄宿。早上起来时这只面孔邋里邋遢，不要紧，边上有河水，当时的水没污染，干净得很。肚子饿不要紧，先吃点河水，然后到吴趋坊菜市场讨饭。菜市场是早上最最热闹的地方，自己身上这把箫还是要拿着，吴趋坊菜场吹箫讨饭。

伍子胥人坐下来开始吹箫，正在此时有人过来了，后面有几个跟班，来的什么样人呢？城管队。城管一向都有的，为了维持市容市貌嘛。马背上人的官衔是市吏，等于城管队的队长。市吏早上上班第一课是巡视农贸市场，看看有什么情况，这里的秩序怎样。早上办公室里喝一开茶就出发了。城管队长率部刚到吴趋坊农贸市场跟前，耳朵旁边就传来了非常悠扬的箫声，市吏觉得奇怪了：我天天来，怎么今天听到这个声音呀？而且听得出这个声音有水平，不是一般草台班。他往箫声传出的方向看：奇怪，这个人年纪不大，头发雪白，胡须雪白，眉毛雪白，身材很高大且衣衫褴褛。被离："这位吹箫朋友，你从什么地方来的？姓什么？叫什么？"伍子胥一看一吓——叫花子最怕碰到城管，要紧把箫放下，战战兢兢道："老爷，我是楚邦来的难民，我姓伍名员，双称子胥。"被离："什么？楚国来的难民？"伍员："是。"被离："啊，你就是伍子胥？"伍员："是。"被离："来啊，带走。"伍员："老爷，我、我、我……"手下上来打招呼："走、走、走。"伍子胥一吓：碰到城管要罚款了？心里有点吓势势，跟着来到办公室。被离："你就是伍员伍子胥？"伍员："正是楚国来的难民伍员。"被离："你还没吃早点吧？"伍员："嗯。"他心想：河水吃了一肚皮，两泡尿一撒，肚子已经瘪掉了。城管队长摸出来一块银子，交给底下人："来，给我马上做三桩事情。第一，弄点点心让他填饱肚子。第二，去买一套新的衣裳，你看他身材很高大的，要合他的尺寸，买得好点。第三，马上陪他到混堂里洗个澡。我在这里等，有数吗？"卒："是。"伍子胥也没弄懂。不一会儿，一客生煎馒头上来，伍子胥肚子饿得空落落，一吃味道灵格，一口气吃八只，全吃光。卒："走，洗澡去。"一个澡一洗，破衣裳扔掉换一套新衣裳，人顿时面貌一新。城管队队长名字叫被离，他为什么这样做呢？其实被离老早在觅伍子胥这个人了。他是城管队长，天天在外边转。吴王有令，叫他们要留神有没有楚国来的逃犯，要觅个宝贝——楚国来的伍子胥。被离今朝觅到伍子胥高兴得不得了，当然见国君不能像叫化子一样。他对伍子胥道："来吧，跟我见咱们大王。"

伍子胥一听蛮高兴：今天遇到贵人哉。便跟着他到这边吴王宫门口，先在朝房里休息。被离上殿："大王，今日奉大王之命寻楚邦逃来的难民，已经找到了。"吴王："是谁？"被离："大王，就是您要寻找的楚国逃犯伍子胥。"吴王大喜："真的吗？人呢？"被离："在朝房候旨呢。"吴王："来呀！传楚国来的伍子胥上殿！"

第十七回　伍员献艺

　　吴国国君的名字叫姬僚。这里我特别要介绍一下吴国的情况。讲到吴国，春秋时期吴国是一个中等国家。其疆域东至今天的上海，西到今天的南京，北临长江，南达浙江，核心区域就是我们苏州。吴王僚是第二十三代国君。吴国第一代国君是泰伯（姬姓）。听众们，现在苏州阊门有只庙宇叫"泰伯庙"，最近市政府花巨资修复了泰伯庙。它所在的街区现在弄得相当好，属于苏州古城区重点保护的街区——苏州桃花坞历史文化片区。目前，苏州好几个地方都有纪念吴泰伯的历史遗迹。比如阊门外占鱼墩边上有个雕像矗立在街心，这个塑像就是吴国开国之君泰伯。苏州城西阊胥路上有一座泰让桥，什么叫"泰让桥"？泰伯三让王位嘛。苏州城区干将路有一只庙叫"让王庙"，西郊灵岩山还有泰伯的衣冠冢，苏州评弹光裕社供奉有泰伯像，等等。

　　吴泰伯其实不是我们苏州原住民，他的原籍是陕西岐山。离开陕西西安一百三十六公里，离开宝鸡七十公里，当中有一座山叫岐山。岐山是周朝的起源之地。他爹古公亶父是商朝末年一个小的部落王国的首领，是轩辕黄帝第十六世孙，中国的农耕始祖、五谷之神后稷的第十二世孙。古公亶父经营的周原部落王国做事情井井有条，治理得很好。《史记·吴太伯世家》的记载是："民人殷富。"你治理得这么好，人家就会有点眼红，有时候还会碰到外族入侵。什么样人入侵啊？北边的戎狄。戎狄是游牧民族，游牧民族的生活落差很大，好的时候早上喝羊奶，中午吃牛肉，晚上烤全羊。但是碰到灾害，气温降到零下三十八度四十度，大雪纷飞，牛羊都冻死了，可就苦了。怎么办？游牧民族就来中原地区抢劫甚至发动战争。农耕民族打不过游牧民族，这边是拿锄头铁锘种田的，那边是骑在马背上放牧骁勇善战的，所以碰到外族入侵时，往往家毁人亡。一次，古公亶父得讯戎狄又要来了，急得手足无措，他开了个紧急会议商量怎么办，是打还是降？会上产生了两种意见：一派要打，宁死不屈；一派讲不打了，还是投降吧。在大家争执不下的时候，有一个男孩子踏出来了："爷爷，我想发个言。"古公："你是谁啊？""爷爷，我是季历的儿子姬昌。"听众们，姬昌是谁？中国历史上周朝的开国之君周文王姬昌嘛，那时候他还小。"爷爷，投降坍台；打，人都死光，能否让他们一下？他们来，我们就让给他们，等他们跑掉后仍旧恢复。"古公亶父一听开心，想不到这个小孙子竟然提出一个"让"字，顿时豁然开朗。古公称赞一声："我世当有兴者，唯有昌也。"古公亶父讲道："我的接班人找到了，三个儿子都没有资格，找谁啊？老三季历的儿子姬昌。"古公亶父这句话老大泰伯、老二仲雍都听到了，心里都明白父亲的王位不准备传给他们了，要不要抢、要不要争呢？何必呢？都是自己人。"爹爹，您年纪大了身体不好，我们到山上去采点补药给您。"实际上兄弟俩找个借口跑掉了。跑到哪里呢？离开岐山一百多里路，有一座山叫"吴山"，他们就在这里落脚了。弟兄两个人一跑掉，古公亶父觉得不好，过去的王位传承有规矩——长子嫡传。泰伯是长子，应该传给泰伯的，可是无形当中自己将老大老二赶跑了，古公觉得不能坏了祖宗规矩，马上派人去找，找到过后劝说他俩道："你们回去吧，将来还是要照规矩让泰伯接班。"两个人回绝使者道："不，请你去回复父亲，我们已经在这里有一方土地了，吴山治理得很好。"后来周原王位给了老三季历，再让老三的儿子姬昌接班。这就是所谓的第一次让王。后来古公亶父死了，老三季历办丧事时把老大、老二都请回来。丧事料理完，季历就讲了："两位哥哥，父亲留下遗嘱，谁接班按遗嘱上说的办。"大家打开遗嘱："长子泰伯接任王位。"泰伯不肯，他对老三季历讲："这只王位你先接一接，你的儿子姬昌大有前程，你不要多说了，我们坚决让王。"这就是历史上的第二次让王位。泰伯、仲雍商量下来，觉得不要再来搅和了，还是跑远一点吧，因此他们就离开了陕西宝鸡吴山（因为这个吴山在中国的西面，所以称"西吴"；江南的吴国在中国的东部，所以叫"东吴"）。泰伯、仲雍离开了西吴，越黄河过长江来到了江南。根据《史记•吴太伯世家》上记载，当时跟他们到东吴的有千余家，一起来到太湖之滨。泰伯一看，这个地方非常好，梅花盛开，姹紫嫣红，于是入乡随俗，断发文身，与当地部落结合，在当地建村落户。这个地方被称为"梅村"，泰伯自号"勾吴国"。现在无锡境内靠近苏州有个地方叫"梅村"，就是泰伯最早的落脚之地，他在这里建立了勾吴国。第三次让王呢？就是季历接了王位过后，商朝天子叫文丁，他就觉得这个周原王国不得了，将来会对自己有威胁，因此就把季历喊来了，表面上让季历介绍周国治国之道，请季历喝酒，谁知道一杯酒落肚，季历双眼一顿，气绝身亡——商王文丁把季历毒死了。季历一死，儿子姬昌急得不得了，那怎么办呢？周原王国谁来做君主呢？他想到了两个伯伯，于是派人千里迢迢来到江南吴地，请两个伯伯回去。泰伯、仲雍就讲："我们在这里有一方天地了，应该是你接任周国王位了，你不要客气，你已经完全有这个能力独当一面了。"于是姬昌继位，这就是"泰伯三让王"的故事。孔子《论语》有一段话："泰伯，其可谓至德也已矣！三以天下让，民无得而称焉。"商纣王暴虐，姬昌开始剪商，到姬发手里也就是周武王时，打败商朝，开辟了周朝八百年江山。吴国的老祖宗泰伯、仲雍从辈分上讲起来，周文王要喊他们伯伯。

泰伯对我们吴国的功劳是很大的，无锡鸿山泰伯墓上有一块墓碑（是全国重点文物保护单位），墓碑上怎么写法？"泰伯率领当地先民修水利、兴农耕、授蚕桑、传周礼。筑泰伯城，创吴文化，吴地从原始走向文明。"对他的评价何等之高啊！"修水利"是指开河引水，灌溉田地，便利交通。其中有一条运河，从望亭开始一直开到常熟虞山直达长江，叫"望虞河"，这条河是谁开掘的？泰伯、仲雍。今天这条河还是苏南的一条重要运输通道，造福于当地人民。"兴农耕"：在此之前，我们南方人只懂得种水稻。种水稻一定要天热，所以一到冬天麻烦了，当时产量很低不够吃，泰伯就把北方种麦的经验拿过来，冬天种麦、夏天种稻，解决了一个温饱问题。"授蚕桑"：之前我们江南人还不懂什么养蚕、什么丝绸，他带过来了蚕桑技术即野蚕家养，所以后来江南地区成为丝绸之乡，衣被天下。"传周礼"：中华文明起源于黄河流域，南方被贬为荆蛮之地，上古时代的周礼即人的道德标准——温良恭俭让、仁义礼智信。这是什么？用现在的话讲起来就是：思想道德，核心价值观。"传周礼"即传周公之礼。"筑泰伯城，创吴文化，由原始走向文明"：泰伯在梅村筑泰伯城，其地方圆三里，他创造了吴文化，后来东汉时期在苏州阊门外建造泰伯庙，历代朝野都来祭拜吴地始祖泰伯仲雍。泰伯与苏州评弹也搭界的，苏州评弹团现在的团部是光裕社，光裕社里供有一尊三王祖师吴泰伯神像，因为他开创了吴文化，某种意义上讲起来我们的苏州评弹也是泰伯一脉传承至今，所以每年的正月廿四和十月初九评弹演员停演一天，以祭祀三王祖师吴泰伯。

吴国是有五百多年历史的诸侯国，到伍子胥时是第二十三世君主了。今天的吴王很高兴，为啥？本来他在觅人才。我们的吴国在江南一带要想发展受到了制约，春秋时期周天子式微，诸侯各国连年征战互相并吞，冤家楚国与吴国打了多年的仗，结果是什么呢？吴国是败多胜少，这口气一直翻不过来。最近得到一个消息：楚平王来一道通缉令，关照如果有逃犯伍子胥的话，捉拿引渡回楚，回报丰厚——送两座城池加三个美女。这个回报不薄。王僚想：这个人是一个人才啊。他四周在派人打听，有没有这样一个人来到我们吴国境内。今天看见了伍子胥吴王当然开心，王僚咧着嘴笑嘻嘻地问道："你就是伍员啊？"伍员："正是。"伍子胥毕恭毕敬回答道。王僚："怎么，见了寡人还不跪下来？"伍员："我乃是楚国难民，非吴国臣民。"吴王想：厉害！一句子话把我说得无言以对，此人绝非等闲之辈。王僚："来得正好啊，寡人给你看一样东西。"从龙书案上拿出来了一张纸质东西："看，这是什么东西？"伍员："吓！"什么东西？一张通缉令。"大王，您什么意思啊？"王僚："你的人头价值连城啊？两座城池加三个美女呀！"伍员："这——！难道说大王要把俺伍员引渡回楚？"王僚："哈哈！别误会，明辅将军啊，你的脑袋可值钱啊，你们楚平王拿两座城池还有美女跟我交换啊！寡人还不愿意呢！我今天看到你很高兴，我首先问你：天下之大为什么旁的地方不去，要来我们区区的小国吴邦呢？"伍员："大王，伍员今日逃往吴邦，只因为吴国是礼仪之邦，而且海纳百川，伍员只想在此苟且偷生而已。"王僚："嗯。"伍员："倘若大王留我一命，我伍员愿为吴国肝脑涂地。若允许我借兵，我将领兵伐楚报仇雪恨。"伍子胥的道理很简单：第一，我来的目的是保命。第二，我要借兵伐楚。

王僚是个匹夫之辈，一听很高兴："爽快！说得好哇。伍员啊，听说你是文武双全，那我要看一看明辅将军的风采，能不能让我开开眼啊？"伍子胥一听明白了：吴王是要看看我的本领。"大王只管吩咐。"王僚："你平时在马背上是用什么兵刃啊？"伍员："刀、枪、剑、戟，略知一二。"王僚："口气不小，我喜欢直来直去，你善用什么兵器呀？"子胥一听懂的，这个名堂叫什么？殿试。看来吴王不太相信我，的确有种人名气蛮大，盛名之下其实难副，要看你尽管看。伍员："我善用一条长枪。"王僚："枪？什么，伍员啊，你也是用枪的？好哇，寡人也是用枪的。"王僚想：这倒蛮好，你讲一口刀，我懂八成，你讲一条枪，枪在我科门里，你要调花枪谈也不要谈。他又问伍子胥："那能不能当场给我试一下呢？"伍员："嗯，是。"王僚："来啊，把本王的宝枪拿来。"老实讲，蹩脚的枪王僚也不稀奇，他要拿自己这条枪。两个武士到兵器库房，从威武架上将王僚的一条枪取出，两个人上一上肩胛扛出来。这个时候伍子胥听得很清楚，吴王关照把他自己那条枪拿出来。两个士兵人没看见，声音先出来了："嗨哟！嗨哟！"伍子胥听见觉得奇怪：不像扛一条枪倒像扛了一口棺材出来。只见两个武士把这条枪扛到金殿上，身体一侧，肩胛一歪，"叭！"枪被放倒在地。"回大王，您的宝枪已到。"王僚："退下。伍员啊，寡人的宝枪来了，来、来、来，给我试一试吧。"伍子胥定心了。为啥？他冷眼里一窥一看，枪不错，是条好枪，什么样子呢？一块并州铁，打成一杆枪，枪头五指阔，枪钻葫芦样，好一条黑缨点钢枪。吃菜碰到配胃口的来了。伍子胥把身上的衣裳稍微整一整，到枪的边上，把这条枪一踢一翻，枪翻到脚背上，再把这条枪往上面一踢，钢枪飞起，双手一接，怀抱琵琶前七后三，一戳分量，王僚这条枪比自己用的这条还要轻了一斤二两半。枪是好枪，那么伍子胥今天舞什么枪法呢？他往四面一看，金殿这个地方不妥当，金殿地方很大，但是两旁边站满文官武将，他的枪枪杆很长，究竟有多长呢？古代的兵器家什也是标准化：丈八为矛、丈六为枪、丈四为幡、一丈为棍、八尺为棒。今天伍子胥将一丈六尺的长枪拿在手里，如果在这里舞枪，弄得不巧，枪头要碰到大将身上，避上去的名堂就叫"枪避（枪毙）"，"枪毙"触霉头（噱头）。他发现下面有一只露台，露台上空旷没有人，伍员："大王，列位大人，今日伍员献丑了。"舞什么枪法呢？普通枪法不稀罕，伍子胥的师傅是春秋战国名将养由基，他曾经教伍子胥舞一路枪法，其名曰"百鸟朝凤枪"。什么叫"百鸟朝凤枪"呢？简单点讲就是：长枪舞动，枪花一敨，一枪变五枪，看上去有五个枪头，再一敨五五廿五枪，再廿五枪再敨开来，到最后怎样呢？变成一百廿五个枪头，一百个枪头代表百鸟；百鸟朝凤，当中真的枪头代表凤凰。战场上如果碰到敌将，你上去跟他打，两个蹩脚点的敌将就会弄不清楚：怎么枪上来都是枪花？急忙掀起，但真假难分，掀到的是假枪头，真枪就刺过来结果你性命。有诗赞曰："此枪出手凤点头，一阵狂风冷气浮。四面八方水不透，宛如烈火炼金球。老龙取水腾空起，舞得山中狼虎愁。若问此枪何处出？百鸟朝凤世传留。"伍子胥一枪连一枪，一枪紧一枪，枪光闪烁，不见人影，看得两旁边文武官员的眼睛结出、嘴巴张开。"哇！"王僚也愣住了：没想到舞得如此精彩，开眼界了！他一个忘形脱口而出："好啊！"吴王僚你喊"好"的啊，这里是什么地方？金殿。金殿有殿规的，不准高声喧哗，你喊一声"好"，边上那些人早想喊，可是不敢，为啥？破坏金殿规矩，弄得不巧要被拖出去杀头的。现在众文武一看蛮好，既然你大王带头喊好，我们一起和调拉倒："好！好！好——啊！"边上一个红面孔大将还喊出点名堂来了："好！好得呱呱叫，这个枪法比咱们大王还要——？"王僚想：这句不上路了。"嗯？"眼睛对红面孔大将一弹，红面孔大将吓坏了，急中生智道："还要比咱们大王差一丁点儿啊！"

　　伍子胥见好就收，他枪已经收掉了："大王，伍员献丑已毕。"王僚："嗯，枪法不错。伍员啊，明辅将军名副其实啊。"伍员："大王谬赞了。"王僚想：武艺不用看了，下面要试试他的文才。王僚："伍员，我要请教了，我们吴国是区区小国，怎么治理国家？怎么才能让我们的吴国强大呢？寡人倒要请教了。"伍子胥听懂了，刚刚是试我的武艺，现在是考我的文才。"大王，只要三字便可了得。"王僚："请教。"伍员："第一谓之'道'，'道'就是天道。'道'即道德、道义、道理，遵循规律，顺应自然，替天行道，治国之道。你是一国之君，要做有道明君为百姓造福，有句话叫'人间正道是沧桑'，所以做任何事情你没有道理、无理叫'无道'，无道就是昏君，有道就是明君，得道者多助，失道者寡助。故治国之道强国富民也。"王僚："好，说得有理。那请教第二呢？"伍员："二谓之'利'。'利'即利益所在。国之利，民之利，一本万利，一句话就是搞好经济建设。一个国家的强和弱主要看什么？经济。你的地位高低也是看你的经济。经济是什么？是基础。现在不要谈经济基础，你家里穷得嗒嗒滴，人家看不起你，国家贫穷同样如此，随便什么都要发展经济，没有经济一切皆空，经济就是'利'，发展生产，产生利润，经济基础打好以后，一个国家才能够发展，所以第二个要诀就是要搞经济建设，称之为'利'。"王僚："那第三呢？"伍员："第三谓之'人'。"王僚："'人'？请教了。"伍员："'人'就是人才，国家要发展就要有人才，天、地、人三才，天和地当中就是一个'人'。'人'是顶天立地，没有'人'一切皆空。"伍子胥说的这个道理今天看还是对的，虽然现在讲起来都是自动化了，自动化机器也要人操作，首先硬件和软件都是人创造的嘛。比如说无人飞机，无人飞机下面也要有人操作的。人的因素第一。所谓人本精神，就是要以人为主。"道""利""人"三字，缺一不可啊。

王僚和伍子胥你问他答，讲到后来伍子胥也吃力了，这时候王僚也觉得自己好像问得太多了。王僚："好吧，伍员啊，今儿个时光不早了，明儿个再聊吧。来，退班。"众文武退班。王僚："被离。"被离："大王。"王僚："你把他安排到驿站里面去，好生相待。"被离："是。"驿站即政府招待所。伍子胥到驿站，这个一晚上是窝心啊，被子、褥子软是软得了，夜里四菜一汤，还有酒。天亮起来，梳洗已毕，早点心都准备好，双浇面、蟹壳黄已经上来了，门口有车子来接，金殿上吴王已经在等了。王僚："来，有请伍员上殿。"昨天听上路了，第二天再连一连："伍员啊，寡人要问你了，楚国是个泱泱大国，我们能打败它吗？"伍员："大王您要明白，大国有大国的难处，小国有小国的特长。您别看我们的楚国是泱泱大国，其实是灯笼壳子腐朽透顶，好比一座大厦，下面的基础已经松掉了、烂掉了。楚平王昏庸无道，连父纳子妻这种乱伦事情都做得出，其他事情您也就可想而知，他枉杀忠良听信谗言，坏人当道，好人受到排挤，上梁不正下梁歪，这个国家貌似强大，群臣之间是尔虞我诈，只要外来的力量推一推，这个庞然大物就会轰然倒塌，所以您别看它大而内在腐朽，吴国虽小，却是欣欣向荣，您广招人才，海纳百川，前途无量。"王僚："那么当今天下，哪国最强？"伍员："大王，春秋五霸，以我之见，就楚国而言是在楚庄王时候最厉害，传到现在的楚平王一代已经不行了。"王僚："那么还有四霸，这当中谁最厉害呢？"伍员："四霸是秦国秦穆公，晋国晋文公，齐国齐桓公，宋国宋襄公。俱往矣！那些君主都已是过往的烟云，已经不足为道也！"王僚心中暗暗称赞：伍子胥博学多才！王僚："那咱们吴国呢？"伍员："吴国只要上下一心，就能以小博大、以弱胜强，吴国前途无量。"时间倒蛮快，一天又过去了。

伍子胥在吴国金殿上滔滔不绝，说古论今，三天里他回答的问题没有一个字相同，讲得吴国的文臣武将是五体投地，都说开眼界了。到第三天的下午，王僚高兴得不得了："伍员啊，你也辛苦了，寡人已经听了三天了，听君一席话，胜读十年书啊！"伍员："多谢大王谬赞。"王僚："寡人问你，你愿意为吴国效力吗？"伍员："大王，伍员避难至吴邦，只想得到大王庇护并且愿意为吴国效力。"王僚："嗯，好！寡人今天就封你吴国大夫。"哇！伍子胥高兴得跪倒在地："谢大王千岁。"为什么跪下呢？伍子胥一下子变成吴国大夫了啊。王僚："好吧，今天时光不早了，明儿个我跟你商量起兵伐楚之事。"伍子胥心中那个高兴啊。

什么叫"大夫"？"大夫"是一种官职名。古代的官职怎么分法的呢？大夫分三等：上大夫、中大夫、下大夫。每一个等级里还要再分三等，上大夫分为上上等、上中等、上下等；中大夫分中上等、中中等、中下等；下大夫分为下上等、下中等、下下等。每等级再分正副职。这叫"九品十八级"，又称为"九品中正制"。今天王僚封伍子胥的"大夫"是什么？起码这个"大夫"就是中级干部四品皇堂。军队里讲起来已经是一粒梅花星，将军一级，起码是少将。王僚："伍员啊，寡人封你为大夫。"金殿有规矩：上朝见驾时，级别太低的官员是没有资格上殿的。何谓"四品皇堂"？这个官职就相当于苏州市的市长。伍子胥高兴得不得了："谢大王。"这时文官武将们议论纷纷，大家都觉得来人确实是个人才。山外青山楼外楼，更有英雄在后头。伍子胥兴冲冲回到驿站，兴奋至极。为啥？哈哈，明天要商量出兵之事哉，他高兴啊！

"退朝！"朝堂上文官武将全部退了下去，王僚也准备退了，他立起身来要想往里面走，一看，"嗯？"谁知边上站着一个人没走。王僚："大哥，怎么啦？怎么你不走啊？"姬光："兄王，我有一言相劝。"王僚："大哥，您说吧，什么事？"姬光："我已经听了三天了，你感觉伍子胥此人怎么样？"王僚："好，贤而又孝。"贤是说伍子胥有本事，孝是说伍子胥有孝心。姬光："难道大王你真的答应姓伍的起兵伐楚？"王僚："当然，君无戏言。楚国是我们的天敌，我们打了很多年了，可是败多胜少呀！今天有他带路，他复仇心切，又熟悉情况，这是我们千载难逢的一个好机会，咱吴国胜券在握呀。"姬光："我劝大王冷静地思考一下。常言道：'其言夸夸其谈者，难成大事也。'"王僚："什么意思？"姬光："兄王啊，我从来没有听到一个国家为一个与自己毫不相干的逃犯，因为听了这个逃犯几句蛊惑人心的不实之词，竟然要为他报私仇而兴兵，去征讨一个不可能战胜的大国。我的好兄弟啊，你三思而后行啊！倘若打赢了，为他报了家仇，我们是替他人做嫁衣裳。倘若打输了，则后果不堪设想啊，要亡国的啊！兄王啊！你休要上当受骗呀。"王僚一呆："哥，你再说得明白一点啊？"姬光："我直说了吧，我说兄王啊，千万千万不要被伍子胥的话蛊惑，他是纸上谈兵，他口口声声是为了吴国，其实是为了他一己的私利，难道我们小小的吴国能打败强大的楚国吗？不可能的。所以我还是劝我的兄王，你冷静头脑，你再三思考，马上收回成命，为了国家，别上他的当啊！老祖宗留下的基业不能毁在他的手里呀！"王僚："大哥——这——？"姬光："我是句句心里话，咱都姓姬呀，咱们是自家人啊。"吴王那么愣住了，刚刚是热血沸腾，头脑发热，现在怎样？被边上的哥哥一通话醍醐灌顶，犹如一桶水从头浇到脚。王僚："哥，难道此话当真吗？"姬光："难道我说话还有假吗？"王僚："我已经答应他了，我说明天要商量起兵伐楚啊！"姬光："没有事，你把他交给我吧。为了我们的吴国，为了国家的前程，我说兄王啊我的好兄弟，你千万冷静头脑，你仔细辨别一下我说的话有没有道理。"吴王沉思了一下："好吧，那大哥这样吧，话我已经说了，我再出面不太好，接下来的事就交给你吧。明儿个由你负责料理伍员之事，我就不管了。"姬光："好，英明的大王，我的好兄弟，哥照你的吩咐去办得了。"王僚："谢哥，你提醒得好。我差一点上他的当呀！"

各位听众，大家要问我了，那个被吴王称为"大哥"的人到底是何许样人呢？他为什么要这样子诋毁伍子胥呢？我要介绍一下了。此人名字叫姬光，吴王僚叫姬僚，因为吴国的老祖宗泰伯姓姬嘛。我前面介绍过，三皇五帝第一个黄帝姓姬嘛。周文王叫姬昌，周武王叫姬发，吴国开国之君泰伯称姬泰伯。所以"姬"是吴国国君的姓氏。现在这两个人，一个姬僚，一个姬光，一个哥哥，一个弟弟，他们两个人是弟兄，不过这两弟兄是堂房而不是嫡亲的弟兄,他们两个人是同合一个爷爷,这个爷爷的名字叫寿梦,公元前 585 年登基,是吴国第十九代国君。寿梦生了四个儿子:老大诸樊,老二余祭,老三夷昧,老四季札。王僚的爹是谁呢?老三夷昧。那么姬光呢?姬光的爹是老大诸樊。那么今天姬光出现究竟是怎么一回事呢?煮豆燃豆萁,豆在釜中泣。本是同根生,相煎何太急。这个事情就大了,且听下回继续。

第十八回　结识姬光

　　伍子胥金殿献艺,王僚高兴得不得了,马上封他为大夫,还跟他讲"明天要商量出兵征讨楚邦之事",谁知道就在这时候边上出来一个人,谁?长公子姬光。姬光挑拨离间,对弟弟王僚说:"你不要上当啊,这个人夸夸其谈,他的目的是什么?为报私仇。从来没听说过,一个国家为了一个不相干的逃犯居然要用兵啊。成功了他蛮高兴——报仇了。失败了,这个国家要亡国灭国的,不要上当。"王僚怎样?居然相信姬光的话:"哥,既然如此,那伍员之事就交托给你了。"这两个人的关系是:王僚是三房里夷昧的儿子;姬光呢?长房长孙,是诸樊的儿子。第十九代吴王寿梦生四子:诸樊、余祭、夷昧、季札。寿梦想:将来我的王位传给谁?老大还差一点,老二看不中,老三我不想,我最喜欢阿四季札。听众们,你们记得吗?前面两回书我提到过一句话,季札此人不得了,我们中国有句成语"季札挂剑",讲的就是季札的故事。当初寿梦派小儿子季札代表吴国出访晋、齐、鲁三国。途中路过一小国徐国(即现在的徐州),徐国国君宴请吴国四王子季札。宴会上,季札发现徐国国君眼睛盯着自己腰间看,为什么?喔,原来他看中季札腰间挂的一口宝剑,因为当时吴国特产是宝剑,所以又称为"吴剑"。有一对夫妻叫干将、莫邪,他们铸造了雌雄宝剑,献给吴王阖闾。吴王到虎丘山试试宝剑如何,结果一块岩石被宝剑一劈二爿,至今此石还在虎丘山半山,上面镌刻有"试剑石"三字。所以 2500 年前的吴剑名气颇响。原来徐国君主看上了这把吴剑,季札明白了,心想:我愿意送给你,但是我刚开始出差,还要跑多国,等我返回路过徐国之时再送给你。心里答应嘴上没说。三个月一过季札完成任务,返回吴国时路过徐国,就寻徐国国君准备将剑送给他,谁知这位徐国君主不幸急病身亡了,季札就到他的墓地凭吊,并且把这把精美的宝剑挂在他墓前的树枝上。有人就说:"季札,徐君人都死了,何必还要将剑送给他呢?岂非多此一举?"季札答道:"我早就许诺给他了,我们当时心领神会,虽然他人死不能复生,但我不能失信于他,他在天之灵会知道的,我定然要把此剑留给他。"因此"季札挂剑"就成了一个讲究诚信的成语。他的父亲寿梦就认为四个儿子当中季札最厚道,厚德载物嘛,将来能够接我班的就是阿四头季札了。他把阿四喊过来:"爹将来百年过后要将王位传给你。"季札:"爹,不可以。老祖宗泰伯传给谁的?传给老二仲雍,所以我们吴国有一个规矩——王位的传承是兄终弟及。我上面还有三个哥哥呢。爹爹,您要传位还是按照规矩吧。先是老大,再下来老二、再老三，我坚决不当王。"历史记载有这么一句话：泰伯三让王而季札四让王。季札谦虚不贪权，道德品质相当高尚。季札此人是不得了啊，我写这部书还特地再去考证的，江阴申港镇有一只大的祠堂——季札祠，他就安葬在此。坟墓上的墓碑谁写的呢？孔夫子。孔夫子为他写了十字碑："呜呼吴延陵夫子季札墓"。所以这个人呢寿梦早就看中了，预备位子要给阿四头的。寿梦执政二十五年，吴国和楚国打仗，寿梦在战场上身受重伤，奄奄一息的时候，他把这些儿子喊过来："我死后这只位子谁接？我有遗嘱，按照遗嘱办。"四个儿子答应了。丧事料理完毕，大家把遗嘱拿出来一看，上面很清楚地写着："传位给老四季札。"三个哥哥就讲了："小兄弟啊，爹关照的，由你接任吴国一国之君，你别推辞了。"谁知季札坚决不干："三位哥哥，吴国规矩是'兄终弟及'，再说你们水平也不错，首先应该是老大继位，接着老二、老三。我是阿四，要轮到我早了。大哥哥你做，我坚决不当吴王。"他不是假客气，话说完便回到了自己的封地延陵，即今天的常州，所以他有个雅号——"延陵夫子"。老二、老三就讲了："大哥，国不可一日无君，阿四头倒不是假客气，他是真心不肯当王。你是老大，你有这个资格，应该你上了。"所以寿梦一死，第二十代吴国君主是老大诸樊，他执政多少年呢？十九年。后吴国又和楚国打仗，诸樊身负重伤不行了，临终的时候他有个大儿子名字叫姬光，姬光对诸樊说道："爹爹，您实在不行的话，这只王位能不能让我来接？"诸樊："儿子啊，你不能接，吴国规矩是'兄终弟及'，你有三位叔叔，等到叔叔们都不在了，你长房长孙才能继位。"姬光没有办法，诸樊眼睛一闭，老二余祭成为第二十一代吴国国君执政十七年。又打仗了，但这次不是跟楚国打仗，而是跟南方的越国打。越国和吴国是冤家，这冤家结得深而又深。第二十一代国君余祭带领吴国部队和越国打了起来，结果打了个胜仗，捉牢一批越军俘虏，关押在太湖边上。当地有个村叫"舟山村"。顾名思义，"舟山"的"舟"就是舟船，这里是吴国造船的地方。于是就把这批俘虏关到舟山造船。为了防止这些俘虏逃走，把俘虏脚上的脚筋都切断的，这样他们路不好走，也就逃不了了。根据《左传》上的记载：吴国君主余祭去视察造船厂，到船厂里去看的时候，有一个越军的俘虏乘其不备，拔其佩剑将其刺死。余祭是被越军俘虏刺死的。谁来继位？老三夷昧。夷昧继位，成为吴国第二十二代君主。他执政几年呢？四年。怎么只有四年？有个道理：身体不行。他从小身体虚弱，一直吐血，人像干血痨一样，上了王位后身子更加不行，到第四年奄奄一息的时候，夷昧想：我的王位传给谁呢？老四季札。所以阿三临终时候把常州延陵老四季札喊回来道："兄弟啊，我不行了，两个哥哥已经去世了，看来你一定要接这只位子了。"谁知道季札一口回绝："不，三哥哥，我坚决不接。"夷昧："为什么？"季札："我不喜欢当王，一国之君日理万机，太忙了，我喜欢文学艺术，三哥另请高明。"说完便回延陵去了。

这时候有一个人已经等了很久了，什么人？老大诸樊之子公子姬光。公子光的头颈伸得像白乌龟一样长地在等，他想：总算轮到我可以接班了。谁知道就在这个当口，突然之间出来一个人，把吴国君位一下子夺了过去，当上了第二十三代吴国国君。此人是谁？王僚。那么王僚又是谁呢？三房里夷昧的儿子。夷昧有三子：大儿子王僚，第二个烛庸，第三个掩馀。烛庸、掩馀掌兵权，是两位将军。王僚呢？他早有一颗野心，老早看中了这只王位：既然四叔季札不要当王，那么我来！所以他一下子就把吴国的君位夺过来了。挨到不如抢到。老爸将逝，儿子接班比较顺当：一颗野心，抢班夺权，取得成功。他夺权取得成功有什么原因呢？一个是内因。何谓内因？就是王僚本身的因素——他就是贪权恋权的家伙，他认为：有了权就有了一切，有了权我就至高无上，吴国托拉斯就我最大了，可以号令天下了。这只位子他盯上已很久了。第二是外因。他身边有两个兄弟执掌兵权，而且都是有野心的人，三个人合谋在了一起。王僚还有一个儿子名字叫庆忌，吴国历史上称他为"吴中第一勇士"。当时吴国每年要举行比武大会，选拔国家栋梁之材，谁的武艺最高？谁最最厉害？庆忌连续三届是比武冠军，而且极力支持父亲夺权称王。一个篱笆三根桩，一个好汉三个帮。还有一个客观因素呢，就是夷昧手底下一批原班底人马。这批人马想：我们跟着的东家触霉头，执政一共只有四年，短寿命的他死掉了，"一朝天子一朝臣"，这个规矩大家都晓得，上面的头一换，我们就通通下岗失业了。这批人特别想保住自己的位子。用什么方法？拥立新君。新君是谁？最好是夷昧的儿子，这样他们有拥立之功，可以饭碗保牢。这几个方面因素组合起来，王僚就把吴国的政权夺到手了，所以第二十三代吴国国君王僚是抢班夺权。

　　从法理上讲起来，谁应该做吴国君主呢？论资排辈应当是诸樊的儿子、长房长孙姬光啊。但是姬光等了很久头发都要等白了，刚刚有点希望却又完结了，挨到不如轮到，被三房里姬僚夺得天下了。他爹呢，死得太早，父亲手底下这些班底人马都退休了，要么下岗了，他还能怎么办呢？只能蜷蜷尾巴缩缩脚。不过这日子也不好过的，现在王僚执政，王僚心知肚明：此王位是谁的？应该是你长公子姬光的，但是你现在只能屈居在野。我当政你是一只眼中钉，有机会这只眼中钉要拔掉！所以两个人的关系实际上怎样？表面上还是弟兄，嘴上亲热，一边"大哥"，一边"兄王"，实际上斗得结葛罗多。姬光是怎么样一个人呢？司马迁《史记》上有八个字的记载：阴纳贤士，意欲袭僚。"阴纳贤士"，不好见阳光的。"意欲袭僚"的"僚"即王僚。司马迁的这八个字已经把姬光这个人全部概括起来了。

　　三天来，伍员在朝堂上试枪法，纵论治国之道，长公子姬光实际上也看得、听得清清楚楚，到第三天下午王僚竟然封伍子胥为大夫，第四天要与伍员商量兵伐楚邦之事，姬光思潮翻滚，久久不能平静。他有一种恐惧感和危机感，自己暗中策划的夺权计划将化为泡影：我忍辱负重已经七年了，我就是想要寻觅像你伍子胥这样的人才来帮助我夺回本该是我的王位呀。王僚，你是匹夫之辈，论到治国之道你差远了，你成功是因为你边上有人，有这些弟兄帮衬着。我现在是在野派，暗底下我一直在物色人才，楚国发生楚平王父纳子妻、伍奢一家被害、伍员浪迹天涯一事，我早就托好朋友被离注意能否介绍伍子胥给我，我要派用场。姬光万万没想到王僚捷足先登，三天听下来，听得他心惊肉跳：如果伍子胥被你王僚所用，将来我要复辟、我要夺权就没希望了。怎么办呢？赶紧要想办法，这个人一定要为我所用。因此他想出来一条计策，这条计策叫"离间之计"。姬光："兄王呀，夸夸其谈者实无大用，逃犯伍员投吴借兵是为了自己。兵者，国之大事，岂能被一个外人耍弄呢？"他这两句话实际上是在离间。而王僚呢？他是一介匹夫："大哥说得有理，寡人被伍员洗脑了。要不是你及时提醒，我差点儿上当呀。"姬光冷冷一笑道："当局者迷，旁观者清。自己弟兄嘛，不能不说。"王僚："大哥，那我就把伍员交给你了，你看着办吧。"公子光一听来得正好，果然王僚上当了，现在把伍子胥交托给他，正中他的下怀。姬光："遵命。"

突然发生的变故伍子胥不知道。他回到驿站里是高兴得不得了：凭我三寸不烂之舌，仅三天就被官封为大夫。高兴啊，明天要商量起兵伐楚了，马上好报仇雪恨了。一宵已过，直抵来朝。伍子胥早上起来梳洗已毕等候召唤，心想：大王马上就要来喊我去商量用兵之事了。辰光过得很快，伍子胥等等觉得：不对哇，太阳当顶了，怎么没有人来请呢？午饭已经送上来了，伍子胥把饭吃掉再等。等了一会又觉得：不对哇，太阳慢慢落西了，怎么等了一天都没有动静啊？伍子胥想：什么道理啊？昨天讲得蛮好的，早上见驾要商量用兵伐楚之事，怎么今天一点消息也没有呢？再一想：对了嘛，毕竟我的事情是外插花，他是一国之君，一国之君日理万机，国家的事情很多的，已经被我耽搁三天了，他要商量国家大事了。那我就等一天吧。到第二天一早起来，伍子胥梳洗已毕，点心吃过，又坐等召唤。时间很快，中午到了，他吃好饭再等，可是仍旧没有人来。两天了，这时候伍子胥隐隐约约感觉到不对了，他感觉到可能出问题了，哪有两天都没有消息的？接着他又自己安慰自己：再等等看吧。到了第三天的中午，还是没有人来睬他，伍子胥的心情是一丈水退八尺：完结了，起变卦了，本来是讲得好好的，明天要商量。哪有你忙得这样？俗话说"一二不过三"嘛，第三天总归要跟我碰碰头吧？到底怎样总归要给一句话吧？现在我像卖不掉的甘蔗戳在边上，睬也不睬了啊。有一种不祥的预感隐隐而至，伍子胥这时候已经心灰意冷了。伍子胥自嘲：伍子胥，你别多想了，你是什么东西？一个逃犯，这里是异国他乡，你到这里来是讨饭呀，寄人篱下呀。希望越大，失望越大，看上去这桩事情尴尬了。第三天他没有好好睡觉，神思恍惚。伍子胥也不指望了，这桩事情看上去黄了。

驿站里小二进来了："伍大夫，"因为伍子胥在金殿封过官了，"外面有人请您出去。"伍员："呀！来了。"伍子胥好像打了鸡血，一个人马上亢奋起来，赶紧头上顶巾戴戴好，身上的衣裳稍微整理一下，踏到外面一看，停了一辆车子，这辆马车很考究，不是一般人能有的，不要去管它，上了车子再说。赶车的人"驾！"一声马鞭，车疾驰而去。伍子胥想到哪里？皇宫啊！不对哇，方向不对！一会儿工夫车停了下来。伍子胥一看嘛不像皇宫，这是什么地方呀？"下车了，伍大夫。"伍子胥从车子上下来，抬头观看，什么地方呀？一户大户人家，只见门楼上写着四个字："灵宵王府"。怎么到王府里来了呀？门口你看两盏大门灯笼，台阶五级，还有石狮一双，对面一座照墙，旁边两棵盘槐树。这时已经有人出来接了。下人："请问您就是伍大夫吗？"伍员："正是。"下人："来、来、来，我们主人里面有请。"主人？啥人？怎么到王府里来了呢？一连串问号，伍子胥觉得奇怪，跟着底下人兜抄曲折，从备弄里过来到花园，花园边上一间书房。"来吧，伍大夫请吧。"伍子胥跟到里面。下人："长公子，伍大夫到了。"

伍子胥踏到里面，陌生的环境，陌生的人。此人年纪与自己差不多，三十有余。身上衣裳光鲜，名牌产品，相当神气，看得出这种身价不是一般人。伍子胥战战兢兢道："您是？"姬光："明辅将军啊，来、来、来，请、请、请！稀客驾到了，看茶。你不认识我吧？鄙人姓姬，单名一个光，我叫姬光呀。"伍员："姬光？"他就是长公子姬光？伍子胥来到吴地有一段时间了，对这里的情况有所了解。原来是吴国第二十代国君诸樊之子公子光呀。"长公子，伍员冒昧。"伍子胥心想：怎么吴王不把我叫上大殿商量伐楚之事，今天请我到王府里来呢？姬光："坐。我说伍员啊，听君一席话，胜读十年书啊。我听了你三天的高论啊,果然名不虚传,腹有良谋,纵论天下,我姬光佩服之至。"伍员:"长公子谬赞,愧不敢当。我、我乃是一个流亡之人呐。"姬光:"不,你是一个有功之臣。"伍员:"长公子,您都知道?"姬光:"不光知道,还很同情,你是一个对楚国来说有功无罪之人。"伍员:"我是为了逃一条命,来到吴国。"姬光:"别客气了,我说伍员啊,你我都是明白人,咱们打开天窗说亮话,好吗?我喜欢直爽之人。"为啥?长公子姬光就晓得,对面的人文武双全,跟他讲话不要转弯抹角,做事情爽快点干脆点,反而容易沟通。医生看病要对症下药,与人打交道同样如此。姬光是有一套,开头十八句攀谈攀谈,接下来话搭到正题上了:"伍员啊,对不起了,你的好事被本公子搅黄了,知道吗?王僚已经不用你了。"哦?伍子胥一听果然事情变化了。而且公子光讲得非常干脆:你的事情被我搅黄了,王僚现在不用你了。伍员:"这却是为何?"姬光:"难道说为了你,一个异国他乡的逃犯,听了你几句蛊惑人心话语,要倾我们吴国之兵为你报一己之仇吗?可能吗?那是不可能的。他是意气用事。"对倒也对的。伍子胥想:他这句话呢,从他的角度是不错的,我是什么人?在他们眼里是一个逃犯,阿是逃犯要借兵这样容易?借兵要死人的,搞得不好要亡国的。伍员:"长公子,难道吴王不相信我说的话?"姬光:"此人性格反复无常,而且多疑。"伍员:"那我倒要问一声,我蛮好的事情,为什么您要把我搅黄呢?""哎!"长公子叹了一口气:"我也是出于无奈啊。"伍员:"您是公子,怎说无奈?"姬光:"我知道你现在来到此地举目无亲啊,对吧?你是一个背负着无罪之名的逃犯,可原来你可是楚国的天之骄子啊!你们家是楚国的大户人家,可你现在沦落成逃亡之人。你要知道,我姬光身为吴国的王子,可是我的日子跟你差不多呢!"伍员:"此话怎讲?"姬光:"怎么说呢?我生不如死啊!"

　　伍子胥一看他的眼泪水也快要出来了,忙问道:"您贵为王子,乞道其详?"姬光:"什么意思?伍员你可能不了解我们吴国的历史吧?其实我的老爸就是吴国第二十代国君诸樊,王僚他的老爸夷眛是我的三叔,第二十二代国君。我们吴国君位的传承规矩是兄终弟及、论资排辈。王僚他是三房里长子,有什么资格接这个大位呢?你说对吗?"那伍子胥想:这个跟我不搭界的,我跟这事有什么关系呢?姬光:"伍员,可能是与你无关,可是与我有关啊。本来我也想就算了吧,既然他喜欢当王他就当吧,我就安安稳稳地过日子算了。可是你知道吗?他自知心虚,千方百计要把我置于死地而后快呀!"伍员隐隐觉得味道不对。伍员:"长公子,您说话是什么意思?"姬光:"你听说过有一仗你们楚国跟我们吴国交兵,叫卑梁之战吗?""听说过。"伍子胥想:你讲卑梁之战我晓得的,就是前两年发生的事情。这场战争说来也稀奇,吴国和楚国打来打去,是为了一瓣桑叶打起来的。桑叶?蚕桑啊。大家晓得,那时候农户家都养蚕宝宝,养了蚕宝宝好有丝绸出来。卑梁是个地名,是吴国和楚国两个国家的一个边境所在,在划分边境的时候真的不巧,两国划一个村,这个村上有一棵桑树,这棵桑树很大,一半被划到吴国地界,一半属于楚国地界。这棵树的树冠很茂盛。这一年,吴国的姑娘上去采桑叶,楚国的女子也上去采桑叶,双方采桑娘子在采桑叶的过程当中发生了矛盾。楚国姑娘一看:"这瓣桑叶你怎么采去?从这边看去嘛明明在我们楚国地界上。"于是指责吴国姑娘。吴国姑娘倒也不买账:"你眼睛怎么看呢?明明是在我头顶上,这里是我们吴国的天空。"俩人开始争夺,本身两个国家就不是友好国家,而是敌对国家，情绪本身就是对立的，一对立，这两个姑娘桑叶不采跳下来了，跳到下面两个人大吵相骂了："你怎么啦？""我怎么啦？"两个人吵吵相骂没好言，结果这边拉起来一把头发，那边一记耳光，两个姑娘打起来了，惊动两家人家了。楚国男人晓得了，两个哥哥晓得妹子吃亏了，"来！上！"男人出场。你男人不好出场的，事态迅速扩大。吴国也有男人的，村上先是两家人家打起来，两家人家一打，惊动整个村，整个村上形成吴国的村和楚国村群斗，卑梁大规模地打群架了，这下惊动了边防部队。边防要想的：我们是干什么的？边防嘛，要保护老百姓的哇。吴国吃亏了，吃亏怎样？上！你好上啊？楚国也有边防的，结果慢慢地，为了一瓣桑叶发生了一场战争。

　　这场战争的消息传到吴都，王僚听到边关有事立马发话："来啊，起兵！"马上拔一支令箭，这支令箭拔给谁啊？王僚："我说来啊！长公子姬光，你给我到边关卑梁去把楚国人打败。"为啥要派姬光去呢？王僚有两个用意：第一，派你到边关平定战事是为了保家卫国。第二，你到了边关最好是去了不要回来，最理想嘛战死疆场为国捐躯。因为他这只王位是从姬光手里夺来的，他心里有数，姬光也有数的。留着姬光总归不太平的，现在正好借人家的手把姬光除掉拉倒了。所以一支令箭关照姬光去。没有办法，当然只能服从你安排，长公子姬光接过令箭："那么我带多少军队呢？"王僚回答："军队没有。现在兵员相当紧张，再说我们是个中小国家，兵力不足。这样吧，你王府里不是有五百家丁嘛，你带点家丁去就够了，真正不够我会派人来的。你的侄子吴国第一勇士庆忌、我，还有两个兄弟烛庸、掩馀他们都会来的。你讨救兵，增援部队马上就到。"王僚一方面把姬光派到去卑梁作战，另外一方面跟自己的儿子庆忌还有两个兄弟烛庸、掩馀讲："你们听着，现在长公子姬光到前线去了。如果姬光吃败仗来讨救兵，你们暂时不要发兵，等一等看，等到什么时候发救兵呢？等到姬光战死疆场时你们再上去，有数吗？"王僚的意思是：把他除掉大家太平。实际上王僚是想借敌人之手把姬光除掉。谁知姬光打仗运气很好，一仗成功呀。讲起这桩事情姬光的眼泪水也出来了："伍员啊，所以你要知道，我这条小命差一点就没了啊，我今儿个没有办法。当然，我这些话跟你说也没有太大的意思。"

　　伍子胥明白，这是弟兄之间尔虞我诈争权夺利。姬光："可是我喜欢直爽，你愿意跟我一起干吗？"伍员："长公子，您想？"姬光："我什么意思？我想夺回我应得的王位啊。否则的话我与心不甘啊。当然，现在咱们还不能声张，你如果愿意的话，我们联手。"啊哟，伍子胥一听知道麻烦了，无意当中他已经卷入宫廷内部一场弟兄之间的权力之争。那怎么办呢？往往大家晓得，有种事情是不可预料的。伍子胥听到现在已经清楚了：我的事情是被你搅掉的，你自己不打自招。接下来你什么目的？你的目的很明显，你就是要拉拢我，想方设法要我们两个人联手起来，你想夺权，你要上位。这个事情好做吗？我倒要考虑考虑了。毕竟你是在野，王僚是当权。姬光："伍员，你现在不要表态，我也知道这是大事，这样吧，我给你三天时间去考虑，愿意的话咱们就联手，怎么样？"那么究竟如何呢？要下回继续。

第十九回　老虎为媒

　　长公子姬光把伍子胥请到灵宵王府来，把自己的苦水倒出来，这个一笔账滔滔不绝。姬光："伍员啊，你知道卑梁之战也就罢了，去年有一个七国联军鸡父之战，你听说了吗？"伍员："听说的，就是楚国牵头纠集顿、胡、蔡、卫、许、陈六个国家来剿杀吴国之战，是吗？"姬光坦承当时情景："当时的情形很危急，王僚他发令给我，我也只能执行，到长江作战。可是他不给我一兵一卒，就让我带王府里五百家丁去啊。他说兵力不够，谁知我负责的一条艅艎舰（吴国指挥舰）被楚国夺去了。我知道这个后果啊，艅艎舰被楚国夺去了，要是追究我责任的话，我罪责难逃啊。我迫于无奈，叫我王府里五百个兵丁全部换上楚军服装，半夜里冒名顶替跟艅艎舰上的楚军说我们是来换防的，他们上当了。等到我们一上这只艅艎舰就亮出刀枪，拼性舍命把艅艎舰夺了回来，此舰失而复得。这一仗巧也真巧，楚国的三军统帅突然犯病死亡了。蛇无头不行，鸟无翅不飞。七国联军军心动摇，六个国家的军队散掉了，七国联盟解散，鸡父之战失败，所以这场战争倒是救了我这条命。"姬光："伍员，你去了解了解，我说的是真话还是假话。王僚要把我置于死地而后快，因为我是他的眼中钉、肉中刺啊，有我在他就不安稳啊。"伍子胥已经明白了，他点了点头。姬光："其实我姬光并非一定要当这个吴王，我只想让自己安稳一点，可是这日子没法活呀，我是被逼无奈啊。今天把你请到我王府就是想告诉你：第一，王僚不准备用兵伐楚了，他把你的事交给我了；第二，我把你请来是想和你交个朋友，请你考虑一下，不会为难于你。"伍子胥点了点头。姬光："伍员，你是个外人，我也不想把我们吴国王室内部之事让你烦心，愿意的话我们常来常往，随时欢迎你光临寒舍。"伍员："谢长公子厚爱，伍某告辞了。"

　　回到驿站，子胥思潮起伏：刚才王府的一番谈话明显得很，长公子姬光要和自己结盟，他有雄心壮志要夺回失去的权力，他缺少人手看中我了，但是我何去何从呢？我面临着抉择啊。我到吴国来一是逃亡保命，二是借兵复仇。想不到王僚变故，姬光相中于我。伍子胥明白，事情已经到这个地步，现在王僚对他不信任，当然里面有姬光的作用。何去何从？事关大局不能轻易答应。姬光现在是和盘托出了，但是真相真的如他所讲的吗？不，要了解真实情况，可毕竟我没有靠傍呀，我到哪里去了解情况呢？伍子胥决定首先寻访结拜弟兄专诸。伍员："专诸兄弟，我想问你一声，你们吴国内部王室纷争，现在的吴王，你们老百姓对他口碑怎样？"专诸："不好。"伍员："为什么？"专诸："为啥不好？这个王八蛋是抢班夺权，他上去得名不正言不顺。"伍员："那么应该是谁上大位呢？"专诸："当然是长公子姬光呀，他是长房长孙嘛。大家都知道吴国的规矩，接班人是兄终弟及嘛，王僚是老三夷昧的儿子，还轮不到他嘛。"伍员："那么王僚当权治国可好？"专诸："好？好个屁！"伍员："为什么？"专诸："唉，只晓得夺权。他呀,只顾自己、不顾百姓。"伍员:"哦?说来听听。"专诸:"哥哥啊,其实他们弟兄夺权和我们老百姓无关,我们只要日子一天比一天好过就行,你说阿对?本来吴王又不是他了,应该是长公子。长公子这个人打仗有本事,反败为胜。现在的王八蛋只晓得要权,把我们老百姓不当人。"伍员:"兄弟啊,你总归要讲点事实出来的。"专诸:"其他不讲,哥哥,我爹怎么死的?就是死于去年七国联军鸡父之战。我爹太湖面上捉鱼的水性好,国家要打仗要征兵,没有办法,爹就去了。父亲他水性好,他在水里一口气比人家长,于是成为蛙人部队一员,像青蛙一样潜伏在水里。我爹潜伏在水里预备偷袭楚军,不晓得一批人到水里潜伏,有个家伙气短,提前冒出水面来了,暴露了目标,最后呢,我爹水里还没氽起来,就被上面的楚兵楚将发现了,楚军乱箭齐发,我父亲身中七箭死在长江里。"伍员:"原来令尊战死沙场。"专诸:"照规矩死掉也应该,大丈夫战死疆场,为国捐躯嘛。但是我老爸上有老下有小,全家要靠傍的,王僚这个王八蛋不是个东西,我爹死掉了怎样?按照规矩应发抚恤金,可是银子没有一两,只推托国家困难,没得钱,叫老百姓自己克服克服,我家老娘恨得他死忒。"专诸的话伍子胥听得很清楚。然后他再到几个朋友当中了解,果不其然,一边长公子姬光在百姓中的威信很高,一边王僚的口碑一塌糊涂。实际上王僚对民生问题漠不关心,因此得罪了百姓。伍员想:王僚你什么水平啊?被长公子姬光三言两语,就把我晾在一旁了。棉花的耳朵风车的心,你没有主心骨,缺乏判断力,你在打仗方面也没有建树。你叫长公子姬光当头队先锋,你不给一兵一卒,结果王府里五百家丁在卑梁之战险中取胜;七国鸡父之战中,吴国的艅艎舰失而复得,姬光反而威信高得不得了。民间流传着这样一首民谣:"吴王僚,不终朝。公子光,当吴王。"民以食为天,国以民为本。老百姓流传的这种民谣不就是民意吗?几天调查研究下来,姬光讲的话都是事实,那我伍子胥怎么办?为了生存,为了复仇,我要拿定主意,就像股票这样,王僚呢,看看现在当权,可这只股票是垃圾股。姬光呢?虽然现在在野,可这只股是潜力股。从长计议,伍子胥决定与姬光结盟。

第四天,伍子胥来到灵宵王府求见长公子。伍员:"长公子。"姬光:"伍员请坐。"伍员:"长公子,我……"伍子胥欲言又止。姬光:"怎么啦?伍员,你我性情中人,有话直讲。"伍员:"长公子,既然我们赤诚相见,那恕我也快人快语,长公子,我愿意和您合作,不过我有个要求。"姬光高兴啊:"说,什么要求?"伍员:"将来事成之后,我要报仇雪恨,我要亲手杀了楚平王熊居和奸贼费无忌!我家里三百余口惨遭杀灭,这个血海深仇要报,请长公子千万兑现您的承诺,到时候请允许我带兵伐楚。"姬光:"放心吧,伍员。请相信我,一旦我成功登上大位,即下令起兵伐楚,我决不食言。"伍员:"好,长公子,我伍员愿意跟随长公子您,肝脑涂地在所不辞!"姬光大喜:"咱们俩肝胆相照,伍员,我们以茶代酒,干此一杯!"从这天开始,伍子胥投到了长公子姬光的门下。王僚呢?中了离间计和伍子胥失之交臂。

姬光关照伍员:"你住在我王府里不大妥当,因为王僚已经晓得你这人,也晓得你的本事,你经常在我王府里进进出出,被人家看见要讲话的。你到乡下去,哪里?太湖之滨胥口,那里有一座山叫清明山,是我的封地所在。那里有个庄园是我的别墅,你隐居到郊区去,有什么事情我们到乡下再商量。"所以《史记》上有一句话:"伍员躬耕于野。"从这天开始,伍子胥就从吴都城区消失,来到了太湖畔的胥口清明山庄。

伍子胥到了清明山后开始熟悉吴国的风土人情，吴地的山山水水，他都要详细考察一番，以备后用。君子无剑不游，他把一口宝剑往肩胛上一插，沿着太湖边上一路走过来，湖光山色让他觉得心旷神怡。小小太湖跨三州，三万六千顷水面，天水一色，烟波浩渺，伍子胥难免触景生情。为啥？伍子胥想：这么漂亮的地方我的家乡楚国也有的，但是我有家难回啊！清明山过去是小王山，再过去是穹窿山，直到光福镇。一路上依山傍水，伍子胥边走边看，看得有点走神了。就在这个当口，突然之间传来一个声音——"哗！"从树林里跳出来一只斑斓猛虎，干啥？吃人。这只老虎可怜，一个礼拜只吃到两只蚊子三只苍蝇，饿得肚子咕咕叫，今天忍不住了，从山里出来寻食吃，想不到碰到了伍子胥，老虎一看开心啊，人肉嫩而且味道灵，于是一声虎啸，一个虎跳直扑伍员而来。

常言道虎有三威：第一威称为"啸"。老虎的声音称"啸"，龙吟虎啸嘛。那么"啸"起什么作用呢？作用很大，凡飞禽走兽听到啸声都逃不过。比如：老虎看见天上面一只飞鸟，要想吃容易，只要搭得够，它头抬起来对着这只飞鸟"哇！"一声啸，上面的飞鸟耳膜震得吃不消，两只翅膀会抽筋飞不动掉下来，摔倒在地："老虎伯伯，你吃吧。"树林里野兔子算得厉害了，蹿起来快得不得了。野兔子一看老虎来了赶紧往洞里一钻——你没有办法哉！嘿！有办法。老虎一看洞洞里野兔子进去，自己进不去，就到洞口，嘴巴张开对着这只洞里"哇！"一声虎啸，声波会把耳膜震破，吓得这只野兔子里面待不住，会退到外面："老虎伯伯，你吃掉吧。"送给它吃。

第二威：一扑。老虎的一扑厉害，饿虎扑羊嘛！2016年，一家人家玩北京野生动物园，人进去像动物一样坐在车子里面，动物在外面是自由的。车子里的女眷她嫌自己的男人车子开得不好——"我来开吧"，她把车门一开兜个圈子走过来，她人还没到车门口呢，老虎出来扑了上来，她的脸皮被撕破，她被送到医院救治。其母亲一看女儿不妙，赶紧把后面车门一开出来，结果娘被老虎扑倒咬死了。虎的一扑是厉害得不得了，饿虎扑食啊。

第三威：一箭。什么叫"一箭"？老虎的尾巴也厉害。你们别看平常时候老虎这个尾巴荡了荡、甩了甩没有用，像隔夜油条这样一根。发起威来时可不得了，老虎发起威来这个尾巴竖得笔直，它的尾巴邦邦硬笔笔挺甩到边上，人在旁边被它一记打到腰里，腰要断的。老虎出洞怎么出来的？它跟其他野兽两样的，它不是脑袋先出来的，老虎门槛也很精的，它要考虑老虎洞边上有埋伏，一棍子把它的老虎头开花。所以老虎出来时是屁股先出来的，它先是这只屁股摇摇摆摆，慢慢地钻出来，然后尾巴竖直横扫而出，有句话叫"马马虎虎"（噱头）就是这个出典。

现在伍子胥没料到自己会在太湖边上碰到老虎。他没有准备呀，饿虎一扑，一下子就将伍子胥这人扑倒在地。伍子胥怨啊，堂堂明辅将军，居然被一只老虎扑倒了，阿要坍台呢？今天死得冤枉孽障，拔剑都来不及了。老虎张开血盆大口要咬，老虎咬什么地方？它吃起人来第一就是咬咽喉，人的咽喉这个地方有三根管子：食管，气管，血管。这三根管子一口咬断，里面吸出的东西味道极好。老虎开心得不得了，扑倒伍子胥，虎嘴巴张开要想咬。就在这千钧一发之际，只看见对面树林里飞出来两样东西，两道寒光不偏不倚往老虎的两只眼睛上"叭！""叭！"老虎眼睛被打瞎了。老虎没有了眼睛，看不见目标了，只能瞎折腾。毕竟是伍子胥，他倒在地上，借这样的空隙，连地十八滚腾空跃起，背上这口宝剑已经出匣了，三尺青锋对准老虎嘴"咔嚓"，老虎的血盆大口张开着，被一剑刺中，伍子胥把剑从老虎嘴里塞进去往它心脏上刺中，再捣两捣，"哗！"斑斓猛虎眼睛、鼻子、嘴巴血淌出来了，四只爪子在地上乱抓，一会儿老虎气绝身亡。

"好剑法！"伍子胥一听声音知道救命恩公来了：今天如果没有人把老虎两只眼睛打掉，我命休也。"请教哪一位英雄出手相救？"定睛一看，从树林当中飘然而出一位年轻人，身上的打扮是粗布衣裳，但是这个年轻人文绉绉的样子，年纪跟自己差不多。伍员："请教恩公大名？救命之恩没齿难忘。"孙武："哈哈！您也不错啊，好剑法啊，猛虎被您一剑丧命哟。您要问我的名字？那我也要请教您的大名了，请问您是？"伍员："在下楚邦难民姓伍名员，双称子胥。"孙武："啊呀，原来您就是大名鼎鼎的明辅将军。"伍员："唉，一个落难之人也。"孙武："太好了，鄙人姓孙单名一个武，字长卿。"来的什么人呢？孙武孙长卿。周明华为啥喉咙响？讲到他，高兴啊，他什么人啊？各位，他就是中国历史上大名鼎鼎的军事家、编写十三篇兵法的孙武子啊！孙武？在苏州？他啥地方人？他是齐国人，他的老家在山东滨州。说这个书，我喜欢考古研究，喜欢采风，我特地到山东滨州去了。滨州有孙武纪念馆，纪念馆建筑很大，不过里面空壳子，门都锁掉的，而且这把锁已经锈了，里面也没什么东西。苏州呢？有孙武文化园，孙武的纪念馆，最近我们苏州开通的地铁四号线有个站点就叫"孙武纪念园"，孙武归宿于苏州，他的墓地陵园就在苏州相城区。

现在的山东地区在春秋时候有两个国家：一个是鲁国，孔子故乡；一个是齐国，孙武故乡。孙武是齐国人氏，怎么到吴国来了呢？他祖父孙书是齐国名将，父亲孙凭也是齐国名将，孙武出身将门之家。孙武的名字是他的祖父起的，姓孙一个武字，其实有用意的，止戈为武，意思是不要打仗。战争的残酷，军人最清楚，一将功成万骨枯。孙武从小接触的都是军事，耳濡目染的是战争的故事，因此他从小对军事感兴趣，而且钻研下去了。后来他就发现了，春秋晚期齐国没有前途，四大家族你争我夺，孙家也卷入其中，齐国国君齐景公软弱无能，国家战乱，百业凋敝，他在这里有什么前途呢？因此他就跟祖父和父亲商量要离开齐国。齐国的东南有个国家叫吴国，这个国家海纳百川，不拘一格降人才，青年人去有发展前途，因此孙武就来到了吴国。一到吴国先是当兵，据说孙武当了六年兵被迫退伍了。为啥会被迫退伍呢？当兵难免受伤，他脚上受过箭伤，行动不大方便了，古代的军人就靠两条腿，腿脚有了问题只能离开军队，无奈之下解甲归田。回老家吧，可是孙家卷入内乱，家人都逃出来了，孙武只能到穹隆山隐居，一边耕种田地，一边继续钻研兵法，撰写兵书。

孙武和伍子胥两个人认识了，在哪里认识的呢？太湖畔一座小山。谁为媒呢？一只老虎。是老虎促使孙武和伍子胥这两位伟大的历史风云人物在此地相遇并结为挚友。周明华，你所讲的是真的还是假的？听众们啊，我采风过这只故事。据吴中区光福镇的镇志记载：在两千多年前，吴国重臣伍子胥与孙武在此地因一只老虎而相遇，因此光福边上这座山后来改名字叫"虎山"，旁边还有一座桥叫"虎啸桥"。到今天，吴中区光福镇的虎啸桥还在。和孙武在此地碰头，伍子胥相当高兴。一个楚国人，一个齐国人，大家同在异国他乡，两个人话得投机，于是成为莫逆之交。

第二十回　营救专诸

伍子胥回到清明山命令手下道："来啊，给我到太湖边上去把那只死老虎扛回来，今天吃老虎肉。"老虎浑身是宝：这张皮剥下来可以做什么啊？做皮榻子，虎皮袄；老虎的骨头呢，浸酒去伤的；世界上最贵的肉是什么肉啊？就是老虎肉啊。伍子胥蛮高兴，晚餐已毕，预备要睡觉了，底下有人报了："伍大夫，外面有个女客人要想见您。""女客人？"伍子胥想：我到这里来是一个人，怎么会有女客人呀？下人："这个女客人看上去很可怜，眼泪淌淌滴，而且她叫得出您名字的。"伍员："来、来、来，赶紧请。"下人："女客人，这是不是你要见的伍大夫？"伍子胥："啊？你？"专诸妻："伯伯。"怎么喊伍子胥"伯伯"呀？伍子胥愣一愣，觉得面熟，可一时又认不出来。专诸妻："伯伯，我是专诸的家（婆）小呀。"伍员这才认出来了。伍子胥在吴趋坊菜市场看到专诸与他人搏斗时，就是她一声女高音"专诸哎，你姆妈叫你转去呀！"把专诸叫回了家。伍员："弟妹，出了何事啊？"专诸妻："伯伯，倷格冤家出事体哉呀。"伍员："啊？出了何事？"专诸妻："不好了，我的冤家被衙门里抓了去了。"伍员："为什么？"专诸妻："他出了人命案，衙门里的人讲倷专诸是杀人凶手，杀人偿命，他这条命要不保了，我急得没有办法，实在走投无路，专诸的娘让我来寻你，伯伯你能不能救救我们专诸啊？他上有老下有小，是倷屋里顶梁柱，你帮帮忙呢！"伍子胥愣住了："弟妹，你慢慢道来，到底为了何事？"专诸妻："为点什么事情嘛？就是前天菜市场上，说倷专诸小菜场上管闲事，与肉摊老板起争执，结果把牛老板打死了，牛老板衙门里又有人的，所以现在一根链条把专诸带了去，杀人偿命呀，具体我也弄不清楚，菜市场上人讲专诸是冤枉的。伯伯，你帮帮忙救救专诸呀。"伍子胥心里明白了，知道再要问仔细，她也说不清楚："弟妹，今日时光不早了，你就待在这里，明天一早和你一起进城。"一宵已过，第二天一早伍子胥就和专诸的妻子两个人一辆车子进了城。

到哪里？吴趋坊菜场。伍子胥先来了解情况，他先到一爿蜡烛店自我介绍："店家，我是专诸的哥哥，叫伍子胥，我想了解一下三天前发生的这桩案情。"蜡烛店老板："哦，你就是专诸的哥哥啊，蛮好，倷也担心专诸的事体呀。"伍员："我专诸兄弟怎么会被捉到衙门里去的呀？"蜡烛店老板："这个真叫冤枉了冤枉。你的兄弟专诸是好人呀，怎么是杀人凶手呢？牛二这个家伙死有余辜，他的死是罪有应得。"伍员："店主啊，你看得清楚？"蜡烛店老板："看得清楚，他们打起来时我就在边上。那天早上，市场上最闹猛时候，肉摊上的老板牛二良心不好，他生意不规矩，有个老先生来倒扳账，说自己买了一斤肉，回去称称缺了二两，谁知道这个倒扳账的人就被牛二一拳头打倒在地，牛二还骂人家是诈他，老先生跌倒在地，'哇啦哇啦'喊救命，这个时候专诸看不过，便出来抱打不平。这个牛二狠得不得了，自以为衙门里有势力，一把刀拿出来了扬了扬，叫专诸少管闲事，专诸不买账，说：'你怎么拿刀出来？''关你屁事，走开！'牛二起刀威胁逼退专诸，专诸的脾气上来了：'不怕你，凶器放下来！'说完把牛二一只手捏住了一拗，这把刀抢过来，牛老板巧嘛真不巧，他脚踩在瓜皮上，一滑一躺往后面去了，跌下去的时候边上有一块三角的石头，牛二'啪'一声仰面朝天跌下去，后脑勺上'扑'一声，牛二性命完结。我看见牛二头上红的白的侪出来哉，他跌下去就再也没爬起来。这就是事情经过，不是我一个人看见，大家都看到的。哪里知道一会儿衙门里来人，将专诸一根链条带了去，说他是杀人凶犯。其实人不是专诸杀的呀，他是好心来劝的呀，是抱打不平呀。牛二这个家伙是咎由自取呀。我们看得很清楚的，不是专诸动手的，是牛二拔刀威胁专诸，专诸仅仅是夺走一把刀。就算有点责任吧，那也是罪不至死呀。你是专诸的哥哥，看上去你有点文化的，托你出面为好人专诸申冤理枉啊。"等到蜡烛店老板讲完，伍子胥已经一支笔一张纸头全部写好了。伍员："店家，读给你听一遍。"这样长、这样短、这样方、这样圆……"对否？"蜡烛店老板："嗯，差不多。"伍员："那么麻烦你，你是目击证人，请你签字画押。"蜡烛店老板："蛮好，我来签字画押。"蜡烛店老板签字打一手印，旁边豆腐店老板也说道："我也来，我亲眼看见都是事实，我也揿个手印吧。"卖葱贩："我也看见个，我指头印盖上去。"整个小菜场上百分之七十的人都同情和支持专诸，认为这个牛二之死是罪有应得，专诸冤枉的。怎么只有百分之七十的人呢？各位听众啊，人群嘛，三个跟你好三个跟我好。物以类聚人以群分。当然好人是大部分，是伸张正义的。但也有一部分胆小怕事的，那百分之二十呢，明哲保身，这些人认为这种死人之事，不要挤进去，有人性命进出的，所以喊他们揿指头印签字他们开溜了。还有百分之十嘛是跟肉摊老板牛二要好的，平常有往来一直占便宜的，特别是衙门里两个当差——"今天的肉卖不掉，拿去吧，送给你吧"，吃了人家口软，拿了人家手短。有百分之七十的人证明也就够了嘛，伍子胥想：凭这上面写的这些内容，专诸这条命肯定保住了，我要据理力争，到衙门里打官司。

伍子胥到衙门口要进去告状，当差："你干什么的？"伍员："有一张状纸，为专诸申冤理枉。"当差："滚蛋！人都死了，杀人偿命天经地义，还不快滚！"这两个当差跟牛二都是弟兄，伍子胥被轰了出去。八字衙门堂堂开，有理无钱莫进来。你没有门路想告状？休想。怎么办呢？伍子胥本想凭一张状纸为兄弟翻案，至少专诸这条命能保得住，现在逼得他只能走另外一条路，走什么路呢？伍子胥有个要好朋友灵宵王府长公子姬光嘛，本来他不想靠官托势走后门，现在被逼得走投无路，只能来到灵宵王府。

到王府进书房，姬光："伍员啊，什么风把你吹来了？有什么紧要之事吗？"看到伍子胥来了，姬光一愣，心想：你怎么好随便露面呢？你到苏州来一定有紧要之事。伍员讲述道："我有个结拜弟兄叫专诸，他是个孝子，见义勇为抱打不平，因为牵涉到一桩人命案子，我为他申冤理枉，可是官府衙门将我轰出来，我无奈，只能来寻您了，请您帮忙。"姬光："伍员啊，人命关天啊，这事恐怕比较难办啊。"伍员："长公子，我的目的不是说我兄弟没有罪名，但是依据案发过程，他罪不至死呀！"姬光："那你说说理由？"伍员："我有三条理由：第一，他是路见不平，主持正义。因为对方拔出刀来威胁专诸的生命，专诸把他凶器拿掉叫正当防卫。牛二之死是自己不当心脚踩瓜皮跌下去头碰石头造成的。所以专诸是正当防卫，最多防卫过当而不是故意伤害，罪轻一等。第二，据我了解，你们吴国有个法律规定，专诸的父亲为国捐躯，是国家功臣,他是烈士之后,烈士之后可以享受优惠待遇,犯法可以罪轻一等。其三,今天死掉的是恶棍,罪有应得,专诸孝子加义士是见义勇为,这种人讲起来应当提倡发扬光大他的品德的。所以我要求免掉专诸死罪。这是目击证人的证言,上面有证人们的签字画押。长公子,您看怎样?"这三条伍子胥分析得相当有道理,他做的不是无罪辩护而是免死罪辩护。重点是以事实为依据,以法律为准绳,逻辑严谨,层层推理。长公子姬光呢,一开始有点怕麻烦,因为是人命案子,况且伍员不适合在城区抛头露面。但是聪明的姬光只不过脑子里一闪念,想法马上转过来了。姬光一动脑筋:你的忙我怎么好不帮呢?你的朋友就是我的朋友,本身我和你两个人已经是联盟了,是自己人了。再说他话讲得确实有理的,这个忙必须帮。

姬光:"好,我来跑一趟。伍员啊,你稍待片刻。"姬光关照一声"备车",便乘坐一辆车子直达王宫。王宫门口御林军一看是灵宵王府里的长公子姬光,不敢懈怠。兵:"长公子稍待。"连忙奔到内宫禀报,不一会儿就出来了:"长公子,御书房大王请。"王僚已经得信了,姬光来了他是不敢怠慢的:"大哥,有什么事?何必亲自跑一趟呢?派下人来就可以了嘛。"姬光:"兄王啊,我有一事相托。"表面上俩人嘻嘻嘻哈哈哈哈亲热得不得了。王僚:"大哥,什么事啊?说吧。"姬光:"嗯,这样的,兄王啊,此事说大不大,说小不小。我有一个朋友,他的名字叫专诸,出了人命案,能不能求你笔下超生,让他免去死罪啊?"王僚:"专诸?人命?这我倒还真不知道。"姬光:"他原来是个屠夫,现在在市场上买卖水产,与人争斗出了人命。"王僚听见出人命之事,心想:人命关天,杀人偿命啊。王僚:"我说大哥啊,死了人的事倒难办了,我们吴国的法律明文规定杀人者偿命,天经地义,你说杀人者怎能不偿命啊?那叫我这个一国之君怎么办啊?王法何在啊?"王僚打起这个官腔来非常灵。姬光:"不,我说兄王啊,我有道理。"王僚:"什么道理?"姬光将伍子胥写的状纸递上去:"你看吧。"王僚接过来看过后问道:"那大哥你想咋办?"姬光:"理由呢,三条吧。"于是姬光就把伍子胥的三条搬给王僚听。姬光:"大王,第一,他是正当防卫。被害人之死是持刀行凶,最后不慎跌倒而死,专诸不是故意要伤害他。"王僚:"嗯,这倒也是。"姬光:"你讲一点罪没有也说不过去,毕竟人已经死了嘛。那死者自己不当心,脚踩瓜皮一滑一个跟斗。说重一点,专诸最多是防卫过当,不是有意而为之。第二,他是烈士之后。按照吴国法律上的规定,烈士后代享受一定待遇的:有功者封妻荫子,子女如果犯法可以罪轻一等。第三,专诸这个人有口皆碑。你看看小菜场上这些人,百分之七十签字画押,指头印都揿好了,这个是白纸黑字,也是人心所向,说明这个人是好人、是孝子,死掉的家伙是坏人、是恶棍,那种人死有余辜。咱们吴国王法要保护的难道说是那种人吗?兄王,你再考虑考虑。"王僚再反过来一想:我何必呢?我跟你虽然两个人暗中不合,但是这个表面的文章还是要做的,春风人情落得做嘛。王僚:"大哥你亲自登门,你说话我还有不允的道理吗?"姬光:"叨扰兄王了。"王僚:"笔墨纸砚拿来。"手下:"是。"王僚:"大哥,你看怎么写?弟听大哥的,那就免除死罪吧!"王僚一挥而就。姬光:"大王,还有玉玺别忘了。"王僚:"嗯。"没有玉玺等于白条,白条没有用的。玉玺印盖好,王僚:"拿去吧。"姬光:"谢兄王,告辞了。"接到手一看上面写着:"免去专诸死罪。钦此。姬僚某年某月某日。"

这时候长公子姬光闪过一个念头:不要烦了,一客不烦二主,索性我去跑一趟吧。

哪里去？衙门。马上这辆车子就来到了府衙门。衙门口两个当差一看熟悉的，不得了了大来头："长公子驾到。"拍马屁也来不及。当差："长公子稍等。"通报进去，一眨眼工夫正门大开，知府屁颠屁颠已经出来了，见姬光到了，知府赶紧满面带笑。知府："长公子，卑职迎接来迟！里面请。"知府将姬光请到花厅："看茶。长公子乞道其详？"姬光："知府大人，一桩小事情，你拿去看看。"知府："是。"知府接过来一看不得了，吴王御笔，一方玉玺印，圣旨上写着："免去专诸死罪。"知府："长公子，专诸马上无罪释放？"姬光："不，反正免除死罪。你也要考虑死者家属的情绪嘛。"知府："明白。长公子您放心，我会让您满意的。"姬光："那就拜托啦。"知府："哪儿的话呢？慢请，一切包在我身上。"

　　监牢里已经接到上司的命令了，牢头禁子拿着钥匙，年纪大了有点老花眼了——这把锁怎么插不进的？好不容易把门锁打开："专诸啊，出来吧。"专诸："干什么？"禁子："换一间住住。"专诸："换一间？反正要老调（死）啦，用不到换哉。"专诸又不晓得外面的事情，他回道："我不去，我就待在这里。"禁子："你不要搞，来、来、来，隔壁朝南一间光线好点，这间潮湿，地上一塌糊涂，你睡的稻柴龌里龌龊，委屈你了，来、来、来，到隔壁去吧。"专诸："你讲得清楚一点，你什么道理？"禁子："道理没什么，专诸你出来，跟我来。"禁子把这边牢房门一开，让专诸进去，一会儿饭菜送进来了，两荤两素一只汤。专诸："这个东西我不吃。"禁子："为啥不吃？"专诸："我晓得吃了要老调的（杀头）。"他倒晓得的，听说杀人犯在行刑之前要饱餐一顿的，叫"吃饱死"，据说饿着肚子死的叫"饿死鬼"，下世里投胎要投不着人家的。禁子："你定心，这个不是最后一顿，你尽管吃。你看这只房间怎样？你看稻柴都是新的，稻柴上特地放点褥子呢，人家没有这个待遇的。"专诸："牢头禁子啊，我又不是你娘舅，你拍我马屁没有用的。"禁子："不是拍你马屁，这样，你再住两天。"专诸觉得奇怪：刚刚进来时候这个禁子是凶得不得了，我讲一句话他就要动手打骂，今天换了个人似的，真搞不懂，不要去管他，总归是死了，一条人命在身上，吃，睡觉，睡着舒服一点。三天一过，禁子："专诸。"专诸："干啥？"禁子："专诸，我们晓得的，你身体不大好，我们这里条件有限，请郎中也不方便，这样，从今天开始你回去，请好点的郎中给你看毛病。"专诸："我没有毛病，我不要看病。"禁子："你不要啰唆了，你就回去吧。"专诸："转去？回家去？"禁子："蛮对，这叫'保外就医'。"何谓"保外就医"呢？就是犯人在监牢里有病了，监牢里医疗条件比较差，由于这个原因让犯人出去，请好点的郎中看病，等身体恢复后还要进来继续服刑，这就叫"保外就医"。实际上怎样？明人不必细说了，实际上就是一个托词，寻个借口放犯人出去就拉倒了。专诸："我不高兴出去，四菜一汤蛮好格。"禁子："不要啰唆了，走、走、走。"专诸也弄得糊里糊涂，一想官司也吃了没几天，待遇倒蛮好，家里倒没有这些好菜了，那就回去吧。专诸："牢头禁子啊，我有点不舍得你呀！"牢头禁子交代道："保外就医有一条规矩，就是足不出户，在家吃官司，外面公开活动不能参加的，有数吗？"专诸："我晓得了。"专诸一到家里，老太太开心啊。母亲："儿呀，幸亏你结拜弟兄啊，没有伍子胥，你这条命老早没了。"专诸："老娘，我也在想，啥人会救我呢？只有我家哥哥。"一家人家欢天喜地。

　　突然门口啰唣起来了，"哗！"为啥？因为专诸巷是一个闹市口，做生意的小商小贩很多的，摊头摆得勿少，卖小百货的、经营古董的、卖蔬菜土产的都有，非常热闹。突然之间来了一批公差打扮的人："让开！让开！"这批人身上的行头打扮一看就是吃公家饭的，他们手里拿着皮鞭，如狼似虎跑了过来。兵甲："让开！让开！怎么摊头放在这儿的？妨碍交通，搬掉！"凶得不得了。这两个做生意的人也响不落：我们的摊头摆放很久了，这里从来没有人来管的，今朝啥道理？贩子："我伲一天到晚在这里做生意，今天怎么不准摆摊了呢？"兵甲："怎么？你敬酒不吃！"贩子："让、让，见你们怕。"把这些做生意的人都赶光后，路上戒严了。一会儿来了一辆车子，后面一群人捐的捐、扛的扛，往弄堂里走了进来。这辆车子相当豪华，黄金蜡片很讲究，车子上坐着长公子姬光和伍子胥。车子到此地进不去了。这里是贫民窟，长公子姬光一到，城管队就要忙碌一番。专诸巷很窄，停车下车后，伍子胥引道："长公子，我来领路。"专诸巷专诸村到了。群众甲："不得了了，贵人驾到。"专诸想：有贵人到了啊。可是他不敢出来，他晓得脚趾头戳出屋来是犯法的，所以他脚在屋里面，头探出来看。一看大喜："哥哥啊，你怎么来了？"伍员："贤弟，你吃苦了。"伍子胥介绍道："贤弟，这位朋友乃是长公子姬光，今日之事全仰仗于他。"专诸："长公子，专诸感恩戴德，你们进来吧。"里面老太太也得到消息了，开心得不得了。据司马迁的《史记》记载，长公子姬光来到专诸家里讲了两句话，第一句，光之身即子之身也；第二句，子之母即光之母也。什么意思？姬光的意思是：专诸啊，我的身体就是你的身体，我跟你合二为一；你的娘就是我的娘，我们两个人合一个母亲。一边是平民百姓，一边是王孙公子，专诸全家受宠若惊。老太太开心得不得了：我的儿子交到个朋友伍子胥，还带来了一个大贵人，没有他们，我儿子的脑袋早搬家了。长公子姬光到里面见过老太太，然后把手一挥："来啊，东西拿进来。"拿进来什么东西？鸡鸭鱼肉，粮食布匹，铜钿银子。专诸不解地问："长公子啊，无功不受禄，您今天怎么带了这么多东西来呢？"姬光这样做也是有道理的：为啥带这么多东西来？第一，你是烈士之后，这些东西是慰问品。第二，你娘教子有方，你见义勇为，这些东西就作为一种奖励吧。老太太也蛮高兴：这样看起来好人有好报，一点不错。

第二十一回　调虎离山

专诸保外就医，姬光亲自上门拜访，全家高兴。接下来老太太就觉得有点奇怪了，奇怪点什么呢？隔一阵就有人送来柴米油盐，过几天又有人送来布匹衣料，再过几天送来金子银子。老太太肚里转念头：我的儿子伤人命犯法了，怎么长公子姬光还这么慷慨呢？吴王怎么良心发现了呢？我的老男人为国捐躯已经多年了，现在突然享受这些待遇，真让人有点受宠若惊，怎么缕缕不绝呢？不对。老太太毕竟社会经验丰富，感觉太过分了，她就晓得"受人之禄必有所托"。生活当中这是个经验，如果生活当中你碰到一个朋友，很久没见面了，刚一见面送点小礼品给你在情理之中，如果说天天送礼而且分量重，你肯定要想为什么，对方一定有所求吧？他肯定不会无缘无故给你的。老太太猜对了。

最近她觉得奇怪：我的儿子也变了，以前蛮听我说话，可以说是"言听计从"，从不违拗。最近我儿子神出鬼没，一会儿人不见了，我问他："儿啊，今日哪里去了？"儿子回答我："老娘，不好讲的呀。"不肯讲。有时候他回来得很晚，半夜三更才转家门，我问他："儿啊，你们在干什么？""我到……老娘，您就不要问了呀。"欲言又止。老太太就意识到情况不妙了：明摆着我的儿子变了一个人，对我瞒瞒藏藏，看来他们这些人是在商量什么事情，而且不是小事情。果然老太太的敏感心，一猜两着。

专诸到哪里去？灵宵王府、清明山庄。长公子姬光这根脑筋已经搭到她儿子身上了。拿现代语言讲起来就是：专诸已经参加以长公子姬光为首的反王僚集团了。现在属于地下工作，不能暴露。今朝清明山庄召开一个秘密会议，一共四人参加：姬光、伍员、专诸、被离。姬光："今天请你们来一起商量吴国君位正本清源一事，首先子胥介绍情况。"伍子胥："专诸贤弟，你感觉当今大王可好？"专诸："本来觉得王僚不好，现在觉得蛮好。"伍员："为什么？"专诸："本来嘛，我父亲为国捐躯，是国家的烈士，为吴王卖命，卖东西都有价格，死了人大王应当有点补偿，发点银子发点粮食慰问抚恤，可是这个王八蛋一点儿也没有补偿，所以本来我觉得他不好。"伍员："那为什么现在蛮好呢？"专诸："哥哥啊，现在好是我出了人命，要杀人偿命，他把我救出来，还经常送东西给我，阿是现在蛮好？"专诸是个粗人，不会转弯抹角，切身经历实事求是。伍员指着姬光道："贤弟，救你出来的不是王僚，真正救你的人是他。"专诸："啊？我只当是王僚呀。"伍员："送东西给你、相救你出来的不是王僚，是长公子姬光。"专诸恍然大悟："长公子，对不起呀。"姬光："唉呀，区区小事何足挂齿。"专诸："我家老娘讲的，受人滴水之恩，理当涌泉相报。您要我做什么，我肝脑涂地在所不辞。"公子光就把吴国君主传承的规矩"兄终弟及"，以及王僚抢班夺权的过程向专诸做了介绍。专诸听出名堂来了："怪不得外面流传：'吴王僚，不终朝。公子光，当吴王。'阿是你们要谋反啊？"伍员："这不叫谋反，这是正本清源，维护王法规矩。"专诸："长公子，我看蛮简单，叫他把王位让出来，吴国老祖宗泰伯不是三让王吗？"姬光："哎，哪有这么简单？王僚是抢班夺权扰乱纲常，对百姓死活不顾，还要置我于死地呀。"专诸："他要您死，那您也不让他活，有什么难处用得着我专诸您只管讲。"伍子胥："寻找机会让长公子即位，将王僚剪除。"专诸："长公子、哥哥、被离，我是个粗人，这点道理我明白。干脆一点，你们要我做什么事只管讲，我能做到的绝不推辞。"姬光："专诸，你有点什么特长？"专诸："我会杀猪，会捉鱼，还会烧菜，原来卖肉杀猪的，后来被牛二轧掉肉摊，只能捉鱼后摆一只鱼桶摊，卖油爆小鱼——熏鱼。"于是四个人周密安排，积极准备，等待机会。大家商量要物色一位臂力过人、不惧危险、赴汤蹈火、到时候能将王僚一剑毙命的勇士。专诸明白了："长公子，我来，我不怕死，也愿意为您效力，不过我是外头人，不好近他的身啊！"姬光："嗯，说得有理。"专诸："要近他的身只有一个办法，您请客吃饭摆宴会，请他来赴宴，我假扮一个厨师送菜，这样就可以近他的身。"过去大户人家请客吃饭有一个规矩，菜是烧菜的厨师亲自送上桌的，客人吃得开心，有可能把厨师请到家里服务几个月。专诸："长公子，王僚他喜欢吃鱼还是肉？"姬光："他喜食鱼。"专诸："蛮好，我烧鱼是拿手好戏,我再到香山炙鱼桥拜师学烧鱼。"原来这群人在密谋策划一桩事情:寻机会刺杀王僚。一切都在准备之中。忽然,专诸提了一个要求:"长公子啊,我是不怕死的,我这条命也是您给我的,不过现在你叫我死嘛,我家里还有个老娘呢,我老爸死掉我就剩一个娘了,我不舍得老娘的。"专诸是个孝子,所以这桩事情大家也就不谈了。姬光明白:娘活着专诸是不肯动手的,只能从长计议。

公元前515年春,机会来了。长公子姬光兴致勃勃来到清明山庄,直奔书房间见伍子胥:"伍员啊,告诉你一个好消息,你的冤家对头楚平王他薨了。"伍员:"楚平王薨了?"什么叫"薨"?这个"薨"字结构蛮复杂的,一个草字头,下面一个四,再下面秃宝盖,再下面一个死,这个字读"薨"(音轰)。所谓"薨",就是诸侯国的国君死了。对于死亡,当时有好几种说法:天子死掉叫"驾崩",诸侯国国君死掉叫"薨",做官的大夫死掉叫"卒",老百姓死掉叫"榻冷"。什么叫"榻冷"?人睡在榻上冷掉了。百姓穷呀,家里面棕棚床睡不起,只能睡竹榻。冤家死掉总归开心,哪里知道出乎意料,伍子胥听见这个消息一愕:"难道昏君已薨?"伍子胥看看自己几根胡须雪白:"大仇未报昏君已薨,父母双亲,伍员不孝呀!这个冤家我要亲手把他抽筋剥皮、挫骨扬灰,想不到他已经死掉了。"伍子胥悲从中来,扬声大哭。突然之间伍子胥转到一个念头:"请问长公子,如今楚邦何人执掌国运?"姬光:"是楚昭王熊珍。"昭王是什么人?我前回书讲到过的,他就是楚平王的小儿子,当初楚平王父纳子妻,孟嬴跟他生的儿子就叫熊珍。伍员:"长公子,我有一计,咱们的夺位时机到了。"姬光一听眼前一亮:"哦?请讲。"伍员:"老王已薨新君登基,楚国青黄不接,一片混乱,是一个好时机啊。"伍员侃侃而谈:"我现在建议您马上见王僚,提出建议,要乘人之危,抓牢机会,对方乱得一塌糊涂,老王死掉,新君登基,我们立刻兵进楚邦。"姬光:"嗯,说得好。"伍员:"您要自告奋勇,毛遂自荐,充当先锋大将。长公子,伍员自有妙计,此计为'调虎离山'。"

听了伍子胥的建议,姬光信心百倍:机会终于来了。他一进王宫来到御书房就碰头王僚。王僚:"大哥,今夜进宫有何要事?"姬光:"楚平王已薨。"王僚:"对,我听说了。"姬光:"这是个机会。"王僚:"什么机会?"姬光:"楚国青黄不接乱作一团,我们可以乘人之危。"王僚:"乘人之危?"姬光:"以我之见,可以马上兴兵伐楚,我愿意身先士卒,血洒疆场。"王僚一听心中一喜:的确,现在对吴国来讲是一个千载难逢的好机会,而且他愿意身先士卒,那再好没有了。王僚:"哥,你说话有道理,确实是个机会,但是楚国毕竟是个大国呀,我们兵力有限,心有余而力不足啊。"姬光:"兄弟呀,我们的前辈从不怯战,兵在精而不在多,将在谋而不在勇,只要集中优势兵力,即可战而胜之。"王僚想:你说的话我都同意,但是我有一块心病,就是你公子光的事。最好利用这次开战的机会,顺便将你一起送上战场,到时候你就不要回转来了。王僚:"大哥,你愿当先锋大将,那你要多少兵呢?"王僚心想:老实讲,你要兵卒,我一个也不会给你的。姬光:"我知道我们吴国将寡兵少,用兵紧张,所以我不要你派兵给我。"王僚暗暗高兴:"那你不能做光杆司令啊!"姬光:"我王府有五百家丁,他们可以为国捐躯。"哈哈!太好了。这话正中王僚下怀。姬光:"我们必须要么不打,打则必胜。所以要用全府之兵,速战速决。"王僚:"好,那我们再商量商量。"吴国和楚国的矛盾根深蒂固,是不可调和的矛盾,这一仗是必打的。王僚心想:

姬光你自告奋勇,你自己作死,你不要一兵一卒作为头队先锋,那是再好没有,你是我的眼中钉、肉中刺,今天你自己主动请缨再好没有。王僚:"说得有理,那你什么时候起兵呢?"姬光:"常言道'出兵无期',战争都是突然爆发的,我最多选一个黄道吉日为出兵之期。"王僚马上将此事与烛庸、掩馀两位兄弟及儿子庆忌商量,大家一致同意姬光的出兵方案。他们认为:现在攻打楚国的确是个好时机;另外,最主要是长公子姬光主动请缨出战,这是除掉眼中钉的一个极佳机会,一石二鸟嘛。

　　古代打仗有个规矩,打仗之前要祭一面大督旗,乞求上苍保佑一仗成功。这一天,吴国的校场上旌旗飘扬,队伍威武雄壮,祭台上放着猪头三牲,吴王焚香点烛,祭祀大督旗,请列祖列宗神灵保佑此战必胜。仪式结束,校场点兵出征。吴王戎装着束,居中端坐发号施令。王僚非常兴奋,心想:此战最坏的结果就是吴国战败,先锋将姬光阵亡,这样就可以去掉这只眼中钉。他拔第一支令箭给头队先锋将。王僚:"众三军!吴国奉天承运,讨伐逆贼楚邦,本王发令。"底下一片寂静,"先锋大将长公子姬光听令!"第一支令箭发给谁?姬光。一般讲,令箭发出去,应当马上有人出来接令箭,谁知下面没有人答应,长公子姬光人呢?这边文官武将站满了,怎么人不见?也没有接令的声音呢?喔,对了,要出战了,家里还要交代交代,也许有啥特殊原因吧?那就等歇吧。第一支令箭没有发出。出兵规矩把发令箭叫"点卯",头卯不到不要紧,可以原谅。那么点几次呢?一共要点三次卯。接下来他第二支令箭拔出来了:"烛庸将军听令。"烛庸:"末将在。""带领精兵一万左军开路。""是,遵令。"烛庸答应。吴王拔第三支令箭:"掩馀将军听令。"掩馀:"兄王,末将在此。"王僚:"你领兵一万,右军开路。"掩馀:"遵命。"第四支令箭在手,王僚:"我儿庆忌听令。"庆忌:"父王,孩儿在。"王僚一看到儿子就心里高兴——庆忌又高又大,是吴中第一勇士。王僚:"儿子,你领兵一万,中军守护。"中军守护的意思是:头队先锋是你的老伯伯姬光,你后面接应。王僚对庆忌眼睛眨眨:隔夜跟你讲好的,"如果姬光战场上吃了败仗,来讨救兵的话,你嘴面上要答应,要表现得客气,答应立刻发兵,但实际上要稍微等一等,等到什么时候呢?等到姬光战死疆场的死讯传来后。然后你再派救兵去,我们的目的是要把你伯伯除掉,这叫'借刀杀人',拔掉我眼中之钉,接下来我的位子就是传给你的,明白吗?"庆忌:"孩儿得令啊。"庆忌有数,老伯伯留着总归不太平。一支一支令箭发下去,发令完毕,王僚喝了一口茶,心里蛮兴奋,他对周围众将看看,开始第二次点卯。吴王:"先锋大将长公子姬光听令!"仍旧没有反应,下面寂静无声。那么奇怪了,什么道理啊?王僚满腹疑团,但也蛮高兴。为啥高兴?军队有规矩的,出兵之期要点卯,头卯不到情有可原,因为出征嘛,生离死别,迟到一点可以原谅。二卯不到那可就犯军纪了,起码军棍四十,要打屁股了。你二卯不到,贻误军机,蛮好!姬光啊,四十记屁股照牌头,平常又不好打你,这一顿打一定要打得结结实实,打得你终身残疾,显显我的威风,出出你的洋相。第二遍全部名单点完仍旧没有动静,开始点三卯了。第三次令箭拔起来,王僚:"长公子!"他心想:最好你不到场。为啥?三卯不到,按照军法规定,贻误军机就要就地正法。这叫"捏牢骱门不用刀"。马上派兵到王府里把你捉出来,我宣布你的罪名——贻误军机,当场斩。这下眼中钉就好拔掉,一直压在胸口的一块石头也就搬掉了。所以,这时候的王僚既兴奋又紧张更奇怪:什么道理?难道他姬光不懂规矩吗?懂啊,他兵法比我精通啊。"长公子姬光听令!"刚刚喊到长公子姬光,就在此时,远处奔来一名王府家丁:"报大王,我是王府里来的,我们长公子他、他……"王僚:"他怎么啦?"家丁:"他刚才出王府的时候,一不小心从马背上摔了下来,他的脚扭歪了。"吴王:"什么?你再说一遍?"家丁:"咱们王爷刚才从王府里出来骑马的时候,不小心从马背上摔了下来,他的脚扭伤了,路都不能走了。"要紧当口这只脚扭伤了,那么尴尬了。"嗯,这?"家丁:"大王,所以我们长公子派我来向您请假。"王僚:"请假?"尴尬了,怎么办呢?你看呢,校场上整个大军整装待发,号角声起,这个状况叫"箭在弦上不得不发"了。可打仗不是儿戏啊,怎么办?只能队伍开拔啊。吴王:"烛庸、掩馀左右二军,庆忌你暂作头队先锋领兵出发!""呜——!"军号声起,雄壮的队伍浩浩荡荡开赴前线。王僚想:姬光你临阵出花样?真的还是假的?我来查查看。那么到底是怎么一桩事情呢?下回继续。

第二十二回　灵宵王府

公元前515年的4月19日这一天,吴国发生了一桩惊天动地的大事件——专诸刺王僚。为什么说"惊天动地"?因为这个事件被列入中国编年史的大事记里面了。上一回书我讲到伍子胥利用楚平王死楚昭王登基的机会,建议兵进楚邦,这样就把王僚的心腹调走了。一只蟹能够横行靠的是八只脚,脚被掰掉了,没脚蟹坨坨,俗称"死蟹一只"。今天王僚的两个兄弟烛庸、掩馀,另外还有王僚的一个儿子庆忌一起出征,三只老虎被调离出城,征讨楚国,城内空虚,可以动手了,这一条计策叫"调虎离山"。

当然,要叫王僚上钩并不是这样简单,钓鱼尚且要鱼饵嘛。长公子姬光自告奋勇当头队先锋将,而且不要王僚一兵一卒,迎合了王僚要铲除姬光的心思,引吴王上钩。伍子胥安排得非常巧妙,在发兵之期发生一个突然情况:姬光从马背上跌下来,脚扭伤不能出征。王僚没料到啊。从王僚的角度,他本来只想三卯不到可以军法从事除掉姬光了,但听说姬光从马背上跌下来,那么弄僵,这个什么当口啊?箭在弦上不得不发的时候啊。因此王僚心里盘算:只能仗归仗打,这桩事情我要弄弄清楚,如果真的是马背上跌下来脚跌坏了,的确打仗不可能了,那拿他也没有办法;如果是假的,诓骗君王该当何罪?我可以乘机动手将其除掉,这倒也蛮好。所以各人肚子里都是打自己的小九九,可惜有一点王僚:你的水平比长公子姬光就差这么一点点,这个名堂叫"棋高一着、扎手缚脚"。

花开两朵,各表一枝。灵宵王府里非常紧张,伍子胥考虑得很周密,既要让王僚同意出兵把三只老虎调走,又要让姬光安然脱身,这个秘密计划要天衣无缝,万无一失。刺杀王僚的刺客是谁?专诸。"我死不怕,不过就是还有个老娘,我舍不得我母亲。"专诸的表态,让刺杀行动不能成行,那就太湖萝卜吃一段汰一段吧。

最近专诸出家门不打招呼,回到家里轻手轻脚,神态不大对。专诸母:"儿啊,你愁眉不展,是何道理?"老太太凭直觉隐隐约约感觉到:儿子在做一桩大事情,这桩大事情把我瞒着。儿子平时言论里对当今的吴王意见很大，主要是爷的因素。我丈夫当兵血洒疆场，王僚推说连年征战国家财政困难，抚恤金拿不出，让我们自己克服克服，导致家庭生活艰难。但是最近儿子不发牢骚哉，而且经常出入灵宵王府，做的事情神出鬼没。以前我的话儿子他从不违拗，现在却对我神态异常。专诸母："儿啊，这几天你究竟到哪里去了？"专诸诸："娘，我没有出去啊。"哼！骗我。专诸母："你从实讲来，倘若瞒着为娘，岂非不孝？"听见娘讲"不孝"两字，专诸急忙跪倒在地："老娘，您不要生气。长公子讲，您也是他的娘，只要您在世，这个事情就不做。"啊！老太太已经明白了：儿子所讲的是宫廷内部弟兄王位之争，百姓当中流传着"吴王僚，不终朝。公子光，当吴王。"的民谣，此民谣我早有所闻，但是我们小老百姓有什么办法呢？自从专诸出事，长公子出手相救，而且还亲自登门慰问，专母就产生了一种想法：受人滴水之恩，理当涌泉相报。我的儿子这条命怎么活下来的？没有长公子姬光，他老早被杀掉了，这些日子家里吃的用的都是长公子送的，姬光对我们全家关怀备至。他这么做不会没有目的的，今天一定要问清楚。专诸母："儿啊，你是个孝子，既然是孝子，怎能对娘隐瞒呢？岂非不孝吗？"专诸跪倒在地："娘亲，儿子不敢。"专诸母："你近日做些什么？从实讲来。倘若不讲清楚，娘也不要活在这个世上了。"专诸母两行热泪直流。专诸："娘，您不要哭嘛，儿子讲就是了。"专诸最怕娘伤心流泪，只能将去灵宵王府商量刺杀王僚的计划讲出来了。专诸："娘，您放心，只要您活着我就不做这个事。"专母完全清楚了：果然不出所料。看儿子为难的样子，我这做娘的心里也很难过，这样吧，我来成全他们吧。专诸母："儿啊，为娘今日口中乏味啊。"专诸："老娘，您要吃什么东西只管讲，铜钿有，我去买。"专诸母："你与我去买一块酱肉，买一块豆腐，我要吃酱肉烧豆腐呀。"专诸："老娘，我马上去买。"专诸到外面采办酱肉和豆腐，不一会儿回到家里。专诸："老娘，酱肉和豆腐来了。"他兴冲冲嚷嚷道："娘，今天酱肉刚刚烧出来，豆腐还占了个便宜。"进门将肉豆腐往台上一放："老娘，老娘！"咦，怎么没有回音呢？专诸觉得不对，家里又不大，一目了然，都看得见。专诸："老娘，您出来呢！"专诸以为老娘大约在房间里，但是仍旧没有回音，他预感到不祥，冲到里面东厢房呼叫："老娘！"门关着，专诸把手搭到门上一推推开，专诸："老娘，啊！"他愣住了——自己的娘六尺白凌吊在梁上面。专诸："老娘啊，您干什么啊？下来呀。"上去把娘的两只脚挎牢往下面拽。专诸啊，上吊抢救你要把人抱住后一伸一探才能救出来的呀。心急又不懂，真是上吊拉脚。专诸把娘从绳圈圈里探出来在床上放平。专诸："老娘啊！""哇！"他大声哭了出来："老娘啊，儿子不孝啊，儿子该死呀！"只看见自己的娘像睡着一样，专诸："老娘呀，您醒一醒呀，儿子把酱肉和豆腐买回来了，我来烧给您吃，娘！您答应儿子一声呢？""哇！"专诸悲痛欲绝，老太太非常安详，像睡着了一样。

这个消息传出去了，王府里长公子姬光赶来吊唁，将老太太隆重安葬。对姬光来说这是一件好事，因为专诸讲过："老娘百年后，我无所谓。"为了让专诸接近王僚，姬光派他到太湖边上香山炙鱼桥去学烧鱼，学好后烧给大家吃，后来觉得厨艺蛮好。灵宵王府一切准备就绪，在等待时机。

吴国大军浩浩荡荡直奔楚邦而来。楚国新君昭王急忙调兵遣将迎击吴军，派出左尹将军伯郤宛率楚军迎敌，双方战斗互有胜负。吴王姬僚在看战报时，底下送上一封请帖。哪里来的？灵宵王府。王僚打开一看请帖上写道："吾主吴王僚：吴楚开兵，战况如何？别来多日，有恙在身，甚念兄王。今特邀吾王于四月丙子日光临寒舍，共叙弟兄之谊。姬光顿首。"吴王想：长公子姬光邀请我四月丙子日到王府赴宴，叙弟兄之情。打仗嘛你不去，说什么脚跌坏，这个邀请来得突然，到底要不要去呀？倒有点吃不大准。能一起商量的人都出征了，公子光城府很深，我要不要去呢？王僚有些拿不定主意。还是征求一下我娘的意见吧。因此王僚拿着这张请柬来到内宫："母后，长公子请我赴宴，您看孩儿去还是不去？"母后："王儿，姬光邀请赴宴？依为娘看来须谨慎对待，倘若不去似乎不妥，若然前去恐有不测呀。"王僚："母后，您给孩儿一个决断吧。"王僚母亲呢，看到这张请柬也有些犹豫不决，儿子抢来的王位总有点不踏实，授人话柄显得心虚，再一思想：怕什么呀？权在我儿手里啊。母后："儿啊，你要去的。你为啥要去？第一，人家说起来你怕姬光，是不是心虚理亏了，连人家请你吃饭也怕得不敢去。老实讲你在这只位子上已经十年坐下来了，方方面面要害部门都是我们的人，怕点什么呢？第二，这个长公子总归是个祸根，心腹之患不除，天下不太平。这一次我们还吃不大准，姬光自告奋勇当先锋大将，主动请缨出兵伐楚，谁知在出兵之期突然之间脚受伤，真的还是假的？到今天为止还没弄清楚，儿子啊，倒不如趁现在这个机会去打听打听，耳听为虚、眼见为实，这是个机会，你进王府一看就清楚了嘛。如果说是真的脚伤倒也罢了，如果是假的哄骗你君王，那可不是小罪名啊，儿子啊，捏牢骱门不用刀，宣布他的罪名'诓报伤情'贻误军机，然后把他就地正法，这是一个好机会，可以除去心腹之患啊。"

王僚："母后，孩儿明白。"母后再关照一声儿子："你要当心点的，防还是要防的，毕竟是到他府上去，不是在王宫里面。你现在平常身边保镖有多少人？""三十名。""三十名不够，至少要带一百名保镖。"母后还关照儿子："你进王府的话，陌生人绝对不许靠近你的身体，陌生人要近身就格杀勿论。有数吗？"王僚："娘，孩儿有数了。"母后："儿啊，除了保镖以外，为了要防备万一，大房里姬光很厉害，他们做什么事情我们不清楚的，你身上还要穿上防护的马甲。"什么叫防护的马甲？今天讲起来就是穿防弹衣。王僚："母后，我晓得了。"王僚按照娘的话准备一切。根据历史记载，他这次赴宴是"身披三甲"，身上的甲不是穿一件，而是三件。三件怎么穿法呢？不是硬甲而是软甲，这个甲还有名字——"唐猊甲"。唐猊是一种野兽，这种野兽现在已经没有了。据说唐猊这种野兽身上的皮毛剥下来不得了，做软甲又是轻又是软又是牢固，唐猊软甲刀枪不入。第二，王僚在原来的保镖之外再增加了七十名，共计一百名。这一百名保镖都是武林高手，带刀御前侍卫。全部都准备舒齐，很快赴宴的日子到了。

这一天是四月丙子日傍晚，吴王早做准备，黄昏时分从王宫里出发，前面保镖，当中一辆车子，后面护卫，一国之君在路上，街道执行一级戒严，老百姓不许行走，有谁张头探脑，兵甲会发话的："喂，进去！进去！看点啥！"队伍到灵宵王府门口，保镖两排队伍已经上去了，把旁边陌生人统统赶走。兵乙："去、去、去！""让开！让开！"保镖们神气活现。车子停下来，王僚从车子上下来，老远一看大门口，"灵宵王府"四字醒目，两盏大门灯笼锃亮，正门开得笔直，里面灯烛辉煌。门口站着一位胡须发白的老者，老者对王僚道："大王驾到，我家长公子姬光因脚伤不便，特唤老奴引领大王千岁,请啊!"王僚一听心想:姬光脚伤不好出来,到底是真是假?进去见面再说。一路进来,兜抄曲折到达西花园四面厅。里面灯烛辉煌,丝弦声声。保镖甲:"对不起了,请出去。"一下子把乐队人员全部赶光。长公子姬光早在等候:"兄王啊,大驾光临,不胜荣幸!"王僚一看心想:气色蛮好,不像有病嘛!喔,对了,脚伤与气色无关。他露出笑脸抢步上前:"唉呀,大哥有恙在身,怎敢有劳长公子呀!"姬光笑盈盈地说:"兄王驾到,真是蓬荜生辉啊!"王僚:"大哥,多日不见,想死孤王了。"俩人尽说假话。灵宵王府四面厅周边的人全被赶光了,保镖们神情紧张,三步一岗,五步一哨,如临大敌。公子光一看心想:好厉害啊,他也是有备而来的。王僚:"唉呀,长公子四面厅满堂生辉,寡人的王宫不如王府啊。"姬光:"哪儿的话呢?灵宵王府占地三百多亩,一共九进,两座花园。你王宫后花园就五百亩地呢。"

长公子明白:来者不善,善者不来呀!大厅上其他的人都被赶光,就剩我姬光一人。王僚目光往四周一扫,心想:都是自己人,如果有所不测,只要我一声令下通通摆平。所以王僚心里也很笃定:我来的主要目的是看你公子光的脚伤究竟是真是假!

大厅上放着两张半桌,半桌的后面没有凳子的,怎么没有凳子呢?大家要晓得中国在秦汉以前是不坐椅子的,古人都是坐在地上的。坐在地上比较冷而且不大干净,那怎么办呢?不要紧,坐的地方要放一张席子,所以有个词叫"一席之地"。那年纪大一点的,骨头有点硬,席地而坐要站起来怎么办呢?不要紧,万一站不起,那就在草席子上放一只蒲团垫高一点,那就方便站起来了。来人的身份怎样确定?那就要看这张席子放在哪里,如果这张席子放在当中,主要人物坐这个席位就叫"主席"。现代的什么"××主席"的称谓啊,就是这样演化而来的。

今天两只半桌,左边是主人,右边是客人。姬光:"王兄请入席。"王僚:"嗯,好。"桌子上放点心茶水,寒暄一番后,王僚心里只有一个念头:在这里时间不能太长,毕竟这里是你长公子的家,不是我王宫,还是要防着点的。再说我来的主要目的是要看一看你的脚伤,耳听为虚眼见为实。王僚:"大哥,不好意思啊,寡人公务繁忙啊,你不知道呀,前方打仗打糟了。"姬光:"哦?是吗?我也正担心此事呢。"王僚:"你的侄儿庆忌和你的两位兄弟烛庸、掩馀一到前方就碰到钉头冤家,楚国名将伯郤宛挂帅,很难对付呀。"姬光:"喔,那战场进展如何呢?"王僚:"大哥啊,进展?唉呀,就缺了你这先锋大将,所以我想来看看你的伤情啊。"吴王蛮高兴:闲话很自然过渡到你的脚上哉。王僚:"大哥,我担心啊,自从你从马背上摔下来,我还没来看过你呢!怎么样啊,让我看看你的脚伤好了没有啊?"长公子姬光一听就有数了,伍子胥早就料到王僚一定要看脚伤,好的早做准备。他心里佩服伍子胥预料得一模一样。姬光:"兄王啊,真不好意思啊,你哥我惭愧啊!国家有难,匹夫有责嘛,可是我力不从心啊。好端端的先锋大将,临阵缺勤,我真恨自己无能为力啊!"王僚想:你的做工真好。他决定废话少说:"大哥,能让寡人看看你的伤情吗?"姬光:"嗯,好。"姬光答应,心想:幸亏伍子胥未雨而绸缪。他把这只右脚抬起来搁到台上面:"大王你瞧。"王僚一看:嘿,怎么看得出伤呢?脚上有靴子啊。"大哥,看不清楚啊,可能你的伤势不轻啊,朕宫里面有御医,他们的医术上乘。这样吧,你先让我解开看看。"姬光:"是。"公子光被他逼着,当然只能脱开靴子,可是王僚仍旧看不清楚。为啥?是不是因为里面穿了一双袜子?没有。那时候不穿袜子。古人脚上包一块布,其名为"包脚布"。王僚:"把布拆开。"姬光:"是。"他把包脚布解开,一只光脚给王僚看。王僚两只眼睛发直的:不得了啊,脚踝骨上红硈硈黑黩黩,像什么东西?像我们熟食店里的红烧蹄髈差不多,煊煊红鼓起来了,这样看起来倒是真的,会不会做假的呢?我是医道不懂的。"大哥,你伤可不轻啊!"王僚肚里转念头:你真的假的?老实讲一声我好早做准备。什么准备?后面这个保镖,面孔白料料,武功一般性,他又不是保镖,真实身份是伤科郎中。今天我让他挤在人堆里算我的保镖,我老早约好了,我吃不准就让他出来,他是内行。有句话:外行看热闹,内行看门道。你脚上的伤真的还是假的,逃不过他两只眼睛。哪怕你翻花样,照样能看出破绽来。这时候的王僚心里面早有决断,暗中跟伤科御医咬好牙齿印,一旦查出来是做假的话,御医当面直言"大王,此伤是假的",我马上板面孔:"来人,给我拿下。"我就在这里宣布:"长公子姬光诓骗君王,贻误军机,国法当斩。"保镖们马上动手,你姬光就死在自家王府。我身边保镖三十个人增加到一百个人,我身上还有三件防护的唐猊甲,今天我早做准备,我的计划做得天衣无缝、滴水不漏。王僚:"来啊,你不是懂一点医道的吗?来给我的大哥看一下。"王僚这是在暗示假保镖真御医:他的伤情怎么样了?你有数吗?看一看就能定局,你发现作假就当场揭穿,我不客气马上把他抓起来,这叫"快刀,热水,干手巾"。边上的御医心中有数:"大王,遵旨。"御医走到长公子边上打个招呼:"长公子,我能看一下您的脚伤吗?"公子光心里"别"一跳:突然出来个人倒出乎意料,伍子胥呀,你预先计划里没有关照呀,我怎么应付?长公子姬光心里面有点忐忑不安,面色有点尴尬,无奈只能答应。姬光:"好吧。"

　　听众们啊,我蛮相信中医的,尤其是伤骨科。中医看毛病四个字:"望""问""闻""切"。"望":观察气色,看看你的面色怎样,看看你的神态怎样,看看你舌苔怎样。"问":你的病几时得的?你的病在家里情况怎样?还要问你生活圈子的情况。"闻":你嘴巴张开让我闻闻味道看。"切":就是搭脉,了解心肺功能、血压情况,三个指头一搭称为"切脉"。中医治病着重整体性、综合性,内外兼顾。伤科郎中想:长公子他是脚伤,起因是骑马不慎跌下来,真的假的,一目了然。脚伤我晓得,一般讲起来脚伤四个等级:第一,最最轻是马背上跌下来,不当心一扭,这叫"扭伤"。平时生活当中脚一踩踩空,这只脚一扭不要紧的,你只要到药材店里去买点栀子,然后弄点面粉弄点高粱酒拌一拌,拿块布把这些东西往伤口上一包,第二天你看脚底心边上紫微微颜色把伤吊出来。三天一过,最长七天差不多好恢复了。这个叫"曲筋",最最轻。第二种稍微重点,一记跌下去,脚踝吃着分量了,这个筋不叫"曲筋",脚踝里面内出血了,肌腱拉坏了,韧带拉伤,出血量比较大,里面淤血胀起来了,脚胀起来就要肿起来,痛得不得了,需要拍一张X光片子,看看骨头有没有问题,骨头完好,就是伤筋,三七粉伤药吃点,包扎好,恢复日子比较长点,要个把月。第三种骨折。这也蛮普通常见。马背上不当心跌下来,一个人的身体总归一百多斤重吧,跌下去分量都在这只脚上,骨头有点骨质疏松,轻点的,骨头裂开一条缝,叫"骨裂",骨头断了叫"骨折",需要夹板固定。第四种最最严重,叫"粉碎性骨折"。何谓"粉碎性骨折"呢?本身你的骨质都疏松了,再从马背上跌下来,这点分量上去脚踝骨呀都碎掉了,所以叫"粉碎性骨折",弄得不巧要开刀,打钉子,包括肌腱都受到严重的损伤,痊愈的话起码得一百天。

现在假保镖真伤科郎中一看：喔唷，姬光这只脚像红烧蹄髈一样，紫微微黑黝黝，看得出这伤势很重。听说好像你不是今天跌下来，已经有一阵了，怎么到现在还这样严重呢？肯定这个伤不轻。为啥会肿？有个道理，肿是里面的淤血，淤血肯定痛，痛得要发炎。中医有句话："痛则不通，通则不痛。"这个很辩证的，照道理，这些日子了这只脚踝骨这样肿，必定还有寒热，非但有寒热还要发炎，一有炎症，老实讲一声心跳要加快了，面色也不好，看他的气色，好像气色还可以，但是这只脚这样肿有点不大对劲。"这样吧，"中医最后一将军："切。我来切一切他的脉。"人家讲"捏牢骱门不用刀"，寸关尺穴道一搭就知。御医面孔上笑嘻嘻："长公子，医道我略知一二，能不能您的手拿出来让我切一下脉？"你要搭脉？这时候的长公子心里"别别"跳，那么弄僵了，姬光心里责怪伍子胥：这一点你没考虑到，搭脉怎么办呢？你只是从外表面把脚踝化妆化妆，搭脉是要穿帮的，实际上我这只脚是涂的药膏呀，上面的东西都是装出来的，脉搏我是没有办法的。凭自己直觉，这个王僚有一股杀气，今天一进王府，你看啊，不像赴宴倒像寻我算账。我手底下人都被他赶光了，那怎么办？不让御医看又不行，只能硬硬头皮见机行事，看了再说吧。姬光没有办法，只好把手伸过来："好，麻烦你了。"姬光两只眼睛盯牢他看，两道目光像两支箭直穿御医胸膛。

这个郎中先生呢？三个指头要想搭脉，眼睛不由自主地对姬光一看，正巧俩人的目光和目光刚刚碰头，只见长公子姬光双眸露出杀气，吓得伤科郎中心惊肉跳——姬光的眼光里都是话，伤科郎中只觉得背心上凉飕飕一阵颤动：不要去管他，让我搭了脉再说吧。郎中把手指头在寸关尺上搭牢，心想：肯定脉息很快的。没想到郎中一搭一吓，怎么样？结果出来了两个字：假伤。到底怎样呢？下回继续。

第二十三回　刺杀王僚

公元前515年四月丙子日被称为"划时代的日子"。什么叫"划时代"？就是一个时代结束，另一个时代开始。举几个例子：公元前221年秦始皇统一中国；1911年10月10日辛亥革命成功，孙中山大总统宣布推翻帝制建立中华民国；1949年10月1日毛泽东主席宣布："中华人民共和国中央人民政府今天成立了！"这几个日子都是划时代的。那么我今天要讲的日子为啥也是划时代的？因为春秋时期吴国创造了小国打败大国的典型案例，而且从一个中等国家一跃成为春秋晚期五霸之一。

今天夜里灵宵王府西花园四面厅里面剑拔弩张，一场生死大搏斗马上就要开始了。现在王僚在转念头：我来的目的是检验一下你姬光的伤是真还是假。真的倒也罢了，如果说假的，那就将姬光就地正法。他叫这个假保镖真太医伤科郎中上去看一看，郎中手指头在长公子寸关尺上一搭：不对，从脉象上看你这只脚必定有炎症要发热，正常的脉搏七十跳左右，如果说你有炎症发寒热则心跳加快，脉搏要九十跳，甚至于要将近一百跳，这是个规律，你逃不走的。郎中将三个手指头往姬光脉搏上一搭，再对伤口一看，结论已经出来了：假的。现在这个脉搏一分钟六十八跳，如果是运动员，这样的脉搏正常，面孔气色也肯定不错，但是你的脚肿了，有炎症，脉搏不可能这样的。想到是假的，伤科郎中眼光正好跟长公子姬光两个人碰一碰，"嚓！""嚓！"怎样？一吓。吓点什么？那么僵，郎中从眼光里就看得出长公子在威胁自己，意思是：哼！你要是敢讲真话，小命不保。郎中多么聪明的了。听众们啊，学医的都很聪明的，你现在去考大学学医的话，分数要求很高的，而且读的时间也长，本科要五年呢。刚刚看见姬光这道目光，郎中心里面有点寒势势。医生的思维是非常缜密的，一般讲起来要给病人诊断，病人这条命都托给他的，由不得郎中马虎呀。他现在考虑的是什么？既然是假，一定有作假的道理，那么他肯定有所准备，他们弟兄之间的矛盾人所共知，可以讲是不共戴天。王僚今日也充满杀机，平时保镖三十人，突然增加到一百人，而且把我混入其中，叫我察言观色。我的东家虽然多带了一些人，但是不行的，这是什么地方？灵宵王府。吊桶掉在他们井里，今天我喊一声"假的"，那是不得了呀，一场争斗血流成河，弄得不巧我自己小性命不保也说不定的，枪毙带豁耳朵。所以这时候郎中先生产生了个人患得患失的情绪，他的真话不敢出口了：那么这样吧，不要当场揭穿吧，让我用一用缓兵之计吧。郎中先生不露声色回过身来。郎中："大王，长公子之伤，待我回到宫里面开药方，然后撮好药，我再送到王府大门。"这个话叫"模棱两可"：既不讲他真，也不讲他假，他的伤怎样呢？让我回到宫里面再说。大王啊，这里不好讲的，你看这是什么地方？回到宫里我跟你讲真话。那么王僚阿拎得清呢？一知半解，有点觉察也有点怀疑，郎中讲要开方子撮药，真的假的不大明确。怎样呢？医生总有他的道理，我虽然这里都准备好了，但是毕竟这里不是我的地盘，是在姬光家里面。隔半个时辰后，回王宫只要郎中讲一句话，如果说假的，我马上派兵包围王府，姬光逃也逃不走，这里动手不太好，终究是他家里，说不定他也有所准备呢？安全起见，那就等会再说吧。

姬光的心怦怦直跳，他故作镇静道："兄王啊，脚现在还疼啊！"王僚："唉呀，真想不到伤成这样啊！"姬光："我这个脚搁在那个地方不成体统啊。"大庭广众之下这只脚赤脚总归不像腔，姬光希望赶紧让自己把靴子穿起来，王僚："好，快穿上吧。"姬光将靴子穿起来，先拿包脚布横一层竖一层地包，包到最后再将靴子套上，谁知道套来套去套不上。姬光："兄王啊，哎哟，好像我这个脚踝肿胀得很，这靴子穿不上了，我能不能去换一双鞋呢？"其实怎样？因为刚刚包得紧，现在故意包松，包得一松胀开了，自然靴子就穿不上了嘛，这个细微的手脚是不易察觉到的。王僚："好吧，大哥那你快去吧，这里有什么好的菜肴？我肚子饿了，你快去快来。"姬光："好，好。兄王，你在这儿稍等片刻。"姬光赶紧一蹺一拐往外面去。退到外面后，姬光估计里面的人看不见自己了，马上挺一挺腰杆子，直往花园边上假山花坛奔去。所谓假山，就是假的山，一只花坛是活络可移动的，姬光把花坛推开，露出来一只洞口，往下走十三级台阶，"哒！""哒！""哒！"人到下面一看，伍子胥为首带着两百名敢死队员全副武装，正整装待命。伍员："长公子，怎么啦？"姬光："伍员，好险哪，差一点点露馅。"伍员："来啊，令厨房准备上菜，实施第二步计划。"

厨房间里热闹得很，灯烛锃亮，蒸架上热气腾腾，油镬里滚油煎烧，砧墩板上还在斩肉，现在主角要出场了，谁啊？大厨师专诸。菜都准备好了，一条太湖鲤鱼。这条鱼怎么做法的呢？我今天稍微介绍一下：这条鱼叫"炙鱼"。什么叫"炙鱼"呢？首先要是太湖里新鲜的鲤鱼，两斤左右，不能太大，太大了盆子里放不下，太小不行，里面要藏东西的。先把这条鱼洗干净，内脏拿掉。蒸鱼呢有个规矩的，首先要拿冷水烧滚，鱼洗干净后盆里放好，上面放上葱姜，往蒸架上一架，蒸多少时间呢？八分三十秒。你怎么这样精确？我试蒸过的。八分三十秒不到呢，这鱼的肉还不熟；如果超过九分钟呢，鱼的肉就稍微老一点了，所以一定要这个时长。等到这条鱼蒸好拿出来，要判断这条鱼是好还是坏有个诀窍，看两样东西好了：第一要看鱼的眼睛，鱼的眼睛要弹出来，像珍珠这样一粒，有个成语叫"鱼目混珠"，眼睛像珠子一样的就是好鱼。如果说这条鱼蒸出来后眼睛瘪下去，那不灵，这条鱼是从冰箱里拿出来的。第二要看鱼背上的翅，蒸出来鱼翅竖直就是新鲜的；如果蒸出来鱼翅耷拉着甩了甩，这条鱼不新鲜，是死鱼。所以各位听众，你们到饭店里去吃的话，我劝你们红烧的鱼不要吃，要吃清蒸鱼。今天这条炙鱼首先是蒸鱼，在蒸的同时呢，起只油镬把油、盐、酱、醋全部放进去，甜味、咸味、鲜味都要进去，然后合一只卤。这只卤合得好像番茄酱一样，这样放在一只青铜壶里面，一壶酱汁浇到鱼身上，味道好得不得了。那么八分三十秒时间怎么控制呢？用一炷香掐时间。专诸接到指令，手脚利索，一会儿水沸腾，蒸盖一掀，将蒸好的鱼拿出来，盘里一放，青铜壶里面的汁也弄好了，将鱼盘往托盘子里一放，专诸端起盘子往大厅里而来。进花园到大厅门口，要想进大厅，四面厅三道岗，凡进来的人严格检查，身上没有夹带才好进来。保镖们眼光都在向外面看，防备有什么情况。保镖甲："慢！你什么人？"专诸："你们看我是什么人？"保镖甲："这，大厨师？"专诸："我是烧菜的大师傅，你们不懂啊？"古代特别是大户人家请客有规矩，要大师傅亲自送菜。为啥？大人家这只菜吃得满意的话，说不定还要讲一声："主人啊，这只菜刚才的人烧的，这样吧，请他到我家里来烧三个月，让我尝尝他的手艺。"可能还要给点小费。保镖甲："大师傅，先要检查。"无奈，专诸只能屈从。保镖："来、来、来！检查头发，把头发簪解开。"以前古人的头发不剃的，都留起来的。为啥要留起来？有句话："身体发肤，受之父母。"因此头发不能剃的，有个关于头发的成语出在曹操身上。曹操起兵来打东吴，带了八十三万大军。行军的时候，曹操走在第一个，他骑在马背上发现庄稼长得特别好，他就想到了这些当兵的人年纪轻，都是脱掉帽子没有脑子的家伙，不要把庄稼踩坏了呀，所以曹操下了一条命令："谁踩坏一棵麦苗，斩首。"谁知道命令刚刚下去，曹操走在第一个，突然之间麦田里一只田鼠一蹿，马匹受惊，一个仰掌，往边上冲踏，曹操晓得不对，连忙紧扣住马匹，但是来不及了，一个圈子马匹把一大摊麦子都踩光了。他刚刚下达命令：谁踩坏一棵庄稼，脑袋杀掉一只。现在庄稼倒了一大摊了，曹丞相没有办法，只得对着众文武说："我自己下的命令，我先违令，让我自裁了吧！"说着便将身边佩剑拔出来准备自刎。众将官急忙讨情："丞相啊，您是带兵的统帅，这怎么行呢？这样吧，您把头发割掉一缕，代表您六阳魁首警戒三军。"曹操："好、好、好，此法甚妙。"曹操一剑割掉一缕发，号令三军。这就是成语"割发代首"的由来。此时专诸只能把头发簪拿掉，头发散开给保镖们看。保镖："衣、裤、鞋脱掉。"衣裳脱掉，长裤脱掉，鞋子脱下来，鞋子脱下来怎样？拿鞋子底下捏一捏，撬撬里面看看有什么夹带，查下来没有。保镖甲："好吧，穿起来吧。"专诸把这只盘托一托，起身来要想走。保镖乙："慢！你是什么人？

你是奴才。你见咱们的一国之君怎么能走上去？你没有资格走上去，跪着膝行上前。"专诸两眼冒火，忍辱负重，两只膝盖着地，手托着菜盘挪啊挪，慢慢地一步一步移向大厅中央。

大厅上有一股肃杀之气，两边保镖紧握刀剑，眼睛都盯着四周在看。王僚肚子饿半天了，菜还没上来呢，跑进来一位厨师，手托菜盘，里面一条鱼。王僚平生最喜欢吃鱼，看他这条鱼送上来很高兴。王僚："嗯，灵光格。"只见厨师再把铜壶里的汁往鱼的背上一浇，这时正好一阵风吹过来，这阵风带过来一阵味道，王僚一闻："嗯——味道好极了，我喜欢吃的就是这只味道。"他举筷要想搛，也就是还没搛，怎样？动手了。

这时候的专诸与王僚近在咫尺，专诸脑子里只有一个念头：除掉你这个昏君，换一个新君。我爹死在战场上，对你来说好像死了一只狗，你只晓得自己争权夺利，置老百姓不顾，这只位子又不是你的，吴国规矩"兄终弟及"，应该是长公子姬光继位，你是抢班夺权。我娘为了这桩事情也已经上吊死了，我这条命是长公子救的，知恩报德嘛！我无所顾忌了。所以他的动作极快，一只左手搭在鱼的背上，这只右手就往鱼的肚子里伸进去摸家伙。他做这只动作，王僚一愣：干什么？送菜的人不讲规矩呢？醒里醒醒一只手往鱼的身上一撤，鱼身上都是汁，你怎么能撤上去呢？喂！这个东西要用筷子搛的。眼睛一眨，"弗！"专诸从鱼的肚子里抽出来一把剑，这是把什么剑？就是赫赫有名的"鱼肠剑"。

听众们，中国历史上的名剑很多，鱼肠剑有两种说法：一种叫"鱼藏剑"，就是藏在鱼肚里面的剑。还有一种说法呢叫"鱼肠剑"，说这把剑的背上是有图案的，就像鱼的肚肠纹一样。那么谁对呢？其实这两个称呼都是对的。这把历史名剑削铁如泥，切金断玉，吹毫断发。谁铸造的呢？造剑的人叫欧冶子。欧冶子是干将的师傅，名气响，造出来宝剑呱呱叫。因为欧冶子造剑造得灵，结果被楚王知道了，楚王喜欢搜罗天下名剑，就命欧冶子铸宝剑，他重金收购。欧冶子精心铸好两把剑，一把剑藏在家里，一把剑送给楚王。临走的时候，欧冶子就跟老婆讲了："老婆啊，宝剑我造好了，一把我已经藏在花园里面，另一把我去送给楚王。楚王此人生性残暴，喜欢搜罗天下宝剑，我去送剑可能一条命也要送掉的，不去的话又恐殃及全家。你已经有身孕了，如果我被楚王所害，生出来是个女儿的话就作罢，是个儿子的话你就把这件事讲给他听，将来让他替父报仇。"欧冶子拿着宝剑来到楚国献给楚王，果然楚王拿到宝剑后就把欧冶子杀了。为啥要杀呢？他有个观点：铸造宝剑的人你活着就可以继续造，我的剑就不称其为独一无二的宝剑了，把你杀掉了就没有人造了，我这把剑是只此一家，物以稀为贵嘛！因此欧冶子被杀掉了，铸剑之人死于剑下。

凶讯传到家乡，可怜啊，欧冶子的妻子眼泪一缸。最后总算十月怀胎一朝分娩，生出来个男宝宝。她咬紧牙关，给人家浆浆补补缝缝洗洗，好不容易把儿子养到九岁。到九岁时，她总想这小孩将来要为自己丈夫报仇，那么让他去识两个字吧，于是送到私塾里去读书。有一天儿子回来了，眼泪汪汪。儿子："姆妈，两个同学在欺负我。"娘："怎么欺负你？"儿子："同学讲他们都有爹爹姆妈的，问我怎么没有父亲的，他们的话难听，说我是野种。"娘："儿啊，你不是野种啊，你是正宗有爹的。"儿子："但是我爹呢？"娘："你还小，不懂。"儿子："娘，我九岁了，不小了，一定要讲给我听。"被儿子逼得没办法,欧冶子的妻子只好说出了实情:"你爹被谁所害?就是楚王。你爹留下遗嘱,他藏了一口剑在花园里,你长大成人要替父报仇。"小孩听见这个消息后马上到花园里把烂泥掘开,从里面挖出来了黄布包着的一口剑。儿子:"姆妈,我要去报仇。"娘:"阿囡,你还小呢,只有九岁。"儿子:"不,我一定要报仇,要杀掉这个昏君。"一个寡妇没有人商量,急得没有办法,只好自寻短见了。娘一死,这个小孩很有志气,他把宝剑一拿,问个讯:"楚王住在哪里?我要替父报仇。"九岁小孩子跑了四五里路已经不行了,到桥堍跟前走不动了,坐下来哭了。这时候来了一个道士:"小朋友,你在这里干什么?"儿子:"道士先生,我要报仇。"道士:"为什么?"儿子:"我父亲欧冶子被楚王所害,杀父之仇要报,我娘也已经死了。"道士:"你还小呢,怎么报仇呢?要不这样吧,我代你报仇吧。"儿子:"真的啊?"道士:"真的。"儿子:"那么谢谢你。"道士:"代你报仇有个条件,要问你借一样东西,才好替你报仇。"儿子:"只要好报仇,我都答应。"道士:"我要借你这只脑袋,怎样?"儿子:"好的。"小孩一口答应,宝剑拔出来脑袋下来了。道士先生就把小孩脑袋拿块黄布包一包,腰里别一别,然后带着这口宝剑云游四海来到了楚国。

到楚宫门口,道士对着里面"哈!哈!哈!"大笑三声,又"呜!呜!呜!"大哭三声,声音惊动了楚王。楚王:"什么人啊?宫门口又哭又笑!"兵甲:"回禀大王,一个道士疯疯癫癫,喜怒无常。"楚王:"喊进来,我来问一问。"兵甲将道士喊到宫里面。楚王:"道士在宫门口又哭又笑干什么?"道士:"大王啊,堂堂楚国这样一个大国,我之所以要哭,是因为楚国生眼睛的人都死光了,我为您悲哀。"楚王:"嗯,什么意思?"道士:"因为我身上有了宝贝不识货,这叫'空负此宝',所以我哭、我悲哀。"楚王:"为啥要笑呢?"道士:"笑,我也是笑你们楚国,这样一个大国人才济济,没有一个人识宝贝,我贱了宝贝空负此宝。"楚王:"你横也宝贝竖也宝贝,你贱什么宝贝?"道士:"大王,什么宝贝?您还记得吗?十年前有一个人叫欧冶子?"楚王:"嗯,铸造宝剑之人。"道士:"十年前是不是被您杀掉的?"楚王:"嗯,是。"道士:"大王啊,您做事情实在粗心啊,我告诉您呢,没有铲草除根的呀。欧冶子被您杀掉,他还有个儿子。"楚王:"嗯,欧冶子还有个儿子?"道士:"现在这儿子您想几岁?九岁。铲草不除根,逢春必爆青。大王,我来就是送宝贝给您看。"边说边把黄布包解下来:"您看吧。"道士把黄布包解开,把小孩的一把头发拎起来:"你看这只面孔跟欧冶子一模一样像,今天我给您斩草除根来了。"楚王高兴得不得了:"我说来啊。"楚王关照在露台上放一只油锅,油锅里一镬子油,下面放硬柴烧,油锅里的油沸滚。他又下一道命令:"来啊!把小孩的脑袋扔进去,油煎脑袋。"等到小孩脑袋扔到油锅里面煎,一歇歇工夫一股青烟腾起来了,道士先生在油锅边上对着里面在看,突然之间道士开口了:"大王,不对了,奇怪了,您看呢,油锅里小孩眼睛睁开,嘴巴张开,舌头伸出来,舌头上还有一朵莲花。"楚王:"真的?"道士:"不相信您来看呢,您来看。"怀着好奇之心楚王走下来:"我来看看。"油镬里的油沸腾出来看不清楚,要想看清楚这只脑袋就得再往里面伸进去,楚王头伸出来的时候,道士手脚极快,背上这口宝剑拔出来,往楚王头颈里"叭!"一剑,一只脑袋掉到油镬里,油煎楚王的脑袋。两旁边值殿将军一看不妙了,这个道士是刺客。"捉拿刺客!""捉妖道啊!"在两旁边武士围拢上来的时候,道士说了一声:"慢,你们不要上来。"大家一吓。就在这时,道士的头往前面一冲，用这口宝剑自刎一剑，脑袋掉到油锅里，下面的炭火很旺，油锅里油煎三只脑袋。两旁边值殿将军赶紧把大王的脑袋找出来，怎么找呢？把油镬倒过来，油倒掉一看，地上三只脑袋，怎么弄得清楚呢？煎得模糊三只骷髅，最后怎样呢？因为分不清楚，于是就合葬一个墓，这个墓取的名字叫"三王墓"。这只墓在哪里呢？据说这只墓现在在河南商丘郊区。

  鱼藏剑是长公子姬光拿出来的。在开会动员的时候，他就拿出来一口宝剑交给了专诸："这个是我们祖上传下来的，给你派用场。"姬光心想：这么短的家什，捏在手里只露出来这么一点，要一剑毙命必定很困难的，因此剑要稍微动动手脚，必须一剑毙王僚之命。很简单，从药房间里拿出来几样东西——金顶砒、鹤顶红、断肠草等，把这几样毒物合成毒汁，再把这口鱼藏剑的剑头往里面蘸一蘸，其名叫"淬毒"。这把剑碰到人身上任何一个点，只要出血就会"见血封喉"。专诸这时候将鱼肠剑抽出来，以迅雷不及掩耳之势，像只老虎一样扑向目标。他左手将王僚胸襟一把抓紧，右手把剑拔出来高高举起，这个一把抓牢就是不许动！这个是他总结的经验，因为事先在王府里经过多次反复的演习，突然举剑动作，模特儿对方的反应就是这样：一剑上来，人要闪开来，剑太短了，要刺空的。今朝专诸必须百发百中，只有一个办法——先抓牢王僚不让他动，可是抓牢王僚专诸自己也有危险的啊！不，这个当口专诸已把自己的生死置于度外：今天即使成功刺杀王僚，我也要死，为啥？边上都是保镖，他们发现了肯定会冲上来，我是一人难敌四手，我也要被乱刀砍死，倘然失手更是必死无疑。有句话叫"拼死无大难"。死都不怕了，还怕什么呢？史书上的记载很简单，只有四个字：手起剑落。

  王僚一开始觉得专诸这家伙怎么这么恶心，手揿在鱼背上脏兮兮的，他不能理解。现在发现专诸拿出一样东西来，王僚还在想：什么东西？一条小鱼？大概大鱼吃小鱼，这条鱼没洗干净留在肚里了？等到煞白锃亮一口短剑迎面而来，胸部被他抓牢，王僚才明白过来：刺客！王僚也是武将出身，有点力气的，但是因为防备得比较晚，看专诸像一只老虎一样扑上来，王僚的本能反应是要紧自己的两只手伸上去抓专诸的手腕，无奈被动得很，使不出力。"嘀嗒！"大概一秒左右，"嚓！"王僚："啊——！"被一剑刺着。保镖声嘶力竭："不好，有刺客！"两旁边的保镖怎样呢？他们只注意外面，没有注意到身边，因为厨师经过严格搜身并无夹带，所以警惕性放松了，突然之间听见声音，转过身来一看——大事不好！保镖赶紧冲上来了。第一个保镖过来对准专诸腰里就是一剑，"嚓！"腰里刺中了，专诸丝毫没感觉，因为他一门心思在王僚身上。第二个保镖蹿上来又是一剑，"嚓！"那么事情到底怎样呢？要下回继续。

第二十四回　姬光继位

  保镖已经上来了，但是保镖动手没有专诸快，慢了半拍，等这些保镖反应过来为时已晚。原因是这根筋没绷紧，因为进来的人都经过严格检查，刚刚厨师进门衣裳脱掉、头发解开、鞋子脱掉，经过了严格检查，不可能有夹带，万万没想到今天的凶器夹带是放在鱼的肚子里。所以千百年来脍炙人口的鱼藏剑故事流传至今。

专诸怎样呢？他的心思是：成功是死，失败也是死。《吴越春秋》的记载是："手起剑落，贯甲达背。"什么叫"贯甲达背"？"贯"就是"贯穿"的"贯"。"甲"：王僚身上穿的是唐猊甲。那么你们说书人前脚说唐猊甲刀枪不入了，后脚怎么又讲"贯甲达背"？其实我研究过，"唐猊甲"听听蛮好听，实际上王僚派人去采购的唐猊甲出厂品牌是"新假破"（"新加坡"谐音），看看是新的，其实是假的，一戳就破的。

王僚怎样？一剑正中心脏，而且鱼肠剑带毒。这时候王僚似乎一切都明白了：什么征讨楚国机不可失、时不再来，我上当了。他嘴巴张开，眼睛结出，倒毙在地。这叫"口眼不闭"。此时的专诸也身中数剑，人支撑不住，倒在血泊之中。大厅上一片厮杀之声。外面早有人密切注意大厅内的动态，即时禀报总指挥伍子胥。伍员："弟兄们，冲啊！"只见他手持三尺青锋第一个冲入大厅。敢死队紧紧跟上，他们每人臂膊上一块白布做标识，以免杀错了人。此时的保镖惊惶失措——里面100名保镖，外面200名敢死队员冲进来两打一。"杀啊！"一时间刀光剑影，惨不忍睹。伍子胥最最关心的是兄弟专诸：不知专诸这条命可救得了？等伍子胥进来一看，惨啊！可怜的专诸已被剁为肉酱，瘫在地上了。伍员："我的好兄弟！"这场厮杀呢，我不愿意再多讲了，为啥？血腥气太重。一句话，这些保镖包括王僚在内被一网打尽，大厅里尸横遍地。公元前515年四月丙子日，专诸刺王僚，第二十三代吴国君主王僚殒命，姬光政变获得了成功。

这时伍子胥设计了"调虎离山"之计，将王僚的两个兄弟烛庸、掩馀和儿子庆忌三只老虎调离出征楚国，吴都城内母老子弱。《史记》："吴王僚欲因楚丧，使其二弟公子掩馀、烛庸将兵围楚之潜，使延陵季子于晋，以观诸侯之变。楚发兵绝吴将掩馀、烛庸路，吴兵不得还。"最高兴的一个人当然是长公子姬光。姬光："伍员，那明天我要上朝登基了。"寒天吃冷水，滴滴在心头。到这天为止，王僚在吴国君主位子上十二年。这正是：大丈夫报仇十年不晚。

"慢，长公子休得鲁莽，明天您绝对不能自己称王。"姬光疑惑的眼光投向伍子胥："为什么？"伍员："长公子，如果您明天称王，则众人不服。"姬光："什么意思啊？"伍员："长公子，伍某早有安排，听我调遣。"姬光："什么啊？伍员啊，你卖的什么药啊？"姬光心里一惊：我为来为去就是为了这只王位呀，你什么意思？伍员："放心，长公子啊，您听我的安排，您明天绝对不能自己称王，一切在我运筹之中。您抓紧时间去休息，明天早上六点照常上朝见驾。"长公子无奈："嗯，好。"葫芦里不知卖什么药？那么怎么办呢？只能听他一句吧，我一家一当都交给他了，他是今天整个行动的总指挥嘛。

灵宵王府打扫战场，大厅里的血迹全部冲干净，那么这些死人弄到哪里去呢？保镖尸体统统往地窖里面塞进去，包括郎中先生，这里临时封存。

一宵已过直抵来朝，五更三刻要上朝见驾，路上车马轿子开始闹猛。文武来虽来，总觉得今天有点异样，大家到朝房里打听。李："张大人。"张："李大人。"李："昨天晚上听见什么？"张："好像我听见昨天晚上有点什么事情？"李："今天我们的大王不知怎么样了？"其实他们弟兄争斗，下面人心里像吃萤火虫一样铿铿亮。大家怎么不晓得呢？你们两兄弟上面斗与我们也不搭界，总归你们是同宗弟兄。不过今天有一个诀窍——看看这只位子上有没有换人。正在此时，内侍："上朝啦！"文官武将你对我看看、我对你望望——一切正常。上朝一看啊！当中的位子上没有人，空着，两旁边原班人马。当时上朝谁在谁的位子上有规定：一品、二品大员比较靠前一点，三品、四品远点，蹩脚点的还在后面，当中这只位子空着，上手边上站着长公子姬光。大家心想：当中的人呢？王僚睡懒觉啊？不可能的。大家正在奇怪的时候，长公子姬光踏上一步跟各位打招呼了："各位王公大臣，各位文官武将，今儿个我要宣布一件事情。"大伙儿想：怎么你踏出来宣布呢？应当是王僚宣布呀！你嘛，老实讲一声对不起啊，你是在野派呀，没有权的呀。不知他讲点什么？姬光："各位，今天我告诉大家一个不幸的消息，昨天晚上我姬光一片好心啊，我为了叙我们弟兄手足之情，把我的好兄弟王僚请到我的家里喝酒，谁知道我亲爱的好兄弟，他竟然呜——！呜——！"姬光做工好得不得了，众文武不懂：怎么还要哭呢？姬光："他竟然死于非命。"这班文官武将脑子里转念头：你今天讲的话我们听不懂。死于非命，到你家里？你请客？那么说起来死在你家里你有责任的，我们很清楚，你们争权夺利。奇怪，这桩事情倒是他自己讲出来的，吃不准了。大殿上一片寂静。姬光："各位，你们肯定有误会，认为是我们弟兄权力之争。其实本公子不要也不想当吴王。"哼！说给谁谁都不信，说得倒是硬气的，不要当王，不要当王干什么？你们弟兄的争斗促外头人都明白——你死我活。王僚自抢班夺权后，心虚忌惮，卑梁之战、鸡父之战，两次打仗都把你戳在枪头子上，你差一点死掉，那么现在呢？现在他死在你家里。你说现在不要当王啊？大家丈二和尚头路都没摸处，就在一筹莫展之际，姬光宣布："各位，我们的吴王已经来了。"

啊？新吴王来了？啥人？姬光："有请吴王驾到！"一声有请，一辆马车刚刚到达，从哪里来的？从延陵（常州）而来。马车上坐的什么人？吴国现在资格最老、地位最高、吴国第十九代吴王寿梦的第四个儿子季札老王爷。季札王爷论到辈分现在是托拉斯，大哥诸樊是第二十代吴王，二哥余祭第二十一代吴王，三哥夷昧第二十二代吴王。三个哥哥都死掉了，照理是老四季札继位任第二十三代吴国国君，但是季札不愿当一国之君，他本想论资排辈给长房长孙姬光继位，谁知道被三房侄子姬僚抢班夺权，事已成事，木已成舟，只能承认既成事实，让三房侄子姬僚当第二十三世吴国君主了。季札的封地在延陵（今常州），所以被誉为"延陵夫子"，他德高望重，现在常州安度晚年。

那他怎么会来的呢？伍子胥把他请出山的。在策划这个行动计划之时有上、中、下三策：上策——刺僚成功，请出老王爷主持大局，推出新君。中策——刺僚失败，被迫出逃进太湖打游击。下策——反被其杀，计划彻底破产。现在刺僚成功，伍子胥连夜派人到常州把老王爷请出来，这个老王爷德高望重，而且不愿当王，就是考虑到公子光继承王位必须有一个顺理成章的合法理由，所以请老王爷出山主持大局。伍子胥派一心腹连夜赶到常州对季札说："灵宵王府里，姬僚赴宴时不慎与下人争斗出人命了，现在请您老前辈出山坐镇接替吴国君位。"老王爷季札一听不妙了，肚里转念头：我是晓得的，大份是弟兄争权夺利出的事情，这样大的事情，我不出场不行了。本来轮到我做吴王，可我不愿做，我的谦让引出了三房侄子姬僚抢班夺权捷足先登，形成既成事实，我为了国泰民安就让他做了吴国君主。不过王僚口碑不大好，耳朵里听到人家反映，王僚只顾自己而不顾老百姓，对民生问题置若罔闻。外边流传民谣："吴王僚，不终朝。公子光，当吴王。"论资排辈应该是谁呢？长房长孙、我大哥诸樊的儿子姬光，可惜他手脚慢了一点点，被三房里抢夺了君位。本来我想为了国家太平，就让王僚掌权吧，扳扳手指头十二年了。但是我也晓得的，大房里的姬光不是善良之辈，这两个人斗得很厉害，想不到今天出事情了，而且事态严重，关系国家稳定大局。季札不顾年迈长途跋涉，连夜赶往吴都而来。

一路上季札还在思考：到底是大房里做的手脚谋害还是突发情况呢？到了再说吧。伍子胥已经派人在车子上做他思想工作，给他洗脑子了："纯属偶然事件。是公子光灵宵王府宴请王僚，王僚保镖与王府家丁发生矛盾争斗起来，混乱冲突中王僚被误伤致死。"老王爷肚里转念头：这个是骗小孩的，哪会有这种事情啊？一国之君会挤在人堆里去劝相骂啊？不可能的。大清早季札的车马终于赶到了吴都。现在朝堂上文官武将全部站满了，季札车子一到马上就被接到大殿上去了。

"老王爷！老王爷！"季札已是七十开外之人，从常州到苏州又不是动车，是木轮的马车呀，颠簸得了骨头也要碎掉了。季札到吴都上金殿一看，居中王位空着，大房侄子姬光双泪满面："叔父大人，我有罪责啊。"季札："姬光侄儿啊，你何罪之有啊？"季札想：我倒要听听究竟是怎么一回事，看看你这个事情怎么自圆其说。姬光："叔父大人，昨天晚上我因为脚伤不能为国杀敌，我好自责啊，我只想请兄弟王僚到家里来问问前方战况，国家有难匹夫有责嘛。为了表示我的诚意，我特地请了一个厨师来烹调鱼肴，我知道他喜欢吃鱼的。谁知道在送菜的时候，他带来的保镖要检查搜身，可能是态度凶了一点，跟我的厨师发生争斗，而我的好兄弟王僚他去劝架，唉呀！他去劝架可是乱套了，刀枪不长眼啊！唉，我罪责难逃啊。"姬光一是说给季札听，二是讲给四周文武大臣们听，故事编得蛮好，蛮符合逻辑，也没漏洞。姬光："叔父大人啊，发生这样不幸的事件我有逃脱不了的干系，我有罪，我愿意承担我应承担的责任，听您处置吧。"大家都愣住了，心想：突发事件也有可能。不过大家心里还有一杆秤，一杆什么秤？关键的关键是你要不要做王，如果你讲的是事实，我们也晓得的，也许乱军当中那种保镖很莽猛的。各位听众，你们晓得的，有时候保镖之间发生争斗这种事情也有的。如果你长公子不做王，也许你讲的好相信；如果你要做王，那就是胡说骗人。现在关键还要看老长辈的态度。

季札听大房里长公子姬光讲完后心里面一清二楚，你要骗我啊？差远了，我晓得的，你们弟兄之间你争我夺，我是让王，你们是争权，争得怎样？头破血流。那怎么办？这桩事情要不要追究责任？追究后又怎么样？讲来讲去王僚不好在先，今朝叫"自食其果"，啥人叫你抢班夺权呢？因果报应啊。你姬光也太心狠，竟然动用暗杀手段，如果连底翻，翻出来臭烘烘，都是自己人，一笔写不出两个"姬"，家丑不可外扬。季札回过头来对长公子姬光望望：我也晓得的，应该是你继位的。现在这死坯王僚呢，看上去气数已绝。唉！"国君"这只宝座害得多少人死于非命啊！为了国家为了稳定，我们还是按照吴国的传承规矩"兄终弟及"吧。

季札："诸位，常言道，'国不可一日无君'，今日之事乃是悲哀至极，我深表遗憾。吴国规矩'兄终弟及'，今日理所应当长房长孙公子光接承吴国大统。我宣布：吴国第二十四代君主姬光登基。"季札从王位上站起来："来吧，侄儿姬光请上大位。"姬光心花怒放,强压喜悦之情双手乱摇:"不、不、不,叔父大人,我姬光有何德何能?愧不敢当。吴国之王非叔父莫属。您就是我们的君王啊。"季札心想:侄儿啊,你的做工倒好格,明明是假客气,但是为了吴国的整体利益,我只能假戏真做。季札:"唉!姬光,国不可一无君,吴国的传承规矩是'兄终弟及',不用客套,你是实至名归啊。"季札转身道:"吴国大王在上,臣季札叩见吾王千岁千千岁!"有季札一带头,众文武纷纷下跪,磕头称臣:"吾王千岁千千岁,臣等叩见吾王啊!"看到这个场面,姬光佩服伍子胥的智慧,整个计划是他一手策划,今天的继位多少风光呀!从此诞生了吴国历史上第二十四代国君——吴王阖闾。为啥用"阖闾"二字呢?这个"阖"字什么意思?阖天下之大成。"闾"呢?"闾"是一个单位数量词,古代廿五家人家称为"一闾",好比现在最基层的社区居民小组。它是阖吴国天下为之,闾百姓之众家为之,是为"阖闾"也。听众们啊,这个名堂叫啥?政治手腕。姬光手腕高明,把见不得阳光的暗杀变成顺理成章的继位,一点差头也扳不牢。众文武一想:老前辈都已经开口了,他的闲话一言九鼎,事已成事,木已成舟,我们也只能顺水推舟了。

从这天开始,吴国的历史掀开了新的一页。吴王阖闾登基之后,第一条政令马上宣布:厚葬王僚。仪式要隆重,反正人都死了,多花些银子无所谓。王僚的墓葬在哪里呢?根据我采风获得的资料,王僚的坟墓就在我们苏州城的西面,那里有一座山叫"狮子山",就是原来苏州乐园的底子。将来等到阖闾死后,他葬在哪里呢?葬在虎丘山。一边兄弟狮子山,一边哥哥虎丘山,所以苏州人有句老话的:"狮子回头望虎丘。"什么意思?两个人死了在阴曹地府还在打架。狮子不服帖,回望虎丘山:蛮好送一条鱼,却送了我一条命。

第二十五回　阖闾大城

　　公元前515年第二十四世吴王阖闾登基。阖闾上台一是"兄终弟及"的传承规矩使然;二是民意基础,人心所向。伍子胥建议阖闾励精图治:大赦天下,减免税赋,节衣缩食,筑造大城,富民强国。史料记载:吴王阖闾"食不二味",他对吃不讲究,四菜一汤。第二"衣不重彩",衣裳他不讲究,只要穿暖就可以了。第三"车楼不饰",他坐的车子、住的宫殿装修简单。第四"吊死问疾"。他平常一直私行察访,到民间问问疾苦,关心民生:"你们家里有什么困难啊?家有病人哇,太医给他看看,撮个药,药费我来。"人家有丧事了就施口棺材。伍子胥提醒他:"你上台必须多为老百姓考虑,你要吸取王僚的教训,老百姓是什么?民乃是水,君乃是舟,水能载舟亦能覆舟。正因为王僚对老百姓不好,才会有专诸出现。"所以阖闾上台过后吴国出现了新的气象,百姓得到休养生息,经济得到发展,国力逐渐强盛起来。

　　阖闾下令把一条巷命名为"专诸巷":专诸为了我献出了自己的生命,他住的地方就拿他的名字命名。各位听众,到2018年,今天是3月23号,你们去看那条巷还叫

"专诸巷"。这条巷的名字已经存在 2500 多年了。专诸巷西面到底叫"石塔头"。"石塔头"是什么？那里有一座石头的塔，是专诸的衣冠墓。根据调查采风，我还找到了专诸的坟墓。他的肉身坟墓在哪里的？离开苏州三十公里，这个地方就是无锡鸿山镇。鸿山镇边上有一座小的山，山坡上有一座坟墓，石碑上镌刻着"专诸之墓"四个字。吴王阖闾让专诸的儿子专毅做自己的贴身保镖，享受上卿待遇。何谓"上卿"？古代官制是六部九卿，上卿待遇相当于部长级待遇。看在你父亲面上，小伙子人长得不错，肩阔腰圆，卖相蛮好，而且气力也蛮大，做我的保镖吧。

最最重要封一个人，谁啊？我事情的成功离不开伍子胥啊。阖闾封伍子胥为"行人"。春秋战国时代的官职"行人"相当于现在的什么官职呢？相当于总统边上的特别顾问，就跟美国总统尼克松边上的基辛格差不多，权力很大，是站着的吴王。阖闾曾说："谁人不听伍员之言，即不听寡人也。"没有多久加封伍子胥为吴国宰相。因为伍子胥轰轰烈烈为吴国干了一番事业，为后人所景仰，所以到唐朝德宗时还追封他为王。伍子胥又是宰相又是王，苏州城东有条巷子叫"相王弄"，就是伍子胥的官邸所在地；现在苏州盘门有伍相祠、伍子胥弄。

吴王阖闾："伍员，吾吴国地处东南，水患无常，怎么能使小小的吴国强盛呢？你有什么灵丹妙方吗？"伍员："大王，以我之见，立城郭，设守备，实仓廪，治兵库。"四句话十二个字，什么意思呢？伍子胥提出来，一个国家要强大，首先要建立一个首都城池，这个城池要是造好了意义重大。原来吴国的首都在无锡梅村泰伯城，但是太小了，才方圆三里地。三里地怎么好打仗呢？大军一冲就冲掉了。后来到第十九世吴王寿梦手里从梅村南迁到现在苏州的木渎、胥口、香山一带，那里被称为"春秋吴城"。但是那个地方也不成气候。依伍子胥之见必须建造一座大城池。有了城嘛，能攻能守，凡国都必须有一定规模，太小了不行。只有立城郭才能有稳固的国都。城池周围有了城墙，有了护城河，城池才能固若金汤。"实仓廪"什么意思？搞好经济建设，国家最重要的是发展经济，没有经济一切免谈。尤其是打仗，打仗靠什么？打仗靠经济实力的。所以各位听众啊，打仗所谓的赢和输靠什么？烧钱呀。现在你知道吗？一颗导弹多少钱啊？最便宜的一百多万。一架飞机多少钱啊？歼20一架7亿多人民币，一艘航母127亿元啊。俗话说："大炮一响，黄金万两。""治兵库"：购置武器，整军备武，操练军队做好防务，这样才能够保卫自己的国土，立于不败之地。

阖闾一听很满意："好，寡人委计于你，筑造姑苏大城。"既然你谈到立城郭，那么我就把立城郭的任务交给你了。伍员："遵命。"伍子胥答应了。听众们，伍子胥从公元前514年开始建造苏州城，那时候不叫"苏州城"，叫"阖闾大城"。苏州胥门百花洲公园里面矗立着一块大理石的石碑，石碑上镌刻着八个字："相土尝水，象天法地。"据说伍子胥建造苏州城的时候，他最早建造的苏州城不在现在这个地方，他最早看中啥地方呢？今天苏州北边的陆慕、蠡口、渭塘、阳澄湖镇一带，他预备在那里造苏州城。伍子胥去征求老朋友穹窿山孙武的意见。孙武看过地形后跟他提了："伍丞相啊，你建造城的地点呢我认为太偏北。那个地方地势太低，容易受水灾，是不是这样？按照我的想法再往南边移十里路。"最后南移十里建造了阖闾大城。伍子胥曾经想在北边那个地方造姑苏城，结果未曾造，后来那个地方的地名就叫"相（想）城"，即今天的苏州相城区也。公元前514年，在伍子胥的谋划下，开始建造吴都阖闾大城。整个城池为不规则长方形,西高东低,顺应自然,城内道路呈双棋盘格局,三纵三横,城内一街一河,外河流引入城中,八扇水陆城门。听众们啊,从2500年前到今天为止,苏州这个古城城垣基本上没变化,依旧如故。全中国有两百多个古城,保护得像苏州这样好的古城不多,而且还留下了众多名胜古迹,真是绝无仅有。

那么阖闾大城有多大呢?史料记载得很详细。《越绝书》《吴越春秋》记载:内城四十四里两百十步。外城的城郭方圆六十八里。内城当中还有两个子城:吴都子城与伍子胥城。外城称"城郭",今天还有遗址,苏州城郊有新郭里,"新郭"就是新的城郭,也就是拱卫苏州古城的小城堡。另外,在无锡也有阖闾城郭遗址。

吴子城等同于今天北京城里的紫禁城,也就是今天的故宫。吴子城史称"吴王城",根据我现在的测定,它的范围在今干将路以南,人民路以东,凤凰街以西,十全街以北。这块地盘嘛,就是我们现在的体育场、教育局、市一中、大公园、文广新局这一区域。最有名气的叫"万寿宫",现在的苏州市老年大学所在地,边上两条弄堂的名字叫"皇宫后""皇废基"。什么叫"皇废基"?那里原来是吴王宫废掉的基础,所以叫"皇废基"。另外一个子城叫"伍子胥城",在今天的拙政园、狮子林一带。伍子胥建造苏州城的时候还造了两座农家园:北园,南园。他是军事家、战略家,深谋远虑:万一打仗兵困姑苏城怎么办?北园、南园都产稻米粮食,再打仗也没有关系,城里面照样出产粮食,可以养活城中人。伍子胥在建造阖闾城的时候未雨而绸缪:万一发生兵灾,苏州城被困怎么办?所以伍子胥在苏州城的相门城墙底下还藏有食物,到后来吴国衰败,越军兵困苏州三年,吴国人饿得没有东西吃,有人就想到当初伍子胥造苏州城的时候讲起过:"万一没有东西吃,你们只要掘地三尺下面就有东西可以吃。"最后掘开相门城脚底下一块一块的城砖,这个城砖是拿糯米做成的,为的是防饥荒,所以苏州人喜欢吃年糕,年糕哪里来的?据说就是伍子胥发明的。

阖闾大城一共是八扇水陆双城门。东北边那扇叫"娄门",为啥叫"娄门"呢?因为下面有一条水路叫"娄江",娄江的起源就在苏州娄门,往昆山再到太仓,这条水路一直到上海,可以进入上海境内呢!上海人改称为"苏州河"。娄门因为有娄江而得名。在古代,娄江边还设置过一个县城,叫"娄县"。东南面叫"相门"。它有两个名字:一曰"相门",二曰"匠门"。何谓"匠门"呢?苏州的能工巧匠云集于此,最有名的就是铸剑的铁匠师傅干将、莫邪夫妇,他们住的地方叫"干将坊"。当今苏州城从东到西的一条主要通道叫"干将路",现今干将路上还矗立着"句吴神冶""剑起凌云"的石牌坊;城东由南向北还有一条路叫"莫邪路",这两条路就是纪念这对铸剑的能工巧匠夫妻的。

南面:盘门,蛇门。何谓"盘门"?虎踞龙盘。这个一扇门代表我们吴国像一条龙。吴国人就是龙的传人,盘门今天还有三个景点:古城水陆城门、吴门桥、瑞光塔。伍子胥造城时考虑到苏州是水乡,他引水入城,所以城内小河特别多,而且每一座城门均有一座水城门、一座陆城门。唐诗是这样描述的:"君到姑苏见,人家尽枕河。"南面还有一扇门叫"蛇门",位置就在现在苏州南门一带。"蛇门"什么意思呢?伍子胥根据天干地支排下来,甲、乙、丙、丁、戊、己、庚、辛、壬、癸十天干和子、丑、寅、卯、辰、巳、午、未、申、酉、戌、亥十二地支。他算下来吴国为龙,越国为蛇。蛇门方向朝南,南方即越国。蛇门造好后,伍子胥关照这扇门不许开,非但不许开城门,而且还在城墙上用木头做了一条蛇,蛇的头抬起来往西面,劈对盘门,盘门一条天龙,龙能克蛇,为啥要克它?越国和吴国是天敌,这两个国家打得结葛罗多。伍子胥认为蛇门必须永远封闭。

西面也是两扇门。一曰"胥门"。根据我的查考,胥门有两个出典:第一种说法呢,2005年出版过一本书——《话本苏州简史》,作者叫朱红,他在书中就写了伍子胥建造苏州城。其实这个胥门跟伍子胥本人无关。朱红先生认为:苏州百姓把负责太湖水利的专家称为水平王胥,据说这个人是大禹的学生,精通水利,为吴地老百姓造福,所以在造城取城门名的时候,伍子胥就采纳民意把这座城门称为"胥门"。朱红认为:伍子胥造城绝不会把自己名字放上去的。第二种说法:胥门哪里来的?这个说法呢是从《吴越春秋》上来的。《吴越春秋》这本书是东汉时期赵晔写的。为啥叫"胥门"?春秋后期吴王夫差被美女西施迷住心窍,中了越国大夫文种的灭吴之计,最后吴王夫差把伍子胥错杀了。伍子胥临终时候讲过一句话:"大王,我死不足惜,但是按照您的治国方针,您纵虎归山放走勾践,越国军队会打过来,吴国有亡国之祸,现在您杀掉我,可不要把我的脑袋扔掉,把它藏起来,到时候越军打过来,把我的脑袋挂在城墙上,我的脑袋可以吓退越兵。"果然后来越国军队在勾践、范蠡的带领下从太湖里过来,一夜之间开了一条溪河,叫"越来溪",简称叫"越溪"。越国军队一直打到胥门,守兵急了,那么怎么办呢?吴王夫差在姑苏台上辫牢着美女西施还在跳舞喝酒呢。大家急得不得了,想起伍子胥临死的时候讲的,他的头可以退越兵,于是把他头找出来,挂在城墙上。突然伍子胥首级巨若车轮,须发怒张,飞沙走石,狂风四起,吓得越军魂飞魄消:"不好了!伍子胥神灵呈现了!"勾践赶紧下令兵退三十里,退到吴江松陵镇。伍子胥挂脑袋的这座城门便为胥门。

西面还有一扇城门,其名曰"阊门"。提起阊门,曹雪芹《红楼梦》里描述:阊门是红尘中一二等富贵风流之地。唐伯虎笔下称阊门"黄金百万水西东"。阊门其气通阊阖,吉祥瑞气,所以有"金阊门、银胥门"之说。阊门还有个名字——"破楚门"。因为后来伍子胥、孙武带领部队征讨楚国班师回朝的时候,吴王阖闾在这里迎接凯旋的队伍,高兴得不得了:"来啊!给我把上面城门的名字改掉吧。"于是提起笔来写了三个字:"破楚门"。

北面也是两扇门。平门(巫门)。"巫"是纪念楚国逃来的申公巫臣将军的,因为这个人对吴国有功,吴国的发展离不开他,所以就把这座城门叫"巫门",后来改为"平门"。为啥改为"平门"呢?因为后来吴国军队平定齐国凯旋,于是将之改名为"平门"。北边还有一扇门——齐门。"齐门"这个"齐"字就是指齐国,这里还有一段凄凉的故事。吴王阖闾生了九个儿子,大儿子太子波的妻子急病身亡了。这个时候是吴国最强盛的时候,阖闾此时还得到一个消息:齐国国君齐景公表面上跟吴国友好,实际上暗中跟楚国勾勾搭搭,而且还签订了一个条约。得到这个消息后阖闾恼怒异常,他立即把伍子胥喊来:"丞相,齐景公不是个东西,表面上跟我们蛮好,暗中跟我们的敌国楚国勾勾搭搭订立盟约,准备起兵伐齐吧。"伍子胥:"慢,我们再考虑考虑。据我了解,齐国和楚国他们两个国家有共同的边界,人员往来、经济互补难免,他们要签订什么条约?我来跑一趟,去看看那个条约是否针对第三方。如果对我们有所不利,那么没啥客气的,起兵伐齐,你不仁我不义嘛,这样才师出有名嘛。还有,我听说太子波的妻子最近病逝了。齐景公有个女儿听说还没出嫁，我做媒人，让齐国的公主嫁到我们苏州来，两国结秦晋之好，我们北边岂不就太平了？"阖闾："嗯，好，那辛苦你了。"于是伍子胥就奉了吴王之命来到齐国的首都淄博，齐景公见到伍子胥紧张得不得了："伍丞相啊，您怎么亲自驾到？有什么事情啊？"伍员："听说最近你们齐国和楚国签订了什么盟约？能不能让我看看啊？"齐景公："别误会，不是针对你们吴国的。"把条约拿出来一看，果不其然，这个条约不是针对第三方的。伍员："大王，听说您有个小女儿？"齐景公："是，我有个小女儿。"伍员："出嫁了吗？"齐景公："还没。"伍员："我们太子波的妻子最近急病身亡，我来做个媒人，让您的女儿嫁到我们吴国，两国联姻，永结秦晋之好，怎么样？"齐景公："丞相，我女儿年纪还小呢。"伍员："几岁？"齐景公："十四岁。"伍员："十四岁可以了。"为啥十四岁可以了？听众们啊，《黄帝内经》上就讲了结婚年龄嘛。苏州人攀谈："十三岁做娘，天下通行。"《黄帝内经》上怎么讲法？说女性的发育是"二七"，还有句话叫"七七"。男叫"二八"，还有句话叫"八八"。所谓"二七"，就是女孩子是十四岁发育，十四岁就可以生孩子了。"七七"呢？"七七"到四十九岁，就是一般讲起来女人到四十九岁就闭经了，现在女性退休年龄是五十岁，就是以这个为依据的。男的呢？男的"二八"，十六岁，因为男孩子发育稍微晚点。"八八"是六十四岁，所以男人退休要晚点，六十岁退休。伍子胥就讲了："十四岁可以了嘛。"这时候的吴国强大得不得了，齐景公碰头自己的女儿："你就嫁到苏州去吧。"少姜："爹，俺还小，俺不愿意。"齐景公："不行，你一定要去的，为了国家。再说嫁的人家也是好人家，你去做太子的妻子，你晓得的，太子呀，接班人呀，将来还有将来。"齐景公逼着女儿嫁到了苏州，她的名字叫"少姜"。

《吴越春秋》上讲她嫁过来的时候还不知夫妻之乐，也就是还不懂夫妻之间的事情。来了过后夫妻感情是蛮好，但她终日郁郁寡欢终日啼哭。太子问她了："老婆啊，你为什么哭呢？"少姜："俺要回去，俺想爹想娘，要想回去。"太子波告诉父亲，阖闾讲："不行的，她嫁过来一半是政治婚姻，是作为人质的，怎么好回去呢？嫁鸡随鸡、嫁狗随狗嘛，只能留在这里。"齐国公主哭得更加伤心了，哭到后来连阖闾也觉得有点心痛了，怎么办呢？最后关照伍子胥："你给我造一幢楼，造得好点、造得高点，让她可以登高望远，望见北面她的家乡齐国。"伍子胥就在苏州城北面的方向建造了一幢楼，这幢楼高九层，画栋雕梁，黄金蜡片，取了个名字叫"望齐楼"。这位齐国姑娘呢，牵记自己国家、牵记爹娘，便常常登高望远，到上面看看故乡。最后，可怜这位姑娘嫁到吴国来两年不到就一命呜呼了，临死的时候她还提出个要求："太子啊，我死了，但是我死了口眼不闭，俺的魂魄还要回到俺的故乡去。当然我回不去了，能否这样吧，把我的棺材葬在吴国境内离开我的祖国最近最高的地方？我要登高望远。我到了阴曹地府也要见俺爹妈。"太子答应了，最后把这位姑娘葬在什么地方呢？苏州北面的常熟虞山，所以现在在常熟虞山顶上有个历史古迹叫"齐女坟"，现在是常熟虞山名胜"十八景"当中一景。苏州八城门包括常熟虞山的齐女坟都好去看一看。伍子胥建造姑苏城彪炳史册，我们苏州人非常骄傲，饮水思源，伍子胥功不可没。

第二十六回　伯嚭投吴

伍子胥呕心沥血建造阖闾大城，从动工开始到竣工共耗时八年。伍子胥怎样呢？只觉得有一桩事情闷闷不乐，什么事情？他想到了自己的家仇：我到了吴国事业上很顺利，现在在吴国地位也很高，官居丞相，一人之下万万人之上，可惜我的家仇未报。所以他想到自己的亲人时心情沉重，唉！年纪一岁一岁上去，怎么办呢？随着时间的推移，伍子胥的复仇心越来越强烈，他觉得吴王阖闾早把他的事情抛诸脑后了。

"唉！"一声长叹。这个时候手下进来禀报："丞相，有人求见。"伍员："何许样人？"下人："他说是您的同乡。"伍员："同乡啊？"伍子胥想：我没有同乡，我一家人家都死光了，有什么同乡呢？下人："他很可怜，他说一定要求见您。"有句话："他乡遇故知。"你在外地碰到这个本乡人是高兴得不得了的，更何况伍子胥背井离乡，举目无亲。伍员："来，请他进来。"手下："是。"一歇歇工夫，下人进来了："见我们的伍丞相。"外面进来一个人，见到伍子胥双膝一软跪下来，伯嚭："丞相救我。"伍子胥一听倒是湖北口音，顿时有一种亲切的感觉。伍员："头抬起来。"伯嚭："晓得。"伍子胥对他一看——不认得，这个人年纪四十光景："你叫什么名字啊？听你的口音是楚国来的？"伯嚭："对，丞相，我的名字您不知道，可我的父亲名字您是知道的。"伍员："你父亲谁呀？"伯嚭："丞相，我父亲是楚国左尹伯郤宛。"什么人啊？楚国的左尹是副宰相，相当于国防部部长。他的爹是执掌兵权的伯郤宛将军？伍子胥一听心想：我认得的，我与他曾经同朝为官，而且他的级别比我高。"你是伯郤宛的儿子啊？那你的大名？"伯嚭："丞相，我姓伯，单名一个嚭。"他的名字叫"伯嚭"。各位听众，这个人的名字报出来，有两个老苏州要接嘴的："伯嚭？坏伯嚭。"伯嚭的前面要加一个字的——"坏"。怎么叫"坏伯嚭"呢？伯嚭这个人好有一比，比着我们历史上秦朝赵高、汉朝董卓、唐朝李林甫、宋朝秦桧、明朝严嵩，总之都是坏人，属于佞臣一类的。

伍子胥一听是同乡口音，而且又是伯郤宛将军之子，其父与自己曾经同朝为官，而且名声不错，要紧把他搀起来。伍员："快快请起。"伯嚭："是。"伍员："伯嚭怎样到得此间？"伯嚭："丞相，您知道我们一家子完了。"伍员："啊，怎见得？"伯嚭："被奸人所害啊。"伍子胥想：我们一家人家被奸贼所害，我最最恨就是奸贼。伍员："怎么回事情？"伯嚭介绍道："最近我们一家人家遭灭门之祸，由头从楚平王熊居甕、儿子楚昭王熊珍接任开始，新君登基，青黄不接，吴国乘机发动进攻。吴国军队来楚国也要抵挡的，楚昭王征求大家意见，问谁能率兵抵御吴兵，我父亲伯郤宛出来了：'国家有难匹夫有责，我来领兵抗击吴兵。'在此期间，吴国内部生变，吴国军队的两位将帅，一个是烛庸、一个是掩馀，均是王僚死党，两个主将逃走了，战场上群龙无首。楚国的军队横扫千军一仗成功，我父亲大获全胜，在战场上缴获了大批吴军兵器盔甲。"后来的事情是这样的：楚昭王很高兴："伯郤宛将军其功非小，我为了奖励你，战场上这些战利品全部归你一个人。"伯郤宛人品很好："不，大王，打仗是我的本分，保家卫国我本应该，战场上这些战利品我不要，应该上缴国库。"昭王："不，我一定要给你，打胜仗奖励是应当。"伯郤宛："我不要。"推到最后楚昭王讲了："你就拿一半吧，还有一半上缴国库。"这样一来不能再推辞了，战场上有一半的战利品伯郤宛将军自己收下来了。他有个爱好——收藏，收藏点什么东西？武将嘛，专收藏刀枪剑戟、鞭锏锤抓、兵器盔甲。打了胜仗以后楚昭王对伯郤宛将军称赞有加：又是打胜仗，而且谦虚不贪财。昭王的称赞引起了一个人的红眼病，谁啊？边上的太傅太师费无忌。此人便是谋害伍子胥全家的罪魁祸首。如今他在朝堂上取代了伍奢的位子，位列三公太子太傅，称"费太师"。费无忌心里想：楚昭王熊珍是什么东西啊？小赤佬，没有我费无忌怎么有你呢？所以楚昭王看见他心虚三分，叫他"老太师"。费无忌器量狭窄，他感觉自己失宠了：现在的昭王，开出口来就是"伯将军"，闭口就是"大司马"，这口气不大平，一定要找碴给伯郤宛看看。费无忌于是勾结楚国的丞相（又称"令尹"）囊瓦。费无忌："囊瓦丞相啊，一人之下万万人之上已经不是您丞相了。"囊瓦："谁呀？"囊瓦是只草包。费无忌："左尹伯郤宛，我看您这只位子早点晚点都要被他取代。"囊瓦："什么啊？他敢！"费无忌："丞相，我说着玩，您不要当真，伯郤宛小子发财了，昭王给他这么多赏赐，惹他假客气推说不要，大王心里只有姓伯的，让他出点血，敲敲他的竹杠，叫他请一顿客怎么样？"囊瓦："吃白食蛮好。"费无忌："好，我来说。"费无忌就去对伯郤宛道："伯将军，这阵子您是不得了，咱们楚国的红客，打了胜仗又拿到这些赏赐，要不要红红面孔呢？请两杯酒呢？宰相囊瓦叫我来转言呢！"伯郤宛一想：对的，况且这两个人不好得罪。伯郤宛："可以，那费太师，何时为好？"费无忌："后天比较空，您也好准备准备。"伯郤宛："好，那我去请宰相。"费无忌："用不着，我去请一样的。"伯郤宛："那麻烦费太师了。"费无忌："还有，听说这次战场上您有很多战利品，能不能让我们开开眼界，把您收藏的吴国的剑啊、吴钩啊展示一下？"伯郤宛开心啊，因为搞收藏的人最欢喜显摆自己了。伯郤宛："好，我全部拿出来显宝。"谁知道他上当了。伯郤宛为了请客马上准备食材。另外，他早上就命人从仓库里把东西搬出来，放在家门口的院子里，他收藏的刀枪剑戟、鞭锏锤抓、头盔甲胄这些战利品上面还有点血渍呢。将军的厨房间也是忙得不得了，准备夜里要宴请两位大客人，伯郤宛还亲自下了厨房。

　　大清早，费无忌先到将军府门口遛一遛，一轧苗头一看：哼！刀枪全部摆出来了。他又到相府碰头囊瓦："丞相啊，今天夜里将军府请客，不过我跟您讲，苗头不大对啊。刚刚我去看过了，将军府门摆满了刀枪剑戟，有一股肃杀之气，我想阿会得伯郤宛有野心的？会不会他要取而代之的？他是副宰相，现在的昭王是喜欢他得一塌糊涂啊！"囊瓦："什么意思？"费无忌："什么意思？我们去上当，宴无好宴，会无好会，小心为妙啊。"囊瓦："真的？"费无忌："不相信您派人去看嘛！"草包囊瓦被他这样一煽动，本来就有点吃醋，现在肝火上升："来人，给我去查一查伯将军府有没有埋伏！"手下："是。"一歇歇工夫，底下人一个圈子一兜，回到相府里。手下："回丞相，费太师讲的完全确凿，我们看得很清楚，伯将军家门口到院子里刀枪剑戟，一股肃杀之气，好像有埋伏。"囊瓦："伯郤宛王八蛋！"草包囊瓦发火了："来啊，火烧将军府！"他关照手底下的一个偏裨牙将带五百兵丁，每人手里一捆稻柴，稻柴上浸桐油，浸了桐油干什么？"给我包围将军府，把这只将军府给我烧掉它。"草包丞相不分青红皂白，也不去调查清楚就下了命令。这里将军府这些人也没觉察，他们还在忙呢，夜里要接大客人的。伯郤宛是亲自下厨房，他自己还拿着一把刀在斩肉呢。伯郤宛："大家卖力点啊，今天有大客人啊。"不晓得斩肉啊？你这块肉马上快要被人家斩了。一歇歇工夫底下人来禀报了，手下："将军啊，不好了，怎么我们外面来了这些兵丁团团包围将军府了呢？"接着又来报："将军啊，不好了，起火了。"什么意思？偏裨牙将接受宰相的命令，关照烧掉将军府。一声令下，五百兵丁点燃柴火，往将军府里面扔进去，这些稻柴浸了桐油，一阵风来，风助火威烈火熊熊，这时候伯郤宛还没弄清楚，赶紧出来看看什么情况。他刚踏到外面，谁知外面乱箭齐发，火势极旺，最后将军府里的人怎样？没有一个逃出来，整个将军府化作灰烬。那怎么伯嚭会活着呢？他刚好不在家里，一早到朋友那里白相，他听说夜里有大客人来，作为儿子也要接待的，便从朋友家里提前返回。走到半路上一看那边烟雾腾腾，一会儿着火了，他一看是自己家呀，官兵包围乱箭齐发，伯家一家人家被烧得干干净净。父亲无意中得罪了太师费无忌，费无忌又挑唆草包宰相囊瓦、离间将相关系，这两个人权势熏天，是楚国的当权人物，所以伯嚭没有办法，一家人家遭此冤屈，他晓得楚国待不住了，便选择了一个方向出逃。逃到哪里去？吴国。为啥要逃到吴国去？因为伯嚭知道吴国对楚国的难民特别恩宠。比方说像伍子胥，早前的申公巫臣，都是有了事情逃到吴国去。所以他逃过来，这时候一把眼泪一把鼻涕地哭诉："伍丞相，我们全家遭害。害人者非是旁人，就是那个费无忌啊。"伍子胥听到"费无忌"三个字，火一下子蹿上来：费无忌什么人啊？我们一家就是毁在他身上。就是这个费贼为了拍马屁，让楚平王父纳子妻，我父亲讲了两句真话，遭到灭门之灾，我呢被逼无奈奔走他乡。想不到我和你被同一个冤家所害。想到这里伍子胥产生了一种同情之心，恻隐之心人皆有之。伍员："伯嚭起来，我问你，你讲的这些事情句句都是真的？"伯嚭："伍丞相，若有半点谎言天打雷劈。"伍员："嗯，我相信你。"伯嚭："丞相，救我一命吧。"伍员："好吧，你就留下来吧。"这样一来，伍子胥出于同情之心再加上是同乡，就把伯嚭留了下来。

第二十七回　苦肉之计（上）

　　楚国左尹伯郤宛将军全家遭害，其子伯嚭逃亡吴国投奔伍子胥。他的血泪控诉得到了伍子胥的同情，伍子胥把他留了下来。伍子胥想：留虽留下来，不知你有点什么特长？你是做生意还是去教书？或者你会打仗？结果问下来这个人倒不错，六韬三略，对兵书也研究过，作为同乡伍子胥觉得自己应该推荐。伍员："你住在我这里，明天早上你跟我一起上朝，见驾的时候我把你推荐给吴王。"伯嚭："伍丞相，您是我的大恩人，我伯嚭没齿难忘，您就是我的再生父母。"天蒙蒙亮，一辆车子从相府出发到了宫门口。伍子胥："伯嚭，你在朝房里休息，到时候我会喊你上去的。"早上五更三刻上殿见驾。吴王阖闾料理国家大事，现在讲起来大概三个多钟头，到九点的钟敲过公务也就料理得差不多了。阖闾："各位有事出班启奏，无事寡人要退班了。"省力倒蛮省力的，早上过九点就要下班了。伍子胥："大王。"阖闾："丞相什么事啊？说吧。"伍员："今日臣保荐一人，请大王定夺。"阖闾："你推荐的是谁啊？"伍员："我的同乡，其名伯嚭，他投奔吴国而来，还望大王看上一看。"吴国正是用人之际，阖闾道："好，传伯嚭上殿。"伯嚭跟着内侍上金殿，抬头对上面一望，只见当中端坐着吴王阖闾，这边上首第一只位子是同乡、宰相伍子胥。他双膝跪下："大王在上，楚邦难民伯嚭叩见大王千岁千千岁！"阖闾："你叫伯嚭？"伯嚭："奴才正是。""怎么到我们吴国来了？"伯嚭："大王啊！"他竹筒倒豆子，把全家遭害经过叙述了一遍。伯嚭："蒙伍丞相看在同乡份上把我留在此地，恳请大王救我一命啊。"阖闾转念头：我需要的是有用之才，不知你肚子里有什么花头？有什么特长？我倒也要考一考的。阖闾："如此说来，你是将门之子啦？你的父亲叫伯郤宛？"伯嚭："正是。"吴王："那你懂不懂军事呢？"伯嚭："大王，难民出身将门之家，我喜欢军事战略、骑马操兵，三韬六略我略知一二。"口气不小！阖闾："好，那我考一考你。"伯嚭："遵命。"当场考试，伯嚭口才极好，滔滔不绝，对答如流。各位，伯嚭此人将来是坏人，他人虽坏但肚子里文才倒蛮好，所以一个人啊又有才又有德就叫"德艺双馨"，那么这个家伙呢？缺一点德，叫"缺德有才"，危害更大，将来吴国之亡由他而起，只不过还没暴露罢了。吴王很高兴："好吧，看在丞相的份上，寡人就封你为下大夫。"不得了啊，各位听众，一只官衔已经着杠了，何谓"下大夫"？现在讲起来最起码局处长一级。各位听众，古代选拔官员特别是隋朝科举制度以前叫"察举制"。"察"，考察；"举"，推举。有人推举，通过当场考察就可以做官了。

　　伯嚭是开心啊，伍子胥也蛮高兴。为啥？你看大王给我面子，我的同乡嘛，两句话一讲你看官衔已经牢了。伍子胥想：今天我的春风人情做得蛮好。他刚刚要往下面去的时候只觉袖子管被人拉了拉，什么人呀？伍子胥回过头来一看，原来是被离大夫。被离讲出来大家都晓得，前面几回书我讲过，原来他做什么？城管队队长。被离和公子光两个人是小弟兄，他现在的官已经升到上大夫了。被离大夫把伍子胥一把拖到边上，低声说："丞相，刚才那个人是你推举的吗？"伍员："对，是我推荐的同乡。"被离："同乡啊，我告诉你啊，那个人可不是好人啊。"伍员："你怎么晓得呀？"被离："这个人走上大殿的时候我特别注意，你阿晓得他走上来时是什么腔调？四个字：'鹰视虎步'。什么叫'鹰视虎步'啊？就是这个家伙一双眼睛像老鹰，丞相，老鹰是飞禽当中最最凶猛的一种鸟，它死人都要吃的，吃死人不吐骨头，老鹰眼睛凶得不得了。'虎步'呢？虎是兽中之王。这个人走路的腔调像老虎，这个人是兽性啊，翻脸不认人的。"伍子胥听得脸色沉了下来。被离："丞相，这种人是小人啊，不堪大用的，你怎么能推荐他呢？听我一句话离他远一点，否则你要吃苦头的。"伍子胥对他望望：你就是这样，我晓得的。你原来做什么生意？你是相面出身，一天到晚看人家面相，这是江湖上混饭吃的把戏。按照你的逻辑推理，随便什么好人坏人只要看一看面相就好了，那你现在街上捉贼骨头偷皮夹子的，只要一看这只面孔——"贼骨头"，不对的，有句话叫"人不可貌相"。伍子胥于是反驳了一句："被离大夫，怎么能以貌取人呢？"被离："你不听我的话，丞相，不听老夫言，吃苦在眼前。"被离的话讲得对不对呢？倒有点道理的。伍子胥你不晓得，将来你这条命一半就坏在伯嚭身上。当然将来是将来，现在怎么预料得到呢？人又不是神仙，未卜先知啊？没有这种事情的。但是今天被离对他这一讲："这个人不大好"，伍员便一块心病鲠着，但他和伯嚭又是同乡又有相同的遭遇，这个叫"同病相怜"。伍员："被离大夫，谢谢你一番好意，我会当心的。"伯嚭这人原来是落难，现在开始小人得志，他的特长就是马屁功，伍子胥在他落难时候救他，伯嚭感激涕零，到伍相府里是喊伍相为"大恩公""再生父母"的。

伍子胥看见同乡倒又被勾起了往事，他眉头一皱，对天空望望：苍天啊！父亲、兄长、母亲、妻房，我逃难到吴国来已经这么多年了，我复仇的事情毫无进展，好像最近大王提都不提伐楚之事，会不会忘记了？社会上是有这种人的，上台之前答应得嘭嘭应应，上台之后忘记得干干净净。"唉！"伍子胥长叹一声，吃过晚饭。古代有规矩，做官的人吃过晚饭过后要对着墙壁反省的，这叫"面壁思过"，要想一想：今天我做了点什么事情？讲了些什么话？啥地方做得对？啥地方有点不足？伍子胥这时候想到自己的身世，想到全家遭冤难雪，不禁悲从中来："爹爹，娘亲，孩儿不孝啊。"手下："丞相，大王有请，要您马上进宫见驾。"啊，难道说我想到大王也想到了？来个同乡提起这桩事情，大概触动了他的神经，他曾经答应过我的，只要他上台执政，只要他有权，就要为我报仇雪恨，看来今天这桩事情间接地提醒了他，现在夜里把我喊去，根据我的想法和判断，极有可能是要与我商量起兵伐楚为我报仇的事情。因为事关大局，至关重要的事情一般讲起来白天在大殿上是不会商量的。

各位，至关重要的事情一般都是夜里商量决定，然后第二天开大会再摊开来，大家再讨论一下，其方案就可以确定了。伍子胥满怀希望，马上关照备车子。车子从相王弄出发，到十全街转弯，到凤凰街左拐，到民治路吴王宫门口车子停了下来。已经有内侍在门口等候了："丞相请，大王在里面等候您了。"伍子胥兴冲冲熟门熟路踏进御书房："大王，伍员奉命前来！"他精神也来了，好像打了鸡血，眼中充满期待：大王是不是要商量起兵伐楚给我报仇啦？再仔细一看，伍子胥不禁一愣，好像觉得苗头不对，只看见吴王阖闾眉头打结、心事重重，在书房间里兜圈子。吴王见伍子胥进来冷冷地说："伍员啊，你来啦？"伍员："大王，深夜唤我到此有何见教？是不是领兵伐楚之事？我愿意身先士卒。"

阖闾："伍员啊，深更半夜地把你叫来，你知道吗？寡人这两天食不知味、睡不安稳呐！"伍员："啊？"伍子胥想：是不是为了伐楚？您替我这样上心事啊。"乞道其详。"阖闾："这么晚了，找你来肯定有重要事情，你去看吧！"吴王从台上拿起来一张纸头递过去，伍子胥有点诧异：一张纸头看点什么？等到接到手里，对这张纸头上面一看一望，愣住了：这是一张无头榜。什么叫"无头榜"？现在讲起来就是一张传单，上面什么内容呢？"吴国子民：逆贼姬光，谋王杀驾，民不聊生，怨声载道，有识之士，聚集卫国，讨伐阖闾，匡扶正义，此布天下。吴公子庆忌。"什么人啊？庆忌。前面两回书我就讲过了，这个人是王僚的儿子，被称为"吴中第一勇士"。这张传单实际上就是庆忌号召天下有识之士聚集于他的麾下，他要替父报仇。从辈分上讲起来，吴王阖闾跟他什么关系呢？堂叔侄关系。一边喊他"老伯"，一边喊他"侄子"。这一桩事情的确是块心病，为啥是心病？阖闾想：其父王僚被我除掉了，我如愿以偿登基了。

换位思考,他的儿子会怎么想?替父报仇天经地义。我晓得还不大太平,当初"调虎离山"这条计策,伍子胥用得蛮好,三只老虎调出去,但是这三只老虎怎样?没有死,而是逃走了,其中一只老虎就是他——三房里的庆忌。这个小赤佬不好弄,小鬼这个本事吴中第一,吴国每年要举行比武大会的,他总归第一名。侄子这个人生得又高又大,身大力不亏,我跟他交过手的,结果是我输了。我曾经派人除掉他,但庆忌防备甚严,均遭失败。现在他流落在哪里?卫国。卫国就是现在河南省滑县,春秋时期一个小国家。卫国把他收留下来,因为卫国跟吴国是不和的,卫国后面的靠山是楚国,所以庆忌有靠山,不见你怕。依靠了楚国的资金支持,卫国也支持他,划一块地皮建立一只叛乱基地,庆忌自立为王,打的旗号是替父报仇、除却暴君,他自称是合法的吴国接班人。我曾经私底下派人跟他去谈判,谈判到最后怎样?破裂了。本来我条件开得蛮优越:侄子啊,回来吧,时过境迁,过去的事情已经过去了,你父亲的事情你就不要掺和了,至于你当初怎样害我的,我既往不咎,你回来,你仍旧做我的侄子,你仍旧享受王孙公子的待遇,好不好?条件这么优厚,谁知他不答应,他说回来是可以的,条件是我姬光脱袍让位。阖闾:"丞相,这怎么行呢?所以最后谈判破裂了。最近还要猖獗,他四面八方在网罗那些残兵败将、散兵游勇,要想聚集在他的旗帜底下对我形成威胁。这么一支叛乱的部队人越聚越多,再拖下去早点晚点要出大事的,所以今天把你喊来跟你商量。"阖闾:"丞相,你看怎么样?这个庆忌不好对付啊!他软硬不吃啊。"伍员:"这……大王,依您之见呢?"阖闾:"寡人实在没有办法了,我已经仁至义尽了,可是他最后的条件是要我脱袍让位,那当然是不可能的,所以今天晚上把你召来,给你一个任务。"伍员:"大王想要怎样?"阖闾:"他敬酒不吃吃罚酒,你想办法让他像他的父亲一样,明白吗?你给我物色一位刺客解决他,否则后患无穷啊。"伍员:"大王,您要伍员再物色一名刺客?"阖闾:"对。"伍子胥一听心想:这个怎么行呢?叫我再物色一位刺客,这个是你家庭内部的事情啊。伍子胥想:上一次我物色到专诸做刺客,这里面有一条非常正当的理由,什么理由呢?因为王僚是抢班夺权,属非法政权,你姬光是合法的接班人,这一条最重要。还有嘛,当然王僚执政无能,老百姓怨声载道,人家民意的基础,再加上你的地位,所以我愿意助你一臂之力,现在你已经上了这只位子了,还要叫我再弄一个刺客,连他儿子一起除掉,好像有点过头了。伍子胥想了一想道:"大王,庆忌那是您的侄儿,此乃是你们的家事,我插手恐怕有点不妥吧?"阖闾:"什么?我的家事?"一国的君王,这只面孔说板就板的。我们苏州人攀谈:"枇杷叶面孔,一面光,一面毛。"阖闾:"宰相,你是谁啊?伍员我告诉你,你是我的宰相你知道吗?何为'宰相'?那个'宰'字怎么写的?'宰相'的'宰'字上面一个宝盖头对吧?这个意思就是百官之首为'宰',宝盖头下面是个'辛苦'的'辛',什么叫'辛'?也就是说你是百官之中最辛苦的人。'相'字,'相'就是相助嘛,你就是我的左膀右臂,你要相辅我,此为'宰相'。难道寡人的事还是家事吗?国和家不都是寡人的吗?我告诉你,今天此事干也得干,不干你就看着办吧!三天为期,来啊!送客!"伴君如伴虎。听众们啊,这个就是一国之君,你触犯到他的根本利益、核心利益,马上板面孔。什么名堂啊?阖闾对他望望:你昏头了!伍子胥啊,我是谁啊?我是一国之君,什么我的家事了?庆忌这个人是叛乱分子,现在上升到了一个高度——危害国家核心利益,你这桩事情做也得做不做也得做,关照送客，不客气了。伍子胥没有办法：他是东家，我是西家，吃他一碗凭他使唤。伍员："是，大王，伍员告辞了。"阖闾："告诉你，三天为期。"

三天很快过去了，第三天上朝见驾。阖闾："有事出班启奏，无事退班了。"大家退班了，伍子胥也跟着退了下去。阖闾："丞相慢走。"伍员："大王。"阖闾："今天已经是第三天了，怎么样？"伍员："大王，我已有点眉目，正在进行当中。"阖闾："什么时候能见上一面啊？"伍员："今日黄昏时分。"阖闾："好，我等着。"日落西山，夜幕降临，内侍进来了："大王，丞相到。"阖闾："请。"内侍："是。丞相，大王已经在等您了。"伍员："来了。"伍子胥后面跟着一个人，正往里面走进来。伍员："大王。"阖闾："丞相你来啦，人呢？"伍子胥把手一招，对后面看看："进来吧。"这个人到里面，吴王阖闾对他一望一看，大失所望。怎么回事？让我停停再讲。

第二十八回 苦肉之计（中）

伍子胥总以为阖闾要跟自己商量起兵伐楚，哪里晓得是要他物色一个刺客，对付阖闾的侄子庆忌。眼睛一眨三天已过，第三天下午伍子胥把人带来了。伍员："大王，便是他。"阖闾对面前的人一看："伍员啊，是此人吗？"伍员："正是。"阖闾："这怎么行呢？"为啥？因为这个人的身高才五尺。五尺呀，古代的尺又短。那么这个人有多高呢？身高一公尺五十厘米差不多，比武大郎高不了多少。此人的腰细得了——腰围一束，面目丑陋，眼睛很大，皮色黄僵僵，迎风则僵，负风则伏。何谓"迎风则僵"？就是他走在路上，如果迎面有风吹过来，人要吹僵的。何谓"负风则伏"？"负"就是背后吹上来的风，这样的风吹大点的话，这个人要跌倒的。这样一个人对农田里的庄稼来说倒蛮好，田里麻雀蛮多，为了要驱赶麻雀，特地在农田里插一个稻草人差不多。面对其貌不扬这样一个人，吴王阖闾忿忿一气："伍员啊，是他？"伍员："嗯，是的，就是他。"阖闾："你知道我的侄儿庆忌的样子吗？"伍员："大王，我知晓。"阖闾："既然知晓，那他这种样子行吗？"伍员："大王，您对他了解吗？"阖闾："寡人怎么知道呢？"阖闾心想：普通老百姓我怎么知道呢？阖闾："丞相啊，我的侄子又高又大，长似金刚、胖似罗汉，'吴中第一勇士'。"阖闾心想：庆忌本事大得不得了，我叫你物色个刺客，最起码也要身材相当，你却叫来一个大孩子模样的人。"这个人这样一点点能行吗？像大小孩，又似痨病鬼。"伍员："大王，人不可貌相，海水不可斗量。关键看他能不能完成这个任务。他姓要名离，姑苏侠士。"伍子胥示意身后的人："快，叩见大王。"要离"叭"的一声跪倒在地："草民要离叩见大王。""你叫要离？"要离："是。"阖闾："要离，你家住在什么地方呢？"要离："大王，草民家住卧龙街塔倪巷东首。"原来要离住在卧龙街塔倪巷东首第一家。

周明华你讲得这样着着实实，果真如此吗？以书为证。2005年苏州出版了一本《话本苏州简史》，作者是朱红。那上面明确记载：春秋战国时期，姑苏刺客要离住在卧龙街塔倪巷东首第一家。听众们啊，卧龙街啥地方？这条路今天还在，到现在为止它有过五个名字。第一个名字叫"卧龙街"。为什么叫"卧龙街"？它呈南北方向，北边是平门梅村桥，南边是蛇门，因为像一条龙睡在苏州城的当中，所以叫"卧龙街"。第二个名字叫"护龙街"，意思是保护这条像龙一样的街道。护龙街中间还有接驾桥、饮马桥，这些桥名哪里来的？就是历代皇帝到苏州来了，要护驾接驾，因为皇帝是"龙"，真龙天子么。第三个名字叫"马龙街"。什么意思？苏州城里最最热闹的一条街车水马龙，这条街当然就叫"马龙街"了。第四个名字：抗战结束后，这条路改名为"中正路"，因为蒋介石的名字叫"蒋中正"。第五个名字：1949年10月1日，这条路的名字又改成了"人民路"。

要离住在人民路塔倪巷，塔倪巷在哪里？就在今天察院场美罗商城的背后。苏州的街、苏州的巷都有出典的。塔倪（泥）巷是造北寺塔时候产生的一个路名。三国年间，孙权是东吴的皇帝，孙权的娘是苏州人吴国太，孙权为啥要造北寺塔呢？北寺塔又称"报恩寺塔"，孙权造此塔是为了报母亲养育之恩，因此这座塔叫"报恩寺塔"。我们的老祖宗聪明得不得了，北寺塔要高72米，总共九层，八只角。那么这样高的塔，特别顶上那种生铁所铸塔顶构件重得不得了，十几吨的东西，这么高地方，用什么办法装上去呢？我们老祖宗用的是堆土法。怎么叫"堆土法"呢？造高层建筑的第一层很简单，只要地基打好，下面基础弄好，舒齐木头、石头、砖头，等到横梁上去一层就造好了。到第二层就难了。用什么办法造呢？等到第一层造好过后就拿泥土堆没第一层，堆成一座小山，为啥堆成一座山呢？因为有了坡过后就可以在这坡上面造第二层，木料、砖头、矸灰等就可以从坡上扛上来了。那么第二层造好呢？再拿烂泥堆没了，形成坡，就又可以运送建筑材料了。造每一层时都这样，坡越来越长越来越长，北寺塔最后它的泥土要堆到哪里呢？一直要过察院场，要堆到塔倪（泥）巷，这条巷今天的名字还是叫"塔倪（泥）巷"。所以我们苏州的地名很有意思的。

那么要离是个什么样的人呢？他在江湖上赫赫有名，是个义士，也是个侠客，你别看他其貌不扬。伍员："大王，此人其名'要离'。人不可貌相，我介绍给您听听要离的故事吧。"阖闾："说来听听。"

吴地人办丧事一定要吃一桌豆腐饭，对死者表示悼念。在豆腐饭的饭桌上呢，团团一桌客人，这些亲眷朋友都是赶来悼念死者的。结果在吃豆腐饭的当口，来了一个苏北人，苏北东海人，名字叫椒丘欣。吃豆腐饭的时候这个人有点不大懂规矩，他一边吃一边对着大家吹牛："你们晓得吗？我从苏北来的时候路过淮河，我骑的马儿要饮水。我把马牵到河滩边上，有人跟我打招呼说：'壮士啊，这河里的水马儿不能喝的，河里有只水怪专门要吃马，弄得不巧马水没喝到，被水怪吃掉了。'我就不相信这个邪，马照样喝水，果不其然河怪来了，嘴巴张开要把马拖下去，我就不买账，拔出宝剑跳到水里，打了三天三夜，最后河怪被我除掉了，可惜宝剑断掉一半，我的眼睛瞎掉一只，你们看现在我一只眼。你们哪个行啊？你们吴国人不行啊。"这是在吃豆腐饭呀，你是来吊唁的客人呀，在这个场合滔滔不绝，不合适呀。大家不发声响，可是有一个人忍不住了，什么人？要离。要离："椒丘欣啊，你口口声声像一位英雄，可是我听下来你一点不是英雄，什么你跟河怪搏斗，结果宝剑断掉半把，眼睛瞎掉一只，你还有脸上来啊？你今天还在这里夸夸其谈，这不叫'英雄'，这叫'狗熊'。"椒丘欣独眼直瞪，十分恼怒，但又无话可说。过了一会，椒丘欣问道："你是谁？"要离："我是要离！"那天豆腐饭一散，要离回到家里就关照老婆："你带着儿子今天夜里不要住在家里，住到隔壁人家去。"妻："啊？什么事情啊？"要离："没什么，你住到隔壁去就是了。"妻子带着儿子当夜住到了隔壁人家。要离夜里睡在客堂竹榻上。夜色深了，外面偷偷来了一个人，什么人？就是刚刚一起吃豆腐饭的椒丘欣。椒丘欣手执三尺青锋，到里面一看，蛮好，竹榻上躺着白天豆腐饭上触我霉头的朋友，他心里暗暗道："你触我霉头，我要你的人头。"跑上来就把要离一把头发抓牢，拎起来，这把宝剑架到要离头颈里，椒丘欣："我告诉你要离，今天你三该死！"要离泰然处之，一点不惧、一点不怕。要离："什么'三该死'？你讲清楚，我也好死得明白。"椒丘欣："好，今天你在豆腐饭桌上触我的霉头，说我不是英雄是狗熊，你是不是该死啊？这是其一。其二，你今天大门没有关，你是找死。"要离："那么第三呢？"椒丘欣："第三，你两手空空，我三尺青锋，你是等死。三该死！阎王在等你了。"说完举剑就要动手。

这时候要离扬声大笑："哈！哈！哈！椒丘欣啊，三该死的不是我要离，是你！"椒丘欣："怎么是我？"要离："对，第一，你不懂规矩，人家吃豆腐饭蛮伤心，你是客人，理所应当入乡随俗，表示慰问，你怎么还在豆腐饭桌上夸夸其谈？你是看不起我们苏州人。而且你还要炫耀自己，你眼睛瞎掉一只，宝剑断掉半把，还有脸夸夸其谈啊？刚刚我在讲你的时候，你屁也不敢放一个，这是你该死。第二，今天我这扇门没关，我家里关不关门关你屁事，又没请你来，你私闯民宅是不是该死？"椒丘欣："嗯，这个……"要离："第三，我又没有什么罪，我双手空空，你拿着宝剑来行凶，你这是触犯王法、滥杀无辜，也该死。所以'三该死'的不是我要离，而是你椒丘欣。我讲完了，你杀吧。"椒丘欣万万没想到，天下世界还有这种不怕死的人，"三该死"的帽子倒应该套在自己头上，他面孔涨得煊煊红。椒丘欣："对不起，我跑了。"所以江湖上流传一句话："吴国最不怕死的朋友就是其貌不扬的要离。"阖闾："好，那既然如此，要离你知道了，寡人为什么召你来？"要离："草民知道。"阖闾："那咱们今儿个商量商量。"要离："嗯，遵旨。"三个人在御书房商量至深夜。

卧龙街塔倪巷东首要离家里忙得不得了。要离的妻子觉得今天的丈夫与往日不一样——居然拿出五两银子叫她去买菜。要离："老婆，今天这五两银子通通用光，拿苏州城里最好的小菜全部买来。"妻："要离，今天阿是有大客人来啊？"要离："大客人没有。"妻："怎么，你今天发横财啦？"要离："你拿去，这五两银子今天给我用掉它。"妻："要死哉，五两银子怎么用得掉呀？"要离："一定要花掉它，听见吗？"要离态度有点凶，妻子有点怕。要离："我再讲一遍，给我去买城里最好的菜、最好的酒，夜里吃顿团圆晚饭。"妻："一家人天天在团圆，平常要你点银子抠得很，碰着个大头鬼了。"要离："别啰唆，办就是了。"妻子也没懂，男人莽猛得不得了，平常话又不多的，见他怕，只好去办了。最好的草鸡，新鲜的河虾，最贵的鳜鱼，十年的陈酒，一桌子菜肴弄好舒齐。妻："要离，五两银子用不掉的，一共才花了三两。"要离："老婆，叫你买最好的菜，最好的酒，你怎么……唉，算了，把儿子叫来一齐吃晚饭。"儿子今年八岁，小孩子在外面玩。要离："来、来、来，儿子呀，坐在我旁边。"儿子："嗯，爹爹。"要离："来，老婆请上座，今天我来敬你们一杯。"要离："儿子，来喝酒吃菜，我晓得你最喜欢吃虾，这只油爆虾刮刮叫的。老婆啊，你喜欢吃肚子的，这只肚尖东西好的。"儿子也要愣住的："爹爹，我从来不喝酒的，我不会喝酒。"要离："从来不喝嘛今天开始喝。我小时候也不喝酒的，也是爹关照我喝的。你现在八岁了，你好吃了，没有事情的。"要离硬是叫儿子喝酒。儿子："爹，有点辣齐齐。"要离："吃、吃、吃，没有事情。老婆，喝酒。"要离逼着儿子、老婆吃酒。要离一反常态，妻子不懂什么意思，但见男人害怕的。妻："要离，你今朝阿有啥事体？"要离："女人家不要多问，来，多吃点菜。"小孩八岁第一次喝酒，等到两杯酒被爹一灌，眼睛也睁不开了，筷子一扔，这只头像倒头鸡冠一样，儿子醉了。妻子把儿子抱到房间里，被子盖一盖好，人出来时两只脚也已经晃了晃了，她坐下来陪丈夫。要离："老婆，你嫁给我几年了？"妻："你什么意思啊？儿子八岁，你讲几年？"要离："我平常对你态度不大好，其实我心里也喜欢你。来吧，今天我们夫妻两个人喝一杯团圆酒。"妻："你什么意思？"妻子紧张起来。要离："没有意思，你吃，来，干杯。"妻："要离，我不行了，不能再干杯了。"要离："来，干杯。"妻子心想：要离莽猛是算得莽猛了，不过他人虽脾气坏对我是还好的。妻："嗯，那么我就喝。"三杯酒一落肚嘛，不妙了，怎样？头晕、眼睛睁不开了："男的啊，怎么菜呀台子在转呀？"眼睛模糊、脑子里浑浊浊，妻子一个人坐不稳了。晓得不妙，要离要紧过来把妻子扶起来走到房间里。这边一张小床儿子睡，那边一张大床是夫妻两个人的。要离把妻子在床上摆平，盖好被子，掌灯。要离没有心思吃，只是呆呆地看看，老婆的面孔平常倒不注意，现在细看看倒蛮登样，尤其是喝了酒后跟水喷桃花相仿，越发漂亮了，要离心里面有点依依不舍。再回过身来，这边的小床上，他又对儿子的面孔望望：小赤佬的面孔跟我差不多，一个模板里出来的。要离眉头一皱，"唉！"叹了一口气，英雄气短儿女情长啊。他起手把眼梢上的眼泪擦一擦干，又把蜡台火吹灭，人退出来，房门带一带好，消失在了黑暗之中。

大清早，老百姓还在睡觉呢，文武百官的车马轿子已经上朝见驾了。伍子胥呢？宰相府车子出来时边上多了一个大小孩，什么人啊？就是要离。等到了这边吴王宫门口，车子停下，伍子胥打招呼："要离，你在朝房里等歇，有事情再喊你上来。"要离："知道了。"龙凤鼓敲，景阳钟撞，净鞭三响，文武百官上朝见驾。阖闾："各位有事出班启奏了。"一桩一桩，东西南北中，有什么事情好了的了结掉。现在攀谈上午九点模样，日常事务料理得差不多了，文武百官想：今天好早点下朝回自己衙门上班了。谁知吴王阖闾立起身来跟大家打了个招呼："大家听着，寡人自登基以来，已经荒废了多年的武功。朕原来就是马背上出身的，拳不离手曲不离口啊，今儿个我兴致很高，时间还早，我想跟大家来比试一下剑法，以武会友。请各位拿本领出来，跟寡人比试比试剑法，怎么样啊？输者有奖，赢者重奖。来啊，拿宝剑。"阖闾关照一声，底下人要紧送过来一把宝剑。"大王，宝剑在此。"阖闾接一接好，又把身上的长衣裳脱掉，然后人站到当中。阖闾："来吧，哪一位第一个上来跟寡人比试一下？"

这些文武官员也没懂：今天什么意思呀？大王吃饱了撑着，怎么今天突然之间想出来以武会友比剑法？大家吃不准，不敢出去。甲："老兄，要不要出去？"乙："不要出去。"甲："为啥不要出去？老实讲一声，出去输掉嘛坍台，赢了你嘛欺君。这个罪名谁吃得消？"喊了半天没有人出来。阖闾："怎么啦？来啊，好，你们不出来，那我点名了，丞相。"伍子胥只好出来："臣在。"阖闾："你不也是马背上出身的吗？来、来、来，你带个头。"伍员："是。"伍子胥答应一声，身上长衣裳脱掉，露出一身轻靠，然后拿一口宝剑："大王请。"阖闾："请。"两个人你请我请，拔开两腿，手执宝剑"叮叮当当"比试起来。大约打了五个回合，吴王阖闾连刺三剑，伍子胥连让三剑，第四剑怎样？伍子胥还他一剑。到第五会合，伍子胥说一声："大王，您武艺高强，剑法精通，伍员非尔对手败下阵来了。"阖闾："怎么啦？明辅将军啊，你真本领怎么还没拿出来呢？哈哈哈！来啊，谁来？有赏啊！"伍子胥带一带头，嘴巴歪歪，眼睛眨眨：值殿将军，你们上去撑撑场面呢，今天他非常有兴致，不要扫兴。值殿将军没有办法，跑上来照式照样连避三剑，到第四剑稍微挡一挡，到第五剑时，值殿将军："大王英勇，末将非尔对手，去了。"说罢便退了下去。阖闾非常得意："怎么啦？如此说来，寡人剑法还可以吧？今儿个寡人想与民同乐，不论军民等人都可上前。我说宰相啊，有没有谁愿意上来与本王比试比试？"伍员："大王，有人要上金殿与大王比试比试。"阖闾："好啊，在哪里啊？"伍员："朝房之中。"阖闾："来啊，传上来。"内侍传旨关照朝房当中传人上来，传上来的什么人？要离。要离踏到上面："大王在上，草民要离叩见大王。"阖闾："不要叩见了，起来吧。你叫什么名字？""草民要离。""住在什么地方？""卧龙街塔倪巷东首第一家。"阖闾："好、好、好，来吧，咱们来比试比试吧。"要离的宝剑刚刚拿在手，值殿将军："慢着，你怎么自说自话？你好拿什么宝剑？这把真剑拿掉，一把竹剑拿着。"什么意思？值殿将军这样做是为了保护吴王的安全，万一有点什么意外呢？刀枪上不长眼睛。要离手持竹剑："大王请。"阖闾："请。"双方碰头，竹剑与青铜宝剑交锋，要离连着避掉吴王三剑，吴王只觉得这个人虽矮小，灵活倒蛮灵活的，像剧团里的跳壁虫。三剑劈掉，要离心想：我让您三剑，因为您是大王我是草民，接下来我可要还手了。这把竹头宝剑一扬："大王，得罪了。"一道竹光，大殿上都是灯蜡，在烛光照耀底下一剑上去，只听见"哇啦！"一声惨叫，谁在叫？吴王阖闾。只看见阖闾手上的血在滴下来，非但血在滴下来，他手一松，这把宝剑掉落在了金殿之上。

大殿上顿时气氛紧张。吴王阖闾面孔一板："大胆！你想谋王杀驾吗？"要离："大王，我是无意的，这是比剑呀。"吴王大怒："来人啊，把此人那条拿剑的膀臂给我砍了。"两旁边值殿将军拥上来，将其架住右臂抬起，"咔嚓！"值殿将军手起刀落，刚刚拿竹剑的这条臂膀被血淋淋砍在金殿之上。这个血（喷出来），要离摔倒在地，破口大骂："昏君，你言而无信，刀剑之上不生眉目，我才伤你一点儿，你竟然砍我膀臂，暴虐昏君！"阖闾："怎么？你还要辱骂寡人？该当何罪？"要离："就骂你是个暴虐的昏君。"阖闾："来啊，把他打入天牢，候旨问斩。"手下："是。"阖闾："要离胆敢辱骂本王，罪该万死，将他满门抄斩。"手下："是。"一声命令那是不得了了，吴宫大殿之上充满杀气，众文武都愣住了，这时候整个的气氛紧张，大家一想：怎么变化这么大呢？

一队御林军由值殿将军带领来到卧龙街塔倪巷东首第一家，百把个人把这条街全部塞满了。"来啊！"东首第一家门口一个男孩子，看去七八岁，胖墩墩非常可爱，他在白相一只石球。值殿将军："你叫什么名字？是这户人家的吗？"小孩子见这么多人，有点吓，点了点头。值殿将军："你的父亲是谁啊？"儿子："我爹叫要离。"值殿将军："你是要离的儿子？"儿子："是的。"值殿将军："来啊，把他抓起来。"一下子小孩阿要急的："姆妈啊，救命啊！"声音传到里面，要离妻子在烧中饭等男人回来，外面"哇啦哇啦"，她本身在灶间里，一个柴把旺了塞进去，听见儿子极叫，要紧冲出来。妻："儿子，你怎么啦？"一看来了不少御林军。妻："你们是谁？怎么啦？"值殿将军："怎么回事情啊？我问你，要离是你什么人啊？"妻："要离是我丈夫。"值殿将军："来啊，抓起来。"妻："啊？我伲犯了什么法？"值殿将军："走，别啰唆，带走。"母子两个人被押到什么地方呢？察院场。衙门里的当差已经出来了，鸣锣喧叫。当差："要离谋王杀驾，罪该万死，奉旨满门抄斩。"甲："不好了，要杀人了。"乙："蛮准要离闯祸哉，谋王杀驾。"鸣金锣一敲，苏州城的百姓听见了，纷至沓来。以前的刑场都在市中心的——北京菜市口、苏州察院场戮（现改"乐"）桥头。一歇歇工夫，老百姓围了很多，衙门里的当差拦个人圈子，百姓们交头接耳。丙："老兄啊，这个女人是要离的妻子，这个男孩子是他的儿子？"丁："蛮准要离犯什么事情呀？"甲："我听说要离这个家伙上王宫去跟吴王比剑闯祸哉，最后弄得大王什么血淌淌渧，听说大王这条命差一点被他弄掉。"乙："唉，那么好了，一家人家完结哉。"苏州府宣布："要离谋王杀驾，株连九族，满门抄斩。"今天宣布行刑，母子两个人就地正法。法场上落头炮一响，刽子手手起刀落，顿时两只脑袋落地。行刑官："来啊，将俩人头挂起来示众。"挂人头这个名堂叫"枭首示众"。苏州的老百姓议论纷纷。甲："要死哉，阖闾啊，你什么道理？你发毛病啊？你草菅人命哇？"乙："怎么有这种事情的？"大家都在议论。丙："刚刚上台时蛮好，现在好了，狐狸尾巴露出来了。这样看起来天下乌鸦一般黑。"丁："可怜啊，你看呢，要离的妻子儿子呢？两只脑袋还挂在此呢，作孽！"大家都在喊可怜。

吴王阖闾怎样呢？回到宫里在看书。一个内侍奔进来："大王，不好了。"阖闾："什么事？"手下："大王！关在天牢里的要离逃走了。"阖闾："什么？要离逃走了？来啊，派人追！"一声吩咐关照派人追，一定要将要离捉拿归案。隔开没有多少时间手下回来了。手下："回大王，追不上了，他已经逃之夭夭，逃出姑苏大城了。"阖闾："逃走啦？全力缉捕他。"手下："是。"那么事情究属怎样呢？下回分解。

第二十九回　苦肉之计（下）

吴王阖闾金殿比剑，手背上挨了一剑，而且还是竹头的宝剑，可是吴王居然把要离的一条臂膊砍掉。因为要离骂了两声，得罪吴王，结果被满门抄斩，妻子和儿子的脑袋就挂在察院场戮桥。要离呢？逃走了。阖闾下令全力追捕，结果要离早已逃出吴都城。你追他逃，逃到哪里？无锡。在无锡的市中心，最最热闹的地方一个人圈子，他的面色是难看得不得了，臂膊剩一只了，这边甩了甩荡了荡，要离血泪控诉："阖闾暴君，草菅人命，我一家人家被满门抄斩，我的臂膊活生生被他砍掉！"无锡百姓无不同情。接着要离离开无锡到常州市中心，血泪控诉吴王暴行，再下来到镇江、到扬州，一直往北边过去，直到河南滑县。春秋战国时代有一个小国家叫卫国，就在今天的河南滑县。要离到达卫国的首都市中心，跪在地上告地状，哭诉声讨吴王阖闾暴行。卫国郊区有一个地方是秘密基地，外人不得入内，里面有个营地，营地的负责人就是吴国流亡的太子庆忌。每天早上他先练好早功，再操练手下队伍。他手底下网罗了一千多人，自号"敢死队"。这批人都忠于庆忌，打的旗号是"讨伐逆贼姬光，克己复礼，光复吴国"。庆忌对部下许愿：将来一旦事情成功，把暴君姬光赶下台，我庆忌登基成为吴王，你们敢死队员个个都可以升官发财、光祖耀宗。所以这批人忠诚地聚集在庆忌麾下。另外，庆忌还得到了楚国和卫国的暗中支持。

现在庆忌早上练好功在喝茶，底下人禀报了："庆忌大王，有一人来投奔于您。"听见有人投奔基地，庆忌当然很高兴，人多力量大嘛。"来者何许人也？"手下："是一个残疾之人，他的名字叫要离。"庆忌："残疾之人？"庆忌想：我这里不是福利院，怎么能收残疾人呢。庆忌："不见。"手下："不，此人虽然残疾，他只有一条膀臂，但他说一定要见您。"庆忌："为什么呢？"手下："他是从姑苏城逃出来的。"听说是从姑苏城逃出来的，最近苏州的情况不大晓得，庆忌觉得来个人了解了解姑苏的情况倒也蛮好。"来啊，有请。"带进来一个人，庆忌对他一看嘛：这个人难看得不得了，面色难看，而且只有一只手，一个大小孩模样。要离："草民要离叩见庆忌大王。"庆忌："你叫什么？"要离："草民要离。"庆忌："什么地方来的？"要离："阖闾大城。"庆忌："为什么到我这儿来？"要离："庆忌大王啊，千里迢迢来到此间，我就是为投奔您而来的。"庆忌："怎么回事啊？"要离："您知道吗？当今的吴王阖闾他是个暴君，而且言而无信、草菅人命，您看！"说罢脱衣露出断臂伤口："他口口声声是以武会友、与民同乐，邀请我与他比剑。他技不如人，被我竹剑刺破手臂，结果我的臂膀被他砍了。我骂了两句，他竟然把我的老婆、我的儿子都杀了，草菅人命啊！"庆忌："喔，那此事与我无关，你怎么到我这儿来了呢？""我知道，他也是您的仇人，因为您的父亲也是姬光所害，您要替父报仇，我要跟您同仇敌忾啊！我特来投奔大王，请大王收留我。"庆忌："你的膀臂被那个暴君砍了，现在投奔于我，是吗？"要离："是的，而且您是我们吴国合法的接班人。将来我也一定跟随您，在你的麾下助您一臂之力。"那真的叫"一臂之力"了，他只剩一只臂膊了。要离："庆忌大王，您收留我吧。"庆忌脸色一变："我说来人啊。"手下："是。"庆忌："把这个奸细推出去砍了。"要离："大王您？"手下："走、走、走！"要离："大王，我怎么变成奸细了呢？"庆忌："当我不知道？你使用的是苦肉之计，想来哄骗于我？你要知道，我可不是三岁的小孩啊。"要离："这？"庆忌："说，谁派你来的？是不是想混到我的身边伺机而动？"这时候要离心里跳个不停，不要小看庆忌是个匹夫之辈，倒蛮有心机的。要离："庆忌大王此言差矣。"庆忌："差在什么地方？"要离："我与阖闾血海深仇，所讲之言句句是实。"庆忌："对，你是个残疾之人，我问你，你关在牢房里，那些看守监狱的人是吃干饭的？难道你是生了翅膀飞出姑苏城的？还不是想用奸计混到我的身边吗？"要离："不、不，庆忌大王，您错了。"庆忌："说，说出你的理由。"要离："您的怀疑我知道有道理，我是个残疾之人，刚才您说了，区区一个残疾之人怎么能逃出天牢呢？庆忌大王啊，您要知道，我是有贵人相助才逃出来的。"庆忌："谁？"要离："大王，我不能讲。"要离使眼色，看看左右。庆忌："来呀，你们都退下去。"手下："是。"众人退下。庆忌："可以说了吧？"要离："大王，助我之人非是旁人，是吴国当今的宰相伍子胥。"庆忌："是他？"要离："他暗中帮忙，让我逃出姑苏城。"庆忌："伍子胥这个王八蛋！"提到伍子胥庆忌是火啊，为啥？庆忌心里明白：我爹之所以会遇刺，都是伍子胥出谋划策的结果，他跟我的老伯伯姬光一搭一档，请了个刺客叫专诸，骗我父亲到灵霄王府赴宴，最后我爹倒在血泊之中。庆忌："我告诉你，你骗得了旁人骗不了我，伍子胥与姬光是一丘之貉，他怎么会相救于你？"要离："对，说来您也不信。大王呐，您要杀我先让我把话说完，好吗？那样我也就死而无憾了。"庆忌："好，你说。"要离："您要知道，那个阖闾昏君言而无信，这一次我为什么能逃脱？还不是宰相伍子胥吗？因为宰相也感觉到阖闾这个人言而无信。"庆忌："说说道理。"要离："因为您要知道，我这次死里逃生，就是因为受了宰相之托，他有一句话带给您。"庆忌："什么意思？"要离："您要知道，伍子胥虽然跟阖闾合谋害死了您父亲，可是他是无奈的。"庆忌："胡扯。"要离："最早伍子胥他投奔的是您的父亲，您的老爸跟他失之交臂，上当受骗中了姬光的离间之计啊。"庆忌寻思：这个话倒是有点道理，最早我爹寻觅伍员，而且金殿封官准备起兵伐楚，后来上当中了姬光的离间之计。他对要离道："说下去。"要离："所以我这次来是奉了伍丞相之命，他让我给您捎一句话，他说他认错人了，阖闾上台后早把他报仇的事给忘了，什么起兵伐楚，这么多年了，姑苏大城都造好了，迟迟没动静，他很失望。他让我捎话给您，他愿意跟您合作，共图大业，充当您的内应。"庆忌："什么？充当内应？"要离："您起兵从外面进攻，他做内应，里应外合，时间约定在八月中秋，到时候您率大军兵进姑苏城，他把阖闾控制住，就等您来处置。他说他是楚国人，他跟你们家族没有恩怨。可是他有个条件，一旦大事已成，您登上大位，您要为他起兵报仇。这个条件您能答应吗？如果您答应的话，他就愿意跟您合作。"庆忌："这个嘛……"要离："我话已至此，所以我今天是奉命而来，请您明鉴。"

  这些话讲得叫入情入理，庆忌一听一转念：我开始还以为他搞什么苦肉计，现在一看，我扳他的差头，他解释得清清楚楚。对的，老伯伯不是个东西，没上台之前许愿，上了台过后忘记得干干净净，过河拆桥、卸磨杀驴的就是这种人。要离来是传达一个信息——伍子胥要跟我联合起来，本身我也觉得孤掌难鸣，最好我有内应，这样复仇才能成功。人啊，人有同情之心，不过，你的话是真的还是假的？我还不好相信。庆忌："好吧，既然如此，来啊，好生相待。"庆忌一方面关照手下好好款待要离，一方面马上派出两个心腹："你们给我马上到姑苏城跑一趟，你们扮成做生意的客人到苏州城，首先听听老百姓的反映，接下来到察院场看看，他所讲的母子俩的脑袋有没有此事，然后你们再想办法到相府里跟伍子胥联络，事情弄清楚马上回来向我禀报，越快越好。"手下："是！"两个心腹答应即刻出发。庆忌做事情相当仔细，马上派人到苏州调查。从卫国到苏州城一个来回多少日子呢？三十多天，两人摸清楚情况，返回卫国。手下："回庆忌大王，确实如此。"庆忌："你们见到了伍子胥？"手下："见到了，他说他希望跟您合作，八月中秋您起兵，他作为内应。这样一定能够成就大业，只要大王您答应为他报仇。"庆忌："如此看来，要离他说的是真话。"手下："嗯，还有，察院场他老婆儿子的首级我们都看见了，两颗脑袋已经干枯了，可怜啊。百姓都在骂姬光暴君，毫无人性。"庆忌："好啊！阖闾啊姬光呀，你的末日到了。"庆忌很高兴，从这天开始,他秘密派人到苏州去跟伍子胥联络。

也是从这天开始,他对要离的疑心彻底解除了。很快三个月过去了,八月中秋即将来到,庆忌这里秣马厉兵准备得差不多了,要离就提出来说:"大王,现在看上去日子要差不多了,我们可以动身了。"庆忌:"好,我就等这样一天。"现在这两个人已成为莫逆之交。卫国当然也希望庆忌马上起兵伐阖闾。这天的河面上船只都在等着,一千多名敢死队员登船离岸,从卫国出发一路过淮河、过长江,顺风顺水、浩浩荡荡,一过长江,进望虞河。所谓望虞河,就是常熟虞山到望亭之间的这条河。望虞河向南出来到沙墩港就进入了太湖。小小太湖跨三州,三万六千顷水面,前头两艘开道船,当中是庆忌的指挥舰,后面跟好几十艘敢死队复仇之船,按照原定计划从北太湖望亭到东太湖胥口,胥口过去就是木渎——直达姑苏城。探子来报:"一切顺利。"庆忌这只船稍大一点,其他的船稍微小点,一千多号杀手浩浩荡荡、气势雄伟。今天的庆忌精神焕发、神采奕奕,人穿戴整齐,甲板当中放一只靠背,靠背上还有一张老虎皮,这叫"皮榻子"。庆忌端坐在居中,边上站着心腹——一只手要离,两旁边还有八个保镖——左边四个、右边四个,保镖手里都拿着长矛,作为警卫人员保护庆忌。

船进太湖,湖面上突然起了风,"哗!"这阵风很奇怪,东也不吹西也不吹,偏吹向这只大船指挥舰,吹到甲板上,风往庆忌的头上吹过来,"哗!"不巧了,"啪!"庆忌头上一顶帽子被吹走了。照道理这种帽子下面有刘海带,今天他早上起来或许太兴奋了,刘海带没结紧,被一阵风一吹帽子飞了,庆忌变秃顶了。古人呀讲究衣冠楚楚,你是主将,当家人头上没有帽子秃顶阿尴尬啊?帽子吹到甲板上,被断命这阵风呢一带,"啪!"掉到水里去了,庆忌心下郁闷:"来啊,把帽儿给我捞上来。""是。"两旁边八个保镖要想动手捞帽子,旁边一个人抢步上前。要离:"慢,大王,我来捞。"庆忌一看:你怎么行呢?你一只手呀,而且人这么矮小。他想阻止,可是已经来不及了,要离动作快得不得了,要离回过身来正好劈对卫兵,卫兵手里拿着一根长枪,他剩一只左手,把卫兵的长枪枪杆一把捏牢,用足力道一抽,这条枪就被他抽掉了。抽掉还不算数,要离又把长枪的枪头往湖面上(这只帽子还在水面上)佘勒佘,他枪头向下去捞帽子,这只帽子在水面上佘勒佘、佘勒佘,整个船上大家都在看,看他怎么把这只帽子捞起来。等到要离把这条枪拨到手里,在他挑帽的时候,大家所有的注意力都盯牢了水上的这只帽子,突然之间发生变化了:要离出其不意的一只动作,人往后面倒退三步,这条枪不是往下而是往上一翻——反戈一击,回过来的矛头对准谁啊?对准你庆忌!因为要离这人矮小,这个矛头上来正好对准庆忌的肚皮。大家眼光还在看水面,一刹那之间,这个手脚快得不得了,只见要离咬紧牙齿,这条长矛往这边庆忌的肚皮上"啪!"的一声,一矛刺中,前心通后背,从肚脐眼进去,直达背部。"啊呀!"庆忌大叫一声。保镖甲:"不好了!"保镖乙:"有刺客!"众人惊叫起来了。庆忌死了吗?没死,怎么会没死?听众们啊,庆忌被刺中什么地方?肚脐。肚脐眼不是要害,他还好屏一歇时间。我们的传统书讲,有些大将打仗,不当心肚皮上挨了一刀,肚肠掉出来,照样把肚肠拿起来,头颈里一挂,还要再打呢。这个名堂叫啥?盘肠大战。这个地方(指心脏)就不行。肚肠呀不算要害之地,再加上庆忌这人本身身坯好,他长似金刚、胖似罗汉,挨了要离一矛枪他好忍一忍的。庆忌:"你?你?要离?"眼珠结出对要离望望。庆忌到底厉害,两条手过来一把把要离的两只脚拎牢,然后倒拎起来,把他头朝下脚朝上往太湖的水里浸三浸,再拎起来往自己大髈上一纵:"说,你到底是何许样人?"

还要问他到底什么样人呢,两旁边的保镖在大声嚷嚷,甲:"大王啊,刺客!刺客!"乙:"蛮准杀掉他!"丙:"他是刺客,杀掉他啊!"一片喊杀声。这时候要离怎样呢?坦然之极,他坐在庆忌大腿上扬声大笑:"哈!哈!哈!"一点不紧张不恐慌。庆忌眼睛稍微闭一闭定一定神,大概"嘀嗒嘀嗒"几秒钟过后,庆忌眼睛睁开了,对两旁边看看:"各位,吴中自古出勇士,我庆忌乃'吴中第一勇士',但他要离也是一位勇士,我们吴国一天不能死两个勇士,所以我命令:各位,本王已经不行了,你们千万别为难于他!放他走吧,让他升官发财去吧!"说到这里,庆忌的手一松:"你走吧。"等到他手一松,要离这人跌到旁边。庆忌的两条手在矛上抓牢,把刺在自己肚脐眼里这支长矛拔出来,不拔还不要紧,等到一拔出来就不对了,里面的五脏六腑被带出来,血已经止不住了,"哇!"庆忌一声惨叫,气绝身亡。

这些底下人说来也奇怪,庆忌的威信极高,大家居然一动也不动。隔了一会儿,其中一个人开口了。甲:"要离啊,你滚吧!大王被你害死了,我们听大王的话,你去升官吧,你去发财吧!你滚吧!"乙:"你滚吧。"众人的声音显得非常绝望。大家喊"滚",就是不动手捉拿要离。要离走到前面,对着庆忌尸体鞠一个躬:"庆忌大王,今日我要离出于无奈,受人之托,忠人之事。"回过身来打一个招呼:"诸位兄弟,大家听着,今儿个我要离谋掉了我亲爱的好兄弟,我们的大王庆忌,我于心不忍啊!"甲:"你还要放什么屁!人都给你害死了,你猫哭老鼠假慈悲。"要离:"不,大家听着,其实你们知道,我要离不是为了升官也不是为了发财,是为了弟兄们大家啊。我告诉大家,你们跟着庆忌不会成功的,我是想避免一场杀戮啊。你们这许多人要杀奔吴国,但是一场杀戮下来死的人可不是一个两个呀。各位兄弟,你们都有家眷,你们都有孩子,都是上有老下有小,你们在外面想造反,岂不害了你们的家人吗?你们是谋反大罪,要诛灭九族的,我还不是为了让大家避免一场刀兵之灾吗?现在我的好兄弟庆忌已死了,他为了什么?替父报仇,这我可以理解。我为了什么?我的膀臂被砍断,我的老婆儿子死了,还不是为了大家吗?丞相伍子胥说得明白,只要大家放下屠刀立地成佛,只要大家不再叛乱,不再危害咱们的吴国,你们可以既往不咎!不信你们看!"要离把手一指,只见太湖水面上"吴"字旗迎风招展,伍子胥带领兵马从湖面上包围而来。要离:"大伙儿看,我们是不可能成功的。为了避免杀戮,伍丞相说了,你们所有过去的事情既往不咎,愿意做生意的每人给五两银子作为本钱,回去自己做生意;不会做生意的,每人二十亩土地务农;原来当官的回到军队里可以各司其职。怎么样?听我一句话,放下屠刀吧,放下刀枪吧,为了你们的家人,为了你们的孩子,为了你们的长辈。"

顿时下面毕毕静,大家愣住了。其中有一个人抢先说,甲:"要离啊,你讲的话真的还是假的?"要离:"当然真的。"甲:"那我们刀枪放下来就没有事情了?"要离:"难道我还有假吗?我的膀臂是断了,老婆死了、儿子死了,我还不是为了大家吗?我要离行侠仗义,还不是为了让大家免遭一场杀戮吗?好了,你们看,伍丞相指挥的大军已到,你们不要做无谓的抵抗了。"这番话讲得怎样呢?其中有一个人站出来了。乙:"要离啊,我们叫没有办法弄僵了,现在我们的头头也死掉了,如果是真的,那么我先把这把刀扔下来,你讲的话要兑现的。"说完他把手里的刀扔掉了。只要有一个人带头，丙也接着道："要离，你知道我上有老下有小，我就信你这一次。"此人把枪扔掉了。这个名堂叫什么？多米诺骨牌效应。有两三个人一带头，大家都在想：头头都死掉了，我为什么还要做呢？做嘛总归有个目的的，所以一歇歇工夫庆忌手下的人都把刀枪放下，表示愿意投降阖闾。就这样吴国避免了一场刀兵之灾。这只故事叫"苦肉计断臂要离刺庆忌"。

这条苦肉计谁创造发明的呢？始作俑者就是要离。后代用得蛮好的，而且很有名气，谁？《三国演义》里面的周瑜与黄盖。有句话叫"周瑜打黄盖——一个愿打一个愿挨"。为了要打败曹操，黄盖他假装在堂面上跟大都督周瑜吵起来，最后挨了一顿打，这个是真打的，打得寸骨寸伤，黄盖投奔曹操，曹操上当火烧赤壁，兵败华容道。宋朝时候岳飞手底下有一个谋士叫王佐，王佐断臂。就在岳家军到朱仙镇跟金邦决战的当口，金邦出来一个小将，这名双枪将狠得不得了，岳飞手底下五虎大将都吃败仗，参谋官王佐从《吴越春秋》"断臂要离刺庆忌"受到启发，就在营帐里把自己臂膊切断了，假装跟岳飞元帅吵相骂，让岳飞把他逐出大营，然后混到金邦陆文龙的营帐里。结果王佐断臂说书，说得陆文龙幡然猛醒，接下来反戈一击——文龙归朝。这几个都是历史上著名的"苦肉计"案例。

今天在金殿上，吴王召开表彰大会。首先赦免庆忌手底下那些人，宣布一律无罪。愿意留在部队里的回部队，喜欢做生意的一人五两银子作本钱，务农的每人划拨田地，过去的事情既往不咎。等到这些料理完毕，阖闾："来啊，请有功之臣要离上殿领赏。"要离："大王在上，草民要离叩见大王。"阖闾："起来吧，要离你其功非小，寡人要重赏与你。"阖闾想：我要重赏，那重赏点什么？总归四个字——"升官发财"。又一想：我封他做什么官呢？如果封他城门官，太小了；封苏州府台大人，不知他有没有水平？那么封他将军吧？不知他喜欢不喜欢？这样吧，你喜欢做什么你提出来，在我允许的范围里满足你一切要求。吴王："要离，寡人要封你为官，你愿意当什么官？你说吧！"从古到今没听见过封官要征求被封人意见的，阖闾让要离自己挑。谁知要离摇摇头："大王，草民要离做官何用？我不要做官。"阖闾想：也对，他是老百姓，自由惯的，有句话叫"无官一身轻"，不喜欢做官那么这样，升官和发财连在一起，官不要做那就让他发财吧。赏金银，赏多少你开口。你要一万给你一万，你要两万给你两万。吴王："好，既然你不要当官，那本王要重重地赏你，你说吧，你要多少金银？"阖闾想：你就是要金子我也无所谓。要离："大王，您要赏我金银？"阖闾："对，你其功非小。"要离："大王，金银要来何用？那是身外之物。"奇怪，那你到底要什么呢？到底怎样呢？停停再讲。

第三十回　七荐孙武

上回说到"苦肉计断臂要离刺庆忌"，今天殿上阖闾要封他官他不要，要赏给他金银，谁知出乎意料，竟然被他拒绝了，他讲："金银有啥稀奇？身外之物，生不带来死不带去。"阖闾:"你立了这么大的功劳,牺牲这么大,你图的是什么?要离贤士,寡人封官与你,你不要做官,赏金银与你,你又拒绝,那你想怎样?"要离:"大王,要离一介江湖剑侠,'义'字当先,国家有难,匹夫有责。我受大王所托消除国害,安邦为民。常言道:受人之托,忠人之事。我非为'名利'二字。大王您可知晓,要离是一个罪人啊!"吴王:"啊?何罪之有?"阖闾听不懂哉。要离:"大王,今日要离乃是一个不忠、不义、不孝之人哪。"阖闾:"此话怎讲?"要离:"'不忠',我忠于大王而不忠于我的新主人庆忌。庆忌为报父仇起兵谋反天经地义,此乃孝道也。他信任我,把我当作知己,要离竟然暗中背叛将他刺死,岂非大大的不忠?"吴王听见这句话心里有点鲠鲠叫:照你这样的意思,你已经当他为新主人,我变老东家了。庆忌一片孝道替父报仇是对的,那我便错了,倒是扳不到他差头。阖闾:"那'不义'呢?"要离:"'不义',我的妻房、我的孩儿他们是无辜之人,我竟然将他们置于死地。我身为丈夫、身为父亲岂非不义吗?"阖闾:"'不孝'呢?"要离:"'不孝',身体发肤受之父母,爹娘把我生出来的时候好手好脚的,可我竟然将自己的膀臂砍断,岂非大大的不孝?"要离:"故而一个不忠、不义、不孝之人要来何用?我有何面目见得双亲,见得我家妻房孩儿,见得我的新主人庆忌大王?"说到这里,只看见他回转身来,奔到边上值殿大将旁边,出其不意将值殿大将腰里宝剑抽出来。吴王阖闾一吓:"你干什么?"但只见要离站在金殿之中"哈!哈!哈!"扬声大笑:"一个不忠、不义、不孝之人,庆忌大王,我的好兄弟,要离随你来也。"说罢举剑自刎。大殿之上寂静无声。

中国古人有句话:"士为知己者死。"根据史料记载,我找到了要离的坟墓。要离的墓在离开苏州三十公里外无锡境内的鸿山镇。鸿山镇边上有一座小山叫"皇山",山上有他的墓葬"要离之墓",在他的墓旁边是另一位刺客专诸的墓。这两位是春秋战国时期著名的刺客,铸就了两段千古传奇,书写了吴国历史上相当精彩的一页。

吴王阖闾怎样?他看要离死在堂上,心里总归有点难以言状,下令厚葬要离。阖闾:"各位,今天吴国的心腹之患已除,朕想征求一下大家的意见,寡人准备兵伐楚邦。"下面一个骚动,伍子胥一听一愣:什么?我听错了吗?吴王阖闾准备兵伐楚邦给我报仇了?原来他没有忘记答应我的事情啊?阖闾:"兵伐楚邦是我们吴国的既定国策。多年来吴楚之争咱们败多胜少,今天我要挑选一位能打胜仗的领兵之将,由他挂帅带兵伐楚。请各位畅所欲言推荐人才。"边上伍子胥一听激动啊:大王啊,果然您没忘记啊。现在您叫大家推荐领兵主帅,领兵之帅就在大王您边上啊。伍子胥想:我就是最合适的人选,估计大王马上就要点我的名了。他兴奋不已。谁知吴王阖闾对着下边四面看看,就是不对着伍子胥看。阖闾:"寡人要广招人才,请大家推荐一下哪一位可以统帅三军领兵伐楚?"伍子胥听得很清楚:啊呀,锣鼓听声闲话听音,吴王关照众人各抒己见推荐带兵征楚之将,领军之将的首要条件是懂军事,而且要熟悉楚国的情况,了解吴国国情,知己知彼方能百战不殆,我伍子胥再恰当没有了,这是秃子头上的跳蚤——明摆着的嘛。但是今天阖闾的话已经把我排除在外了,如果他要叫我带兵出征的话,早就要跟我打招呼了。好像有点突然,伍子胥心里当然有一点点想法,不过再一想:也对的,为什么?我现在什么身份?我现在是吴国的宰相,宰相肩负重任日理万机,他考虑到我身上任务太重,要物色另一个人也完全可能。那么您要物色的这个人到底有没有?有啊,我边上的朋友早就托我了,孙武这个人恰如其分,这只位子是替他量身定做的。所以大家还没发言，伍子胥第一个踏出来："大王，今日伍员保荐一人能担当此重任。"吴王："喔，伍员啊，我要的是领兵的统帅，你推荐的是何许样人啊？"伍员："此人姓孙名武字长卿。"吴王："那他是什么地方人呢？""齐国人氏。""他在齐国？""不，他在姑苏。""在姑苏？"伍员："隐居在穹窿山，是我的莫逆之交，他擅于用兵，是个奇才，领兵统帅非他莫属。"各位，伍子胥推荐的就是赫赫有名的孙武孙长卿。我前面有两回书已经简单扼要介绍过了，孙武这个人是中国历史上最伟大的军事家之一，被誉为兵家之鼻祖，是"兵圣"。他撰写的兵书流传至今，是春秋战国时期涌现出来的千古传奇兵家第一人。伍子胥当初在太湖边上考察吴地风貌的时候受饿虎袭击，危急当口幸亏孙武出手相救，老虎为媒，之后两个人经常往来，他腹有良谋，是运筹于帷幄之中、决胜于千里之外的奇才。孙武还托伍子胥在方便的时候保荐自己出山，现在机会来了。伍员："大王。"阖闾对他看也不看，而是面对群臣："怎么啦？没有啊？既然今儿个没有人选，那就退班吧。"伍子胥愣住了：我明明蛮好推荐孙武，阖闾招呼也没给我打，就宣众文武退班，自己往内宫去了。伍子胥无奈，也只能退班。第二天上朝见驾，等到公务料理完毕，吴王开口了："各位大臣，寡人要起兵伐楚，少一个领兵的统帅，我需要懂得打仗的人才，请大家畅所欲言，我不拘一格选人才。大家说说吧。"话刚断音伍子胥从旁闪出，伍员："大王，我保举一人。"阖闾："伍宰相，你推荐谁啊？"伍员："非是旁人，齐国人氏，姓孙名武字长卿。"吴王头一侧，面对群臣："怎么？没有啊？大伙儿不开口？那好，请大家考虑考虑，明天再说。"伍子胥搞不懂。

第三天照式照旧，阖闾又问："大家推荐推荐，本王要领兵打仗的将才。"伍员从旁闪出："大王，伍员保荐一个，他姓孙名武。"吴王："怎么没有啊？退班。"听众们，伍子胥推荐过几次？这桩事情本来我没在意，因为我说伍子胥的书，比较关注他的事情，我到苏州胥门百花洲广场伍子胥公园去，里面竖着一块一块的石碑，1985年苏州建城2500周年的时候把伍子胥的丰功伟绩都镌刻在上面。我在采风考察时看到其中有一块石碑上是这样刻的："伍子胥七荐孙武。"几次推荐？七次。这引起了我的思考：怎么要七次呀？这里面说明一个什么问题呢？说明三个人当时的三种不同形态，三种不同人格和品德。

一、吴王阖闾。这个人的性格相当复杂，多疑，他左手不相信右手，实际上对伍子胥还是有所提防的。照道理吴王要用人才，宰相推荐顺理成章，可是为什么要推荐七次？吴王的考虑大概是这样的：伍员你是吴国的宰相，宰相执掌政权，现在我要用个领兵统帅，领兵统帅这个人是掌握军权的。他是你的朋友，齐国人，你又是楚国来的，军政大权被你们两个外国人一把抓，到时候你们俩如果对我有点什么想法，一个兵权，一个政权，两个人合合鸡头，要叫我下台易如反掌。防人之心不可无，更何况我就是用非常手段上台的嘛，刺杀王僚此事伍子胥是总策划，这不得不防。阖闾这叫"贼防贼"。另外，阖闾想：孙武我从来没有听说过，无名鼠辈一个小人物嘛，从山东来到吴国，（听众们啊）山东来的小伙子，三十岁左右到吴国来干什么？这种小伙子现在也蛮多打工呗，顶多农贸市场卖姜卖蒜，怎么好做三军的统帅呢？因此吴王不屑一顾。

二、伍子胥。"七荐孙武"代表什么？代表伍员的品格：光明磊落，赤心奉吴。他推荐的是什么样人？他推荐的是同行，因为伍子胥写的《伍子胥兵法》1972年在湖北荆州出土，上面有两千五百多字的遗存。从书中可以看出，他也是军事家，会打仗。一般讲起来同行是冤家，同行是相互排斥的，但是伍子胥坚决推荐而且不是一次而是七次，七次代表什么？代表伍子胥心底无私，他对吴国是一片赤诚之心，是从国家利益考虑，个人得失无所谓。俗语攀谈叫"一二不过三"，伍子胥是谁？伍子胥是宰相呀，吴王要用人，连着三次推荐吴王都不相信，换了一般人早就掼乌纱帽了，但是他怎样呢？唯才是举，他心底无私，无私则刚，他晓得吴王心存疑虑，但认为自己总会感动"上帝"的，这代表伍子胥的一种高贵品格。听众们，吴中区胥口镇，他的墓就葬在那里，胥王园，我到他坟墓上去过多次，石牌楼上镌刻着四个大字："赤心奉吴"。他对吴国的赤诚之心溢于言表。再换言之，没有伍子胥七荐孙武，中国也就少了一个伟大的军事家，少了一部伟大的兵法著作，伍子胥是"慧眼识英雄"嘛。

三、孙武。"七荐孙武"说明当时他还是个没有名气的小人物，被人家瞧不起的。谁是齐国人氏孙武？听也没听说过，不像我们现在都晓得，孙武是伟大的军事家。孙武有今朝一天，《孙子兵法》有今天的名气，靠什么人啊？千里马常有而伯乐不常有。伯乐是谁啊？是伍子胥。他是一位伯乐，推荐了一匹名扬千古的千里马呀。

伍子胥推荐到第七次的时候，吴王阖闾面孔上微微涨红，自觉惭愧：老朋友一而再再而三，三而四，四五到六，五六到七，我再不答应看一看，良心上实在讲不过去了，伍子胥你这人的人格品质确实无私无畏。阖闾："伍员啊，你多次推荐，这样吧，你把他请来，寡人要跟他叙谈叙谈。"伍员："大王，您应允了？"吴王："嗯，去请他来吧。"伍员："是。"伍子胥开心啊，这时候伍子胥激动得不得了：终于感动"上帝"了。阖闾："快去把孙武请来，寡人等候于他。""遵命！"伍子胥一骑快马从吴王宫出来民治路转个弯，五卅路到十全街，道前街直奔胥门，又经苏福路、木渎直达穹窿山，很快从穹窿山到了茅蓬坞——孙武隐居之地。

穹窿山是苏州第一高峰，海拔三百四十一米。现在这个地方是一座孙武文化园，建造得很精致。孙武的建功立业就在吴国，这座孙武园把他的丰功伟绩都展示出来了：有中国人民解放军六个上将、九个中将、九个少将的题字"兵圣孙武"，公园里有孙武像、孙武塔，茅蓬坞还建有一家评弹书场，用于表演孙武事迹等。据说当初时候孙武就是隐居在此地撰写兵法的。现在孙武园门票六十块一张，满六十岁以上半价，七十岁以上免票，上山有电瓶车。

伍子胥一骑快马上了山，一到茅蓬坞，马还没有停下来伍子胥就叫道："孙武贤弟，恭喜你呀！贺喜你啊！"边说边将马扣住飞身下了马背："贤弟，喜事来了！"山里多么安静，孙武是读书人，空下来便写书看书，一听是老朋友的声音，到外面一看更开心。孙武："丞相来了？"伍员："孙武，今日我特来报喜啊。"孙武："喜从何来？"伍员："吴王命我召唤于你，你知道吗？大王伐楚需要一位带兵的统帅，好不容易我推荐了七次，大王才答应见面，贤弟跟我一起下山去吧。"孙武："什么？你推荐了几次？"伍员："七次，怎样？卖力吧兄弟？"孙武："你推荐我七次？现在吴王他答应了，要我去见他？"伍员："对，来、来、来、来，我们即刻下山，面见吴王。"孙武脸色一沉道："推荐七次才叫我去，俺不去。"转过身来一走了之。伍子胥愣住了，心想：这读书人听见我讲推荐七次，觉得自己没有面子哉，生气了。伍员："贤弟，大丈夫能屈能伸，发什么小孩脾气！快，大局为重，随我下山。"

本来孙武倒蛮高兴：英雄嘛，要有用武之地，我是拜托你适当机会推荐推荐，但是现在我被推荐了七次，有点羞辱感了，我像路边水果摊上卖不掉的甘蔗戳在边上，现在一喊就到，我去好像骨头太轻了点吧。读书人有股傲气，再说我马上就去，连你伍子胥也没有面子，人嘛，要有点骨气，否则要被人看轻的。孙武冷冷地回答："请你回大王，俺没有空。"伍员："贤弟休得小孩子气啊，不是你托我的吗？你不是要出山为国效力吗？"孙武："你就去回复他，俺孙武没有空。"伍子胥尴尬了："受人之托忠人之事，你不去叫我何堪？我无法交代呀！我横推荐竖推荐，你搭架子好像也有点说不过去吧。""这……"孙武一想：倒是难为他了，我曾托他有相巧的机会介绍介绍，现在机会来了，我又不愿意去，怎么办呢？他一动脑筋，有了："好吧，丞相，既然你一片心意，我也不能难为你。"他从边上拿过来一只布包："好吧，这包东西你带去作为我的谢意吧。他要问的话，就说我没有空，帮我谢谢吴王邀请，这是我送给他的礼物。"

伍子胥也晓得这个人艮得不得了，他不去也对的，如果被推荐了七次，一喊马上就去，好像太不值钱了，对不对？总算还有一包东西回去交差，自己也好有个交代。因此把这包东西往鞍鞯前面一放，伍员："贤弟，愚兄告辞了。"孙武："一路走好，下山小心。"其实孙武又没有什么事情，他等的就是出山啊，但他就是不去。伍子胥下山到吴王宫御书房面见阖闾。伍员："大王。"阖闾："伍员回来了？"伍员："嗯。"阖闾："你推荐的那个姓孙的朋友呢？"伍员："大王，我的朋友孙武他贵人多忙，没有空来。"吴王吃了个钝头，对伍子胥望望："什么啊？怎么他忙得这样啊？我堂堂一国之君，我邀请他这个面子大得不能再大，难道他真的这样忙吗？"伍员："他是忙，他实在没有空。"子胥想：我不好讲，你自己不上路，我推荐七次人家生气了。伍员："不过大王，孙武虽然来不了，但他还是很感激您的，他今日有一包礼品送给您。"吴王想：怎么人不来送礼品？我要什么礼品呢？我什么东西没有啊？再一想嘛：人不来还送一包东西给我也算懂礼貌。如果是一般人送东西给阖闾，他看都不看，今朝他倒要打开看一看。人都有一种好奇心，包裹里的东西不管什么，都想看清楚，这叫"一睹为快"。阖闾也是这个脾气："宰相，打开看看。"什么东西？吴王想：山东小伙子送包礼品，这么一大包而且硬起壳翘，是什么呢？喔，猜到了：一包产自齐国的红薯干。绳索解开把布袋袋一敞，"哗！"东西倒出来。

阖闾对地上一望，什么东西啊？一堆竹简。什么叫"竹简"？就是书本。听众们，春秋时期的书主要是写在竹简或木简上的，因为当时的纸张还没普及。要到汉代时候蔡伦造纸，才开始普及纸张。那时候纸张金贵得不得了的，皇家那时候写东西写在哪里的？一般写在竹头上。所以中国有句成语叫"罄竹难书"。把所有的竹头砍下来写文章都写不完，就叫"罄竹难书"。这包竹简在1972年山东临沂银雀山被挖了出来。竹简上面有多少东西呢？主要有十三篇文章，这就是《孙子兵法》十三篇的原始稿件。

听众们啊，一部千古奇书诞生了。吴王拿起来往台上一摊，"兵法"二字呈现出来了，他顿时眼前一亮。从古到今的兵书有四千多种，其中最著名、最伟大的兵书就是今天这部《孙子兵法》。我由于说到这部书，特地到新华书店去买《孙子兵法》研究。我开始读时似懂非懂，后来细细品味，越看越有味道，《孙子兵法》共计十三篇六千一百零八个字。《孙子兵法》古今中外尤其是兵界都要学，现已被译成英、德、日、法等二十多种外语，传播到世界其他国家。美国西点军校里面必修《孙子兵法》；俄罗斯伏龙芝军事学院必修《孙子兵法》；我国国防大学重点学科《孙子兵法》也一定要学的。外国人学得好的也蛮多的，好人学，坏人也学。坏人谁？德国纳粹头子希特勒。二次世界大战，希特勒他打仗的战法叫什么？闪电战。他发动第二次世界大战，德国是机械化部队，坦克车、摩托车一晚上就开过来了，半个月就把波兰打下来了，半年欧洲被他占领了，速度快得不得了，像闪电一样快。此战法即出自《孙子兵法》，孙子曰："兵贵神速。"日本偷袭珍珠港，太平洋战争爆发。日本鬼子就是学了《孙子兵法》中的"兵者，诡道也"。八路军、新四军在抗日战争时期有"十六字诀"——敌进我退、敌退我进、敌驻我扰、敌疲我打，也是从《孙子兵法》上学来的嘛。

吴王阖闾把竹简摊开来一看，开宗明义第一句："兵者，国之大事，死生之地，存亡之道，不可不察也！"第一句孙武就讲：国家最大的事情是什么？用兵打仗。没有比用兵打仗再大的事情了，它牵涉到一个国家的死与生、存与亡。这个重要性不言而喻的了。你们要用兵要打仗我这本书必须要看，"不可不察也"。用兵就是打仗，打仗就是军事，什么叫军事？军事是政治的继续；经济是基础，政治是上层建筑，政治斗争到最最激烈的时候是什么？最后军事斗争嘛。但是孙武提出"慎战"，就是不要轻易发动战争。

《孙子兵法》十三篇分三个段落，前面三篇分别是：《始计篇》《作战篇》《谋攻篇》。孙武是从战略的层面来讲战争的规律、战争的要素。中间八篇——《军形篇》《兵势篇》《虚实篇》《军争篇》《九变篇》《行军篇》《地形篇》《九地篇》，说的是带兵的具体问题和解决办法。最后还有两篇——《火攻篇》与《用间篇》，写两种特殊的战争方法。《孙子兵法》相当奥妙，博大精深。到底怎样呢？下回继续。

第三十一回　孙子兵法

伍子胥七荐孙武，孙武没有到吴宫，先送一部《孙子兵法》给阖闾看看。诸位听众，事情就出在我们苏州，名气又是这样响，因此我借此机会将天下第一奇书《孙子兵法》做一个简单的介绍。第一篇叫"始计篇"，就是讲如何开始谋划战争。战争是什么？战争的要素是什么？"一曰为道。"就是讲打仗最重要的是要有个道。何谓"道"？自然规律。就是做事要有道理，打仗要师出有名。为啥打仗？你的仗是什么性质？你是侵略还是自卫？如抗日战争，我们是被侵略国，是反抗外来侵略，这个战争是正义的战争。人间正道是沧桑。这个就是道。没有道理的话，你无故发动战争，必然规律就是失败，这叫"得道多助，失道寡助"。"二曰为天。"所谓"天"，从战争的角度讲起来，"天"字相当要紧。古代"天"有两个含义：一个就是天意，观星象，开战要合天意顺民心；二是气象学的"天"，要注重天气的变化，天气的情况要有所掌握，如果不掌握的话要出毛病的。《三国演义》里面最最有名气的一出戏是《借东风》,诸葛亮借东风。"东风"是什么?天气状况。作为一个军事家要上知天文,要会看星象,预测天气的情况。俗话说:"万事俱备只欠东风。"孙刘联盟火烧赤壁就是实例。"三曰为地。""地"就是要了解地理环境。打仗很要紧,地理情况不熟悉就像瞎子摸象,很容易上当受骗。你到一个地方陌陌生生就没有取胜的把握。比如抗战初期八路军第一个胜仗平型关大捷。日本鬼子自以为了不起,看不起我们中国人,他们的机械化部队进山里来了,我们八路军埋伏在那里,一声枪响,我们从上朝下打过去是顺势,东洋鬼子从下往上是逆势,我们扼守地形——"一夫当关,万夫莫开"。所以打仗第三个要素为"地"。"四曰为将。""将"就是统率全局作战的指挥员,三军易得一将难求。大将要运筹于帷幄之中,决胜于千里之外。将军的因素相当重要,将军一步失策,一场战争败于一旦,死掉的人可不是一个两个。将才难得。"五曰为法。""法"就是军法。军队要有规矩,军队要有军纪,没有军纪的部队叫什么?乌合之众,一盘散沙,无法无天。人民的军队自诞生那天起就有军法。什么军法?《三大纪律八项注意》:革命军人个个要牢记,三大纪律八项注意。第一一切行动听指挥……这个就是军法,一支部队军法严明,才有战斗力。

　　第二篇叫"谋攻篇"。孙武提出战争分四种状态:上兵伐谋,其次伐交,其次伐兵,其下攻城。所谓"上兵伐谋":打仗的最高境界是不战而屈人之兵。战争的起因就是政治不能解决问题了只能武力对抗。"不战而屈人之兵",意思是兵不血刃就获得成功。解放战争时期平津战役是三大战役当中打得最最漂亮的,当时我们人民解放军包围北平采取的是什么方法?围而不打,不战而屈人之兵。傅作义自以为还有二十万美式武器装备的军队,傅作义啊,你的女儿就是地下党员,最后做工作,没发一枪一弹和平解放了北京城。这就是运用了孙武所讲的"上兵伐谋","不战而屈人之兵"嘛。第二种:"次为伐交"。什么叫"伐交"呢?打打谈谈,就是打仗与谈判相结合。比方说朝鲜战争打到最后板门店谈判,你美国人也没有办法,哪怕你联合十六个国家,中国人民志愿军照样抗住,签订停战协议。第三种形态叫"其次伐兵"。谈也谈不拢了怎么办呢?只好打,这个打属于第三种形态:兵刃相见。第四种叫"其下攻城"。就是最最蹩脚的战争是什么?实在没有办法了就打攻坚战。要武力攻破一个城,死伤最大,损失最大。孙武认为这样的战争是最不可取的。他提出了"知彼知己,百战不殆"。还有一句:"只知己不知彼,胜负各半。"第三句话:"不知己不知彼,每战必殆。"对自己不了解,对对方是更加不了解了,那时候贸贸然发动战争肯定是要输掉的。孙武提出:"兵贵神速。"打仗怎样?要快,速战速决,不能拖,拖泥带水的后果不堪设想。打仗真正是靠什么支撑?靠实力,战争是烧钱的,即"大炮一响,黄金万两"。第二部分是讲具体带兵的事项,即《军形篇》《兵势篇》《虚实篇》《军争篇》《九变篇》《行军篇》《地形篇》《九地篇》。最后两篇讲了两种特殊的战争。《孙子兵法》第十二篇是《火攻篇》,他专门把这个篇章提了出来。孙子就讲,打仗要取得很大的战果就必须用火攻。冷兵器时代一把火成功了。比方说诸葛亮。诸葛亮的名气响出来就有三把"火"的功劳:火烧新野、火烧博望、火烧赤壁。苏州人也会用火攻,谁啊?周瑜的接班人陆逊。陆逊任东吴大都督,他的兵法学得好。关云长死了以后,刘备要给自己兄弟报仇,从四川起兵讨伐东吴,东吴的统帅就是苏州人陆逊。陆逊观察四面地形后用了一条计策——火攻，火烧连营七百里，把刘备的半家人家都烧光，最后气得刘备死在白帝城。最后一篇叫"用间篇"。何谓"间"？间谍。"间"分为五种：内间、阴间、阳间、活间、死间。间谍的作用往往不可估量。1937年7月7号中国出了一桩大事情——"七七"卢沟桥事变，蒋介石没有办法，被迫宣布全民抗战。7月7号国民政府召开最高国务会议并作出两个重要决定：第一个决定，对日宣战。第二个决定，最高统帅部命令国民党的空军从上海吴淞口开始一直往上到江阴、镇江、南京、芜湖，直到武汉，六百里长的水道，将日本人的三千海军陆战队还有二十几艘日本人的军舰全部炸掉。国民党空军接到命令，飞机飞到长江上要想轰炸了，往下一看，长江江面上日本人的军舰一艘也没有，三千海军陆战队人间蒸发，一晚上就没有了。人和舰到哪里去了呢？蒋介石暴跳如雷：看来最高国务会议作出的决定被人泄露了。接下来8月13号发生了淞沪战争。日本四十万军队，国民党呢七十万军队。一百多万军队在上海决战。当时国民党蒋介石还有把握得胜。什么把握呢？吴淞口有炮台，可以发挥作用。结果一炮没发全部被炸掉，原来目标都被日本间谍搞去了。接下来的战事打得相当激烈，南京那时候是首都，蒋介石提出来了："我作为总司令，要到上海去亲临一线指挥作战。"手下讲了："蒋总司令啊，您要去嘛，路上有危险啊，铁路上根本不行，打得一塌糊涂了。"要去上海只好坐汽车，但是汽车这条路上不太平，怎么办呢？最后想起来有个英国大使要到上海去，因为上海有英租界，"八一三"期间呢，日本和英国还没发生对抗，所以还不是宣战国家，日本人对英租界不敢动的。那么手下就提出建议："要不要这样吧，您要到上海去，咱们就跟英国人商量商量。英国大使正好车子要从南京到上海英租界去，您搭他的便车，上面插'米'字旗比较安全些。"商量下来英国大使答应了。结果怎样？两辆轿车从南京出发一路过来，到镇江、过常州、经无锡，苏州刚过到昆山就出事情了：天空当中出现两架飞机，飞机上面有日本人的太阳旗，这两架军机就盯牢两辆轿车，大使馆车子有"米"字旗的，按理日本人不敢碰的，但是照样炸，军机上的机枪对准车子扫射，日本军机俯冲扔炸弹，两辆车子被炸，除英国大使受重伤外，其他人都死光了。那么蒋介石呢？他没死。怎么会没死呢？巧么真巧，就在从南京出发的当口，总统侍从室副官拿来一份紧急密电："蒋总司令啊，这个东西您马上看一看，马上要处理一下。"蒋介石关照手底下跟英国大使商量商量，叫他们稍微等一歇，等他处理完了再出发。英国人多么傲慢，根本看不起中国人："No！开车！"就是这份电报救了蒋介石一条命。蒋介石最后觉得不对：我的行踪是国家最高机密，最近怎么连续出问题？身旁边有人出卖了我。他关照军统局戴笠立刻侦查，三天后查出来了。有个奸细叫黄俊，他任国务机要秘书，就是召开最高领导人机密会议的时候，他是坐在边上拿支笔专门记录的速记员。黄俊礼拜日是休息的。南京郊区有个风景区叫汤山，汤山有名气的是温泉，里面有只高级会所，一般人是进不去的，要国民党高官才好进去。黄俊他是高官，有一次到会所里面泡温泉时碰到一个女招待叫廖雅权，这个女人面孔标致，大眼睛、鹅蛋脸、皮肤雪白，一口上海话哆哩哩糯笃笃。他一见倾心，两个人话得投机。黄俊经常去白相，后来不行了，为啥不行？会所里的花费蛮大，黄俊身边皮夹子瘪塌塌。谁知廖雅权开口了，女谍："是不是没有铜钿啊？没有铜钿嘛，你笔头上都是钞票呀！你写的东西一式两份好了，一份交给我就有钱了嘛。"廖雅权她是什么样人？她真实的名字叫"南造云子"，父亲是日本人，娘是上海人，她是混血儿，曾经到东京间谍学校去读书，是一个日本女间谍。改了中国人的名字后廖雅权来到南京汤山会所做服务员，目的是接触国民党高官获取情报。黄俊交代出来，每一次卖情报可以得到可观的奖金。国务会议结束，会议纪要一式两份，一份送到玄武湖公园，公园里面有棵大树，树上有个树洞，情报往树洞里一塞，到时候有人来拿的。他还讲，如果碰到紧急情况，到玄武湖来不及，就到新街口，那里有一家英国人开的咖啡馆，在吃咖啡的时候要付钞票，情报就往盘子底下一塞。黄俊供认不讳。后来还查出来这个廖雅权很厉害，黄俊的儿子大学毕业，是外交部见习官，也上了她的贼船，她父子通吃。军事法庭宣布枪毙黄俊父子。那么女特务呢？女特务暂时关起来，关在南京老虎桥监狱。听众们，那时候有三大监狱最有名气：上海提篮桥监狱，苏州狮子口监狱，南京老虎桥监狱。因为她是间谍，身份有价值，所以就把她关进去了。

但是关进去后1937年的12月12号出了大事情——南京沦陷，国民党军队败退时接到上峰的命令：老虎桥监狱里所有的犯人统统枪毙。执法队来到监牢里准备将这个女特务枪毙，可是牢门一开，人都没有了，她逃走了。这个南造云子竟然买通老虎桥监狱的典狱长逃之夭夭。一直到1943年，南造云子出现在了上海。上海有个地方叫"静安寺"，静安寺边上有只舞厅叫"百乐门"。百乐门舞厅门口，一轿车停下来，车门一开，里面出来一个漂亮的少妇，一只皮包、高跟皮鞋、一身旗袍，什么人？南造云子。她逃出去后在日本避风头，现在不要紧了，1943年的上海是汪伪政权的天下，她又出来活动了。两个服务员过来把玻璃门一开，打个招呼："请！"等到玻璃门一开，里面有三支手枪对着女间谍"啪！啪！啪！"就是三枪，女间谍顿时玉殒香消。枪手什么人啊？国民党军统的特务。据说南造云子死后的牌位还在日本东京的靖国神社供奉着。所以兵法上用间谍是非常重要的，孙武是把它作为专门的一个章节来阐述的。

十三篇兵书看完，吴王阖闾想：兵书我看得多了，我也是行伍出身的，而且身经百战，但是今天的兵书让我眼前一亮，刮目相看。实际上《孙子兵法》突破了春秋战国时期作战的常规思维。春秋时候最注重周公之礼，待人接物都要有礼，逢时过节要有礼，出兵打仗要有礼，一切"礼"字当先，因此有了"宋襄之败"的故事。当时都是墨守成规的作战模式，非礼莫兵也。孙武提出的"兵不厌诈"等观点都是突破常规非常有创意的东西，所以《孙子兵法》被称为千古奇书。阖闾看得相当高兴，心里暗暗叫绝。吴王："好啊，伍员啊，写得不错。快，寡人马上要见他，你请他立刻进宫。"伍员："大王，他忙碌，来不了。"吴王："什么？难道寡人请他居然请不动？"伍员："大王，此人是不是一个人才？"阖闾："人才。"伍员："大王，您知道人才难得。"阖闾："对，人才难得。"伍子胥心想：请人才难道只有这样请吗？我来提醒他一下。"大王，您可知晓先祖周文王姬昌怎样请人才？"你们的老祖宗他怎么请人才的？周文王怎么会成功得到天下的？商代时候周国是下面的一个部落小王国，姬昌海纳百川，广收人才，他得到一个消息：有个须眉雪白的老翁在渭水河边钓鱼，这个老人钓鱼与众不同，一般人钓鱼是一只鱼钩弯过来，上面放点鱼饵，沉到水下面钓鱼。他呢？鱼钩上没有鱼饵，而且是直钩钓鱼，并且这个钩子不放到水里而是荡在水面上的。奇怪，人家问了："老伯伯，您这样钓鱼钓不到的。"他回答一声："愿者上钩。"这老伯伯姓啥？姓姜名尚，史称"姜太公"。俗话说："姜太公钓鱼——愿者上钩。"周文王觉得这个人是奇人，做的事是奇事，于是关照手下人到渭水河边上请他。手下人赶到渭水河边，果不其然，一个老先生胡须雪白，正在直钩钓鱼，便上去打招呼。下人："老者请了。"姜太公："干啥？"手下："敢问您尊姓大名？"姜太公："敝姓姜，有什么事情啊？"手下："老先生，您年纪大了，叫您一声'姜太公'，我们大王有请。"姜太公："你们大王是谁？"手下："大王是周文王姬昌。"姜太公："有什么事情啊？"手下："他想请您一起去喝一杯酒叙谈叙谈。"姜太公："周文王请我，那么你来干什么呢？"手下："我代表我们大王。"姜太公："你怎么好代表呢？你太小，让大点的来请我。"那底下人碰了一鼻子灰，只得回去禀报。手下："大王，不行，他讲我太小，要您派一个大点的人才请得动。"文王一听可以呀，于是关照丞相代表他去请。丞相带领大队人马来到渭水河边，看见老先生便一躬到底，丞相："老伯请了。"姜太公："你是谁啊？"丞相："我是丞相，奉文王之命请您去叙谈叙谈。"姜太公："文王请我，你是丞相，他请我自己不来让你来啊？不去！叫他自己来。"响不落。丞相没有办法，只得回去禀报："大王，不行，我去请也请不动，他一定要您自己亲自出马。"越是这样我越是要请。文王晓得的，姓姜的年纪蛮大了，可能走路不大方便，他让手下再准备一辆车子。两辆车子带着姬昌和他的手下人来到渭水河边，文王姬昌一躬到底。姬昌："老先生请了。"姜太公："你是谁啊？"姬昌："我就是姬昌。"姜太公："你就是姬昌，你来有什么事情啊？"姬昌："来、来、来，到我宫里吃一杯酒叙谈叙谈。"姜太公："蛮好，蛮好，但是我年纪大了，走不动了，怎么办呢？"姬昌："不要紧，我晓得您年纪大，我特地备了辆车子，来、来、来，请上车。"姜太公过来一看说不行："车子太蹩脚，这辆车子黄金蜡片，我倒喜欢坐这辆车子的。"他边说边指着姬昌的车子。姬昌："这辆是我坐的车。"姜太公："喔，是不是只能你坐不能我坐？"姬昌："不、不、不，老先生请上车。"等到姜太公坐到周文王的车子上后，文王关照："来、来、来，出发！"刚刚要开车，谁知姜太公提出来了："慢，文王，我不喜欢马拉车，我要人拉车。"姬昌："好，人拉车，把马解套，换成人。"手下人将马换掉，让几个身强力壮的汉子准备拉车子。姜太公："我不欢喜别人拉车，我要专人拉车。"姬昌："您说要什么人拉？"姜太公："我要你姬昌拉车。"姬昌："啊？"那么周文王愣住了呀！到底怎样呢？要下回继续。

第三十二回　三令五申

　　文王姬昌到渭水河边请姜太公出山，姜太公要周文王姬昌给自己拉车。姬昌："嗯，这个……拉，拉。"只能迁就到底了。周文王也响不落，双手抓车柄把带子往头颈里一套拎起来跑。姜太公在车子上眼睛半开半闭掐指阴阳，走了一段路后，姜太公："好了好了，停下来吧。"车停了下来。姜太公："文王啊，我刚刚掐指算一算呢，你到目前为止已经走了八百步路了，可以停下来了。"姬昌："什么意思？"姜太公："姬昌啊，将来你要得天下的，周室江山八百年。"讲到这里，伍子胥提醒阖闾："大王，咱们的老祖宗周文王他是怎样请人才的？"阖闾："好，宰相你的话我明白了，那我要不要上山去请啊？"伍员："当然。"阖闾："来啊，准备黄金二十镒、白璧两方。"吴王阖闾亲自上穹窿山请孙武出山。

御书房里阖闾兴致勃勃，阖闾："你叫孙武？"孙武："是的。"阖闾："你是齐国来的？"孙武："嗯，是的。"阖闾："这个兵书是你写的吧？"孙武："是我写的。"阖闾："写得不错。"这时候阖闾想：你写得这么好，年纪太轻，恐怕只会是纸上谈兵吧？阖闾："年轻人，你能够写兵书，你有没有用过兵啊？"孙武一听心想：他好像不大相信我，问我有没有带过兵。有没有带过兵呢？这句话倒蛮难讲。孙武出身将门，父亲孙凭、爷爷孙书都是齐国名将，孙武从小受尚武的高等教育。因为自己国家内部四大家族互相争斗，乱得一塌糊涂，他就跟爷爷爹爹商量，既然自己国家没有前途，那就挑远点的有发展前途的地方去吧。什么地方？地处东南一隅的吴国。有一句话叫"天下共主周天子"，普天之下，莫非王土，四海之内，皆为王臣，周游列国，司空见惯。孙武要到吴国去创业。到了吴国做什么？当兵。孙武当了六年兵后被迫退伍，为啥？受伤。脚上挨了一箭，走路不大方便，脚一跛一拐，当兵不行了只能解甲归田，现在隐居穹窿山。当兵六年孙武升到排长级别，一个排三十个人左右，排长被称为兵的头，一般讲起来最最起码的带兵之将要连长，带一百二十个人差不多，所以吴王问他有没有带兵。孙武："大王，此乃何意？"阖闾："兵书写得不错，我只怕是纸上谈兵啊。"吴王想：你一个兵头，怎么知道这些用兵之道呢？他们两个人叫"欢喜冤家"，有缘无分合不长的，一碰头两个人就已经有点碰僵了。

孙武听见吴王问自己有没有带过兵，心想：吴王的意思上好像我没经过实践，是凭想象撰写兵法，是纸上谈兵，有点瞧不起人啊。心里有点儿愠怒，回答的话就有些生硬了。孙武："大王如若不信的话，您可一试，就是妇道人家也能操练成军。"什么？这小赤佬狂妄！阖闾心中不悦：你的话太满，有句话叫"战争让女人走开"，从来没听见什么打仗让女人上战场！蛮好，你狂得不得了。吴王回过头来对伍子胥望望：你介绍的朋友啊，你听听看，哪有女人好打仗的啊？他的口气是吓煞人了，你七次推荐，姓孙的家伙这样张狂，今天我要给他点颜色看看。阖闾："此言当真吗？"孙武："当然。"阖闾："好，一言为定。明日校场咱们一试，送客。"

这一场谈话不欢而散，伍子胥在边上也响不落。你看呢？两个人的话又碰僵了。这读书人艮了点，阖闾也有点瞧不起年轻人。这一天早上伍子胥已经接到通知：今天不用上朝了。到哪里？校场。吴国的校场在什么地方呢？在太湖边上叫"蒋墩"的地方。现在蒋墩属于吴中区香山街道蒋墩社区。为什么叫"蒋墩"？"蒋"即"将"的谐音，"墩"即站立的司令台。校场主要是用来练兵的，两旁边是营房，坐北朝南有观礼台。今朝观礼台上人很多，当中一只桌子，居中吴王阖闾，两旁边是伍子胥等文武官员。阖闾想：今天我就要看一看你这个山东小伙子到底有啥花头？

孙武也到了，一看这个场面晓得阖闾要当场一试，试就试吧。孙武："大王。"吴王："孙武，今寡人封你为军师，与我校场操兵。"说话算数，你给我当场操兵，我倒要看看你怎么个操法？孙武："遵命。"吴王："下去吧。"孙武："大王且慢。"孙武想：叫我一个人操兵啊，这怎么行呢？操兵是一种军事操练，光靠我一个人可不行。我陌陌生生一只面孔，齐国来的外地人，谁来服帖我？作为一个带兵操练的统帅官，下面也要有点人手啊，七品知县也有三班衙役六房书吏嘛。今日军队练兵也有规矩，也要有一套班子的。孙武："大王，既然委命我为军师，今日在此操练兵丁，难道叫我孤身一个人校场练兵吗？"麻雀虽小，五脏俱全。光杆司令可不行。孙武："大王，请您给我按照操兵的规矩办。"吴王暗想：看来小子有点懂的。吴王："来啊，照操兵的规矩，全套班子聚集，听命于孙将军。"操练军队有一套班子——传令官、捆绑手、刀斧手、行刑手、击鼓手十几人，包括后勤服务人员，不一会儿都到齐了。阖闾："孙武，怎么样？可以了吗？"孙武："大王，我还有一个要求。"阖闾："说，什么要求？""大王，能不能把您身上的宝剑赐给我？"懂，孙武自己晓得没有威信，借我的宝剑壮壮胆。阖闾："好吧。"把自己的宝剑摘下来，"来啊，专毅，把寡人的宝剑给他。"专毅："是。"边上保驾大将专毅拿着这口吴王佩剑，一个大圈子兜到下面："孙将军，此乃大王的宝剑。"那么孙武要吴王的宝剑什么意思？这是口什么剑？这是吴王的佩剑，俗话攀谈：尚方宝剑。尚方宝剑起什么作用？先斩后奏。

　　敲鼓手、军牢手、捆绑手、执行官都齐了，孙武到当中司令台上，手执令旗："来啊，准备操兵。""咚！咚！咚！"鼓声一响，"哗！"两旁边营房左边门、右边门进来一批人，他们手执刀枪盾牌涌到校场当中，孙武一看一愣——乱七八糟、七张八嘴。再一看，原来出来的不是军人，虽然头上戴的是盔，身上穿的是甲，手里拿的是刀枪盾牌，但是面孔都涂的胭脂花粉，来了多少人呢？一百八十二个人。一百八十二个人哪里来的？是吴王阖闾从宫里挑选出来的一百八十名宫女和两个爱妃。吴王心想：你昨天讲，妇道人家也可以操兵，那么你去操练吧。三个女人一台戏，近两百个女人多么热闹的了，叽叽喳喳像到了农贸市场上，又像打翻的喜鹊窠，"叽叽叽""喳喳喳"。"阿姐哎！""妹子啊！""累死了，大王怎么搞的啦？骗我们。"两个宫女隔夜接到通知：明天大王要让我们出去踏青旅游，让我们散散心，每人要换新衣裳，而且每人还要发一件玩具。大伙儿蛮高兴，宫女在宫里面又不好出来的，难得出来透透气非常好，她们好像参加嘉年华一样兴奋。其中还有两个是吴王的爱妃，这两个爱妃面孔标致、任性刁蛮，而且大王宠爱，左拥右抱，唱歌跳舞。昨天吴王跟她们讲："明天让你们开心开心，我和你们一起白相相做个游戏。如果说有什么事情呢，不要紧的，你们想怎么玩就怎么玩，反正大王我在，一切有我。"这两个爱妃也不知道是到了蒋墩校场，一看太阳底下，穿什么新衣裳？头上戴一顶盔，身上穿一身甲。我们是女人呀！女人怎么好穿盔甲，女人要穿绵绵软软的丝绸衣裳，戴漂亮的头饰。现在顶盔贯甲多少沉重，而且太阳晒着皮肤吃不消的，防晒霜也没涂，两人心存怨恨啊！两个爱妃想：大王在戏弄我们，什么春游踏青了，嘿，跟我们寻开心哇。现在一看上面来个小伙子山东口音，煞有其事地在上面指手画脚，这两个爱妃忍不住了。妃甲："我说姐姐。"妃乙："妹妹啊。"妃甲："该死啊，上当哉。"妃乙："是的呀！"整个队伍乱作一团。孙武看得很清楚，关照边上击鼓手："来，敲鼓手不要敲鼓了。"鼓声停。孙武："大家安静一下，我自我介绍，俺姓孙单名一个武，今天俺奉大王之命担任操兵总指挥官号令三军，你们从现在起不是宫女、不是爱妃，而是本将军麾下的士兵。告诉大家，军队有军规，军规有军法，军法如山。为了便于指挥，你们现在分两队，九十个人为一队。大王的两位爱妃，你们两个人分别当两队的队长，队长要身先士卒，不准随便讲话。"妃甲："嘿嘿！"妃乙："嘻嘻！"两个爱妃把孙武的话只当耳边风，仍旧嘻嘻哈哈。孙武：

"我军令已下，两位队长，怎么没听见？"山东人煞有其事啊，猢狲戴帽子好像是个人了，你在这里指手画脚，谁服帖你呀？这两个爱妃已经嘴翘鼻头高了。妃甲："姐姐，此人讨厌。"妃乙："妹妹别理他。"妃甲："别睬他了，这个枪我拿不动了，大王讲过的，他好做主的，丢掉把。"说完把长枪一扔。这边的人看见她扔掉枪，妃乙："我说妹妹啊，这个头盔沉死了，我戴得头都疼了。"边说边将刘海带解开，把这顶头盔摘下来往地上一手。两个妃子带了头，其他的宫女一看，女甲："阿姐哎。"女乙："妹子啊。"女甲："你看呢，她们都扔掉了，一起扔吧。"女乙："一起扔吧。"队伍还没操练呢，刀枪家什已经扔掉了，这叫"弃盔丢甲"。

这时候孙武怎样呢？他非常冷静。孙武："各位女兵，现在我不责怪你们，因为你们是第一次，今天第一次可以原谅，但是我声明，从现在开始两位队长还有其他的宫女，请你们把兵刃拿起来。我重申一遍，你们身份已换，你们现在是当兵的，军队要有军规，军法无情。"这时候观礼台上面的吴王看得很清楚，心想：两个爱妃表演蛮好，你这个山东小赤佬昨天是硬得不得了，现在给你看点颜色，两个女人你已经弄得头大了，什么女人好操兵？从来没听见过的。他对旁边伍子胥看看：你七次推荐的宝货，你没想到吧？我给他一百八十二个女人让他试试，看他今朝怎么收场。孙武站立在将台上，脸无表情，手举令旗："来啊，大家听好：军令如山，军法无情。现在下第二次命令：把刀枪拿起来，头盔戴起来。"有两个胆小点的宫女倒不敢造次，要紧把家什拿起来、头盔戴好。孙武："众三军，我下命令：立正，向右看齐，向前看！起步走！"第二次令下，敲鼓手击鼓传令："咚！咚！咚！"有规矩：一通鼓毕，队伍要排好。这些个女兵呢，胆小点的在开始排队了，倒是两个爱妃队长根本不买孙武的账：什么名堂？一本正经、煞有其事，我们见你怕啊？大王都见我们怕的。平时任性惯了的两位爱妃将手中的刀枪一扔，头盔一丢。妃甲："累死了，不高兴操练了。"说完往地上一躺。妃乙："哎，站不住了，累死我也。"一下子坐地上了。整个校场乱七八糟。"哗！哗！"孙武："两位队长，请你们起来，把盔戴好，刀枪拿起来，队长应当身先士卒，如果说不起来，那是违抗军规。"这两个爱妃买你的账？她们躺在地上对着观礼台大声嚷嚷："大王，姓孙的山东人欺负我们。"女人什么花头呢？一哭二闹三上吊。"哇！"眼泪鼻涕淌淌滞。这时候整个队伍不像腔，炸开了锅。阖闾蛮高兴，心想：孙武你硬气，现在看你怎么收场？孙武："各位，我已经下过两次命令了，现在下第三次命令：两位队长刀枪拿好，头盔戴好，投入操练。"孙武转身面对鼓手："响第三通鼓！""咚！咚！咚！"第三通鼓声起，有几个胆小宫女偷偷排队，倒是两个爱妃置若罔闻，反而在地上滚来滚去、大哭大闹："大王啊！姓孙的欺侮我们哇！"眼泪鼻涕要甩到你面孔上了，场面混乱。孙武嘱咐："别敲鼓了，执法官何在？"执法官："在。"孙武："我问你，本将军我下过三次命令，重申过多次，已经三令五申了，但是两位队长无视军令，屡犯军规，该当何罪？"执法官手里有规章制度——十七条斩将令。执法官："回禀将军，为首为头百队之长，违抗军规三次以上，军前斩首示众。"孙武："来啊，绑起来，斩！"那是不客气，军令如山，两旁边捆绑手、刀斧手上来："起来！"捆绑手过来把两个队长五花大绑推下去要杀。吴王一看不妙了，只听见两个爱妃在极叫了："大王，救命啊！""哇啦哇啦"喊救命。要闯穷祸了，杀，那是绝对不行的，这两个爱妃我喜欢的，不舍得的。阖闾："专毅。"保驾大将专毅："在。"阖闾："传本王的旨意，两个爱妃不能杀，刀下留人，今日操兵到此结束，快去！"专毅："是。"专毅答应后一看：不好了，这两个女人绳捆索绑押到前面，刽子手已经高高举起了鬼头刀。那么怎么办呢？专毅想：我奔下去传令也许还没到她们的脑袋就落地了，要快！一看嘛还好，观礼台下面停着几匹马，为了抢时间，专毅冲到台前双脚一蹬，纵身往马匹身上一跃，跳到马身上，"驾！"眼睛一眨已经到将台的边上："刀下留人！"两个刽子手的刀本来已经举起来了，突然听见"刀下留人"，这把刀落不下来并在半当中。孙武："你是何人？"专毅："孙将军，我叫专毅，奉大王之言传达命令：'两个爱妃不能杀，刀下留人，今日操兵到此结束！'"孙武："常言道：'将在外君命有所不受。'"也就是讲：我作为将军受王命在外作战，大王您的旨意我可以拒绝执行。孙武再把宝剑举一举："你看见吗？这口是什么剑？大王的宝剑，俗称'尚方宝剑'，这个宝剑好先斩后奏的，将在外，君命有所不受啊。"

专毅："孙将军，我是传达大王之命。"专毅想：你是临时工，刚刚来上班，今朝第一天是试工，连大王的话都不听了。"难道大王的话你也不听吗？"孙武："这个……"孙武一想对的，他是代表吴王来的，来传达吴王的意思，但我今朝是正儿八经操练军队，我是军师、是将军，我手执令旗，军令如山、军法无情。孙武："执法官。"执法官："在。"孙武："执法官，我问你，本将军在校场操练人马，居然有人闯我的演兵场，擅自闯营者该当何罪？"执法官："回将军，私闯演兵场者军前斩首示众。"孙武："来啊，绑起来斩了。"什么？要杀我啊？专毅想：我来传达命令，结果连命也没有啦？"孙武你造反啊？我是大王派来的，难道你藐视大王吗？"孙武："大王派你来的？"专毅："对。"孙武："好吧，今天看在大王的份上，本将军就不杀你，但是私闯校场扰乱演兵有罪，军令上有规定，看在大王的份上免你死罪，但是死罪免过活罪难逃。来啊，推下去打军棍四十。"四十记屁股要打的。行刑手："对不住啊，专毅将军啊，军法无情，孙军师开恩，免除死罪，那屁股四十记逃不脱哉。"专毅响不落：算我倒霉，下来传达大王命令居然要打屁股的。但是这个场面上又是军法军规，只好躺在地上大庭广众之下笋笃肉。什么笋笃肉？竹头板子打到屁股上岂不是笋笃肉吗？等到四十记打完，行刑手还提醒他呢："快快谢将军不斩之恩。"专毅："谢将军不斩之恩。"孙武："各位，我孙武令出如山，因为专毅将军是大王派来的，看在大王的份上，免他死罪。但是我还是要执行军规，今日闯我校场的除了专毅将军外还有他骑的马。来人！执行军法，把那匹马给我斩了。"这匹马触霉头，马伯伯想：这个事情跟我不搭界的，死得冤枉孽账啊。刽子手想：杀马我们是不怕的。于是执行军规了——鬼头刀举起来，"嚓！"一刀将马杀掉了。吴王看得很清楚：我派专毅传达命令，结果专毅险些被杀，吃了四十记屁股，杀脱一匹马还算买我面子，两只标致面孔看上去危险哉。果然不出所料，孙武回过身来关照一声："本将军三令五申，两位队长视军规为儿戏，一犯再犯，来啊！执行军规，将两个违抗军规的队长斩首示众。"妃甲、妃乙："大王！救命啊！"声音未断，"嚓！""嚓！"两位爱妃的脑袋落地，校场一片寂静，全场一下子怔住了。

孙武把"令"字旗拿起来，手一挥："来！给我排'一'字长蛇阵。"等到命令下去，敲鼓手击鼓传令："咚！咚！咚！"鼓声一响，只看见一百八十名宫女整整齐齐，那是乖了，刀枪家生拿起来，头盔戴得整整齐齐，根据孙武号令，前进！后退！击打，跑步。排列阵图："一"字长蛇阵、二龙抢珠阵、三才阵、四方阵、五朵梅花阵、六行阵、七星阵、八卦阵、九宫阵、十面埋伏。阵阵变化，鼓声雷动。这时候的孙武把"令"字旗往东面一挥，只看见一百八十名宫女像一百八十只老虎相仿冲向东面；孙武往西面一挥，她们又转身冲向西面。这一百八十个人就像一个人，她们汗流浃背、气喘吁吁，动作整齐，气势高昂。这是一支什么部队？这支部队是中国历史上也是世界历史上第一支娘子军。她们战斗力强，比男人还厉害。为啥？因为一百八十名宫女都是属老虎的，一百八十只母老虎多么厉害。孙武看操练得差不多了，孙武："立正，稍息！"转身上前："回大王，本将军操兵已毕，现在的吴宫女兵一以当十，可以马上上战场冲锋陷阵！请大王阅兵。"一声"请大王阅兵"，这个吴王怎样？吴王看见两个爱妃脑袋落地，现在孙武还上来讲"请大王阅兵"，恼怒之极。阖闾："滚吧！"他伤心过头，一个"滚"字刚出口，接下来一口气这里怎样？这里塞住了，眼睛往后脑勺里一迁，人晕过去了。众人："大王！大王！大王！"伍子胥一看不妙了、闯祸了："来人！急救大王。"阖闾这"滚"字出口孙武听得蛮清楚：哼，滚就滚，是你从山上把我请来的，走！有啥关系！他将宝剑往上面看台上一放，旋转身来拂袖而去。孙武离开蒋墩往东南边什么地方走？老地方穹窿山。听众们啊，因为今天这只故事，我们中国的成语宝库中多了一个常用的成语——"三令五申"。"三令五申"就出自我们苏州，出在谁身上？就是孙武。

那么这两个爱妃呢？应该讲，这两个爱妃是任性的，但又是无辜的。各位，很巧，我到吴县旅游职业中学讲到这段历史时，校长跟我讲："周老师，就在学校边上有只坟墓，你晓得吗？"我问："什么墓？""不是你讲两个爱妃吗？那里有个'二妃墓'，墓就在山坡上。"我马上赶到山上一看，果然有座"二妃墓"，到今年2018年它还在。这只墓谁造的？伍子胥。因为两个姑娘她们是牺牲品嘛。现在我们苏州纪念这段吴国历史，她们死在蒋墩，因此这条路就取名为"二妃路"，边上一条路叫"孙武路"，往东是"伍子胥路"。各位，你们要晓得，我说的书是跟苏州密切相关的，所以你们有机会可以去看看，就在太湖湿地公园这个地方，那里相当好。这正是：

校军场上碌乱纷纷，吴王阖闾气急而昏。

二姬被斩三令五申，千古传奇孙武将军。

第三十三回　牛刀小试

"孙武执法斩二姬"被传为千古美谈。我们回过头来想想，孙武真的不容易，好有一比：你一个普通的打工者，第一天到人家公司里去试工，老板要看看你的技能，结果怎样？试工的当口把老板的漂亮小三杀掉了，你想想看呢？这个是不得了，要有胆魄的。那么吴王阖闾怎样呢？一场毛病。这个残局谁收拾呢？当然是伍子胥。

早上宰相伍子胥带着文武百官上朝，等了半天出来一个内侍："各位听了，大王有恙，今天免朝。"免朝？不上班。"有恙"就是有病。伍子胥也晓得昨天吴王刺激受得深，两个小老婆杀掉了，人也晕过去了嘛，情有可原，算了。第二天，他带领文武百官预备要上朝见驾，谁知内侍又出来了："大家听着，今天免朝。"怎么第二天又不上班呢？别管他了，就让他休息两天放个丧假吧。到第三天，伍子胥继续带着文武百官准备再上朝，谁知（内侍）又出来了："各位，今天免朝。"伍子胥忍不住了：大王啊，您是一国之君。国家的事情日理万机，前面两天因为受到刺激，身体调节一下，情有可原。今朝第三天了，一二不过三嘛，第三天你还不上班啊？伍员："慢走，我且问你，大王何在？"内侍："丞相，大王他在御书房。"伍员："让开。"一声"让开"，伍子胥直冲御书房而来。内侍急了："宰相！宰相！"连忙跟进来。这时候吴王阖闾在干啥呢？在下棋。阖闾："走啊？"伯嚭："不，您出棋。"什么棋？围棋。内侍要紧急报一声："大王，丞相到。"两个人一呆，两个啥人呢？一个是吴王阖闾，还有一个是什么人呢？马屁精伯嚭。

伯嚭这个人我很久没讲到了，实际上他到了吴国后应该讲还是蛮顺利的。他聪明，善于鉴貌辨色，专门拍马屁，尤其是在吴王面前投其所好。他与吴王下棋，其实他的棋子比吴王好，但总归赢一输三，输得都看不出痕迹，弄得大王开心。阖闾感觉特别好，近日自己棋艺大有长进，与伯嚭下棋觉得辰光蛮快，尤其是死了两个爱妃后，他闹情绪干脆不上班，看你丞相咋办？伍员："大王。""嗯？"阖闾抬头一看是伍子胥："伍员啊，只有你大胆，竟敢直闯我的御书房。"旁边的伯嚭一看不妙：丞相来了，那我挤在这个当口不好。伯嚭要紧打一个招呼告辞道："大王，丞相，我告辞了。"吴王："丞相有何事情啊？"伍员："大王身体如何？"阖闾："今天稍微好一点了。"伍员："大王，您知道两位爱妃是被何人所杀？"阖闾："那还用问吗？还不是他吗？"伍员："不，另有凶手。"阖闾："什么？另有凶手？难道是两个刽子手吗？他们是各司其职，是姓孙的下的命令。"伍员："大王，两位爱妃非是旁人所杀，是大王您害了两位妃子。"阖闾："什么话！我说'刀下留人'了啊。"伍员："大王，我且问您，您跟这两个爱妃讲什么话了吗？大王您许诺她们了吗？为啥这些宫女规规矩矩，就是两个爱妃捣蛋？没有大王的默许她们绝对不敢如此嚣张，既然您命孙武操练兵马，那就君无戏言。"这几句话讲到了点子上，三天了，人开始冷静下来。阖闾："伍员，你的意思是寡人害了两位爱妃？"伍员："孙武这个人有没有本事？"阖闾："这，那……"那么这个事情怎么回答呢？阖闾："兵法嘛写得不差，可他太张狂，说什么妇道人家也可练兵。"伍员："那您摆那么大场面，君无戏言哪。您叫他滚，难道您要把他送到敌国去吗？他助了敌国的话，对我们吴国贻害无穷啊。千军易得一将难求，美女可以选美进宫，将才难觅，恳请大王三思而后行。"

吴王阖闾有一个优点：知错即改。他这时候已经醒了，再被伍子胥两句话一讲叫幡然猛醒："丞相，我知道你说得有理，寡人要用他，可我已经得罪他、叫他滚了，怎么办呢？"伍员："大王，您当时是一时之火叫他滚，只要您表示一个态度，表示道歉，我愿意上山请他再次出山。"阖闾："真的？"伍员："当然。"阖闾："好，那你就跟他说寡人表示道歉，我还是要用他的。"伍子胥想：既然你已经认错了，那我马上就上山请孙武。他到穹窿山上跟孙武一讲，孙武通情达理。孙武讲："可以理解，因为我杀了他两个心爱的妃子，我执法如山也是没有办法。既然他跟我道歉了，那么事情已经过去了，现在大王什么意思？"伍子胥道："大王要用你。""用我可以的，不过我有个要求。"伍员："什么要求？"孙武："我的要求是：为国效力必须登台拜将。"什么叫"登台拜将"呢？各位听众，孙武要求的"登台拜将"也就是要有个授权任命隆重仪式，要树立孙武的权威，统帅众将，号令如山，一切行动听孙武指挥。

吴王阖闾一口答应。用人不疑，疑人不用。吴王命人在吴王宫搭一只高台，这只台上面放着老祖宗的牌位，还有猪头三牲，另外一面大督旗，选一个黄道吉日举行登台拜帅（将）仪式。吴王阖闾召集文武百官，亲自授孙武印信，封其为司马上将军。

其实孙武提要求是有道理的：我是无名之辈，朝堂上那些文官武将资历比我老，功劳比我高，啥人看得起我啊？我讲的话不算数还能指挥打仗吗？一登台拜将，吴王御赐我尚方宝剑，有了这口剑谁不服帖试试看！我连君王的小三都杀，你们再敢犟，那是自寻死路。

兴兵伐楚这是吴国既定国策。为啥要伐楚呢？两个原因：第一，吴国和楚国是世代冤家，交恶数十年不共戴天。第二，吴王阖闾平生的爱好是收藏天下名剑，有一把湛泸剑寒光闪闪，他非常喜欢，爱不释手，经常要拿出来欣赏。有一天湛泸剑突然不见了，最后得到一个消息——出现在楚国王宫楚昭王枕头旁边。吴楚本身就是冤家对头，楚王居然还要偷盗我的宝剑啊，来！起兵伐楚。用什么人挂帅？当然是孙武。孙武："大王，打仗是可以的，但是目前打楚国还不是当口，现在必须解决两个问题：有两个小国家，一个叫徐国，一个叫钟吾国，战略地位很重要。它们是楚国的属国，对我们有威胁，而且在这两个国家里面还有两个吴国的奸细必须除去。"阖闾："知道，两个我的兄弟。"就是王僚的两个亲兄弟：烛庸，掩馀。前面书里我讲到过，当时楚平王死了楚昭王刚继位之际，伍子胥用条"调虎离山"之计，将烛庸、掩馀调到前线打仗。后来专诸刺王僚，姬光夺取政权，但是烛庸、掩馀怎样呢？他们知道大势已去，一个逃到钟吾国，一个逃到徐国。钟吾国在现在的安徽凤阳。钟吾国由于跟吴国不和而且是楚国属国，所以烛庸逃过来了一直在这里被钟吾国庇护着。掩馀呢？逃到徐国，徐国依附楚国，所以掩馀同样被收留下来了。孙武："大王，我的意思是，您要打楚国，楚国是个大国，边上小国必须先把它拔掉。钟吾国与徐国战略地位很重要，我们兵伐楚国之前必须扫清道路，将这两个小国拔除。"所以这一段书叫"孙武牛刀小试"。

吴王阖闾同意，让孙武统领两万精兵出征。首先到钟吾国。孙武兵临城下，先发一道通牒给钟吾国国君：吴国有个逃犯名烛庸，请您把他交出来，否则兵戎相见。钟吾国国君拿到通牒过后心里急呀：怎么办呢？吴国军队突然之间包围，将其交出去吧，好像有点不大好意思；不交出去吧，又怕引起战争。最后钟吾国国君就把这个信息通给了烛庸，跟烛庸讲："您赶紧跑吧，这里不太平了。"烛庸没有办法只能逃走。孙武质问钟吾国："为什么不肯交出我们的逃犯呢？"钟吾国推托道："烛庸已经跑了。"孙武质问："是你通风报信而逃跑的吧？我怀疑是你们将其包庇起来了，休怪我吴国。我们是先礼后兵的，为什么早不跑晚不跑这时候跑呢？分明是你们把吴国逃犯故意放走了，来啊！攻城。"钟吾国是小国家呀，兵不满万，吴国是优势兵力——两万精兵。孙武打仗有一个思想：集中优势兵力，打歼灭战。钟吾国不堪一击，一下子就被灭掉了。

接下来挥师来到徐国。同样先发一封信到城里，请徐国国君将吴国在逃人员掩馀送出来。徐国国君拿到通缉令也有点紧张，他对掩馀讲："您这里不要待了，吴军包围城池，把您交出去好像不妥当，我们也做不出来，您赶紧跑吧。"掩馀逃走。徐国国君出城碰头孙武："将军，你要的人等我们去捉已经来不及了，人老早跑掉了。"孙武："跑掉啦？怎么我们不来不跑，一来就跑掉？肯定你放掉的。"徐君："我们没放，是他逃得快。"孙武屯兵于徐国城郊外，先看好地形。徐国郊外四周是山，有两条河流围绕徐州城，水从山上流淌下来。孙武命令部队先在外围筑两座坝，将河水堵塞住。七天过后，水位急剧上升，高过了徐国城墙，孙武下令将坝打开，滔滔山洪涌入徐国都城，徐国国君弃城而逃。水淹徐州城后徐国被灭。这样两只钉子都拔掉了。

烛庸、掩馀逃到哪里去了呢？逃到吴国的敌国投奔了楚昭王。他们跟楚昭王讲："我们没有地方去处了，只好投奔您楚国，我们愿意为楚国效力。"楚昭王大喜："既然是投奔我楚国，那就将你们两位派到楚国边境驻防。"楚昭王想：你们本身是从吴国逃过来的，以吴制吴是最佳之策。派在哪里？养城。你们两个人守在养城，因为吴国的一套战法你们都熟悉的。接着就是孙武攻打养城。古书上对此描述很简略，简略到惜墨如金，只用一个字"拔"——"拔"了楚国养城。怎么"拔"法的？孙武集中优势兵力擒杀二人，烛庸、掩馀两个人被吴军所杀。这次出征前后三个月，孙武班师回朝。

今朝木渎胥口吴王行宫举行庆功宴会。吴国的首都最早是泰伯在梅村建立的泰伯城，后来到第十九代国君吴王寿梦（公元前585年）感觉梅村的泰伯城太小了，他把首都南移，史载"始南迁"。迁移到什么地方？就是2010年我们中国"十大考古发现"之一——在木渎一带发现的春秋吴大城。据说，现在灵岩山上还有古城墙遗址。这里是吴国的一个城池，周边有姑苏山姑苏台、灵岩山馆娃宫、七子山藏兵洞等。

吴王行宫大殿上灯烛辉煌，吴王阖闾高兴得不得了。他召开庆功宴会为孙武庆功，因为又消除了两个心腹大患啊。孙武上来复令销差："大王，我已经班师回朝了，现献上两颗首级，请大王过目。"孙武把手一挥："送上来。"兵丁捧着两只盒子放到殿上，盒子盖头打开，里面托出来两颗脑袋：一是烛庸、一是掩馀。古代的军功是以呈首级而论的。为啥要拿首级上来呢？让阖闾认认看自己的两个堂房兄弟，不要搞错了。阖闾一看，心里微微一怔，百感交集："两位兄弟，你们不听我的，我劝你们回来吧你们就是不肯，如今是首级回乡啊，厚葬两位王兄弟。"厚葬。那么葬在哪里？姑苏城西郊狮子山，与王僚葬在一起。接下来赏孙武金银，其他有功人员论功封赏。

心腹之患解决了，吴王开心得不得了。阖闾："来呀，干杯！"举杯的时候，阖闾转身看到了站立在旁边的保驾将军专毅，他突然冒出一个想法："今天本王高兴，专毅你也辛苦了，寡人赏你一桌酒水，你自个儿到花园里用餐吧。"专毅："谢大王。"专毅受宠若惊：想不到今天大王格外开恩，赏给我一个人吃一桌，这种赏赐难得的。吴王："你去吧，待会儿有事我再叫你。"专毅："哎。"这个小伙子来到外面的行宫花园，月光蛮好，花园亭台楼阁、花草树木。那边一只六角亭子，亭子里有石台石凳，专毅人坐到石凳子上叫道："来呀，把酒和菜给我搬到这里来。"一歇歇工夫，石台上摆满了菜肴，还有一壶酒，专毅把身上一口宝剑解下来，边上放一放，执壶自斟自饮。皇家厨子烧的菜就是考究，嗯，味道好极了。因为专毅是做保镖专门保护最高领导人的，他有一种职业本能，一边吃，一边还在对四周看看。刚刚吃了没几口，专毅就感觉好像眼睛边上有两条黑影："谁？什么人？"他赶紧筷子一放，宝剑一拿，那边是一扇月洞门，月洞门里两条黑影慢慢地在月亮光底下越来越近。"干什么的？什么人？"传来一俏声:"喂,你也用不着这样的穷凶极恶,什么人呢?不见得刺客勒海。"声音很糯,只见月光下俩人越走越近。宫女:"专毅啊,你看谁来了?"专毅一看嘛,前面一个小宫女最多十五六岁,后面的人身上珠光宝气,亭亭玉立,豆蔻年华,风姿绰约,人未到先有一股香风飘至——来的是吴王阖闾的女儿,名字叫滕玉。

吴王阖闾生有九个儿子一个女儿。有句话:"物以稀为贵。"儿子生得多了反而觉得讨厌,这个独生女儿怎样?掌上明珠,吴王喜欢得不得了。正所谓:天上没有掉下来,地上没有长出来,放在外面怕冷,吃下去怕梗,外国缺货,吴国第一。姑娘来干什么呢?轧朋友谈恋爱。滕玉公主年方二八,还没定亲。怎么会没嫁人?高不成低不就,公主地位高要求也高,凡是介绍的对象她总嫌弃,那个人太胖,这个人太瘦。介绍武将吧,她说四肢发达头脑简单;介绍文官吧,她说文弱书生手无缚鸡之力,总归不灵。实际上怎样?实际上滕玉姑娘心里面老早有人了,什么人?父亲边上的保驾大将专毅。这个小伙子滕玉公主一直看见的,人神气、卖相好,而且她经常听父亲称赞专毅。虽说是公主,实际上外面人接触很少的,高处不胜寒。她怎么会看中专毅的呢?因为专毅跟着父王做贴身保镖,内宫他都好进来的。那么她看下来也觉得这个小伙子喜欢的,一位帅哥,对爹忠心耿耿。虽然老早看中了,但是她不好讲,也没有机会讲。今天机会来了。滕玉公主偶尔得到一个消息:今晚父王高兴得不得了,开庆功宴会吃庆功酒,而且赏专毅一人一桌。一个人,一对一,现在是个机会,这个机会不能放过的。滕玉公主要紧关照小宫女:"来啊,快走啊。"小宫女对专毅道:"我们公主来了,你怎么啦?怎么头也不抬?"小伙子呀老实头呀,从来没轧过朋友,一看公主嘛,一下子面孔涨得通通红,头也不敢抬起来,眼睛也不敢瞟一瞟,身体会发抖的。专毅轻声地:"公主,请问公主有何见教?"这种腔调公主看见要笑出来了:一副戆腔,你看阿要老实,我就喜欢这种老实头。滕玉:"专毅啊,怎么啦?头抬起来嘛。咱们总要看着对方讲话吧?怎么头低着?"公主看出他面孔涨得煊煊红:"哎,专毅,头抬起来、抬起来呀!"小伙子的脸越涨越红。滕玉:"你看呢,额骨头上汗也急出来了。"看他汗也急出来,滕玉公主从腰间抽出汗巾:"来呀,跟你擦拭一下。"滕玉跑上来给他擦汗,专毅像木头人一动也不动,僵在那里。"唉呀,干吗这个样子?"这时候专毅紧张地说:"不可以,公主不可以。"人往后面退。你怎么这样子,一个大男人不出趟(大方)得了:"我问你专毅啊,你家住在什么地方啊?"专毅:"公主,我们家住在阊门边上专诸巷。"滕玉:"专诸巷?那专诸就是你的父亲?"专毅:"对,我父亲叫专诸。"滕玉:"专毅啊,你的老爸不是为了我的父亲牺牲了吗?"专毅:"嗯,是的。"滕玉:"那我们俩是有缘分啊!"听见"缘份"二字,专毅心里一阵颤抖:"嗯,是的,嗯,不是。"滕玉:"可是我从来没到你家里去过啊?"专毅:"嗯,这……"两个人的话越讲越近,滕玉提出来了:"专毅啊,我要到你家里去玩,欢迎吗?"专毅:"公主,怎么可以呢?"滕玉:"为什么不可以呀?"专毅:"您贵为千金公主,怎么能到我家里来呢?"旁边的小宫女一看不对了:这两个人的话越讲越近,话越来越多,那么我站在边上我变什么?变电灯泡了?妨碍他们了。小宫女倒也蛮拎得清的:"公主,专毅将军,你们在这儿说话。公主啊,您冷了,我去拿一件衣服给您披披啊。"小宫女稍微借个因头byebye。

滕玉公主想:这个小宫女知趣识相,你在有的话我不大好讲的,现在可以了。滕玉："我说专毅啊，我到你家里来没有什么不可以的。"专毅："您贵为公主，上我们家不妥当的。"滕玉想：机会难得，话必须讲清楚。"我想问你，你家里面有几个人啊？"专毅："两人。"腾玉："两人？"公主心里一急：专毅会不会已经结婚了？腾玉："哪两人？"专毅："我和母亲。"公主一听松了一口气，她鼓起勇气问道："你定亲了吗？"专毅："这……"专毅没有想到公主突然会问这个问题，小伙子吓得面孔发白了。专毅："回公主，我还没有。"滕玉："没有？"这句话重要的，她心里暗暗高兴。其实姑娘你不要高兴，接下来的事情谁都没有想到。"嚓！嚓！嚓！"那边脚步声音越来越近，而且有哭声过来："呜！呜！呜！"听见有哭声，公主回头在看，专毅也在看。小宫女来了，只看见小宫女这只手捂着自己的耳朵，眼泪水淌淌滴："公主。"滕玉："小宫女怎么啦？"宫女："公主，您母亲问我要您的人，问您在哪里，我没有说，您看，她把我耳朵要扯下来了。公主您看呢？"宫女："您快回去吧，再不回去王后要把我打死的呀。"滕玉肚里转念头：我娘实在多花头，我这点自由也没有的，没有办法，总归要听娘的话。那么尴尬了，话才讲到一半呀，我还没表露自己的心迹了呀。她一动脑筋有了，看到自己手上有一对羊脂白玉的镯头值铜钿，一共左右两只手腕，她把其中一只摘下来往石台上一放："专毅啊，这个是我的、我的一片心意，你拿着。过一天我到你家里来玩。我知道了，你家就在阊门专诸巷！好，再见！"公主把镯头放一放，转过身来："小宫女，我们走吧。"两人消失在夜色之中。

　　专毅愣住了：这个是小姑娘留下来的定情之物，怎么办呢？碰到桃花运啦？他心里面忐忑不安。就在这时候有人来喊了："专毅，大王要回去了，你准备车吧。"专毅："好、好，来了来了。"专毅将宝剑在身上别一别：走吧。那这只镯子怎样呢？拿还是不拿？放在这里吧，不妥当，公主送给我的。拿走吧，也不妥当，我怎么可以拿呢？这个事情倒尴尬了。不过再一想：罢，还是拿吧，毕竟代表了姑娘的一片心意。专毅啊，你好拿的啊？拿嘛一场祸。到底怎样？下回继续。

第三十四回　滕玉公主

　　今天南宫开庆功宴会，吴王阖闾心里高兴，于是赐给专毅吃独桌，哪知道吃出事情来了。公主滕玉看中专毅并且送给他一只镯子，那么怎么办呢？小伙子没有办法了，放在这吧，不妥当，拿在身上吧又有点儿害怕，最后一想还是拿吧，这是姑娘的一片心意，于是把镯子往身上一放。专毅："来了、来了。"内侍："大王要回去了，快点。"专毅到外面一看嘛，吴王已经喝醉了。把他到搀到车子上，车子一路颠簸不停，吴王吃得太多太兴奋了，结果呕得一塌糊涂。到了吴王宫，专毅把阖闾搀扶到里面安排舒齐，再把车子稍微洗一洗干净放好，然后回家去。

　　半夜三更了，从东中市到西中市再到阊门，在专诸巷口老远就能看到只有一盏灯光还亮着。"娘，还等着儿子哪？"世上只有娘最好，为什么？汉字的结构有道理，

"女"字旁加个"良",最善良的人为"娘"。自从丈夫和婆婆去世后,专诸妻子与儿子相依为命。专毅的娘天天如此,儿子不回来她不睡的。那她在干什么呢?老早准备好了一镬子的粥,汤罐里的热水都烧好了。她手里在做什么?扎一只鞋底,这个鞋底做得好,千针纳万针扎,鞋底的质量刮刮叫。不过娘响不落,算得结实的鞋底穿到儿子脚上,半个月不到,这只脚趾头已经钻出来了。说来奇怪,越是儿子这样,她越是起劲——儿子脚头硬,做娘的当然起劲得了。听见脚步声,专毅的娘晓得儿子回来了,人还没到门口呢,门已经自动开了。娘:"儿啊,回来了啊。"专毅:"嗯,娘。"母亲闻到一股酒扑气:"儿啊,你喝酒了?"专毅:"是的,嗯,不是的。"专毅想:刚刚大王请我吃独一桌我没喝多少,我身上的酒气是大王刚才呕吐,我搀扶吴王时弄到自己身上的。娘:"儿啊,你今天怎么有点酒味?"专毅:"娘,大王今天庆功,请我喝了点酒,不过虽然喝酒了但是我没吃饱。"娘:"儿啊,为娘我粥烧好了,另外,热水汤罐里也烧好了。"娘要盯着儿子看,看他到床上还要看一歇。她觉得实在有看头:哎!自己生出来的。你看呢又高又大,样子跟我的冤家专诸一个印版里出来的。等到儿子躺下去,她才轻轻地退出来。小伙子睡着了,白天太吃力了,一睡着鼾声来了。刚刚睡着,专毅眼睛倒睁开了,只见家里的门一开,外面进来了两位姑娘:一个是小宫女,一个是滕玉公主,她们身上的衣裳换掉了,是普通老百姓的打扮。两人来到里面便问:扫帚在哪里?抹布在哪里?两个人勤快得不得了,一边扫地一边揩台子。接下来专毅眼前出现了一只羊脂白玉的玉环,这只玉环会变大,而且变得越来越大,颜色也变了,本来是白的,慢慢变成红的了,而且红得血喷大红。谁知这只玉环突然碎掉了,碎掉的断口处会滴出血来,一直滴到专毅的身上。"啊!"小伙子一下子吓醒了,原来是做了一个梦。他在身上一摸,原来是玉环压在身上了,忙将玉环拿出来往枕边一放,"呜!呜!"这下真的睡着了,鼾声来了。

　　九点敲过,太阳晒到屁股上了。专诸妻子想:今天的儿子什么道理?睡得发痴了。她把东厢房的门一开鼾声还在响:"儿啊。"突然她看见儿子枕边有一只羊脂白玉的玉环,再一看,这只玉环是女人的东西,怎么儿子身上有女人的东西呀?接着闻到一股香喷喷的脂粉味道。专毅的娘知道,有到这只玉环的人非富即贵。啊呀,儿子啊,你怎么没跟我讲过呀?女人的东西怎么在你身上?阿囡啊,你大了,你翅膀毛干了,这种事情你怎么瞒着我呢?老太想象力丰富:儿子啊,你有女朋友了,有到这只玉环的一定是一家大户人家,看来我的儿子要不着杠了,我们是贫民、是小户人家,我要喊醒他问问清楚。"儿啊,醒醒,儿啊,醒醒。"专毅的鼾声比娘的叫声要响,根本喊不醒,娘也想得出,把扎鞋底的针拿过来往儿子的脚心上一扎:"儿啊,醒醒。"终于醒过来了。专毅:"母亲?怎么啦?"娘:"儿啊,我问你,这只玉环哪里来的?你怎么瞒着我的?"专毅一愣,只见玉环在娘的手里了。专毅:"母亲,这个……那个……"娘:"快快讲来啊,何人给你的?这么大的事情我都不晓得,这个东西是定情之物,你讲给我听,哪里来的?"专毅:"母亲这个……那个……"娘:"儿啊,为娘只有你这么一个儿子啊。"眼泪下来了。小伙子再一想:娘的面前有什么好隐瞒的,这个事情娘总归要晓得的。于是把昨天大王开心赐他一桌酒的事告诉了母亲。专毅:"母亲,玉环是大王的女儿滕玉公主送给我的,她还有个意思要到我们家里来。"专妻一听头里"嗡"的一下:"儿啊,你惹下大祸了。"专毅:"母亲,怎样?""你不想想啊结婚有规矩的啊,

'父母之命媒妁之言',这八个字一定要做到,你们私订终身不上台面,讲不出口的。而且配对姻缘还有四个字——'门当户对'。她什么身份?王家公主。你什么身份?你爹是杀猪出身呀,两家人家门不当户不对呀。"封建社会的婚姻讲究的是什么?门当户对。什么叫"门当户对"?过去人家门口有两样东西很显眼,就是大门口上方有几根档子戳出来,这就是"门当",少一点的人家有两根门当;如果有四根,就说明这户人家有人做官了;如果有六根以上,就是做了大官的人家。"户对"呢?就是门口两旁石头雕刻的圆兜兜像磨盘那样的两只装饰物,通常雕刻着吉祥物,这个就叫"户对"。所谓婚姻大事门当户对,就是指男女双方的家庭要差不多,门不当户不对的婚姻要出事情的。就像梁山伯祝英台,他们的恋爱怎么会成为悲剧的?就是因为门不当户不对嘛。

娘:"这个玉环哪里来的?"专毅:"母亲啊,这玉镯是滕玉公主送给我的。"娘:"那么你闯祸了,我们不好高攀这家人家的,阿囡啊,这个东西你赶紧去还掉。"专毅:"不是我主动的呀,她一定要给我呀。"娘:"一定要给你也不行,这桩事情你不好答应的,答应了你要闯祸的。"专毅:"娘,闯祸?"娘:"你阿晓得我们是什么人家?"专毅:"娘,我是有点晓得的,我也有点吓势势呀,所以我没答应她,但是把玉环留在台上又不好。"娘:"不行,儿子啊,这个事情要快刀、热水、干手巾,马上割断。如果拖长的话要闯祸的。"专毅:"那我怎么去还给她呢?我又见不到她的。"娘:"让娘想想办法。有了,既然你不好回绝,我给你想个办法,明天大王喊你去,你就这样长这样短,知道吗?"专毅:"嗯,孩儿明白。"连着专毅三天没有上班。宫里怎么会没有事情呢?吴王阖闾肚子吃坏了,呕得一塌糊涂,已经躺倒三天了,到第四天派人来到了专诸巷:"专毅,大王叫你去,他要到外面视察。"专毅:"是,马上就到。"根据娘的安排,专毅就来到了御书房,毕恭毕敬踏到里面。专毅:"大王。"吴王:"专毅你来啦,抱歉,那天我呕吐把你身上弄脏了,对不起啊。"专毅:"大王,您那天高兴嘛,一高兴喝多了难免的。再说也是我应该做的。"吴王:"我准备到外面去视察,到白马涧那个养马的地方去看看,你马上准备准备。"专毅:"大王,我有一件事想禀告大王。"阖闾:"说,什么事?"专毅:"大王,我想我……"他吞吞吐吐、欲言又止。吴王:"说,什么事?"专毅的眼光不敢看阖闾,低着头喃喃地说:"大王,我想辞职不干了。"阖闾:"什么?听不清楚,再说一遍?"吴王有点不相信自己的耳朵。专毅:"大王,我想辞职不干了。"阖闾:"辞职为什么?"专毅:"因为我家里只有一个老娘,她孤苦伶仃的,我娘说了,她要儿子在边上伺候她,所以为了母亲,我只能辞职了。"阖闾:"嗯。"阖闾一听心想:一片孝心难能可贵。"你的母亲身边没有人?"专毅:"是的。"阖闾:"嗯,你一直跟着我,这倒也是,我说来人啊。""是。"内侍答应。阖闾:"传寡人旨意,立刻命两名宫女从明天开始到专诸巷伺候专毅的母亲。"内侍:"是。"吴王:"专毅,怎么样?问题不是解决了吗?"啊呀,专毅万万没有想到吴王会派两个宫女去照顾自己的母亲,要想回绝生意却又回不掉,但他跟娘讲好的,一定要辞掉工作的。专毅:"大王,谢谢您的好意,我母亲说了,她一定要儿子伺候,她说旁人她不习惯,所以我不干了,我要伺候我娘。"阖闾一想也有道理:她的丈夫专诸为了我牺牲了,她整天一个人,太可怜了,她需要亲生儿子照顾嘛也是天经地义。吴王:"好吧,专毅,你说的话我理解。这样吧,两个宫女照常去伺候你母亲。我批准你一个月的假期,回家好好陪伴你娘，但是不能辞职，你要留在我身边，知道吗？另外，你回去以后代我问候一下你母亲。来啊，准备四色礼物，二十两银子。这个礼物表表我的心意，你回去吧。"专毅没有想到辞职辞不掉，那可怎么办呢？不好再犟哉，今天吴王的态度是好得不得了，真可谓仁至义尽啊。怎么办呢？管他吧，太湖萝卜汰一段吃一段，休假一个月也好的。专毅："好，谢大王恩典。"临走的时候他想到了关键的关键，是什么？这只玉环要还给阖闾。他从身边拿出来这只玉环往阖闾的书桌上一放："大王。"阖闾："什么东西？"再一看："玉环？哪里来的？"专毅："大王，那天南宫塘您请我一个人吃一桌酒水。"阖闾："对。"专毅："可是我在吃酒水的时候，发现那个草丛里有人掉了这只玉环，我把它捡了起来。"他说的是谎话。"这么贵重的东西，我捡到东西理当归还。大王，您查一下是谁的就还给谁。"吴王："嗯，这么贵重的东西都能搞丢，真粗心。好吧，你把它搁在这儿吧。你代我问候一下你的母亲，去吧。一月为期，我等着你。"专毅："谢大王。"转身跑了。

  宫里面吃中饭了。阖闾吃中饭蛮简朴，四菜一汤，今天送上来三菜一汤，少了一只菜，厨房间讲的，还有一只菜马上来。阖闾关照妻子一起吃，这样闹猛点。过了一会儿王后一起来吃，夫妻两个人就在这边书房间吃了很普通的一顿午餐。就在刚刚开始吃的当口，厨房间送来了一只菜。这只菜史书上有记载：一条鲍鱼。什么叫鲍鱼？现在的概念是：鲍鱼是一种海鲜。但是过去的"鲍鱼"什么意思？在古时候，"鲍鱼"就是咸鱼，只不过是新鲜的鱼搭一点盐花，叫"暴腌腌"。以前卖咸鱼的店称为"鲍鱼之肆"。厨师拿上来一看，灵格——清蒸鲍鱼。吴王蛮高兴："夫人请。"王后："哎，大王请。"吴王："好吃。"王后："嗯，味道不错。"吴王："慢着，夫人，你知道我们的宝贝女儿最喜欢吃鲍鱼了，这样吧，叫她来，咱们仨一起吃，怎么样？"王后："好啊。"吴王的妻子想：对的，老头子最最喜欢的就是这个女儿了，掌上明珠呀，有了好吃的东西就想到女儿，儿子他倒不关心的。吴王："来人，把公主叫来一起用餐。"内侍："是。"一歇歇工夫公主来了。滕玉公主到御书房，一看爹娘都在。滕玉："父王，母后。"吴王咧着嘴笑嘻嘻地："来、来、来，女儿，坐、坐、坐。"夫妻俩越看越高兴，标标致致这样一朵花，可惜只有一个女儿，光榔头弄了九个。夫妻俩就喜欢她，物以稀为贵嘛。吴王："女儿啊，来、来、来，用餐吧。"杯筷拿过来。吴王："这条鲍鱼不错的，来、来、来，你喜欢的，朕知道女儿喜欢吃鱼的，是个鱼祖宗嘛！"滕玉公主也蛮高兴，爹娘宠爱一起吃饭多么高兴。

  公主把鲍鱼搛起来，这条鲍鱼果然味道好极了。就在觉得味道好极的时候，姑娘眼梢正好窥到边上的书桌，看见书桌上一只羊脂白玉的玉环。"啊！"她差点叫出声。大王阿要愣的：女儿怎么回事？公主的动作，公主的眼神，有一个人最最敏感。什么人？王后，公主的娘。王后一看女儿的眼光望到边上，再一看愣住了：书桌上有一只羊脂白玉的玉环。母女两个人眼光甩过来，吴王倒也看见了。阖闾回过头来："我说王后啊，不知是谁把这么贵重的东西掉在草丛里，在南宫后花园。今天专毅捡到了来还给我。夫人，你给我查一查是谁粗枝大叶，这么贵重的东西竟然掉了。"王后心想：这只玉环熟悉的，谁的？女儿身上的。有句话叫"知女莫若母"。母女是世界上最最贴心的人呀。一看这只玉环是女儿的，王后感觉不妙，她马上想到一个问题。年纪大点的长辈脑子都敏感得不得了的，这根神经是一搭就搭牢。这么贵重的东西会拾得到啊？

偷也偷不到。这样,我来问一声。王后:"女儿。"滕玉:"母后。"王后:"你把手伸出来让我看看。"那么僵了。滕玉心想:这只玉环怎么出来了呢?明明我交给专毅的,难道是他拿出来了?现在爹娘都在边上,我这只手怎么好伸啊?伸不出来的,因为本来是一对呀。怎么办呢?再一想罢,怕什么?婚姻大事私订终身这是坍台的。我没跟爹娘讲,但是我晓得爹爹最最喜欢我,爹对我百依百顺,我讲出来爹总归答应的,只要爹一答应,娘总归和调,也只好同意。反正"后母拳头早晚一顿",我索性打开天窗说亮话,自己人嘛,爹娘呀,有啥关系呢?滕玉:"父王、母后,这个玉环是我的。"吴王:"女儿啊,这么贵重的东西你怎么掉了呢?"滕玉:"不是我掉的,是我送人的。"吴王:"什么?送人?送给谁?"阖闾不觉心里一怔。滕玉:"是我送给专毅的。"阖闾夫妇一听一呆。吴王:"你再说一遍?"滕玉:"是我送给专毅的。"边上王后听见后愣住了。王后:"女儿啊,你怎么啦?"阖闾:"女儿,你为什么要给他?"滕玉:"我不为什么。父王、母后,男大当婚女大当嫁,我今年已经十七了,所以我送给他,我……"叫我怎么讲法呢?我就是这个意思嘛。但一个"嫁"字还是说不出口的,滕玉只能轻轻地说了一声:"就是我送给他的,我愿意。"一个一个字吐出来,语气非常坚定。什么?听了这个话吴王已经懂了。阖闾对女儿望望:你该死啊!这是婚姻大事。私下送定情之物还不要说哩,最主要的是门不当户不对,这个怎么可以呢?吴王:"女儿,我告诉你,此事不妥。你是谁啊?贵为千金,我的女儿是吴国第一女儿。他是什么东西?讲出去我的脸往哪儿搁啊?你怎么不想想的呢?"滕玉:"父王,此话差矣。"吴王:"我错在什么地方?"滕玉:"父王,论门第,我知道是门不当户不对。可是父王您这个王位是怎么来的?"吴王:"嗯,这……"这句话厉害。滕玉:"还不是专毅的父亲舍生忘死拼命搏来的吗?因为他父亲的牺牲,父王您才有了今天嘛。"女儿厉害,这句话讲得有道理。专毅的爹专诸怎样?舍性命,刺王僚,自己剩一堆肉酱。他是有功之臣。你怎么能嫌弃人家这个出身问题呢?滕玉的话好似一记闷心拳头。吴王:"这……"一时语塞,"女儿,反正不行。"滕玉:"不!我已经定了,我送给他,就表明我已经答应他了。"边上怎样?王后也跳起来了:"女儿,你该死啊,他们家和我们家不般配啊。你是金枝玉叶贵为公主啊!"在门第观念方面阖闾夫妻两个人的态度高度一致。

这时候的吴王这只面孔一板,吴王:"没门。女儿,你死了这条心吧,这是不可能的。门不当户不对,叫寡人的脸往哪儿搁?人家问我,你的亲家干什么的?杀猪的。我能说得出口吗?"滕玉:"父王,难道一定要门当户对吗?他家不是有功之臣吗?"吴王:"不行。我的女儿就是不行。"边上的娘还要和调了。王后:"女儿,你别痴心妄想了,这是不可能的。"滕玉:"父王,母后,我头晕。"说一声"我头晕",站起来筷子一扔。滕玉:"我不吃了。"转过身来往外跑了。吴王:"女儿!"王后:"滕玉!"吴王:"唉,我说夫人,我们的女儿怎么会这样呢?"王后:"还不是你吗?你依她嘛,任性呗!"吴王:"唉,传出去,让我们的脸面放哪儿去啊?"王后:"都是你平时宠她才有今天。"老夫妻两个人还在争呢!不要争了,滕玉走了一刻钟也没到,一个宫女跌跌冲冲冲进来,眼泪索落落:"大王,不好啦!"吴王:"怎么啦?"宫女:"滕玉公主她自杀了!"吴王:"什么?她自杀了?"听见"自杀"两个字吴王阖闾两只手把这只台子搭牢,"哗啦!"一把把台子翻倒。吴王:"女儿啊——!"冲到内宫一看,女儿的闺房怎样？只见女儿躺在血泊之中。边上太医都在，一把尖刀刺入滕玉的胸膛。吴王："快抢救啊！一定要救我女儿啊！"太医："大王，我们已经尽力了，她已经没气了。"吴王："女儿，我的宝贝女儿！哇——！"这个伤心真叫伤心。滕玉公主是吴王阖闾心头之肉，想不到吃一条鱼会引起这样的恶性事件。阖闾："女儿，你怎么啦？"怎么会呢？刚刚就是一下子的事情。今天归根结底怎样？他明白了：归根结底坏在谁身上？小赤佬专毅身上。这个小鬼，找到我这里来推托什么陪娘了，胡说。你这小鬼啊胆倒大的，你暗中勾引我女儿。不好，那变成勾引滕玉了。君主就是这样莽猛不讲道理。旁边夫人哭得呼天抢地，王后："我的心肝宝贝哇——！"现在吴王失去理智了，他不考虑这桩事情的来龙去脉，把矛头戳到旁边去了。这个小鬼来跟我辞职，接下来我还同意他放假一个月，我女儿这条命就送在他身上。吴王他把这笔账划到专毅身上了。红萝卜的账划到蜡烛身上去了。吴王："我说来啊，把丞相叫来。"一歇歇工夫伍子胥到了，伍子胥也晓得出大事情了，一了解情况嘛晓得里面有曲折。吴王："丞相，马上派人把专毅给我抓起来，他害死了我的女儿，你看，我的宝贝女儿，快把他抓起来。"伍子胥肚里转念头：勾引是不可能的，他怎么会勾引呢？但是现在不好违拗吴王，为什么？现在他的火冒天灵盖了，只好用缓兵之计先答应。伍员："是，大王，遵命。"那伍子胥是不是去捉呢？要换一个字——去"放"。伍子胥马上亲自来到专诸巷通风报信，专诸巷母子两个人一看是丞相到，专毅："伯伯，怎么啦？""你闯穷祸了，不得了，滕玉公主拔剑自杀，现在大王一股怨气出在你身上，叫我来捉你，那是你危险。我晓得你是无辜的。"专毅："老伯伯，这样长这样短，这桩事情我是冤枉的，我是无辜的。"伍员："我晓得你无辜，但是现在大王火冒天灵盖，你城里不能待了，马上到乡下去，你们母子两个人暂时去避一避吧。"专诸妻："多谢多谢。"母子两个人马上出城去避难。

接下来伍子胥怎样？当然在吴王面前讲："我四面派人在捉拿专毅。"吴王阖闾因为非常喜欢女儿，所以关照这个葬礼要隆重，隆重到什么程度呢？他下一个命令：陪葬品要多。于是国库打开，一半的库银全部放进去。听众们，你们想想看，国库一半的库银、珍珠宝贝、翡翠玛瑙、玉镯等般东西都放进去了。而且阖闾还下了一道命令：送葬的时候苏城百姓要一起送。送葬的队伍从哪里出发呢？史料上有记载，出发的地点在姑苏城里的鹤舞桥。听众们啊，我看到这一段历史过后有点好奇，便去考证了一下到底有没有鹤舞桥。我出生在苏州，对苏州也蛮熟悉，结果找来找去找不到，现在苏州的地图上没有这顶桥。我再翻民国地图，也没有。最后我就在想一般的史书上不大会虚假，终于我想到苏州有一张地图，这张地图石刮铁硬，是八百年前就有的。什么图啊？平江图。苏州文庙有四大宋碑，八百年前北宋末年苏州知府李寿关照手下人刻的这四块宋碑是镇国之宝。一块天文图；一块地理图；一块传承图；一块平江图（宋代苏州称"平江府"）。我来到文庙到平江图前面一看：这块石碑高度要三公尺，阔度一公尺半，镌刻得非常好，现在用木栅栏围着。碑上的字刻得小得不得了，最后我拿只照相机，高清的单反机，局部拍摄了三十张。回去后我一张一张在电脑上放大寻找，最后我找到了鹤舞桥。在苏州白塔路皮市街花鸟市场旁边，西边一条弄堂是祥符寺巷，东边一条是史家巷，当中有一顶桥就叫"鹤舞桥"。史料记载说：这个送葬的队伍从鹤舞桥出发到白塔路，往东中市、西中市出去，出闾门再往西面三十里地落葬。据说这只坟墓相当考究。我根据路径寻找，312国道浒关、通安附近有一座山叫"真山"，真山边上有块碑，上面写着："吴楚贵族墓"。苏州博物馆考古队在1982年发掘真山而立此碑。阖闾号召苏城百姓为滕玉公主送葬，送葬的人总想看看这只地宫到底怎样，于是许许多多人一起涌下来，不晓得一起涌下来后阖闾下令按动机关让万人殉葬。苏州城死掉一万多人，酿成了千古奇冤。事情到底怎样？下回继续。

第三十五回 起兵伐楚

吴王阖闾的女儿滕玉公主因情寻死，吴王怎样呢？喜欢女儿喜欢得过头了，隆重安葬不要去说他，他要苏州的老百姓合城相送，结果就酿成了吴国历史上一桩千古奇冤。苏州的老百姓响应吴王号召为公主送葬，大家跟着到她的墓穴，进地宫参观，就在这个当口吴王下令按动机关，突然之间坟墓上面的闸门（瞬间）下来了，万人殉葬，死掉要有一万多人。这桩事情让苏州的老百姓怒火中烧：你阖闾草菅人命，这么多百姓死于非命，你一个女儿落葬要死这么多人啊？他的无道行径得罪了上天。古代那时候的人敬畏什么？敬畏上天。俗话说："头上三尺有神灵。"阖闾发觉他最喜欢的一口宝剑失窃了。一口什么剑？湛泸宝剑。被谁偷了去呢？湛卢宝剑是吴国著名铸剑匠干将的师傅欧冶子铸造的，据说此剑曾经传到唐代的薛仁贵手里，到宋代在岳飞手里，是一把千古传奇的宝剑。《吴越春秋》的记载带有几分迷信色彩：这剑是有灵性的，阖闾做了坏事情这口剑就不肯跟他了，它跑到哪里？到楚国在楚昭王的枕边出现了，那是还当了得！本身吴国和楚国就是敌对国家，阖闾决定兴兵伐楚。

打楚国总归要有个名堂，打什么旗号呢？尊周攘夷。什么叫"尊周攘夷"？稍微解释一下。东周时代的最高统治者表面上还是傀儡周天子，首都在河南洛阳。周幽王烽火戏诸侯以后迁都，这个"万岁"成了个傀儡天子。周文王、周武王建立周朝的时候，天下封八百诸侯国，到首都东迁洛阳当口呢？大大小小国家并吞得差不多了，最最强势是五个国家，它们被称为"春秋五霸"。楚国的地盘最大，它有东楚、西楚、南楚，要横跨十一个省份。第二个就是秦国，在秦穆公时期达到鼎盛。第三个是晋文公的晋国，它地处山西一带，也厉害的。第四个是齐国，齐桓公。第五个是宋国，宋襄公。到春秋后期阖闾上台过后，政治格局有所变化了，宋、齐两个国家已经衰落了，后来居上的是吴国和越国，吴、越跻身于春秋晚期五霸。所以现在吴国打的旗子叫"尊周攘夷"。

"尊周"？因为吴国的老祖宗吴泰伯是周文王姬昌的大伯。周文王姬昌的父亲是季历，排行老三，所以从血统讲起来，吴国是正宗的周室姬姓血统。"攘夷"呢？"攘"就是要平定安内。楚国被称为"蛮夷之邦"，楚庄王甚至带领军队到东都洛阳问周天子："宗庙里的宝鼎有多少分量？是什么样子的？让我看看。"鼎是国家最高权力的象征，楚庄王问鼎周室说明他有野心，楚国和周室一直是明争暗斗，楚国对周室是一直不买账。阖闾便以"吴国是周室的正宗血统，我要维护周室江山，楚国是蛮夷之邦"为理由，动员三军准备攻打楚国。

实际上吴国和楚国的矛盾很深，这个结已经解不开了，要打败楚国是吴国的既定方针，但吴国要打败楚国谈何容易。阖闾认为：第一，自己羽毛丰满，国力强盛，宰相伍子胥文武双全，而且本身就是楚国来的，他对楚国情况很熟悉，而且报仇心切。第二个就是，伍子胥推荐的齐国人孙武不但兵法写得好，而且统帅军队已经初见成效——首战告捷，灭掉了钟吾国与徐国，将烛庸、掩馀的首级也拿下了。另外还有一个伯嚭。伯嚭这人是活络得不得了，踏着尾巴头会动，他刚刚从楚国逃出来，熟悉楚国的最新情况。

吴国既定的国策是一定要打败楚国，无奈楚国是一个大国，吴国是个中等国家。诸侯国有多少军队周天子是有规定的，不许超编。一般讲起来诸侯分五个等级：公、侯、伯、子、男。楚国属一等大国，因此它的军队可以有二十万人。吴国是中等国家，不能超过五万人。小点的国家是兵不满万。伍子胥来到吴国以后，他用一个方法扩充军队。什么方法呢？五万常备军，其中一半给我解甲归田，紧接着马上招新兵，招了新兵训练两年，新兵变老兵，老兵复员⋯⋯十年间，实际上吴国军队真正拿起刀枪好打仗的超编一倍，一声令下马上可以动员十万军队，这些人放下刀枪是农民，拿起刀枪上就可以上战场，亦兵亦农。阖闾："各位大臣，寡人要出兵征讨楚邦，尊周攘夷。各位意下如何？"伍子胥踏出来表示反对："大王，以我之见尚不是时机。"阖闾想：你的心比我还要急，怎么我要发兵了你又觉得不是时机了呢？吴王："那丞相，何日才是出兵之期呢？""大王，打仗要找时机的，要选择最佳时刻才可以发动战争。据我了解，现在的楚国虽然新君登基没有经验，但是执掌兵权的是谁？楚国的子期。这个人我熟悉的，六韬三略，是一员精明的统兵将领，与他交战是蛮吃力的。"吴王："伍员啊，你不是口口声声要报仇吗？""我的意思是等到他们把主帅换掉，换一个蹩脚货执掌兵权，庸将上台，良将滚蛋，那么三军指挥碌乱纷纷，到时候我们就可以乱中取胜。"吴王："伍员啊，你什么话？楚王会笨得这样，蛮好的人才不用，用蹩脚的蠢材？不可能的事情。""大王，实际上我已经在做工作了，我和孙武两个人商量先用一条计策——'离间之计'。离间什么啊？离间楚国君臣的关系，并且已经取得初步成功。三月前我已经秘密派人到楚国的首都去了，现在郢都流行这样一段民谣：'子期在，楚国亡。子期去，楚国安。囊瓦在，安楚邦；囊瓦威，克吴邦。'"伍子胥说的这个囊瓦是什么样人？囊瓦这个人是楚王室宗亲，是个贪官，而且贪得无厌。楚国百姓民谣口口相传，朝堂上都在议论纷纷，传到楚昭王耳朵里，楚昭王想：不妙啊，我们国家不太平啊。怎么会不太平？因为现在执掌兵权的是子期将军。这个人执掌兵权，吴国人马上要来了，那是又要打仗了，吴国国家虽小，犟头犟脑见它怕的。我刚刚上台不久，安稳第一，还是过过安稳日子吧。吴国最怕谁呢？民谣说最怕囊瓦，只要囊瓦一掌兵权国家就太平了。民谣就是民意嘛，楚昭王年纪轻没有经验，心里有点忐忑不安。他就把子期喊来了："子期啊，最近你也蛮辛苦，身体也不大好，你的一方印信拿出来吧，身体要紧。"楚昭王听到流言蜚语就把子期将军的兵权摘掉了，接下来兵权交给谁？宰相囊瓦。囊瓦宰相执掌政权加兵权，一元化领导，楚昭王上当，中了"离间之计"。

这个消息传到吴国这里，阖闾听见了很高兴："宰相，楚国换将了，咱们可以挥师北上了吗？""慢，大王您不要着急。知己知彼，百战不殆。吴国毕竟比不上楚国，它是一个大国，它边上还有很多属国，那种小的国家您别看小，有时候很派用场。我们要团结一切可以团结的力量，孤立打击主要对手楚国。有两个国家有新的动向：蔡国国君蔡昭侯最近派人来姑苏跟我们联络，提出共破楚邦……"伍子胥把周边国际关系了解得很清楚。蔡国原来就是楚国的属国，作为属国是有规矩的，每到年底蔡昭侯一定要拿最好的东西孝敬宗主国。这一年蔡昭侯得着两件裘皮大衣、两方白璧，因此带着两件裘皮大衣、两方白璧来到了楚国郢都，按照规矩要孝敬给宗主国一份。"两件裘皮大衣又软又轻，穿在身上轻飘飘的，一点分量也没有，而且保暖性好又透气，价值不菲，我就想到大王您了。裘皮大衣两件，我穿一件，还有一件孝敬给您。一方白璧送给您昭王，一方我自己欣赏。"楚昭王蛮高兴，两样宝贝照单全收。东西送掉后，蔡昭侯回驿站里休息一宵，准备明天早上动身回转家邦。突然之间有两个人来到驿站里面。下人："蔡昭侯啊，我们相爷喊您去一趟，他在相府里等您，有点事情跟您商量商量。"蔡昭侯没有办法，只好跟着底下人进相府见囊瓦："丞相啊，您喊我有什么事情啊？"囊瓦："刚才朝堂上我看见的，蛮好嘛，蔡昭侯啊，你两件裘皮大衣、两方白璧，一件裘皮大衣已经送给昭王了，你知道吗？我就缺少一件裘皮大衣。另外一方白璧灵格，我倒也喜欢收藏白璧的。所以喊你来，就是省得你把这两样东西吃吃力力再带回去了，你就留下来吧。"蔡昭侯一听很不高兴："不行的，囊瓦丞相，我们作为附属国，年年进贡、岁岁来朝，这是我们的义务，我们已经尽了义务，现在还要把大衣和白璧送给您与理不合。再说现在裘皮大衣我穿在身上，叫我剥给您不妥啊，您喜欢嘛我也喜欢的。至于白璧嘛？我也喜欢收藏的呀。对不起，告辞了。"蔡昭侯一走了之。回到栈房准备睡一宿明天出发。第二天早上起身刚要想走，来不及了，已经来了一队人马将蔡侯一拦："慢点走，奉宰相之命请蔡昭侯暂时挽留几天。"囊瓦到昭王面前去讲："我听说最近蔡昭侯动向不明，跟我们的敌对国家吴国暗中好像有点往来，这桩事情您看要不要弄弄清楚？"昭王："嗯，丞相，拜托你去弄弄清楚。"这样一来就把蔡昭侯软禁在了驿站里，软禁了多少日子？十二个月。蔡昭侯的儿子急了：父亲怎么不回来了？结果得到消息，原来是自己的爹不肯送掉两件宝贝，得罪了楚国宰相。儿子于是赶到郢都劝说父亲："爹爹，您怎么搞的？"蔡昭侯："怎么搞啊？我该进贡的已经进贡了，囊瓦这个家伙贪得无厌，我就是不给他。"儿子："爹啊，您失去自由一年了，国不可一日无君，我们蔡国虽然是个小国，可您不好这样长期空缺呀，要影响国家政务的，您就把大衣、白璧送给他算了。爹，国家重要还是这两件东西重要呀？"最后没有办法，在儿子的劝说下，蔡昭侯只能够硬是把身上一件裘皮大衣剥下来、一方白璧拿出来："我不去，要去送你去。"蔡昭侯的儿子拿着裘皮大衣和那方白璧来到相府："丞相啊，这件大衣来了，还有一方白璧，我爹他身体不大舒服，这两件东西是孝敬给您的。"囊瓦："啊呀，我正好要通知你父亲，事情查清楚了，纯属误会，你们只管回转家邦去吧。"

蔡昭侯被儿子带回国，路上气得不得了，发狠说："这个奇耻大辱我非报仇不可。"后来蔡昭侯得到消息——吴国要讨伐楚邦，便主动派人来到吴都。伍员："大王呀，蔡昭侯派他的儿子来到了姑苏大城，他们表了一个态度，我们吴国如果要兴兵伐楚，蔡国愿意出兵一万跟我们吴国联盟一起伐楚。"阖闾一听大喜："太好了。"伍员："好消息还有呢。大王，还有一个小国家叫'唐国'，国君叫'唐成公'，也是楚国的属国，每年年底也要去孝敬楚国。唐成公喜欢马匹，他弄到两匹肃霜宝马，这种马是日行千里、夜行八百的龙驹宝马。唐成公按老规矩带着两匹马到郢都面见楚昭王献宝。"唐成公："昭王，年底到了，我弄到两匹宝马。我喜欢马的，您也喜欢马匹。两匹肃霜宝马，一匹送给您，另外一匹我自己用。"昭王蛮高兴："既然这样，那就把这匹马收下来吧。"事情结束了，唐成公回到驿站里准备明天回转家邦。第二天早上正要想回去，相府里来人了："唐成公啊，我们宰相有点事情要跟您讲讲。"唐成公："什么事情啊？"手下："您去了再说呢。"唐成公到宰相府："丞相，有什么事情啊？"囊瓦："啊呀，唐成公呀，昨天我看见的，你送上来的这匹宝马刮刮叫，我一看就晓得这种马日行千里、夜行八百，我就缺这样一匹好马，你不是有两匹马吗？省得带回去了，这匹马就留给我吧，我喜欢的。"唐成公："不行，有一匹我已经送掉了。按照规矩，我们是属国，我们应尽的义务做到了。还有一匹马我自己要骑的。"囊瓦："真的不行？"唐成公："真的没商量。"那么两个人碰僵。唐成公回到栈房里要想动身回去，来了一队人马："慢着。"唐成公："干啥？"手下："上面有命令，有点事情要弄弄清楚。听说你们唐国在外面不三不四，跟敌国勾勾搭搭，查查清楚再好跑路。"唐成公被软禁在郢都多少日子呢？一年半。唐成公的儿子跳起来了：怎么我爹献马不回来了？来到郢都驿站里碰头自己爹。儿子："爹爹，怎么回事情？"唐成公："嘿，囊瓦这贪官不是个东西，看中我一匹宝马，谈也不要谈，他喜欢马我也喜欢马。这个家伙真坏，打死我也不给他。"儿子劝也没有用。儿子："爹爹，您就送给他算了呀。"唐成公："不给，死也不给。你不要来讲，我不是蔡昭侯，他被儿子逼着耳朵根软了，你不要来逼我。儿子啊，我哪怕死在这里，这匹马我也不给的。"谁知唐成公良得不得了，儿子想：怎么办呢？您毕竟是一国之君，一年半了君主缺位，国将不国呀。儿子："好吧，那么爹爹就这样算数，你的话有点道理的，人争一口气嘛。我们父子很久没见面了，爹，我敬您一杯。"一杯酒一吃，这杯酒里面放的蒙汗药把唐成公蒙倒了。儿子赶紧到马厩里把这匹肃霜马带出来送到相府，囊瓦很高兴。唐成公的儿子："对不住啊囊瓦相爷，我爹实在拎不清，现在我爹已经想通了，叫我把这匹马献给您，请多多包涵。"囊瓦："没有事，其实是个误会。"儿子要紧回到驿站里，趁爹还没醒，弄一辆车子把父亲往马车上一放连夜出城。走了不多路，唐成公醒过来了，他发现自己躺在车子上："儿子啊，怎么回事情？"儿子："您现在出来了，要回转家邦去。"唐成公："回转家邦，那这匹肃霜宝马呢？""肃霜宝马被我送都送掉了。"唐成公："唉呀，儿啊！"儿子："父亲，安逸点吧，您这条命要紧，国不可一日无君啊。"所以这个唐成公回到家邦，咬咬牙齿跺跺脚，面对楚邦首都发一咒："囊瓦啊囊瓦，有朝一日我一定要雪这个耻。"伍员："大王啊，唐成公他的儿子已经来到我们吴国，人住在驿站之中，听说我们要征讨楚邦，唐国愿意出兵一万。"阖闾欣喜："真的？"实际上伍子胥采取的方法叫"团结一切可以团结的力量"，用现代话说就是"建立最广泛的统一战线"。伍员："大王，现在时机成熟，可以发兵了。"阖闾："嗯，好，挥师北上征讨楚邦。"

公元前506年，吴、蔡、唐结成三国联盟，吴国起兵三万、唐国一万、蔡国一万，一共五万精兵浩浩荡荡杀奔楚邦而来。演兵场上开始发令点兵，吴王高兴得不得了：

这一仗成功的把握大些。今天的校军场上旗幡招展、号头嘹亮，军队整装待发。带兵统帅孙武居中端坐，第一支令箭发给谁呢？孙武："来，头队先锋将夫概听令！"什么人？先锋将名字叫夫概。夫概是吴王阖闾的兄弟，跟吴王阖闾是一个爹两个娘。吴王阖闾是正宫娘娘生的，嫡传长子，他是妃子生的，是庶出，所以稍微跌脱一路。夫概好打仗、有办法，而且从小熟读兵书，这一次出征吴王阖闾想到夫概会打仗，而且又是同父异母的兄弟，因此跟孙武打了个招呼："头队先锋让我兄弟夫概担任。"孙武想：您是老板、董事长，我是总经理，您推荐的我总归听。夫概："末将在。"夫概从旁闪出。孙武："夫概将军，令箭一支，领军五千，头队先锋逢山开路、遇水搭桥，不得有误。"夫概："遵令。"夫概高兴啊。头队先锋吃得开，以前有规定的，头队先锋亦叫"开路先锋"，开路先锋下面的兵丁都是吃双饷的，工资翻倍的。本来夫概心里不太开心，为什么？哥哥啊，你是吴王一国之君，你用的都是外头人。你看呢？带兵的统帅齐国人，边上的宰相伍子胥楚国人，就是不用我亲兄弟，这一次要给点颜色你看看。老实讲，我打仗有我的风格，五千先锋部队不拿刀不拿枪，每人手里拿根棒，这个棒是定做的，木头都是硬树的，坚硬无比，刀劈上去劈也劈不断。为啥用棒呢？他就感觉方便。刀有时候要豁口，枪有时候戳了要断掉了，硬树的棒拿在手里东敲西敲方便，总归敲得死人。接下来孙武发第二支令箭。孙武："丞相伍员听令。"伍员："在。"孙武："令箭一支，领兵一万，左军开路。"伍员："是。"第三支令箭。孙武："伯将军听令。"什么人啊？伯嚭。伯嚭也会用兵打仗的。伯嚭："哎，来了、来了、来了。"孙武："领兵一万，右军开路。"伯嚭："是。"孙武："大王听令。"阖闾："本王在。"孙武："您今天是御驾亲征，您的任务是中军殿后。"阖闾："遵命。"炮声三响，旌旗飘扬，吴军三万、唐军一万、蔡军一万，三国联盟五万大军，浩浩荡荡兵进楚邦。下回继续。

第三十六回　初战告捷

公元前506年九月，一场决战开始了。打仗的地点在哪里呢？安徽大别山。大别山是兵家必争之地，位于湖北、安徽、河南三省交界处。安徽境内的大别山我去过，怎么会去的呢？在"文革"当中我们苏州有几爿厂都迁过去的，这几爿厂是：苏州仪表元件厂、苏州淮河机床厂、苏州烽火机械厂。这三爿是什么工厂？国防工厂，造机枪、造机床、造仪表元件。我们评弹团年底随苏州市政府一起去慰问三线的建设者，苏州人喜欢听评弹的。大别山最高一座山的海拔是1777米。2500年前在这个地方爆发了一场激烈的战争，历史上称之为"柏举之战"。

吴国联合蔡国、唐国组成五万联军浩浩荡荡攻打楚国，楚昭王大惊失色。昭王："众位将军，你们谁能够给我领兵御敌？"昭王看着宰相："囊瓦宰相，你兵权政权一把抓的，你看怎样？"囊瓦知道推辞不掉："大王放心，兵来将挡、水来土掩，老臣愿率兵出征。"昭王："丞相，辛苦你了。"囊瓦他带兵五万渡过长江也来到大别山区，双方就在大别山地区展开决战。吴国头队先锋是夫概，他带着五千棒棒军，看见前面旗幡招展，知道楚国军队来了，于是，双方的先锋部队首战开始。古代打仗有个规矩，双方要安营扎寨，埋锅造饭，设立旗门，准备决战。楚军的统帅囊瓦下一道命令："安营扎寨，埋锅造饭，旗门设立，明日决战。"这里的楚兵楚将很忙，把牛皮的帐篷撑起来，营门建起来，烧饭架锅，木桩头埋下去，然后拉绳子，一番忙碌景象。

　　吴兵吴将怎样呢？先锋将夫概已经得报情况。手下来问："夫概将军，对方在设旗门、安营头，我们要不要安营扎寨？"夫概关照一声："慢！我们的吴军不安营、不扎寨。"手下："那将军，明天怎么打呢？"夫概："不是明天打而是现在就打。"他打仗不按常规出牌的。夫概："这个名堂叫'出其不意'。"随即一声令下："冲啊！"吴兵吴将五千棒棒军像潮水一样冲过来，"杀啊！"楚兵楚将可怜啊，手里的刀枪都没拿好呀，拿着绳索还在拉扯支营帐呢，"卟！"木棒把脑袋都敲碎了。楚军没有准备，狼狈不堪，一下子被敲死敲伤几百个人。吴军缴获的物资许许多多，楚兵退却三十里方站稳脚跟。囊瓦气得七窍生烟：吴国人打仗怎么不讲规矩的呢？这个就是夫概的风格。吴军一仗成功开心啊，战利品缴获了不少。不多时候孙武大军到了，吴国安营扎寨。双方的主力部队一碰头，当中摆开一个战场，设立旗门。夫概满面春风："孙将军，今日夫概旗开得胜特来交令。"夫概心里得意：我缴获了无数战利品，打死打伤了几百个楚兵楚将，怎么样？他又对后面的哥哥吴王阖闾望望：你兄弟阿有面子啊？第一仗已经成功了。谁知道孙武的面孔铁板："夫概，身为先锋大将，理当逢山开路、遇水搭桥，此乃先锋将之责，两军交锋开战须有本帅将令，今日本帅无有将令，你竟敢擅自出兵，该当何罪？来啊，绑下斩了。""啊？"夫概惊呆了："孙将军，我打了胜仗居然还要杀我？"夫概反驳道。大营帐里一片寂静，谁也没有想到，吴王的兄弟打了胜仗还要被杀头。那孙武是怎么想的呢？夫概什么名堂啊？擅自出兵，你好做先锋将啊？打仗是有规矩的啊，最起码得一切行动听指挥。我前面交代你，先锋大将逢山开路、遇水搭桥，真正要开战，要有我命令的。你怎么自说自话这样打？都像你这样乱来怎么行呢？尤其是你，有一股骄气和傲气，仗着是阖闾的弟弟就擅自开战，那还了得？今天要杀一儆百。捆绑手："夫概将军，对不起了。"上来四人，将夫概双手一架，绳子一绑。这时候的夫概怨是怨得不得了。啥？打了胜仗要杀头啊？他对后面的哥哥阖闾望望："大哥？"阖闾也很为难，为什么？因为他领教过孙武的脾气：执法如山，铁面无私。想起校场操练女兵之事，今天的事情异曲同工。你是先锋将军，一切行动听指挥。"先锋"顾名思义就是"开路先锋"。交战打仗是由元帅——带兵主将决定的。三军统帅有统一步骤，有战略布局，先锋大将没有将令是绝对不允许擅自开战的，这是一种为将的基本常识。你只知道局部，不了解全局，是要坏大事的，所以吴王阖闾明白这一点，心想：我爱莫能助呀。伍子胥看得明白，今朝孙武是杀一儆百，第一次开兵，夫概擅自开战，此风不可长，否则要坏全局的。对于夫概此人，伍员并不太熟悉，但他的身份摆在那，伍子胥很明白孙武是什么意思：夫概啊，打仗啊，双方是决战，你怎么自说自话？没有将令，你不能出兵的。你的举动隐含着一种狂妄，但是你牌头比较硬，是大王的兄弟，平常拿你又没有办法的，嘿，今天你碰到顶头货了。别说你是吴王的兄弟，孙武连吴王的小老婆也要杀的，我晓得这是要树立他的权威。我既要维护孙武的权威，又要顾及吴王的面子，还要让夫概吸取教训。

伍子胥抢步上前："孙大将军，夫概没有你的将令就擅自开战，理当军前斩首。将军，今日大战未开先斩我将于军不利，以我之见，夫概将军初次犯错，可以让其将功抵过、将功赎罪，暂时免除夫概死罪！"孙武暗暗佩服伍子胥：知我者子胥也！"众将官，看在丞相讨情的份上，本将军饶夫概不死，不过军法无情，死罪免过活罪难逃，来啊，军棍四十。"四十记屁股还是要打的，这是军法呀。执行的军牢手："来、来、来，对不起啊，夫概将军啊，屁股一定要打。"夫概响不落，就在大营里面把裤子脱下来挨四十记军棍。两个行刑手提醒他："夫概将军，您谢恩啊，今天的主将没把您杀头是您运气好。告诉您啊，这位孙将军连大王的爱妃都要杀的。"夫概很不情愿地："谢主将不斩之恩。"夫概心里面恨啊，恨谁呢？自己的哥哥阖闾。哥哥啊，你只相信外人，把我们自己人弄得这种腔调，打了胜仗还要打屁股。

主帅孙武不动声色，令架上一支令箭拔出来了："夫概听令。"啊？我还有差使啦？夫概："末将在。"孙武："本将军命你带领五千先锋，今儿晚上偷袭敌方大营。"孙武解释："按照我的判断，今天夜里楚军他们要来袭击我们大营。如果他们来袭击，你就带领五千先锋偷袭他们的大营，将计就计，懂吗？"孙武："尔将功抵过。"夫概："是。"孙武发第二条命令："丞相听令。"伍员："在。""伍子胥，你带领一万人马，根据我的探子得到的消息，西北角上那里有座山头是楚兵的粮站，他们的粮食马料都放在那个地方，你今天连夜出击，把他们的粮草尽量夺回来，如果夺不回来的话就一蓬火烧掉。"粮乃军中之胆，没有粮草怎么打仗呢？孙武这样安排是为了动摇楚军军心。伍员："是。"孙武再拔一支令箭："伯将军听令。"伯嚭："末将在。""这样，你给我带一万精兵，在此地营头外面布置一只口袋。根据我的判断，今天夜里他们要来偷袭我们大营，我们弄座空营，等到他们进了这只口袋，你给我把这只口袋拉紧，然后强弓弩箭灰瓶石炮一举而歼之。"伯嚭："是。"

孙武："大王听令。"阖闾想：我也有差使的？吴王："在，本王听令。"你什么差使呢？"今天我们主力部队已经都出去了，现在您手底下还剩五千人，这五千人要以一比十，五千人就要像五万人一样，今天把营门里弄得热闹，鼓乐喧天、灯火辉煌，吹吹打打、互相打骂、唱歌跳舞都可以，看上去像是在庆祝旗开得胜。"阖闾："是。"这里的一切全部由孙武策划，一只口袋布置好了，就等对方钻进口袋关门打狗。同时，孙武还命令蔡国、唐国两支人马从东、西两侧形成合围之势，一鼓而歼之。

对方呢？囊瓦白天吃了个亏，心里面窝火得不得了，心想：你们吴国人不按照规矩打仗，乱来啊。蛮好，你们乱来，我也不客气，我损失很大的，死伤几百个人，辎重损失也很多。先派探子去察看今天吴营里在不在庆功，如果吴营里面灯烛锃亮有人在庆功的话，我们马上乘虚而入，直捣黄龙。傍晚探子潜入吴营附近，远远一看，就望到吴国的大营里热闹得不得了，隐隐有锣鼓声音，气氛热烈得像在庆功。探子回来禀报："回禀丞相，吴营营头里是锣鼓喧天，在庆祝旗开得胜。"囊瓦大喜："今天主力部队给我连夜出击。"考虑到部队出击要悄悄然无声响，囊瓦下令："马摘铃，人衔枚。"什么叫"马摘铃"？以前的战将都是骑马的，战场上的战马头颈里戴一串铜铃，大将在冲出来的时候战马铜铃的声音给人一种威风的感觉，可以振奋人心。现在把马的铃摘下来，又在马蹄子上包布，马蹄踩到石头上就没有声音。那么"人衔枚"呢？

"枚"就是一片竹叶子，每一个士兵嘴里衔一瓣竹叶子。什么意思？不许讲话。人多口杂，行军偷袭要避免声响，不要打草惊蛇，这支部队数万人马寂静无声。这叫"偷营"。囊瓦，你碰到的对手是谁？对手是一流军事家孙武、伍子胥呀。就像下棋：棋高半着呆手扳脚；棋高一着扎手缚脚；棋高两着着亦不要着。这两个对手是中国历史上最伟大的军事家、政治家啊。你这家伙是个无用的贪污犯呀，你只晓得肃霜宝马、裘皮大衣，真正上了战场你不行了。囊瓦自以为聪明，自以为得计，今夜下令偷打，正中孙武"引蛇出洞，关门打狗"之计。所以等到楚军进去一瞧，是一座空营。唉呀！不好了！囊瓦下令退兵，退还来得及啊？中埋伏了，吴营中强弓弩箭灰瓶石炮齐发，楚军一败涂地。等到退回楚营，不好了！半夜营头被袭，又报粮台被抢被烧，一夜不得安宁。楚军损失不计其数，吴军首战旗开得胜。战争是很复杂的，吴楚主要战役总共打了五次，吴国五战五捷。楚军长江天堑失守，兵败如山倒，囊瓦带领残兵败将逃得不知所向。吴国军队在唐国、蔡国支援下，像一把尖刀一样直插楚国首都郢都。

郢都在哪里？就是现在的湖北荆州地区。在郢都的前面，楚人还设计建造了两座城池——麦城、纪南城，中心是郢都，三城呈三足鼎立之势。这两座城谁造的呢？倒是囊瓦设计的。他打仗不行，设计上倒可以。三城合一即所谓"铁三角"，犄角之势。三角关系是最稳定的关系：如果说郢都有危险了，麦城、纪南城的军队好支援；如果纪南城有危险了，麦城、郢都的军队好帮忙。现在吴、唐、蔡三国军队兵锋直指郢都。孙武下令："兵分三路，首先要拿掉两只角，即两座城池——麦城与纪南城。"孙武发令箭命令："伍子胥你辛苦点，这个麦城归你负责。我呢，来负责纪南城。吴王您带领主力部队与蔡、唐两支军队对郢都形成合围之势。"

伍子胥破麦城。麦城嘛，听众们，最最有名气有一个人走麦城，什么人？关云长。这个年份呢是在东汉末年，与伍子胥破麦城要相差几百年了。伍子胥带领一万精兵到麦城。他对麦城情况熟悉的，到麦城城下，他下令部队不要攻城而是造城。造什么城？临时建造一座城，这些当兵的拿草包麻袋装烂泥石块堆起来，突击造好了一座城。这座城造得比麦城高一点，超过麦城城墙高度，麦城里面一目了然。突击几天造好后，取个名字叫"驴城"。什么意思？驴能磨麦嘛。听众们，以前我们的农耕社会一般有点身份的人家，家里都有一只磨坊，我们南方磨米粉，北方磨面粉的，磨子动力从何来呢？靠驴子。一头驴子两只眼睛遮住，一年到头一天到晚一直在兜圈子的，所以有句话叫"驴能磨麦"。那么伍子胥取一句话：我建驴城，你是麦城，驴能磨麦，麦城岂能不下？驴城建好后，他带兵开出来挑战，对面麦城里的人出来应战，麦城里出来了楚将斗辛。麦城军队一共才几千人，不敢擅自出战。楚国的主力部队及统帅囊瓦不知逃到哪里去了，吴军不来挑战，斗辛就率军坚守，现在吴军来挑战，斗辛只好出来应战。

伍员、斗辛俩人认识，以前是同朝为官。伍子胥："斗将军久违了，区区麦城弹丸之地，我吴师尊周攘夷，请你弃暗投明，开城投降。"斗辛："放屁！你这个楚国叛逆之贼，居然大言不惭进犯家邦，还不快快下马就缚。"斗辛骂伍子胥叛徒：伍员啊，你是楚国人啊，你帮着吴国为虎作伥，你忘了你的家乡是哪里？这里才是你的国家！你是个卖国之贼。那么伍子胥生气不生气呢？伍子胥等到他把话讲完回道："将军，当初时候我和你同朝为官，但是你要晓得我伍员对楚国只有功没有过，楚平王昏庸无道，做出父纳子妻乱伦之事，我们伍家门没有罪名反遭灭门之祸，我不愿意离开祖国，但

苏州评话：伍子胥（周明华演出本）

是我变成通缉犯了啊！我是被逼无奈逃到吴国，是吴国把我收留下来，没有吴国我怎么有今天？斗将军啊，你换位思考一下，倘然你一家门都被楚王杀掉，你要不要报仇？"斗辛一听：话有道理，讲不过他。两个人话语碰僵，碰僵嘛打起来。伍子胥本事好，斗辛也不错。两个人从上午打到下午，打到后来，伍子胥说一声："慢，斗将军，我和你各怀其主，今天打得吃力了，不分胜负，这样，明天决一雌雄。"斗辛想：跟你打确实是蛮吃力的，我也觉得有点力不从心了。"好，那么明天决一雌雄。"双方收兵。打仗的时候是主将和主将打，下面的兵也要打的，这叫"兵对兵、将对将"。"叮叮当当"，现在收兵鸣金锣响了，伍子胥手下吴兵吴将呢回转驴城，斗辛将军手下这些楚兵楚将呢收兵回转麦城。

一宵已过直抵来朝。第二天早上八点敲过，底下人来禀报了："斗辛将军啊，伍子胥又在挑战了。"战场上，伍员："斗将军当心了。"斗辛："伍员看刀！"双方"乒乒乓乓"打到下午三点敲过，伍子胥讲："住手，明天再跟你决一雌雄。"斗辛心想：蛮好，我也有点力不从心，明天就明天。第三天怎样？早上兵丁来禀报了："斗将军啊，伍子胥又来挑战。"斗辛："开门迎战。"两个人又打起来，打了两个时辰，正好到十二点，十二点正好是太阳最厉害当口，俩人汗流浃背、气喘吁吁。打得蛮起劲的时候，突然之间斗辛听见后面有人在喊："将军啊，不好了，出事情了。"斗辛听见喊不好出事情啊要急的？斗辛："伍员且慢。"伍子胥家生一收。斗辛头回过来对自己的麦城一看一望——不妙了。为啥？谁知麦城上一面旗子换掉了。原来一面"楚"字旗，现在变成一个"吴"字旗。城头变幻大王旗？城头上出现吴兵吴将什么道理呢？斗辛啊，你差远了，你跟伍子胥在打，实际上今天伍子胥用了一条计策——"浑水摸鱼"。他两天假装跟斗辛打，实际上在两天之内，在鸣金收兵的时候老早布置好一支特种兵。这个特种兵什么打扮呢？里面穿的衣裳是吴军军服，外边罩一件楚军服装，为的是冒充楚军。伍子胥关照：在打仗混战的时候，你们这一百多名特种兵假痴假呆，在战场上与自己人吴军打，等到第一天楚军收兵回到城里时，你们一起混进去。第二天呢？如法炮制，又是进去一百多。两天一共近三百个人混入麦城。伍子胥关照他们："到第三天中午午时，你们给我突然袭击，把城楼夺下来，楚国旗子换掉，扯上吴国旗子。"所以这些特种兵埋伏在麦城角落里，外面打得结葛罗多，一看时间差不多了，忙把楚军服装脱掉，身上露出来一个"吴"字，拿着刀枪冲到城楼上，两个楚兵楚将没搞懂还在问："你们哪里来的？"吴兵拉起来一刀："哪里来的？阎罗王叫我们来的。"飞快到城楼上把上面的"楚"字旗换成"吴"字旗。斗辛一看上当了，中计了，忙率残兵败将逃到郢都。伍子胥也不追，率兵进麦城。伍子胥唾手得麦城，一仗已经成功。有诗赞：

> 西磨东驴下麦城，偶因触目得成功。
> 子胥智勇真无敌，立见荆蛮右臂倾。

那么纪南城呢？主将孙武亲自带兵攻打纪南城。孙武率军到纪南城，先将城池包围起来，并不轻易动兵，而是先观察地形。他乔装改扮成一个樵夫，手里拿一把柴刀，背上一只箬帽，带两个警卫人员登山看地形。他到山上一望，纪南城一目了然。再一看纪南城的地形，左有一条河叫"赤水河"，右边一条江叫"漳江"，两条水路汇集到纪南城，城郊外两旁边山接山、山连山，崇山峻岭，山涧水日夜奔流，两股水流似两条膀臂将纪南城围着。孙武下一条命令:"来啊,给我在赤水河水道上面筑一条坝把水流给拦住,这边的漳江也给我筑一条坝,拿石块烂泥草包堆起来,坝筑得高点,让它的水多积点,大概七天时间。"听众们啊,水是日夜奔腾的,拦住的流水把水位抬高了,七天过后坝里的水位已经高出纪南城一大截了。到了第八天,孙武:"来啊,给我把漳江、赤水河的坝一起扒掉。"一声令下两坝倒塌,洪水猛兽滔滔不绝,像脱缰的野马相仿,纪南城顿时一片汪洋。纪南城的守将是谁呢?子期将军。子期将军会用兵的,足智多谋,但是楚昭王耳朵根软,他听见老百姓在传"子期在,楚国亡"的民谣,便中了伍子胥、孙武的离间计,削去了子期的军权,关照子期镇守在这里。现在纪南城被团团包围,接下来大水冲进来,子期将军觉得自己本事再大也没有用了,只得保存实力,赶紧城门一开带着残兵败将从纪南城撤退,退到郢都。

　　伍子胥和孙武拿两城已经得手了。麦城、纪南城这两个城被称为"龙角",郢都是龙的头。有句老话:"龙不截角。"龙的两只角截掉了,这条龙也就差不多了。这时候的三国联盟五万军队一鼓作气,兵贵神速,已经把整个郢都团团围住:兵临城下。

　　楚国首都从上到下人心惶惶,楚昭王惶惶不可终日,斗辛将军麦城失守,子期将军纪南城遭淹,那么怎么办呢?城门官来禀报了:"大王,不好了,吴国大军要攻我们的郢都了,都城危在旦夕。"楚昭王坐在这只王位上眼泪水要急出来了:"众位卿家,尔等看怎样啊?"钟健:"大王,以我之见,速速开得后城门,保全龙体连夜出逃。"昭王:"放屁。"昭王对他望望:你怎么想得出的!我什么人?一国之君。我马上逃走了国家不要被攻破啊?首都被攻破就是"国破家亡"啊。昭王:"钟将军休要胡说八道,寡人宁死不走呀。"子期:"大王,以我之见,我们还能拼死一战。"昭王:"那兵马何在?"子期:"这……"既然要拼死一战,那楚国带兵的统帅呢?不知去向。昭王:"哎!子期将军,寡人千不该万不该,不该将你的兵权交给囊瓦啊。"你这话等于没讲,那么怎么办呢?城门官又来禀报了:"报大王,不好了,吴军疯狂攻城,郢都危在旦夕!"那么到底怎样呢?要下回继续。

第三十七回　兵临城下

　　吴、唐、蔡三国联军兵临城下,楚国王宫碌乱纷纷,惶惶不可终日。楚昭王眉头打结,眼泪水要下来了:"众位卿家,尔等想想法儿啊。"下面众说纷纭,没有一个头绪。就在此时,一个内侍奔到昭王边上:"大王,太后娘娘驾到。"昭王想:怎么这个时候娘会出来呢?回过头来一看:"母后,您怎么来了啊?"出来的何人?楚昭王的娘孟嬴。

　　各位听众,此人名字大家蛮熟悉,我在前段书里多次提到孟嬴公主,她是秦国国君秦哀公之胞妹,本应该明媒正娶嫁给楚国太子芈建,公公不动好脑筋看中了儿媳妇,苏州人攀谈这个叫"扒灰",楚平王熊居父纳子妻。孟嬴公主被逼成婚,只能嫁鸡随鸡嫁狗随狗,现在儿子也养了,这个儿子就是楚昭王熊珍。最近事态的发展越来越危险,外面的一举一动每一个信息都牵动着她的心。吴、蔡、唐三国兵临城下,怎么堂堂楚国败得这么快?孟嬴心里明白的,关键是两个人:伍子胥与伯嚭。在国破家亡之际没有别法,她决定出来替儿子分忧解难。孟嬴:"王儿啊。"昭王:"母后。"孟嬴:"听说吴军兵临城下,郢都危在旦夕,如今怎么办呢?"昭王:"娘啊,孩儿正想方设法抵御来敌。"孟嬴:"皇儿,今日为娘有一个法儿在此。"昭王:"呀,母后,您有法儿?"孟嬴:"儿啊,我们这一次为何兵败如山倒你知晓吗?"昭王:"孩儿不知。"孟嬴:"儿呀,吴国营头里有两个原是我们楚国的将军,他们是为了复仇而来,他们熟悉楚国的情况,他们是乘虚而入呀。"昭王:"母后,这两个人一个是吴国宰相伍子胥,还有一个是吴国先锋大将伯嚭呀,两个逆贼真可恨哪!"孟嬴:"造成今朝的局面,儿子啊,你不能怪他们啊!"昭王:"母后,为啥不能怪他们?身为楚人引狼入室,罪责难逃啊!"孟嬴:"儿啊,你年纪也不小了,有句话叫'解铃还须系铃人'。"昭王:"母后,孩儿不明白。"孟嬴想:儿子啊,你怎么晓得呢?现在啥人敢和你讲你的出身呢?但是时至今日,只有为娘拿这桩事情讲明白,你才能知道来龙去脉,你才会明白造成今日之局面的罪魁祸首到底是谁啊!孟嬴公主就把当时自己是怎么嫁过来的,自己怎么会有昭王的,楚平王怎么把自己强娶进西宫,自己呼天喊地、楚平王仍不顾伦理父纳子妻的经过告诉了楚昭王。"以前这段事情我不好讲,讲出来坍台啊,今天楚国是自食恶果。儿啊,有一句话叫'不时不报'。如今时机已到,这叫'因果报应',你爹前世作的孽,到你儿子身上报了。"昭王熊珍听得惊呆了:"母后啊,那么如此说来伍家遭灭门,天下通缉伍子胥为朝廷钦犯是冤枉的?"孟嬴:"当然,他们是来复仇的,这个仇人就是你爹呀。"昭王:"母后,有啥法儿让他退兵呀?"孟嬴:"我想到有一个人,此人与伍子胥是莫逆之交,我曾救他一命,让他出来或许能阻挡吴军解当前之危。"

楚昭王想:娘,您为啥勿早点讲呢?昭王:"母后,能解郢都之围之人是哪一个啊?"孟嬴:"儿呀,此人姓申叫申包胥。"昭王:"申包胥啊?孩儿不知啊!"孟嬴:"儿子啊,申包胥被关在天牢之中了呀。他原来是楚国的大夫,申包胥和伍子胥两个人相当要好,为啥要关到天牢里?就是因为他为伍家抱打不平,申包胥在你爹的面前讲了伍家受冤的话,你爹要把他杀掉,我对你爹讲,把天下人都得罪了要有报应的,所以最后我来讨情。总算还好,你爹把他死罪免过,但是下一条命令将他打入天牢,永世不得翻身。现在时过境迁,你爹死了,但是报应还是来了嘛。要退吴兵,谁做说客呢?说客只有一个人,就是申包胥。儿啊,快快将他从天牢中释放出来,或许他能退得吴兵啊。"

昭王如梦初醒:万万没想到我快要廿岁了,我上这只位子也有几年了,还有这样一局戏啦。是的呀,昭王啊,关系到你父亲的丑事啥人敢讲呢?你是一国之君呀,你爹做的事情大家不敢响呀,有欺君犯上之罪的呀,只有你母亲好讲。昭王:"母后,今将如何?"孟嬴:"速速下令释放申包胥,让他官复原职呀。"昭王:"来啊,将大夫申包胥释放,请上大殿。"一声令下,马上有人到天牢里传达旨意。

监狱里牢头禁子来到重刑牢房:"申包胥啊,出来。"申包胥为救伍子胥在楚平王面前鸣不平,险遭杀身之祸,被关在重刑牢房里吃官司,十余年来暗无天日,平时没有人理睬,今天突然听到牢头喊自己,心想:今天出去会不会杀头的?死的准备早就做好了——镣铐摘掉,肚子先吃饱,再换一套衣裳。申包胥问:"是不是吃饱了去死?"禁子:"不是死,现在请你立刻上殿,你已经官复原职,你仍旧是大夫之职,现在楚王要接见你。"申包胥愣住了:监牢里的死囚犯是永世不得翻身的啊。太阳很久没看见了,一到外面眼睛也睁不开,申包胥到大殿上对四周一看,大部分人不认得,当中的人也不认得,坐在当中的肯定是楚王,看上去年纪轻的。申包胥:"大王在上,申包胥叩见大王千岁千岁千千岁!"昭王:"申大夫,快快请起、快快请起啊。"申包胥:"是。"昭王:"申大夫你受苦了,寡人替父王道歉了。"申包胥:"大王哪里话来!包胥不敢当呀!"昭王:"如今国家有难,欲要请你帮个忙啊。"申包胥:"大王何事?"什么事情?昭王把事情叙述一遍:"现在吴国和蔡国、唐国三国联盟五万军队把我们团团包围,郢都城危在旦夕。"昭王:"申大夫,你跟吴国的带兵之将伍子胥是莫逆之交,请你出马劝他退兵。"申包胥:"这个……"申包胥到现在明白了:万万没想到时隔多年,我的好朋友伍子胥居然已经作为吴军的领兵主将复仇来了。我为啥吃官司啊?我的官司就是为了伍子胥冤案。我抱打不平最后差一点被砍脑袋,幸亏孟嬴公主讨情,才免我一死,这个太后良心好的。今天既然国家有难,我匹夫有责。但是他冷静一想:慢!我就这样出去劝说肯定不行。申包胥:"大王,伍家满门抄斩冤沉海底,请即刻为伍家平反昭雪啊。"您不要忘记啊,他们家族三百余口被满门抄斩,楚平王强加罪名,冤枉伍奢父子协助太子有谋反之意,这些通通都是不实之词,您要不要先平反的呢?昭王:"嗯,来呀。"马上关照起草诏书,给伍家平反昭雪,宣布伍奢、伍尚无罪,不实之词全部推翻。一封平反诏书写好,一方玉玺印章一敲。昭王:"包胥大夫,你看怎样?"申包胥提出平反要彻底:"这里设一个灵堂,立一块伍奢牌位,让伍子胥进城祭吊亡灵,让他消消气。"昭王:"好,寡人应允。"我要去做说客,叫伍子胥要退兵,我嘴上光说他不会相信,不相信就请他进城来看嘛,这里灵堂设好了,还有他爹娘的牌位也摆好了,让他来祭奠亡灵,这样才能使他相信真的平反昭雪了。昭王:"嗯,说得有理。那么请教了,灵堂设在何方?"申包胥一想:规格要高,要让伍子胥开心。申包胥:"灵堂设在太庙里面,最高规格。"昭王:"来啊,太庙设灵堂,祭奠楚国忠臣伍奢、伍尚。"那是忙得不得了,太庙原来放楚王老祖宗牌位的地方,现在重新做只座台,再立两块牌位——楚国功臣伍奢、伍尚之灵位。太庙大门前一条白色横幅"一门忠烈",这个场面大得不得了。申包胥再提一个要求:"大王,我出发前还有一桩事情必须做。"讲啊,只要好退兵解围,我总归都答应你。昭王:"什么事情?"申包胥:"大王,伍子胥被定为朝廷钦犯,在您爹手里发出的这张通缉令到现在还没撤销,所以他现在还是个通缉犯,您至少要撤销吧?"昭王:"讲得对,来啊,通缉令作废,明辅将军伍员伍子胥为楚国功臣。"昭王命人马上拟一张撤销通缉令给伍子胥平反昭雪的圣旨。你再看看怎样?这个动作快得不得了。昭王:"请申大夫快快出城解围。"申包胥:"慢,还有呢。"昭王:"呀?还有什么事情?"申包胥:"大王,您可知晓,他今天为什么会沦落到这个一步,对楚国恨天毒地?冤有头债有主,对不对?您父亲已经死了,死了死了一切都了,可是还有人活着,这活着的人是要承担责任的。"昭王:"哪一个啊?"申包胥:"大王,就是站在你旁边的这个人,恶贯满盈的费无忌。"各位,我第一回书出场时,费无忌是太子少傅,官职不是很高,自从他把伍家害了以后,这只位子他顶上去了,伍家满门抄斩,伍相府被他占用了,现在变成了"费相府",不得了,费太师啊！费无忌站在边上头颈骨硬撬撬：怎么样？大王您哪里来的？您就是我做了媒人生出来的。所以昭王看见他像看到血滴子，心里有点怕他。老太师啊老太师，没想到你就是祸国之源，今朝楚国危亡责任全在你的身上。昭王："费太师。"这时候的费无忌在边上吓得浑身发抖。费无忌："大王饶命啊。"到今天的份上，费无忌知道报应来了。

旁边一位大夫钟健说道："大王，现吴军当中有一领兵之将，他叫伯嚭，他的父亲便是伯郤宛将军。太师费无忌嫉妒伯将军，故而将其一家害死。大王，此事您是明白的。"这桩事情楚昭王清楚：伯嚭的父亲伯郤宛我喜欢的，伯将军这个人不错，跟吴国打仗一仗成功，战场上缴获了很多战利品，我要全部赏给他，他却不要，这样好一位将军，结果被两个人害了，两个什么人？丞相囊瓦，太师费无忌。他们两个人器量狭窄，争风吃醋，结果把伯郤宛蛮好一家人家烧得赤脚地皮光，导致伯嚭逃到吴国去，今天伯嚭领兵过来打到这里，要为自己的一家门报仇雪恨。宰相囊瓦领军抗吴，败绩连连，现在不知逃到哪里去了。还有一个就是站在我边上、我最最敬重的老太师。昭王回过头来对他看看："老太师，时至今日国难当头，你知罪否？"费无忌："大王饶命啊！"这时候费无忌裆里已经淌淌滴了，他晓得今朝末日到了，双膝跪下。费无忌："大王，请饶我一命也。"昭王："来人，将祸国殃民的奸贼费无忌拿下。"御林军上去将其捆绑。申包胥："大王，今天我要出城面见伍员，必须把费逆的首级带上，让伍子胥、伯嚭验明正身。"申包胥的意思是：本来我去谈判，我有什么筹码？他们要报仇雪恨，他们要找冤家，现在冤家来了，这个就是谈判的筹码。申包胥："大王，冤有头债有主，祸国殃民之徒要严正国法。"这时候昭王想：别说国法，只要能保住我的王位都可以。昭王："来啊！"手下："是！"昭王："将奸贼费无忌当场斩首，满门抄没。"手下："是！"将费无忌推下去，"嚓！"费无忌身首分离罪有应得。老古话："恶有恶报，善有善报。时机一到，一切都报。"申包胥将费无忌的首级往盒子里一放，两道平反昭雪的圣旨一带。申包胥："大王，我试上一试。"昭王："重托于你了。"

申包胥到城墙上面，只见对面吴军旌旗招展，声势浩大，郢都城危在旦夕。申包胥："来，与我发一箭书。"古代的通信方式有射箭，在箭上绑一封书信，在城墙上射到对面。"叭！"这支箭被对面吴国的士兵拿起来，奔到大帐上。吴兵："大王，郢都城里有箭书一封。"阖闾一看是写给伍子胥的。吴王："丞相请看。"伍子胥将书信拆开一看，信写得很简单扼要："请伍子胥到战场上相见。"下面的落款是"楚国大夫申包胥"。申包胥是我的好兄弟哇，当初我逃出来时碰到他的，他放了我一马。这些年来我一直在打听他的消息，但是音讯全无，我当他死掉了，原来他还活着啊！伍子胥高兴啊："大王，我的朋友楚国大夫申包胥约我战场相见。"吴王："伍员去就是了。"他对伍子胥绝对相信。伍子胥骑马出营，后面还跟着一个人，谁？伯嚭。伯嚭说："大王，我也要去看看呢，因为我也是楚国出来的，丞相一个人上战场，我做陪同。"阖闾觉得俩人去也蛮好。伯嚭想：不知什么事情？我倒要看一看。两人骑马出了营门。

伍子胥老远看见城门内出来一人一骑，眼前此人头发花白，脸色虚胖（长期监禁），他就是当初放我逃走的好兄弟申包胥啊？变化太大了。申包胥也不认得了：这就是当年我放走的好兄弟伍子胥吗？怎么头发雪雪白，眉毛胡须都白出来了？待两人走近后，申包胥又觉得伍子胥明盔亮甲气宇轩昂。申包胥："兄长。"伍员："贤弟。"两个人相见，马背上坐不住了，从马背上跳下来，弟兄俩在楚国首都郢都城外腥风血雨的战场上碰头。伍员："我的好兄弟啊！"申包胥："我的大哥啊！"两人泪如雨下，紧紧相拥。伍子胥："贤弟，愚兄多方打听你的下落都杳无音讯，我当你已经不在人世了。"申包胥："哥哥，想不到你我弟兄竟会在此相遇啊！"伍子胥："贤弟啊，你我离别一十九年了。"申包胥："大哥，不堪回首十九年呀。"两个人有讲不完的话。伍员："兄弟啊，你一直在哪里？怎么音讯全无？"申包胥："不瞒你讲，那天和哥哥你碰了头，我放你走后就吃官司吃到今天，没头颠倒。为了你伍家冤屈，我和楚平王去论理，他居然说我逆旨私放朝廷钦犯，要杀我，幸亏孟嬴公主、昭王的母亲她出来讲一句话，我总算还保住一条性命，被判无期徒刑。"伍子胥："贤弟，那今日怎会出城呢？"申包胥："今天我出来是要告诉你一个好消息：你父兄已经平反昭雪了。"申包胥边说边从身上拿出昭王圣旨。申包胥："请看。"伍子胥接过来打开一看，是平反昭雪诏书。伍子胥："我们伍家平反昭雪了，贤弟，多谢你啊。"申包胥："哥哥，还有。"申包胥再拿出一书："那个通缉令也撤销了，你是个无罪之人。临潼斗宝会上为国增光，你是一位有功之臣呀。"伍子胥："多谢贤弟。那么今日你怎会出得城关的呢？"申包胥："哥哥，你今天马上跟我进城。"伍子胥："进城？"申包胥："城里面已经把灵堂都布置好了，伯父、大哥的牌位都设好了，你要不要祭奠一下亡灵？"伍子胥："叫我进城祭祀亡灵？""另外还有，"申包胥："哥，给你看一样东西。"申包胥把手一挥："来啊，拿上来。"底下人捧只盒子出来，又把这只盒子放到地上，盖子拿掉："哥！你看他是谁？"伍子胥低下头对下面一看："呀！他！费无忌！"申包胥："冤有头债有主，今天小弟给你报仇雪恨了。"看见费无忌首级，伍子胥这个火（蹿上来），面孔涨得通通红。伍子胥："你这个奸贼！"要想拔剑砍头，来不及了，边上人先动手了，什么人？伯嚭。

伯嚭出来什么目的？很难讲，伯嚭的心里面相当复杂。一方面，他想听听伍子胥和申包胥在讲点什么；另一方面，他也想看看有什么花头经。现在看见费无忌的首级，他忍耐不住了：我一家门平白无故满门遭斩，就是你这恶贼呀，吃醋妒忌，跟囊瓦两个人把我一家烧得赤脚地皮光。他怒发冲冠，拔剑将其首级像砍西瓜一样"啪！啪！"乱砍一通。伯嚭："费无忌，你这个奸贼！你也有今日！"这个时候伯嚭开心啊。但是伍子胥也晓得，今天申包胥来肯定还有什么事情。伍子胥："贤弟还有何事？"申包胥想：怎么没有呢？还有最最要紧一桩事情。申包胥："哥，现在你已经平反昭雪了，你们伍家是我们楚国的功臣，你是堂堂的明辅将军，所以我们大王向你赔礼道歉，他叫我转达一个要求，请你下令退兵解围。"伍子胥："怎样？下令退兵？"申包胥："这里是你的祖国，你面对的是楚国的父老乡亲，你如果要攻城进来的话，老百姓遭刀兵之灾，血流成河、哀鸿遍野。现在你的冤家对头都已死了，死了死了一死百了，大哥，你的大仇已报，小弟恳求你，下令退兵吧。"伍子胥："这……"伍子胥到这个时候终于幡然猛醒：原来你今天来的目的，你所做的一切，就是要我退兵啊。申包胥，你为了我险些被杀，为了我吃了十九年官司，我感恩在心，但是今日你是楚昭王派来的说客，目的是要我退兵。兄弟啊，现在我是什么样身份？我是吴国的宰相啊。伍子胥："贤弟，当初愚兄逃往吴国才留得一线生机呀，没有吴国哪有我今日？楚国乃是我的血地，我是被逼无奈才逃奔他乡的啊！今日我在吴邦行事，退兵乃是两国之事，你我乃是弟兄之情，二者不能混为一谈啊。"我个人的恩怨可以一笔勾销，我晓得实际上兵伐楚邦也是吴王利用我嘛。吴王晓得我报仇心切，晓得伯嚭也要报仇，我们两个人熟悉楚国的情况，他是带有一种利用的性质。但是我们呢？我们当然也寄希望于吴国出兵，好为我们报仇。但是私人的恩怨和国家的利益毕竟是两码事，吴国和楚国这个冤家结得深而又深，这两个国家不是你死就是我亡，打仗打了这么多年了，不共戴天呀。伍子胥："贤弟，你为我仗义执言吃尽苦头，愚兄铭记在心。只是'退兵'二字嘛，今日愚兄难以启口啊。一，我到吴王面前讲不出'退兵'二字；二，真正做主的，真正可以下令退兵的只有吴王阖闾，我没有这个权的呀。"伍子胥："请贤弟原谅三分。"申包胥："大哥，吴王对你言听计从，难道说你不愿开口吗？"伍子胥："没有吴国哪有我今天！再说，我没有这样的权，我也开不出这个口啊。"申包胥："大哥，难道你要让楚国百姓遭受涂炭么？"伍子胥："贤弟，愚兄难以从命。"申包胥："好吧，大哥，既然如此，那我今天与你弟兄恩断义绝。我为了你险些丧命，申包胥瞎了眼睛，交了你这个不知好歹的朋友。"

作为我说书先生，我从第三者角度来分析，伍子胥对不对呢？有点道理。这里面要弄清楚个人恩怨和国家关系，一边是国与国之间的大局，一边是个人之间的恩怨。申包胥只从个人恩怨出发，而伍子胥他是从国家大局层面出发，所以拒绝了申包胥的要求。

在伍子胥看来，吴楚开战打了几十年了，今天只不过我熟悉楚国情况，我要报仇，吴王利用我，就是这点花头。我虽说是宰相，但真正的权不在我手里，兵权还是在大王手里，所以申包胥你提出的要求是不切合实际情况的。今天申包胥万万没想到碰了一鼻子的灰。申包胥看伍子胥态度坚决，再反身看看自己——一厢情愿。申包胥："既然如此，申包胥告辞了。"伍子胥："慢！贤弟不要回去。"申包胥："怎样？"伍子胥："贤弟，你要知道，我们吴军还有唐军、蔡军晚上要进攻郢都，破城在即，刀枪之上不生眉目，贤弟啊，为了你的安全，你不要回去了，你跟我进吴国大营吧。"申包胥："嘿，多谢吴国宰相一片好意，楚国大夫回楚邦去了。"申包胥把手一敨："后会有期。"愤愤骑马回城。弟兄两个人从此决裂了，接下来带来的后果不得了，后书再提。

谈判失败后，申包胥进城到殿上面见楚昭王。昭王："申大夫，怎么样？"申包胥："大王，包胥无能。"昭王："啊？难道伍子胥不肯退兵吗？这便如何是好啊？"城关上的城门官奔进来："大王，大事不好了！吴军他们攻城了，郢城危在旦夕啊！"一会儿又来报："城池马上要破了，现在箭也射得差不多了，上面的人也死伤惨重。"大殿上也碌乱纷纷。子期："大王，末将有一支队伍前往抵御吴军。"子期将军的意思是：大王您不要急，我最后还有一记杀手锏，我这支部队这时候好派派用场了。昭王："子期将军，快、快、快，快点给我抵御吴军。"那么子期有一支什么部队呢？一支特种部队。一歇歇工夫从城里面出来一支特别的部队，吴兵吴将包括伍子胥骑的战马，一看前面出来这支军队，马被吓得嘶叫起来，吴兵吴将也吓得往边上逃，就此攻城暂时没攻进去。那么究竟出来一支什么军队呢？事情到底怎样呢？下回继续。

第三十八回　鞭尸三百

　　郢都之战，吴、蔡、唐五万联军把整个楚国首都包围起来，战争是相当残酷，城前尸横遍地、血流成河。在即将破城的当口，楚将子期想出来一个急办法，派一支特别的军队——象阵。听众们，动物上战场最早见于《封神榜》的描述：姜子牙骑四不象作战。春秋战国时候，齐国田单还用火牛阵破燕军呢。那么楚国的大象哪里来的呢？因为楚国是春秋五霸之一，地域横跨南方十一个省，云南、广西都属于楚国范围。边陲地区诸侯王国，因周室衰弱便寻求保护，于是成为楚国的附属国。做附属国有规矩的：年年进贡岁岁来朝。贡品就是地方上的土特产，云南西双版纳大象也是贡品之一。子期将军作为军事家，他就考虑到大象这个庞然大物是可以用来吓唬人的，说不定还能打仗，因此他把大象作为试验品进行培训。子期将军在当司马上将军（国防部部长）的时候曾经把这些象作为试验品，稍微进行了训练，不过还没成为军队，更谈不上去战场作战。后来他的兵权被摘掉了，此事也就荒废了。现在郢都危在旦夕，他就想到了兵营里养的那些象，那就让它们派一记用场吧，他给这个阵法起了个名字，其名曰"火象阵"。大象都有象牙的，象牙上绑两口尖刀，后面一条尾巴系上稻草，这个稻草是浸过桐油的，然后在象的尾巴上点火，等到尾巴上烧起来，大象吃到痛挣扎的时候，把城门一开大象冲出来了，你别看它慢，其实也蛮快的，因为象的身材高嘛。对面的战马一看：不得了，来的家伙比我大了很多。马看见象嘛就好比看见老祖宗来了，有一种恐惧感。象还有个特点：你的箭射上去它都不怕的，为啥？它的皮是什么皮？象皮呀。所以这些大象屁股上烧着火感到疼，便挣扎着冲了出来。这个叫"一哄头"。但毕竟大象是动物，不是训练有素而是仓促上阵，吴、蔡、唐三国联军也只是吃了一个惊吓而已。大象屁股被火烧着后四面挣扎，它又不晓得方向，带着两把尖刀开始往前面冲，后来它又没有目标，便四处散开了。但就是这个"一哄头"，也把吴、唐、蔡联军的攻势阻挡了一阵，为楚昭王他们争取到了撤退的时间。

　　楚国第三十二代君主楚昭王熊珍狼狈至极弃城出逃。逃出去多少人呢？六十个人不到。他的母亲和西宫娘娘均来不及逃跑，只有一个女人——昭王的妹妹跟着一起逃了出来。楚昭王在逃出来的时候狼狈到什么程度呢？他逃出来的时候鞋子也掉了，是赤脚逃出来的。他们逃到事先准备好的一只船上，把宫里最值铜钿的金子、银子、珍珠宝贝、翡翠玉器都搬上去了。

　　楚昭王弃城而逃，这些守军还守什么呢？东家都跑掉了，干脆白旗一扯开城门投降。"活捉楚昭王，拿下郢都城！"吴、蔡、唐三国联军终于攻克郢都城，吴王阖闾率军直冲楚宫而来。"杀啊！"公元前506年11月27日，楚国首都被攻破，春秋战国历史上创造了一个小国打败大国、弱国打败强国的奇迹，三国联军从起兵到破城整个战争历时两个月。

苏州评话 伍子胥（周明华演出本）

吴楚争斗八十年，吴国败多胜少，今日扬眉吐气如愿以偿，吴王阖闾骑马进楚国首都有一种胜利者的感觉。他进楚国王宫一看：楚宫气势宏伟、金碧辉煌，到底是个大国呀，这样一看我们吴国（苏州人）小家败气了。吴国宫殿我觉得造得蛮好，可是现在一看，怎么能比呢？阖闾到大殿中央这只位子上一坐，有一股皇家风范。这只位子谁坐的？冤家楚王。想不到啊，现在我吴王端坐居中，得楚国就得了半个天下，现在周室的半壁江山都是我吴王阖闾的了。这一仗从军事角度讲起来是小小的吴国打败了强大的楚国。为啥吴国会成功呢？有四个因素。第一，下决心。决心很重要，长期准备，果断出击，每战必胜，以小搏大。这种战例现在也有。比如以色列国家很小，阿拉伯国家很大，可是阿拉伯照样被以色列打败，道理一样的。第二，用人才。人才是谁啊？伍子胥、孙武。吴王阖闾本身就是个人才，良材录用。第三，腐败。谁腐败呢？楚国腐败。楚平王父纳子妻乱纲乱伦，上梁不正下梁歪。堡垒最容易从内部攻破，重用贪官奸臣误国亡国。第四，师出有名，指挥得当。吴、蔡、唐出征的这块牌子叫"尊周攘夷"。这块牌子也很要紧。楚国被称为"荆蛮之邦"，楚庄王曾经要问鼎周室，有野心，吴国是师出有名。伍子胥、伯嚭也起重要作用的，他们对楚国情况一清二楚，打仗叫"知己知彼"。这次战役以孙武挂帅，孙武实践了自己所制的兵书兵法，英雄有用武之地。孙子兵法的"知己知彼，百战不殆""兵贵神速""兵者诡道也"等军事思想经过实践检验证明是正确的。另外，吴国怎么会打败楚国的？伍子胥用离间计让昭王把自己的主将换掉，吴国和唐国、蔡国结成三国联盟，建立最广泛的统一战线等诸多原因也使吴国取得了战争的胜利。

打了胜仗后吴国开始犯错误了，胜利冲昏了吴王的头脑。吴王阖闾高兴得不得了：从爷爷开始从来没这样赢过，现在破了楚国都城，整个楚国都是我的了。吴王得意洋洋，不可一世，心想：上一代楚王不顾廉耻，居然把儿媳妇强占在手，这个媳妇就是秦邦美女孟嬴公主，听说她没有逃走还在宫里面，我倒要看看她究竟有多大的魅力。他首先来到了太后的宫内，一看见孟嬴不禁惊呆了：果不其然，徐娘半老风韵犹存，秦国的大美女！年纪替她算算也要近四十岁了，可是看不出啊！这时候他眼乌珠定洋洋，馋唾水嗒嗒滴——不动好脑筋。阖闾："美人啊！"孟嬴公主怎样？一身素装端坐宫中，孟嬴也晓得国破家亡，儿子已经逃走了，看阖闾进来便沉着镇定地目视阖闾。吴王："美人哪，果不其然！漂亮！来吧！"上前想拥抱。孟嬴："且慢！吴王阖闾，你休敢造次，你若上来非礼，休怪奴奴不客气了。"说完从怀里亮出一把尖刀准备扎向自己的胸膛。孟嬴想：我刺你是刺不着的，但我不愿受糟蹋。我是个弱女子，但我可以选择自刎而亡。她俏眼怒睁："阖闾，你口口声声'尊周攘夷'，你的周公之礼何在？男盗女娼，搞乱朝纲，原来你也是个衣冠禽兽！不知廉耻的家伙！你再敢上前一步，我马上死给你看，让你的名声传到外面遗臭万年！"

说来也奇怪，今天的孟嬴公主是一股正气，就像一团烈火，把吴王阖闾一团邪气压住了，这叫"正能克邪"。吴王万万想不到眼前这个女人这么厉害，被她当头棒喝，好像人惊醒了。吴王："来啊，任何人不准进此宫，谁进宫我就杀谁。"不晓得断命的邪气前脚下去，后脚倒又上来了。吴王转念头：我是占领军、我是胜利者，这里我托拉斯，楚国都是我的。老太婆吃不动，换一个，谁啊？我听说楚昭王的妻子国色天香、年轻漂亮，她还在宫里面。吴王他摇身一转来到西宫。西宫娘娘、楚昭王之妻心惊肉跳，自从男人逃走后，吴军冲进宫中无法无天，她一个弱女子无法不担惊受怕。阖闾咧着嘴："我的美人呐！"听见声音，楚昭王的妻子吓得花容失色。这个儿媳妇与婆婆就两样了，她性格懦弱胆小，不像婆婆孟嬴性格刚毅、坚贞不屈。桃子拣熟的吃呀。吴王阖闾跑进来不由分说，一把抱起西宫娘娘往床上一扔。"啊呀！"西宫娘娘一声惨叫，只能屈从了。吴王笑着："美人！从今天开始你就是我的娘娘了。"楚昭王的妻子因为自己懦弱，软口汤一吃。从今天开始，她陪伴的就不是昭王而是吴王了。吴王还下了一道荒唐的命令：君室于君室，大夫室于大夫室。什么意思？"君"：一国之君。"室"：女人。我是一国之君，整个楚宫里面三宫六院七十二妃都是我的。第二句："大夫室于大夫室。""大夫"：将领官员。吴国占领军的所有将领和各级官员，你们自己去对号入座吧。如果你是元帅，那么就到楚国的元帅府；如果你是宰相，你就到囊瓦家里去。你可以根据自己的级别到楚国对应的家庭里去将之占为己有。这时候的吴国军队乱透乱透。其中有吴王的三儿子公子山，打仗时公子山担任粮队官，负责押解粮草、管后勤保障，兵马未动粮草先行嘛。这个五万人部队的后勤保障做得蛮好，破了郢都过后，老头子下道命令，公子山想：宫里面都是爹的，我作为粮队官，爹啊，那么我到囊瓦家里去。因为囊瓦是宰相，宰相府里据说女人多得不得了，而且都是标致面孔，所以他也不动好脑筋进了楚相府。公子山前脚进去，后脚有人来了。进来的什么人？夫概。夫概想：蛮好，哥哥啊，你在宫里面，你是一国之君，我不与你争，我到宰相那里去。结果怎样？叔侄两个人在囊瓦家里碰头，两个人发生了内讧——坍吴国人的台呀。最后还是小辈让步的：您是叔叔，那么我就让您吧，我另外去换一家吧。吴国的军队是一片混乱。

另外，唐成公与蔡昭侯俩人来到楚国宰相囊瓦家里。唐成公第一就想到那匹肃霜宝马，他到马厩一看大喜，此马还在。唐成公："我的宝马。"马认识主人的，一声长嘶："呜——！"唐成公高兴啊，骑上肃霜宝马得胜回转家邦。另一个是蔡昭侯。他进相府搜藏库存："哈哈！一方白璧、一件裘皮大衣物归原主也。"蔡昭侯亦然凯旋。

吴王阖闾陶醉于楚宫之中，任凭吴军进城烧杀抢奸。对此，领兵统帅孙武很苦恼，但他无法阻止。他向吴王阖闾提出："楚邦非久留之地，只能打败而不能灭其楚国。因为一，楚国是一个大国，而吴国充其量只是一个中等之国，人心不足蛇吞象是要自食恶果的。二是楚国内部腐败，必须寻一个代理人立为楚国国君，而此人必须是亲吴国的。有这样的人吗？有一个。谁啊？太子建和马昭仪的儿子芈（白）胜。当初禅宇寺伍子胥将其带在身上救出，现在在姑苏伍相府养着。伍子胥是他的救命恩人，他又是合法的有正宗血统的熊氏后代，楚平王熊居的孙子，可以立他为楚国君主。"这么好一个建议，可吴王阖闾置若罔闻，把孙武的建议晾在一边，而孙武却无能为力。

那么伍子胥怎么样呢？作为吴国的丞相，又是征楚的主将之一，他在忙什么呢？伍子胥念念不忘报仇雪恨。我来干什么？我来就是要找冤家楚平王的。冤家死了，死了也要找到他的尸体。伍子胥："大王。"阖闾："丞相。"伍子胥："老臣有一事相求。"吴王："说，什么事？"伍子胥："大王，老臣一家三百余口死于非命，今日恳求大王应允老臣寻找昏君楚平王坟墓，俺要开棺掘墓报仇雪恨。"吴王："这……"听见这句话，吴王阖闾不好答应了。为啥？阖闾对他望望，心里想：丞相啊，这个不行的呀！中国人的规矩，人死掉了叫"死了"，死了死了一切都了，你不好再去算死人的账了。现在讲起来,这个人罪行再大,死掉了也就不追究了。本·拉登死掉了,美国把他往海洋里一扔海葬。阖闾:"我说丞相啊,好像有所不妥吧?"看吴王不答应,伍子胥跪下来泣声道:"大王,想我伍家三百余口被无辜杀戮,父兄被五马分尸,难道说这三百余口活生生的生命竟抵不上一具罪恶的僵尸吗?"阖闾:"这个……"伍子胥:"请大王恩准!"磕头磕到什么时候?磕到额骨头碎掉,磕到血都磕出来。伍子胥:"大王啊!三百余口鲜活的生命,他们没有罪名的,可是都被他杀光了,现在我要惩罚的只不过是棺材里的一具僵尸呀!"阿是这一点你也不答应啊?我家双亲在天之灵岂能瞑目!不答应,我就继续磕下去。终于磕得吴王动心了。吴王:"好吧,伍员啊,既然如此,那你好自为之吧!"伍子胥:"谢大王恩准。"伍子胥带手下人出来找楚平王的坟墓。

　　伍子胥沿着郢都城六城门寻找楚平王的坟墓,今天兜一圈,明天兜一圈,半个月下来仍旧没找到。伍子胥今天到郢都东门,东门外面有一片湖泊,这片湖叫"寥台湖"。伍子胥站在寥台湖的边上,手里三炷清香一张书案:"苍天在上、厚土在下,过往神灵:弟子伍员欲要寻找昏君楚平王的坟墓,我要报仇雪恨,还望上天之灵指点迷津。"就在这时候耳朵边上传来一个声音,老者:"将军。"伍子胥一看边上站着一位老叟,年纪看上去要近六十岁了:"老先生怎样?"老者:"您就是明辅将军,对否?"伍子胥:"正是。"老者:"您是不是要想找先王的坟墓啊?"伍子胥:"难道老先生您知晓?"老者:"不瞒您讲,我跟了您几天了,我一看是面熟的,有点像以前被通缉的伍子胥。"伍子胥:"老先生,难道您知晓楚平王的坟墓吗?请指点迷津?"老者:"将军,指点迷津嘛谈不上,您要找昏君的坟墓嘛我略知一二。"伍子胥高兴异常:"老先生乞道其详。"老叟两个指头往寥台湖当中一点:"将军请看。"伍子胥依着他指头方向一看,只见一片水面:"老先生,那里乃是寥台湖啊,水中哪来的坟墓?"老者:"将军啊,我是指这只坟墓在湖的底下。"伍子胥:"湖底下?"老者:"您要掘墓,要先把这些水抽干。"伍子胥:"老先生,多谢您指点。"他马上关照来一支部队往草包里面装烂泥,从这边河滩开始一只一只草包扔下去,草包垫到湖当中时,再拿草包围一大圈,像篮球场这样大小围起来,架好十几台水车,日夜不停,把里面的水抽干。几天下来,湖水被抽干,湖底露出来了,就像镬底座一样,但细细看这个湖底跟其他的湖底两样的,这个湖底下像只泡泡这样拱起来。伍子胥:"老先生,坟墓就在此间吗?"老者:"对,将军。"伍子胥一声令下:"来呀,打开!""乒乒乓乓"士兵不停地刨土地。怎么要"乒乒乓乓"呢?因为很难砸开的,上面湖底烂泥挖掉后,下面邦邦硬挖不动了,这个墓的结构好得不得了,是用什么东西做的呢?三样东西:糯米、明矾、石膏。这三样东西搅拌在一起坚固异常,我们老祖宗聪明啊,比现在蹩脚的水泥还要牢很多了。"啪!"好不容易一只顶打开,有了突破口后慢慢打开,露出来一只地宫,地宫当中一口棺椁。何谓"棺椁"?棺材外面一只套子,它比棺材大,俗称"大棺材"。根据周礼规定,周天子驾崩下葬用四层棺椁,诸侯王薨可享用三层到二层棺椁,大夫卒可享用一层棺椁,百姓死不能用棺椁而只能用棺材。伍子胥下令将棺椁砸掉,里面露出一口棺材,体积大不好抬。伍子胥:"将这只棺材给我抬出来。"当兵的也是没有办法,绳索一穿,四根杠棒八个兵丁扛棺材。棺材扛到外面,这边湖边上有一片草坪。伍子胥:"给我把棺材板打开。"棺材板有榫头镶进去的,上面一只钉叫"子孙钉"。先把子孙钉撬开，接着把棺材板卸掉。现在是上午十点敲过，太阳好得不得了，光天化日朗朗乾坤，伍子胥对棺材里一看一望："啊？怎么棺材里面没有昏君？"

棺材里有什么呢？金银珠宝、青铜器物。唉呀，伍子胥光火了："老先生，您讲昏君葬在此地，您看啊！您是不是在骗我啊？"老者："将军啊，您不要急呢。我告诉您，上面这口棺材是楚平王特地准备给盗墓者的呀。因为楚平王自病自得知，他生前恶事做了不少，生怕死后有人来盗窃他的坟墓，所以这些东西他是为盗墓贪财者设计的。因为一般偷盗掘墓者是为财而来的，哪有盗墓者是为盗尸骨而来呢？"伍子胥："老先生，您怎么知道得如此详尽？"老者："将军啊，不瞒您说，我就是造墓之人。"伍子胥："那您为何随我而来呢？"老者："将军啊，我与昏君有仇，我的儿子当初被征劳役，我们父子俩在此修墓，谁知是为自己而修啊，儿子被当作殉葬品，他没逃出来，我侥幸逃出来。所以我是为报杀子之仇而跟随将军的。"伍子胥："原来如此啊。"老者："一般的盗墓主要是为了发财，哪有为了死人骨头来盗墓的呢？不像您呀，您是为了要报仇呀。下面还有一层呢。"伍子胥："来啊，打开。"不多一会儿下面一层一只顶砸开，果然这只地宫考究，地宫当中一方棺椁，棺椁再打开，里面是一口金丝楠木棺材。

何谓"金丝楠木"？这种楠木当中有一根一根黄颜色的东西，像嵌着金丝一样，这个东西值铜钿，据说金丝楠木永生永世不会烂掉的。士兵把棺材扛到外面往草坪上一放，再把子孙钉撬开、棺材板掀开。现在这样一耽搁用了两个钟头，十二点敲过正当午时，直射的太阳光照下去，伍子胥的目光往棺材里一看：昏君。只见棺材里一汪都是橙色的水，楚平王躺在水里面，眼睛闭着，好像睡着一样。啊？有这种事吗？听众们，你们要晓得，我们的老祖宗聪明得不得了，古代的尸体防腐技术相当高超啊。1972年湖南长沙马王堆出土的这个女人皮肤都有弹性的，肚子里解剖出来还有吃的甜瓜子呢！什么道理？据现在的测定，这个水里有种金属物质叫"汞"，也就是水银。用水银防腐尸体可以保存得很好。一般讲起来，尸体要保存得好得有三个必要条件：第一，要在地面十公尺以下，表土是不行的。第二，空气要隔绝。现在楚平王在湖水底下隔开两层的了。第三，尸体要经过处理。所谓"经过处理"，就是人死的时候肚子里要干净点，用汞干啥？就是不让细菌繁殖，不让尸体腐烂。所以今天伍子胥看见的楚平王就像睡着了一样。

伍子胥看见这个冤家怒从心上起，恶向胆边生，对着棺材一脚踢上去，楚平王的尸体从棺材里翻出来躺在地上、伍子胥抽出一根青铜四楞十八节鞭，往事一幕一幕出现在眼前。伍子胥："昏君啊昏君，今日岂容你安稳躺于此地，我伍员将为我伍家报仇雪恨。"说罢举鞭便抽。"啪！"伍子胥："我父兄被你五马分尸，他们何罪之有？""啪！"又一鞭。伍子胥："我的娘亲妻房被你谋害，连我四岁的幼童也不放过！""啪！"又一鞭。伍子胥："昏君啊昏君！苍天有眼啊！"伍子胥一鞭一鞭打下去，亲人一个一个浮现在眼前，他一个人打得如醉如痴如狂如颠！"啪！""啪！""啪！"打了多少？三百鞭！这个就是历史记载的"伍子胥鞭尸三百"。司马迁《史记》上有记载："伍子胥求昭王，既不得，乃掘楚平王墓，出其尸，鞭之三百，然后已。"

伍子胥为报家仇将楚平王鞭尸三百这桩事情历史上褒贬不一，仁者见仁，智者见智。大部分人对他是肯定的。司马迁认为这个是孝道，报仇雪恨嘛，杀父之仇不共戴天，这个是大孝。王安石对他持肯定态度，范仲淹称赞他是轰轰烈烈大丈夫，苏东坡也称赞他，我们苏州的唐伯虎还写了一首诗称赞伍子胥鞭尸三百，鲁迅先生对他也是肯定的。也有一部分人对他这桩事情有所非议，特别是明朝开国皇帝朱元璋。朱元璋当了皇帝过后他去参观武庙，武庙里有谁呢？关云长、卫青、霍去病、秦琼、伍子胥等。朱元璋到武庙里一看，有介绍说伍子胥把楚平王拉出来鞭尸三百，朱皇帝跳了起来：好拿君王鞭尸三百的？"来啊，给我把他逐出武庙。"从明朝开始武庙里就少了伍子胥塑像，那么伍子胥自己对这件事是怎么认为的呢？下回继续。

第三十九回　仓皇出逃

公元前506年的11月，吴国取得了破楚大捷。胜利往往容易冲昏头脑，吴王阖闾赖在楚国里面不想回去了，而且他居然下了这道命令："乱楚宫。"在楚国地界上，吴国的军队开始是打着"尊周攘夷"的旗帜，以维护周室周礼、铲除楚宫腐败为幌子，楚国百姓还可以接受，毕竟楚王昏庸、奸臣专权，老百姓苦不堪言。现在老百姓看出来了，东山老虎要吃人，西山的老虎也要吃人的。伍子胥的遭遇本来深得楚地百姓的同情，觉得他为报杀父之仇率兵还乡也在情理之中。但是伍子胥为了报自己的血海深仇，居然把楚平王坟墓掘开鞭尸三百违反礼仪、违反祖制，这是楚地百姓不能容忍的事。那么大家要问了：伍子胥阿晓得这桩事情自己有点做过头呢？知道的。何以见得？《史记》上就有记载：你伍子胥开棺掘墓鞭尸之事有一个人看不过，谁？他的好朋友申包胥。申包胥谈判失败后，楚国国破家亡，吴国军队烧杀抢奸，伍子胥居然开棺掘墓……面对这一切，申包胥忍不住给伍子胥写了一封信："子之报仇，其以甚乎！吾闻之……今至于戮死人，此岂其无天道之极乎！"在信中，申包胥一劝吴国退兵，不能再这样横行霸道；二谴责伍子胥开棺掘墓鞭尸之事。伍子胥写了一封回信："吾日暮途远，吾故倒行而逆施之。"大概的意思是：包胥贤弟，我的年纪已近黄昏（这个时候伍子胥的年纪多少呢？将近五十，年已入暮），今天我鞭尸三百觉得心里畅快得很。伍子胥在回信中自称是"倒行而逆施之"。什么叫"倒行而逆施之"？就是明知故犯。所以"金无足赤，人无完人"，就这一点而言是伍子胥人格上的一个瑕疵。

楚昭王逃到哪里去了呢？他上了船在几位保驾将军的护卫下逃到了云梦泽。船到云梦泽这个地方停下来了，大家要想歇一歇，到地方上去弄点水，弄点粮食来充饥。船刚刚停下来，"哗！"来了一批强盗。战乱时代百姓最遭殃，都城一破国将不国、家不成家，盗贼蜂起，饥寒起盗心嘛！强盗一看船上人身上的衣着打扮非常讲究，就知道不是一般人，是赅铜钿富人。"冲啊！抢啊！"几百名强盗把船团团围住冲上来要抢。保驾将军王孙繇站在船头上大喊一声："休得胡来！你们知道船上什么人吗？一国之君楚昭王，你们谁敢动手！"你一本正经"一国之君楚昭王"？强盗回答："什么昭王不昭王的，大王老早逃走了，我们不认得什么大王，我们只晓得要吃饱肚皮，东西拿出来！金银珠宝拿出来！拿不拿？不拿我们抢！"为首为头强盗头子冲上来，手里一把刀："你怎样？拦住请你吃刀！"说完就一刀上来。王孙繇："你造反了！你敢？"强盗："怎么不敢呢?!"说完就起手一刀。幸亏王孙繇避得快，"啪！"但是这一刀在王孙繇肩胛上已经砍牢了，血流出来了，人倒在船头上。一伙人已经冲上甲板将昭王妹妹围住，抢夺她头上的金银首饰。"唉呀！救命啊！"尖利的叫声十分凄惨。昭王惊呼："谁为我妹护卫？"大夫钟健即刻上前："御妹快来呀。"一伸手将其抱住，逃出众人之围。昭王熊珍大声疾呼："诸位英雄慢来，我们将钱财宝船留下。"转身面对随从将领官员："众位卿家，钱财乃身外之物，休要纠缠。"旁边斗辛和子期两位将军保护着楚昭王一起从船上逃了出来。船上都是什么样人？都是从宫中出逃的人。这些人大部分手无缚鸡之力，而且还有不少是女人。面对黑压压的强盗，斗辛和子期晓得寡不敌众，两人手执宝剑紧紧护卫昭王道："你们闪开了，你们不要上来，稍微等一等。"斗辛："大王快撤！"楚昭王在众将护卫下撤离宝船，弃舟登岸。强盗当然无意要他们的性命——什么大王不大王，与我等无关。这些强盗到船上你争我夺坐地分赃。

那么昭王一伙人到哪里去呢？斗辛将军一想，离开这里十里路之外就是自己的老家云梦泽斗家庄。斗辛对自己家乡自然是熟门熟路，但是他已经很久没回来了。他爹斗成然就是做官出身，后来斗辛也跟仔爷进都城做事，久别故乡。现在斗辛半夜回家，到庄门口敲门。斗辛："开门来呀！"庄门口有人值班："谁呀？半夜三更的。"一个门公出来了，灯火一点点燃："你什么人？吵什么吵？"斗辛："是我呀，斗辛。"老总管看见斗辛喜出望外："大少爷！"那不得了了，斗家庄上的大儿子是做将军的，怎么半夜回家而且狼狈至极？"大少爷，您怎么回来了呀？"斗辛："老人家，快开门呀！"现在非常时期，最最要紧要把楚昭王安排好。老总管："大少爷！大少爷！"下人们纷纷起床赶到客堂。斗辛："你们马上给我准备一切。"两只大镬子里熬点粥，咸鱼盐菜，热水汰脚，最最好一只房间给昭王。王孙繇护驾受伤，刚刚肩胛这里挨了一刀，弄点刀枪药来敷一敷包扎好……一切安置停当，斗家庄恢复了宁静，大家进入了梦乡。

月光下，在庄子的外围护庄河边上，有一条黑影正沿着庄河悄悄然走着。谁啊？斗辛将军。斗辛将军警惕性很高，他就在想：现在一个国家已经没有做主的大王了，兵荒马乱，刚刚路上那些老百姓见了大王他们都不买账，那么我倒要防防的。我庄上很久没回来了，万一有什么闪失不得了。他手执一口剑沿着庄园兜一个圈子巡逻。庄子很大，一个圈子兜过来，斗辛发现前面有灯光，仔细一看，是柴房间亮着，他觉得奇怪，夜深人静，怎么柴房间里还有灯光呀？斗辛将军走近一听有声音，"嚓！嚓！"里面什么声音呢？磨刀霍霍之声？半夜里磨刀啊？谁在磨刀呀？他将柴房间的门推开，对里面一看："贤弟。"一看是自己的兄弟斗杰。斗杰："哥哥。"斗辛："你在做什么？是杀猪招待贵客吗？"斗杰："非也，我要杀人。"斗辛："杀人？哪一个？"斗杰："昏君昭王。"斗辛："为什么？"斗杰："哥哥，你难道忘了父亲是怎么死的吗？"斗辛："这！父亲？"斗杰："我父被楚平王所害，难道说你忘了吗？父债子还嘛。"原来斗辛之父斗成然早先跟随楚平王熊居，为熊居夺取楚邦君主之位立下功劳。熊居想夺取这只王位，要拉拢一批人，其中有一位斗成然将军相当出力，帮助熊居谋夺王位一举成功。帮助熊居夺了王位之后，斗成然有点骄傲自满了，这条尾巴翘起来了。楚平王就觉得斗成然在边上不大妙，居功自傲，留着那是不行的，便扳着个差头杀了。那么斗成然的家眷子女呢？路归路桥归桥，把他除掉是因为他出言不逊，他儿子呢楚平王照样量才录用。斗成然是被上一代楚王熊居所杀，子女没有被株连，所以斗辛仍旧在朝为官。斗杰："哥，我要报仇，你已经忘了杀父之仇吗？"斗辛："兄弟，这个昭王是楚国一国之君啊，今日楚国有难我把他领来，我是护驾的保驾将军啊，你怎么要杀掉他呢？"斗杰："哥，我们的爹怎么死的？今日他送上门来是个好机会啊。"斗辛："兄弟啊，这个事情是上一代楚王的事情，现在是楚昭王呀，历史已经翻过这一页了呀。"斗杰："哥，父债子还你晓得吗？"斗辛："贤弟万万不可以，国家有难，毕竟他是一国之君。你如果动手杀他的话，这个叫'弑君'呀！大逆不道的。"斗杰："哥，难道咱们的父仇就不报了吗？"斗辛："冤冤相报何时得了？上一代的事情已经过去了，再加上楚平王没把我们斗家斩尽杀绝，当今国难当头，落难时候，墙倒众人推、乘势踏沉船是不可以的。他是一国之君，我们斗家如果杀了他就犯了弑君之罪。兄弟，我警告你，为保全我们斗家的名誉，请把刀放下来。"斗杰知道哥哥的本事比自己好，咬咬牙齿含着眼泪道："好，哥，父仇不报你枉为孝子，咱们走着瞧。"兄弟斗杰消失在黑暗之中。这时候斗辛一想：不妙，真的不太平，我带着楚王到了自己家里，居然我的兄弟要报仇，要是到外面再怎么讲法呢？现在楚国已经是无政府状态了，乱得一塌糊涂。万一兄弟到外面纠合了一批人，就像刚刚碰到的几百个强盗那样可怎么办？他最后做出一个决定：连夜出走，逃得远点，越远越好。于是斗辛急忙把楚昭王喊起来。斗辛："大王，此处不是久留之地，恐有不测，我们走吧。"楚昭王也没有办法，心想：总归跟你跑嘛拉倒了。睡眼蒙眬要紧起来，这批人像丧家之犬一般消失在黑暗之中。往哪里去呢？往一个叫"随国"的国家。随国就在现在的湖北随州，是春秋战国时候的一个小国，也是楚国的一个属国。那么昭王究竟如何？下回分解。

第四十回　知恩图报

　　吴王阖闾想：我总归要除恶务尽，要捉拿楚昭王，要捉拿败军之将、楚国带兵统帅囊瓦。于是命伍子胥带领一万精兵追拿二人，擒贼擒王。探子来报："丞相，听说现在囊瓦这个人逃到了郑国，被郑国的国君保护起来了。"伍子胥听见"郑国"二字不由想起当初太子建被杀、自己出逃的往事，想不到囊瓦又逃到郑国，于是下令把郑国的首都包围起来。此时郑定公已逝，子郑献公继位，闻听吴军包围急得不得了。郑献公："丞相，吴国军队是势大滔天，强大的楚国都被他们打败了，现在到我们这里来了，那怎么办？"子产："大王，现在驿站里我们收留的是什么人啊？是楚国祸国殃民的贪官宰相囊瓦，不就是他惹的祸吗？照道理我们郑国和吴国井水不犯河水的，现在把他收留下来，吴国要人，以我之见只能去与囊瓦商量，问他怎么办。"郑献公："事到如今，只能丞相辛苦了。"驿站是郑国国家招待所，宰相子产到驿站见囊瓦："我来是奉郑献公之命令，今日郑国都城被围，吴军要提你归案，否则郑国遭难，你看着办吧！"贪官囊瓦，一个走投无路的败军之将，他没有这只面孔再回到楚邦，而且他也得到了郢都已破的消息，楚昭王逃得不知所踪。现在我逃到这里怎么办呢？外面吴军团团包围就因为我。他晓得没有面孔再见郑献公了。囊瓦："我明白了，待我更换衣服面见郑国大王，宰相稍待片刻。"囊瓦说罢转身进了内房。忽然听见房内"啪！"的一声，众人闻声冲进房内，只见囊瓦拔剑自刎倒毙在地。有道是：

　　头上三尺有神灵，肃霜裘衣害他人。
　　国破家亡责难逃，囊瓦千古留骂名。

宰相子产："来啊，把他的首级拿来。"手下将囊瓦首级割下。子产就在城内张贴告示：老百姓不论何人，只要愿意进吴军的大营做说客，只要能够退吴兵解郑国之难，将成为郑国之功臣，与国君共享天下。告示往外面一贴，果不其然有人来了。值殿将禀报："大王，今有一子民他求见，说有退兵之策。"包围郑国首都的吴军统帅是吴国丞相伍子胥，因此要寻找一个能和伍子胥说得上话的人做差官，何人合适呢？一听有人毛遂自荐，郑献公高兴啊："快快请进。"请进来一看是一介布衣。郑献公："你是哪一个啊？"渔夫子："大王，因为我爹曾经和伍子胥有过一段交往，当初时候我爹在鄂渚江一带捕鱼摆渡，我爹曾经对我讲过，他救过一流亡之人，这个人的名字就叫伍子胥。我爹唤他'芦中人'，他称我父'渔丈人'。我爹早亡。作为郑国子民，理当替国分忧，今日我愿去吴军大营面见伍子胥，求他看在爹爹的份上退兵解围。"郑献公喜出望外："啊呀，渔丈人之子，那是再好没有，请你代劳进吴营求伍子胥丞相退兵解围。"渔夫子："大王，您写一纸文书盖了玉玺宝印待我出城。"郑献公："那么你去试试，事情成功重重有赏。"渔夫子："大王，小民不要赏赐，国家有难，义不容辞。"

吴军包围郑国首都并下达了最后通牒："交出楚军统帅囊瓦，三天为期。"大营里吴军主帅伍子胥得报："丞相，有个郑国使者要见您。"伍员："有请。"话音刚落，就听见外面传来声音："芦中人啊芦中人，渔丈人来也！"啊呀！"芦中人"？"渔丈人"？这称谓熟悉但已久未听到，伍子胥心中一惊，眼睛门前浮现出了十九年前的往事：我从昭关出逃到鄂渚江边，是一位摆渡的渔夫救了我。我解下七星宝剑作酬金，他拒绝了。我问恩公姓名，他也拒绝了。最后他称我"芦中人"，我叫他"渔丈人"。在记忆中这位救命恩公为保护我溺水身亡，想不到今天居然有人称我"芦中人"！伍员："来呀，快快相请。"一看进来了一位年轻人，手里拿着一只盒子。渔夫子："芦中人，我乃是渔丈人之子。今日奉大王之命，献上一礼。"渔夫子边说边将盒子打开。"此乃楚国宰相囊瓦之首级，这是他的印信兵符。"伍子胥一看心里清楚：这个小伙子是渔丈人之子，今朝是郑献公派出来的全权代表。我们的目的是什么？吴王阖闾命我来追捕逃犯啊！逃犯就是这个宰相囊瓦，擒贼擒王，脑袋都拿来了，不战而屈人之兵嘛，我们用兵的目的已经达到了。伍员："年轻人，你是郑献公委派而来的？"渔夫子："伍将军，我来别无他求，请将军看在我父亲面上撤兵解围，这是大王授予我的文书。"伍员："既然你已经把囊瓦的头拿来了，来人，传我将令解除郑州之围。"伍子胥一声令下关照退兵——你是恩公之子，我要报救命之恩。伍员："年轻人，你爹救我一命，此生难以报答，你愿意随我回姑苏吴邦吗？"渔夫子："愿随将军。"最后怎样呢？等到吴国军队撤退的时候，渔丈人的儿子谢绝了郑献公的重赏，跟随伍子胥来到了吴国。伍子胥还问他:"你要做点什么事情你跟我讲。你要做生意,我给你银子作为本钱。你要做官的话,我看看量才录用。"渔夫子:"丞相啊,我想做父亲的老本行,子承父业,江南鱼米之乡,我仍旧捕鱼捉虾吧。"渔丈人的儿子就在太湖边上捕鱼为生,伍子胥为他在湖边造了一间房子让他安居乐业。为了报答自己的恩公渔丈人,伍子胥给太湖边上的一座山取了个名字——"渔洋山"。说到渔洋山大家很熟悉,就在太湖大桥畔,最近那里开通了隧道,此乃后话。

自从吴军占领了楚国首都以后,楚国的百姓对吴国军队意见很大,吴王阖闾却是乐不思蜀。孙武、伍子胥建议:"大王赶紧撤兵,楚国非久留之地。毕竟楚国是一个大国,而吴国国力有限,难以占领全部楚国。"同时伍子胥提出:"为了与楚国长期共存以及维护吴楚关系,必须尽快拥立一位楚国新国君,此人要与吴国友好,将来是吴国在楚邦的代言之人。"孙武:"丞相,楚邦有一位叫马昭仪的娘娘,她与太子芈建所生的儿子叫芈胜(白胜)。当年你从禅宇寺将他救出后有所安置,如今何在?"被孙武提起此人,伍员想起来了:"孙武贤弟,确有此人,我早已将其收养在姑苏相府之中了。"孙武:"把他立为楚王岂非妙哉?"妙在何处?其一,他是楚平王的正宗孙子,从血统上讲起来继承王位是完全正宗合法的。其二,伍子胥把他救出,又把他抚养成人,他感恩戴德,他肯定是对吴国有感情的。孙武:"丞相,此人不可多得,依我之见,立他为楚君万妥万当。"伍员:"说得有理。"孙武和伍子胥两个人商量停当,来到宫里面碰头吴王阖闾。伍员:"大王,楚国已败、郢都已破。我们'尊周攘夷'的目的已经达成。要不这样吧,见好就收,马上撤兵。"吴王阖闾:"难道我们花了八十年之努力,今日扬眉吐气,却立马收兵?"伍员:"大王,楚邦毕竟是个大国,吴威已立,他邦岂敢不从?我曾收养一个小孩子名叫芈胜,他本是楚平王熊居之孙、太子建之子,现居吴国,扶他上位,让他执政为我吴邦所用,何乐而不为呢?"

谁知出乎孙、伍意料之外,吴王阖闾怎样?一口回绝。"不行。寡人就在这儿不走了。楚国是我们打下来的,难道我们还要拱手相让吗?岂有此理!"阖闾想:什么名堂?好不容易打了这么多年的仗,从爷爷那辈到我这里三代人的愿望刚刚实现,成功阿是让掉啊?谈也不要谈。现在的阖闾踌躇满志、只想吞了楚国。不听忠良言,吃苦在眼前。吃什么苦头?内部出毛病了。

阖闾的兄弟夫概霸占囊瓦相府,搅了一阵,感觉无聊,听说阿哥不想回转姑苏城,在这边楚宫里是窝心得一塌糊涂,他心下盘算:那么蛮好,哥哥你就待在楚国做你的楚王吧,我要回苏州了,我要做吴王了。他没打招呼,悄悄然下一道命令,关照手下五千本标人马执行一个特殊的任务——连夜出走。夫概突然之间撤退了,而且招呼都没打,军队撤退到哪里?苏州。到阊门一看,只见阊门的城门紧闭,门前吊桥拉起,人马一下子倒没法进城,夫概命令手下喊话。"开门!开门!"城楼上的兵丁见状,赶紧禀报到宫里面。监国的太子是谁呢?是吴王阖闾的长子太子波。太子波得讯,只当是自己爹回来了,赶紧去看看,要迎接父王得胜归朝。来到城头上对下面一看:"是您?叔叔?"太子波一愣呀!事情到底怎样呢?要下回继续。

第四十一回　跪泣秦庭

有句话叫："福无双至，祸不单行。"夫概作乱来到苏州，他要自立为王。谁知道楚国又出事情了。楚国大夫申包胥这些日子看下来，他就晓得吴国军队不想退兵，他已经多次劝伍子胥退兵，伍子胥讲我做不动这个主。怎么办呢？眼看国破家亡、老百姓颠沛流离，作为楚国大夫，申包胥决心践行自己的诺言：你能亡楚，我必复楚。申包胥昼夜兼程赶奔咸阳，到秦国去讨救兵。

为啥要到秦国讨救兵呢？申包胥想：我们楚国的太后什么人？是秦国一国之君秦哀公的妹妹孟嬴公主，现在的楚昭王是谁？从辈分上讲起来秦国国君秦哀公是他的娘舅，外甥不出舅家门，外甥家里出事情，娘舅总归要关心一点吧？无论是亲情关系还是血缘关系都搭牢一点，你秦国总归要拔刀相助吧？秦国是个强国，春秋战国五霸之一。听众们，讲到秦国我要简单介绍一下。因为这个时代比较混乱，史称"五霸闹春秋"。秦国名气蛮响，到公元前221年秦统一六国，开辟了中国历史上统一的新王朝——秦朝，秦王嬴政自称"始皇帝"。秦之所以能够打遍天下无敌手，其中有一个重要的因素：秦国奉行的是依法治国，相信法家而不是儒家。秦国重用商鞅，之后就有"商鞅变法"一说。秦始皇一统天下过后，采取了不少统一全国的措施。一，废分封制，立郡县制。二，书同文。什么意思？统一文字。大家晓得，春秋战国时期各个国家各自为政，语言文字不统一，很难管理。秦以"小篆"（又称"秦篆"）为标准文字推行全国。三，车同轨。秦统一六国以前各国道路和车辆轴距尺寸不一样，因此秦始皇规定：道宽50步，车轴距6尺。四，统一度量衡。一斤到底几两呢？各个国家不一样，楚国一斤是十三两，燕国一斤是十四两。不统一不要乱套啊？秦始皇命令丞相李斯统一度量衡。李斯想：那么怎么办呢？他摸底下来，各个国家的度量衡都不一样的，那什么是标准呢？问秦始皇吧，不敢，看见始皇帝有点怕的。最后他拍大了胆说："始皇帝啊，您总归给我一句话吧。"秦始皇他没讲话，提起笔来写了四个字："天下公平。"什么意思？李斯聪明，他揣摩秦始皇用意，最后他想出来：春、夏、秋、冬四季，东、南、西、北四方，四四为十六；"天下公平"四个字正好是十六笔画，一个"衡"字也十六笔画。所以最后李斯决定：一斤是十六两。五，统一思想。春秋战国时期，百家争鸣、百花齐放，思想活跃得不得了，产生了以孔子、孟子为代表的儒家，以李耳为代表的道家，以孙武为代表的兵家，以商鞅为代表的法家，等等。秦始皇统一全国以后，就命令把乱说乱讲的读书人掘坑葬掉，把异端邪说的书籍付于一炬，史称"秦始皇焚书坑儒"。

苏州评话有个特点：未来先说，过去重谈。现在是春秋时期秦国第二十代君主秦哀公时代。楚国申包胥千里迢迢赶奔到咸阳城，路上吃足苦头，脚底磨穿了都是泡，泡破掉出血，血变成了老茧。一个人衣衫褴褛得像叫花子一样，翻越八百里秦岭，过函谷关、潼关到咸阳城。到了秦王宫的门口，申包胥禀报一声："我是楚国来的大夫，我叫申包胥，我要求见大王。"

秦哀公听说是外甥那里来的大夫，心想：看在我妹妹的面上就见他一见吧。秦哀公："来啊，有请申大夫上殿。"申包胥："大王，吴王阖闾狼子野心，早就想吞并诸侯列国，当今先灭楚邦，日后必及秦国，唇亡齿寒，请大王看在亲情的份上，起兵救楚。"

那么秦哀公什么心思呢？听众们啊，其实他老早有情报：吴、蔡、唐三国联军兵进楚邦，楚国派不会打仗的贪官囊瓦指挥迎敌，双方打得不可开交。秦哀公心里蛮高兴。为啥？楚国本是我秦国的对手，临潼斗宝的时候我偷鸡不着蚀把米，当初伍子胥吹灭我万年烛，力举千斤宝鼎夺取明辅将军头衔，楚国风头大得不得了啊。为了避免秦楚两强相争的局面，我只好将妹妹下嫁楚国太子。谁知楚平王熊居移星换斗强娶我胞妹孟嬴，干起乱伦的勾当，父纳子妻臭名昭著，今朝的局面是楚平王拆烂污的因果报应。从国家层面来讲，我们秦国早有图谋，要称霸于列国，而楚国是一个强劲的对手，吴国人老冤家在收拾他们毛病。别小看吴国是个中等国家，其实很厉害的，现在吴国和楚国打得不可开交，打得越厉害对我越有利，等你们两个国家实力消耗得差不多了，到时候我省力了。现在我冷眼旁观，你们两强相争两败俱伤，这个名堂叫"鹬蚌相争渔翁得利"，到时候我来收拾残局。想不到楚国有人来讨救兵了，不见不好，毕竟妹子在那里做皇太后，外甥现在做一国之君了。秦哀公："申大夫啊，寡人政务繁忙，你也辛苦了。来呀，请申大夫去驿馆休息。"申包胥："恳求大王即刻发兵，吴军猖獗，楚都已破，唇亡齿寒哪！"秦哀公想：不肯走啊？赶他下去，那也做不出来，让他去吧。秦哀公："来呀，退班。"一声吩咐"退班"，大殿之上众文武顿时纷纷离散，只剩申包胥一人跪在大殿之上。到第二天秦哀公上朝，只听到申包胥高声呼吁："大王，请速速发兵救楚，否则将祸及秦邦。"秦哀公只当没有听见，他只管料理国家大事，辰光差不多了，一声吩咐："来呀，退班。"堂上众人退去，只剩申包胥一人，他还在呼吁。值殿将军送些吃食，申包胥拒绝进食。夜深人静的时候，从大殿内传出泣泣之声。申包胥："大王！恳请发兵救楚！"声音凄惨不绝于耳。第七天，申包胥一个人在大殿上哭，哭到后来眼泪干了，眼睛里血都哭出来了，他声嘶力竭，人就像死人差不多了，还在发出泣泣之声。历史上留下来一句话："跪泣秦庭申包胥。"什么叫"泣"？"泣"比哭还要伤心。哭有真哭、假哭之分，为发自内心的伤心之事而哭是真哭。有种哭是假哭，是假装出来的哭。现在也有假哭的。家里有丧事了，据说一定要哭的，"哭发哭发"，哭了会发的，那么哭不出怎么办呢？有出租专户——哭娘，喊两个喉咙蛮响的女人哭一哭，一天三百块洋钿，那是标准假哭。申包胥是动真感情，到第七天人像骷髅这样一个，衣衫褴褛，奄奄一息。

秦哀公："那个金殿上面的人还在不在？"手下："还在。"秦哀公："现在人怎样？"手下："报告大王，这个人跟死人差不多了。"秦哀公："几天了？"手下："大王，今天是第七天了，他一粒米不肯进，看上去不行了。"秦哀公十分感动："来啊，马上给我抢救。"手下："报告大王，他拒绝抢救。"秦哀公："待我亲自前往。"秦哀公到金殿之上，只见申包胥形容枯槁、奄奄一息。秦王当即占诗一首："岂曰无衣，与子同袍。王于兴师，与子同仇。"这首诗的名字叫"无衣"。第一句："岂曰无衣，与子同袍。"秦、楚本是一家，同穿一件衣服。第二句："王于兴师，与子同仇。"什么意思？

"王"即我是秦王,我和外甥还有我亲妹妹坐在一条板凳上,跟你一起复仇,马上发兵。秦哀公对两旁边众文武看看:楚国之所以成为一个大国,是因为它人才济济,你们看申包胥,我七天不睬他,他宁愿死在这里,你们怎样?你们有这点精神吗?秦哀公:"来呀!传寡人命令,派子蒲、子虎为将,率领五百辆战车救援楚国!"

听众们啊,对秦国的军队有个评价——"虎狼之师",战斗力特别强。因为秦国主张法家,法家呢,以法为准,特别是军队,其法为军功爵制度,也就是论功封赏,不论军民人等,不论出身高低,只要你上战场:斩一首者,爵一级,50石之官;斩二首者,爵二级,百石之官;得甲首一者,益田一顷,益宅九亩,乃得入兵官之吏;斩敌首级达到朝廷规定数目者,小吏可升为县尉,得6个奴隶和5600钱。重赏之下必有勇夫,所以秦军的战斗力特别强。五百辆战车三万五千虎狼之师由申包胥领路杀奔楚地而来。申包胥就讲:"子蒲、子虎两位将军,现在吴国的军队也蛮厉害,我们先从两个小国家着手,一蔡国,一唐国。他们是三国联盟,我们先将其二翼剪除,让吴军成为无脚蟹跎跎。这两个国家原来是我们楚国的属国,现在他们是帮凶,帮着吴国来打我们楚国。三万五千军队先包围唐国。"唐国的军队又不多的,小国家呀,一万人的军队,被秦师风卷残云,唐国被灭。接下来打蔡国,蔡国同样如此,惨遭灭国之祸。秦国的军队顺利推进。

就在同时,苏州城里的太子波已经派人六百里快报赶到郢都向吴王阖闾报告:夫概造反,现在他带着五千军队驻扎在横塘,他要取而代之当吴王,急告父王讨救兵。接下来阖闾又得到消息了:秦国出动军队把唐国灭掉了,一会儿又把蔡国灭掉了。吴国内忧外患形势危急。在这个情况底下,吴王阖闾被迫作出决策:"孙武、伍子胥,夫概叛乱,他要自立为王,在此情况下别人去没有用,只有我亲自去才好解决问题。寡人把这里的千斤重担交给你们了,你们看着办吧。四个字:见机行事。"

接下来吴王阖闾带领一万多人连夜开拔,渡过长江,挥师姑苏。从木渎过来到横塘与兄弟夫概的军队碰头。阖闾:"夫概,你私自离开防区擅自回苏,是何道理?"夫概也蛮硬气的。夫概:"大哥,你不是在楚国当你的楚王吗?哥,你当你的楚王,难道我不能当我的吴王吗?"阖闾:"放屁!"夫概:"什么放屁?难道吴王是你的?难道我就不能当吗?"阖闾:"难道你要谋王篡位吗?"夫概:"谋王篡位?王僚是怎么死的?你当我不知道吗?还不是你把他谋害了吗?"弟兄两个人互相揭冻疮疤。夫概:"你不要假作正经,我都晓得的,你是谋掉了王僚上台的,我和你一个爹呀,吴王只能你当不能我当吗?岂有此理。你做你的楚王,我做我的吴王,这不名正言顺吗?"阖闾:"大胆!"夫概:"嘿!你专权。"两个人在阊门的城门底下大吵相骂,讲到最后打起来了,打的结果怎样?夫概手底下这些兵一看方才明白:我们上当了,原来夫概是叛乱啊,那跟着他是要不妙的,套只"叛乱分子"的帽子就完了,对不住,我们跑了。夫概手下五千棒棒军都逃光。夫概是响不落:"好,姬光!我跟你后会有期。"只带了十来个亲信落荒而逃,夫概逃到哪里去呢?我稍微交代一下:夫概他逃到了楚国,投到楚昭王麾下。楚昭王很高兴:"夫概将军,你投过来我当然欢迎的。你来蛮好,你对吴国相当熟悉,我把你派驻在堂溪这个楚国边境要塞上,对面就是吴国,我用以吴制吴的办法,让你守卫楚国边境。"吴王阖闾呢?他也没有办法,兄弟跑掉,自己也就留在姑苏大城了。

孙武、伍子胥呢？这两个人镇守在郢都。两人已经得到消息了：唐国灭掉，蔡国灭掉，秦国军队一路上势如破竹。孙武："丞相啊，郢都这里不是久留之地啊，我看这样吧，还是见好就收吧。"伍员："好，咱们撤离。"两个人决定撤退。但是退兵也要讲技巧的，退兵不成叫"兵败如山倒"，那是不行的。怎么退法呢？先打一仗，功夫用足，然后主力部队徐徐而退。孙武与伍子胥兵分两路后撤，孙武和伯嚭从水路上撤退，伍子胥带一队人马从陆路上撤退。吴军悄然而退，等到秦军发现，吴军已经跑了三天了。伍子胥带领部队在撤退，撤退到哪里呢？楚国边境昭关。伍子胥看见昭关触景生情，到底怎样？要下回继续。

第四十二回　班师凯旋

　　伍子胥和孙武两个人兵分两路徐徐而退。伍子胥他带领一支部队从陆路上撤退，首先退到哪里呢？吴楚边境昭关，这里是返吴的必经之地，部队在此扎营。故地重游，伍子胥触景生情啊：十九年前一场大难逃到此地遇到两位恩公，一个东皋公，一个皇甫讷。自己的画形图容挂在城关上，东皋公巧施金蝉脱壳之计，皇甫讷为我冒名顶替、乔装改扮，担着杀头的风险协助我过昭关。这两位恩公救我一条命的，没有他们我怎么有今天呢？因此伍子胥下令把这座昭关的关厢拆掉，省得看见了讨厌。自己带两位心腹从弄堂口找进来了，老地方——东皋公家。这个地方伍子胥住过七天，到门口他抬头一看——门虚掩着，推开门，里面蜘蛛网是不得了，地上的灰尘半寸厚，一看就晓得人去楼空。伍子胥询问隔壁乡邻："谢谢你，我要打听一个人，有一位郎中先生姓东皋单名一个公，这个人现在在哪里？"乡邻："这个人老早死掉了，这个人好人啊，你怎么啦？"伍员："我要找他，我是他的朋友。"乡邻："朋友？"伍员："请问他有没有后代小辈呢？"乡邻："有一个儿子。听说他不知做了一桩什么事情，要避避官府，所以他的儿子镇上不敢住，到乡村隐居起来了。"伍员："请问其子叫什么名字？"乡邻："小名叫强强。"伍员："多谢了。"伍子胥一听心想：蛮好，东皋公还有后代呢。立刻派人查，很快找到了，东皋公之子名曰东皋强。伍子胥："你是恩公之子，你爹的恩德我永世难忘，你跟我回姑苏去吧。"东皋强："听凭丞相安排。"因此伍子胥把东皋强带回了吴国。又将木渎南面附近的一座山取名为"东皋峰山"，并在山顶设立了一座祭祀台，逢时过节，伍子胥亲自到此焚香点烛纪念东皋公先生。后来当地人觉得东皋峰山喊起来比较拗口，就把"东"字拿掉改为"皋峰山"。如今皋峰山那里还有一个皋峰公墓，其东边就是苏州市殡仪馆。

　　伍子胥还去找一个人，谁？皇甫讷。离开昭关七十里路，这个地方叫"龙兴洞"。伍子胥到此打听皇甫讷的下落，村民回答："皇甫讷先生老早过世了。"物是人非，伍子胥感到非常遗憾。

　　离开了昭关，然后进入吴国境内。伍员："此乃何地哟？"手下："丞相，已经到金坛溧阳境内，前面一条河流叫'溧水河'。"听见"溧水河"三字，伍员心里一惊。"来呀，今天驻扎此地。"他马上想起十九年前自己从昭关逃出来，过鄂渚江进入到吴国境内，因为身背逃犯之罪名，身处陌生环境，他不敢走大道，只能沿小路来到这里。这条河叫"溧水河"，溧水河边有一位浣纱女。当时伍子胥三天没吃，一个人饿得快要死了，看到她有盒饭，她把饭让给伍子胥吃。如果碰不到这位姑娘，他有可能已饿死在路上。但是自己心惊胆怕，临别时多讲了一句话："拜托姑娘不要泄露我的行踪。"这位姑娘为了伍子胥的安全，竟然投河自尽了。往事历历在目，记忆犹新，伍子胥还记得自己在河滩旁边咬碎指头写下血书："尔浣纱，我行乞。我腹饱，尔身溺。十年过后，千金报德。"现在一看，石板尚在，上面的字早就没有了。十九年了，风吹雨打怎么还能看得见呢？伍子胥下命令："设祭台一座，把我的俸禄拿出来，我要兑现自己的承诺，将一千两散金给我撒下河滩头去。"伍子胥拈三支清香，点两支蜡烛："姑娘，你的大恩大德我伍员没齿难忘！"中国有个成语叫"一饭千金"，就是出于此典故。祭祀毕齐，丞相回进营房，底下人禀报："丞相，大营外有一位老太太，她说要见您。"伍员："快快请啊。"伍子胥心想：怎么有个老太太要寻我啊？正感到纳闷，只见一位头白堆山的老妪，身上粗布衣裳（看得出很穷），手里拿着一根棒撑着，一边进来一边嘴还在咕："我要找那个讨饭鬼啊！我的女儿是被他逼死的。"伍员："呀哟！讨饭鬼，女儿逼死了。"伍子胥已经明白了，面孔瞬间涨得煊煊红，他哪里还坐得住啊？急忙迎上去。伍员："老人家，来、来、来，快快请坐下。"老妪："我不要坐，我老太婆听人家讲，这里来了个将军，这个人姓伍，他在河边祭我的女儿，我的女儿是被他逼死的呀！"伍子胥惭愧呀："老人家，伍员在此赔罪了。"老太太号啕痛哭。伍员："伍员在此叩头赔罪了！老妈妈，这样吧，人死不能复生，我要尽一点孝心，您今天跟着我一起回姑苏城吧。"老妪："我不去。"伍子胥将村上的族长喊来："我的俸禄一千两银子先拿去，这个老太就是我的长辈，你们待她要好，有啥事情跟我来讲。"知恩图报是做人的起码道德，老太太从此颐养天年。那么历史上到底有没有此事呢？2009年我的节目在苏州电视台播放后，我曾接到苏州博物馆老馆长张英霖的电话。他说：（溧阳）1972年搞农田建设时，清理溧水河的淤泥，谁知在挖下面河泥的时候挖出了好多碎金，这些碎金哪里来的？文化馆里人不清楚，就来电话问苏州博物馆。张馆长就说："历史上有记载的，伍子胥为报浣纱女救命之恩而撒下千金，所以就诞生了成语'一饭千金'。"据说溧水河中清出的碎金至今在镇江博物馆收藏着。

　　吴王阖闾早就听到伍子胥与孙武率领吴军兵分两路凯旋的消息，阖闾开心得不得了：打败楚国是吴国几代人的心愿，今天终于成功了。听说丞相伍子胥率大队人马马上班师回朝，阖闾到厨房间亲自掌勺做大厨，用新鲜鱼加佐料做了一碗红烧鱼块，鱼块有点甜津津，有点酸溜溜，有点鲜滋滋，味道赞得不得了。阖闾命人拿好一碗红烧鱼站在阊门的城门口等候。哪知道以前的通信不像现在这样发达，一连等了三天，吴王阖闾才见吴军旌旗飘扬，号角声声。"呜——！"雄壮的队伍抵达阊门吊桥，为首马背上一位将军头戴黄金盔，身穿黄金甲，须发雪白，精神抖擞。谁啊？吴国出将入相的功臣伍子胥。吴王阖闾手捧一碗红烧的鱼块，高声道："丞相，劳苦功高！这是寡人亲自下厨房烹调的鱼块啊，来尝一尝吧。"这时候伍子胥马背上还坐得住啊？想不到啊，大王亲自在这里接我。他滚鞍下马飞奔上来，跪倒在地。伍员："谢大王恩赐。"

吴王笑逐颜开："来！这是朕亲自为你做的鲜鱼呀，尝尝味道怎么样？"伍员："谢大王，伍员不敢当。"筷子拿起来吃，伍员："哎哟！"阖闾："子胥，味道怎么样？"这碗鱼烧了三天了，你们去想呢，烧好三天而且还在太阳下晒着，这个味道呢——天地良心，已经变了，可伍子胥又不敢讲不灵，伍员："唔，味道好极了。"伍子胥皱着眉头："谢大王恩赐！"

这时候的阖闾相当开心："来啊。"手下："是。"阖闾："将笔墨纸砚拿过来。"吴王提笔就在纸上写了三个字，写完后命令手下："把这三个字挂在城门上。"吴王写了三个什么字呢？"破楚门"。为啥叫"破楚门"？因为破楚国后从这里凯旋，所以这扇城门叫"破楚门"。听众们，阊门有两个名字：一曰"阊门"，即通阊阖之气，气通阊阖，那里被誉为极乐世界。阊阖之气，昌盛之气。二曰"破楚门"，展示吴国辉煌的一页。司马迁的《史记》上这样记载：阖闾倚伍子胥、孙武，西破强楚，北威齐晋，南服越人。第二天，吴王阖闾在金殿上论功封赏。他第一个封赏的是这次统帅三军的带兵之将孙武。吴王："孙武将军听封！"孙武："臣在。"阖闾："孙将军运筹帷幄，用兵如神，指挥三军，直捣黄龙，奇功非小，寡人今日封你为吴国司马上将军之职。"所谓"司马上将军"，这是武职官当中的最高级别，等于现在的三星上将国防部部长一职。孙武："谢大王恩宠，本人身体不爽，还请大王另请高明。"吴王："啊呀？"那么愣住了，吴王想：想不到孙武回绝我生意啊？多少人要抢这个位子，最高武职官手握兵权的，我吴国半家人家交给你的，对你这么信任，你却回绝我，真是出乎意料。

孙武想：还能与你一起共事吗？No！自从丞相伍子胥七荐后，我孙武经介绍认得你阖闾，从校场操练女兵，再到这次征楚之战，多年来的经历，我已经将自己编写的十三篇兵法付诸实践。我胸怀大志，我要建功立业，现在已经实践过了，事实证明我撰写的兵书基本上是正确的。我运用了以小搏大、以弱胜强、速战速决等战术，在伍子胥与你吴王阖闾的配合下达到了预期目标。话要说回来了，我跟你这东家办事，我已经看穿了，没有意思，尤其是破了郢都城打了胜仗，你阖闾忘乎所以、为所欲为，淫乱楚宫、乐不思蜀。上梁不正下梁歪，这支部队到了郢都烧杀抢奸无法无天，本来蛮好一支队伍打着"尊周攘夷"的旗号师出有名，最后弄得这副腔调。你是大王，我又不好讲你。我关照退兵你不想退，我建议你用个代理人给楚国当家，我这样好的建议，你怎样？充耳不闻，以至于征楚之战没有圆满收官。我再跟你合作？算了，见好就收。还有一句话叫："急流勇退，无官一身轻。"因此孙武推托一声身体不好，拒绝了吴王的封赏。吴王是聪明人，听孙武的口气是相当坚定，口齿干哑哑，并不是假客气，吴王也没有办法：强扭的瓜不甜，一员将才，真有点舍不得呀，但又有什么办法呢？这个连我的爱妃也要杀的人是个有主见的人啊。吴王："孙将军，寡人尊重你的意愿，那就不勉强你了。不过寡人还是要重赏于你。这次征战你是主将，论功封赏理所应当。来呀！赏孙将军黄金五千、白银万两、布匹绸缎百匹、赐宅地五十顷。"怎么有这么多赏赐？吴国的国力承受得起吗？吴军攻占郢都城烧杀抢奸，楚国建国五百多年的积蓄被抢夺一空。战争就是这样残酷。八国联军火烧圆明园，我国的国宝不是有很多被烧被抢吗？听众要问了：那吴王赏金子银子给他，孙武要不要呢？要的。孙武："谢大王恩赐。"阖闾想：这样看起来铜钿银子大家喜欢的。官不要做你怕烦，金子银子好买甜格咸格吃的。俗话说："铜钿银子人人欢喜。"阖闾想：那么蛮好，总算半爿俏，我面子上也落得下。

　　听众们啊，孙武是不是贪财的人呢？告诉大家：孙武不贪财的。孙武拿到这些赏银后，史书上明确记载：沿途散发于民。什么叫"沿途散发于民"？他出去碰头乡亲们："两个穷乡亲，来、来、来，给你们十两银子。"看到那个人："来、来、来，廿两银子给你。"真羡慕啊，要是我当时也挤在旁边，说不定也能到手十两银子哟。这种大人物呀，视铜钿银子为身外之物，生不带来死不带去。孙武最后怎样？他落脚在什么地方呢？在苏州郊区枫桥。枫桥有个村叫"孙家村"，现在在苏州高新区滨河路、长江路一带，这个地方的人姓孙的特别多。在相城区文灵路与人民路转弯口有一座孙武的墓，现在苏州地铁四号线在那里设了一个站台，站名叫"孙武纪念园"。

　　今朝吴王兴致勃勃："伍员啊，你为寡人做了不少事，朕要重赏于你。"伍员："谢大王。"吴王："众位爱卿听着，不听伍员之话，就是不听寡人之言。"吴王这样做自有他的道理：从官职级别上讲，你已经是吴国丞相了，不能再封了，所以我今朝当着众文武的面有意抬举你，你就是站着的吴王，不听你的话就是不听我吴王的话。不得了啊！那时候伍子胥的地位是一人之下万万人之上。紧接着，吴王又根据各人情况一一论功封赏。

　　其时，伍子胥由吴王介绍娶妻成亲，因为在此之前伍子胥拒绝成婚。他说："大仇未报决不成亲。"现在凯旋了，吴国有两个姑娘，一位叫秋姑，一位叫杏英，吴王阖闾亲自作伐为媒征求二位姑娘的意见：愿不愿意嫁给那个年过五旬的伍子胥？两位姑娘都表示愿意。吴王："伍员，你就娶两位夫人吧。"伍子胥好为难："大王，您的好意我心领了，但是我们伍家有规矩——一夫一妻，我只能娶一位姑娘做妻子。"吴王："寡人做主，一妻一妾。"伍员："此乃家规，家规不能破，谢大王美意。"吴王又问二位姑娘："谁愿意嫁给伍子胥？"哪知道两个姑娘态度坚决，都非伍子胥不嫁。最后吴王想了个办法，取一枚铜钱让两位姑娘当空抛下，面子向上者当新娘，反之淘汰。秋姑先抛，铜钱落地后正面向上，好开心啊。接着杏英抛铜钱，"啪！"大家一看，也是正面向上。再进行第二轮，两人抛出的铜钱均是反面。到第三轮时，秋姑抛出的铜钱落地后是面子向上，杏英是背面向上，于是伍子胥与秋姑成亲。

　　伍子胥成亲之后被老朋友孙武邀请上穹窿山喝茶。孙武劝他："老朋友啊，我辞官了，无官一身轻，我劝你急流勇退吧，我跟你一起在山上喝喝茶、吃吃酒，神仙过的日子，我们一起住在这里颐养天年吧！"伍子胥劈口回绝："No！贤弟，你是我推荐出来的，你当时想建功立业，英雄要有用武之地，现在你功成名就了，你不愿为官选择隐退，我也很理解你。但是我的情况跟你有所区别，区别在哪里？第一，我伍员是什么人啊？我自己戥盘里称过，我是个流亡逃到吴地的逃犯。第二，没有吴国哪里有我今天？没有大王哪里有今天的伍子胥？知恩图报是做人的基本准则，我现在是吴国的宰相，理当为吴国尽心尽责。谢谢你的好意，我要为吴国鞠躬尽瘁死而后已。"各位听众，这句话伍子胥是说到做到，现在木渎胥口镇伍子胥的坟墓上有一座牌坊，上面写着"赤心奉吴"，伍子胥践行了自己的承诺。

　　吴国召开庆功大会，还有个地方也在开庆功会。什么地方？楚国郢都。楚昭王回来了。娘舅秦哀公派军队由楚国大夫申包胥引领，灭了唐、蔡二国，兵锋直指楚都郢城。秦军被称为"虎狼之师"，他们将躲藏在随国的昭王接回楚宫。楚昭王熊珍进城看到的是满目疮痍，连自己父亲的坟墓也被掘得尸骨无存，但是庆功大会还是要开的。在楚宫里举行盛大庆功会？文武官员面面相觑。昭王："众爱卿，寡人出逃至今已近一载。楚国遭难，寡人有负皇天，今下罪己诏书，以告慰列祖列宗，谢罪子民百姓。"这是君主的自我检讨书，又称"罪己诏"。昭王："众位卿家，幸亏秦国出兵相救才得有今天复国之日，所以现在我请求大家一桩事情，请各位各捐赠五十两银子，三天之内上交国库，寡人要犒劳秦国三军。"常言道："皇帝不差饿兵。"娘舅那些部队还有死伤呢，不管多穷，砸锅卖铁这些银子也要拿出来的。楚国的官僚家庭早就被吴军洗劫了，三天勉强凑了一万两银子。昭王："子蒲、子虎二位将军，区区薄礼不胜见笑，一点谢意，请代问候我舅舅。"

　　昭王他开始论功封赏。封什么人啊？保驾护驾的有功之臣。第一个是子期将军，原来的国防部部长。我上当中了吴国离间之计把他撤职，子期不离不弃，这次没有象阵的抵挡我险些被活捉。昭王："子期将军，寡人封尔为司马上将军。"国防部部长官复原职。子期："谢大王恩宠。"昭王："斗辛将军听封：你大义灭亲，吃尽千辛万苦，护驾有功，封你做楚国的太宰。""太宰"今天讲起来是三军总参谋长。昭王："王孙繇救驾有功，现封上大夫之职。"王孙繇当初为救昭王挺身而出，被劈一刀。昭王："钟健听封。"下大夫钟健出班："臣在。"昭王："你在撤退途中护卫我的妹妹，使她安然无恙，今日寡人将胞妹托付于你，选一个黄道吉日洞房完婚。寡人晋升你任上大夫之职。"在逃难路上，我妹妹路走不动，是你钟健经常驮在背上。现在我妹妹回来之后就与哥哥讲："奴与钟健将军已有肌肤之亲，故非钟健不嫁。"钟健运气好占了个大便宜。在论功封赏的时候，一个内侍急匆匆上殿禀报："大王，后宫出事了，西宫娘娘她上吊自尽了。"金殿上一片骚动，但只见楚昭王不动声色，淡淡一句："草草安葬是了。"什么人啊？自己的老婆自杀了草草安葬，也就是弄口薄皮棺材葬掉拉倒？昭王为啥这样呢？有原因的。这个西宫娘娘来不及跟我逃出去，留在宫中。她在宫里十个月陪的什么人啊？陪的是吴王阖闾。哼，还有只面孔来见我了？老早好死了。过去的女性社会地位低，提倡"三从四德"，所谓"一女不嫁二夫"，女子守节立贞节牌坊比什么都重要。楚昭王死老婆的信息传了出去，传到哪里？越国。越国与楚国是盟邦，越国的国君允常得到消息就把自己的女儿王季嫁给昭王作为填房。

　　在今天的庆功会上封赏到最后，昭王讲一声："申包胥听封。"申包胥："大王，微臣在。"昭王："众位卿家，申大夫其功非小，他吃尽千辛万苦，讨得救兵拯救楚邦，没有申大夫怎有寡人之今日？寡人封尔为楚国令尹（宰相）之职。"封什么？楚国宰相。你完全够格嘛，你的功劳大得不能再大了。出乎意料，申包胥双手乱摇："大王，申包胥才疏学浅，不能担当此重任，请大王另选能人。"什么啊？回绝我生意啊？"申大夫，宰相一职非你莫属，休得客套。"申包胥："大王，包胥担当不起，这个重任请您另选能人。"申包胥坚决回绝。那么昭王尴尬了：怎么我的封赏你回绝得彻彻底底呢？我什么人啊？一国之君呀！我讲出去的话叫"金口玉言"，怎么好打回票啊？不识相嘛吃辣椒酱。昭王面孔一板："难道你要违抗寡人旨意？"那么尴尬了，申包胥一听一看，大王板面孔了，那怎么办呢？只好暂时接下来吧。申包胥："谢大王恩宠。"昭王："来呀，印信拿了。"做官一方印，宰相的印信拿去，这个国家就交给你由你来治理了。申包胥只好将印信接过。

楚昭王大喜："来呀！开宴。"顿时鼓乐声起，吹吹打打，宫女们轻歌曼舞。厨房间大起忙头，鸡鸭鱼肉、佳肴美酒送上大殿。昭王举杯庆贺："众位卿家，让我们一醉方休。"众人："一醉方休！一醉方休啊！"大殿上热闹非凡。楚国乐师扈子编演了《穷劫曲》高声诵唱：

> 王耶王耶何乖烈，不顾宗庙听谗孽。
> 任用无忌多所杀，诛夷白氏族几灭。
> 二子东奔适吴越，吴王哀痛助忉怛。
> 垂涕举兵将西伐，伍胥白喜孙武决。
> 三战破郢王奔发，留兵纵骑虏荆阙。
> 楚荆骸骨遭发掘，鞭辱腐尸耻难雪。
> 几危宗庙社稷灭，严王何罪国几绝。
> 卿士凄怆民恻惔，吴军虽去怖不歇。
> 愿王更隐抚忠节，勿为谗口能谤衊。

昭王听罢琴曲，深感愧疚，潸然泪下，他明白乐师的意思，因此下令盛宴提早结束。昭王："今天宴会到此结束，退班了。"一宵已过直抵来朝。早上一片新气象，整个文武上来精神面貌为之一新。昭王对四面一看，上首里第一只位子缺了个人，谁？申包胥。怎么今天我第一日上班宰相就不在呀？昭王关照手下人："给我去朝房里看看他在不在打瞌睡。"底下人来禀报了："人不在朝房。""赶紧给我到他家里去看看。"楚昭王想：这个新官上任第一天怎么宰相好不见呢？下人来禀报了："回大王，丞相家里面人去楼空。"昭王："什么啊？人去楼空？来啊，随寡人前往。"昭王心里面有点窝琐：今天不办公了。一辆车子到申包胥府上，对门口一看：两扇大门开得直堂堂；人踏到当中一看：一方印信挂在梁上。听众要问了，周明华啊，申包胥这样做是什么意思？申包胥这叫"激流勇退"，某种程度上他跟孙武差不多。申包胥想：我该做的事情已经做了，国家已经恢复了，见好就收嘛，我携家人潜入深山之中，你找也找不到。这种人是真正的智者。

吴国宫内出了一桩事情，太子波的妻子死了。长房媳妇死掉了，吴王阖闾当然不开心。又听到一个消息：齐国跟楚国勾勾搭搭，双方谈判达成了一个联盟协议。听到这个消息，吴王火得不得了，立刻把伍子胥喊来了。吴王："伍员，你听见没有？齐景公不是个玩意儿，口口声声、信誓旦旦齐国跟我们吴国是友好邻邦，可是他偷偷摸摸又跟我们的敌邦楚国签订什么联盟条约，我准备要起兵伐齐。"伍子胥什么态度呢？要下回继续。

第四十三回　立嫡之争

楚国和吴国这两个国家都在开庆功会，吴王阖闾得到一个消息后很不开心。原来齐国国君齐景公口口声声跟吴国是友好邻邦，但是有人来报，最近齐景公派人到楚国，他们两个国家签订了一个联盟条约。吴王知道后心想：这个还当了得？这时候的吴国如日中天，齐国竟敢耍奸玩弄我吴国？所以他火冒三丈，立刻把伍子胥喊来了。阖闾："丞相，寡人准备起兵伐齐。"伍员："大王，为什么？"阖闾："齐景公他口口声声说得漂亮，暗中却使绊子，跟我们的敌国楚国勾勾搭搭订什么盟约！"伍员："慢！大王，我好像得到的情报不是这样，齐国和楚国都是大国，而且他们有共同的边疆线，既然有到共同的边疆，肯定人员有往来，经济上有往来，对于这种往来签订条约也在常理之中啊。"阖闾："那丞相的意思？"伍员："大王，依我之见，我先去跑一趟，了解一下真实情况，看看这两个国家所订盟约是不是针对第三方的，如果矛头是对着我们的，那是没啥客气，我们要坚决反制的，起兵伐齐也就师出有名。如果他们签订的是经济上的协定，人家互相沟通正常交往呢？我们就无出兵伐齐的理由了嘛。"阖闾："嗯，也许有点道理。"伍员："还有，太子波的媳妇不是刚刚急病身亡吗？我到齐国去跑一趟，我晓得齐景公有个女儿，听说还没出嫁，我来做媒人，把山东姑娘娶过来，这样一来吴国和齐国结成亲家，吴齐联姻可以确保一方平安，对不对？这个姑娘一半是媳妇一半是人质。"阖闾："那你辛苦一趟吧。"于是伍子胥奉命出使齐国。

伍子胥出使齐国后做了两件事，一是确认了齐楚之间的协定不是针对吴国的，二是促成了吴齐联姻。吴齐联姻后，太子波和齐国公主少姜夫妻感情好，好到什么程度呢？太子波一看妻子死了，伤心过头，没有多少日子也死掉了。太子波也被葬在了常熟虞山。

太子波去世是件大事情，接班人问题突显出来了。吴王阖闾有九个儿子，太子这只位子空出来了，大家你争我夺。我们中国封建社会的君位传承一般讲起来有四条规律：第一立嫡。就是这个接班人必须是正宫娘娘生的，此即谓"嫡"。第二立长。也许正宫娘娘生不出儿子，妃嫔生儿子也有的，那就立大儿子。第三立爱。怎么叫"立爱"呢？皇帝在传位问题上有什么标准？一个字：爱。我喜欢这个儿子，我就是要把王位传给他，哪怕这儿子一天到晚吃喝嫖赌也照样传给他。为啥？爱。第四立贤。有道君主选取接班人的标准只有一个：贤——文能安邦武能定国，文治武功嘛。听众们啊，为了夺这只位子，弟兄相残，刀光剑影，唐、宋、元、明、清历朝历代都有。唐朝李世民怎么上台的？玄武门政变，射杀大哥李建成，夺取继承人的位子。宋朝开国皇帝赵匡胤背心上生只发背疖，兄弟赵光义来了："哥哥，听说你身体不大好啊？"赵匡胤："兄弟啊，我背上有一粒东西。"赵光义："让我看看呢。"赵匡胤以为嫡亲兄弟是关心自己，便把衣裳撩开："好兄弟，你看。"下午黄昏时，日光接夜光，赵光义手里拿只蜡台火："哥哥，我来看看啊。"等到蜡台火凑近的时候，他把蜡烛头拔掉，露出来个尖尖的蜡扦，嘴里还说："让我看看清楚啊。"手却往赵匡胤背上"啪！"一蜡扦。"唉呀！"赵匡胤一声惨叫，临死之前吐出来三个字——"好为主"。所以宋朝的一大疑案叫"烛影摇红好为主，弟接兄位"。大家为了一个权、为了这只位子是你争我夺。

这一阵伍子胥忙得不得了。伍相府里有人来敲门了，谁啊？老二夫差，还带了勿少土特产。伍子胥问夫差什么事，夫差道："也没有什么大事，我知道您欢喜茶叶，带点新茶给您尝尝。"第二天，老三公子山登门拜访："丞相，大哥病逝，父王要选接班人，我征战有功，请您美言几句。"第三天，老四王子累又来相府："丞相，我们弟兄几个当中您对我最熟悉，破楚之战，我是后勤保障并且立下了战功，请丞相在父王面前推荐让我当太子。"阖闾的儿子们见父王怕不敢多讲,他们知道父王最相信的人是丞相伍子胥,随便什么事都要和丞相商量的。这几天相府里车轮大战,最后伍子胥板面孔了:"一律不许来!我晓得你们为点啥,你们无非看中这只位子。你们再来的话,我一个也不介绍。"这样一来,这八个儿子当中七个不敢来了,还有一个面皮老老肚皮饱饱照样来,来了被伍子胥轰出去,轰出去一趟第二趟再来,为啥再来?现代人有句话:重要的事情讲三遍,锲而不舍感动上帝。这个王子上门来从不提立太子之事,而是与伍子胥谈文讲武纵论天下,他不像其他几个兄弟,开口"丞相帮忙",闭口"拜托丞相",而是非常潇洒,绝口不提接班人之事,只是关心吴国的强盛和称霸。他是谁呢?老二夫差。

伍子胥那天吃完晚饭要想睡觉了,手下:"丞相,大王请您辛苦一趟,他在御书房等您。"一般夜里叫他肯定是要商量大事情,伍子胥命手下准备车子直达宫门口。踏进御书房,伍员:"大王深夜唤老臣有何见教?"阖闾:"丞相请坐,怎么说呢?你知道寡人最喜欢的儿子是太子波,可惜不幸夭亡了,我还有这么多的儿子,谁能够接任太子之位呢?想征求一下你的意见。"吴王阖闾最最相信的就是伍子胥,他和伍子胥这么多年出生入死、同甘共苦,对伍子胥绝对相任。阖闾:"所以这么晚了,我夜不能寐、食不甘味啊!听听你的意见,当局者迷旁观者清嘛。"伍员:"大王若要听我的,我有一人。""喔?"阖闾想不到丞相早有主见:"谁啊?"伍员:"非是旁人,乃是夫差。"阖闾:"谁?老二?"伍员:"是的。"阖闾:"哎!不行。"听见伍子胥推荐的是老二夫差,吴王阖闾的面孔一板。阖闾:"丞相,老二到你家来了?给了你什么好处啊?"这话蛮难听的,有点触伍员霉头。阖闾:"丞相,这个儿子愚而不仁,不能担当吴国大统。"阖闾口气坚决,没有一点回旋余地。他给夫差四个字——"愚而不仁"。"愚"就是愚蠢,这个人笨得要死。"不仁",什么叫"仁"啊?就是要有仁爱之心,执政要施仁政,不能施暴政,但是阖闾就看出来老二这个人又是笨、良心又是坏。伍子胥反问一声:"大王,那么以您之见呢?"阖闾:"我也举棋不定呀。"伍员:"大王,以我之见,非老二夫差他莫属。"阖闾:"为什么?"伍员:"大王您知道的,吴国有个传统叫'兄终弟及'。泰伯是吴国第一代开国之君,他把位子传给了谁?传给了兄弟仲雍,从此开创了'兄终弟及'的规矩。之前您的爷爷寿梦他有四个儿子,怎么传承的?传给谁啊?您的爹老大诸樊第二十代国君,接着给老二余祭第二十一代君主,再接下来老三余眜第二十二代吴王。老四季札他不愿意当王,后来的事您最清楚了,王僚破坏了'兄终弟及'的规矩,抢班夺权。您能顺理成章当上吴王不都是因为'兄终弟及'这个规矩吗?国有国法,家有家规。所以依我之见只有一人能接承吴国大统,那就是老二夫差。""丞相讲得有道理,的确是这样。那难道没有别的办法了吗?"伍员:"大王,您如果破了这个规矩另立他人,国家要乱的。"伍子胥振振有词,阖闾无法辩驳。阖闾:"好吧,那我就听丞相的。"

一宵已过直抵来朝。吴王身坐大殿:"众位爱卿,太子波不幸夭亡,立太子是国之根本,我宣布今天立我的二儿子夫差为吴国太子。""哗!"众文武一片哗然。大家知道阖闾对夫差并不看好,今日立夫差为太子有些出人意料。边上七个儿子都站着,闷声不响。老二夫差一听是开心啊,简直是心花怒放。夫差心里明白:推荐我的就是丞相伍子胥,我晓得的,爹不大喜欢我的。等到一退班,他马上赶到相府里跪下来磕头。

夫差："丞相啊，多谢您推荐我。"伍子胥讲："你不要谢我，我也是秉公而断，吴国的规矩是'兄终弟及'。"伍员："太子殿下快快请起，老臣不敢当的。"夫差："亚父在上，受夫差一拜。"夫差称伍子胥为"亚父"，也就是"寄爷"。现在夫差对伍子胥是感恩戴德，将来反目，不称"亚父"，而是喊伍子胥为"老贼"，此乃后话。

太子立好无后顾之忧，吴王阖闾想到一桩事情："各位卿家，寡人身登大宝十余载，西破强楚初战告捷。我请大家来建言献策，怎样能使我们吴国一举称霸于天下？请大家畅所欲言。"话刚断音，伯嚭："大王，微臣有话要说。"阖闾一看是伯嚭蛮高兴：此人能说会道，而且还能带兵打仗。吴王："伯嚭，你说说看。"伯嚭："大王，咱们刚把强楚给破了，下来我们应该趁热打铁马上起兵伐齐，反正齐景公的女儿已死，伐齐以后顺便把鲁国也给灭了，然后挥师南下平定越国。这样齐、鲁、越三个国家摆平，我们吴国称霸中原指日可待啊！"吴王高兴：此话正合我的意思。本来齐国不好打，因为大媳妇是齐国公主，现在呢？大儿子、大媳妇都死掉了，我们跟齐国断落亲了，吴国要称霸中原只有趁热打铁才能一举成功。伍员："大王且慢！"一看是丞相伍子胥，阖闾："丞相，你什么意思？"伍员："大王，伯嚭之言差矣！"阖闾："嗯？"伍员："大王，称霸于天下要以仁德之心，要施仁政以服天下，怎能无端兴兵？乃是师出无名啊。"伍子胥的态度很明确：大王您怎么好无端兴兵呢？打仗要师出有名，您现在无缘无故征讨齐国，再把鲁国也打掉，接下来挥师南下打越国，您这个变强盗行径了，这怎么行呢？您四面树敌了，要成为孤家寡人的。国家要强大靠什么？施仁政，得民心，以仁德而治天下。伍员："大王，一言兴邦、一言丧邦啊！"这句话触犯了一个人，谁？伯嚭。此人当初投奔伍子胥时对伍子胥是感恩戴德，现在情况变化了，这次征楚他有战功，伯嚭不是一个等闲之辈，他的羽毛已经丰满，他要取悦吴王。其实他今天的发言是早有准备，为的就是投吴王之好，他已经摸透了吴王阖闾的心思。伯嚭跳起来："丞相，你口口声声仁义仁德，那请问你了，难道'仁德'就是开棺掘墓吗？难道'仁义'就是鞭尸三百吗？"伍子胥一听愣住了：什么啊？这个话味道不对。明明是在讨论国策，怎么变成说我开棺掘墓、鞭尸楚平王了呢？这不是人身攻击吗？伯嚭啊伯嚭！当初你投奔我时口口声声"恩公""恩人"，怎么现在变成这副样子呢？那边伯嚭心里在想：伍子胥啊！你拎不清了，我是吴宫里的常客，经常跟阖闾下棋，拍吴王的马屁，揣摩吴王的心思，吴王叫不好开口，借我这张嘴讲出来了。吴王阖闾一直讲要征讨齐国，平定鲁国，再征讨越国，然后称霸天下，这是他的计划，我代表他讲出来，怎么样？你来触我霉头啊？老实讲一声，现在我翅膀毛干了，给点厉害你看看。

听众们啊，坏人就是这样，一旦翅膀毛干了，这只面孔真相毕露，一条狐狸的尾巴出来了。此时的伍子胥面孔涨得煊煊红："你！你！……"连话都说不出来了。两个人一个是丞相，一个是太宰；一个是文官，一个是武将。两个人当堂碰僵，那么怎么办呢？吴王一看心想：今天不妙了，大殿上弄僵哉，万万没想到会出这个事情。吴王："退班！"接下来事情究竟如何？要下回继续。

第四十四回　举哀兴兵

春秋时期有一句话："灭国五十二，弑君三十六。"周天子已经式微了，如果我不去争我不去夺我要亡国的，这个就是春秋的格局。在吴国历史上，从泰伯奔吴开始，阖闾是第二十四代君主，就是这样一位君主使吴国从一个中等国家跻身春秋五霸。阖闾他有一颗要跻身五霸、立足于首位的雄心，现在已经把楚国打败了，下一个目标是什么？这是吴王考虑的首要问题。伯嚭讲了：第一征讨齐国，接下来灭掉鲁国，解决山东问题，再接下来挥师南下灭掉越国，这样吴国就可以自立五霸之首了。伯嚭他喜欢拍马屁、想往上爬，平常没啥事情就到宫里面来下棋，已经成为阖闾的棋友了。平常时候话一多，伯嚭已经把吴王的心思套出来了，实际上他讲这些话就是代表了阖闾的心思。但是阖闾征求大家意见，是想看看众文武的反应，看自己的心思和下面是否统一，对于国家意志君臣必须达成共识。没料到伍子胥坚决反对，他讲争霸是要争，但是不能光靠武力，要靠什么？靠经济，要得民心、施仁政，以德以仁来取胜，不能无端兴兵，这叫"师出无名"。如果四面树敌，国家一孤立的话，墙倒众人推，得道者多助，失道者寡助也。吴王想：兼听则明偏听则暗，事关重大，不得不考虑周全。伯嚭为啥这样讲呢？一是要取得吴王的欢心，二是要排挤你伍子胥。今朝的伯嚭已经不再是当初的流亡之人，现在他小人得志。他觉得伍子胥是块石头压住了他：打楚国我也有功劳，但是人家讲起来论功只有孙武、伍子胥，我总归轮不到，我像火腿上的草绳带脚戏。老实讲一声，有朝一日我要爬到伍子胥的头上，我要让阖闾对我产生好感！从今天开始这两个人的矛盾公开化了。

伍子胥脾气相当耿直，有啥说啥，一切从国家利益出发，这个也是血统使然吧。他的爷爷叫伍举，曾经在楚庄王手下当大夫，楚庄王虽然为楚国争取到了五霸的位子，是楚国历史上的一代明君，但是在之前楚庄王的脑子也昏一昏的，楚庄王左抱越姬右抱楚女，一天到晚莺歌燕舞不理朝政。伍举看见了这个情况，他作为楚国大夫就提出："大王，您不能沉溺于酒色之中不理朝政。"可是楚庄王下了条命令："谁到我后宫里来谈政治格杀不论。"伍举他不怕死，他闯御花园面见楚庄王就讲："大王您要知道，沉迷于酒色之中的亡国之君是多得很啊。商朝怎么会亡的？商纣王碰到个苏妲己。夏朝怎么会亡的？夏桀碰到个妹喜。周幽王遇到褒姒，烽火戏诸侯死于鹿台。"楚庄王就问一声："伍举啊，难道你不怕死吗？我的规矩被你破了！"伍举曰："怕死我就不来讲这两句话了，大王，您该醒醒了！楚国是个大国，您是一国之君啊！老祖宗的基业不能毁在您的手上啊！"就是这句话使得楚庄王幡然猛醒。三年不鸣，一鸣惊人。楚庄王励精图治，把楚国慢慢地带上一个新的台阶，成为春秋五霸之一。伍子胥的爷爷就是这种秉性：性情耿直，勇于直言。父亲伍奢同样如此，面对楚平王伍奢建议道："您不能一错再错，不能近小人疏骨肉。"可是伍奢最后被五马分尸、满门抄斩。江山好改本性难移。脾气是改不掉的,今天到伍子胥一代仍然如此,可见基因这个东西非常强大。伍子胥无欲则刚,他根本不怕,而且也没有什么患得患失的,今天伯嚭的话祸国殃民,他想提醒一声大王,所以两个人在大殿上爆发了激烈的争论。

阖闾一看不大妥当:这边是宰相,文官之首;那边是太宰,军队的首脑——一个文一个武,两个人吵得不亦乐乎。吴王只能关照退班。伍子胥气得不得了,回到朝房里只是叹气。手下:"丞相,要不上车子打道回府吧?"伍员:"待我稍息片刻。"响不落,今天碰到个扫帚星,想不到伯嚭这个家伙没有良心,当初时候到我府上来像只狗一样:丞相救我一命吧!您的大恩大德我永生永世难以报答!今天都忘记了,居然在大庭广众争论国家大事之际,说我什么开棺掘墓!你什么意思啊?我眼睛瞎掉了,想当初被离曾提醒我说此人相貌是"鹰视虎步",要我远离此人,我看人看走眼了。其实听众们,伍子胥这双眼睛有时候看得很准的,比方七荐孙武,有时候也会看豁边,其中一是伯嚭。把他留下来,留下来嘛留只狼呀,一只白眼狼,你要被狼咬死的。二是夫差。是他去推荐的夫差,最后伍子胥就死在夫差手里。当然这是后面书里的事情。现在老先生气得不得了,也年过半百了,回到朝房里还在叹气呢。伍员:"气死老夫也!"现在如果让伍子胥去测量一下血压,起码上压220,下压160。这时的伍子胥想休息一歇再回转相府。

内侍:"丞相,大王请您到御书房相见。"大王请我那是没有办法。伍子胥只好跟着内侍往御书房里去,到里面看见吴王便抢步上前,伍员:"大王,方才老臣大殿失态,伏望大王原谅三分。"伍子胥心想:这会儿我是来挨批评的,我是宰相呀,冷静想想,我怎么在这个场面上与伯嚭去争论呢?我的火暴脾气改不掉呀。吴王:"丞相请坐,别生气。来!送茶。"伍子胥也觉得奇怪:平常到这里没有喝茶一项,只谈公事,今朝叫我喝茶,看来要坐一歇了。阖闾:"丞相,这是东山明前绿茶,很香的。"伍员:"大王,有何旨意?"阖闾:"伍员啊,刚才我看得很清楚啊,伯嚭的话我知道,他是顺着我的心来的,伯嚭此人善于阿谀奉承,你的话金玉良言哪。"吴王的心里话是:老朋友啊,伯嚭这人我不清楚吗?不清楚我还好做一国之君吗?这个家伙马屁精,但是不让人讨厌。所以苏州人有句话的:"千穿万穿马屁不穿。"阖闾:"你要知道朝堂之上,除了你,还有谁会跟寡人说一句真心话?都是顺着我来的,我自称'寡人',何为'寡人'?孤家寡人啊,伍员啊,今天丢开各自的身份,咱们就是弟兄,你我认识多年了,所以今日之事你千万不要见气啊。他的话让他讲,你的话是有你的道理,各抒己见嘛!子胥,你是宰相,宰相肚里好撑船嘛,你气量大点,何必跟他争论呢?"这两句话一讲,伍子胥好像轮胎戳着一只钉,肚里的气已经都消掉了:这种话听上去窝心,只有吴王理解我,理解万岁。伍员:"我是宰相,方才有失体统,伏望大王原谅三分,伍员本性如此。"阖闾:"宰相,师出有名我也知道,但是我着急啊!你我都是年过半百之人了,可是现在你看,我们才打败了一个楚国,难道就这么偃旗息鼓了吗?我们理当趁热打铁,我们要称雄于中原,我们要称首于五霸,时不我待呀!"伍员:"大王,用武力称雄要有时机,要有实力,咱们的经济还不行啊!当下宜施仁政,广结友邦,打击敌对一小撮,不能树敌过多呀。"阖闾:"对,这些说得完全正确,可是机不可失时不再来啊!另外,我今儿个还有一句话要对你说。"伍员:"大王怎样?"阖闾:"你不是推荐我的二儿子当太子吗?我还是不放心啊,这个小子愚而不仁,可是你推荐了,你的理由我又没有办法反驳。"伍员："大王怎样？"阖闾："我不放心啊，我在想，你我两人倘若百年过后怎么办？寡人如果说走在前面怎么办？今天在此我有一事相求。"伍员："大王，乞道其详。"阖闾："倘若寡人百年过后你还是宰相的话，我不看好我的这个夫差，可是我又没有办法，万一他对吴国不忠的话，丞相你可以废他，你自立为王。"好听见这句话啊？伍子胥听见后赶紧跪了下来，伍员："大王，臣不敢！太子英明，大王多虑了。"这句话伍子胥也有点受宠若惊：您对我这样信任啊？万一儿子不行怎样？叫我自立为王。我晓得的，您对我绝对信任。的确，自从破楚过后，阖闾碰头伍子胥有一个地方改了，什么地方改了？称呼改了。以前看见他叫"伍员""伍子胥"，现在改成什么了？把姓拿掉了，看见他就喊"丞相""子胥"。这个姓拿掉，听众们，你们注意啊，一字之改大有进出。譬方说我叫周明华，如果有人老远看见我就叫"周明华"，说明此人认得我的，或者听过我说书的。如果这个人看见我就叫"明华"，喊到"明华"，拿掉个"周"字，说明他对我熟悉，非但熟悉而且还像朋友一样，这个关系更近一层。如果把"明华"再拿掉一个字，把"明"拿掉叫我"华"，这个"华"是我老婆喊我的，关系就更加密切了。所以阖闾自从破楚以后，看见伍子胥时，他把"伍"姓已经拿掉了，说明对伍子胥信任有加。阖闾："子胥啊，今天我召你来，第一，你要容得不同的看法，兼听则明，偏听则暗。伯嚭这种人他是个小人，是要防他的。但是他也有特长，他会打仗，而且他的外交也可以，用他所长防他所短嘛！你的脾气太暴躁，一国宰相呀。第二，我的儿子不争气，我要托给你了。"今天这两句话实际上有点什么味道？各位，有点托孤的味道，何谓"托孤"？就是托三桩。

阖闾也是未雨而绸缪。阖闾："好吧，你回去吧，咱们肝胆相照！子胥，你自己身体保重。"伍员："谢大王，告辞了。"知我者阖闾也！伍子胥蛮高兴：只要有人理解、有人尊重我嘛。

早上六点钟，车马轿子到吴王宫进朝房里休息。龙凤鼓敲，景阳钟撞，静鞭三响，内侍："上朝见驾了。"老规矩第一个走在前面的什么人？宰相伍子胥。文武百官跟在后面上殿，两厢站立。吴王今天精神抖擞："各位，有事出班启奏。"大概一个半钟头差不多，料理国政舒齐，吴王刚要想关照退班，奔上来一个侍卫："报大王。"阖闾："什么事？"内侍："大王，越国允常已薨！"阖闾："什么？再说一遍？"内侍："越国允常已薨了。"越国的国君是谁？允常。"薨"就是死。阖闾一听扬声大笑："好啊，越国允常老贼已死，时机已到，我说来啊，准备起兵伐越！"越王死了，怎么吴王要准备起兵呢？我要讲一讲当时的时代背景。

春秋后期公元前496年越王允常薨。听众们，你们晓得吴国和越国是世代冤家。吴国开国之君是泰伯，第二代是其兄弟仲雍，传到今天第廿四代就是吴王阖闾，有六百多年传承历史。那么越国呢？越国历史比吴国历史长多了。

中国泱泱五千年历史，盘古开天辟地，道德三皇五帝。所谓的"三皇"即天皇、地皇、人皇。天皇就是伏羲，他发明了天干——甲、乙、丙、丁、戊、己、庚、辛、壬、癸，地支——子、丑、寅、卯、辰、巳、午、未、申、酉、戌、亥；创立了八卦学说，八卦象征着天、地、雷、风、水、火、山、泽。地皇呢？神农。神农又叫"炎帝"，他是中国农业的始祖，他为采药草死在断肠草上。人皇：女娲。女娲补天，女娲造人，她是中华民族的母亲。传说中的女娲她就觉得天地万物之中没有人不行，于是她用泥捏人，吹一口气泥人就活了。但是后来她发现人慢慢地会死掉。那怎么办呢？结果她想出来了一个办法，她做两个人——一个男人一个女人，有了男女人类就好繁衍后代世代相传，所以女娲是中华民族的母亲。

"五帝"指黄帝、颛顼、帝喾、唐尧、虞舜。最后一个帝就是虞舜。虞舜年事已高，准备选择接班人，他对自己的儿子有看法，不让他接自己的班。在会稽即越国首都绍兴，文武百官全部到齐，虞舜："老百姓苦不胜言，洪水猛兽，哀鸿遍野，鲧，你是负责水利的，你有没有责任？"鲧："我有责任。"虞舜："好，既然你有责任那我要追责的，来呀，斩首示众。"将鲧杀掉了。那么谁来负责水利工作呢？鲧的儿子禹。虞舜："你爹不能胜任，你接替你爹的位子。"禹接班后，他知道父亲治理水的过程当中办法用错了。鲧治理水用什么？堵。发洪水了造一条坝堵住，横也堵竖也堵，水实在太大了，坝冲掉引起二次灾害。他吸取父亲的教训，改成一个字——"疏"，疏通，也就是开河分流，清除淤泥，疏通河道。大禹治水，为啥叫"大禹"？伟大的禹就叫"大禹"。大禹九州治水治得相当好，尽责尽职、废寝忘食。为了治水，他三过家门而不入，新婚三朝就出来了，等到十三年后路过家门口时，看见个小伙子不认得，问妻子："这个人是谁？"禹妻："夫君，你的儿子都不认得，你十三年没回来了哉。"所以史载"大禹治水三过家门而不入"。最后他死在哪里呢？百越地区浙江绍兴，葬在会稽山。我说这个书特地到绍兴去考察采风，到大禹陵瞻仰先祖。大禹的小儿子留在这里守陵，这里称"百越之国"，简称"越国"。

越国和吴国是一对老冤家。伍子胥在造苏州城的时候，有一扇门叫"蛇门"，方向朝南面，这扇蛇门造好过后不开城门，为啥？南方国家是越国，它蠢蠢欲动。当时有句话："有吴没有越，有越岂能存吴。"两个国家势不两立。就讲最近吴国在征讨楚国的时候，阖闾派人到越国会稽跟越王允常商量共同伐楚，被越王允常一口拒绝。当吴国军队和楚国打得不可开交的时候，允常出动军队偷袭吴国打到吴江松陵镇，幸亏太子波杀退越军，这件事吴国人记忆犹新。今天吴王阖闾听说允常已薨，开心啊！机会来了，机不可失时不再来。阖闾："允常已薨？"内侍："对。"阖闾："那我问你，现在何人执掌国政？"内侍："现在越国国君是允常的儿子勾践。"阖闾："太好了，准备三万精兵讨伐越国。"你暗中捅我背上一刀，现在你死了，新君登基，青黄不接，机会难得，要抓住时机打败越国。伍子胥："大王，且慢！"那么究竟如何呢？要下回继续。

第四十五回　范蠡出山

公元前496年越国国君允常薨，吴王阖闾高兴得不得了：吴越是冤家，本来这口气憋在心里，现在趁勾践刚刚上台没有经验，老王死了青黄不接一片混乱，现在你们哭也来不及，马上起兵三万讨伐越国以雪前耻。

伍员："大王，万万不可。"阖闾："为什么？"伍员："常言道：'举哀期间不兴兵。'这有规矩的。"阖闾:"什么规矩啊?"伍员:"周天子立的,天下各国诸侯凡是死了一国之君,其他国家不能够兴兵的,死者为大,订立协议时大家签字确认的,这叫'举哀期间不兴兵'。我们吴国也是签字国,您怎么好违反自己的诺言呢?人家尸骨未寒在办丧事,您现在兴兵叫'乘人之危',您打这个仗师出无名,所以我坚决反对兵伐越国。"阖闾:"丞相,难道这么好的机遇就错过吗?机不可失,时不再来。这一次起兵你就不用参加了!寡人御驾亲征。"伍员:"大王!"阖闾:"别说了,就这么定了!"这个就是君王:我的话算数,我是老板,你的意见我参考,丞相只是辅助而已。阖闾:"伍员,你就留在姑苏城吧,寡人要御驾亲征。"但他不是马上起兵。阖闾:"来啊,给我写两道表书。第一道丧表。(所谓丧表,也就是悼词唁电之类,表示一下国家态度)第二道战表。下战书罗列越国种种罪名,要么给吴国献降书降表,要么两国开战。"阖闾派一个差官,马上把这两道表书送达越国。吴国差官带两道表书,三百里路直到越国首都会稽。到越宫门前一看:王宫门口雪雪白一片,从头门到内宫白幡白扎;因为死者是一国之君,众文武都披麻戴孝,好像死了亲爹娘一样,这是国葬礼仪。大殿中央是刚刚登基仓促上任的新越王,他的名字叫勾践。

　　提起勾践大家都很熟悉。中国有一句成语"卧薪尝胆",就发生在他的身上。勾践眼泪索落落,白头白扎端坐居中。父王突然之间死掉,也没料到我要坐这只位子,我还想要白相了呀。勾践是个纨绔子弟,虽为太子,却一天到晚遛狗跑马白相女人,大树底下好乘凉嘛。父王死掉那么尴尬了,现在的勾践身上披麻戴孝声音颤抖:"诸位大人,父王已故,勾践我初登君位,请各位多多包涵。"越王允常手下有一批臣子对越国忠心耿耿:"大王您放心,料理丧事我们来,人嘛,生老病死在所难免。"大家正在商量怎么料理丧事,就在这个当口报进来了,手下:"勾践大王。"勾践:"怎样?"手下:"大王,吴国来一个差官求见。"吴地来差官?勾践听见心里一阵紧张:冤家这时候来做什么?不敢怠慢,轻声问:"来做什么?"手下:"来送表书的。"勾践:"什么表书呀?"手下:"听说是丧表。"勾践心想:还好,来送丧表是表示哀悼的。勾践心里有点怕,因为强吴弱越,连春秋五霸之一的楚国也被吴国人打败了,他心有余悸,加上又是刚刚登基没有经验。勾践:"快快有请吴国天使。"吴国差官趾高气扬地上了大殿,眼睛在额骨头上面,他望出来这些越国人都矮了一段。差官:"越王勾践,今我奉吴国大王之命特来送丧表一道,对贵国老王归天表示哀悼。"丧表拿出来,勾践晓得的,吴越关系一直不好,面和心不和,总算今朝还来一道丧表表示哀悼,也不要去管他,来者总是客呀。勾践:"来啊,好生相待吴国天使。"考虑到吴国差官路上赶得吃力了,勾践命人把他带到驿站里,最好的总统套房让他住进去。勾践:"天使大人路上辛苦,去休息吧。"差官:"慢。"勾践:"这?"差官:"勾践大王,丧表看过了?"勾践:"嗯,看过了啊。"差官:"这里面除了丧表还有一道表书呢!"还有一道表书?勾践:"请问天使,什么表书啊?"差官:"什么表书?你看了就知道了。"说罢拿出来另一道表书,送上前去。勾践把表书打开一看失声道:"啊呀!"勾践眼睛也斗鸡了,什么表书?战表,也就是发动战争的宣战书。战表上有几句话:越国言而无信,偷袭吴国,是可忍孰不可忍,限期七天献出降书降表,归顺吴国,年年进贡岁岁来朝,否则吴国大军挥师南下,兵伐越国,以报一箭之仇。勾践大惊:"这便如何是好啊?"勾践看见这道表书,脑子里乱哄哄,急得手足无措:我们的国家称"弱越",他们是强吴,弱越对强吴，鸡蛋碰石头。勾践："来啊，好生相待吴国天使大人。"手下："是。"勾践："天使大人，待我等商议商议。"差官："好，七天为期。"吴国的差官神气啊，腰板硬得不得了，跟着底下人到驿站里休息。

　　勾践眼泪汪汪："众位卿家，大事不好了，你们看啊，此乃是吴国的一道战表啊！"众文武一阵哗然。勾践："吴国限我越国七天为期献出降书降表，否则兵伐我国。你们看是战还是降呀？"国家危在旦夕，勾践哭哭啼啼地请大臣发表意见，朝堂上议论纷纷。这时从旁闪出一员大将，诸稽郢："大王只管放心，兵来将挡，水来土掩，国家有难，匹夫有责，末将愿率兵御敌。"勾践还叫不出这位将军的名字，他问道："卿家，你姓甚名谁？"诸稽郢："大王，在下诸稽郢。"原来是司马上将军越国国防部部长诸稽郢。武将嘛，老古话："养兵千日，用兵一朝。"诸稽郢继续说道："我们武将的职责就是保家卫国，您不要怕，我来去打。"他刚刚断音，从左边出来一个将军，这个老将军头上一块白布扎着，为啥用白布包头呢？老王死了吊孝。这个老将年纪大了胡须都白出来："大王，听老臣言讲。"勾践认得的，这个老将军叫石买。石买做什么事情的？越国太宰三军总参谋长，他是越国三朝元老，爷爷手里就是三军总参谋长，爹的手里仍旧是三军总参谋长。看见他出来，勾践定心了一半：总算国防部部长挺我的，不怕死愿意上战场，现在三军总参谋长又出来了。勾践问石买道："老将军，你意下如何？"石买："我王千岁，想如今乃是强吴弱越，怎能以卵击石？以我之见不战为妥。"勾践："石将军，难道说只能献出降书降表投降吴国？"石买为啥出来发表不同意打的意见？他肚里最清楚：吴国三万精兵整装待发，我们越国老弱残兵都加起来还不满三万。越国精兵我有数的，好上战场好打打的精兵不满一万人马。如果越国要算军队总人数，那是连看城的警卫、监牢里的禁子、宫门保卫、后勤伙夫都算进去还不满三万。吴国国土面积比我们大一倍，人口多两倍，我们是小小的越国呀，一打完结。石买："大王，强吴弱越岂能开战？"这时候七嘴八舌，有的说打有的说降，乱七八糟得像一锅粥。勾践一看两行眼泪："爹啊，你死了安逸哉，国家有难，没有一个好主意，叫我怎么办呢？"他拂袖而走，也没关照退朝便一走了之。大家愣住了：怎么办？新君登基没有经验，料理丧事期间吴国送来两道表书，丧表是表面文章，实际上是一道战表，所以越国是叫危在旦夕。

　　勾践回到御书房沮丧之极："父王您尸骨未寒，强吴来也！父王您拆烂污啊，您没做好事情，您去得罪了强吴，叫我怎么办呢？"这时候他的妻子来了，他妻子的名字叫雅鱼，雅鱼已经得到消息了，公公一死，男人刚刚上台，结果现在得到个凶讯，吴国人要打过来了，那怎么办呢？她要紧从内宫到书房间安慰自己的男人。雅鱼："夫君。"勾践："雅鱼。"雅鱼："夫君，怎么啦？"勾践："大事不好了啊。"勾践就把刚才大殿上发生的事这样长这样短说了一遍，"雅鱼，你看怎么办？"夫妻两个人面面相觑。内侍进来禀报："大王，外面有两个人要来见大王。"勾践："哪两个？"手下："是您的两位师傅。"勾践一听是自己的两个老师来见便回道："不见。"他心想：这两个人来轧啥闹猛！"不见！不见！"他前脚关照不见，后脚声音已经传进来了，文种："大王。"范蠡："大王。"两位师傅已经进来了。

　　看见两位恩师，当了面当然说不出不见，勾践哭丧着脸："两位恩师大人。"文种："大王。"勾践："你们知晓吗？强吴犯越。"你们看吧，我也没办法了。文种："大王，我们听说了。"范蠡："大王不用惊慌。"勾践："两位先生请坐。"勾践心里想：你们有什么用啦？你们又不会打仗的。文种："大王，我们两人就是为了此事而来的。听说强吴下战表，是吧？"勾践："是啊。"文种："听说限期七天要我们献降书降表，有其事吗？"勾践："有的，两位先生啊，你们有什么法儿啊？"文种："我们就是来跟您商量退敌之策的。"勾践听见这话心里一喜："两位先生，乞道其详？"

周明华啊，你讲了半天，那这两位先生是什么人啊？一个年纪大点的姓文，单名一个种，文种是春秋时期的一位军事家、政治家。稍微年轻一点的，此人姓范，单名一个蠡，范蠡是中国历史上著名的军事家、政治家、道家、企业家。

那么这两个人哪里来的呢？他们是不是越国人？No！这两个原是楚国人。文种今年三十六岁，他的文才好，是一位出将入相的人物。原来在楚国菊潭县当县令。县令嘛，七品芝麻官，他有一品官之才，所以文种当七品县令委屈他了。他在菊潭县非常勤政，平常县衙门里看不见他人的，他到哪里去？乡下。方圆几百里地，文种跑遍了菊潭的山山水水，每一个乡每一个村都有他的足迹。比方说春耕了，他要去叮嘱村民："不要忘记啊！农时不可耽误。"秋天到了，"不要忘记秋收啊，要颗粒归仓啊，不能浪费。"他深入实际指导工作，所以他作为一个县令，在菊潭县老百姓当中的口碑极好。有一天，文种到乡下去视察，这个地方叫范家庄，刚刚到村口，隐隐约约传来个声音："铃铃咚咚！"文种一听：哇！这个什么声音啊？有人弹古琴？古琴不得了的。春秋时候俞伯牙碰头钟子期，一曲《高山流水》遇知音。还有《三国演义》里有一段叫"空城计"，你们都看过京剧里唱《空城计》，诸葛亮坐在城楼上，边上两个道僮，他在干什么？弹琴。他弹的这只什么琴啊？古琴啊。中国古琴被列入第二批世界非物质文化遗产名录。古琴分四大门派——浙派、鄂派、蜀派、虞派，虞派就是虞山琴派，虞山琴派在常熟。

文种听见声音就晓得了，穷乡僻壤居然有人扶古琴，琴声代表心声，一曲《高山流水》点子清，节奏稳，韵味浓，这个人弹奏水平极高，我要去见见他。文种就问村长："谁在弹琴啊？我想见见。"村长讲了："大人啊，谁在弹琴啊？这个家伙是十三点、痴子，疯疯癫癫的家伙，他姓范，叫范蠡，神经上有病的弄不清楚，他跟我们不合群的。"文种晓得有句话叫"大智若愚"，不信你听他的琴声呢！因此来到范家敲门："开门来。"村长："范蠡，文种县太爷来看你了。"结果敲来敲去不开门。那么范蠡在不在？在的。为啥不开门？穷啊。穷得怎样？身上衣衫褴褛，拖一爿挂一块没脸出去见人，所以门敲不开。文种心想：看样子范蠡有难处，算了，我下次再来拜望。第二次再来，提前打好招呼。村长："范蠡，县太爷又来看你了。"这个时候声音传出来了，从哪里传出来？从门下面。什么声音？两声狗叫，"汪！汪！"村长："大人，阿是神经病分兮，人扮狗叫。"文种一听明白了，此乃奇人。他为啥学狗叫？你要晓得，一般狗为啥会叫？狗看见陌生人就要叫，因为狗看见了人，他晓得我是县大人，所以他自比是狗，故意这样做的。他认为自己很卑贱，所以他学狗叫。门一开，文种一看是一个小伙子，一表人才，只是穿着粗布衣裳。范蠡："大人请。"两个人一碰头就有缘分。大家要问：第一次不开门为啥？没有像样的衣裳呀，范蠡听见县令来，自己衣不遮体难为情，今天的衣裳他是问姐夫借来的。两个人一交谈，话得投机相见恨晚。想不到啊，穷乡僻壤的村夫范蠡他胸怀大志，文种就觉得交到了知己朋友。文种："范先生啊,你对我们国家当下有什么看法?"范蠡:"什么看法?老王昏庸、迷恋酒色,奸臣专权、忠良遭害,楚平王刚刚死,楚昭王是一个无能之辈,国家有难,他居然丢弃郢都而逃,他用人不当,让贪官囊瓦当权,这样强大的楚国变得满目疮痍,居然被小小的吴国打败,我有一肚子的建议想为国效力,可是报国无门啊。"文种:"蛮好范蠡,你讲的这些东西相当好,我要让你出人头地。你写合理化建议,我负责来送达天庭,让昭王晓得,这样你就可以出仕为国效力。"接下来范蠡就把治国之策写好,通过文种建言献策把建议书送到了上面。谁知道送上去后楚昭王怎样?因为刚刚复国,国家百废待兴,楚昭王连自己爹的尸骨也找不到了,各地的意见纷至沓来,大家建言献策,弄得他的头也大了,火得不得了。他下了一道封口令,禁止任何人妄议国政:国家大事不要你们管,谁来胡说八道、提什么建议,格杀不论!又拟了一张黑名单,派出执法队杀一儆百。因为提建议的人很多,只要黑名单上有名字的人统统要杀——你们七张八嘴,我要堵住你们的嘴。执法队根据这张黑名单去封口,因此就来到了菊潭县范家庄。执法队员问村长:"这里有没有叫范蠡的人?""有。""喊出来!"村长把范蠡喊出来了。"你是不是叫范蠡?""是的。""你是不是提了不少意见啊?""是的。""大王有令:妄议国政者杀!来呀,执刑,杀!"那么触霉头了,范蠡也没想到的呀!我为国家呀!我提点建议呀!这也要掉脑袋呀?岂有此理!但又有什么办法呢?心里憋屈无可奈何。就在执法队员举起刀要行刑的时候,老远传过来一声:"刀下留人!"菊潭县令文种赶到了。文种也得到消息,楚昭王听不得不同意见,居然杀伐持不同政见者。现在他得到消息:执法队已经到了我菊潭县。文种心想不妙了,范蠡要触霉头了,于是要紧一骑快马赶过来,急喊一声"刀下留人"。执法队的官员:"你是谁啊?"文种:"我就是这里的县令,我叫文种。"执法官:"你什么意思?"文种:"这个人不能杀。"执法官:"怎么不能杀呢?黑名单上有他的名字。他是不是叫范蠡?"文种:"是的。"执法官:"是的嘛,我要执行公务。"文种:"不!不许妄议国政是大王下的命令,但是这个命令是什么时候下的?刚刚下达。可是我们的建议文本老早送上去了,不知者不罪,对不对?前面没有禁口令,楚国子民为国家建言献策合法合理,就算说得不妥当,言者无罪,也不至于要杀掉,起码罪轻一等,你说对不对呢?"执法官:"这……"文种有理有据,执法官哑口无言了,心里被他说服了,但嘴上还在狡辩:"黑名单上有他,不杀范蠡我交不了差的。"文种:"这样,我和你同朝为官,我先问你,范蠡这种人是不是人才?"执法官:"是人才。"文种:"这种人对楚国来说是多多益善的,他是国宝,你把他杀了岂非可惜?你刀下留人,救人一命胜造七级浮屠。这个事情看在我面上就饶了他,免了他的死罪吧!但是我也晓得,你也是执行上面命令,把他打几下吧,也好向上面交个差嘛。"执法官倒蛮讲道理的,听文种这样一讲,被他说服了:"既然这样,范蠡啊,县令为你讨情,你的意见书在前、王命在后,所以罪轻一等,本官王命在身不得不执行,死罪免过,活罪难逃,来啊,打屁股一百记!"罚是一定要罚的,可怜范蠡一百记屁股。听众们,你们想想看,范蠡被打得怎样?俗语:"跌打损伤一百天。"他在床上睡了两百天。等到养好伤文种来探望:"对不起啊,范蠡啊,都是我不好,我多了一句话,害苦了你。"范蠡:"不,不能怪你,我的脑袋是你保下来的。"

两个人商量:待在这里总归不是长久之计,英雄无用武之地。文种讲:"这种官我也不要做了,这样吧,我和你投奔他乡吧!待在这里没有前途。"两个人哪里去?范蠡讲:"太湖之滨、长江以南的吴国虽然不是大国,但听说吴国海纳百川,唯才是举。当初我们楚国有个逃犯申公巫臣,他得罪楚庄王逃到吴国,楚国将通缉令发到吴国要求将申公巫臣引渡回楚,被吴王拒绝。现在他们建造的这个阖闾大城有一座城门的名字叫'巫门',就是纪念吴国有功之臣申公巫臣的。吴国把他的名字放在城门上,说明这种地方不排斥异己,是有能力的人施展才华建功立业的好地方,我和你一起去投奔吴邦吧。"于是两个人就离开楚国来到了姑苏。

但是他们到吴国一看,不妥。为什么?早有两个同乡被吴国重用,伍子胥、伯嚭他们都是楚国人,而且都是腹有良谋、治国安邦的人才。文种、范蠡一看心想:算了吧,我们来抢饭碗不太好,那么再往南边去寻找机会吧。俩人来到了越国首都绍兴,见有一只招贤馆,越国在招纳贤士。文种和范蠡一商量,便决定进去试试。两人进招贤馆,面见考官,自我介绍:我们是来投奔越国的,想谋个差事尽一己之力。招贤馆里这个负责人在干什么呢?这家伙在喝酒,一个绍兴老酒鬼。他早上掰开眼睛就要喝酒,喝到什么时候?闭拢眼睛。一天到晚酒水糊涂。一盆独脚蟹(发芽豆)、一盆长生果,嘴啃他的鸡腿。文种、范蠡恭敬地叫了一声:"老爷。"招聘官:"姓什么?叫什么?"文种:"我叫文种。"范蠡:"我叫范蠡。""你们是什么地方来的?"文种:"楚国。"招聘官:"有什么事吗?"文种:"我们来投奔越国。"招聘官:"投奔越国?那你们有什么本事?拿什么来证明呢?"文种:"东西没有。"范蠡:"我们腹有良谋,我们愿意为越国效劳。"招聘官:"什么,没有东西,腹有良谋?哼!你们这种人我见得多了,混吃的混喝的来了?滚吧!"那么事情究竟如何呢?要下回继续。

第四十六回　迎击强吴

有一句话:"君不正臣投他国,父不正子奔异乡。"楚昭王听不得不同的意见,反而将这两位饱学之士逼出楚国,文种、范蠡只得投奔他乡。先到吴国一看不行,接下来就到越国,哪知道一大清早想早点来报名的,招贤馆碰到个老酒鬼。一口绍兴话听不太懂,看出来的意思是并不欢迎。招聘官:"哼!出来混饭吃,一点规矩也不懂,报名费呢?"啊?文种一听纳闷了:还要收报名费?范蠡不买账了。范蠡:"您门口没写明到招贤馆要收费呀!"招聘官:"哼!拎不清,你他妈的快滚吧!"这个馆长他归他喝酒,其实什么意思?招贤馆长要有好处,你的报名费不交,你来投奔个屁!你来找饭碗的呀!两手空空嘴上热闹,没门!两个人很沮丧,大清老早兴致勃勃,却碰了一鼻子的灰。文种对范蠡望望:咱们走吧?此处不留人,自有留人处。两个人退了出来,谁知两个人刚刚退出招贤馆,一个人把他们拦住了:"两位慢走,请稍微留一留步。"文种、范蠡对他一看,原来是一个老头子,身上的打扮蛮得体,看上去不是一般人。文种:"老先生,此乃何意?"允常:"且慢,两位暂且留步。"关照他们留步的老叟进来了，踏到里面两个指头对着上面招贤馆的老爷一声大喝："着！"断命的酒鬼正在喝他的绍兴花雕黄酒，一看不妙，手上这只鸡腿扔掉，脚里一软跪了下来，声音发抖。招聘官："大王，奴才该死。"进来的不是别人正是越王允常。允常为啥会来？他耳朵里已经听说了，招贤馆的负责人是个酒鬼，招贤馆开了两个多月，人没招到，东西倒吃掉了不少，而且还有"敲竹杠"之嫌。现在他来私行察访，看看到底怎么一回事情。正巧外地来两个人投奔越国，两句话没说完招贤馆长就叫人家滚，允常阿要光火的：我这家人家要被你拆掉了。允常："我且问你，家住何方？"招聘官："绍兴柯桥。"允常："家里有多少田地？"招聘官："两百亩田地。"允常："告诉你，今天开始不用上班了，要喝酒回家去喝，两百亩田地充公一半，还有一百亩自己回去种田。滚！"招聘馆馆长也响不落，大清早碰到文种、范蠡两个人，饭碗也被砸掉了。

允常转过身来打招呼："两位先生，我是允常，我用人不当，今怠慢之极，请教二位尊姓大名？"两人心里道：原来是越王允常。文种："大王客气了。"允常："你们千里迢迢特地到我们这穷乡僻壤，我代表越国表示由衷的欢迎！来、来、来，两位，这边招贤馆里有两只房间你们暂且住下，我马上派人安排。"文种："谢大王！我叫文种，他叫范蠡。"允常："文先生、范先生你们两位留下来吧，我允常求贤若渴，我想拜托两位一件事，不知当否？"文种："什么事？"允常："我的儿子勾践疏于管教，是个纨绔子弟，一天到晚跑马遛狗喝酒白相女人，可他是我的儿子呀，以后是接班人呐！我想聘你们两位训导我儿子，怎么样？"文种："恐怕我们俩难以胜任。"允常："请你们两位对他严加管教，老夫拜托了！"这样文种、范蠡就应越王允常之邀留在了越国。

勾践看见两位师傅："文先生、范先生。"文、范："大王。"勾践："父王刚刚去世，尸骨未寒，吴国却发来战表，你们看怎么办呢？"文种："我和范蠡已经商量过了，国家有难，我们既然投奔到越国来，就应当为越国效力，我来推荐一人。"勾践："文先生，哪一位啊？"文种："远在天边近在眼前，就是你的师傅范蠡先生。"啊！勾践一阵惊喜，转身望了望旁边的范蠡。勾践："范先生，你可有退敌之策？"范蠡："大王只管放心，我们既然来到此间，食君之禄忠君之事嘛！虽然您父亲已经仙逝，但是他把您托付给了我们，因此您的事情就是我们的事情，我们理当效力。"勾践开心啊："那听二位高见？"范蠡："当前之局势，我们俩一致以为只有一个字。"勾践："两位师傅请教。"范蠡："打。"勾践："打？对方乃是强吴，我们是弱越，岂非以卵击石？"范蠡："大王，您不用急也不要怕，吴国是强大，它把楚国都打败了，我们小小的弱越要获胜的可能性几乎为零，但是您晓得，我们退到底无非也是战败，也许打一打还有条生路呢？打了再说，输掉大不了就投降，不能看见战表马上就投降。难道您父亲要您接班就是为了投降吗？"勾践："打？那么两位师傅你们看啊，何人挂帅比较妥当呢？""我已经推荐了呀，"文种："大王，何人挂帅？就是他。"说完把手一指："您看呢，这只面孔就是三军统帅的面孔。"勾践："范先生，你愿担当此任吗？"范蠡："国家有难，我范蠡愿意受命于危难之中，我到这里来就是为越国效力的。"勾践："好！好！好！"勾践顿时眼前一亮："两位先生，你们来了我也有底气了。"三个人商量到深夜。

今天上朝第一句话，勾践："众位爱卿，强吴挑衅，命我七天之内献出降书降表，你们看怎样？"有的讲打，有的讲降，有的讲再商量商量。勾践："今日寡人请石买将军进言。"勾践点名越国三军总参谋长、掌权兵权的实力派人物石买老将军发言。石买微微一怔:"大王,老臣在。"勾践:"寡人想听听将军之言,是打还是降呀?"石买:"大王,老臣昨日夜观星象,木星逆行进入东门从西门而出,国将遭大难。依老臣之见,免战为好。"勾践:"那么七日之内寡人只能献降书降表于吴国?"石买:"请大王定夺。"勾践:"既然石买将军主张不战,那请你将带兵的印信虎符交出。"石买一愣:怎么着?削去兵权?小赤佬葫芦里卖什么药?但又无奈,只能将兵符交出。大殿之上一片寂静,众文武不知勾践什么打算。勾践:"来呀,有请范蠡先生上殿。"外面的范蠡老早准备好了,听到越王叫便踏到里面。范蠡:"范蠡叩见吾王千岁。"勾践:"平身范先生。"范蠡:"谢大王。"勾践:"众位卿家,只因石将军身为领兵统帅却畏敌如虎不愿开战,故寡人将石买将军印信摘去。"堂下一片哗然。勾践:"今日寡人授命于一人——我的师傅范蠡先生,来啊,范蠡听命。"范蠡:"臣在。"勾践:"寡人命范蠡为越国太宰上将军,拿好印信,从今日起我们越国军队上下听命于上将军范蠡。"勾践给了范蠡一个头衔:太宰加上将军,这个讲起来就是打仗的总指挥。范蠡:"谢大王千岁!"范蠡将印信一接:"众位将军、列位大夫,本人是范蠡,今天我受命于危难之中,强吴挑衅,我越国理当应战。来啊,把驿站里面吴国的使者请来。"吴国的差官正在等,听到有人喊自己心想:晓得的,越国必然投降,这是献降书降表来了。所以他很神气地踏到大殿上。范蠡:"你是吴国来的差官?"差官:"嗯,你是谁啊?"范蠡:"本将军姓范名蠡,越国太宰上将军。"说罢出示印信。范蠡:"我且问你,今日越王允常已薨,我们在料理丧事,常言道:'举哀期间不兴兵。'这个规矩你懂吗?"吴国差官一惊:怎么啦?越国态度一下子变了?差官:"嗯,这个……"无话可答。范蠡:"这叫'无端兴兵',你马上滚回去跟你们吴王说,他要出兵,师出无名!他违背了自己的承诺。你给我滚!"吴国的差官没想到睡了一晚上越国的面孔变了,当然他也不买账。差官:"你们越国多次违反双方协议,偷袭吴江松陵,来而不往非礼也,是你们越王允常首先违约。"范蠡脸色大变:"我们在治丧你吴国却要兴兵,既然你们不讲道理,那我们只能战场相见。我说来啊。"手下:"是。"范蠡:"把他绑起来。"差官阿要急的:"你们要干什么?两国交兵不斩来使。"范蠡:"对,这是规矩,两国交兵不斩来使,但是'举哀期间不兴兵'也是规矩,谁先破坏了规矩?还不是你们的阖闾吗?是你们强吴破规矩在前,难道我们就不能回击吗?来啊,推下去斩了!"手下将吴国差官绑起来推了下去。差官:"你们敢?你们要有报应的!"这个吴国差官发急了,声嘶力竭地叫喊挣扎。范蠡:"行刑。"手下将吴国差官推到外面,一声令下,落头炮响!"嚓!"吴国差官被杀。

整个殿上为之一震,包括勾践也愣住了:不得了,闯穷祸了。这个范蠡厉害的,先杀掉个吴国差官,向大家表明一种决心——坚决抵抗强吴入侵。下面的众将官都愣住了,尤其是主降派石买心想:完了,我们越国军队这点底牌我最清楚,这个人是外地来的,他懂个屁呀!石买极叫:"大王啊,万万不可呀!"

吴国差官被杀这个消息像长了翅膀一样从绍兴飞到苏州,传到了吴王宫里面,阖闾听见后龙心大怒。阖闾:"来啊,准备发兵,讨伐越国。"马上发兵。伍子胥再三劝阻都劝不住:"请大王冷静三思,不可轻易用兵啊!"这时候的阖闾火冒三丈。阖闾:"伍员呀,我是先礼后兵,越国居然敢杀掉我的差官,明显是在藐视我,这口气怎能容忍！这次征战你不用去了，你与太子夫差监国守城。伯嚭、专毅，你们二位随本王一起兵进会稽，踏平越国，直取越王首级，以消我心头之恨。"阖闾觉得现在打越国，差官被杀这个借口再好没有，伍子胥再要拦也无能为力了。

吴王阖闾御驾亲征，动员三万精锐部队立刻出发。校场上旌旗飘扬，号角声起、战鼓声声，军队整装出发，出征队伍从蛇门出城。南边这座蛇门平时关闭，今日大开城门，三万精锐部队浩浩荡荡南下。队伍出发到松陵镇，歇一歇脚经过平望到达到盛泽，一过王江泾就进入了越国范围。今天浙江嘉兴下面有个桐乡市，桐乡边上有个地方叫"檇李"。檇李是古战场，吴越曾经在此打过一次仗。抵达越国后，吴国三万精锐部队就在檇李安营扎寨。

那么越国怎样呢？这时候勾践想：那是完结了，后（妈）娘的拳头——早晚一顿。我一家人家已经托给了范蠡。范蠡立刻紧急征兵，因为部队兵员不够。征兵的年龄怎样呢？原来的规定是十八岁以上三十岁以下，现在放宽尺度为十六岁到四十岁。这个尺度就宽了，精壮男人全部出来，挑选两万新兵紧急训练，这支部队仓促上阵，越国方才勉强凑满三万人马。范蠡将军带了这些部队包括越王勾践一起上，也到檇李摆开战场。冷兵器时代打仗，一般是主力部队安营扎寨，双方设立旗门，当中要摆一个战场。范蠡到战场上一看，对方旗门已经设立好了，"吴"字旗帜鲜明，营寨扎得整整齐齐。再回过头来看看自己营头：我的营头像坟墩堆，军旗像招魂幡，双方的队伍明显不好比了，吴国出来的军人整齐划一，明盔亮甲，我的军队呢？有两个家伙手里刀枪都不晓得怎么拿，整个越国军队就像一群乌合之众。晚上范蠡睡不着觉，出来兜圈子。他一边兜圈子一边心想：明日开战必输无疑，万一输掉怎么办？输掉是要亡国的，责任重大啊。兜圈子兜到后营，范蠡听见后面有声音传过来："哎喔！哎喔！"什么声音呀？范蠡跑过来一看，原来是一批苦力，肩胛上驮着麻袋，麻袋里放的是粮草，这个麻袋大得不得了。这批人在干什么？有句话叫"兵马未动粮草先行"，他们是运粮草的民工，肩胛上大的袋袋驮着，旁边还有两个当兵的神气得不得了，手里拿着皮鞭，对着扛麻袋的人横声横气。兵甲："怎么样？偷懒吗？死样怪气的，快一点！"皮鞭抽打，"啪！""啪！"

范蠡觉得奇怪，心想：怎么这样腔调的呢？这两个当兵的凶神恶煞，这些民工都是自己人，他们是在运粮草呀！范蠡："这位兄弟，为何要鞭打他们呀？"兵甲："打？打还是对他们客气的。"范蠡："为什么？"兵甲："他们又不是人！"范蠡一听一怔："怎么不是人呢？"兵甲对范蠡看看："喂，不要多管闲事，走开！"旁边的警卫员："你说话尊重一点，你知道他是谁吗？"兵甲："你是谁呀？"警卫员："告诉你，他是上将军范蠡。"兵甲："啊？对不起。""啪！"兵跪了下来："小的有眼不识泰山。"范蠡："你为什么要打他们？"兵甲："上将军，因为他们不是人！"范蠡："不是人是什么？"兵甲："嗯，是奴隶，是囚犯。"范蠡："奴隶？囚犯？"兵甲："对，因为人手不够，所以让他们运送粮草来着。"范蠡："那你也用不着打呀！"兵甲："将军，这是规矩，奴隶不打不老实，现在我们的人都到前方去了，这些人是有罪之人，是奴隶、是囚犯，不打他们不肯做的。"范蠡一了解下来倒的确，为啥？人手紧张劳力不够，精壮的都上前方了，这些粮草谁搬运呢？实在没办法了，把监牢里的犯人弄出来，包括奴隶、战俘，反正这些人低人一等，像畜生一样。听众们啊，什么叫奴隶？奴隶不被当人，像畜生一样好买来卖去的，这在当时是司空见惯的。范蠡眉头一皱计上心来，他马上来到中军大帐找越王勾践。勾践："什么事情啊范将军？"范蠡："大王，我晓得明天打仗很吃力，为了打胜仗，我有个想法，不知大王是否答应？"勾践："上将军，我这家人家交给你了，你随便怎样做，只要能打胜仗，我都答应的。"好，既然有这句话摆在这，那么我来做主了。

范蠡回出来到后营吩咐粮台上的粮草官："你关照所有正在搬粮草的人停下来，把这些奴隶、囚犯统统集中起来，我要训话。"一会儿，所有的搬运工席地而坐，有多少人呢？六七百人。两旁边灯火照着，范蠡踏上一步自我介绍："各位，本人姓范名蠡，我是上将军，也是这场战斗的总指挥，今天我的话代表我们大王的意思。我知道你们是奴隶，你们是囚犯，所以你们做工还要挨打，但是我告诉你们，从明天开始你们就不是奴隶、不是囚犯了，你们要和吴国打仗，跟吴军搏斗，你们就是越国的英雄了。"下面的人都眼瞅着上将军，这些奴隶和囚犯想：你在讲些什么？我们听也听不懂。范蠡："我知道历来的规矩是，奴隶还是奴隶，囚犯还是囚犯。奴隶生的孩子是小奴隶，有罪之人的小辈还是有罪之人。可是从现在开始我宣布，你们不是奴隶、不是囚犯了，你们将是越国的战士，明天你们将上战场，上战场以后要为我们越国效力，所以你们一定得死在战场上，可是你们的死不是白死，你们的名字我都留下来了，你们死于战场后，你们的后代就是越国的平民，跟我们一样享受平民的待遇，知道吗？"

有人接嘴："上将军啊，您的话意思等于我们明天去死，死了以后我们的子女都好摘帽了，对不对啊？我伲的死不是白死，对不对？"范蠡："对，你说得对，你死在战场上，你的子女就是越国的良民了。"奴隶："真的啊？"范蠡："当然。"奴隶："那么我死倒也无所谓，上将军啊，不瞒您讲，我们这种人活着跟死了也差不多，只要我子女好翻身，我们这家人家好摘掉奴隶帽子，我死了有啥关系呢？只是您的话要算数。"范蠡："我范蠡对天发誓说话算数，你叫什么名字？"奴隶："我叫张三。"范蠡："来，把张三的名字记起来。"命令手下记一笔……这样一来，这些人的名字全部都被记了下来。范蠡又说道："从现在开始你们不要搬粮草了，你们肚子很饿了。粮草官，好好招待他们，牛肉羊肉包子馒头给他们吃饱。明天早上起来也要好好款待，把我们部队里最好的食品给他们吃，统统要吃饱。"范蠡把这里安排舒齐，回到中军大帐下达命令，开了一个紧急军事会议。半夜三更范蠡聚将，这些大将正在睡觉呢，军令如山，一歇歇工夫众将官起来，有两个将官眼睛也睁不开，眼开眼闭地到了这里。范蠡："大家听着，明天我们越国要跟吴国决战了，我问大家：打仗是什么规矩？冲锋时应该听什么声音？"边上的老将石买在讥笑：大战前夕还在问这些不着边际的问题，唉，勾践相信伲，有啥办法喔。范蠡："大家回答，冲锋听什么声音？"众将："老规矩哇，冲锋嘛击鼓，叫'闻鼓则进'，将军啊，这个嘛普通老百姓、三岁小孩都晓得的啊。"范蠡："我再问大家，如果我叫大家退兵收兵，应该听什么声音？"众将："范将军啊，收兵嘛，连我老婆也懂的，听鸣金之声，闻鼓则进，鸣金则退。"范蠡："各位注意了，明天到战场上，本将军要反其道而行之，知道吗？也就是说，闻鼓则退，鸣金则进。"众将："将军啊，从来没有的，打仗有打仗规矩，从来都是'闻鼓则进，鸣金则退'。"范蠡："规矩是人定的，你是统帅还是我是统帅？本将军就是要反其道而行之，明天大伙儿听着：我下令鸣金，你们就要冲锋,鸣金不冲锋者斩首;我下令击鼓,击鼓不退者要斩首。这是我范蠡上将军的命令,听见没有?"下面议论纷纷。甲将:"老兄啊,这个家伙不会打仗?"乙将:"蛮准这个怎么打仗呢?规矩也没有了。"范蠡:"这是我定的规矩,谁再胡言乱语的话定斩不赦,现在本将军发令,石买听令。"老将军石买踏出来:"石将军,你带领五千人马,闻鼓要退,鸣金的时候你的五千人马从右面出击!"石买冷笑道:"遵命。"第二条令箭:"来呀,诸稽郢将军出列。"诸稽郢踏出来:"在。"范蠡:"诸将军带五千人,你从左面出发,包抄吴军左面,闻鼓则退、鸣金则进,不要弄错了。"诸稽郢:"是,遵命。"国防部部长诸稽郢心里面暗中佩服,佩服点什么?他自己也不知道,但看上去有苗头,那么有没有苗头呢?要下回继续。

第四十七回　阖闾归天

各位听众,书行到这个程度呢,出来一个大人物范蠡。范蠡我们苏州人很熟悉的,到现在为止范蠡在苏州的遗迹还有很多。前一阵我到吴江震泽去说书,震泽那里有一座古桥叫"思范桥"。什么叫"思范桥"?思念范蠡嘛。我们苏州城的南门这地方叫"蠡墅廊",范蠡他在这里住过。苏州城北边还有个小镇叫"蠡口",为什么叫"蠡口"啊?范蠡和西施是从这个地方逃出去的嘛。在无锡太湖边有座园林叫"蠡园",据说后来范蠡和西施两个人就住在蠡园。所以我们苏州人对范蠡非常熟悉。

春秋战国时期,范蠡是相当厉害的。客居越国的范蠡现在是越军统帅,他身坐大营指挥作战。范蠡:"灵姑浮将军听令。"这位将军的名字叫灵姑浮,廿七岁,英勇善战,脑子活络反应快。廿七岁是什么年龄啊?现在飞行员都是这点年龄。灵姑浮:"末将在。"范蠡:"灵姑浮将军,明天早上开战,四面在出战的时候你不要多管,你只要注意一个人、一辆车。对方这辆车子是最最考究,车子上的人是年纪最大的,这个人就是为首为头御驾亲征的吴王阖闾。擒贼先擒王,战场上你其他都不要管,你轻刀快马,交给你的任务就是四个字:斩首行动。"听众们啊,"斩首行动"谁首创的?范蠡,他老早想出来了,除掉吴王一切问题就迎刃而解了。

清早起来范蠡下令:"今天大家要吃饱吃好。"为啥?吃饱预备赴死,这叫"吃饱死"。早上双方的军队在旗门边准备开始决战。上将军范蠡一身戎装手捧长枪拍马上前,对方也来了,吴国出来个什么人?阖闾派心腹大将专毅应战。双方碰头,范蠡先自报家门。范蠡:"来者听着,我越国上将军范蠡,你是何人?"专毅一愣。小伙子老实头呀,我前面书里说到过的,他吃到过吓头的,阖闾的女儿不是为情而死吗,后来当然这桩事情阖闾原谅他了。专毅一听来者是越国主将,心是一沉,对方级别比自己高:"我是御前护卫大将军专毅。"范蠡:"你是专毅,我问你,我们越王已死,尸骨未寒,常言道:'举哀期间不兴兵。'你们为何要兴兵?"专毅:"这个嘛……"范蠡:"这是规矩,是谁破坏了这个规矩?你们吴国师出无名!"小伙子愣住了。专毅啊,你年纪轻，论水平你差远了，你怎么好去跟范蠡辩论呢？专毅张口结舌，不知如何回答。范蠡："你没有资格跟我说话，叫你们大王出来，我要跟他论理。"那么僵了，小伙子讲不过只好打。专毅："休得多言，招打！"动手要想打。范蠡说一声："慢，本将军不必跟你交手了，你退下去吧，我也退下去。"说完掉转马头回到自己的旗门之下。专毅弄不懂了：怎么大家退下去啊？

只见范蠡退到旗门当中把手一挥，有个人拿面小旗子，小旗子一甩，"哗！"只见奔跑出来了两百个人，每人手里一口刀，煞白锃亮，这些人上身赤膊光膀子，下面一条长短裤。什么叫"长短裤"呢？说它是长裤吧，裤脚管到髁弯弯里；说它是短裤吧，这个裤脚管要过膝盖，所以叫"长短裤"。穿这种裤子跑路比较方便点。两百个人赤膊上阵"一"字形排开。吴军吴将愣住了：越国军队怎么赤膊上阵啊？只有"赤膊上阵"这句话呀，战场上可从来没有过的呀，打仗总归要穿甲戴盔的呀！你的肉身露出来，射箭射上去岂非寻死啊？谁知其中有一人身材比较高大，只见他站到前面，手里拿一把刀，把手拱拱："吴国兵将，你们听着：吴国是我们的上国，越国是你们的属国，我们的大王冒犯了上国，今天我们代表越王在此领罪伏法！转过身来，预备动手！"他第一个带头，刀架到肩胛上举刀自刎，这两百个赤膊的人每人对准自己的头颈就是一刀，血喷射出来，这里是颈动脉，颈动脉血管多么粗的，这些都是精壮的汉子，心脏的功能好，割断颈动脉后血飚出来，近点的话血要溅到吴国士兵的身上，眼睛一眨，战场上两百具尸体倒地，血流成河。

吴国的大将和士兵从来没有看到这样打仗的，前脚硬气得不得了，后脚你看呢？代表越王死在面前了。就在吴军愣住时，又来了两百个越兵，踏着两百具尸体走到前面，离开吴国军队又近了一步。吴国当兵的看见倒有点吓势势：你们算什么名堂呢？这个事情我们打还是不打呢？不知葫芦里卖的什么药？大家盯着他们在看。为首为头的人站到前面，赤膊长短裤一把刀："吴国在上，我们越国得罪上国，奉大王之命在此认罪伏法！来啊，动手！"关照同伴准备动手。前面的人又是自己带头，这把刀往头颈里"嚓！"一刀下去，后面的人纷纷效仿，"嚓！""嚓！"又是两百具尸体啊。等到这些人刚刚倒下去，又是两百个赤膊的人上来了，还是每人一口刀，跟之前一模一样："吴国在上，我们越国得罪了你们，今天代表越王在此领罪伏法！预备动手。"一声令下，"嚓！""嚓！"纷纷倒地。

吴国的士兵想：血喷到我铁甲上了，眼睛一眨五六百具尸体呀！今天的仗不要打了！你看呢，越军死给我们看。后面有一个人看得很清楚，什么人？吴王阖闾。阖闾在一辆车子上御驾亲征，有人保护好他的车子，他自己躲在后面偷看，一看也愣住了。阖闾心想：我身经百战，就是没有碰到这种打法的，怎么上来自己寻死呢？虚张声势？看见我们精锐部队吓得打也不要打了？明白了！越军统帅被我吴军军容军貌镇住了，吓破了胆子。唉，早知今日何必当初呢？

听众们啊，到这个时候实际上你吴国已经输掉了，已经从精神上气势上输掉了。输在哪里？你们一根弦已经松掉了。打仗呀，打仗是要全力以赴、聚精会神、奋不顾身预备要搏杀的，这时候六百具尸体尸横遍地，把吴军的这根弦都松掉了。上至吴王阖闾下到普通士兵都不知所措，弦一松就没有斗志了，大家不知道今天的仗怎么打法。

就在此时，只听见对方的声音传过来了，鸣金锣声响了，"咣！咣！咣！"鸣金锣一响，吴王阖闾想：不要打了，为啥？对方收兵了，他们认罪认输了。很显然，越军鸣金收兵了，接下来怎样？白旗扯出来投降了。就在这时，情况突然发生了变化，隔夜范蠡安排好的，今天战场上用什么方法？反其道而行之。人家是"闻鼓则进，鸣金则退"，他现在呢？闻鼓则退，鸣金则进。鸣金锣一响，趁吴国军队斗志全无，只看见越国两支先锋部队出来了，左面是石买将军，右面是诸稽郢将军，一万越军精锐杀向吴军，战场上眼睛一眨老母鸡变鸭。"冲啊！"此时吴军的队伍已经乱了，吴王阖闾在车子上也看呆了：怎么搞的？丈二和尚头路也没摸处，战场情况瞬息万变，吴军陷入一片混乱，无人指挥打仗。就在一片混乱当中，只看见从越军阵营冲出了白袍小将灵姑浮，他一直躲在后面仔细观察，他已经吃准了，当中有一辆考究的战车，有些人护卫着那辆车子，上面坐的人年纪大，胡须雪白，黄金盔黄金甲，什么人啊？十有八九是吴王阖闾，范将军就是叫我针对他嘛。所以趁着越军冲上去骚扰，整个吴军已经不成队形，没有人指挥作战，灵姑浮拍马上前，轻刀快马，人到马到家生也到了，举起手里这口大砍刀"嚓！"，阖闾边上的保驾大将还比较冷静，专毅一看不妙："大王当心了！"冲上前去举刀一拦。专毅啊，你的本事要跟灵姑浮比嘛还差一点了，人家是科班出身，你是靠你爹的牌头。灵姑浮从小骑马练武，专毅你从小跟爷捉鱼杀猪，因为你爹有了功劳，所以你被封为保驾大将，你杀猪是科班，真正上到战场上碰到专业大将，他那把刀是千斤之力，你扛不住了。灵姑浮轻刀快马，他这口刀是这样下来的，反手又一刀，"啪！""唉呀不好！"专毅把家生掀上去，一刀掀不开，手上虎口豁掉了。灵姑浮的手脚是极快，反应快得不得了，他用什么刀法呢？他就要看，如果专毅捏得住家生的话，他的刀锋就往左边上勒过来，专毅捏得再牢手指头就会被勒掉。专毅手一推，手掌张开来把家生托一托，灵姑浮这把刀马上翻过来，来个阴翻阳，一共几刀呢？两面一共是三刀，所以这个刀法叫"两面三刀"。专毅怎么吃得消呢？现在第一家生已经不行了，大刀脱手，被灵姑浮闪电般一刀，怎样？惨啊，当场劈下马背，流血过多气绝身亡。

保驾大将专毅为了保卫吴王阖闾英勇牺牲。没有他这样挡一挡，吴王阖闾更危险。灵姑浮冲上来，对着吴王举刀就劈，阖闾现在反应过来了，晓得上当，这个对手是厉害的，保驾大将专毅被劈下马背，接下来这小赤佬上来一刀。吴王有一把兵器——戟。何谓"戟"呢？《三国演义》中吕布用的就是这种兵器：方天画戟。这把戟并不长，六尺左右，阖闾本身武将出身，拿把戟上来一挡，灵姑浮刀落下来，"当！""嚓！""啊呀！"阖闾大叫一声，大批吴兵吴将拥上来，抵挡灵姑浮。灵姑浮刀滑下来，"啪！"一刀劈在哪里？阖闾的脚上。刀劈战靴，吴王狼狈逃跑。根据史料记载，灵姑浮劈掉吴王一只战靴，里面带掉一只大拇脚趾头。这个是《史记》上明确记载的。《吴越春秋》上明确记载：在战场上，吴王战靴被劈掉，大脚趾头被劈掉，人倒在血泊之中。赶车子的太仆还算拎得清，这个车夫也是老经验了，他晓得情况不对，阖闾这人倒下了，蛇无头而不行啊："吴军众将上来护驾！"灵姑浮一人难敌四手，而且后面听见声音了，什么声音？鼓声。灵姑浮当然知道，范将军收兵了。范蠡关照的，鼓声响一律要退。越兵退回阵地。勾践："范将军啊，蛮好一仗成功了，你怎么关照退兵呢？"范蠡："大王，见好就收，您晓得吗？今天的打法我只不过用点噱头，吴国三万精锐之师没有伤筋动骨，实力尚在，我们根本打不过。"现在灵姑浮擒贼先擒王，已经劈了吴王一刀了，吴王的战靴拿过来了。范蠡说了一声："阖闾命已休矣！"伤脚趾头无所谓的，现在攀谈就是小伤，吴王怎么会死在脚趾头上？范蠡这人厉害得不得了，他隔夜就关照灵姑浮："你在这口刀上面弄点毒药，刀上抹点什么东西呢？把砒霜、鹤顶红、断肠草这些毒物全部合在一起勾兑成毒汁，把这把刀在毒汁里面淬毒，明天只要劈到一刀，只要阖闾出血他就死定了。这叫'见血封喉'。"

鼓声一响，吴国军队更加紧张了：越军要冲锋了。吴王负伤，专毅身亡，吴军无心再战。伯嚭指挥大家保护大王赶紧撤退。吴王怎样？已经不行了，刀上有毒。所以车子退了下来，退到什么地方？盛泽王江泾。这时阖闾已经神志不清了。手下的人急得不得了，一边找一只破庙把吴王送进去歇息，一边马上一骑快马直达姑苏城，进吴王宫报告太子夫差和丞相伍子胥。手下："太子殿下，丞相，大事不好了，大王受重伤了，现在在破庙急等二位。"监国太子夫差和宰相伍子胥带着心腹赶到盛泽王江泾的破庙里。夫差："父王！"伍员："大王！"两人进来一看，吴王阖闾躺着，神志不清。夫差："父王！"阖闾慢慢睁开双眼，紧盯着夫差，嘴里一个字一个字吐着。阖闾："夫差，你别忘了是谁杀害了你父王，是勾践。"夫差："是，父王，我知道了。"阖闾："你听着，杀勾践，灭越国。"夫差："是，父王，您放心。"这时候吴王阖闾已经感觉不怎么行了，他对着丞相伍子胥手招招。阖闾："子胥，你过来。"伍员："大王，臣在。"阖闾把手挥挥，用极低的声音道："出去！出去！"他叫手下人把大家赶出去，大家识相，全部退了出去，包括太子夫差。伍子胥走近阖闾身边道："大王。"阖闾双眼直直望着伍子胥，低声地说："子胥啊，我不行了，我有一事要拜托于你。"伍员："大王您说，我听着。"阖闾："我的心病是、是太子夫差，倘若我的儿子不能胜任吴国大统，你把他废了，自立为王！"

吴王阖闾还是不相信自己儿子，在他眼里，这个儿子"愚而不仁"。伍子胥听到这里赶紧跪下来："大王只管放心，我伍员赤胆忠心报效太子、报效吴国。"阖闾："子胥啊，你叫我的儿子别忘了六个字：杀勾践，灭越国。"公元前496年，在吴江盛泽王江泾的一座枯庙里，一代枭雄长公子姬光吴王阖闾与世长辞。

今朝姑苏城笼罩在一片悲哀之中，整个吴王宫里面一片雪白，老百姓都戴孝，举行国葬。伍员："大王！"伍子胥扑倒在棺枋："大王啊，今日伍员有罪，我与您患难与共二十余年，我们两人风雨同舟，我身为宰相未能阻止您伐越，其责难逃。您只管放心，大王，杀勾践，灭越国，我定要完成您的遗愿，伍员誓言辅助太子，赤心奉吴，死而后已。"夫差哭得也很伤心："父王，您放心，孩儿记住你的遗言：杀勾践，灭越国。孩儿誓为父王报仇。"

听众们，吴王阖闾葬在哪里呢？苏州阊门外七里山塘，那里有一座山，名字叫"海涌山"。所谓"海涌山"，顾名思义，是海里面涌起来的一座山。海涌山不高的，海拔三十五米。阖闾的陵墓老早在建造了。古代的君王上台第一件事就是开始造自己的陵墓，这个陵墓要造到什么时候呢？造到自己身亡安葬结束。根据史料记载，阖闾生前最喜欢宝剑，所以他的墓里面放有宝剑三千口，包括鱼藏剑。从公元前514年至公元前496年，阖闾在位十九年，为吴国的强大和称霸诸侯献出了毕生的精力。《国语·楚语下》记载阖闾："口不贪嘉味，耳不乐逸声，目不淫于色，身不怀于安，朝夕勤志，恤民之羸，闻一善若惊，得一士若赏，有过必悛，有不善必惧。"《史记》这样记载：在伍子胥、孙武等的辅佐下，阖闾西破强楚、北威齐晋、南服越人。区区东南小邦吴国，在阖闾时期跃升为春秋后期五霸之一。

阖闾死后葬于苏州阊门外虎丘山。据《越绝书》载，阖庐（闾）冢在阊门外，名"虎丘"。下池广六十步，水深一丈五尺。铜椁三重，池六尺。玉凫之流，扁诸之剑三千，方圆之口三千，盘郢、鱼肠之剑在焉。卒十余万人治之，取土临湖口。葬三日而白虎居其上，故号为"虎丘"。阖闾安葬后，三千工匠全部被杀光，血染千人石。隔了三天，据说山上还出现过一只白老虎，吴地人就觉得这里有虎势，所以海涌山就改名为"虎丘山"，现在虎丘山是我们苏州著名的名胜古迹，AAAAA 级景区。至今虎丘还长眠着吴国第二十四代国君吴王阖闾，阖闾长眠在虎丘山下已经两千五百年了。另外还要讲一声，保驾大将专毅的墓也在虎丘山。

公元前 495 年，夫差正式登基成为第二十五代吴国君主，并拜伍子胥为相国，称其为"亚父"；又拜伯嚭为太宰。夫差发誓要为爹报仇。夫差他进进出出宫门时，边上的守卫人员都会拿着戟齐声道："大王不要忘了，杀父仇人是谁？先王遗嘱何在？"夫差答："灭越国，杀勾践。"伍子胥自罚：三年里面不同房，殚精竭虑为复仇，为灭越国日夜操练兵马。吴国、越国这两个冤家结得深而又深，他们报仇了吗？怎样报仇的呢？下回继续。

第四十八回　夫椒之战

阖闾归天，伍子胥感觉非常内疚，新君夫差登基发誓言要替父报仇，所以在太湖边拿勾践画像当靶子操练军队。

越国怎么样呢？开庆功大会，论功封赏。范蠡、文种现在成为越国的功臣了，整个越国喜气洋洋，放假三天，以示君民同乐。到第四天一早，由文种、范蠡领衔带文武上朝见驾，开始新的一天。谁知刚到宫门口，出来一位内侍："各位听着：大王有令，今日免朝。""哗！"众文武一片哗然，无奈只能回家休息。到第二天，文种、范蠡带领文武一早到宫门口候朝，只见内侍出来："今天免朝。"第三天又是免朝。众文武议论纷纷：怎么回事呀？更其来了楚国、秦国、齐国等国使节，他们要求见越王勾践，一表示庆贺击败吴国，二提出要建立越、楚、秦、齐四国联盟共同对付吴国。但是越王勾践不上班，使节们也就无法见越王讨论四国联盟之事。

范蠡、文种非常着急，只能以师傅的身份到内宫见越王夫人雅鱼："娘娘，大王何在？"雅鱼脸色尴尬："这个……"文种："是否大王有恙？"雅鱼："不是。"文种："那哪儿去了？"雅鱼："大王他出去了。"文种："出去了？在哪里？我们有急事找大王呀！"雅鱼答不上话来。"娘娘，国不可一日无君哪？已经免朝七天了，国将不国，要坏大事的呀。"雅鱼是一位知书达理的娘娘，她知道女人不能干政，所以不问朝廷之事。男人哪里去？她有点知道，她也晓得这次打胜仗全仗范将军和文大夫。现在看两位大功臣为了越国之事着急，她非常感动。雅鱼："二位先生，大王到雁荡山去了。他说他累了，要休息休息、放松放松。"文种："雁荡山？休息？和谁一起去的？"雅鱼："和老将军石买一起去的。"范蠡有一种不祥预感："娘娘，平时大王对您好吗？"雅鱼一顿，点了点头。范蠡："娘娘，您马上写一封信，就说您病了而且病得很重，知道吗？"雅鱼明白，二位先生为了国家一片苦心，雅鱼："哎，好。"

一封鸡毛信很快送到雁荡山，那么勾践与石买在做啥呢？一是自相放松放松，二是石买有小九九有私心。他为自己被摘去兵权耿耿于怀，他看到范蠡打胜仗心里吃醋，现在发现勾践似乎对打了胜仗的范蠡并不满意，于是便引诱越王外出旅游，增加接触，摸摸底细，投其所好，乘机夺回自己原有的兵权。

勾践："啊呀！石买，不好了，我夫人雅鱼病重，我们立刻回去吧！"勾践对雅鱼感情很深，接到夫人来信，见上面写雅鱼重病染身，勾践顿时归心如箭。回到内宫后，勾践急匆匆来见雅鱼。勾践："夫人！娘娘。"只见雅鱼端坐在梳妆台前。勾践："雅鱼，你不是病了吗？"雅鱼："大王，不是我病了，而是越国病了。"勾践："越国？越国怎么会病呢？"雅鱼："大王呀，您已经七天没上朝了，有句话：'国不可一日无君'呐，越国需要您呀！您现在已经不是当初贪玩的太子了，您是越国的大王呀。"夫人两道恳切的目光对着勾践，越王觉得脸上热辣辣："夫人，我知道了。"

勾践上朝："各位，有事出班启奏。"范蠡："臣有一事启奏大王。"勾践："范蠡，什么事？"范蠡："楚国、秦国、齐国派来使者，欲与我们越国结成联盟共同对付吴国，请大王定夺。"勾践一听开心："好啊，他们人呢？"范蠡："回禀大王，在驿站等候召见。"勾践："来啊，有请三国使者。"不一会儿内侍上前："大王，三国使者已经走了。因为他们不知大王您何日上朝，所以等不及告辞了。"勾践一听心里不快活，心想：范蠡、文种，你们怎么不把三国使者留住呢？他不怪自己反怪别人。

"各位，听说吴国在磨刀霍霍，那个夫差口口声声要报仇，那伍子胥带着吴军在太湖练兵，我想听听大家有什么想法？"石买："大王，依我之见，夫差小儿愚笨无知，不堪重任，我们不如在吴国尚未恢复元气之前一鼓作气，挥师北上，趁热打铁，灭了吴国。机不可失，时不再来啊。"发言的是老将军石买，勾践微微点头。"慢！大王，石买之言贻误越国，切不可盲目用兵啊。"范蠡开口了。

虽然打了胜仗，但是勾践对范蠡还有一点不满意，那就是为什么不乘胜追击，一鼓作气直达姑苏阖闾大城。其实范蠡是怎么考虑的呢？毕竟这一次仅仅是越国的斩首行动，吴国也就是死了一个国君而已，他们的实力尚在，因此他非常小心地叮嘱勾践："大王啊，您要当心呐，不能莽撞，否则要前功尽弃的。"勾践："上将军，依你之见，此时不进兵那要等到何年何月？难道说等吴国羽毛丰满时再打吗？"范蠡一听心想：几天不见，勾践思想变了，居然说出这样的话。勾践："上将军，本王命你开兵打仗，兵伐吴国，怎么样？"范蠡："大王，万万不可。"你范蠡畏敌如虎！勾践冷冷地说："那好吧，范蠡，你暂且将上将军兵符印信交出来，你也累了，该休息休息了。""啊？"范蠡心里一愣，有一种不祥的预感，他非常迅速地从袖口中将兵符印信拿出。范蠡："大王，请了。"勾践："石买将军听命，朕封你为越国上将军，你立即动员三军，挥师北上兵伐吴邦。"石买大喜："遵命。"接过印信。其实勾践今天的行为就是在雁荡山七天之中与石买相处的结果。

为什么把范蠡的印信摘掉呢？其实是合二为一。首先勾践对范蠡有看法，认为范蠡没有乘胜追击，倘然一鼓作气，说不定吴都也破掉了。另外，石买自从被削去兵权后一直耿耿于怀，尤其是范蠡打了胜仗，他心里更加不平了，他对勾践讲："范蠡是外人，我本乡本土，吴国吃了败仗了，越国理所应当趁热打铁。我们越国的勇士不得了啊，都是不怕死的，依据现在的优势趁热打铁，马上连续作战，我们直捣黄龙，破姑苏城，可以把吴国一举打败。"石买投其所好，与勾践一拍即合。

文种、范蠡就说了："大王，不能起兵，起兵不行的。他们现在死了那个吴王阖闾，他们是哀兵，有句话叫'哀兵必胜'，现在我们不能打。"勾践不听话，公元前494年，越国起兵，石买挂帅（他官复原职），主力部队三万精兵浩浩荡荡从南太湖方向打过来了。

谁领军迎击越军呢？当然是伍子胥。吴宫大殿，众将站立，居中端坐着吴王夫差："众位爱卿，越军犯我，岂有此理！寡人杀父之仇尚未报，来得正好，丞相听令。"伍员出班："臣在。"夫差："丞相，尔为领军主将，太宰伯嚭为副将，率精兵三万迎敌。"伍员："遵命。"伍子胥早派探子探得情报，对越国的情况了如指掌，因此与夫差商量，怎么样抗击来犯之敌。伍子胥提出来了："大王，我们本来就要报仇，现在他们打过来了，来得正好，我建议这一仗我们不要主动出击。常言道：'兵不厌诈。'我们的战作方针十六字：引蛇出洞。关门打狗，近战夜战，出奇制胜。第一，引蛇出洞。我们要装弱，假装不堪一击，麻痹越军，使越军成为骄兵。第二，关门打狗。开战时要让对方得一些甜头，我方损失一些辎重物资和人员。对方石买妒忌范蠡，会贪一时之功，冒险进入我太湖防区，而勾践也想一口气吞掉吴国，这样就将越军引入我水域作战。平时我们的水军一直在此操练，对太湖水域情况熟悉。要知道他们的船从太湖上过来，其实太湖的水不深的，太湖水深平均七尺有余（也就是两米多一点）。大王您要知道，大点的船在太湖里航行，如果对下面的航道不熟的话，船就可能搁浅，行船最怕搁浅，搁浅以后它就是一个死目标。我们自己的地方，我们知道什么地方可以行船、什么地方不能行船，什么地方可以走小船、什么地方可以行大船，对此我们胸有成竹。他们是客边人，这个情况他们不熟悉，他们打过来了，他们的船舰就搁浅在太湖当中成了我们的活靶子了。第三，夜战近战。搁浅的越军舰队就是我们的目标，我们到晚上出击，敌军不敢晚上接战，主动性在我们手里，我们要打哪儿就打哪儿。为了取得更大的战果，用火攻方法放火烧船，也可以一举成功。"

伍员："大王啊，时机已到，您替父报仇，哀兵必胜，成败您定。"这次战争叫什么名称呢？历史上称之为"夫椒之战"。为何叫"夫椒"？夫椒岛就是现在的洞庭西山。勾践被胜利冲昏头脑不知轻重，石买他有私心妒忌贤能。有一句名言："运筹于帷幄之中，决胜于千里之外。"战争的胜负其实在作战指挥所里就决定了。

夫椒之战分三个阶段：

一，初起之时：吴军攻越而败，损失无数，越军在石买的指挥下打了个胜仗，缴获了好多物资。越军旗开得胜，长驱直入吴国太湖水域境内。勾践大喜，石买风光。

二，相持阶段：越军舰船进入陌生水面，航道不熟，大批舰船在太湖当中动弹不得，纷纷搁浅。越军后路被截断，粮草不济，陷入恐慌。

三，败退之时：吴王夫差亲自登船击鼓，指挥三军。丞相伍子胥亲自带领敢死队乘小船,举火炬,发火箭,焚烧越军战舰战船,"杀勾践,灭越国"的口号响彻云霄。越军的舰船就像练兵的靶子,只能挨打而无法还手。越国方面来的舰长、船长、大副、二副他们对太湖里的航道又不熟,只能任凭火烧船只,自己纷纷跳水逃走,要不然就被烧死。这一战三万越军剩多少呢?只剩下五千人马逃到越国首都会稽山上。吴军大获全胜并乘胜追击。夫椒之战以吴军的胜利、越军的失败而结束。

第四十九回　兵困会稽

　　公元前494年夫椒之战,越军一败涂地,三万越军剩下五千残兵败将退守会稽山。勾践一筹莫展,怎么办呢?这个时候,下面吴军三座大营将会稽山团团包围,中营大帐吴王夫差、左营丞相伍子胥、右营太宰伯嚭把整个会稽山围得铁桶相仿。伍子胥说了:"大王,我们不要打了,围而不打,不出一个月,山上的人要么饿死、要么渴死、要么投降,其他没有什么出路了。"

　　会稽山上怎么样呢?士气低落,怨声载道,石买的手下都在议论:我们怎么会吃败仗的?还不是那个老东西,不会用兵乱用兵,害得我们家破人亡。平时石买对士兵很凶的,谁说错一句话就要打就要杀。老东西,都是他!害人精!找他算账!下面发生哗变了。石买部下突然之间来到他的营帐。兵甲:"石买!滚出来!"兵乙:"石买!出来跟你算账!"石买知道不好了,军心混乱,他不敢出去,只能从营帐后头溜到勾践的大帐。石买:"大王呐,救命啊!"勾践:"怎么啦?"石买:"下面哗变啦!"正在此时有人来禀报:"大王,您的两位先生来见您。"听见二位先生,勾践一阵激动:"二位先生快请!快请!"文种、范蠡来了:"大王。"勾践:"唉呀,两位先生呐,我悔不该不听范先生的话,才导致今天兵败如山倒。你们看这可怎么办呐?"勾践好像遇到了救命之人:"二位恩师,请指点迷津。"范蠡说:"先解决内部事情,听说下面军心不稳。"勾践:"对,下面人对石将军很反感,军心不稳。"范蠡:"大王当断不断,反遭其乱。"勾践:"石买,你把印信拿出来吧。"石买:"是。"石买到这当口只能老老实实将印信交出。勾践:"先生,你还是我们越国的上将军,拜托你了。"勾践只好老老面皮,请范蠡帮忙了。范蠡:"好,大王,既然如此,我范蠡受命于危难之中。"勾践感激啊:到现在这个当口你还愿意承担这个责任,真正不容易啊。范蠡接过印信,勾践也不客气了。勾践:"上将军,下面哗变乱纷纷的,你看怎么办?"这时候外面传来阵阵叫喊声:"杀石买呀!"范蠡:"石将军,外面众人要杀你,你看怎么办?"石买:"范将军,您饶我一命吧!"范蠡:"好吧,既然如此,我出去跟大伙商量商量。"范蠡来到外边,手里拿着印信大声道:"各位,大家看着,石买现在不是上将军了,我范蠡执掌越国的军权了,你们大伙安静点。"果然,下面一片寂静,都看着范蠡上将军。范蠡:"兄弟们,这次兵败如山倒,指挥失当谁有责任?"兵甲:"石买这个王八蛋害得我们好苦呀。"范蠡:"可是大伙你们说说,他为了什么?也是为了我们越国啊,所以你们就不要杀他了。我建议让他带着宝剑下山多杀几个吴国人、多杀几个吴兵吧。"范蠡转过身来道:"石买,你走吧,下山多杀几个吴兵将功赎罪吧!"这么一说手下人没话说了。石买:"谢上将军。"石买拿着宝剑战战兢兢道:"多谢各位不杀之恩。"这个时候石买心里想:下去再说,逃命要紧。谁知道刚到营门口啊,边上两个偏将说:"哎,不对,他要逃走了,不能让他走啊!"说话间有人已经上来了,拿着个宝剑骂了石买一声。兵甲:"你这个王八蛋。"冲上去一剑。第二个士兵也冲上来了,兵乙:"你也有今天的。"第二剑上去了。"哗!"石买就在营门口给下面哗变的军人乱刀砍死了。勾践看得很清楚:"他自作自受啊!"范蠡:"大王,他那是咎由自取呀。"转身面对众将:"弟兄们,你们先回去,我与大王自有退敌之策。来人,把他埋葬了。"一场风波平息了。

　　勾践:"范将军,那我们怎么办呢?"范蠡:"怎么办?我现在有一个办法。"勾践:"说。"范蠡:"就是投降。"勾践:"投降?"范蠡:"对,只能投降。现在我们无力回天了。"勾践:"投降?范将军,我要用你就是为了投降吗?"范蠡:"那大王您看我们还有什么本钱呢?"勾践:"这……"范蠡:"您看下面吴国的军队团团包围,我们残兵败将、军心动摇,不投降死路一条。"这时候勾践失望了:"不!我死不投降,我还有五千人马,我要在这儿把女人全部给杀了,我要一把火把我的这些宝贝毁灭,拼一个鱼死网破。"范蠡:"错了,大王,'留得青山在不怕没柴烧',您要知道人是第一位的,只要有了人也就什么都有了。"勾践:"那投降,谁下山去啊?""我去。"大夫文种开口了:"大王,据我了解的情况,会稽山下有三座吴军大营包围。左面大营是宰相、领兵主将伍子胥;右面是副主将、太宰伯嚭;中间大营是吴王夫差。伍子胥那里不好去的,他态度最强硬。吴王夫差最听伍子胥的话,要去只能寻找软弱部位下手。太宰伯嚭贪色爱财,我们先找他探一探路再说。"勾践:"那也只能这样喽。"文种:"大王,我们不能空着两只手下去,总要带一点礼物作为见面礼。"勾践:"带些什么呢?"文种:"带一些军队最缺乏的东西。"勾践:"什么东西?"文种:"女人。"勾践:"女人?"文种:"对,伯嚭好色,我们要投其所好嘛。"勾践:"还有呢?"文种:"当然是金银财宝啦。"勾践:"好吧,你看着办吧。"

　　范蠡、文种两个人带了八个美女、两筐金银财宝,趁黑夜悄悄然下山。"什么人?站住!"两人被吴军巡逻队发现了。文种笑嘻嘻迎上去,文种:"我找你们的主将。"巡逻兵:"什么?主将?滚开!"文种:"军爷呀,我跟你们的主将是同乡啊,来吧。"说完取出一块银子约五两往巡逻队长手里一塞。吴军巡逻队一共五个人,另外还有四人也是每人一块银子。文种:"军爷,买一杯水喝。唉呀,你们的主将和我既是同乡又是朋友,我呢做生意的,路过此地,听说伯将军当了大官,我就是想见见他,没有其他意思。"吃了人家口软,拿了人家手短。巡逻队长一看,大家都收下了银子,而且这个人还是主将的同乡兼朋友,心想:那就马马虎虎吧。于是把文种引到了右面主将大营。巡逻兵:"报告伯将军,有一个您的同乡兼朋友他要见您。"伯嚭闷得慌,又无聊,一个人在喝酒,听说同乡兼朋友来找自己,他蛮紧张,因为现在是非常时期,敌我双方对峙,不要弄点是非出来。他面孔一板:"去!去!不见,滚出大营。"文种:"哎哟,伯将军怎么连同乡都不认得了?"伯嚭"你是谁?"说话间文种已经进来了:"我是楚国菊潭县县令文种。""啊?你?你是文种?"伯嚭大惊失色:"你怎么今晚到此?你不是越国大夫吗?"文种:"伯将军,不用紧张嘛!越国关我何事?勾践自不量力,硬是鸡蛋碰石头,罪有应得呀。"伯嚭:"听你的口气你不在勾践那里当差了?"文种:"早不在了，我做生意了，发财了，今天听说同乡在此做了这么大的官，我为您荣耀啊。"伯嚭："哪里，哪里。"文种："同乡同乡，有福同享。"说完把手一挥："进来。"八个姑娘进到大营里。伯嚭眼门前一亮："这是咋回事？"文种："我知道，您不是闲着等瓮中捉鳖吗？这八个姑娘给您解解闷。"文种边说边示意八姑娘上来侍候。顿时，八位姑娘像八只蝴蝶飞了过来，敬酒、揉肩、捶背、按摩。伯嚭顿时全身麻木，像神仙一样。文种又叫手下："抬进来。"手下将一筐金银财宝放到营帐之中。伯嚭眼前一亮："你？你这什么意思？"文种："没有什么，我知道你们打仗嘛，将军啊，辛苦了，我是来孝敬您的。"伯嚭："不可以！不可以！"文种："好了，我告辞了，再见！"伯嚭："好、好！再见！有空来玩。"伯嚭开心啊，看来天上真的会掉馅饼的。

　　文种回到山上，勾践急问："文种大夫，下去怎么样？"文种："好了，很顺当。"勾践："有什么话吗？"文种："没有。"勾践："没有，那人呢？银子呢？"文种："都给他了。"勾践："给他连一句话也没有？"文种："大王，别着急嘛，只要他肯收下，就不怕他不给办事。"勾践响不落。第三天，文种独自下山，遇到巡逻队，花了几两银子就很顺利地到达了伯嚭的大营。正巧，伯嚭在喝酒，美女们在侍候，一见文种进来要紧起身。伯嚭："同乡，有什么事吗？"文种："没有什么大事，只有一件小事。"伯嚭想：小事嘛，没有关系的。"什么事？"文种："伯将军，您能不能带我见一个人？"伯嚭："谁？"文种："你们的大王。"伯嚭："大王？"伯嚭想：你要见大王，我陌陌生生介绍，夫差要有想法。文种："伯将军您放心，不必多虑，只要您把我引领到中军大帐，您不用进帐您就走，没有您的事。"伯嚭想：尴尬了。再一想：看在八个姑娘面上，看在这些银子份上，做这么一点点小事也不为过分，但是这桩事最好不能被丞相伍子胥知道，要是被他晓得那可不得了，肯定一顶大帽子——里通外国。伯嚭带文种进中军大帐，啥人敢盘问？刚到大营口，突然文种高声叫喊："吴王在上，越国大夫文种叩见大王千岁千千岁！"中军大帐当中吴王夫差正踌躇满志、得意洋洋，替父报仇三年已成。夫差："嗯？越国大夫求见？"夫差心里一动：听丞相伍子胥的安排，兵困会稽山，不出四十天，山上的残兵败将要么投降，要么困死饿死。听见求见，夫差问道："伯嚭，怎么是你带来的？"伯嚭："嗯，这个……"只能点头。这时的文种上身赤膊，膝地而行。文种："英明的大王，贱臣文种奉命向贵国投降。"吴王大喜："那你的降书降表呢？"文种："英明的大王，吾王勾践得罪上国，今日之败，此为天意，吾王愿献出降书降表。"吴王夫差高兴地说道："文种投降可以，但勾践要杀掉、越国要灭掉，因为这是先王留下的遗言。"其实文种早已和与范蠡商量好：投降可以，但越王要保、越国要保。文种："英明的大王，今日越国已败，越王愿意入吴为奴，您能刀下留人，显示您大王仁慈之心，不杀生而施仁政，大王要称霸天下，以攻心为上，这样天下归一，吴国可以独步中原称王称霸。"这几句话说到夫差心里去了，他本来就在谋算将来怎样称霸于天下。

　　旁边的伯嚭心想：拿了人家好处，总要为人家说几句好话。伯嚭："对呀，大王有仁慈之心，今大王开一线之恩，不计小人之过，感天动地，天下人心归顺呀！"就在此时，营帐外面传来一声怒吼："大王且慢！"只见丞相伍子胥怒气冲冲踏进大营。伍子胥已经得报，伯嚭居然领了越国大夫见吴王，那还当了得。伍员："大王，越国大夫怎么会来到您大王的大营之中的？"夫差："是伯嚭带来的。"伍子胥转身对伯嚭看看，伯嚭一吓，头都不敢抬起。伍员："大王，听说伯将军大营来了八位越国姑娘？"夫差一呆："越国姑娘？"所以说夫差是一个好色之君王，他听见八个美女，头回了过来。夫差："伯嚭，有其事吗？"伯嚭反应极快："是啊，大王，我正准备给您献上呢！"下面的文种："大王，是我带姑娘委托伯将军转给大王您的。"夫差："什么意思？"文种："大王，越国的美女就是大王您的侍妾，勾践说了，他愿意入吴为奴，他的妻子愿侍候大王您。"夫差心花怒放。伯嚭一轧苗头趁热打铁："大王啊，您的仁义之心、您的宽广胸怀必将称霸于天下。"

　　伍子胥感觉情况有变，决定提醒夫差。伍员："大王，先王所留遗言岂能忘怀？'杀勾践，灭越国'，难道说您忘记了吗？"中军大帐里面僵持着。夫差："文种，你回复勾践：献出降书降表，越国百姓为吴国顺民，勾践必杀，越国必灭。滚！"文种："是。"文种回到会稽山。勾践急不可耐："文大夫，怎样？"文种就讲："根据我的分析，吴营里实际上分三种情况。伍子胥就不说他了。伯嚭拿了我们好处，为我们越国说话。夫差的野心极大，他想称霸中原，现在虽然提出'杀勾践，灭越国'，依我的看法有松动的余地。目前我们能做的是，尽量抓牢伯嚭，说服夫差，保命第一。"

　　之后文种又几次秘密下山，另外挑选美女，带了重礼再次贿赂伯嚭，让他成为越国的代言人。今朝文种下山，有伯嚭带领，瞒掉伍子胥，再次面见夫差。文种："英明的大王，今文种奉命送上越国降书降表，从今天起，越国就是吴国属国，年年进贡，岁岁来朝。"夫差："那勾践的人头呢？"文种："大王，您要称雄于天下，主要是要收服人心呐，现在我们都投降了您还要杀？杀俘虏您知道嘛？战俘杀掉危及您三代，战场上尚且不杀二毛（头发已花白者），因为俘虏已经投降了没有战斗力了。我们的大王愿意入吴为奴，大王的老婆愿意入吴为妾，大王您仁慈宽厚，连杀父之仇敌也宽容，感天动地，将来您有朝一日称霸中原，可谓实至名归嘛。"这几句话说到夫差的心里面。因为范蠡与文种已经从心理学角度研究过了夫差，你想什么，你准备干什么，你的脾气是什么，他俩了如指掌。那边伯嚭与伍子胥两人早就有矛盾，当初阖闾在世时，为了论证国家大政方针两人就发生过冲突。伯嚭总觉得自己被伍子胥压制，更其他是个贪财好色之徒，他的弱点被越国抓住了。

　　这时候惊动了一个人，谁？伍子胥。伍子胥得到消息，晓得夫差竟然瞒着自己。私下接见越国大夫文种，他恼羞成怒，急匆匆来到了大营。伍员："大王万万不可啊！不能忘了六个字——'杀勾践，灭越国'呀！"边上的伯嚭道："大王，您不是已经答应人家了嘛！您不能反悔的。反悔岂是丈夫啊！大丈夫言出如山，一言既出驷马难追嘛。您宽容俘虏，将来大王您了不得了啊，威震天下，以仁德而得天下。"夫差："丞相，我已经答应人家啦，我岂能反悔呢？你的意思我知道了，勾践入吴为奴啊，勾践给我当奴隶，我要他死还不容易吗？就这么定了。丞相，你年岁也大了，注意身体。来啊，送丞相回营休息。"伍员："大王！您怎能违背先王的遗愿呢？"这是伍子胥与夫差第一次发生冲突。越王勾践入吴为奴，究属如何？下回分解。

第五十回　属镂之剑

公元前494年五月初一。今朝姑苏城张灯结彩、喜气洋洋，苏城百姓都出来看热闹，看啥呢？越王勾践入吴为奴。"哗！"甲："哎，大家来看啊，老鹰眼睛的人就是勾践。"乙："后面的黄脸婆大概就是他的家主婆？"

一队越国俘虏游街示众，陪勾践一起入吴的还有夫人雅鱼、上将军范蠡。

吴将："勾践听着，我们大王有令，你是吴国的奴隶，你没有资格走上去见我们大王，你和你的手下、败军之将范蠡膝行上殿见驾。另外，女人不能上殿。"越王夫人雅鱼跪在吴宫门口，勾践与范蠡身穿罪衣罪裙，用膝盖走路，一步一步，裤子破了血出来了，从吴宫大门口跪行一千三百六十步到达金殿，地上留下一串长长的血印。

勾践："罪臣勾践，罪孽深重，蒙大王宽容，保得贱命，愿为大王效犬马之劳。"

夫差得意道："你杀害我父王，我恨不得将你五马分尸。但寡人不是暴君，念你有悔改之意，暂且饶你一命。"勾践："罪臣该死，愿一生一世当大王的奴隶。"一旁的伍子胥看不过了："大王啊，勾践已在您眼前，杀父之仇不共戴天，现在正是报仇时机，岂能失此良机？请大王践行您对先王的誓言，'杀勾践，灭越国'啊。"夫差："丞相啊，诛杀投降者祸及三世，上天神灵要怪罪于我的。"

伯嚭："对啊，大王是仁爱之君，安邦定国理应仁慈为本，方能得人心，难道说你要破坏大王的美名吗？"朝堂上伍子胥孤立一人，夫差与伯嚭一搭一档，众文武闷声不响，气得丞相愤愤而退。

夫差将勾践关在虎丘山上的一间石室里，让他天天为父王阖闾的陵园看坟扫墓。另外，让勾践在此养马。今朝吴王夫差来到虎丘山："勾践，你的马儿喂养得怎么样了？"勾践："回大王的话，贱臣不才，马养得不好，请大王试试。"说完，把马牵来鞍子配好，人往地上一跪："请大王上马。"骑马要用上马石，一般人要踏上上马石才能骑上马背，现在勾践跪在地上，当一块人肉上马石。夫差脚踩勾践扬声大笑："勾践，与我带马溜缰。"手执马鞭，"叭！"马扫出去，开始时勾践还跟随奔跑，夫差三鞭一打，马四蹄发力，狂奔而跑，这时候勾践跑不动了，但又不敢放手缰绳，他死死抓紧缰绳，很快被拖倒在地。"哈！哈！哈！"夫差一阵狂笑。但只见勾践丝毫无怨，脸带喜色："大王，您好马术。"

日子很快，一年多过去了，夫差一直在暗中观察勾践是否真正革面洗心，真正对吴国俯首帖耳。他听伯嚭反映：勾践每天吃饭的时候要面对吴宫方向谢恩，平日里兢兢业业、恪守本分。人嘛是可以改造的嘛。夫差心想：毕竟他是一国之君，改造得如此彻底，倒不如放他回去，以显示我的宽大胸怀。之后，夫差在与伯嚭的交谈中流露出要赦免勾践的意思。

伯嚭得到消息，马上通报勾践："大王有希望释放归越了。"为什么伯嚭如此卖力呢？文种把越国美女、越国珠宝源源不断送到太宰府，现在伯嚭成为越国的代言人了。勾践得到消息，欣喜若狂，开始伸长头颈等放回越国。一个月，两个月，三个月，一直杳无音讯，到底怎么加事啊？范蠡请伯嚭打听消息。回应是吴王身体有恙，也就是说吴王生病了。那么吴王生什么病呢？范蠡分析：夫差的病说轻不轻，说重不重。为什么？说轻吧，三个月还没有好，时间拖得蛮长。说重吧，重病是经不起三个月的，早就出毛病哉。大王的病无非两种：一是好色过头。三宫六院把身体弄亏损了，伤了元气，君主在这方面早衰早死也蛮多的。二是吃食出问题。一日到夜鸡鸭鱼肉、山珍海味，吃多了不消化，肠胃出问题。范蠡懂医道的，他就与勾践说："大王，我们有必要去探望一下吴王夫差，表示一下关心了。"他通过伯嚭把这个意思传达给了吴王。

　　夫差一听有人来探望自己而且是入吴为奴的勾践，心里觉得宽慰，便同意勾践进宫。伯嚭陪了勾践、范蠡来到内宫。勾践："大王在上，罪臣勾践闻大王身体有恙，十分担忧，盼大王龙体早日安康。"夫差："念你一片诚心，寡人很欣慰，你……"突然夫差感到肚子一阵剧疼："来呀，快！腹内疼痛，宫女……"旁边宫女提便桶上来，勾践、范蠡赶紧退到一侧。夫差一阵腹泻，宫女提便桶刚刚出来，勾践上前拦阻道："慢。"说完将便桶盖打开，手伸进去抓出一把大便放进嘴里。尝过夫差的粪便后，勾践抢步上前道："罪臣勾践刚才尝过大王之宝，大王乃是味涩而甘甜，罪臣岐黄之术略知一二，只要大王清淡数日，肠胃趋暖，十天过后便能康复。"

　　夫差是感动啊：这种人真正是革面洗心、脱胎换骨，对我真心一片。啥人做得到？果然，十天过后，夫差气色渐渐恢复；半个月过后，好吃软饭；二十天后康复了。夫差："伯嚭，你选一个黄道吉日请勾践、范蠡赴宴，我要宣布一个重大决定。""是。"伯嚭有数，马上通知在虎丘看坟墓的勾践、范蠡和雅鱼："三天过后，衣着整洁，我来领你们见大王。"

　　今朝是公元前491年五月，春光明媚，风和日丽，吴王夫差在吴都城蛇门城楼上举行隆重宴会。吴王夫差满面春风："众爱卿，今日有贵客驾到，请各位起立欢迎。"只见由伯嚭引导："来、来、来！三位贵客，大王有请。"勾践、范蠡、雅鱼三人走进大厅。勾践："尊敬的大王在上，罪臣勾践率罪臣范蠡、奴婢雅鱼叩见大王。"三人毕恭毕敬跪倒在地。夫差一看，非常恼怒："伯嚭，他们怎么穿着罪衣罪裙来了？"伯嚭："回大王，我传大王您的旨意，要他们更衣而来，可是他们不肯呀。"夫差："勾践，寡人命你们穿戴整洁，为什么不听寡人之言？"勾践："大王，罪臣罪孽深重，不敢卸下罪衣罪服，勾践是吴国的永久奴隶，越国永远是吴国的属国，大王天威，不敢冒犯。"夫差："来，把新衣服拿来，寡人命你们穿上。"勾践："谢大王恩赐，皇恩浩荡。"夫差："来，勾践你坐上宾席位。"夫差："众位爱卿，越王勾践入吴为奴已有三年，他们已革面洗心、脱胎换骨。寡人宣布，从今天起放他们回归越国，并且赐钱塘江以南八百里地为越国地域。希望你们不要忘记本王的恩德，好自为之。"

　　忽然声如雷响："大王！且慢！"坐在一旁的丞相伍子胥听得怒发冲冠："大王，您休要放虎归山呀！当初夏桀囚商汤而不诛，商纣因姬昌而不杀，结果天道反转，夏桀被商汤所灭，商纣被文王所亡。今日大王囚越王而不杀，难道不怕历史重演吗？"夫差："这？"现在的夫差头脑发昏，一心想要称霸天下，想以仁慈俘获人心。他反问伍子胥道："丞相，寡人生病之际你来过吗？唯有勾践不耻尝寡人粪便，感天动地也。"

这是君臣二人第二次公开反目。夫差一意孤行，居然把勾践释放归越。勾践当场作词一首：

> 皇王在上，恩播阳春。其仁莫比，其德日新。
> 於乎休哉，传德无极。延寿万岁，长保吴国。
> 四海咸承，诸侯宾服。觞酒既升，永受万福。

临走之际三人泪流满面，露出依依不舍的样子，对吴王拜了又拜。回归越国后，勾践拒绝进宫居住，而是睡在又冷又硬的柴薪之上，梁上高悬一只苦胆，每天进入房间都要尝一口。这就是成语"卧薪尝胆"的由来。文种想出了灭吴七策：

其一，尊敬上天，侍奉鬼神，以求上苍保佑。

其二，赠送吴王钱财，用于奢侈，又去其防越之意。

其三，赠送越国美女给吴王，迷惑吴王心智，扰乱他的谋划。

其四，送巧工良材给吴王，造楼堂宫殿耗尽吴国资财。

其五，收买阿谀奉承的奸臣，挑起吴国君臣内斗。

其六，鼓励吴国出征讨伐，四面树敌。

其七，隐藏越国实力，秘密招兵买马，准备作战物资，等待时机。

吴王夫差最高兴了：我的决策是对的，越国年年进贡、岁岁来朝，总归将最好的东西送来，包括女人。最漂亮的一对越国绝色佳人是西施与郑旦，为了她们，吴王夫差下令建造馆娃宫，建造姑苏台。另外，为实现称霸的野心，吴王决定起兵伐齐。夫差："众位爱卿，自我先王征楚伐越，自立于春秋五霸之一，现寡人旨意已定，兵伐齐国。"自从伍子胥与夫差政见相左，两人的关系渐行渐远。凡有重大决策，夫差只寻伯嚭商量，把丞相冷落在一边，伍子胥也渐渐淡出了决策圈子。今朝听见夫差要起兵伐楚，伍子胥想：我不得不讲了，这有关吴国的生死存亡啊。伍员："大王，伐齐断断不能，得齐犹如得石田。南越是心腹之患，勾践返越，积草屯粮，秘密训练军队，养虎为患，不得不防呀！"所谓"得齐犹如得石田"，意思是：得到一块满是石头之田，有什么用呢？但是伍子胥的意见吴王根本听不进去。伯嚭："大王英明，攻齐是上策，欲得天下必先得齐。如今齐女少姜早亡，伍丞相曾去齐为媒，可令丞相劳师齐国临淄送递战书。"正因为你反对伐齐，就叫你去送战书，让你难看。夫差："太宰建议可行，伍丞相，你即日赴齐国首都临淄递交战书，退班。"伍子胥知道自己无力回天了，照此下去，吴国四面树敌，耗尽国力征伐各国，且南方越国虎视眈眈，吴国危在旦夕，但无奈之下他只能去齐国投递战书。接着吴国发动了一场征讨齐国的"艾陵之战"，侥幸获取胜利。

公元前484年五月端午，吴宫大殿举办隆重庆功大会，庆祝伐齐取得胜利。夫差高举酒杯道："众位爱卿，我吴国雄师北伐齐国，大获全胜！今在此举杯相庆！来呀，干杯！"伯嚭："大王英明！"伯嚭第一个拍马屁，顿时大殿上齐声欢呼："大王英明啊！"此时的伍子胥坐在旁边并不举杯，他面色凝重，低头不语。因为伍子胥对吴国的底细是了解的，现在吴国连年征战，国库空虚，百姓怨声载道，民不聊生。今朝伐齐所谓胜利其实树立了一个非常不良的吴国形象——称霸称强，但是伍子胥说的话吴王根本听不进去。更其越国送来了美女西施，吴王宠爱有加，西施则在夫差枕头边吹风。西施："丞相独断专行，丞相奴欺主有野心。"君臣二人渐渐形同陌路。夫差："丞相，怎么不喝庆功酒呀？"

此时伍员伏地涕泣道："忠臣掩口，谗夫在侧。政败道坏，谄谀无极。邪说伪辞，以曲为直。舍谗攻忠，将灭吴国。宗庙既夷，社稷不食。城郭丘墟，殿生荆棘。"

伍子胥的不敬之语，惹得夫差大怒："在此盛宴之际，你败坏寡人之兴，大放厥词，念你是老臣，寡人不忍加诛，你走吧！"

伍子胥两行热泪："过去我辅佐先王，如今您抛弃老臣，我不忍心看您被小人蛊惑而贻误吴国呀。"

伯嚭："大王呀，我检举揭发，伍子胥去齐国送战书居然把他的儿子伍葑也送到了齐国，送给齐国宰相鲍牧，而且还改名为鲍葑，此举岂非私通敌国呀？"

夫差："伍子胥，可有此事？"伍员："确有其事。"夫差："你这是为什么？"

伍员："我身为吴臣，忠心吴国。但我的儿辈不必为吴国舍命。虎不食子，何况人耶？"

夫差恼羞成怒，随身拔出佩剑，此剑名为"属镂剑"。夫差："你深负寡人之恩，其心可诛！你这老贼！"夫差一把将剑扔在地上。伍子胥将剑举起："夫差，伍员助您父子西破强楚，北威齐晋，南服越人。今大王不听老臣良言，劳民伤财，无端伐齐。您忘却先王遗言——'杀勾践，灭越国'，居然还纵虎归山。照此下去越将灭吴。我伍子胥死不足惜，将我首级挂于城门，我要亲眼看见越国是怎样攻占我们吴国的！"说罢举剑自刎而死。

夫差怒不可遏，命人将伍子胥的尸体盛入鸱夷皮囊中抛入胥江喂鱼虾。吴国的老百姓舍不得这位吴国忠臣，便裹粽子抛入胥江，祈求鱼虾不要伤害伍子胥，因此苏州形成了每年五月端午划龙舟、裹粽子纪念伍子胥的习俗。

公元前475年，勾践、范蠡带领越军攻打姑苏城，越军直抵胥门，但只见伍子胥头颅高挂城门，巨若车轮，目如闪电，须发怒张，突然之间狂风四起，飞沙走石，吓得越军兵退三十里。

公元前473年，吴王夫差兵败阳山。他在举剑自刎之时高呼："我悔不该不听伍子胥之言，才有今日之果！寡人无脸面见伍子胥也！"

吴国百姓将伍子胥安葬在姑苏城郊的一个小镇——胥口镇。现在当地政府投资三百万元建造了一座胥王园。为了纪念伍子胥，苏州古城西南之门被命名为"胥门"。

后世陇西居士赋诗一首：

> 将军自幼称英武，磊落雄才越千古。
> 一旦蒙谗杀父兄，裹流誓济吞荆楚。
> 贯弓亡命欲何之，荥阳睢水空栖迟。
> 昭关锁钥愁无翼，鬓毛一夜成霜丝。
> 浣女沉溪渔丈死，箫声吹入吴人耳。
> 鱼肠作合定君臣，复为强兵进孙子。
> 五战长驱踞楚宫，君王含泪逃云中。
> 掘墓鞭尸吐宿恨，精诚贯日生长虹。
> 英雄再振匡吴业，夫椒一战栖强越。
> 釜中鱼鳖宰夫手，纵虎归山还自啮。

姑苏台上西施笑,谗臣称贺忠臣吊。
可怜两世辅吴功,到头翻把属镂报。
邱夷激起钱塘潮,朝朝暮暮如呼号。
吴越兴衰成往事,忠魂千古恨难消!

《越绝书》这样评价伍子胥:"子胥勇而智,正而信。"

《史记》这样评价伍子胥:"弃小义,雪大耻,名垂于后世。""故隐忍就功名,非烈丈夫孰能致此哉!"

第六稿于姑苏玲珑湾寓所

2019年5月12日

后 记

苏州评话在江浙沪地区有着广泛的群众基础。2006年，苏州评话被列入首批国家非物质文化遗产名录。《苏州评话：伍子胥》一书是本人根据多年书台演出实践整理而成的。

本书根据评话艺术规律，主要围绕伍子胥一生的经历，有故事说表，有人物对白以及演员评点。书中用的词语以苏州方言为主，比如"今天"则"今朝"，"知道"则"晓得"，等等。

本书的取材来源主要有《史记》《越绝书》《左传》《吴越春秋》等史料典籍和文学作品《东周列国志》，以及传统戏曲剧目如昆曲《浣纱记》、京剧《伍子胥》《禅宇寺》《文昭关》等。

在创作过程中，我实地考察了苏州古城遗址，无锡梅村泰伯庙、鸿山遗址，苏州吴中区胥口镇胥王园、吴中区穹窿山孙武文化园，浙江绍兴大禹陵、诸暨西施故里，江苏江阴季札庙（墓），常熟虞山仲雍墓等大量历史遗存。不少民间传说也给本书提供了丰富的创作资源。

本书得到了钱璎、张澄国、孙惕、刘家昌、金声伯、杨玉麟、强逸麟、沈守梅、殷德泉、姚萌、庄洁扬、任康龄、沈斌声等老领导、老艺术家和同行的鼎力支持和帮助，在此表示由衷的感谢！

周明华

第六稿于苏州园区玲珑湾寓所

2019年5月13日